Diogenes Taschenbuch 24062

AF195968

LEON DE WINTER, geboren 1954 in 's-Hertogenbosch als Sohn niederländischer Juden, arbeitet seit 1976 als freier Schriftsteller und Filmemacher und lebt in den Niederlanden. 2002 erhielt er den *Welt*-Literaturpreis, 2006 die Buber-Rosenzweig-Medaille für seinen Kampf gegen Antisemitismus, und 2009 wurde er mit dem Literaturpreis der Provinz Brabant für *Das Recht auf Rückkehr* ausgezeichnet. Seine Romane wurden in 20 Sprachen übersetzt, zuletzt erschienen bei Diogenes *Ein gutes Herz* (2013) und *Geronimo* (2016).

Leon de Winter

Das Recht auf Rückkehr

Roman

*Aus dem Niederländischen
von Hanni Ehlers*

Diogenes

Titel der 2008 bei De Bezige Bij, Amsterdam,
erschienenen Originalausgabe: ›Het recht op terugkeer‹
Die deutsche Erstausgabe erschien 2009 im Diogenes Verlag
Covermotiv: Gemälde von Henri Matisse, ›Interior at Nice‹,
um 1919 Saint Louis Art Museum, Missouri, USA
Copyright © Sucession H. Matisse / 2024, ProLitteris, Zurich

Für Moos, Moon & Jes

Veröffentlicht als Diogenes Taschenbuch, 2010
Alle deutschen Rechte vorbehalten
Copyright © 2009
Diogenes Verlag AG Zürich
info@diogenes.ch · www.diogenes.ch
In Fragen zur Produktsicherheit (GPSR):
truepages UG (haftungsbeschränkt)
Westermühlstraße 29, 80469 München
info@truepages.de
ASR/24/852/8
ISBN 978 3 257 24062 7

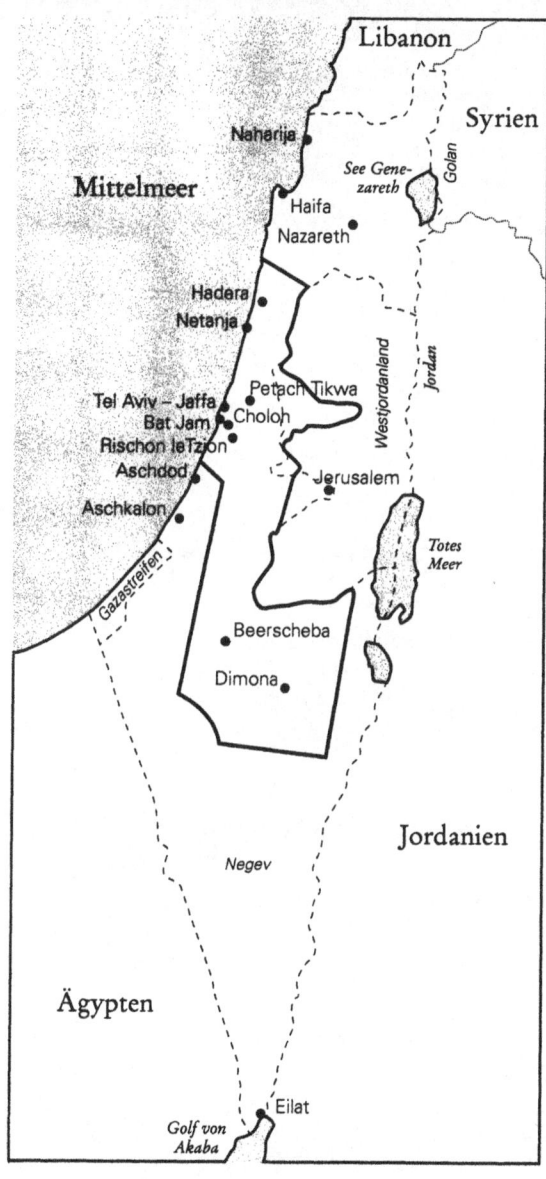

Libanon

Syrien

Mittelmeer

Naharija

See Gene-
zareth

Golan

Haifa

Nazareth

Hadera

Netanja

Westjordanland

Jordan

Petach Tikwa

Tel Aviv – Jaffa
Bat Jam
Rischon leTzion
Aschdod

Choloh

Jerusalem

Aschkalon

Totes
Meer

Gazastreifen

Beerscheba

Dimona

Jordanien

Negev

Ägypten

Eilat

Golf von
Akaba

- - - - Grenzen 1948

───── Grenzen 2024

PROLOG

Tel Aviv

April 2024

Nach seiner Schicht war Bram Mannheim noch bis nachts um halb drei in der Kantine des Rettungsdiensts hängengeblieben. Im Licht der Leuchtstoffröhren hatte er mit den Jungs von der Nachtschicht erst Kaffee getrunken und danach Salzgebäck gegessen, das sie mit Wodka übergossen.

Zehnmal waren sie am Abend in den zentralen Bezirk ausgerückt. Vier Verkehrsunfälle, zwei Vergiftungen, ein Selbstmordversuch, drei verunglückte ältere Menschen.

Punkt halb sieben am nächsten Morgen leckte Hendrikus wie üblich seine Hand. Bram war auf dem Sofa eingeschlafen. Während der kleine Hund geduldig wartete, schlüpfte Bram in Trainingshose und T-Shirt und schnappte sich sein Handy vom Tisch. Dann nahm er Hendrikus auf den Arm und schlurfte in Plastiklatschen die Betontreppe vom fünften Stock ins Erdgeschoss hinunter.

In einer halben Stunde würde Tel Aviv erwachen und sich seinen alltäglichen Sorgen ausliefern, aber noch lagen die staubigen Straßen still unter dem Morgenhimmel. Ein wolkenloser Tag mit purpurrotem Sonnenaufgang. Es roch nach Stadt, aber auch nach Meer, sowohl nach etwas, das an diesem Tag in aller Unschuld und Frische seinen Anfang nahm, als auch nach etwas, das seit Jahrtausenden zu diesem Teil der Welt gehörte und ihn charakterisierte: Untergang und Verfall.

Hendrikus nahm sich Zeit für seinen Spaziergang. Der alte Rüde brauchte nicht mehr überall seine Duftmarken zu setzen, sondern versprühte seinen Urin erst am fernsten Punkt ihrer Runde in einem speziellen Hundepissoir, das vor langer Zeit mit amerikanischen Fördergeldern in dem Bemühen angelegt worden war, dieses ursprünglich deutsche Immigrantenviertel mit seiner »orientalischen« Bauhausarchitektur für alle Ewigkeit vor Hundepisse zu bewahren – es hatte Zeiten gegeben, da für so etwas Kommissionen ins Leben gerufen wurden. Doch heutzutage war Wasser zu kostbar, als dass man damit Hundepisse wegspülte, und so war in einem Umkreis von fünf Metern um das Pissoir der Gestank unerträglich. Hendrikus störte sich nicht daran. Bram blieb in einiger Entfernung stehen und bewunderte das Durchhaltevermögen des drahtigen Tiers. Hendrikus war schwerhörig und nach der Attacke eines in seiner Ehre gekränkten Bouviers vor sechs Jahren auf einem Auge blind. Laut ihrem Tierarzt war Hendrikus einer der fünf ältesten Hunde der Stadt – der Älteste war der sechsundzwanzigjährige Jeffrey, eine krasse Kreuzung aus Schäferhund und Bullterrier und eine Ausnahmeerscheinung, da mittelgroße Hunde meistens jünger starben als kleine Promenadenmischungen wie Hendrikus.

Jeden Morgen absolvierte Hendrikus einen festen Parcours entlang den stillen Monumenten deutscher Sachlichkeit. Das Tier folgte dabei einem von ihm selbst festgelegten Rechteck, in dem sechs Wohnblöcke standen, beschnüffelte Laternenpfähle, die Räder von Müllcontainern, Autoreifen, strategisch positionierte Sträucher und hin und wieder einen anderen Morgenhund.

Bram hatte den Eindruck, dass es vor zehn Jahren noch weit mehr Hunde gegeben hatte. Tel Aviv war zu einer armen Stadt geworden, in der Hunde nur noch von der verbliebenen Handvoll Reichen gehalten wurden. Daher waren die Hunde, denen sie unterwegs begegneten, auch genauso betagt, bedächtig und müde gebellt wie Hendrikus selbst. Junge Hunde waren eine Seltenheit, und die Alten wurden von ihren alten Herrchen gehätschelt, als wären sie ihre Kinder.

Sie standen an der Ecke einer Straße, die direkt auf den Strandboulevard zulief. An ihrem Ende, zweihundert Meter weiter, war für den Bruchteil einer Sekunde ein Kampfhubschrauber in der schmalen Öffnung zwischen den Häusern zu sehen, der wenige Meter oberhalb vom Strand lautlos nach Süden, Richtung Jaffa, sauste. Er gehörte zu einer neuen Generation von Hubschraubern, deren Motoren kaum lauter waren als der Flügelschlag eines Greifvogels. Taiwan hatte zwanzig von diesen *Dragon Wings XR3* geliefert. Die Orthodoxen hatten eine Umbenennung verlangt, weil der Drache ein Ungeheuer aus einer unjüdischen asiatischen Mythologie sei. Im Volksmund nannte man sie nun *»Chicken Wings«*.

Brams Handy läutete. Es war ein antikes Stück, dreizehn Jahre alt, ohne die neuesten Finessen.

Auf dem Display erschien Ikkis Name. Mit Ikki Peisman zusammen betrieb Bram »Die Bank«, eine kleine Agentur zur Ermittlung verschwundener Kinder. Ihr Büro hatten sie in einem leeren Bankgebäude, daher der Name.

Ikki war vierundzwanzig und hatte eine Bein- und eine Armprothese, war auf der linken Seite also komplett elektromechanisch. Eine Explosion hatte ihn dort zerfetzt, doch in israelischen Krankenhäusern konnte man nach jahrzehntelangem Terror inzwischen rekonstruieren wie nirgendwo sonst auf der Welt. Bis auf das Gehirn ließ sich so ungefähr jedes Organ und jeder Körperteil ersetzen.

Bram sagte: »Ikki?«

»Ja, ich bin's. Bram! So, wie's aussieht, lebt die kleine Sara noch!«

In ihrer Datei befanden sich zwei Saras. Die Ältere war mit dreizehn verschwunden, vor drei Monaten erst. Die Jüngere galt seit drei Jahren als vermisst und war damals fünf gewesen.

»Glaubwürdiger Hinweis?«

»Ich denke schon. Ein Wunder, nach so langer Zeit.«

Über sich spürte Bram eine Veränderung, als verdeckte irgendetwas den Himmel. Hendrikus hob den Kopf und schaute nach oben. Auch Bram schaute auf. Es war ein Chicken Wing, zehn Meter über den Dächern, ein stilles, schwarzes Insekt, das seine Augen auf ihn gerichtet hielt. Dieser eine Moment, da er sein Gesicht zeigte, genügte der Besatzung, um seine Identität festzustellen. Form und Linien seines Gesichts wurden mittels eines Gesichtserkennungsprogramms mit einer Datenbank abgeglichen, was kaum eine Sekunde dauerte: Blitzschnell schoss die Info via Satellit zu dem Bunker nördlich der Stadt, wo die Computer summten. Schon drehte das Ding ab, weil die beiden Piloten auf dem virtuellen Bildschirm in ihrem Helm Brams harmlose Personalien gelesen hatten. Der Hubschrauber verschwand hinter den Gebäuden, und zurück blieben nur ein Flüstern im Laub der Bäume und ein leichter Staubwirbel auf der Straße.

Bram, ein kleines Nichts am Boden, wandte sich wieder Ikki zu: »Das sind schöne Neuigkeiten. Hast du den Hinweis von Samir?«

»Von seinem Vetter. Nennt sich Johnny.«

»Schöner arabischer Name«, erwiderte Bram. »Was hast du ihm versprochen?«

»Fünfundzwanzigtausend.«

»Das ist viel, Ikki.«

»Finde ich auch. Vielleicht sollten wir mit Protestaktionen drohen. Das sind doch Unsummen.«

Bram entgegnete: »Protestaktionen? Was glaubst du denn, wo du lebst? In Schweden?«

»Ach, die Presse macht mich wahnsinnig«, sagte Ikki. »Ich lese keine Zeitungen mehr. Ich habe keinen Bock mehr, immer nur zu lesen, dass wir mit den Palästinensern reden müssen.«

»Wir müssen aber weiterhin mit ihnen reden, wir können ja wohl kaum allen den Schädel einschlagen«, sagte Bram. »Kennst du diesen Johnny?«

»Nein. Aber auf Samir ist Verlass. Er hat die Verbindung zwischen uns hergestellt.«

»Da drüben sind alle Vettern«, sagte Bram.

»Ja, eine einzige große *fucking family*. Aber wenn's sein muss, schlagen sie sich gegenseitig die Birne ein«, sagte Ikki.

»Genau wie wir«, ergänzte Bram.

»Aber es gibt ein kleines Problem.«

Bram nickte ergeben, auch wenn Ikki ihn nicht sehen

konnte. Obwohl der Chicken Wing verschwunden war, hatte er immer noch das Gefühl, dass er beobachtet wurde.

»Kleines Problem... Ich hatte nichts anderes erwartet«, sagte er.

Ikki zögerte einen Moment und sagte dann leise: »Sie ist drüben.«

2

Ikki lenkte seinen »behindertengerechten« Wagen den Strandboulevard entlang nach Süden. Da er auf der rechten Körperseite fast keine Kraft mehr hatte, hatte er sich einen britischen Wagen zugelegt, einen uralten Rover, der mit seiner mechanischen linken Hand und seinem mechanischen linken Fuß zu beherrschen war. Extreme Anstellerei, denn er hätte sich auch einen Wagen mit Automatikgetriebe kaufen können. Bram saß nun als Beifahrer dort, wo sich in einem normalen Auto der Fahrer befand, und er konnte sich nicht daran gewöhnen, dass er machtlos auf Ikkis Geschicklichkeit vertrauen musste. Hier auf dem Boulevard waren die beiden Fahrtrichtungen durch einen Grünstreifen voneinander getrennt, doch auf den meisten Straßen der Stadt rasten entgegenkommende Fahrzeuge direkt an seiner Tür vorbei, und es war erstaunlich, dass ihnen der Außenspiegel noch nicht abgerissen worden war.

Der vorliegende Fall war eines von Ikkis Projekten, Bram kannte nur die Akte – Mappen voller Fotos, Dokumente, E-Mail-Ausdrucke, DVDs. In keinem der von ihm behandelten Vermisstenfälle waren irgendwelche Fortschritte zu verzeichnen. Ikki dagegen war ein Naturtalent. Manche waren zum Wissenschaftler oder Geiger geboren, Ikki zum Kinderfinder.

Seit Bram mit Ikki zusammenarbeitete – sie hatten sich vor ungefähr tausend Tagen kennengelernt, am Tag des schweren Erdbebens in Kasachstan, das sowohl von Rabbinern als auch von Imamen, wenn auch aus unterschiedlichen Gründen, als eine verdiente Strafe Gottes betrachtet wurde –, hatten sie fast jeden Monat ein Kind wiedergefunden. Allein in diesem Monat sogar schon zwei. Doch die Liste der vermissten Kinder in ihrer Datei war dreihundertsiebzehn Namen lang, und sie waren auf Hinweise, Zufallstreffer und Ikkis »Gefühl dafür, Dinge zu sehen, die man nicht sieht«, wie er selbst es ausdrückte, angewiesen. Wenn sie ein vermisstes Kind wiederfanden – die Mehrzahl blieb unauffindbar –, war es fast immer tot.

Sie waren unterwegs nach Jaffa, nach »drüben«. Die jüdische Bevölkerung war von dort weggezogen, und die verbliebenen Araber wollten den Anschluss an Palästina. Die israelische Armee, beziehungsweise was davon übrig war, hatte die Grenze, die südlich vom jüdischen Tel Aviv verlief, elektronisch verstärkt und eine Betonmauer errichtet. In Jaffa war es nach zwei Jahren erneut zu Selbstmordattentaten gekommen. Zwei arabische Frauen hatten sich in diesem Jahr an Kontrollposten in der Altstadt in die Luft gesprengt, wobei übrigens keine Juden, sondern ausschließlich Araber ums Leben gekommen waren. Da war noch anhand der Fingerabdrücke kontrolliert worden, aber die Frauen – sie hatten beide in israelischen Gefängnissen gesessen – hatten mittels Lasertechnik neue Papillarlinien bekommen. Als Reaktion darauf hatte man an den Grenzposten DNA-Scanner installiert, mit denen auf die umfangreichen Datenbanken zurückgegriffen wurde, in denen sich Juden in den letzten zwanzig Jahren hatten speichern lassen, weil sie verlorengegangene Verwandtschaftsbeziehungen klären und unbekannte Vorfahren ausfindig machen wollten. Dank neuer Techniken wurden nun also DNA-Kontrollen durchgeführt.

Sara war während eines Nachmittags am Strand von Tel Aviv, zwei Kilometer nördlich von Jaffa, verschwunden. Wie Bram von Ikki wusste, hatte Saras Mutter, Batja Lapinski, Wasser und Limonade, Butterbrote und Trauben dabeigehabt, hatte eine armeegrüne Zeltplane ausgebreitet, sie mit der flachen Hand glattgestrichen und daneben die angespitzte Stange eines Sonnenschirms in den warmen Sand gesteckt, und Sara hatte mit bunten Plastikförmchen Sterne, Halbmonde und Würfel aus Sand gebacken. Das fünfjährige Mädchen mit blonden Locken und großen blauen Augen hatte in seinem knallroten Badeanzug, der um den molligen kleinen Leib spannte, den Patrouillenbooten zugewinkt, die in hundert Meter Entfernung auf den Wellen schaukelten. Batja hatte im Schatten des Sonnenschirms das neueste Buch von David Manowski gelesen, dem im kanadischen Vancouver lebenden israelischen Autor, der im Jahr zuvor den Literaturnobelpreis erhalten hatte, und dabei immer wieder mal mit dem Mittelfinger die Sandkörner weggewischt, die in Saras Mundwinkeln klebten. Sie hatte die Zeit und die Ruhe gehabt, sich auf ihrem steinalten iPod die Neunte von Dvořák anzuhören. Sie hatte Sara ein Salamibrot gegeben und sich auf der Plane ausgestreckt. Sie hatte bei Manowskis Buch, der Geschichte seines im Herbst 2006 gefallenen Sohnes, geweint. Als sie sich mit dem Handrücken die Tränen weggewischt und danach einen Blick über ihre Schulter geworfen hatte, um das beruhigende Bild von ihrer spielenden Tochter in sich aufzunehmen, hatte sie eine Handvoll anderer Kinder gesehen – es gab nicht mehr viele. Sie hatte sich aufgerichtet und den Blick über den Strand schweifen lassen. Sie hatte Sara gesucht. Sie hatte andere Mädchen gesehen, aber nicht ihre Tochter.

Ikki fragte: »Wann bist du zum letzten Mal in Jaffa gewesen?«

»Keine Ahnung. Das ist Jahre her. Mindestens sieben oder acht Jahre. Was soll ich auch dort?«

»Ich bin bestimmt zehn Jahre nicht mehr dort gewesen«, sagte Ikki. »Alle meine Kontakte, wenn ich jemanden von drüben brauche, laufen telefonisch. Als Kind bin ich noch hin und wieder mit meinen Eltern dort gewesen. Dann haben wir in einem dieser kleinen Lokale am Hafen gegessen. In den arabischen Läden eingekauft. Frische Kräuter. Lammfleisch. Obst. Geht jetzt nicht mehr.«

Bram sagte: »Nein, das geht nicht mehr. Aber wenn wir schon mal dort sind, können wir doch ruhig in einen Laden gehen. Was sollte uns denn passieren?«

»Schlimmstenfalls, dass sie am Rande von Jaffa unsere abgehackten Köpfe auf Stangen spießen.« Ikki musste selbst grinsen und fügte hinzu: »Bei deinem Kopf wird es nicht viel ausmachen, ob tot oder lebendig.«

»Vielen Dank für das Kompliment«, erwiderte Bram.

»Hast du das Geld mit?«

Bram klopfte auf seinen Oberschenkel. Er trug eine Trekkinghose mit vielen Taschen. Ikki hatte drüben ein Netzwerk von Informanten, die er gut bezahlte und die daher verlässlich waren. Die Palästinenser waren zwar kurz davor, die Juden zu besiegen, doch ihr übervölkertes Land bot keine Arbeit, keine Zukunft, keine Hybridautos. Samir war ein palästinensischer Gewährsmann, auf den Ikki von Anfang an gesetzt hatte. Mit Samirs Hilfe hatten sie die Akten von fünf Vermisstenfällen schließen können. Auch den mit den Chassidim in Jerusalem hatte Ikki über Samir gelöst.

Vor einem Jahr hatten Bram und Ikki Schlagzeilen gemacht, als sie ein Kind wiedergefunden hatten, das acht Jahre zuvor verschwunden war; der mittlerweile elfjährige Junge lebte an Sohnes statt bei einem kinderlosen chassidischen Ehepaar in Jerusalem. Es war ein Zufallstreffer gewesen – Ikki führte es auf seine Intuition zurück. Er hatte darauf in Tel Aviv drei Tage lang Weltruhm genossen. Die leiblichen Eltern durften den Jungen, der von den frommen Pflegeeltern gut und sehr gläubig erzogen worden war, seither einmal im Monat besuchen. Die orthodoxen Pflegeeltern hatten ihn von einer professionellen jüdisch-palästinensischen Kidnapperbande gekauft. Diese Entdeckung hatte für öffentlichen Aufruhr und diplomatischen Zündstoff zwischen Israel und Palästina gesorgt, das die gesamte Altstadt inklusive der Viertel der Ultraorthodoxen verwaltete.

Die Schlagzeilen waren auch Saras Mutter nicht entgangen. Zwei Jahre lang hatte sie auf die Polizei vertraut, deren Berichte abgewartet und versucht, das Grauen in ihrem Kopf und ihrem Herzen zu betäuben – sie hatte Tabletten geschluckt, Hasch geraucht, Wodka getrunken. Dann hatte sie drei Monate lang ununterbrochen geweint und anschließend in einer Art Vakuum gelebt, bis sie durch die Medien von der Agentur erfuhr, wie sie Ikki erzählt hatte. Sie hatte ihm alle Polizeiberichte gegeben, Fotos vom Strand und die

Zusammenfassungen dessen, was sie von Hellsehern zu hören bekommen hatte. Ein Jahr lang hatten Ikki und Bram gesucht und nichts gefunden, und nun hatte sie wie so oft der Hinweis eines Gewährsmannes dem vermissten Kind näher gebracht.

»Fünfundzwanzig?«, fragte Ikki.

»Dreißig Mille.«

»Dafür machen sie's. Bestimmt. Das hab ich im Gefühl.«

Die neue Grenze verlief erst acht Kilometer südlich von Jaffa, aber das Militär hatte auch hier schon einen festen Kontrollposten eingerichtet, um Infiltrationen vorzubeugen.

Ikki fuhr an den Straßenrand und blickte auf die Betonmauer hundert Meter vor ihnen, in der sich eine Öffnung befand, die zur Kontrollschleuse führte.

Es herrschte wenig Verkehr nach Jaffa. Zwei Autos warteten vor der Schleuse, die mit chemischen und elektronischen Messgeräten zum Aufspüren von Sprengstoffen bestückt war. Sie sah aus wie eine automatische Waschstraße, ein tunnelartiges, von blitzender Elektronik strotzendes Gebilde, das Fahrzeug und Insassen abtastete. Man fuhr den Wagen an den Eingang heran, und dann glitt das ganze Gehäuse zweimal über das Fahrzeug hinweg – nicht mit Wasser und Bürsten, sondern mit alles erfassenden Sensoren.

»Fühlt sich nicht gut an dahinten«, sagte Ikki.

»Wie meinst du das, fühlt sich nicht gut an?«, fragte Bram.

»Wie ich's sage, es fühlt sich nicht gut an«, wiederholte Ikki.

»Wo?«

»Da«, Ikki schluckte. »Ich weiß nicht. Ich bin einfach...
Da wird was passieren.«

Am Kontrollposten war nichts Ungewöhnliches zu entdecken. Soldaten mit Kevlar-Schutzwesten, zwei Autos, die
mit Stacheldraht umzäunte Mauer, die blitzende Wasch-
anlage und jenseits davon der blaue Himmel über den Dächern von Jaffa. Die Sicherheitsmauer erstreckte sich bis ans
Meer und verschwand dort im Wasser.

Bram sagte: »Ikki, wir haben einen Termin. Sara, erinnerst du dich noch?«

»Spar dir deinen Sarkasmus«, unterbrach ihn Ikki. Er
starrte weiter geradeaus.

»Dann erklär's mir doch«, bat Bram. »Worin besteht dieses Fühlen bei dir?«

»Ich weiß nicht. Beunruhigung. Ich rieche das.«

»Was riechst du?«

»Irgendwas. Ich weiß nicht, was.«

»Dahinten am Kontrollposten?«

»Ja.«

»Was sollte denn dort sein?«

»Ich weiß es doch nicht!«, fuhr Ikki ihn mit hilflosem
Blick an. Er seufzte. »Entschuldige. Ich weiß auch nicht, was
es ist.«

»Was passiert, wenn du diesem... diesem Gefühl nicht
nachgibst?«

»Weiß ich nicht.«

»Hast du das schon mal untersuchen lassen?«

»Was meinst du damit?«

»Diese Gefühle... Hast du je mit jemandem darüber geredet?«

»Du meinst, mit einem Seelenklempner?«

»Zum Beispiel.«

»Warum sollte ich?«

»Na, weil du dadurch beeinträchtigt wirst.«

»Ich werde durch gar nichts beeinträchtigt.«

»Ach nein? Empfindest du diese Gefühle als Bereicherung?«

»Ja.«

»Wir haben einen Termin«, wiederholte Bram.

»Ich weiß.«

»Fährst du weiter?«

Ikki starrte auf die Mauer und nickte dann einige Sekunden lang, als mache er sich selbst Mut. »Okay.«

»Gut«, sagte Bram.

Ikki lenkte den Wagen wieder auf die Straße zurück und fuhr auf die Waschstraße in der Mauer zu, die jetzt verlassen war. Die anderen Wagen waren bereits hindurch.

Um den internationalen Medien gegenüber den Anschein von Gleichbehandlung zu wecken, wurde zu beiden Seiten des Postens kontrolliert, obwohl es elf Jahre her war, seit eine jüdische Terrorgruppe zuletzt eine Serie von Anschlägen in den arabischen Dörfern Israels verübt hatte. Sie waren der Auslöser für die Abspaltung der arabischen Dörfer in Galiläa gewesen. Jetzt wollten auch die Araber Jaffas den Anschluss an Palästina. Das kleine jüdische Land war zu einem Stadtstaat von der Fläche Groß-Tel-Avivs plus einem Sandkasten zusammengeschrumpft.

Einer von den fünf Soldaten an der Mauer signalisierte ihnen gelangweilt, anzuhalten. Als ob das nötig gewesen wäre. Wenn man nicht anhielt, wurde man in die Luft gesprengt.

Der Soldat war Chaim Protzke, ein rothaariger Jude mit roten Backen und zehn Kilo Übergewicht auf den Hüften. Er war einer von Brams Studenten gewesen, vor mehr als zwanzig Jahren, als er noch an der Universität unterrichtet hatte. Jetzt leistete Protzke seinen Quartal-Reservedienst ab. Bram ließ das Seitenfenster hinunter.

Protzke erkannte ihn sofort: »Professor Mannheim!«

»Hallo, Chaim.«

Bram hatte ihn vor einem Jahr im Krankenhaus wiedergetroffen, als er einen Patienten in der Notaufnahme abgeliefert und Protzke ihn dort im Wartezimmer angesprochen hatte. Protzke hatte auf das Ergebnis einer Untersuchung seines Sohnes gewartet, der beim Fußballspielen unglücklich gestürzt war – man stellte eine Bänderdehnung im Fußgelenk fest. Bram entsann sich, was er zu Protzke gesagt hatte: Solange es hier noch Jungen gibt, die Fußball spielen, besteht Hoffnung.

Protzke beugte sich zum Wagen hinunter: »Geht es Ihnen gut, Professor?«

»Ja. Und dir? Deinem Fußballer?«

»Lonnie hat wirklich Talent. Er ist jetzt in Polen. Die haben eigens seinetwegen einen Scout geschickt, der ihn zu verschiedenen Tests mitgenommen hat.«

2022 hatte *Legia Warschau* den Europacup gewonnen. Die Polen hatten den Sieg mit überlegener Abgeklärtheit gefeiert. Er war die Besiegelung ihres neuen Status als führende und prosperierende europäische Nation.

Bram sagte: »Schlag einen hübschen Vertrag für ihn raus.«

»Er bleibt drei Wochen dort. Lonnie ist wirklich gut.«

Protzke warf einen Blick auf den Wagen und wandte sich wieder an Bram: »Und Sie suchen Spannung und Nervenkitzel?«

»Gibt es einen anderen Grund, nach Jaffa zu fahren?«

»Ich wüsste nicht«, erwiderte Protzke. Bei ihrer Begegnung im Krankenhaus hatte er erzählt, dass er, als Bram nach Princeton gegangen war, sein Geschichtsstudium gesteckt hatte und Programmierer geworden war.

Protzke richtete das Wort an Ikki: »Und Sie?«

»Spannung und Nervenkitzel«, sagte Ikki.

»Wir sind da drüben einem Kind auf der Spur«, sagte Bram. Protzke wusste, was sie machten. In der Notaufnahme hatte er sich mit Bewunderung über Brams Arbeit geäußert.

Protzke fragte: »Wissen die, dass Sie kommen?«

Er meinte die Polizei in Jaffa. Mit einigen wenigen Mannschaften sowie Hunderten von Kameras und biochemischen Schnüffelposten, deren Standort fast täglich verändert wurde, gelang es der Polizei, die unruhige Stadt in Schach zu halten.

»Nein, wir haben nicht angerufen«, antwortete Bram.

»Soll ich das kurz machen? Ich gebe das Kennzeichen durch. Aber dieser britische Rover fällt ohnehin auf. Oder stammt er aus Australien?«

»Australien«, bestätigte Ikki mit einem Nicken.

»Wenn du anrufen würdest, Chaim, gern«, sagte Bram.

Protzke reichte ihnen zwei in transparentes Cellophan verpackte Wattestäbchen. »Haben Sie das schon mal gemacht?«

»Ich hab davon gelesen«, antwortete Bram.

Protzke erklärte: »Kurz damit über die Innenseite der Wange streichen, bitte, und danach in den Scanner stecken. Ich sag dann schon Bescheid.«

Er wandte sich wieder an Ikki: »Fahren Sie dann bitte in die Schleuse? Sie müssen im Auto bleiben. Fenster öffnen. Und auf die Anweisungen hören. Motor aus, bitte.«

Protzke trat zwei Schritte zurück und signalisierte, dass sie fahren konnten.

Ikki lenkte den Rover zum Eingang der elektronischen Schleuse und behielt dabei ein rotes Warnblinklicht im Auge. Als es ausging, zog er die Handbremse an und stellte den Motor ab. Jetzt setzte sich das Schleusengehäuse in Bewegung und schob sich über den Wagen. Die in seinen Wänden befindlichen Sensoren konnten sehen, riechen, schmecken, ja sogar in den Magen der Insassen schauen und anhand von dem, was dort geknetet und angesäuert wurde, feststellen, woraus das heutige Frühstück bestanden hatte. Bram und Ikki nahmen die Wattestäbchen aus der Verpackung und taten, was Protzke ihnen aufgetragen hatte.

Bram blickte auf die feuchte Spitze seines Stäbchens. »Und was jetzt?«

»Das Ding musst du gleich in so'n Ding tun«, sagte Ikki.

»Alles klar. Wie geht es dir jetzt?«

Ikki zuckte die Achseln. »Auf dem Weg nach Haifa haben sie genau so was installiert. Und auf halber Strecke nach Jerusalem. Sie durchleuchten uns komplett. Bei mir bekommen sie viele hübsche Sachen zu sehen.«

»Und wie steht's mit deinem Gefühl?«

»Danke, bestens.«

»Vor was hattest du denn nun eigentlich Angst?«

»Was heißt denn ›hattest‹?«

Das Schleusengehäuse bewegte sich wieder zur Vorderseite des Wagens zurück.

Ikki sagte: »Ich hab neulich noch einen Artikel über die DNA und die alte Frage, wer nun eigentlich Jude ist, gelesen. Die DNA, die über Generationen hinweg unverändert bleibt, ist das Y-Chromosom des Mannes. Das wird vom Vater an den Sohn weitergegeben. Ursprünglich ging es den Rabbinern wirklich um die Blutlinie der Mutter, die war maßgeblich fürs Jüdischsein. Aber das sind überholte Ansichten. Eine jüdische Frau, die eine Tochter von einem Goi bekommt, bringt eine Tochter mit einem jüdischen und einem nichtjüdischen X-Chromosom zur Welt, das eine von ihr, das andere von ihm. Bekommt diese Tochter wieder eine Tochter von einem Goi, kann diese zwei nichtjüdische X-Chromosomen haben – und ist, obwohl sie demnach physisch ganz und gar nichtjüdisch ist, für die Rabbiner eine Jüdin. Kommst du noch mit?«

»Mehr oder weniger«, sagte Bram. »Also?«

»Seit wir etwas über die DNA wissen, ist klar, dass die rabbinischen Regeln Schrott sind.«

»Ich werd's dem Oberrabbinat mailen«, sagte Bram. »Von jetzt an sind nur Juden jüdisch, die einen jüdischen Vater haben.«

Protzkes Stimme ertönte: »Die Stäbchen in den Scanner, bitte.«

In Höhe der geöffneten Fenster wurden zu beiden Seiten des Wagens Scanner aus dem Schleusengehäuse ausgefahren, zwei Stahlkästchen mit einer Art Schlüsselloch, in das die Stäbchen passten.

Protzke wiederholte: »Die Stäbchen in den Scanner, bitte.«

Sie steckten die Stäbchen in die Scanner, die daraufhin wieder eingezogen wurden und nun binnen zehn Sekunden feststellen konnten, ob ihre DNA ethnische jüdische Merkmale aufwies.

Bram sagte zu Ikki: »Du findest also, es wäre falsch, jetzt nach Jaffa reinzufahren.«

»Ja. Aber wenn ich es mir genau überlege, finde ich hier alles falsch.«

»Hier?«

»Ja, hier.«

»Wo könntest du sonst hin?«

»Nirgendwohin.«

Die Ergebnisse ihrer Überprüfung erschienen offenbar sofort auf dem Monitor Protzkes, denn er tönte aus dem Lautsprecher: »Sie können weiterfahren, Professor.«

»Bis später«, erwiderte Bram. »Und vielen Dank.«

»Bis dann.«

Ikki startete den Wagen, fuhr aus der Schleuse hinaus und manövrierte zwischen Betonblöcken hindurch zur Straße, die hundert Meter weiter auf die ersten Häuser Jaffas zuführte.

3

In einem anderen Leben war Bram unbefangen mit Rachel durch die Gassen Jaffas geschlendert, seinen Sohn in einem Tragegurt vor der Brust. Die Araber waren damals nicht von den Israelis zu unterscheiden gewesen, ihre Frauen hatten Röcke getragen und ihre Gesichter und ihre Lippen hergezeigt. Seinerzeit wurden alte Häuser renoviert, es gab Straßencafés und Restaurants und Galerien, und Touristen mit Digitalkameras fotografierten die weißen Steine, von denen man den jahrtausendealten Staub heruntergeschrubbt hatte. Die antike Festungsstadt hatte so jung ausgesehen wie das Kind, das an seinem Herzen schlief. Jetzt waren die Frauen Jaffas verschleiert. Und die Männer trugen Bärte, Dschellabas, Sandalen.

Die Altstadt von Jaffa war klein, aber sie brauchten zwanzig Minuten, bis sie die Adresse gefunden hatten. In einer schmalen Straße zwischen hohen Häusern mit schiefen Balkonen und verwitterten Rahmen stellte Ikki den Wagen vor einem Café ab. Bram folgte ihm nach drinnen.

Grünliches Licht aus Leuchtstoffröhren fiel auf Holztische, schmutzig gelbe Fußbodenfliesen und die Kafiyas von zehn, zwölf Männern. Ein Ventilator an der Decke brachte mit drei breiten Flügeln Bewegung in die rauchgeschwängerte Luft, die nach Eimern voll Zigarettenasche roch. Keiner schenkte ihnen Beachtung, als wäre es ganz alltäglich, dass hier zwei Juden hereinspazierten. Ein Mann saß allein am Tisch, mit aufgestützten Ellenbogen, eine Zigarette zwischen den Fingern, eine Tasse Tee vor sich. Wie die anderen schaute er zu einem Fernsehbildschirm über dem Eingang hinauf. Ein amerikanisches Basketballspiel wurde übertragen. Schwarze Riesen tänzelten um den Ball herum. Ikki sah Bram fragend an, als könnte Bram ihm weiterhelfen. Dabei hatte Ikki selbst das Treffen vereinbart. Mit wem? Ikki ging zu dem einsamen Araber hinüber und setzte sich mir nichts, dir nichts an dessen Tisch. Der Mann musterte ihn kurz, nickte, schaute Bram eine Sekunde lang misstrauisch an und verlagerte seinen Blick wieder auf den Bildschirm.

Ikki hatte erklärt, dass sich der Mann an einem öffentlichen Ort mit ihnen treffen wollte, weil er argwöhnte, dass sie bewaffnet sein könnten. Das war Unsinn. Grund dafür, dass ein öffentlicher Ort als Treffpunkt vereinbart wurde, war meistens, dass die Leute ihre Partner um sich haben wollten. Es handelte sich im vorliegenden Fall mit an Sicherheit grenzender Wahrscheinlichkeit um eine Entführung. Vermutlich waren alle in diesem Café Handlanger. Bram zog sich einen Stuhl von einem leeren Tisch heran und ließ sich neben Ikki nieder.

Der Araber drückte seine Zigarette in einem vollen Aschenbecher aus. Er trug eine Kafiya wie die anderen, aber seine Wangen und sein Kinn waren glattrasiert. Keine Spur von Schweiß. Am rechten Handgelenk eine protzige Rolex, mit Sicherheit ein Imitat. Noch immer schien er das Basketballspiel interessanter zu finden als Brams Geld. Theater. Er wollte nichts lieber als ihr Geld.

Ikki fragte: »Sie sind Johnny?«

Der Mann wandte sich ihm zu und nickte. Etwas Ironisches und Gewitztes im Blick, sagte er: »Johnny, ja. Und Sie sind Sean?«

»Sean«, bestätigte Ikki.

»Guter katholischer irischer Name«, sagte Johnny.

»Ich bin nach einem amerikanischen Filmschauspieler benannt worden«, erwiderte Ikki. »Sean Penn.«

»Sean Penn hatte einen jüdischen Vater.«

»Guter Schauspieler«, sagte Ikki, überrascht, dass der Mann wusste, von wem er sprach. Die Bedrücktheit, die ihm unterwegs anzumerken gewesen war, verschwand aus seinem Gesicht.

»Aber komplett verrückt«, entgegnete Johnny. »Hätte niemals Senator werden dürfen.«

Ikki musterte ihn mit fröhlichem Blinzeln in den Augen: »Und nach wem hat man Sie benannt?«

Johnny antwortete: »Nach Tarzan. Johnny Weissmüller.«

Ikki kicherte. Johnnys Unsinn gefiel ihm. Er sagte: »Weissmüller war ein guter Schwimmer. Aber ein schlechter Schauspieler, wenn auch beliebt. Er hatte ungarische Eltern.«

Den Blick auf das Spiel über der Tür gerichtet, erwiderte Johnny: »Es heißt, er hatte eine jüdische Mutter. Und ich finde schon, dass er ein guter Schauspieler war.«

Ikki warf Bram einen amüsierten Blick zu. Er war offensichtlich auf alles, nur nicht auf einen Tarzankenner in Jaffa vorbereitet gewesen.

»Das wusste ich nicht«, sagte Ikki voller Bewunderung.

Johnny nickte zufrieden über Ikkis Vorlage. Ohne das Spiel auf dem Bildschirm aus dem Auge zu lassen, sagte er:

»Ich schätze, du weißt noch einiges andere nicht, was ich weiß. 1924, vor genau hundert Jahren also, gewann Weissmüller bei den Olympischen Spielen in Paris die hundert Meter Freistil erstmals in unter einer Minute. Inzwischen sind wir bei einundvierzig achtzehn. Aber er war zu seiner Zeit eine Sensation. Faszinierendes Leben. Starb schließlich einsam in Mexiko. Acapulco. Sein Haus dort steht noch. Es heißt ›*Casa de Tarzan*‹, und man kann es mieten, es gehört zu einem Hotel. Ein rundes Haus, rosa, ich hab Fotos davon gesehen. Er war fünfmal verheiratet, kostete ihn einen Haufen Geld, und das ging ihm dann irgendwann aus. Aber Tarzanfilme wurden nicht mehr gedreht, und was anderes wurde ihm kaum angeboten. Um seinen Unterhalt zu verdienen, hat er sogar eine Weile den ›Begrüßer‹ in einem Casino in Las Vegas gemacht. Kannst du dir das vorstellen? Der große Weissmüller im Foyer von so 'nem Casino? Ich hab nie herausbekommen, welches Casino es war. Das ›Flamingo‹ oder ›Caesars Palace‹. Er ist arm gestorben, obwohl er nicht vergessen war. Begraben in Acapulco. Bei seiner Beerdigung haben sie seinen Dschungelschrei ertönen lassen. – Klasse Dunking.«

Bram drehte sich zum Bildschirm um und sah die Wiederholung des Korbwurfs in Zeitlupe. Der Spieler schwebte auf den Korb zu und drückte den Ball mit beiden Händen von oben hinein. Die Männer im Café klatschten.

Johnny erklärte: »Ismail Hamdar. Stammt aus Hebron. Seine Eltern sind 2000 weggegangen. In Houston geboren. Zwei Meter fünf. Ich hab dreihundert auf ihn gesetzt.«

Er winkte dem beleibten Mann, der am Nebentisch pechschwarzen Kaffee nachschenkte – aus hoch erhobener Silberkanne dirigierte er den Strahl elegant in die Tassen –, und bestellte auf Arabisch zwei Tee.

»Hamdar muss dreißig Punkte machen. Dann habe ich meinen Einsatz verdoppelt.«

Ikki sagte: »Dreißig ist viel.«

»Sein Durchschnitt in den letzten zehn Spielen liegt bei sechsunddreißig«, erwiderte Johnny.

»Wie viele muss er noch?«, fragte Ikki.

»Zweiundzwanzig.«

»Wird also noch schwierig.«

»Hamdar läuft immer erst im letzten Viertel zur Höchstform auf. Er muss noch auf Touren kommen.«

Johnny zog eine platt gedrückte Zigarette aus einer zerknüllten Packung, zündete sie sich mit einem antiken Ronson an und sagte: »Eines Tages werde ich ihn live spielen sehen.«

»In Houston?«, fragte Ikki.

»In Houston. Bei den *Rockets*. Im Toyota Center.«

»Dann komme ich mit«, sagte Ikki.

Johnny wandte sich an Bram: »Und du?«

»Was ich?«

»Kommst du auch mit?«

»Ich komme auch mit«, antwortete Bram.

»Also wir drei«, sagte Johnny zufrieden.

Bram fand, dass sie den Ritualen jetzt Genüge getan hatten: »Könnten wir drei noch etwas anderes machen?«

Johnny nickte. »Wir könnten auch noch zu den *Los Angeles Clippers*.« Er machte Platz, damit der beleibte Mann zwei Gläser Tee auf den Tisch stellen konnte. »Und zur ›*Casa de Tarzan*‹ natürlich.«

Ikki legte beide Hände um das Glas, als wollte er sie daran wärmen, aber er überspielte damit nur seine Anspannung, denn Brams Einwurf setzte ihn unter Druck. Es waren mindestens dreißig Grad hier drinnen. Das Einzige, was der Ventilator an der Decke bewerkstelligte, war, dass der Rauch gleichmäßig im Raum verteilt wurde.

Ikki erklärte: »Bram meint... das Mädchen...«

Johnny sah Bram an: »Du heißt Bram?«

»Bram. Avraham. Ibrahim.«

Ikki sah ihn abwartend an. Er wollte, dass Bram das Wort führte. Bram war schließlich der Chef.

Bram sagte: »Ich möchte zum Geschäftlichen kommen.«

Johnny hüllte sich in eine Rauchwolke. »Nichts dagegen.«

»Wir müssen zuerst mal feststellen, ob wir von derselben Sache reden.«

»Daran habe ich keine Zweifel«, erwiderte Johnny ungerührt.

Bram sagte: »Ich habe noch keine Beweise gesehen.«

»Die habe ich.«

»Können wir sie sehen?«

Johnny tastete nach etwas, was unter dem Tisch stand. Eine Ledertasche. Er klappte sie auf, zog einen Umschlag heraus und schob diesen über den Tisch zu Bram hin. »Schau's dir nachher an. Nicht hier«, sagte er.

»Ich brauche die Beweise jetzt.«

»Nein, nicht jetzt. Ich will nicht, dass die anderen das sehen.«

Ikki flüsterte: »Samir sagte, du weißt alles.«

»Samir ist ein altes Klatschweib. Er hat keine Ahnung.«

»Kommen wir jetzt ins Geschäft oder nicht?«, fragte Bram. Er wusste zwar, dass es nicht ratsam war, einen arabischen Geschäftsmann zu drängen, aber er wurde langsam ärgerlich. Es ging hier schließlich nicht um den Kauf eines Gebrauchtwagens.

»Ich mache gerne Geschäfte«, erwiderte Johnny gelassen, »vorausgesetzt, wir sind uns einig, worum es geht.«

»Das Mädchen«, sagte Bram. »Sara Lapinski. Vor drei Jahren verschwunden.«

Er zog ein zusammengefaltetes Blatt Papier aus der Brusttasche seines Oberhemds und legte es auf den Tisch. Es war der Farbausdruck von einem Foto. Bram war schweißgebadet, und das Papier fühlte sich feucht an. Johnny rührte es nicht an.

Bram sagte: »Schau's dir an. Es ist die Bearbeitung eines Fotos, so muss sie heute aussehen. Sie wird in drei Monaten acht. Vor drei Jahren ist sie am Strand verschwunden. Man hat sie gesucht, Taucher haben den Meeresboden Meter für Meter nach ihr abgesucht, es hat einen Aufruf im Fernsehen gegeben, sie wurde angeblich in Herzlia, Ramallah und Oslo, Norwegen, gesehen. Arme Irre haben Überstunden gemacht und gemailt, sie hätten von ihr geträumt und seien sich absolut sicher, dass sie in einem Harem in Riad oder Islamabad sei. Oder auf einer Ranch in Neuseeland und Schafe hüte. Es wird Zeit, dass sie nach Hause kommt. Das ist uns Geld wert. Wir können also ins Geschäft kommen, wenn du uns hilfst, sie zu finden. Wir stellen keine Fragen. Das Einzige, was wir wollen, ist, dass sie zurückkommt.«

Die Männer hinter Bram klatschten. Johnny warf einen Blick auf den Bildschirm. »Noch zwanzig Punkte«, sagte er.

»He, Johnny, es geht hier um ein Kind«, betonte Bram mit unverhohlenem Ärger. »Kannst du dir vorstellen, dass es Menschen gibt, denen es sehr viel bedeutet? Oder hat der Judenhass oder der berühmte arabische Geschäftssinn alles in dir abgetötet? Also, kommen wir jetzt ins Geschäft oder nicht?«

»Glaubst du etwa, du kannst etwas erreichen, wenn du mich beleidigst? Eine falsche Bewegung, und jeder hier reißt dir mit größtem Vergnügen den Kopf ab. Achte also besser auf deine Worte.«

»Du bluffst«, sagte Bram. Er musste in der Offensive bleiben. »Du kannst gar nicht liefern. Du hast keinen blassen Schimmer von dem Mädchen.«

»Ich bin Geschäftsmann«, erwiderte Johnny. »Ich weiß, wann ich liefern kann. Und wann nicht.«

»Der Deal ist Sara.«

»Ihr versteht mich nicht. Es gibt keine Sara mehr.«

Ikki schluckte, sah Bram erschrocken an.

»Du hast uns also herkommen lassen, obwohl du gar nichts zu bieten hast?«, fragte Bram aggressiv.

Ungerührt zuckte Johnny die Achseln. »Samir ist ein Träumer«, konstatierte er.

»Lass uns gehen«, sagte Bram und machte Anstalten, sich zu erheben.

Ikki hielt ihn am Arm zurück: »Ich kenne Samir seit Jahren. Und er hat gesagt, dass Johnny unser Mann ist.«

Johnny sagte: »Ich weiß nicht, wieso ich überhaupt noch mit euch rede. Aber gut… Samir hat etwas Entscheidendes verschwiegen. Deshalb habe ich euch kommen lassen.«

»Was?« Bram setzte sich wieder.

»Dass sie tot ist.«

»Tot?«, wiederholte Ikki und kniff mit seiner mechanischen Hand in Brams Arm.

Johnny sagte: »Das Mädchen ist vor einem halben Jahr gestorben.«

»Wusste Samir das?«, fragte Bram.

»Nein.«

Ikki suchte nach Worten, brachte aber keinen Ton heraus.

Bram fragte: »Was ist passiert?«

Auf die glühende Spitze seiner Zigarette starrend, antwortete Johnny: »Soweit ich gehört habe ... Sie wurde krank, vor sieben, acht Monaten. Ein, zwei Wochen darauf ist sie gestorben.« Er blickte zum Fernsehschirm hinauf. »Ich meine nur: Welchen Deal wollt ihr? Sie ist gestorben. Hätte nicht passieren dürfen. Ist aber passiert. Sie haben sie nicht wie einen Hund in einen Graben geworfen. Sie haben sie bestattet. Anständig.«

Ikki murmelte: »Haben sie den Kaddisch gesprochen?«

Johnny schüttelte den Kopf: »Auf welchem Planeten lebst du denn? Natürlich nicht.«

»Sie war jüdisch«, entgegnete Ikki barsch.

Johnny drückte seine Zigarette aus und zündete sich gleich wieder eine neue an. Das Ronson zitterte leicht in seiner Hand. Er gab sich als harter Macho, doch mit der Nachricht, die er zu überbringen hatte, tat er sich schwer.

Bram fragte: »Hast du Namen für uns?«

Johnny sah ihn mitleidig an. »Ist das jetzt ein seriöses Gespräch oder nicht?«

»Wo ist sie begraben?«, fragte Ikki.

»In heiliger Erde. Sie ist jetzt im Paradies, *Inschallah*.«

Johnnys Blick wurde wieder vom Spiel angezogen. »Noch achtzehn Punkte. Der Junge ist eine Wucht.« Er sah Ikki an. »Tut mir leid. Ich kann mir vorstellen, wie sich das anfühlt. Große Kacke ist das, *excusez le mot.*«

Schweigend lenkte Ikki den Wagen aus dem Labyrinth. Auch Bram sagte kein Wort. Ikki hatte nicht ausreichend nachgeforscht, und wenn Johnny sie hintergangen hätte, wäre ihr Geld jetzt für ein totes Mädchen weg gewesen. Es war siedend heiß, und die Klimaanlage im Auto war defekt. Bram hatte auf seiner Seite die Scheibe hinuntergelassen, und das beunruhigte Ikki. Er sah überall Bedrohungen. Nervös steuerte er durch die arabischen Gassen.

Bram warf einen Blick auf den Inhalt des Umschlags, den Johnny ihm gegeben hatte. Es war ein Foto von Sara. Sie lag auf dem Rücken und sah aus, als schlafe sie; weißes Kleid, Hände auf der Brust gefaltet, auf dem Bauch Rosen und Hyazinthen, Augen geschlossen – es war das Bild von ihrem Totenbett. Bram schloss den Umschlag sofort wieder. Vielleicht würde er sich das Foto später ansehen, wenn er die Kraft dafür hatte.

Ikki und er behandelten ihre Fälle jeder für sich. Es gab Zeiten, da die Eltern, die ihre Hilfe gesucht hatten, von neuer Hoffnung beflügelt oder von Kummer zermürbt wochenlang zehnmal am Tag anriefen, simsten oder mailten, und dadurch entwickelte sich unweigerlich eine persönliche Beziehung. Sara Lapinski war Ikkis Fall. Hätten sie Sara freikaufen können, hätte Ikki ihre Mutter anrufen dürfen.

Aber die schlechte Nachricht musste Bram überbringen. Er war fast dreißig Jahre älter als Ikki, und da sollte die Aufgabe der Benachrichtigung von der Katastrophe besser auf seinen Schultern ruhen. Achtundzwanzigmal hatte er das schon gemacht. Es gab Offiziere, die viele Dutzende solcher Besuche absolviert hatten. Sie bekamen den Befehl und hatten keine Wahl. Bram schon. In sechs Fällen hatten sie die Polizei auf die Spur zu einem Grab bringen können, aber auch da war Bram gegangen, obwohl er es einem Polizeibeamten hätte überlassen können, bei den Hinterbliebenen anzuklopfen. Bram hatte Batja Lapinski nie kennengelernt und musste ihr nun sagen, dass ihre Tochter tot war – falls sie sich auf Johnnys Auskunft verlassen konnten. Sprach das Foto vom Totenbett für sich? Bram war sich nicht sicher.

Nach einigen Minuten beidseitiger Sturheit – Ikki fragte nichts, und Bram starrte unwirsch vor sich hin – rief Ikki verzweifelt aus: »Ja, ich weiß, dass ich einen Fehler gemacht habe! Es tut mir leid!«

Bram erwiderte: »Dein guter Samir hat dich hängengelassen.«

»Den knöpfe ich mir vor«, sagte Ikki. »Können wir auf einem anderen Weg zurückfahren?«

»Nein.«

»Durch diesen Kontrollposten ist die einzige Möglichkeit?«

»Ja.«

»Shit«, seufzte Ikki.

»Vorgefühl?«

»Ja.«

»Riechst du was?«

»Sarkastischer Arsch«, sagte Ikki.

Kurz bevor sie in das offene Gelände vor dem Kontrollposten hinausfuhren, nackter Boden bis an die Betonmauer, kamen sie am Markt vorüber. Verschleierte Frauen. Männer in Wallekleidern.

Ikki sagte: »Ihre Mutter... Wir müssen es ihr sagen.«

»Ich weiß.«

»Ich mach das schon«, murmelte Ikki. »Meine Schuld.«

Bram fragte: »Was ist deine Schuld?«

»Dass sie sich Hoffnungen macht.«

»Was hast du ihr denn erzählt?«

»So gut wie nichts.«

»So gut wie nichts ist zu viel.«

»Gibt es wirklich keinen anderen Weg?« Ikki nahm den Fuß vom Gaspedal.

Bram wurde ärgerlich: »Herrgott noch mal, hör auf zu nerven! Fahr einfach!«

Ikki schüttelte den Kopf, gab aber wieder Gas.

Sie ließen die Altstadt hinter sich und näherten sich der Schleuse des Kontrollpostens. Die Mauer, die elektronischen Sensoren, die Kameras und die Durchgangsschleuse bedeuteten, dass die Juden de facto akzeptiert hatten, dass Jaffa nicht mehr ihnen gehörte. Bram und Ikki hatten dort keinen einzigen jüdischen Soldaten gesehen. Das Militär überwachte aus der Luft, und in dem Städtchen wimmelte es von Elektronik im Straßenpflaster, in Hausmauern und Dachrinnen, ja, manche behaupteten sogar, unter den Tüchern, in die sich die Frauen hüllten. Es war zu gefährlich, Mannschaften am Boden patrouillieren zu lassen.

Es war ein Uhr mittags. In der nächsten halben Stunde würden sich die Straßen Jaffas leeren und die Bewohner den Schatten ihrer Häuser aufsuchen.

Ikki setzte sich auf und umklammerte das Lenkrad, als könne er dadurch Spannung abbauen.

»Da ist überhaupt niemand am Kontrollposten«, sagte Bram, »niemand, der irgendetwas anrichten könnte. Was soll schon passieren?«

»Ein Tohuwabohu«, sagte Ikki, »ein schlimmes Tohuwabohu.«

»Das Gefühl hast du?«

»Ja, das Gefühl habe ich.«

»Aber bei Samir hat dich dein Gefühl getrogen?«

»Was soll die Häme?«

»Samir ist schuld daran, dass du dir jetzt in die Hosen machst. Hätte er nicht gelogen, müsstest du nicht durch diese Schleuse.«

»Vielleicht wusste er's nicht.«

»Vor einer Minute wolltest du ihn dir doch noch vorknöpfen, oder?«

»Was hätte er davon gehabt, uns umsonst zu Johnny zu schicken?«

»Eine Handvoll Scheine vielleicht? Aber Samir hatte nicht damit gerechnet, dass Tarzan ehrlich sein würde. Ein ehrlicher Araber, Ikki, wir haben gerade einen ehrlichen Araber kennengelernt. Er heißt Tarzan und liebt Basketball.«

»Das wird Samir aber freuen.«

»Dieses Basketballspiel...«, sagte Bram. »Wie spät ist es jetzt in Houston?«

Ikki zuckte die Achseln. »Sieben Stunden Zeitunterschied?«

»Acht«, sagte Bram. »Dort ist also jetzt früher Morgen. Oder das Spiel wurde nicht live übertragen.«

»Na und?«

»Er sagte, er hätte Geld darauf gesetzt. Aber das Ergebnis stand längst fest. Es war eine Aufzeichnung. Tarzan hat eine Show abgezogen.«

»Na und?«, sagte Ikki noch einmal.

»Was hatte er davon? Warum musste er uns weismachen, er sei ein Zocker?«

»Ich weiß es nicht«, sagte Ikki. »Du bist der größte Paranoiker, den ich kenne. Wann sagst du Saras Mutter Bescheid?«

»Nachher... Nein, nachher habe ich Schicht beim Rettungsdienst. Morgen. Ich gehe morgen zu ihr.«

»Sonst sagst du immer, dass die Eltern sofort...«

»Ja, sonst. Aber nicht jetzt. Ich gehe morgen, okay?«

Ikki trat auf die Bremse, und sie blieben ruckartig stehen. Das würde mit Sicherheit die Aufmerksamkeit der Soldaten am Grenzposten auf sie lenken. Die richteten jetzt dreihundert Panzerabwehrraketen auf den Wagen aus.

»Ich schaff das nicht«, sagte Ikki.

Bram verlor die Geduld und brüllte ihn an: »Verdammt noch mal, Mann! Stell dich nicht so an! Steig aus, ich fahre!«

Ikki nickte ergeben. Sie stiegen aus und tauschten die Sitze. Brams Handy läutete.

Ungeduldig fischte er es aus seiner Hosentasche. Das Display zeigte keine Nummer an. Er drückte auf die Freisprechtaste und hörte: »Professor?«

»Chaim?«

»Professor, ist irgendwas mit Ihrem Wagen?«

»Nein, nichts. Ich wollte nur mal ein Stück fahren. Hab noch nie einen Wagen gefahren, bei dem das Lenkrad rechts ist.«

»Nicht der ratsamste Ort für solche Einfälle, Professor.«

»Wir werden es nicht wieder tun, Chaim.«

»Ich schleuse Sie schnell durch.«

»Danke. Woher hast du meine Nummer?«

»Natürlich habe ich die. Ich sehe hier auf meinem Bildschirm auch, wann Sie heute Morgen den Hund rausgelassen haben. In welcher Zeit leben Sie denn, Professor?«

Bram hatte keine Ahnung, in welcher Zeit er lebte. Welche historische, technische, wissenschaftliche, moralische Zeit war jetzt eigentlich? Das Einzige, was er wusste, war, dass die Zeit der Sicherheit und Geborgenheit, die Zeit des felsenfesten Vertrauens darauf, dass das Morgen die ungetrübte Fortsetzung des Heute sein würde, eines Heute voller Ehrgeiz, Verantwortungsgefühl, Liebe, Wohlstand, dass diese Zeit vorbei war, schon seit langem.

Er antwortete: »In der vollendeten Vergangenheit, Chaim.«

ERSTER TEIL

Tel Aviv

Zwanzig Jahre früher
April 2004

Er hatte das Angebot abgelehnt. Die meisten Historiker auf der Welt wären an seiner Stelle vor Freude auf die Knie gesunken, aber Bram hatte nein gesagt. Niemand in seinem Umfeld wusste von dem Anerbieten, bis auf Rachel natürlich, und wenn er darauf eingegangen wäre, hätte es mit Sicherheit für öffentlichen Unmut gesorgt. So ganz einwandfrei war ein Wegzug aus Israel nie; jeder, der für längere Zeit wegging und den Windschatten eines westlichen Landes aufsuchte, zog sich die Verachtung der gesamten Nation zu. Doch in dieser Verachtung schwang nicht selten eine gehörige Portion Neid mit. Wer wollte nicht weg aus diesem Irrenhaus? Wer konnte in dem Dreck, der seit Jahrzehnten nicht nur aus den Gebieten, sondern aus der gesamten Region auf sie abgeschleudert wurde, noch frei atmen? Alle wollten weg, aber zugleich wollte niemand aufgeben und dem wundervollen Experiment, das dieses Land darstellte, den Todesstoß versetzen. Dies war Brams Land, dies waren sein Sand und seine Felsen, und mochte es vielleicht auch andere Orte auf der Welt geben, wo er um ein Uhr nachts entspannt unter einer alten Palme draußen in der süßen Stadtluft stehen konnte, er hatte nun mal hier Wurzeln geschlagen, hier seine Frau gefunden, hier ihr Kind gezeugt und hier seine Doktorarbeit verfasst, die ihn nicht nur zum Hochschullehrer gemacht, sondern ihm auch einen gewissen akademischen Ruhm eingebracht hatte.

An einer Kreuzung im Herzen des alten Tel Aviv wartete er darauf, dass in der Schneise zwischen den dicht an dicht hochgezogenen, nicht mehr als fünfstöckigen und um diese Zeit fast vollständig dunklen Gebäuden ein Taxi auftauchen würde. Er hatte zwar sein Handy bei sich und konnte auch die Taxizentrale anrufen, aber er fand es nicht unangenehm, nach einem schweißtreibenden Abend noch einen kleinen Bummel zu machen; er beschloss, zur Bograshov, einer der großen Durchgangsstraßen, zu laufen. Mit dem Zeigefinger der einen Hand hielt er das über die Schulter geworfene Jackett am Aufhänger fest, mit der anderen Hand schlenkerte er seine dicke, braune Aktentasche.

Die Sitzung, an der er gerade teilgenommen hatte, hatte sich doch länger hingezogen als versprochen, und so hatte er sich vor zwei Stunden, als sein Handy läutete und auf dem Display die erwartete amerikanische Nummer aufleuchtete, entschuldigt und den kleinen Saal verlassen, in dem sie seit acht Uhr beratschlagt hatten. Draußen auf dem kahlen Korridor, unter dem kalten Licht der Leuchtstoffröhren hatte er dann mit gedämpfter Stimme sein Gespräch mit dem Chef der Historiker in Princeton, Frederick Johanson, geführt.

Sie kannten sich von Kongressen und aus Beiträgen in Fachzeitschriften. Johanson war der amerikanische Nachfahre schwedischer Seeräuber, ein Hüne mit groben Pranken und großem, prähistorisch anmutendem Kopf (immer blaurot, durch zu viel Alkohol, hohen Blutdruck oder erbliche Vorbelastung?), mit albinoweißen Wimpern und dichtem, rotem Haarschopf. Johanson hatte am Nachmittag schon einmal angerufen, aber da war Brams Handy ausgeschaltet gewesen, weil er Vorlesung hatte. Als Bram später zurückgerufen hatte, war wiederum Johanson nicht erreichbar gewesen. Heute Abend nach elf hatte Bram ihm auf die Mailbox gesprochen. Der Zeitunterschied zur amerikanischen Ostküste betrug sieben Stunden.

Vor drei Wochen hatte Johanson ihm mitgeteilt, dass einer seiner Historiker emeritiert würde und er Bram die Professur garantieren könne, falls er sich bewarb. Bram hatte sich Bedenkzeit erbeten.

Bis Viertel nach sechs hatte Bram unterrichtet und danach in seinem Zimmer in der Universität den Unterricht für den nächsten Tag und die Sitzung ihrer Friedensgruppe vorbereitet. Als er dann im Café auf dem Campus eine Kleinigkeit gegessen hatte – das Schauspiel schien immer reichhaltiger und erlesener zu werden: prachtvolle Studentinnen mit wehenden Locken über schimmernden Schultern, in nabelfreien Shirts und kurzen Röcken, die ihre bildschönen Beine sehen ließen –, hatte er sich mit Rachel besprochen. Sie überlasse die Entscheidung ganz ihm, hatte sie gesagt, sie werde mit allem einverstanden sein, es gehe schließlich um ihn, nicht um sie. Bram hatte irgendetwas Undeutliches dagegen eingewandt. Darauf hatte sie gesagt: »Mach doch jetzt, was du am liebsten möchtest. Nimm dieses Angebot an. Das ist eine Ehre. Eine Chance. Dort ist es ruhig. Für Ben wird es gut sein.«

»Aber ist es gut für dich?«, hatte er gefragt. Eine rhetorische Frage, denn er wusste, was sie antworten würde.

»Für mich ist gut, was für dich gut ist.«

Johanson rief eine Minute nach elf an. Der Klingelton

störte den Monolog Jitzchak Balins, der die Stunden in dem glutheißen Raum schweißfrei durchgestanden und nicht mal seinen Schlips abgelegt hatte – er war für seine extravaganten Krawatten bekannt. Über seine Lesebrille hinweg verfolgte er irritiert, wie Bram sein Telefon aus der Tasche zog. Balin war ein kleiner Mann von Anfang fünfzig mit vor Ernst und Pflichtbewusstsein grauem, gequältem Gesicht. Friedensstifter war seine Profession, und der widmete er sich mit Hingabe.

Bram machte eine linkische Gebärde Richtung Gang, murmelte eine Entschuldigung, erhob sich und zog die Tür hinter sich zu. Die Zukunft des Nahen Ostens überließ er für den Moment den sieben Männern und zwei Frauen – bis auf Balin allesamt in Hemdsärmeln oder dünnen Blusen und mit idealistischen Mienen, in denen keinerlei Enttäuschung oder gar Verzweiflung sichtbar werden durfte –, mit denen er zwei Stunden lang lauwarmes Wasser und bitteren Kaffee getrunken hatte, um die zähen Plätzchen runterzuspülen, die Sara Lippman, Balins Mutter, am Vormittag noch eigenhändig gebacken hatte. Aus Solidarität konnte keiner sie unangerührt stehen lassen. Solidarität war in ihren Kreisen ein Schlüsselbegriff.

In seinem holzgetäfelten Zimmer in Princeton, über das schon seit zwei Tagen winterliche Schauer hinwegzogen, fragte Johanson: »Hast du es dir überlegt?«

Auf dem kahlen Korridor antwortete Bram: »Ja.«

»Ist es jetzt zu spät für ein Gespräch? Soll ich morgen noch einmal anrufen?«

»Nein, nein, wir können reden«, sagte Bram, den Blick auf die Tür geheftet, da man ihn womöglich hörte.

»Hast du eine Entscheidung getroffen?«

»Ja, das habe ich.«

Johanson schwieg, um Bram Zeit zu geben, seine Antwort zu formulieren. Bram würde die Solidarität mit Jitzchak und Sara und Yuri und all den anderen, vielleicht sogar mit diesem ganzen Land, verletzen, wenn er jetzt sagte, dass er es machen würde. Aber er wollte weg. Mit achtzehn war er aus den Niederlanden nach Israel gekommen, weil er in einem Anflug von Boshaftigkeit beschlossen hatte, in Tel Aviv zu studieren – er glaubte, damit seinem Vater eins auswischen zu können –, war geblieben, war israelischer Staatsbürger geworden, hatte seinen Militärdienst in den Gebieten abgeleistet und gekämpft und mit seiner Einheit in Nablus einen Terroristen getötet, und nun, fünfzehn Jahre nach seiner Ankunft, wollte er weg. Aber wegzugehen war Verrat. Obwohl er sich vorgenommen hatte, jedes Jahr wiederzukommen, um seinen Reservedienst abzuleisten, denn seine Einheit durfte er nicht aufgeben; die Männer, die ihr Leben für ihn geben würden und für die er sein Leben geben würde, durften auf keinen Fall unter seinem Wegzug leiden. Er war der großen Worte und der großen Fragen müde. Er wollte nicht in Begriffen wie »sie geben ihr Leben für mich« denken. Er träumte davon, ein langweiliger Professor in einer langweiligen Kleinstadt zu sein. Stieß er dann mal auf den Terminus »Existenzrecht«, sollte der sich nach einer fernen historischen Abstraktion anhören und nicht nach virulenter Aktualität. Er war dreiunddreißig Jahre alt, aber erschöpft. Das kam nicht nur durch Ben, den Rachel in den vergangenen Monaten auch nachts hatte stillen müssen, sondern hatte vor allem mit der immer gleichen Leier zu tun, die er in den letzten drei Jahren mitmachen musste. Die zum Teil Balin zu verdankenden Berlin-Abkommen hatten rein gar nichts bewirkt. Einmal mehr hatten sie heute Abend mit großem Engagement Szenarien erörtert, wie man die Abkommen wieder ins öffentliche Bewusstsein rücken könnte, doch selbst Balin schien sich mit dem Status quo abgefunden zu haben.

Balin, der wie andere aus dem Kreis derer, die die Abkommen aushandelten, über ein weltweites Netzwerk verfügte und auf europäische Subventionen zurückgreifen konnte, hatte verbissen und manchmal auch verzweifelt mit den Palästinensern um jeden Punkt und jedes Komma gerungen – es gehe um die Abfassung von Dokumenten, die beweisen könnten, dass historische Kompromisse möglich seien, hatte er seinen Verhandlungspartnern immer wieder vor Augen gehalten. Sie waren somit zu Werke gegangen, als hätten sie den Segen der politischen Führung ihres Landes und als würden die Dokumente, die sie abfassten, anschließend mit präsidialem Siegel versehen werden. Und als sie bekanntgemacht hatten, was sie in jahrelanger Arbeit im Geheimen erreicht hatten, war es ihnen auch gelungen, die Aufmerksamkeit und Bewunderung der Weltpresse zu wecken.

Am ersten Dezember des vergangenen Jahres, also erst vor fünf Monaten, hatten sie in Berlin eine beeindruckende Show veranstaltet, die Bram zu Hause im Fernsehen bestaunt hatte. Richard Dreyfuss, der Schauspieler aus *Der weiße Hai,* hatte als Moderator fungiert. Der ehemalige US-Präsident Jimmy Carter und der ehemalige polnische Präsident Lech Walesa waren nach Berlin geflogen und hatten die

Abkommen gerühmt und als historisch bewertet; Nelson Mandela hatte ein Video mit einer persönlichen Botschaft geschickt. Hunderte von Journalisten hatten der Friedensshow beigewohnt. Auch Bram hatte sich dem Rausch des Erfolgs nicht entziehen können.

Doch die Mehrheit der Israelis quittierte die Abkommen mit einem Schulterzucken, gar nicht mal feindselig, sondern eher mit gelangweiltem Wohlwollen: Dieser Balin wieder, dieser Expolitiker ohne Partei, ohne Basis, mittlerweile sogar noch ohne Frau (sie hatte ihn drei Monate zuvor wegen des Machos verlassen, mit dem sie seit zwei Jahren eine erfolgreiche Talkshow im Fernsehen machte), ohne Humor oder Relativierungsvermögen, aber mit europäischen Freunden, die so gern einen Palästinenserstaat hätten, notfalls eine Diktatur unter einem Terroristenführer.

Die Palästinenser interessierten die Abkommen genauso wenig.

»Ich kann morgen noch einmal anrufen, gar kein Problem«, sagte Johanson.

»Ist schon gut«, erwiderte Bram.

Er ging ans Ende des Korridors. Das Hallen seiner Schritte auf den Fliesen konnten sie drinnen hören.

Johanson fragte: »Um welche Uhrzeit soll ich anrufen?«

»Nein, ich meine: Wir können jetzt reden.«

»Dann rede«, sagte Johanson.

»Okay.«

»Geht es in Ordnung?«, fragte Johanson erwartungsvoll.

»Nein«, sagte Bram, »nein, meine Antwort ist nein. Nein, ich mache es nicht.«

»Höre ich richtig?« Jetzt klang Johanson erstaunt.

»Ja, du hörst richtig.«

Bram drehte sich zur Wand, die im Neonlicht blau aufschimmerte, mit dem Rücken zur zehn Meter entfernten Tür, und flüsterte: »Ich kann nicht von hier weg. Mein Sohn ist gerade erst hier auf die Welt gekommen.«

»Das ist sehr schade«, sagte der schwedische Hüne. »Aber ehrlich gesagt: Ich hatte nichts anderes erwartet.«

Die Enttäuschung in seiner Stimme verriet, dass er es eben nicht erwartet hatte.

»Trotzdem«, fuhr Johanson fort, »kann ich dich nicht doch noch überreden?«

Er erzählte, dass er einen Rundruf gemacht habe und ihm gegebenenfalls die Unterstützung der Mehrheit des Fakultätsrats für Brams Ernennung zugesagt worden sei. Die Bewerbungsfrist ende in einer Woche.

Bram starrte den leeren Gang hinunter, auf die schlichten Bodenfliesen, die Leuchtstoffröhren an der Decke, alles puritanisch und funktional, um die Kosten niedrig zu halten und zu unterstreichen, dass Ornamente überflüssig waren. Das Gebäude stand im Herzen des Bauhausviertels, der Wiege Tel Avivs, der Traumstadt deutscher Juden, die mit Jugendstil und Barock aufgewachsen waren, aber auf ihre Flucht nichts als modernistische Strenge mitgenommen hatten. Ästhetik um der Ästhetik willen war nur Ballast. Hinter der Tür warteten Balin, die alte Sara und die anderen auf das Ende seines Telefonats. Er hatte bei der Universität sechs Monate Kündigungsfrist, könnte also im September abreisen. In acht Monaten würde er dann mit Ben im Garten hinter ihrem Haus in Princeton einen Schneemann bauen. Er stellte sich ein Holzhaus mit Veranda und Doppelgarage vor, einen Allradwagen auf der Auffahrt, einen roten oder grünen Briefkasten auf einem Pfahl an der Straße. Er sah die Dachlawinen aus vereistem Schnee von den Häusern rutschen und auf den gefrorenen Büschen zerbersten. Zwischen den Vogelspuren im Schnee lagen Reste von den Erdnüssen, die Ben im Futterhäuschen hinter einer der Weißfichten für die hungrigen Vögel auslegte. Bram würde seine Studenten zurücklassen, seine Kollegen, seinen Vater, der in diesem Jahr vierundsiebzig wurde. Gleich würde er in den Raum zurückgehen und sich wieder am Gespräch über die Zukunft dieses Landes beteiligen. Schicksalsverbundenheit, das war es, was er mit denen da drinnen und der großen Abstraktion, die dieses Land war, teilte. Das konnte er nicht einfach abstreifen, auch wenn er wollte.

»Es tut mir leid«, sagte Bram zu dem Mann, der in seinem amerikanischen Lederdrehsessel vor dem Mahagonibücherschrank saß und durch die hohen Fenster auf den Regen und die knospenden Bäume im Park vor seinem Büro starrte – einem Raum, der aufwendiger war als das Amtszimmer des israelischen Premiers. »Ich würde schon gern… Vielleicht in ein paar Jahren, Frederick… Ich… Es ist ein unheimlich schönes Angebot, ein Jugendtraum. Aber es geht nicht. Sorry.«

»Schade. Falls du es dir bis Montag noch anders überlegen solltest, du hast ja meine Nummer. Einige meiner Kollegen haben noch einen anderen Israeli im Auge, aber ich hätte lieber dich. Mach's gut, Abe.«

Einen anderen Israeli. Bram war neugierig, wen er wohl meinte, aber es war ausgeschlossen, nach dem Namen zu fragen, und Johanson würde ihn auch niemals verraten.

»Du auch, mach's gut.«

Es sollte noch zwei Stunden dauern, bis Bram das Gebäude verlassen konnte. Sie verabschiedeten sich vor der Tür, und Bram ging die Straße hinunter und hoffte einige Minuten lang auf ein zufällig vorüberkommendes Taxi. Danach lief er durch die schlecht erleuchtete Straße Richtung Rothschild Boulevard, vorbei an den dunklen Wohnblocks, den ungepflegten Vorgärtchen und vergitterten Schaufenstern, den dicht hintereinander und nah an der Bordsteinkante geparkten staubigen und zerbeulten japanischen Autos, und dabei beschlich ihn ein schreckliches Bedauern über seine Absage. Er erwog, Frederick gleich anzurufen und ihm zu sagen, dass er es sich anders überlegt habe und die Stelle annehmen werde – eine Professur in Princeton, er war ja verrückt, das auszuschlagen, wegen etwas so Ungreifbarem wie einem Land, einem Volk. Er blieb stehen, stellte die Tasche vor seinen Füßen ab und tastete sein Jackett nach seinem Handy ab, während er aus dem Augenwinkel drei junge Männer wahrnahm, die plötzlich aus einer Gasse zwischen zwei Gebäuden aufgetaucht waren. Kein Grund zur Beunruhigung; das hier war nicht *downtown* Detroit.

Das Telefon in der Hand, fragte er sich, ob es nicht lächerlich war, jetzt gleich anzurufen. Und wollte er das wirklich? Morgen früh würde er bestimmt wieder anders darüber denken. Verzweifelt blieb er auf der Stelle stehen und schaute auf, weil er das Gefühl hatte, beobachtet zu werden.

Die drei jungen Männer waren stehen geblieben. Trotz der Dunkelheit sah er, dass sie keine achtzehn waren. Also noch nicht wehrpflichtig. Bevor er sich des vertrauten und ein wenig beschämenden Denkreflexes – nämlich der Frage:

Araber oder sephardische Juden? – bewusst geworden war, machten alle drei eine schnelle, eckige Bewegung mit den Armen und ließen, als hätten sie das vor dem Spiegel geübt, im selben Moment drei schlanke Klingen aus ihren Fäusten hervorschnellen. Springmesser, die blitzend das spärliche Licht dieser Straße einfingen.

Bram verstand nicht, was das zu bedeuten hatte, denn die Messer konnten unmöglich ihm gelten, und er sah die Jungen – Turnschuhe, weite Trainingshosen und T-Shirts –, die etwa vier Meter von ihm entfernt den schmalen Gehweg versperrten, verwundert an, griff zu seiner Aktentasche und schob sich seitlich zwischen zwei parkenden Autos hindurch auf die Straße.

Gelenkig sprang einer der Jungen auf die Motorhaube eines geparkten Lieferwagens und von dort auf die Straße – die akrobatische Eleganz erinnerte Bram an moderne chinesische Kung-Fu-Filme –, um sich drohend vor Bram aufzubauen, mitten auf der Fahrbahn jetzt. Unwillkürlich drückte sich Bram Schutz suchend an das hohe Seitenteil des Lieferwagens, während sich die beiden anderen Jungen zu ihrem Kumpan gesellten. Sie waren jung, nervös, übermütig. Araber, chancenlose junge Männer aus Jaffa, mit hübschen Gesichtern ohne eine Spur von Akne, mit fast mädchenhaften, mandelförmigen Augen und Körpern, die sie zu geschmeidigen Kampfmaschinen geschliffen hatten, denn sie waren arbeitslos und unterstützungsberechtigt und hatten alle Zeit der Welt, tagaus, tagein in einem Fitnessstudio zu trainieren. Sie sahen sich ähnlich, junge Männer mit Gesichtern wie Filmstars, mit regelmäßigen Zähnen, orientalisch geschnittenen Nasen, elegant geschwungenen Augenbrauen. Sie sind miteinander verwandt, dachte Bram, Vettern, Angehörige eines gekränkten Familienclans. Sie bewegten sich einen Schritt in seine Richtung, womit sie ihm ein Entkommen vereitelten, und nahmen eine Haltung ein – Beine gespreizt und die Knie leicht gebeugt, die Hand mit dem Messer in Augenhöhe, als wären sie geübte Messerhelden –, die ein schnelles Agieren mit den Messern ermöglichte.

Bram spürte das Blech des Lieferwagens im Rücken und konnte nicht weiter zurück. Wenn es gegangen wäre, hätte er sich hineingepresst. Er umklammerte den Griff seiner Aktentasche. Und mit der anderen Hand, in der er noch immer sein Telefon hielt, presste er sein Jackett an sich, um sich weniger verletzlich zu fühlen. Er war größer als sie und vermutlich stärker als jeder Einzelne von ihnen, aber sie waren zu dritt und hatten Messer.

»Geld«, war das stumpfsinnige Wort, das der Mittlere von den dreien ausstieß.

Bram hörte es an seinem Akzent: Araber. Der Junge hatte einen flaumigen Schnurrbart. Seine Augen waren vor Spannung geweitet – oder waren Drogen im Spiel? Er schien etwas älter zu sein als die beiden anderen, zwanzig vielleicht. Bram als moderner, progressiver Israeli, der Verständnis für die jungen israelischen Araber hatte, die unter schwierigen sozioökonomischen Bedingungen aufwachsen mussten, wollte ihn nicht hassen. Die Jungs hatten ja keine Ahnung, was er heute Abend gemacht hatte. Er musste es ihnen erklären.

»Ich möchte euch etwas erzählen«, sagte er mit beherrschter Stimme zu dem mittleren Jungen. Er hatte Erfahrung im Umgang mit jungen Menschen. Es kam zwar immer wieder vor, dass er nervös war, wenn er einen Hörsaal betrat, aber er hatte gelernt, seine Stimme dagegen abzuschirmen.

»Don't fuck with us«, zischte der Junge ihm zu, plötzlich wilden Hass in den Augen. Er war offenbar ein Rap-Fan. »Gib deine Tasche her.«

Er streckte seine freie Hand danach aus, aber Bram schob die Tasche zwischen den Wagen und seine Beine.

»Ich gebe euch Geld, aber meine Tasche ... Darin ist meine Arbeit... Zwei Jahre Arbeit über...«

Er zögerte. Es war die Fortsetzung seiner Untersuchung über die Flucht und Vertreibung der Palästinenser. Sie belegte, dass man die Vorfahren dieser Jungen ungerecht behandelt hatte. Er hatte zwar nur einen Ausdruck bei sich, aber darin standen unzählige handschriftliche Notizen, die er im Laufe eines Jahres gemacht hatte.

»Wenn du die Tasche nicht rausrückst, schlitzen wir dich auf, willst du das?«

Bram keuchte auf einmal, sein Herz raste, und die warme Nachtluft ging pfeifend durch seine Nasenlöcher. Bei dem Jungen machte sich jetzt ein Tick bemerkbar, etwas mit seinem linken Auge, um das herum sich die Muskeln unkontrolliert zusammenzogen und das Auge zu einem unregelmäßigen Zwinkern zwangen. Die anderen beiden sahen Bram an, als wäre er ein Ungeheuer, das man vernichten, eine giftige Bestie, deren Eingeweide man auf der Straße zertreten musste.

Ich habe ihren Abscheu nicht verdient, dachte Bram. Andere vielleicht schon, aber er nicht, obwohl er an einer Aktion beteiligt gewesen war, bei der man einen Palästinenser erschossen hatte, aber das war ein bewaffneter Terrorist gewesen, der Mörder eines betagten Siedlerehepaars. Sie hätten sich eine andere Zielscheibe aussuchen müssen. Er war nicht schuldig.

»Mein Buch... In dieser Tasche...«, sagte er mit trockener Kehle, während er ebenfalls nervös zu zwinkern begann (in den chinesischen Kung-Fu-Filmen wurde dieses Detail immer weggelassen, aber er wusste jetzt, dass Menschen in so einer nervenzehrenden Situation offenbar heftig zwinkerten). »Es handelt von '48, von der Nakba... Ich habe recherchiert, neues Archivmaterial...«

»Die Tasche, jetzt, sonst bist du tot, du Arschloch«, sagte der Anführer.

»Darf ich... mein Manuskript behalten?«

Der Junge wusste nicht gleich, wie er darauf reagieren sollte. Dass einer wegen eines Packens Papier riskierte, ihn zu reizen, ja womöglich bereit war, dafür zu sterben, war ihm derart fremd, dass er Brams Bitte nicht einschätzen konnte. Er wechselte einen kurzen Blick mit dem Jungen zu seiner Linken, der unsicher die Schultern hochzog, und sah dann wieder Bram an.

»Schnell, nimm's raus, aber lass den Rest in der Tasche.«

»Okay, okay, ganz ruhig«, erwiderte Bram. Sie ließen ihn jetzt ein paar Sekunden in Ruhe. Er hatte Zeit gewonnen und damit eine gewisse Gefasstheit.

Er ließ sein Jackett fallen und klickte die Tasche auf.

»Das Jackett will ich auch«, sagte der Junge.

Bram nickte. »Gut. Ich nehme jetzt das Manuskript raus, okay?«

Die Jungen begannen sich forschend umzusehen, behielten die dunklen Fenster der Apartmentgebäude im Blick. Das hier dauerte länger als erwartet.

»Mach zu, du Arsch.«

Bram ging in die Hocke und suchte in den Tiefen seiner Tasche. Ausgerechnet jetzt, dachte er, ausgerechnet jetzt nach der Absage passiert mir so was Blödes, darf ich einen Überfall erleben, der laut Statistik nur alle zehn Jahre mal einem betrunkenen Touristen zustößt.

Er umfasste den Griff der Pistole und richtete sich auf. Es war eine Kel-Tec P-11, eine kleine 9-mm-Handfeuerwaffe, die Rachel ihm nach dem Beginn der Zweiten Intifada geschenkt hatte, damit er sie immer bei sich trug. Es dauerte drei Sekunden, bis die Jungen erfassten, dass die Waffe, die sie sahen, eine grundlegende Wandlung bedeutete, und sie wichen zurück, weil ihnen aufging, dass es nicht klug gewesen war, nur mit Messern bewaffnet einen Überfall zu verüben. Viele Menschen trugen Waffen. Sie hätten ihn mit einem Raketenwerfer bedrohen sollen.

Ihr Schneid war auf der Stelle dahin, und obwohl Bram nichts davon gesagt hatte, ließen sie ihre Messer fallen und hoben die Arme. Da fiel Bram trotz der schlechten Beleuchtung plötzlich eine Tätowierung am Unterarm des mittleren Jungen auf. Dumm von dem Jungen, kein langärmeliges Hemd zu tragen, denn die Tätowierung war für die Polizei eine Spur zu seiner Identität. Was Bram sah, war kein Halbmond und kein Krummschwert, sondern eine Maschinenpistole im Davidstern. Die Jungen waren Juden. Er wäre fast von Juden beraubt worden.

Bram machte eine autoritäre Bewegung mit der Waffe, dass sie gehen sollten. Sie rannten davon, lautlos auf ihren weichen Turnschuhen, an den strengen Formen der alten deutschen Wohnblocks entlang, und lösten sich zwischen den mediterranen Farnen in der Dunkelheit auf. Mit schwindelndem Kopf hockte Bram bei seiner Tasche. Er hatte das Gefühl, sich übergeben zu müssen.

2

Eine halbe Stunde später betrat Bram ihr Apartment. Rachel hatte ihn nicht gehört. Sie lag mit angezogenen Beinen auf der Seite, ein dünnes, hellblaues Nachthemd an, das ihre Schultern und Arme frei ließ. Seit sie stillte, trug sie auch nachts einen BH zum Stützen ihrer vollen Brüste, die durch das Nachthemd hindurchschimmerten. Sie drehte ihm den Po mit der dunklen Linie zwischen den Beinen zu. Er zog ihr das weggestrampelte Betttuch wieder bis zur Taille hinauf.

Neben ihr, nah bei ihren Händen, lag Bennie. Bei seiner Geburt war er ein kleines, dünnes Kerlchen in zu weiter, faltiger Haut gewesen. In den ersten Wochen war er kaum gewachsen, doch dann hatte er mit einem Mal gierig zu trinken begonnen, und im letzten Monat hatte er pro Woche ein Pfund zugenommen. Rosig und zufrieden lag er auf dem Rücken, die Arme ausgebreitet, die Hände zu kleinen Fäusten geballt, Brust und Bauch furchtlos der Welt preisgegeben, und darunter die molligen Beinchen, noch außerstande, seinen Körper zu tragen. Er hatte sein eigenes Zimmer, aber Rachel hatte ihn wohl in Erwartung von Brams Heimkehr nach dem letzten Stillen neben sich gelegt. Eine Laune der Genetik wollte, dass Ben nicht die dunklen Haare seiner Eltern hatte, sondern blond war wie sein Großvater und hellblaue Augen hatte. In der Form seines Gesichts erkannte Bram die Züge niederländischer Juden wieder, die sich problemlos als dänische Pastoren ausgeben konnten.

Sie bewohnten eine Vierzimmerwohnung im Norden der Stadt, in einem der neuen Viertel, die auf den letzten noch unbebauten Grundstücken zwischen Tel Aviv und Herzlia hochgezogen worden waren und damit einen Großteil der Küstenebene zu einem einzigen langgezogenen urbanen Konglomerat machten, dem Ballungsraum im Westen der Niederlande nicht unähnlich. Die Wohnungen in den hohen Blocks waren geräumig und hell und mit modernen, geräuschlosen Klimaanlagen, Videoüberwachung und so luxuriösen Finessen wie eingebauten Staubsaugersystemen ausgestattet. Sie konnten sich die teure Wohnung leisten, weil Bram regelmäßig Vorträge in Europa und Amerika hielt. In ihrem Block, wo die strengen Bauhausformen mit regionalen orientalischen Strukturen vereint worden waren, standen mindestens dreißig Prozent der Apartments leer. Die stagnierende Weltwirtschaft und die Zweite Intifada hielten junge Familien von größeren Investitionen ab, und Wohnungen wie diese konnten sich nur Neureiche leisten oder Yuppies, die von betuchten Eltern unterstützt wurden. Ihre Wohnung lag im fünfzehnten Stock, sie hatten Meerblick, und bei klarer Sicht konnten sie im Osten die Konturen palästinensischer Dörfer im Bergland von Samaria erkennen, Häuser und Minarette, die in der sengenden Sonne des Nahen Ostens zu flirren schienen. Ihr Haus stand dort, wo Israel am schmalsten war, so schmal, dass ein Jogger es in anderthalb Stunden einmal quer durchlaufen konnte. Wenn die palästinensischen Dörfer je in die Hände terroristischer

Organisationen mit Raketen und Mörsergranaten fallen sollten, wie es bei den Grenzdörfern des Libanon und des Gazastreifens der Fall war, würde das wirtschaftliche und kulturelle Herz Israels ungeschützt vor den Füßen religiöser Fanatiker liegen, die das Töten von Juden als göttlichen Auftrag ansahen.

Rachel hatte Essen für ihn auf dem Herd stehen lassen, ein Pfannengericht ohne Fleisch – ihre Eltern waren indische Juden, die ihre vegetarischen Gewohnheiten nach Israel mitgebracht hatten, und Rachel setzte sie fort. Er wärmte es sich auf und trank, während er das Essen mit einem Holzlöffel umrührte, ein Glas Wein. Draußen herrschte die Dunkelheit und im Innern des Gebäudes der Schlaf. Es war eine stille, milde mediterrane Nacht, und nur ein Streifenwagen oder das Auto einer Überwachungsfirma unterbrach den beständigen Rhythmus der Grillen in diesem Trabantenviertel.

Die Bewohner anderer Apartments hatten sich exklusive Designerküchen einbauen lassen, aber sie hatten die im Kaufpreis inbegriffene Standardküche behalten, strenge weiße Einbauschränke, eine Aluspüle, ein einfacher vierflammiger Gasherd mit Dunstabzugshaube, alles in allem nicht gerade aufsehenerregend. Was die Küche dennoch auszeichnete, war ihr Format, fünf mal sechs Meter, groß genug für einen Esstisch. Die Küche war zum Wohnzimmer hin offen, und auch dieses war für israelische Verhältnisse groß, fünfzig Quadratmeter, mit großen Fenstern, einer Terrasse, elektrisch bedienbaren Markisen. Die monatliche Hypothek aufzubringen war nicht leicht, und so konnten sie sich außer dieser Wohnung und einem alten Mazda wenig leisten, aber es war jeden Tag ein Privileg, dieses Gebäude durch seine marmorne Eingangshalle zu betreten.

Die Arme, die sich plötzlich um ihn schlangen, waren die von Rachel, mit ihren grazilen, langen Fingern mit den manikürten Nägeln, und er fühlte ihre Lippen in seinem Nacken.

Er drückte ihre Hände an sich.

»Du bist aber spät dran«, sagte sie mit schlaftrunkener Stimme, den Kopf an seiner Schulter.

»Balin war nicht zu bremsen«, antwortete er.

»Lass mich mal.«

Er trat zur Seite, und sie nahm seinen Platz am Herd ein. Ihr dickes, mit Henna dunkelrot getöntes Haar fiel über ihre Schultern. Ihr Nachthemd konnte im Küchenlicht nichts verhüllen; er sah ihre Taille, ihren Hintern, den Verschluss ihres BHS. Drei Wochen nach der Entbindung war sie wieder schwimmen gegangen, vier Wochen danach wieder jeden Morgen eine Stunde joggen, und binnen drei Monaten hatte sie sich ihre alte Figur zurückerobert, jetzt vervollkommnet durch volle Brüste. Sie war einen halben Kopf kleiner als Bram und damit nach regionalen Maßstäben groß, denn er maß einen Meter achtzig. Er hatte das dunkle Aussehen der Familie seiner Mutter, sephardischer Juden, die nach einem langen Umweg über Osteuropa vor Generationen mittellos in den Niederlanden angelangt waren. Bram hatte breite Schultern und regelmäßige Zähne und konnte, wenn er wollte, auf Empfängen und Partys den Charme eines Schweizer Skilehrers entwickeln. Rachel hasste ihn mit orientalischer Eifersucht, wenn er für ihr Gefühl zu viel Interesse an einer Frau gezeigt hatte. Dann zog sie sich nächtelang schmollend an den äußersten Rand des Betts zurück. Aber er ließ sie genauso wenig aus den Augen, denn der Eindruck, den sie auf andere Männer machte, auch mit ihrer Intelligenz, war nicht zu unterschätzen.

Bram hatte Rachel kennengelernt, als er nach dem Studium seinen Wehrdienst ableistete. Sie hatte als Ärztin einer Sanitätseinheit angehört. Ganze Regimenter hatten sich spontan krankgemeldet und um eine ausführliche körperliche Untersuchung gebeten, wenn sie als Kontrollärztin in Uniform auftauchte. Auch Bram war spontan krank geworden, als er ihr zum ersten Mal in die Augen geschaut hatte. Er hatte sie für eine äthiopische Jüdin oder die Tochter jemenitisch-äthiopischer Eltern gehalten, aber sie stammte von Juden ab, die es vor zweitausend Jahren auf den indischen Subkontinent verschlagen hatte. Von daher hatte sie Augen, bei denen man an Tempel mit Räucherstäbchen und goldene Statuen von zehnarmigen Göttinnen, an kostbare Gewänder aus Satin und Brokat und an heilige Tiere und vergoldete Paläste mit Tausenden von Spiegeln denken musste. Sie hatte ihm erzählt, dass die hellhäutigeren Juden in Indien zwar auf die »schwarzen« Juden herabgesehen hatten, von Antisemitismus dort aber keine Rede gewesen war. Ihre Familie hatte einer jüdischen Gemeinschaft von Handwerkern angehört, deren Häuser kaum mehr als Hütten waren, und nach der Ankunft in Israel waren sie offener diskriminiert worden, von Juden wohlgemerkt, als ihre Vorfahren während der zwei Jahrtausende in Indien.

Rachel fragte: »Was habt ihr denn besprochen?«

Er legte die Hände auf ihre Hüften, und ihre Körper berührten sich. Sie drehte sich nicht um und ließ sich nicht von der Konzentration auf den Kochlöffel und den Inhalt der Pfanne abbringen. Vor vier Monaten hatten sie zum letzten Mal miteinander geschlafen. Er hatte ihr das eine und andere vorsichtige Signal gegeben, aber sie hatte das bis jetzt ignoriert.

»Immer dasselbe«, sagte er. »Immer wieder dasselbe.«

»Wie geht es Balin?«

»Er hat wieder Geldsorgen. Und wir haben uns gegenseitig Mut gemacht. Wenn ich so darüber nachdenke, war das eine bessere Therapiesitzung. Die ganze Arbeit hat eigentlich nichts gefruchtet. Drei Jahre lang geredet, Artikel geschrieben, hin und her geflogen, Geldgeber gesucht, all die Treffen in Norwegen und Deutschland.«

»Ich hätte mir auch mehr davon erwartet«, sagte sie leise. »War sonst noch was?«

»Balins Mutter hatte Plätzchen gebacken.«

»Ach du Schreck!«, sagte sie lachend. »Hast du sie auch gegessen?«

»Ich konnte nicht nein sagen. Sie hat mich angesehen, als würde die Welt einstürzen, wenn ich keines nähme.«

»Ihre Plätzchen sind eine Strafe.«

»Sie hat mir ein paar für dich und Ben mitgegeben.«

»Der darf noch keine Plätzchen essen.«

»Hab ich auch gesagt. Sie meinte: Frier sie ein, dann hat er später was davon.«

»Gute Idee. Da ist er von Süßigkeiten gleich kuriert.«

Zaghaft streichelte er ihre Hüften.

»Nimm dir mal einen Teller raus«, sagte Rachel.

Er ließ sie los und nahm einen Teller aus dem Schrank, wobei er sich fragte, ob er eindeutiger werden sollte.

»Und für mich auch ein Glas«, hörte er sie sagen. »Ich trinke heute ein Schlückchen mit.«

Während sie ihm auftat, fragte sie: »Hast du auch so eine Mail bekommen wegen einer Genuntersuchung?«

Sie stellte den Teller vor ihn hin und setzte sich ihm gegenüber an den Küchentisch.

»Ja.« Er lachte auf. »Lässt du es machen?« Er schenkte ihr ein Glas Wein ein.

»Ja. Ist doch ganz interessant. Damit lassen sich alle jüdischen Verwandtschaftslinien aufdecken. Angehörige können sich wiederfinden. Und die DNA ist dann in einer Datenbank gespeichert.«

»Das kann aber auch ganz schön missbraucht werden, scheint mir.« Er reichte ihr das Glas. »Wie weit lassen sich die Linien denn zurückverfolgen?«

»Die männliche Linie ist ziemlich genau zu rekonstruieren. Das Y-Chromosom geht ja exakt vom Vater auf den Sohn über.«

»Eine jüdisches Y-Chromosom?«

»So in der Art, ja.«

»Ich weiß nicht. Ist mir irgendwie nicht ganz geheuer.«

»*Lechajim*, Liebster«, sagte sie.

»*Lechajim.*«

Sie stießen an und tranken einen Schluck. Rachel strich sich die Haare hinter die Ohren, und er schaute kurz auf die Rundung ihrer Brüste. Immer noch, auch nach sechs Jahren, tat es manchmal fast weh, wenn er sie anschaute, ihn ihr sinnlicher und zugleich ein wenig scheuer Blick traf und ihm dann bewusst wurde, dass er ihre Lippen, auf denen jetzt ein Tropfen Wein lag, den sie mit dem Handrücken wegwischte, küssen und ihre olivfarbene Haut, die keinerlei Unebenmäßigkeit aufwies, streicheln durfte. Sie trug nicht die kleinste Spur von Make-up und war in dem harten Licht der Küche doch genauso vollkommen, wie wenn sie in vollem Ornat zu einem Fest aufbrach. Zu Festen waren sie in den letzten Jahren übrigens immer seltener gegangen. Als er nach seinem Wehrdienst seine Doktorarbeit veröffentlicht hatte, die ihn zu einem bekannten, aber umstrittenen postzionistischen Historiker machte, hatte sich die israelische Klatschpresse eine Zeitlang bemüßigt gefühlt, dann und wann über sie zu berichten – den niederländischen Geschichtswissenschaftler und die atemberaubend schöne indische Ärztin von der Dana-Kinderklinik. Sie waren von Paparazzi bei Film- oder Theaterpremieren fotografiert worden und waren mit einem Mal gern gesehene Gäste bei Veranstaltungen der israelischen Linken gewesen. Doch sie stellten bald fest – beziehungsweise *er* stellte bald fest –, dass es keine Bereicherung für ihr Leben war, wenn sie im Scheinwerferlicht Gespräche mit Soapsternchen oder Sängern oder Schauspielern führten. Also keine Premieren mehr und keine öffentlichen Auftritte, die nichts mit ihrem Beruf zu tun hatten, und damit war auch das öffentliche Interesse an ihnen schnell versiegt. Sie machten ihre Arbeit und versuchten möglichst so zu leben, als wäre dieses Land ein ganz normales Land ohne Anschläge und besetzte Gebiete.

»War sonst noch irgendetwas?«, fragte sie.

Ja, dachte er, während er einen Bissen aß, ich wäre beinahe von drei jüdischen Jungen beraubt worden. Neuerdings konnte ein Jude also nachts von anderen Juden überfallen werden. Wenn die Staatsgründer das hören könnten, würden sie vor Zufriedenheit in ihren Gräbern grinsen. Israel wurde allmählich zu einem ganz normalen Land.

Er antwortete: »Du meinst Johanson?«

»Du weißt verdammt gut, was ich meine. Natürlich meine ich Johanson. Hast du mit ihm gesprochen?«

»Ja. Mmh, das schmeckt gut.«

»Und warum hast du mir das nicht gleich erzählt?«

»Es sollte eine Überraschung sein.«

Sie sah ihn mit erwartungsvollem Blick an. »Du hast also... ja gesagt? Warum hast du mich nicht gleich angerufen?«

Er nahm noch einen Bissen und sagte mit vollem Mund: »Ich habe ihn um elf Uhr heute Abend gesprochen, und da habe ich nein gesagt.«

»Was?! Bist du verrückt geworden?« Sie schüttelte verwundert den Kopf. »Nein? Wir gehen also nicht? Ich dachte wirklich, du wolltest weg von hier. Wir haben so oft darüber gesprochen, und ich hatte wirklich den Eindruck, dass du...«

»Ich dachte, du wärst mit allem einverstanden, was ich beschließen würde.«

Er langte über den Tisch und ergriff ihre Hand.

»Ich dachte, du wolltest das gern«, sagte sie, während sie ihn forschend, ja fast argwöhnisch ansah. Sie zog ihre Hand zurück.

Bram sagte: »Und dann habe ich ihn vor einer halben Stunde noch einmal angerufen. Und ihm gesagt, dass ich mich bewerben werde.«

Sie ließ diese Worte einen Augenblick auf sich wirken, legte dann zögernd ihren Argwohn ab und lächelte.

»Ojemine… Also… wir gehen?«

»Ja. Zumindest, wenn Johanson sein Versprechen einlösen kann.«

»Nach Amerika«, flüsterte sie.

»Ja«, sagte er.

Sie biss sich auf die Unterlippe und schlug kurz die Augen nieder. Dann erhob sie sich und kam um den Tisch herum. Er legte die Gabel hin, machte eine Vierteldrehung auf seinem Stuhl und schlang die Arme um sie, als sie sich auf seinen Schoß setzte.

Unvermittelt strömten ihr die Tränen über die Wangen, und sie barg das Gesicht in ihren Händen. Er fasste sie bei den Schultern.

»Aber Liebes, ich dachte, dass du auch gerne gehen würdest, dass du meinst, es wäre gut für Ben. He, Liebes.«

Sie wischte sich die Tränen ab und nickte, atmete ein paarmal tief durch.

»Entschuldige, dass ich plötzlich so sentimental bin… Ich weiß nicht, was ich auf einmal habe… Ich bin nicht so gut im Weggehen, wie du weißt. Und im Dableiben auch nicht.«

Sie küsste ihn, und er meinte, ihre Tränen zu schmecken. Danach lächelte sie wieder und sagte, während sie sich mit dem Mittelfinger unter den Augen entlangfuhr: »Entschuldige. Erzähl von Johanson.«

Wenn er verreisen musste, war Rachel schon tagelang im Voraus beunruhigt, und je näher der Tag der Abreise kam, desto größer wurden ihre Zweifel hinsichtlich der Reise: Wozu das Ganze, konnte er nicht einfach zu Hause bleiben, war Fliegen nicht zu gefährlich, würde er an der Grenze keine Probleme mit seinem Pass bekommen, sollte er nicht ein Köfferchen mit Medikamenten für unterwegs mitnehmen? Die letzten zwei Nächte vor seiner Abreise tat sie kein Auge zu. Und wenn er weg war, rief sie ein paarmal am Tag an.

Sie stand auf und zog sich das Nachthemd über den Kopf. Bis auf ihren BH war sie jetzt nackt. »Du musst auch alles ausziehen, Bram«, sagte sie.

3

Professor Hartog Mannheim, Brams Vater, wohnte in einem Dreizimmerapartment ohne jeden Luxus, einem spartanischen Ambiente, in dem er die Bücher schrieb, deren Inhalt sich Brams Verständnis entzog. Vor den Wohnzimmerfenstern hingen Jalousien wie in einem Büro, und die Sitzgruppe hätte im Wartezimmer eines Zahnarztes stehen können, das Arbeitszimmer sah aus wie die Abstellkammer eines Antiquariats, in der kahlen Küche fehlten moderne Geräte, und in allen Räumen spendeten Leuchtstoffröhren das Licht.

Bram war eine Stunde mit dem Mazda unterwegs gewesen und hatte dann noch eine Viertelstunde herumfahren müssen, bis er einen Parkplatz fand, aber sein Vater murrte, weil Bram sechs Minuten zu spät kam. Exaktheit war der Schlüsselbegriff in Hartogs Leben. Er war seit sechs Jahren emeritiert und behauptete, noch nie auch nur einen Termin verschwitzt zu haben, nie zu spät gekommen zu sein (er nannte dabei einen Toleranzbereich von hundertzwanzig Sekunden), nie anderen die Zeit gestohlen zu haben. Nach wie vor stand er jeden Morgen um halb sechs auf und machte sich um exakt Viertel nach sechs an die Arbeit, obwohl er längst mehr Anerkennung und Ruhm geerntet hatte als nahezu all seine Kollegen zusammen und mehr, als Bram je auf sich vereinen würde. Hartog lebte, um zu arbeiten. Um zehn Uhr ging er in sein Zimmer in der Universität Tel Aviv, das ihm nach seiner Emeritierung weiterhin zur Verfügung stand, und konnte dort seine Sekretärin Tamar anblaffen. Sie arbeitete schon seit seiner Berufung nach Tel Aviv für ihn, war loyal wie ein alter Hund und konnte mit gleicher Vehemenz zurückblaffen. Zu Brams Erstaunen schluckte sein Vater das.

»Es gab viele Staus, Pap«, erklärte Bram ergeben, wie Hunderte Male zuvor. »Tel Aviv ist eine große Stadt, und viel zu viele fahren mit dem Auto. Dazu reicht das Straßennetz nicht aus. Ich bin um Viertel nach sieben aus der Tür gegangen.«

»Ich wäre um sieben Uhr aufgebrochen«, verkündete sein Vater aus der Küche. Er stand an der Kaffeemaschine, die er beim Einzug in diese Wohnung gekauft hatte. »Oder um Viertel vor sieben. Dann hätte ich zur Not draußen gewartet, um auf die Sekunde genau zu klingeln. Ich hasse es, wenn man zu spät kommt.«

»Dass du mir das noch nie gesagt hast!«, rief Bram zurück.

»Es wird Zeit, dass du deine Ohren nachsehen lässt! Hast du gefrühstückt? Was essen, Bram?« Sein Vater nannte ihn immer noch bei seinem niederländischen Namen.

»Ich frühstücke nie.«

»*Meschugass!* Das Frühstück ist die wichtigste Mahlzeit des Tages! Möchtest du etwas? Ich habe Croissants geholt!«

»Croissants? Höre ich richtig, Papa? Was ist denn das für ein Hedonismus!«

Sein Vater war nicht nur ein weltberühmter Biochemiker und pathologischer Perfektionist, sondern auch ein eingefleischter Geizkragen. Er spähte im Supermarkt nach Brot, das schon zwei Tage im Regal lag und deshalb im Preis herabgesetzt war, aß den billigsten Aufschnitt und achtete auf aktuelle Angebote in der Zeitung.

»Das eine Mal«, erwiderte sein Vater, als er mit zwei Bechern Kaffee und einem Teller mit zwei Croissants auf einem Tablett ins Zimmer kam, und räumte diese ernstliche Schwäche damit entschuldigend ein.

Bram nahm ihm das Tablett ab und schob es vorsichtig auf den grauen Stahltisch, der selbst einem Einkäufer von Kasernenmobiliar zu spartanisch gewesen wäre.

Im Dezember wurde Hartog vierundsiebzig. Er war in den letzten Jahren zwar ein wenig geschrumpft und ging gebückt, sosehr er bei seinem allabendlichen Spaziergang um halb sechs (immer exakt fünfzig Minuten) auch den Rücken gerade zu halten versuchte, aber er war mit seinen knapp eins neunzig, seinem dichten weißen Haar (es war mal blond gewesen), das er wie Einstein hin und wieder vergaß stutzen zu lassen, seinen Augen, die trotz des Verblassens ihres intensiven Irisblaus immer noch sprühten, seinem schmalen Gesicht, das seit seiner frühen Kindheit in einem stinkenden Armenviertel des niederländischen Zwolle auf wundersame Weise aristokratische Züge angenommen hatte, und seinem Schädel voller felsenfester Überzeugungen und Erkenntnisse immer noch eine beeindruckende Erscheinung.

Hartog sagte: »Sie sind gut, nimm eines, bevor du mir noch aus den Latschen kippst.«

»Ich frühstücke schon seit zehn Jahren nicht mehr.«

»Das will nichts heißen. Man kann leicht umkippen, ich weiß, wovon ich spreche. Tu mir den Gefallen, und nimm eines.«

Bram nahm ein Croissant vom Teller.

»Hast du die extra für mich geholt?«

»Ja.«

»Was ist denn mit dir passiert, Papa?«

»Ach, sie haben mich so angelacht. Oder schwach gemacht, wie man's nimmt. Und – schmeckt's oder schmeckt's nicht?«

Hartog gebärdete sich, als hätte er die Croissants nicht nur gekauft, sondern selbst gebacken.

Bram biss ein Stückchen ab, während er in das erwartungsvolle Gesicht seines Vaters schaute. Er nahm sich Zeit. Kaute. Und nickte.

Hartog nickte auch, zufrieden und obenauf. »Die von Chayevski sind die besten. Russen.«

»Schön. Und darüber wolltest du mit mir reden? Das hättest du mir auch am Telefon sagen können.«

Sein Vater hatte vor zwei Tagen angerufen. Er müsse etwas mit seinem Sohn besprechen. Und das gehe nur bei ihm zu Hause.

»Es kommt auf den Geschmack an«, sagte sein Vater. »Den kann man nur leibhaftig nachvollziehen. Geschmacksprozesse sind außerordentlich komplizierte Phänomene.«

»Über Geschmack lässt sich nicht streiten«, erwiderte Bram in der Hoffnung, das Thema damit zu beenden.

»Unsinn«, widersprach sein Vater. »Das ist eine Frage

der Elektrochemie. Geschmack existiert auch im objektiven Sinn.«

»Ich glaube dir.«

»Das ist sehr vernünftig von dir«, entgegnete Hartog und konnte ein Schmunzeln nicht unterdrücken. »Wie geht es zu Hause?«

Vor vier Tagen hatte Rachel für Hartog gekocht, und er hatte eine halbe Stunde lang Ben auf dem Arm gehabt, zwar stumm und dem Anschein nach ohne große Gefühlsregungen, und er war auch gleich nach dem Essen wieder aufgebrochen, aber es konnte ihm kaum entgangen sein, dass bei Bram zu Hause alles in bester Ordnung war.

»Alles in Ordnung«, antwortete Bram.

»Gut.«

Sein Vater schlürfte von seinem Kaffee. Hartog war ein durch und durch beherrschter Mensch, der allen gesellschaftlichen Normen gehorchte, doch wenn etwas warm war, musste er es schlürfen. Ein Überbleibsel aus dem Leben im Zwoller Armenviertel.

Bram fragte: »Isst du nichts?«

»Ich hab schon.«

Bram sah ihn einen Moment lang an. Sein Vater saß aufrecht in seinem Sessel, frisch und energiegeladen. In seinem Kopf befanden sich Kenntnisse, die nur wenigen Dutzend Menschen auf der Welt zugänglich waren. Bram hatte ihn nie begriffen. Nur gut, dass sein Vater ihn mit dreizehn in den Niederlanden zurückgelassen hatte. Danach hatte sich der Mann herausschälen können, der Bram sein wollte. In seiner Kindheit hatte er sich von Hartog verachtet gefühlt oder war zumindest mit der Gewissheit aufgewachsen, dass sein Vater sich einen anderen Sohn gewünscht hätte, einen, der wie er im Periodensystem zu Hause war. Wenn Bram mit seinem Chemiebaukasten experimentierte, kam es immer zu unvorhergesehenen Prozessen. Wenn er Substanzen mischte, tat sich entweder gar nichts oder zu viel, ging es zu schnell oder viel zu langsam. Und damit enttäuschte er seinen Vater. »Du lernst es schon noch«, sagte sein Vater dann ohne jede Überzeugung.

Bram fragte: »Und bei dir? Alles gut?«

»Besser geht's nicht«, antwortete Hartog.

»Du hast mich angerufen«, half Bram ihm auf die Sprünge.

»Ja, ich wollte mit dir reden. Drei Dinge. Nichts Besonderes, aber trotzdem, ich muss das kurz mit dir besprechen.«

»Dazu bin ich hier.«

»Noch ein Croissant?«

»Nein danke, Papa.«

»Ich muss dir etwas erzählen, was ich dir noch nie erzählt habe.«

Hartog schlug die Augen nieder und schien nach einem Anfang zu suchen. Er befeuchtete sich die Lippen und schluckte.

»Sag schon, Pap.« Normalerweise war Hartog direkt und schnell, aber jetzt druckste er herum.

»Ich denke gerade darüber nach, wo ich anfangen soll«, erwiderte Hartog sogleich mürrisch.

Er starrte auf einen Punkt auf dem Tisch zwischen ihnen.

»Schön. Ich weiß, wie ich es sagen muss. Hör zu. Vor langer Zeit, ich war sechs Jahre alt, 1937 also, hatten wir zu

Hause kaum was zu beißen. Ich hab dir schon mal davon erzählt. Die Wirtschaft lief schlecht, und mein Vater war krank. Meine Mutter zog jeden Tag durch die Dörfer und verkaufte Schnürsenkel und solche Sachen. Zum Glück konnten meine Brüder auch arbeiten. Aber wenn ich dir davon erzählt habe, habe ich eines immer weggelassen. Eines Tages...«

Er unterbrach sich selbst: »Bram, das ist eine larmoyante Geschichte, aber sie hat sich wirklich so zugetragen.«

»Ich höre«, sagte Bram.

»Schön. Eines Tages also – das klingt wirklich albern, aber genauso war es – lief mir auf der Straße ein Hündchen zu. Irgendein Straßenköter. Ein ganz kleiner, ich meine: Ich war ein kleiner Knirps, und das Hündchen war in seiner Hundewelt ein kleiner Knirps. Zwei kleine Knirpse also. Siehst du es vor dir?«

Bram nickte.

»Das Hündchen lief einfach mit mir mit. Ich konnte machen, was ich wollte, es wich mir nicht mehr von der Seite. Weil ich Angst hatte, dass man mir das Hündchen wegnehmen würde, traute ich mich erst nach Hause, als es schon dunkel wurde, und bekam natürlich mächtig Ärger. Am nächsten Morgen war das Hündchen wieder da. Es hatte sich bei unserem Haus aufgehalten und die ganze Nacht auf mich gewartet. Wir waren also füreinander bestimmt. Ich hortete Essen. Das war bei uns zu Hause nicht so leicht. Wir hatten ja nichts, was man horten konnte. Aber trotzdem. Das Hündchen begleitete mich zur Schule, wartete dort auf mich, ging wieder mit mir nach Hause und wartete dort bis zum nächsten Morgen auf mich. Ich hatte keinen Namen für das Tierchen, mein Vater hat es später Hendrikus genannt, nach unserem damaligen Premierminister Hendrikus Colijn. Da könne er dem Premier mal was befehlen, sagte er. Nach ein paar Wochen kam meine Mutter dahinter, warum ich mir Essen vom Mund absparte. Und da durfte Hendrikus ins Haus kommen. Wir waren alle ganz vernarrt in ihn. 1942, als wir abgeholt wurden, haben sie Hendrikus vor meinen Augen totgeschlagen. Mit dem Gewehrkolben haben sie ihm den Schädel zertrümmert.« Hartog verstummte für einige Sekunden. Dann sagte er: »Glaubst du, ich habe geweint?«

Bram nickte.

»Nein.« Heftig schüttelte sein Vater den Kopf. »Keine einzige Träne. Alles, was ich empfand, war Hass. Unsäglichen Hass. Und komischerweise hat mir dieser Hass geholfen. Mein Hass hat mich überleben lassen. Mag sein, dass andere überlebt haben, weil sie etwas oder jemanden liebten. Ich nicht. Mich schützte mein Hass. In gewissem Sinne hat mich Hendrikus also gerettet. Ich habe dir das nie erzählt, aber ich fand jetzt, dass es an der Zeit ist. Und in den vergangenen Wochen« – er erhob sich, wobei er sich gelenkig aus seinem Sessel hochdrückte, als wäre er wieder das Kind von früher – »habe ich mich in Tierheimen umgeschaut, ob sie irgendwo einen jungen Hendrikus hatten.«

Er öffnete die Toilettentür, und ein weißes Hündchen kam auf unsicheren Beinchen ins Zimmer getrottet. Ein Welpe von nicht identifizierbarer Abstammung, mit glattem Fell, einem braunen Fleck auf dem Kopf und großen, unschuldigen Augen.

»Hendrikus hatte einen anderen Fleck, einen schwarzen, aber der hier ist sehr ähnlich«, erklärte Hartog.

Zufrieden schaute er zu, wie das Tierchen in seine Hosenbeine biss. Normalerweise hasste er alles, was Flecken machen konnte, legte sich, wenn er zu Hause aß, immer gigantische Servietten auf den Schoß, die anderswo als Laken gedient hätten – Rachel hatte eigens für sein wöchentliches Essen bei ihnen auch so eine für ihn angeschafft –, und fluchte minutenlang in sich hinein, wenn er bei aller Sorgfalt doch etwas verschüttet hatte und angewidert den Fleck von seinem Hemd oder seiner Hose rieb, aber diesem Hündchen ließ er seinen Willen. Mein Gott, dachte Bram, er liebt dieses Hündchen mehr, als er mich je geliebt hat.

Schmunzelnd und mit wohlwollendem Blick schaute Hartog nach unten: »Er heißt auch Hendrikus, so habe ich ihn genannt. Er ist eine Promenadenmischung, und ich habe mich für ihn entschieden, weil er mich am meisten an mein früheres Hündchen erinnert hat. Er hat die gleichen Augen. Er ist von der gleichen Sorte.«

Bram sagte: »Er ist wirklich niedlich, Pap. Aber ... Du musst ein paarmal am Tag mit ihm raus, das bringt deinen ganzen Tagesrhythmus durcheinander.«

Hartog nickte. »Ja, er muss ausgeführt werden. Aber nicht von mir. Von dir.«

»Von mir? Du erwartest, dass ich jeden Tag zu dir herauskomme, um deinen Hendrikus im Park sein Geschäft machen zu lassen?«

»Du brauchst nicht herzukommen. Hendrikus kommt mit dir mit. Er ist für Ben. Ben soll ihn haben. Ben wird mit ihm spielen. Und er wird ihn genauso lieben, wie ich ihn geliebt habe. Das wird Ben retten, wenn es nötig ist.«

Bram schaute in das alte Gesicht seines Vaters, Kind ungebildeter Eltern und brillanter Biochemiker, der vor einundzwanzig Jahren den Nobelpreis aus den Händen des schwedischen Königs hatte entgegennehmen dürfen. Obwohl er schon dreiunddreißig Jahre lang Hartogs Sohn war, hatte Bram zum ersten Mal das Gefühl, dass er ein wenig von seinem Vater verstand, ein wenig von dessen Unerbittlichkeit und Kraft und Ausdauer.

»Das ist lieb von dir, Pap. Du bereitest mir damit eine Menge Ärger, aber...« Aber was? Es gab kein Aber. »Es ist lieb von dir.«

»Ja? Fein, dass du so darüber denkst. Wirklich, Bram.«

Der Nobelpreisträger blickte von dem Hündchen zu seinem Sohn, und Bram sah, dass er Tränen in den Augen hatte. Das letzte Mal hatte er seinen Vater weinen sehen, als sie seine Mutter zu Grabe trugen, drei Monate vor der Reise nach Stockholm.

Impulsiv stand Bram auf und nahm seinen Vater in die Arme. So etwas machten sie eigentlich nicht, so gingen Vater und Sohn nie miteinander um.

»Schon gut, schon gut«, sagte sein Vater, und Bram ließ die Arme sinken. »Pass auf, dass du nicht auf ihn trittst. Noch Kaffee?«

»Ja. Und dann gehe ich.«

Ausgerechnet jetzt, da er Hartog vielleicht kennenlernen würde, ausgerechnet jetzt, da er vielleicht entdecken könnte, was er mit seinem Erzeuger gemein hatte, würde Bram das Land verlassen. Und seinen Vater zurücklassen.

Konnte er Hartog ruhigen Gewissens dieser Bürowohnung anheimgeben? Sein Vater war dreiundsiebzig, und es konnte sein, dass er während Brams Verbleib in Princeton krank wurde, vielleicht sogar starb. Er musste seinem Vater vorschlagen, mitzukommen, Israel zu verlassen, bei seinem Sohn in Princeton zu wohnen. Er musste das heute Abend mit Rachel besprechen. Hartog musste mitkommen.

Das Hündchen folgte Hartog in die Küche.

»Ich habe eine spezielle Tasche für Hendrikus gekauft. Darin kann er sein Leben lang transportiert werden, denn er wird kaum größer werden.«

Bram setzte sich wieder und rief in Richtung Küche: »Du hattest drei Dinge, über die du mit mir reden wolltest!«

»Denkst du, ich kann nicht zählen? Nimm das letzte Croissant!«

Bram schaute auf das Croissant. Er nahm sich vor, nicht zu Mittag zu essen.

»Ich habe ein Telegramm von Jeffrey Rosen bekommen«, sagte sein Vater in der Küche. »Wer schickt heute noch Telegramme! Aber Rosen schickt Telegramme. Findet er *classy*, sagte er. Ich werde nächstes Jahr fünfundsiebzig, und das will er begehen. Ich muss erst noch vierundsiebzig werden, aber er befasst sich schon mit meinem Fünfundsiebzigsten. Was meinst du, was er organisieren will?«

Rosen war ein amerikanischer Milliardär, der jährlich Millionen in das Forschungslabor steckte, das Hartog geleitet hatte. Dank Hartogs Forschung waren Medikamente entwickelt worden, die Rosens Tochter das Leben gerettet hatten.

Bram antwortete: »Ein Fest mit einer großen Torte mit fünfundsiebzig Kerzen drauf.«

»Das auch, ja.« Hartog kam, gefolgt von Hendrikus, mit einem Becher frischem Kaffee für Bram ins Zimmer zurück.

Bram brauchte nicht zu fragen, warum sein Vater nicht noch einen Becher trank. Er trank jeden Morgen drei, aber ab neun Uhr war Schluss mit dem Kaffeekonsum. Bram nahm den Becher entgegen und schaute zu, wie sich sein Vater setzte. Vergnügt, ganz Herr der Situation.

»Das Boston Philharmonic. Will er zu einem Konzert einfliegen lassen, für mich, hörst du? Mit großem Essen hinterher. Ich hab mal nachgerechnet, was allein das Orchester kostet. Was meinst du?«

»Hunderttausend Dollar«, antwortete Bram. Das war zu wenig, aber er wollte seinem Vater die Gelegenheit geben, ihn zu übertrumpfen.

»Mal fünf. Fünfhunderttausend Dollar. Was man damit alles machen könnte, kaum zu glauben.«

»Er könnte das Labor mit einem Sonderzuschuss bedenken«, regte Bram an.

»Tut er auch, hat er gesagt. Also, was soll ich machen?«

»Lass ihn einfach«, antwortete Bram mit einem Schmunzeln. »Wer bekommt schon je ein Privatkonzert des Boston Philharmonic zum Geburtstag?«

»Ich habe Jeffrey also angerufen und ihm gesagt, dass ich mich sehr geehrt fühle. Halt dir meinen Geburtstag nächstes Jahr also schon mal frei.«

»Gut, dass du es sagst, sonst hätt ich's völlig verschwitzt.«

»Jetzt nimm doch dieses Croissant.«

Das erste war mit Hilfe des Kaffees in Brams Magen zu

einem großen Ball aufgequollen, ein zweites schaffte er nicht. Er nahm das Croissant vom Teller und biss die Spitze ab. Ob das Hündchen etwas davon haben durfte?

Sein Vater sagte: »Und ich habe eine Freundin.«

Er guckte dabei ganz unschuldig, als könne er gar nichts dafür, als sei das Auftreten einer Freundin eine Schwäche, die ihm, dem Starken, aufgezwungen worden war. Diese Freundin habe sich an ihm festgesaugt, und nun müsse er sie wohl oder übel mit sich herumschleppen, schien er zu suggerieren.

Bram erinnerte sich, wie sein Vater in der Nacht nach dem Festakt in Stockholm, nachdem er den Nobelpreis für Chemie in Empfang genommen hatte, in der Hotelsuite, wo Teppiche und Mobiliar mit selbstverständlichem Luxus und zeitloser Qualität prunkten, stundenlang auf und ab getigert war. Auf dem dicken Teppich war Hartog ohne Schuhe zwar kaum zu hören gewesen, aber er hatte ein paarmal die Nase hochgezogen, und Bram hatte sich gefragt, ob sich sein Vater im frostigen Schweden erkältet hatte, bis ihm plötzlich aufgegangen war, dass sein Vater weinte. Bram war damals erst zehn gewesen, aber er hatte begriffen, dass sein Vater nicht vor Glück weinte. Hartog hatte sich anschließend krankgemeldet, hatte die Festivitäten, die die Universität Amsterdam und die niederländische Regierung für ihn organisiert hatten, vorbeigehen lassen und war ein Semester lang nicht in der Lage gewesen, sein Labor aufzusuchen. Er hatte Woche um Woche still in seinem Zimmer gesessen und gelesen, fast ohne einen Schritt vor die Tür zu setzen, eingehüllt in die leisen Klänge von Schuberts Quartetten, die Bram nur hatte hören können, wenn er die Tür öffnete, um seinem Vater Tee zu bringen. Und jetzt, zum ersten Mal seit dem Tod seiner Frau, hatte Hartog eine Freundin. Er hatte es gestanden wie ein pubertierender Jüngling, als fürchte er sich vor Brams Reaktion und vor dem Schock, den Betty in ihrem Grab erleiden würde, da ihr Mann gut zwanzig Jahre nach ihrem Tod nun das Bett mit einer anderen teilte.

Bram setzte sich auf: »Wie schön, Pap! Wo hast du sie kennengelernt?«

»Hier im Viertel. In einem Café. Ich gehe nie in Cafés, außer in die Cafeteria vom Labor. Aber ich war in einer Buchhandlung gewesen und hatte plötzlich Lust auf ein Glas Tee. Und da wurde ich von Jana bedient. Sie hat dort gekellnert. Sie ist Russin. Und weißt du was, sie ist Biochemikerin! Und das Verrückte war: Sie hat mich erkannt, sie wusste, wer ich bin. Ist das nicht verrückt, Bram?«

Mit einer Hand hob er Hendrikus hoch und legte ihn auf seinen Schoß. Das Hündchen blieb ruhig liegen.

Professor Doktor Hartog Mannheim, der Mann, der alles über die Chemie des Lebens wusste und sich damit den Nobelpreis verdient hatte, hatte sein Herz an eine Kellnerin verloren. Bram stellte sich eine kleine, strenge Lehrerin vor, die ihre Rente mit einem Teilzeitjob als Bedienung aufbesserte. Sie konnte Hartog Gesellschaft leisten, wenn Bram in Princeton den Schnee von seiner Auffahrt schippen würde.

»Ich freue mich sehr für dich, Pap. Und ich würde sie gerne mal kennenlernen.«

»Das geht«, sagte Hartog.

Er erhob sich und rief: »Jana! Jana! Kommst du?«

Die Schlafzimmertür öffnete sich, und mit strahlendem

Gesicht erschien eine mit Gold und Glitzersteinchen behängte fünfzigjährige Russin mit breiten Wangenknochen, fast schon mongolisch anmutendem Gesicht, hochgestecktem blondierten Haar, breiten Schultern, Brüsten, mit denen man die gesamte Säuglingsabteilung von Rachels Krankenhaus hätte stillen können, und Hüften, die etwas von den Armlehnen eines Ohrensessels hatten.

»Jana«, sagte sein Vater, »das ist Bram. Bram ist eine Abkürzung von Abraham, so hieß mein Vater. Jana, mein Sohn.«

4

B ram hatte Rachel angerufen und gesagt, wo er den Mazda geparkt hatte, denn er selbst fuhr jetzt mit dem Bus zur Universität. Rachel würde ein Taxi in die Innenstadt nehmen und den Mazda dann später holen. Bram wollte nicht, dass sie mit dem Bus fuhr, auch wenn die Wahrscheinlichkeit eines Anschlags praktisch sehr gering war. Ihm selbst konnte mit Sicherheit nichts passieren, denn er war überzeugt, dass er einen potentiellen Selbstmordattentäter gleich beim Einsteigen erkennen würde – er wusste zwar nicht, woher er diese Gewissheit nahm, aber sie beruhigte ihn irgendwie, wenn er im Bus saß, und das war fast täglich der Fall.

Er hatte Rachel bei dem Telefonat, gleich nachdem er seinen Vater verlassen hatte, auch über seinen Besuch Bericht erstattet. Sie war nicht begeistert über die Aussicht, einen Hund in die Familie aufzunehmen, jubelte aber vor Überraschung, als er ihr von Jana erzählte.

Das Hündchen saß ruhig in der Transporttasche – im Grunde war es eine Plastikhundehütte mit einem transparenten Teil, der dem Tier Ausblick auf die Welt gewährte – auf seinem Schoß und nahm interessiert Bilder von seiner ersten Busfahrt in sich auf. Bram war in Eile und musste auf schnellstem Wege in die Universität. Es wäre besser gewesen, wenn er Hendrikus gleich in Rachels Obhut gegeben hätte, aber sie kam erst später in die Stadt, und es war natürlich ausgeschlossen, dass Bram ihn im Mazda zurückließ.

Rachel musste in die Stadt, weil ein indischer Filmregisseur Kontakt mit ihr aufgenommen hatte. Ein später Nachhall ihrer Vergangenheit als Filmstar, ein Aspekt ihres Lebens, an den Bram nicht gern erinnert wurde. Während ihrer Studienzeit in Haifa hatte sie sich als Model für israelische Hochglanzmagazine etwas dazuverdient und mit ihrem exotischen Aussehen auch im indischen Bombay, das ein wichtiger Handelspartner Israels war, Aufmerksamkeit erregt. Fünf Mal hatte sie danach in barocken Bollywood-Filmmusicals die verliebte Prinzessin gespielt. Nebenrollen, die gerade groß genug für ein Eckchen auf den riesigen Plakatwänden und ihre Ablichtung in indischen Filmblättern gewesen waren, und nach einer skandalösen Liaison mit einem berühmten und sehr verheirateten Schauspieler war sie hart in Ungnade gefallen. Bram konnte nicht verhehlen, dass er Probleme mit einer möglichen Fortsetzung dieser Laufbahn hatte. Er war sich darüber im Klaren, dass es ihrer Eitelkeit schmeichelte – und das war erlaubt, Eitelkeit stand ihr zu –, aber er glaubte ihr nicht, wenn sie die Möglichkeit, als gereifter Star nach Bombay zurückkehren zu können, lachend abtat. Er wusste, dass sie sich in voller Kriegsbemalung zu diesem Regisseur aufmachen würde. Es wäre nicht verwunderlich, wenn der Mann von ihr hingerissen sein würde. Aber sie wollten doch nach Amerika gehen. Von Princeton aus befand sich Bollywood auf einem fernen Planeten.

»Natürlich mach ich's nicht, Bram«, hatte sie ihm erneut versichert. »Ich find's nur witzig und möchte einfach wissen, wieso der Typ plötzlich Interesse an mir hat.«

»Ich glaube, das kann ich dir erklären«, hatte Bram gesagt.

Hendrikus hatte sich zu ihm umgedreht und schaute ernst zu ihm auf, als hätte Bram ihn bei einem komplizierten Gedankengang gestört. Das Hündchen hatte eine gewisse Ähnlichkeit mit seinem Vater.

»In Mumbai laufen die schönsten Frauen der Welt einfach auf der Straße herum, Liebster, und im Vergleich zu denen bin ich eine bucklige Alte mit Glupschaugen und Pestbeulen, *believe me.*«

»Vielleicht will er ja ein indisches Remake vom *Glöckner von Notre-Dame* machen, da wärst du doch die erste Wahl, Schatz.«

»Du weißt genau, was ich hören möchte, Liebster. Was sollen die Anzüge an der Tür?«

»Die wollte ich heute Morgen in die Reinigung bringen.«

»Das mach ich dann gleich, wenn ich Ben zu Rana bringe.«

Rana war früher in Rachels Sanitätseinheit gewesen. Jetzt leitete sie in einem meergrün gestrichenen Gebäude eine Kinderkrippe namens »Der Stille Ozean«, wo sie Ben für ein paar Stunden unterbringen konnten. Seit seiner Geburt hatte Rachel ihn keine Sekunde allein gelassen. Dass sie jetzt den Mut aufbringt, Ben jemand anderem anzuvertrauen, zeigt, welche Bedeutung sie dem Gespräch mit dem Regisseur beimisst, dachte Bram. Rana würde zwar ihr Leben für ihn geben – wieder dieses Bild, wurde ihm bewusst, genau wie gestern Abend –, aber Rachel hatte in den vergangenen Monaten dauernd Gefahren gewittert, die ihrem Sohn drohen konnten, und das tat sie impulsiv und intuitiv, wie eine Tigerin für ihr Junges in einer grausamen Welt.

Wenige Minuten später rief Rachel ihn an. Der Bus hatte sich kaum voranbewegt, und es lag auf der Hand, dass Bram zu spät zu seiner Vorlesung kommen würde.

Rachel fragte: »Wer ist Channah?«

»Channah?«, wiederholte er.

»Ja, Channah. Du hast den Namen selbst notiert. Ein Zettel in der Tasche von einem der Jacketts.«

»Ach, die«, sagte Bram.

Als ihre Schwangerschaft nicht mehr zu übersehen gewesen war, hatte Rachel Eifersuchtsanfälle entwickelt. Offenbar hatte sie das Gefühl gehabt, dass Bram jetzt, da ihr Körper durch das Wesen in ihrem Bauch verunstaltet wurde, anderen Frauen hinterherschaute. Anfangs hatte er ihre Vorwürfe lang und breit pariert, was aber nicht viel bewirkte. Jetzt tat er lakonisch, was genauso wenig half. Was sie brauchte, war Zeit. Zeit, um einzusehen, dass er sein Leben für sie geben würde – das dritte Mal, dachte er. Die Anfälle würden wohl noch eine Weile anhalten, hatte der Gynäkologe ihm gesagt, übertriebene Eifersucht komme bei attraktiven Frauen, die Angst hätten, die Schwangerschaft würde sie ihrer Schönheit berauben, häufiger vor.

»Wer ist das?«

»Eine Journalistin. Amerikanerin. Sie war bei mir im Institut.«

»War sie interessant?«

»Faszinierend.«

»Deshalb wolltest du ihre Telefonnummer haben.«

Bram konnte das jetzt nicht brauchen. Er saß im Bus, einen Hund auf dem Schoß, neben sich auf dem Boden seine Aktentasche und eine Tasche mit einem Hundenapf und einer Tüte Welpenfutter. Um die anderen Fahrgäste zu schonen, sprach er so leise wie möglich in sein Handy.

»Ich wollte sehen, was sie geschrieben hatte, bevor es abgedruckt wurde. Und deshalb habe ich mir sicherheitshalber ihre Nummer geben lassen.«

»Aber sie hat dir auch gefallen, oder?«

»Sie war nicht unsympathisch, ja, aber es muss schon mehr passieren, bevor ich dir untreu werde.«

»Was muss denn passieren?«

»Ich habe keine Ahnung, Schatz, sehr viel mehr. Es ist nicht aktuell.«

»Ich bin mir sicher, dass sie dich interessant fand.«

»Ich bin interessant.« Er versuchte es mal so.

»Wenn du Mist baust, bring ich dich um.«

»Das dürfte ziemlich schwer sein. Aber wie wär's mit Auspeitschen?«

»Und nach dem Auspeitschen bring ich dich um.«

»Rachel, weißt du eigentlich, mit wie vielen Frauen ich Tag für Tag zu tun habe?«

»Zufällig weiß ich das sehr wohl. Und das beunruhigt mich ja auch. Ich weiß, wie diese Mädchen rumlaufen. Und im Vergleich zu ihnen bin ich eine alte Kuh.«

»Ich bin ein holländischer Bauer, Schatz, erzähl mir nichts von Kühen.«

»Du nimmst mich gar nicht ernst«, beschwerte sie sich verärgert.

»Das kann ich auch nicht. Ich hatte diese Channah längst wieder vergessen.«

»Du hast also schon an sie gedacht?«

»Nein«, seufzte er, »nur jetzt. Durch dich.«

»Ich will, dass du mir treu bleibst«, lenkte sie ein.

»Wie's der Zufall will: Das wünsche ich mir auch von dir. Dass du dich gleich mit diesem Regisseur triffst, gefällt mir nämlich gar nicht.«

»Du brauchst dir keine Sorgen zu machen.«

»Ich mache mir aber Sorgen, dass du auf ihn abfährst. Auf das, was er ist und was er hermacht. Dass du dazu verleitet wirst, in Bombay vor der Kamera zu stehen.«

»Mumbai heißt es jetzt.«

»Ich möchte mit Ben und dir nach Princeton«, sagte er. Es war ihm egal, dass das pathetisch klang.

»Das möchte ich doch auch, Liebster. Diese Sache bedeutet mir nichts. Es ist nur ein kleiner Hauch von früher.«

»Ich glaube dir«, sagte er.

»Ich glaube dir«, erwiderte sie.

Wenige Minuten später rief sie erneut an. Der Bus war gerade mal hundert Meter weitergekommen.

Sie fragte: »Soll ich das Treffen absagen?«

»Möchtest du das denn wirklich?«

»Es ist eigentlich Quatsch, so zu tun, als hätte ich Lust dazu. Mit dem Gedanken spielen, im abstrakten Sinne, ja, aber ich werd's auf keinen Fall machen.«

»Ich kann das nicht beurteilen. Wär vielleicht ein bisschen unhöflich, wenn du so spät absagst.«

»Das stimmt. Ich bin auch schon unterwegs.«

»Sitzt du im Taxi?«

»Ja. Ben guckt sich die Augen aus. Wir sitzen im Wagen von…« – sie wandte sich an den Fahrer, fragte ihn, woher er komme. »Er ist Äthiopier, Bram, ein Falascha, und sein Taxi sieht aus wie eine Jahrmarktsbude mit lauter bunten Lichtern. Ben ist ganz fasziniert.« Sie sprach mit ihrem Sohn. »Hübsch, nicht, Ben?, die vielen Farben, die sich verändern und an- und ausgehen?« Und fragte, wieder an Bram gewandt: »Was macht das Hündchen?«

»Es sitzt auf meinem Schoß. Es ist unheimlich lieb.«

»Kann es Ben gefährlich werden?«

»Und wie«, antwortete Bram resolut. Er wollte Hendrikus nicht mehr hergeben. Ben würde mit ihm zusammen aufwachsen. »Es ist ein lebensgefährlich winziges Tierchen mit einem Fleck auf dem Kopf. Ein menschenfressendes Monster von der Größe eines Hamsters.«

»Na gut, ich bekomme ihn ja nachher zu sehen. Ich ruf dich an, wenn ich mit dem Typ gesprochen habe.«

5

Bram war zehn Minuten zu spät im Hörsaal, und im Geiste hörte er die Verwünschungen seines Vaters. Seine Mutter hatte Hartogs Unmut über seinen Sohn immer bändigen können, aber sie war jung gestorben, zwölf Wochen bevor ihr Mann die Nobelpreis-Urkunde in Empfang nehmen sollte – ein Tag der Genugtuung und des Triumphs für ihn, der einst als jüdisches Bürschchen aus der Hölle zurückgekehrt war, eine Feierlichkeit, ein königliches Ritual, auf das die Geschwüre in ihrem Körper aber keine Rücksicht hatten nehmen wollen.

Ein Jahr nach ihrem Tod nahm Hartog das Angebot der Universität Tel Aviv an, dort zu forschen und zu unterrichten. Eigenartigerweise überließ sein Vater ihm die Entscheidung, mitzugehen oder bei einer Pflegefamilie in Amsterdam zu bleiben, als wäre es selbstverständlich, dass ein elfjähriges Kind wohlüberlegt eine solche Entscheidung treffen konnte. Der Gedanke, ohne seine Eltern und sonstige Angehörige in den Niederlanden zurückzubleiben, hatte für Bram alptraumhafte Züge, doch er wollte für seinen Vater nicht länger Quelle so großer Enttäuschung sein. Er musste in Amsterdam bleiben, damit sein Vater nicht mehr mit dem Versagen seines Sohnes konfrontiert war. Er wollte, dass nicht nur die Trauer um den Tod seiner Frau, sondern auch die Verbitterung über seinen unzulänglichen Sohn aus dem Blick seines Vaters verschwand. In den Ferien flog Bram nach Tel Aviv, wo er in dem Zimmer, das sein Vater als Rumpelkammer benutzte, auf einem wackligen Klappbett schlief, viele Stunden mit ihm in tiefem Schweigen verbrachte und sich beim Schach für die zahlreichen Momente rächte, da sein Vater ihn kopfschüttelnd auf seine mangelnde Exaktheit hingewiesen hatte.

Hartog hatte seinen Sohn in die Welt der Wissenschaft einführen wollen, doch dazu war Bram zu verträumt gewesen. Das Schachspielen hatte er nicht von Hartog gelernt, und während seiner Ferien in Tel Aviv begriff er auch, warum: Sein Vater, das exakte Genie, konnte nicht Schach spielen. Er konnte aus dem Stegreif die kompliziertesten Berechnungen bewerkstelligen, aber beim Schach haperte es – eine Unvollkommenheit, die ihn sichtlich ärgerte und sein wunder Punkt war (»Das habe ich übersehen, das habe ich übersehen«, jammerte er, wenn Bram durch seine Linien brach). Für Bram war Schach ein intuitives Spiel, er achtete darauf, in welcher Form seine Figuren aufgestellt waren und welche Geschichten sie auf dem Spielbrett erzählten. Aber als er einmal begriffen hatte, dass in den überraschenden Niederlagen, die er seinem Vater beibrachte, ein System zu erkennen war – nämlich, dass sein Vater dieses Spiel nicht mal ansatzweise beherrschte –, konnte er es nicht lassen, ihn bei jeder passenden und unpassenden Gelegenheit zu einer Partie zu drängen. Eigenartigerweise bekannte sich sein Vater offen zu seinen Niederlagen. Er legte seinen König um, beugte das Haupt und scherzte: »Bram, du hast gewonnen. Der Nobelpreis ist nichts dagegen. Du bist besser.« Das waren die Momente, da Bram am glücklichsten war. Momente, da mittels Ironie die Zärtlichkeit aufkam, nach der er sich so sehr sehnte. Papa liebte ihn. Er hätte danach über den Boulevard tanzen können, so überzeugt war er, dass sein Vater stolz auf ihn war. Aber diese glückseligen Momente hielten nie lange an. Hartog schien ihn nach wenigen Stunden wieder vergessen zu haben, und dann musste Bram ihn an seine Lektion erinnern und das Ritual des triumphalen Siegs beim Schach wiederholen.

In Mathematik und Physik konnte Bram nicht glänzen. Bram liebte Geschichten. Und somit auch die Geschichte. Sein Studium absolvierte er binnen drei Jahren. Dann leistete er seinen Wehrdienst ab, und während seiner Patrouillen in den Gebieten kam ihm die Idee für eine Untersuchung, mit der er promoviert werden könnte. Über Kontakte seines Vaters gelang es ihm, Dokumente zutage zu fördern, die belegten, dass das saubere Bild vom jüdischen Verteidigungskrieg teilweise korrigiert werden musste. Bram wies nach, dass die Zionistenführer bereits seit den dreißiger Jahren eine Vertreibung der Araber angestrebt hatten. Hartog, ein überzeugter Zionist von altem Schrot und Korn, hielt es zwar für unsinnig und gefährlich, dass Bram derlei Schlussfolgerungen zog, begriff aber noch rechtzeitig, dass sein Sohn dabei war, sich sein eigenes wissenschaftliches Terrain zu erobern, und brachte es bei dessen Promotion auch schließlich fertig, stolz die Glückwünsche zu seinem Sohn entgegenzunehmen.

Bram unterrichtete jetzt moderne Nahostgeschichte, ein Fachgebiet voll Mord und Totschlag, Staatsstreichen und Völkermord, Raub und Korruption, und mitunter wunderte er sich selbst, dass er noch an Friedensprozesse glauben konnte und an das Gute im nahöstlichen Menschen, der zwar von Ehre, Geld und Macht getrieben wurde, aber angeblich eine sanfte Seele besaß.

Auch jetzt hatte er zwei Stunden Vorlesung gehabt. In der ersten hatte er von Abdul Nasser, dem mythischen Führer Ägyptens, erzählt, der sich die schmählichste Niederlage sämtlicher ägyptischen Führer der Moderne eingebrockt hatte, und zu erläutern versucht, warum Nasser bis zum heutigen Tag von vielen Ägyptern und anderen Arabern verehrt wurde. In der zweiten hatte er sich den faschistischen und stalinistischen Charakterzügen der syrischen und irakischen Ba'ath-Parteien gewidmet.

Während er im Hörsaal seine Tasche packte und noch mit vier Studenten über die amerikanische Besetzung des Irak diskutierte – obwohl nicht bestritten werden konnte, dass Bush zu hoch gepokert hatte –, rief Rachel an. Bram hatte nachmittags noch einmal Vorlesung und wollte die zwei Stunden bis dahin eigentlich in seinem Büro seine Notizen durchgehen, aber Rachel hatte andere Pläne.

»Bram, ich möchte mit dir reden.«

»Warum denn jetzt gleich?«

»Darum.«

»Ich muss eigentlich noch etwas vorbereiten.«

»Dann eben keine Vorbereitung.«

»Keine Vorbereitung? Rachel, was ist los?«

»Du musst mir etwas ausreden.«

»Was muss ich dir ausreden?«

»Er will... Dieser Regisseur will, dass ich die Hauptrolle in seinem neuen Film spiele. Er macht nicht solchen Kitsch, sondern seriöse Spielfilme. Ich bin hin- und hergerissen, verstehst du?«

»Ich glaube schon«, antwortete er verwirrt.

»Ich will eigentlich nicht, aber das ist etwas, was ich kann, das weißt du. Es ist ein Teil von mir. Aber ich möchte das unterdrücken. Dieser Regisseur... Er hat schon Preise in Venedig und Cannes gewonnen. Er ist ein großes Talent. Aber nein, ich mach es nicht. Ich bin keine Schauspielerin. Ich bin Kinderärztin. Wir gehen zusammen von hier weg. Und das wirst du mir noch mal sagen. Nein, du wirst es mir hundert Mal sagen. Kannst du kommen, Schatz?«

»Wohin?«

»Wir treffen uns auf halbem Wege, bei der Kinderkrippe. Wenn du früher da bist, wartest du auf mich, ja?«

Sie hatte recht. Sie war ein theatralischer Mensch. Sie genoss es, Beachtung zu finden, genoss es, ein volles Restaurant zu betreten und mit vielen Freunden am Tisch zu sitzen, die unter ihrer Leitung alle Rätsel des Nahen Ostens lösten, während der Wein und Rachels Schönheit sie trunken machten.

Bram holte Hendrikus bei seiner Sekretärin Lila ab. Das Tierchen hatte in ihr eine neue Anbeterin gefunden und fiepte entrüstet, als Bram es in die Plastiktasche sperrte.

»Bist du mit ihm draußen gewesen?«

»Nein. Das wär wohl nötig gewesen, hm?«

Lila war eine kleine, füllige Jemenitin mit eisernem Gedächtnis und mütterlicher Fürsorglichkeit. Die Kehrseiten ihrer Vorzüge hießen Trägheit und Versagensangst.

Bevor er das Zimmer verließ, fragte er: »Wie oft müssen Hunde raus?«

»Dreimal am Tag, glaube ich. War er heute Morgen schon?«

Bram hatte keine Ahnung. »Hat er hier hingemacht?«

»Nein.«

»Dann war er heute Morgen draußen.«

Bram stieg vor der Fakultät in eines der dort wartenden Taxis. Er hatte sich vorgenommen, dann wenigstens während der Fahrt – zu dieser Tageszeit würde sie etwa zwanzig Minuten dauern – noch etwas zu arbeiten, doch er konnte sich nicht darauf konzentrieren, weil er sich unablässig fragte, ob Rachel den Umzug nach Princeton mit einem Engagement als Schauspielerin würde vereinbaren können. Sie würde viel auf Reisen sein, monatelang zu Aufnahmen in Hotels wohnen, und dann würde sie sich eines Tages in jemanden verlieben, der die hysterische Intensität des Lebens am Filmset mit ihr teilte. Vermutlich hatte sie recht, sie musste das Angebot ablehnen.

Das Taxi, in dem er saß, wurde von einem Krankenwagen mit heulender Sirene überholt. Hendrikus schaute auf, plötzlich am ganzen Leib zitternd, erschrocken über die erste Konfrontation mit Magen David Adom, dem israelischen Roten Kreuz.

Es war ein schwüler mediterraner Tag mit hoher Luftfeuchtigkeit, die alles klamm und klebrig machte: die Luft, die er einatmete, die Sitzfläche im Taxi, den Schweiß in seinen Achseln.

Während Bram mit dem Hündchen zusammen dem Krankenwagen nachschaute, wurde ihm bewusst, dass zwischen Rachel und ihm ungleiche Verhältnisse herrschten: Er hatte Johansons Angebot annehmen können, ohne ihre

Ambitionen und ihr Wohlergehen bei seiner Entscheidung berücksichtigen zu müssen, aber er wollte, dass sie ihm und ihrer Ehe den Vorzug gab. Und er musste sich eingestehen, dass ihr Gespräch mit dem Regisseur heute Vormittag seinen schlimmsten Ängsten Nahrung gab: dass sie ihn verlassen würde. Sie war zu schön, zu kapriziös und zu unberechenbar für ihn. Er hatte nie verstanden, wieso sie sich unter unzähligen anderen ausgerechnet für ihn entschieden hatte. Er war kein besonders schöner Mann. Er war keiner dieser südländischen Verführer, die auf der Jagd nach den Schmuckstückchen unter Tops und Miniröcken die Strände und Cafés abgrasten. Weil er ein wenig introvertiert und zurückhaltend war, ja manchmal fast starb vor Verlegenheit, hatte er vielleicht weniger von einem Raubtier als manche anderen Männer, obwohl er sich in Gedanken durchaus den wildesten Eskapaden hingeben konnte. Und sie hatte sich vielleicht für ihn entschieden, weil sie bei ihm Klarheit, Treue und ein geregeltes Leben zu finden glaubte. Das war durchaus nicht unbegründet gewesen. Aber sie war nicht nur die Ärztin und die Frau, die die Sicherheit gesucht hatte, in der sie ein Kind zur Welt bringen konnte, sie war auch eine Schauspielerin, die die große Gebärde und den Applaus brauchte. Sie war außer sich, wenn sie das Gefühl hatte, dass er mit anderen Frauen flirtete, genoss es aber ihrerseits, wenn Männer bei ihrem Anblick ins Schwärmen gerieten. Vielleicht war es falsch gewesen, ihr öffentliches Leben so sehr einzuschränken. Binnen weniger Wochen nach der Veröffentlichung seiner Untersuchung über die gegenseitigen Grausamkeiten von 1948 waren sie in die linken Künstlerkreise Tel Avivs aufgenommen worden, und dort hatte Rachel brillieren können. Sie war nicht nur überwältigend schön und hatte die richtige Hautfarbe, ihre Ansichten hatten auch die gewünschte *correctness*. Und er musste einräumen, dass er mit der Beachtung, die sie allerorten fand, seine Probleme gehabt hatte. Er hatte sich von den Malern, Schriftstellern mit ihrer lockeren Ironie und ihrer unverkrampften Körperlichkeit bedroht gefühlt. Er war sich dagegen steif und unbeholfen vorgekommen, nur geduldet, weil er viel wusste und Stellung nehmen konnte und weil man ihn um seine Beute beneidete: dieses außergewöhnliche Weibchen, dieses langbeinige Wesen mit der wilden Mähne und Augen, die an schweißgetränkte Laken und animalische Gerüche denken ließen. Und diese Trophäe, so hatte er gefürchtet, konnte ihm jeden Moment von Männern genommen werden, die wussten, wovon sie träumte, und die rauhe Geilheit erwidern konnten, nach der sie wohl insgeheim verlangte. Oder redete er sich das alles ein? War das eine Variante des alten Gefühls, im Schatten seines Vaters zu stehen, in jeder Hinsicht zu versagen und deshalb auf nichts Anspruch zu haben? Er hatte eigentlich gedacht, dass er sich davon befreit hätte. Mit achtzehn hatte er sich vorgenommen, seinen Vater mit wissenschaftlichen Waffen zu schlagen, und tatsächlich war er mit achtundzwanzig zum Hochschullehrer ernannt worden. Dennoch hatte er das Gefühl, dass sein Vater seine Leistungen nur milde tolerierte. Ein Biochemiker sah in einem Historiker, mochte er auch noch so brillant sein, nun mal nicht mehr als einen etwas spinnerten Träumer, der sich in die überlieferten Faxen der Vergangenheit verlor – genau, einen Verlierer.

Erneut hörte Bram das Heulen einer Sirene, mehrerer

sogar, und der Taxifahrer lenkte den Wagen an den Straßenrand, um drei Rettungsfahrzeugen Platz zu machen, die mit Karacho an ihnen vorbeirasten. Rachel war Ärztin, hauptamtliche Retterin, und während ihres Studiums war sie einige Monate freiwillig in einem Krankenwagen mitgefahren. Sie hatte Glück gehabt: nur die üblichen Unfälle und Herzinfarkte, die üblichen Schmerzen und Ängste, keine Anschläge.

Als die Rettungsfahrzeuge vorüber waren, lenkte der Taxifahrer den Wagen auf die Straße zurück, und Bram öffnete die Plastik-Hundehütte und streichelte das zitternde Tier.

Doch erneut wurde die Luft von Sirenen erfüllt. Auf allen Seiten heulten sie zu Dutzenden, ganz nah und mehr, als Bram je auf einmal gehört hatte. Der Verkehr kam zum Erliegen, und in den Autos um sie herum starrten die Insassen stur geradeaus. Ein dunkler Schatten fiel über sie, und Bram schaute hoch und sah zwei tief fliegende Hubschrauber. Der Wagen vibrierte von dem enormen Luftdruck.

Hendrikus wurde steif vor Angst.

Bram sagte: »Könnten Sie bitte das Radio anmachen.«

Der Fahrer, ein untersetzter Mann mit schütterem Haar und unrasierten, fetten Wangen, die ihm über den Unterkiefer gesackt waren, nickte ergeben: Es lag auf der Hand, dass sie hier noch eine Stunde im Stau stecken würden. Die Taxilizenz, die am Armaturenbrett klebte, verriet seinen Namen und mit ihm einen ganzen Lebenslauf: Vladimir Latoschenko. Seine dicken Finger drehten am Autoradio und fanden rasch einen Nachrichtensender. Ein Anschlag, noch keine Angaben zu Toten und Verwundeten, gewaltiger Brandherd, Selbstmordanschlag, diesmal vermutlich durch eine schwere Brandbombe perfektioniert, ein Reporter fast schon vor Ort – es war gar nicht weit von der Stelle entfernt, an der Brams Taxi stand –, noch keine offiziellen Verlautbarungen.

Im Auto neben ihnen zündete sich jemand in aller Ruhe eine Zigarette an. Auf der anderen Seite des Taxis unterhielten sich zwei Frauen mit lebhaften Gesten. Eine von ihnen begann zu schmunzeln, und dann mussten sie beide lachen. Über ihre Arbeit, die Liebe, einen Urlaub?

Bram fühlte, wie eine Woge der Beunruhigung durch seine Glieder brandete, eine seltsame Empfindung, die etwas mit seinem Blut zu tun hatte, er musste das mal seinen Vater fragen, den Mann, der mehr wusste als alle anderen Sterblichen, die Bram je gekannt hatte.

Das Taxameter stand auf sechzehn Schekel. Bram zog sein Portemonnaie aus der Tasche. »Sie werden hier noch eine Weile stehen, fürchte ich. Ich gebe Ihnen fünfzig Schekel. Ich steige hier aus, ich habe es nicht mehr weit.«

Er wollte nicht tatenlos dasitzen und warten. Unter diesen Umständen musste er die Nähe seiner Lieben suchen, wollte sein Gesicht in Rachels Haaren bergen, Bens Fingerchen schützend in seiner Handfläche halten. Der Fahrer nahm das Geld gelassen an.

»Ich mit Sowjetarmee in Afghanistan«, sagte er in gebrochenem Iwrit, während Bram seine Aktentasche zuklickte und den Reißverschluss der tragbaren Hundehütte zuzog. »Feuer dort, hoch wie Berge. In Afghanistan Amerikaner haben Bin Laden gegen uns geschickt. Sie haben Monster gemacht. Monster hat Bush danke gesagt. Mit Flugzeugen in Türme.«

Ohne etwas zu erwidern, stieg Bram aus und ging zu Fuß weiter. Er hatte kräftige Beine, die ihn in weniger als zehn Minuten zu der Kinderkrippe bringen konnten. Doch eigenartig, die Luft, die doch so leicht und transparent war, schien mit einem Mal ganz schwer und kompakt geworden zu sein, und ihm war, als müsste er mit jedem Schritt eine Barriere durchbrechen. Das kam durch die grässliche Kakophonie, die zwischen den Häusern hindurch und über die Dächer hinweg zu ihm herüberdrang. Hunderte von Sirenen, schien es, wie vor Schmerzen brüllende prähistorische Tiere. Ich könnte sie anrufen, dachte Bram, verwundert, dass er daran nicht gleich gedacht hatte, einfach anrufen, von Handy zu Handy. Warum hatte er gewartet, bis ihm die Beunruhigung mit eisernem Griff die Kehle zudrückte und ihm die Knie so weich geworden waren, dass er sich kaum noch auf den Beinen halten konnte?

Er blieb stehen, nahm das Handy aus der Tasche und drückte ihre Nummer. Schon nach einmaligem Klingeln ertönte ihre Stimme: »Rachel Mannheim, bitte hinterlassen Sie Ihre Nachricht nach dem Signalton.«

Bram unterbrach die Verbindung. Er hatte keine Nachricht. Seine einzige Nachricht war, dass er sie jetzt sofort sehen wollte. Warum hatte sie ihr Handy ausgemacht? Sie wollte natürlich nicht, dass die in der Krippe in ihren Bettchen schlafenden Kleinen womöglich geweckt wurden. Er stellte sich Reihen bunter Kinderbettchen vor, überall gelbe und rote und himmelblaue Blumen und Puppen und Phantasiefiguren, und in einem dieser Bettchen lag Ben, mollig, rosig und unschuldig auf eine Mutterbrust voller Leben wartend, und dabei drückte er träumend mit einem seiner

Fäustchen Rachels Zeigefinger. Sie saß neben ihm auf einem Hocker, in Anbetung über ihn gebeugt.

Bram hastete weiter. Um ihn herum füllte sich die Straße mit Fußgängern. Sie hielten ihn auf, versperrten den Gehweg, Männer, Frauen, Kinder, die in die rußgeschwärzten Wolken jenseits der Häuser hinaufschauten, Wolken, die sich in der windstillen, grauen Luft nicht vertreiben ließen und eine dunkle Kulisse für die vier, fünf Hubschrauber bildeten, die aufgeregt über den Dächern schwärmten. Bram trat auf die Fahrbahn und beschleunigte seine Schritte, im Zickzack zwischen den Autos hindurch, unterwegs zu seiner Frau und seinem Kind. Der Stille Ozean. Ein schöner Name für eine Kindertagesstätte. Er durfte die Hundetasche nicht zu sehr schütteln, aber er merkte, dass er die Hände nicht stillhalten konnte, und Hendrikus begann zu jaulen wie eine Katze. Das Feuer, das hier irgendwo in der Nähe wütete, verbreitete den Gestank von Benzin und brennendem Plastik, scharfe Gerüche, deren chemische Struktur sein Vater vermutlich im Handumdrehen hätte analysieren können.

In der Hitze über dem Straßenpflaster suchte sich Bram seinen Weg zwischen PKWs, Liefer- und Lastwagen. Überall sah er Menschen, die telefonierten, stumm vor sich hin starrten oder beschlossen hatten, jetzt ihren Mittagsimbiss auszupacken, eine leicht frustrierte, zum Stillstand gekommene Karawane, die nur eines wollte: wieder in Gang kommen, sich in Bewegung setzen und den Marsch in Büros, Geschäfte, Lagerhallen, Restaurants und Kinderkrippen fortsetzen.

Aber etwas Unumstößliches einige Straßen weiter hatte

alles erstarren lassen, ein feuerspeiender Drache, dessen Hitze schon von weitem spürbar war. Bram fing an zu rennen. Sein Herz schlug ihm bis zum Hals, seine Augen wollten alles sehen und hatten doch Angst zu schauen. Denn irgendetwas stimmte nicht. Er wusste, dass irgendetwas nicht stimmte, als sei sich sein versagender Körper schon über eine Wahrheit im Klaren, die sein Geist noch nicht fassen konnte. Mein Gott, irgendetwas stimmte nicht, das Feuer nicht, der Qualm nicht und die Blinklichter von Krankenwagen und Polizeifahrzeugen nicht. Hunderte von roten und blauen Lichtern, Farben, die zu einer Kinderkrippe passten, schossen über die Hauswände und spiegelten sich in den Fensterscheiben, und all diese Blinklichter machten ihn fast blind, obwohl es helllichter Tag war. Die Luft hing schwer auf seinen Schultern.

Er bog in eine Seitenstraße ein, und in der Hitze und dem tiefen Grollen, die von dem schwarzen Feuer ausgingen, stieß er auf eine Mauer aus menschlichen Rücken, einen Wald aus bunten Shirts und Hemden und kahlen, glänzenden Köpfen und Pferdeschwänzen und festlichen Schleifen und afrikanischem Kraushaar und russischem Blond. Aber er hatte keine Zeit, hier zu warten, denn er wusste, dass irgendetwas nicht stimmte, mein Gott, hier stimmte etwas nicht. Mit jeder Faser seines Körpers war er davon überzeugt, dass es besser war, jetzt auf der Stelle einen Zeitsprung zurück zu machen, die Uhr anzuhalten und rückwärts gehen zu lassen, so dass es nicht mehr sechs Minuten nach halb zwei wäre, sondern fünf vor eins. Da hätte er Rachel noch anrufen und ihr zuschreien können: Rachel! RACHEL!! RACHEL!! Geh jetzt sofort zum Stillen Ozean!

Jetzt sofort! Hol Ben ab, du darfst keine Sekunde verlieren!! Hol ihn dort weg, denn da stimmt etwas nicht! Glaub mir, Liebste, da stimmt etwas nicht! Hol ihn von dort weg! Liebste, hol ihn weg! WEG! WEG!

Noch einmal griff er zu seinem Handy und wählte ihre Nummer: »Rachel Mannheim, bitte hinterlassen Sie Ihre Nachricht…« Ihr Handy war immer noch ausgeschaltet. Warum rief sie ihn nicht an?

»Sorry, sorry, sorry«, murmelte er, während er zwischen Dutzenden von Schultern und entrüsteten oder erschrockenen oder resignierten Gesichtern hindurch die Mauer der Umstehenden durchbrach. Unsanft kämpfte er sich durch die Reihen bis zur Polizeiabsperrung voran. Dort blieb er aber nicht abwartend stehen, sondern zerriss das gelbe Band, um zu den brennenden Autos hinüberzulaufen, denn er hatte ihren Mazda erkannt, den Japaner, der mit Narben übersät war, den alten Wagen, mit dem er heute früh zu Hartog gefahren war. Rachel hatte ihn später geholt, um zur Kinderkrippe zu fahren.

Stimmen wurden laut, als er mit einer einzigen Armbewegung das Band durchtrennte, man rief ihm zu, dass er stehenbleiben sollte, aber wie konnte er sich durch irgendetwas aufhalten lassen? Er lief auf den Mazda zu, bis er von starken Händen gepackt wurde, Händen von Polizisten, die ihm keinen Raum ließen, Händen, die ihm weh taten, ihn aber seltsamerweise auch zu trösten versuchten, während er auf die Flammen blickte, die aus den Fenstern des Gebäudes schlugen, eines Gebäudes, das einmal meergrün gewesen war, eines zweistöckigen, quadratischen Betonklotzes, der jetzt schon zusammenzustürzen drohte, weil sich ein wütendes Feuer nach draußen fraß. Wo waren die Bettchen, in denen die Kinder schliefen? Das Spielzeug, die Klettergerüste, die Malkästen, die Bilder an den Wänden?

Feuerwehrleute waren noch dabei, Schläuche auszurollen, und vom Dach eines roten Wagens wurde eine Leiter in voller Länge an das Gebäude herangefahren. Schwarze, stinkende Wolken quollen dort heraus.

Sie stand natürlich hier irgendwo zwischen den Menschen und hielt beunruhigt nach ihm Ausschau, Ben sicher in ihren Armen. Er versuchte sich umzudrehen, damit er die Menge hinter der Polizeiabsperrung überblicken konnte, doch die Polizisten, die um ihn herumstanden, ließen ihm keinen Raum, nach seiner Frau zu suchen. Wie wild versuchte er sich ihren dummen Händen zu entwinden, während er verbissen Aktentasche und Hundehütte festhielt, als wären sie der einzige Halt, der ihn noch vor dem Untergang bewahren konnte. Die Wut über das Unverständnis der Polizisten brachte ihn fast um, er hatte das Gefühl, dass das Feuer ins Innerste seines Körpers drang und auch dort alles in Brand steckte.

Bram wusste, dass irgendetwas nicht stimmte, mein Gott, hier stimmte etwas nicht, aber er konnte kaum noch klar denken. Er fragte sich, ob er seinen Vater anrufen und ihn bitten sollte, die Zeit zurückzustellen, seinen Vater, den Nobelpreisträger, der in jeder Sekunde mehr Geheimnisse ergründete, als er selbst in seinem ganzen Leben würde erfassen können.

Natürlich waren sie nicht in diesem brennenden Gebäude. Natürlich waren sie schon früher hinausgegangen, denn Rachel hatte eine fast animalische Intuition. Sie entstammte einer Tradition mit Wirklichkeiten, die für seine Sinne nicht greifbar waren. Die Wahrscheinlichkeit, dass eine »exotische« Unruhe sie dazu veranlasst hatte, Ben abzuholen, war groß. Sie hatte eine Vorahnung gehabt, weil sie etwas wittern konnte, was für ihre Nase noch gar nicht wahrnehmbar war, weil sie etwas erlauscht hatte, was kein Ohr hören konnte. Sie hatte Bauchschmerzen gehabt oder etwas Derartiges, einen merkwürdigen, magischen, aber bedeutungsschwangeren Krampf im Bauch, und sie hatte dem nachgegeben, hatte Ben auf den Arm genommen und war aus der Krippe gerannt, warum, wusste sie nicht, es waren diese Bauchschmerzen, und sie war gerannt, bis sie hinter sich die Explosion hörte. Und sie war weitergerannt. Einfach weg, weiter weg, immer weiter.

O liebste Rachel, dachte er, o mein liebstes, liebstes Kind, o kleiner Bennie, mein lieber Junge.

Und er fing an zu schreien. Es war verrückt, dass er diesen Drang so einfach aus seinem Brustkasten aufsteigen fühlte. Aber er musste brüllen, wenn er nicht wollte, dass ihm das Herz zerriss. Oder vielleicht war es anders: Vielleicht wollte er, dass sein Herz jetzt zerriss, und musste sich dazu die Lunge aus dem Leib schreien.

Er merkte, dass die Polizisten kurz zurückprallten, als seiner Kehle solche bestialischen Laute entstiegen, und für einen Moment lockerte sich ihr Griff um seine Arme und seinen Rücken. Er riss sich los und versuchte zu dem Gebäude zu rennen, bis plötzlich andere Hände nach ihm griffen, sieben, acht Paar stählerne Hände. Bram hörte nicht auf zu schreien. Er konnte nicht anders. Aber der formlose Urschrei trug mit einem Mal eine Bedeutung.

»LIEBSTE LIEBSTE LIEBSTE!«, brüllte Bram.

Die Polizisten zogen ihn zu Boden, und so viele Arme und Hände waren zu stark für seinen sich aufbäumenden Leib, der seit Brams neuntem Lebensjahr nicht mehr in einen direkten, physischen Kampf verwickelt gewesen war, obwohl er in den Gebieten gedient hatte und noch jedes Jahr als Reservist Uniform trug. Ein pazifistischer Leib, ein Leib, der nicht viel mehr wollte, als den Leib Rachels und den des kleinen Ben zu spüren. Er lag rücklings auf dem Asphalt, seine Arme und Beine wurden von zehn oder gar noch mehr Polizisten festgehalten. Krampfhaft umklammerte er die Griffe von Aktentasche und Hundehütte, seine Begleiter, die er um nichts in der Welt loslassen würde. So viel Repression war gar nicht nötig. Er fühlte, wie seinen geschundenen Leib alle Kraft verließ. Er konnte keine Gegenwehr mehr leisten. Er konnte nicht mehr schreien. Nur flüstern konnte er noch.

»O meine Liebste, o meine Liebste.«

Er ergab sich den Händen der Männer um ihn herum.

Er hörte, dass einer von ihnen sagte: »Vorsicht, in der Tasche ist ein Hündchen.«

Und verrückterweise tat sich für Bram plötzlich eine Wahlmöglichkeit auf. Er hatte die Wahl, sich für den Wahnsinn zu entscheiden. Eine naheliegende Entscheidung. Diese Welt war nicht zu verstehen, und er konnte sich seine eigene Weltvariante auswählen. Es gab einen Ausweg, schien es, einen Ausweg, der ihn von diesem versengenden Schmerz erlösen konnte.

Er hatte die Augen geschlossen und wurde sich des tosenden Lärms um sich herum bewusst, des Feuersturms, der

Befehle der Feuerwehrleute, der Hubschrauber, der Sirenen eintreffender und wegfahrender Rettungsfahrzeuge. Wenn er wollte, konnte er sie wegdenken und aus seinem Kopf verbannen.

»Ich bin seine Frau«, hörte er entfernt.

Selbst solche Worte konnte er hervorrufen, er wusste, dass es ihn keinerlei Mühe kosten würde, sie jeden Tag zu hören und sie jeden Tag zu hegen und zu pflegen.

»Lassen Sie mich zu ihm, nein, fassen Sie mich nicht an! Das ist mein Mann, gehen Sie zur Seite!«

Es waren Worte, die er hören wollte, aber die nicht ausschließlich im Innern seines Kopfes tönten.

Er schlug die Augen auf, und die Männer ließen zu, dass er sich aufsetzte, auch wenn sie weiterhin seine Arme festhielten.

Und vor dem dunklen Himmel, in dem der fette, schwarze Qualm des Feuers wirbelte, erschien Rachel, stark und entschlossen, Bennie auf dem Arm wie eine Madonna. Sein Babysohn schaute sich mit großen Augen schweigend um. Die Männer machten ihr Platz, und sie trat vor, hockte sich neben Bram und schaute mit betrübtem Blick auf ihn hinunter.

»O mein Gott«, sagte sie. »O mein lieber Liebster.«

Er stammelte: »Ich dachte, dass...«

Aber mehr konnte er nicht sagen. Tränen strömten ihm über die Wangen. Die Männer ließen ihn los, und er blieb zusammengesunken auf der Straße sitzen, verstört und erleichtert, todmüde und überglücklich, und er spürte, dass der Wahnsinn langsam aus seinem Kopf auszog und eine erlösende Leere hinterließ. Er schlang die Arme um seine

Beine und weinte wie ein kleines Kind, während Rachels tröstende Hand ihm über den Kopf und den Rücken strich.

»Sch, Lieber, es ist nichts passiert«, sagte sie. »Sch, ganz ruhig.«

»Würden Sie bitte sofort weggehen?«, sagte eine böse Stimme. »Es gibt Leute, die hier ihre Arbeit machen müssen.«

Princeton

Vier Jahre später
August 2008

Er hatte Rachel nach Newark gebracht und fuhr jetzt mit Hendrikus zurück. Auf dem Hinweg hatte das Tier, die Pfoten selbstbewusst auf dem Seitenfenster, nach draußen geschaut. Jetzt wechselte es alle fünf Minuten seinen Platz und lag mal auf dem Beifahrersitz, mal auf der weichen Matte im Bodenraum des neuen Ford Explorer, den Bram vor einem Monat geleast hatte. In einer Stunde würde Rachel in Newark die El-Al-Maschine nach Tel Aviv besteigen. Sie hatte sich ein Upgrade beschafft – Rachel konnte alles Mögliche beschaffen, im Großen wie im Kleinen, sei es einen preisgünstigen Klempner oder einen antiken Bauerntisch oder ein Bild vom Haus zur Zeit des Bürgerkriegs, das ein schwarzer Künstler aus Philadelphia gezeichnet hatte – und sich genügend Arbeit mitgenommen, um den langen Flug zu überstehen. Sie behauptete immer, dass sie an Bord keine Ruhe finden könne, doch Bram wusste aus eigener Anschauung, dass sie nach dem ersten Imbiss stundenlang schlafen würde. Manchmal schlief sie im Flugzeugsitz länger und tiefer als zu Hause im Bett, und er musste sie wecken, wenn die Maschine über dem Mittelmeer zum langen Landeanflug auf Ben Gurion ansetzte. Ihr Vater in Tel Aviv feierte morgen seinen fünfundsechzigsten Geburtstag, und Rachel wollte ihn mit ihrem Besuch überraschen.

In einigen europäischen Ländern hatte man auf Flughäfen blitzschnelle Iris-Scanner installiert, dank derer man wie vor *nine eleven* weniger als zwei Stunden vor dem Abflug einchecken konnte. Aber in Amerika wie in Israel war die Grenzkontrolle Handarbeit. Wenn Rachel in einer Woche zurückkam, würde ein Beamter minutenlang ihre Personalien überprüfen. Bram hatte vollstes Vertrauen, dass El Al, die Fluggesellschaft, die seit vielen Jahren zu den sichersten der Welt gehörte, Rachel unversehrt in Israel abliefern würde, aber das änderte nichts an der Tatsache, dass die Luftfahrt für ihn ein unbegreifliches Phänomen war und ihm nach wie vor Angst machte. Er selbst flog durchschnittlich zweimal im Monat und starrte dann jedes Mal krampfhaft auf seinen Laptop, während er mit schweißnassen Händen auf das Brummen der Turbinen lauschte. Bei jeder plötzlichen Veränderung von Tonhöhe oder Lautstärke warf er einen erschrockenen Blick auf das Bordpersonal, um festzustellen, ob es nervös Kontakt zum Cockpit aufnahm. Bram war davon überzeugt, dass er ein beliebtes Studienobjekt für neues Personal war; die Passagiere wurden ja während des gesamten Flugs über Bordkameras beobachtet, und bestimmt war sein bängliches Gesicht in einer Kabine voller schlafender Menschen oft das Einzige, woran ein Personaltrainer den künftigen Stewards und Stewardessen demonstrieren konnte, wie man sich den typischen Angsthasen vorzustellen hatte: Schauen Sie, das ist er. Er hat Unmengen von Bonusmeilen, aber noch immer kein Vertrauen in das Können der Piloten, und daher ist er ein potentieller Problemfall.

Wenn Bram mit Rachel zusammen flog, rieb sie nachsichtig den Schweiß von seinen Handflächen. Sie verstand seine Angst, fand aber, dass er übertrieb. Er hatte ihr von den Alpträumen erzählt, die ihn seit etwa acht Wochen plagten.

»Du arbeitest zu viel«, hatte sie heute Morgen gefolgert. Er war um halb fünf aufgewacht, schweißgebadet. »Diese Vorträge geben dir den Rest. Du musst wirklich damit aufhören.«

»Wir brauchen das Geld. Der Umbau kostet ein Vermögen.«

Sein Buch über Scharon und Arafat, ein kleiner Sachbuch-Bestseller, hatte so viel abgeworfen, dass sie die Anzahlung für das marode Landhaus leisten konnten, in das sie vor vier Monaten eingezogen waren. Bedeutsamer als diese Honorare waren aber die Einkünfte aus den Vorträgen, die ihm im ganzen Land angeboten wurden. Damit würden sie schneller als vorhergesehen den Umbau finanzieren und sogar die Hypothek tilgen können. Er wollte Sicherheit und vermied Risiken. Das Haus, 1828 noch ein schlichter Holzkubus, war im Laufe von zwei Jahrhunderten zu einem Labyrinth von Zimmern und Fluren ausgebaut worden, bis es schließlich siebenhundert Quadratmeter umfasste. Sie mussten nun eventuellen Einstürzen zuvorkommen. Die Angst sei übertrieben, hatten der Architekt und der Bauunternehmer ihn beschworen, denn das Gebälk des Hauses sei stark und robust. Alle Leitungen mussten ersetzt, die Badezimmer, die meisten Fenster, die Küche und ein Großteil des Daches erneuert werden, aber am Ende ihres Fünfjahresplans würden sie die Früchte ernten können: ein Haus, in dem man lustwandeln und in behaglicher Wärme die harten Winter an sich vorüberziehen lassen konnte. Im

Moment bewohnten sie den jüngsten Anbau, 1928 für das Hauspersonal errichtet, das 1930 nach dem Börsencrash entlassen worden war. Die zwei Schlafzimmer plus Wohnküche befanden sich in einem kleinen Seitenflügel des Z-förmigen Gebäudes, zwischen dem verwahrlosten einstigen Ziergarten hinten und dem stillen Zufahrtsweg vorn, der zwei Meilen weiter auf die Route 518 nach Princeton stieß, das in weniger als dreißig Minuten zu erreichen war. Ihr Haus nahm nur einen geringen Teil des Grundstücks ein, das sage und schreibe sechsundzwanzig *acres*, also mehr als zehn Hektar hatte und einen eigenen Wald einschloss, auf Hügeln gelegen, die an Mittelengland erinnerten, mit Trampelpfaden und alten Wirtschaftswegen kreuz und quer. Hirsche und Füchse streiften zwischen ihren Bäumen umher, und Greifvögel stießen auf kleine Nager herab. Vor Anbruch des Winters mussten sie die Heizung auf Vordermann gebracht haben. Die Angebote waren eingeholt. Es konnte ein Palast werden.

Der Highway 1 war die direkte Verbindung zwischen Newark International und Princeton. Bram brauchte gut eine Stunde. Dann suchte er in einem Viertel mit grünen Alleen und restaurierten »*Colonials*« und »*Victorians*«, komfortablen, altehrwürdigen Villen mit einladenden Veranden und eleganten Holzschnitzereien entlang den Dachleisten, nach dem Haus von Doktor Giotti. Hendrikus musste mit hinein. Bram hatte einen minutiösen Plan mit Unterbringungsmöglichkeiten für die Zeiten, da er unterrichten musste, ausgearbeitet, aber für heute hatte er keinen Aufpasser für den kleinen Hund gefunden. Bennie war in der Kita. Den musste er um drei Uhr abholen.

Giotti sah genauso italienisch aus, wie es sein Name verhieß: klein, dunkelhaarig, mit schwarzen, ironisch blickenden Augen, sorgfältig gestutztem Bärtchen, maßgeschneidertem Anzug und Schuhen von Bruno Magli. Eine Klimaanlage blies lautlos kühle Luft in sein Sprechzimmer. Hendrikus schnupperte interessiert unter den sachlich-strengen Stühlen und dem schlichten runden Tisch herum, der Bram von Giotti trennte. Keine Bücher auf der Tischplatte. Nur eine Box Papiertücher und eine Kanne Wasser mit zwei Duralex-Gläsern. Giotti war Bram universitätsintern empfohlen worden. Die Anregung hatte Rachel gegeben.

Handschriftlich notierte Giotti Brams Alter, Geburtsort, die Orte, an denen er gelebt und studiert hatte, das Sterbedatum seiner Mutter, Familienverhältnisse.

Dann fragte er: »Sie schlafen also schlecht?«

»Ja.«

»Seit wann?«

»Seit zwei Monaten.«

Es war gewöhnungsbedürftig, mit einem Wildfremden über seine Schlafgewohnheiten zu sprechen.

»Früher schon mal solche Phasen gehabt?«

»Nein. Das ist neu.«

Giotti hatte große, feminin wirkende Augen, richtiggehende Spiegel, mit Lidrändern, die wie mit Kajal gezogen aussahen, aber von Natur aus so waren. Sein Haar wies keine Spur von Grau auf, obwohl er mindestens sechzig sein musste. Er ließ es färben.

»Dramatische Veränderungen in Ihrem Leben um die Zeit herum?«

»Nicht wirklich«, antwortete Bram, »das heißt ... Ein Haus, wir haben ein Haus gekauft. An dem viel gemacht werden muss.«

»So viel, dass es Sie um den Schlaf bringt?«

»Ein wenig, ja.«

»Es ist ziemlich normal, dass man davon wach liegt«, sagte Giotti. »Aber Sie haben offenbar das Gefühl, dass Ihre Schlaflosigkeit nicht nur damit zusammenhängt?«

»Nicht ich, meine Frau hat das Gefühl.«

»Ihre Frau hat Sie zu mir gejagt?«

»Sie dachte, das könnte mir vielleicht helfen.«

»Macht Ihnen diese Schlaflosigkeit zu schaffen?«

»Ich hätte nichts dagegen, wenn ich mal wieder eine Nacht richtig durchschlafen könnte, aber ob es mir wirklich zu schaffen macht... Vielleicht, ich weiß es nicht.«

»Haben Sie Schwierigkeiten mit dem Einschlafen?«

»Nein, das nicht. Das ist überhaupt kein Problem.«

»Sexuelle Probleme?«

»Wie meinen Sie das?«

»Erektionsstörungen?«

Noch nie hatte jemand Bram so etwas gefragt.

»Nein.«

»Sie haben ein befriedigendes Sexualleben?«

Bram wusste nicht, ob er das hier fünfundvierzig Minuten aushalten konnte. »Ja.«

»Mehrere Partner?«

»Nein. Ich glaube an die Treue.«

»Und Sie haben das Gefühl, dass Ihre Frau auch mit ihrem Sexualleben zufrieden ist?«

Sie machten die Dinge, die sie machen wollten. Rachel

war wundervoll. Ihr Körper und ihre Reaktionen auf seine Berührungen schlossen das Bedürfnis nach Erfahrungen mit anderen Frauen aus. Sie hatten sich schon mal einen Pornofilm ausgeliehen. Und Rachel hatte ihn ein paarmal in Strapsen und Highheels verführt. In den Augen eines erfahrenen Seelenklempners vermutlich alles ganz harmlos. Giotti war der Lieblingspsychiater der Princetoner Dozentenschaft. Vielleicht gab es unter Akademikern einen höheren Prozentsatz an Perversen als unter Hafenarbeitern.

Bram sagte: »Ich habe schon den Eindruck, ja.«

Giotti nickte, während er Brams Antworten notierte.

»Können Sie eine Nacht beschreiben? Sie schlafen also gut ein?«

»Ja. Aber dann... Ich bekomme einen Alptraum. Danach schlafe ich nicht mehr.«

»Hat dieser Alptraum ein bestimmtes Muster?«

»Ja.«

»Ein beschreibbares Muster?«

Bram nickte.

So lief das also beim Psychiater. Ein trockener Austausch intimer Informationen, die dadurch objektiviert und zu Untersuchungs- und Interpretationsstoff wurden.

»Haben Sie Ihrer Frau von Ihren Alpträumen erzählt?«

»Ja.«

»Sie ist eine intelligente Frau – ich bin ihr einmal vorgestellt worden. Was hat sie dazu gesagt?«

»Dass ich einen guten Seelenklempner bräuchte.«

Giotti lachte auf. »Eine intelligente Frau, wie ich schon sagte.« Und er sah Bram einen Augenblick lang schmunzelnd an. »Fällt es Ihnen schwer, darüber zu reden?«

Bram antwortete: »Ich würde mich lieber über die politischen Entwicklungen in Korea mit Ihnen unterhalten.«

»Sie sind ein Optimist«, parierte Giotti.

»Ich bin, glaube ich, kein Mensch, der in seinem Innern herumgräbt.«

»Solange es nicht zu Problemen führt, ist das überhaupt kein Problem. Aber Sie haben Alpträume.«

»Ja.«

»Ich brauche Ihnen nicht zu erklären, was das bedeutet: unverarbeitete Ängste. Unterdrückte Ängste.«

Bram nickte. Er wusste, dass es in diesen Alpträumen um Angst ging. Er hatte Angst. Angst, zu verlieren, was ihm lieb war. Rachel. Bennie. Das Haus. Seine Arbeit. Seinen Vater.

»Was meinen Sie, können Sie einen durchschnittlichen Alptraum schildern, falls es so etwas wie durchschnittlich gibt?«

»Es ist immer der gleiche.«

»Ein festes Muster?«

»Ja.«

»Schießen Sie los«, lud Giotti ihn ein, als handelte es sich um ein Vorsprechen.

»Ich werde es versuchen … Es ist eine komische Situation, so Ihnen gegenüber.«

»Natürlich. Dieses Unbehagen hält sich monate-, wenn nicht gar jahrelang.«

»Sie glauben, dass ich jahrelang zu Ihnen kommen werde?«

»Keine Ahnung. Wenn Sie das Bedürfnis haben…«

»Schlafmittel sind eine perfekte Erfindung«, äußerte Bram.

»Absolut. Ich kann Ihnen ein Rezept ausstellen, und dann können Sie sich wieder dem zuwenden, was Sie heute machen wollten. Aber ich bin schon sehr neugierig auf das Muster Ihres Alptraums.«

Bram fragte sich, ob er sich mit einem Röhrchen Schlaftabletten zufriedengeben oder lieber die Chance ergreifen sollte, hier Einblick darein zu erhalten, was es mit seinem hartnäckigen Alptraum auf sich hatte.

Er sagte: »Es fängt jedes Mal anders an. Aber dann tut sich etwas, wodurch ich in das neue Haus gerate.«

»Haben Sie ein Beispiel für einen Anfang?«

»Zum Beispiel bin ich bei meinem Vater. Wir unterhalten uns über seinen Hund. Der läuft weg, und ich gehe ihm nach, und dann bin ich mit dem Hund in dem Haus. Es ist das Haus, in dem ich jetzt mit meiner Frau und unserem Sohn wohne, das heißt... es basiert darauf. Ich laufe dort hinter dem Hund her, und der Hund fällt plötzlich durch ein Loch im Fußboden. Es ist ein altes Haus – und im wirklichen Haus ist tatsächlich im obersten Stock ein Loch im Fußboden eines der Zimmer. Ich schaue dann dort hindurch nach unten und sehe den Hund unter dem Loch, er schaut flehentlich zu mir herauf, er will, dass ich ihm helfe. Ich renne dann zurück, die Treppe hinunter. Ich gelange in einen Flur, und der hat – ich glaube nicht, dass das von meinem Unterbewussten besonders originell ist – viel zu viele Türen. Es gelingt mir einfach nicht, zu dem Hund vorzudringen. Ich höre ihn zwar, aber er ist nicht da. Dann entwickelt sich Rauch. Er kommt aus den Luftschlitzen der Klimaanlage. Wir haben noch keine Klimaanlage in unserem Haus, das muss alles noch installiert werden. Die Flure und Zimmer füllen sich mit Rauch. Ich rufe den Hund bei seinem Namen. Aber der Rauch dringt in meine Lunge, und mir ist, als würde ich ersticken. Ich höre den Hund fiepen. Dann werde ich wach.«

Giotti machte eine Kopfbewegung zu Hendrikus, der für eine Weile still unter dem Tisch lag und seine Pfoten leckte: »Ist das die Hauptfigur?«

»Nein. Obwohl... ein bisschen.«

»Haben Sie früher schon Hunde gehabt?«

»Nein.«

»Auch nicht in Ihrer Kindheit?«

»Nein.«

Plötzlich begriff Bram, dass es der Hund seines Vaters war.

»Mein Vater hatte als Kind einen Hund. Ich glaube, dass es der Hund meines Vaters ist. Jedenfalls habe ich ihn mir so vorgestellt.«

»Sie kennen den Hund von Fotos?«

»Nein. Mein Vater hat mir von ihm erzählt.«

»War es für Ihren Vater ein besonderer Hund?«

»Ja.« Mehr wollte Bram diesem unbekannten Mann nicht anvertrauen. Das Gespräch wurde langsam albern. Jetzt ging es schon um Hunde.

»Können Sie mir etwas mehr über Ihren Vater und diesen Hund erzählen?«

»Ich weiß nicht, ob das etwas zur Sache tut.«

»Warum nicht?«

»Ich mache mir einfach Sorgen wegen des Hauses. Wir wohnen noch nicht so lange dort. Es ist ein riesiges Haus, und es muss viel daran gemacht werden, bevor es bewohnbar ist. Die Renovierung ist sehr kostspielig. Vielleicht haben wir da etwas angefangen, was wir nicht zu Ende bringen können. Ich fürchte, wir haben uns übernommen.«

»Diese Erklärung fällt Ihnen jetzt spontan dazu ein?«

»Sie ist ziemlich naheliegend, finden Sie nicht?«

»Absolut. Aber: Bringt sie Ihnen etwas?«

»Was sollte sie mir bringen?«

»Sind Ihre Alpträume damit aus der Welt geschafft?«

In Gedanken räumte Bram ein, dass die Erklärung zwar stimmen mochte, aber zu keinerlei Linderung geführt hatte. Er hatte sich diese Erklärung bereits nach einem der ersten Alpträume zurechtgelegt. Aber er hatte gleich gewusst, dass sie nicht ausreichte.

»Sie gehören der alten Schule an?«, wollte Bram wissen.

Giotti sah ihn fragend an. »Alte Schule? Wie meinen Sie das?«

»Ich meine: Sowie ich die Symbolik des Traums verstehe, wird der Traum verschwinden. Dann hat er keine Funktion mehr.«

Giotti grinste. »Das ist meine Erfahrung, ja, nach mehr als dreißig Jahren Umgang mit Patienten. Aber es dauert manchmal lange, bis alle Elemente bekannt sind.«

»Und was ist mit Zufall?«

»Wie viele Male haben Sie von diesem Hund geträumt?«

»Ich weiß nicht. Zwölf-, dreizehnmal, vielleicht auch öfter.«

»Und Sie halten es für Zufall, dass stets die gleichen Bilder mit den gleichen Gefühlsregungen wiederkehren?«

»Die Angst vor dem Umbau, davor, dass wir vielleicht nicht das Geld haben, das Haus fertigzustellen, die ist geblieben. Dieser Traum somit auch. Ich denke, dass das genügend…«

Giotti unterbrach ihn: »Was macht dieser Hund in dem Haus Ihres Traumes?«

»Keine Ahnung. Wir haben einen Hund. Mein Vater hatte einen Hund.«

Giotti blickte auf Hendrikus. Der schien entspannt ein Nickerchen zu machen, was er in einer fremden Umgebung selten tat. Normalerweise war Hendrikus eine fordernde Persönlichkeit.

Giotti fragte: »Wie heißt er?«

»Hendrikus.«

»Und der Hund von Ihrem Vater?«

Bram nahm sich einige Sekunden Zeit, bevor er antwortete: »Genauso.«

»Hendrikus?«

Bram nickte.

»Was ist das für ein Name? Israelisch?«

»Niederländisch.«

»Hat er irgendeine Bedeutung?«

»Es ist ein germanischer Name, vermutlich abgeleitet vom Althochdeutschen: *hagan*, Einfriedung, Zuhause, und *rihi*, reich, mächtig. Das deutsche Äquivalent ist Heinrich.«

Giotti nickte: »Trifft also mehr oder weniger auf das Haus zu, das Sie gerade gekauft haben. Ein großer Wohnsitz.«

Bram spürte, dass ihm vor Verblüffung der Kinnladen runterfiel. »Teufel auch«, sagte er. Und er musste grinsen. Das war spielerischer, als er erwartet hätte. Was hatte er eigentlich erwartet?

Er sagte: »Ich habe also eine Art Kryptogramm im Kopf? Ich träume ein Rätsel?«

»Sie wussten, was der Name Ihres Hundes bedeutet, aber Sie hatten noch nicht bewusst die Beziehung hergestellt. Eine Frage der Zeit.«

»Und Ihrer Hilfe.«

»Ich tue mein Bestes«, sagte Giotti ganz unbescheiden. »Der Mensch hat nicht ohne Grund seit Jahrtausenden das Gefühl, dass Träume verschlüsselte Botschaften aus dem Unterbewusstsein sind. Josef im Alten Testament war ein Traumdeuter. In gewissem Sinne der erste Seelenklempner.«

»Mein Vater wohnte als Kind nicht in einem großen Haus. Er hatte seinen Hund nach einem niederländischen Politiker benannt, einer bekannten Persönlichkeit der damaligen Zeit.«

»Aber Sie kannten die Bedeutung dieses Namens. Es ist nicht ausgeschlossen, dass er nicht in Ihrem Traum vorkommen würde, wenn er Paul geheißen hätte.«

»Paul, Paulus: klein, bescheiden«, murmelte Bram.

Giotti nickte. »Noch einmal zurück zum Beginn Ihrer Träume. Sie fangen alle anders an, verlaufen dann aber nach dem gleichen Muster?«

»Ja.«

»In dem Beispiel, das Sie geschildert haben, begann der Traum mit Ihrem Vater. Kommt Ihr Vater immer vor?«

»Nein.«

Bram versuchte sich die Anfangsbilder zu vergegenwärtigen. Er spazierte eine Amsterdamer Gracht entlang – es musste die »Goldene Biegung« der Herengracht sein, denn er kam an den Palästen der Kaufleute vorüber, die im siebzehnten und achtzehnten Jahrhundert mit dem Welthandel in Gewürzen, Elfenbein, Seide, chinesischem Porzellan und afrikanischen Sklaven reich geworden waren. Bei einem der Häuser fehlte die Treppe zur ornamentalen Eingangstür. Er konnte in das Haus, dessen Fenster vergittert waren, hineinschauen. Dort drinnen sah er den Hund. Er drückte gegen die Tür, und sie öffnete sich widerstandslos. Der Hund erschien mit wedelndem Schwanz im Flur, und er folgte dem Tier in die Tiefen des Gebäudes.

Bram sagte: »Ich gebe Ihnen ein Beispiel.« Er erzählte vom Spaziergang an der Gracht, dem großen Haus, den vergitterten Fenstern.

Nachdem er geendet hatte, fragte Giotti: »Allesamt bekannte Elemente für Sie?«

»Ja.«

»Sie waren selbst schon einmal dort?«

»Ja, oft. Als ich auf der weiterführenden Schule war, habe ich...«

Er sah Giotti erschrocken an. Aber der Psychiater ging nicht darauf ein. Bram begriff, dass die jahrelange Erfahrung Giotti gelehrt hatte, wann er besser schwieg. Ohne irgendeine Regung zu zeigen, hielt der Psychiater seinen forschenden Blick auf ihn gerichtet.

»Das Gebäude... Mit achtzehn, kurz vor dem Abitur, habe ich ein Referat über den Zweiten Weltkrieg geschrieben. Dazu bin ich viele Male im Institut für Kriegsdokumentation gewesen, wo man Archivmaterial einsehen kann. Das Institut ist in genau diesem Gebäude aus dem Traum, dem Gebäude mit dem Hund.«

»Und der Hund ist drinnen?«

»Ja, der Hund ist drinnen.«
»Was hat der Hund mit diesem Institut zu tun?«
»Alles«, murmelte Bram.
»Alles?«

2

Bis Bennie nach den Sommerferien in die erste Gruppe des städtischen Kindergartens kommen würde, brachten sie ihn jeden Tag in eine Kita der Universität. Nach dem Besuch bei Giotti holte Bram ihn von dort ab. Hendrikus tanzte um Bennie herum, schnappte verspielt nach seinen Händen, spurtete davon und kam nach abrupter Kehrtwende wieder zurückgerannt. Bram gurtete seinen Sohn im Kindersitz auf der Rückbank des Explorers an und fuhr nach Hause. Bennie brachte Hendrikus zur Räson. Die beiden waren einander ebenbürtig.

Ben war ein ruppiges Kind, viel unbändiger, als Bram es gewesen war. Von sich aus hätten sie ihm niemals Spielzeugwaffen geschenkt, aber Bennie hatte selbst darum gebeten. Gewalt faszinierte ihn. Er konnte sich eine volle Stunde lang Scheingefechte mit obskuren Feinden liefern, die mit Schwertern, Maschinengewehren oder Karabinern bewaffnet waren. Manchmal behängte er sich selbst mit Waffen: eine Uzi und eine AK 70 aus Plastik links und rechts über der Schulter, im Gürtel mehrere Schwerter und in jeder Hand eine Pistole. Ein Rambo – den er nie gesehen hatte – in spe. Besonders gern hatte er Zeichentrickfilme, in denen es hart zur Sache ging. Und es gab noch etwas, was Bram unangenehm berührte: Bennie konnte unmäßig viel essen.

Er war nicht dick, aber es zeichnete sich schon jetzt ab, dass er ein großer, kräftiger Mann werden würde. Beim Essen hatte er viel Ähnlichkeit mit Brams Vater, der seinen Teller genauso grimmig leerputzte. Bram hatte dieses gierige Essen immer mit dem Zweiten Weltkrieg in Zusammenhang gebracht, mit dem Hunger, den sein Vater in den Lagern gelitten hatte. Als Kind hatte Bram staunend zugesehen, wenn Hartog sein Essen runterschlang wie ein Wolf und seinen Teller verbissen, ja geradezu wütend leerte, bis sein Magen gefüllt und die Gefahr des Hungers gebannt war. Aber Bennie war nicht anders. Auch ohne Hungererfahrung aus dem Krieg vertilgte dieser Mannheim sein Futter wie ein Tier – ja, Futter oder Fressen im wahrsten Sinne des Wortes, von Essen im normalen Sinne konnte keine Rede sein. Geschmack spielte dabei keine große Rolle. Wie sein Großvater hatte Bennie vor zu überleben.

Bram sah ihn im Rückspiegel in seinem Kindersitz. Ein rundes Gesicht, glänzende blaue Augen, das blonde Haar, das eigentlich geschnitten werden musste, über den Ohren. Hendrikus saß still neben ihm. Er war ein Bennie im Hundeland, genauso eigenwillig, wild und klug.

»Darf ich Mama anrufen?«

»Morgen. Sie sitzt jetzt im Flugzeug.«

»Wo ist sie jetzt?«

»Keine Ahnung. Ich schätze, sie ist jetzt ...« – Bram schaute auf die Uhr am Armaturenbrett – »irgendwo über Long Island. Wenn das Flugzeug pünktlich gestartet ist, ist sie jetzt seit einer Stunde in der Luft.«

»Über den Wolken«, sagte Bennie. »Ich möchte einen Düsenjäger.«

»Du hast doch einen.«

»Das ist Spielzeug.«

»Du kannst ja Pilot werden, wenn du groß bist.«

»Wie alt muss ich dann sein?«

»Hm… Achtzehn, schätze ich.«

»Noch vierzehn Jahre?«

»Ja.«

Bennie konnte rechnen. Ab seinem zweiten Lebensjahr hatte er sich selbst das Rechnen beigebracht. Er fragte nach Ziffern und Zahlen. Berechnete die Summe der Ziffern auf Autokennzeichen, gab sogar den Buchstaben einen Zahlenwert und lebte offenbar in einer Welt, die von Gewalt und Zahlen beherrscht war.

Bram sah, dass Bennie angestrengt nach draußen schaute, als lauere zwischen den sonnenüberfluteten Häusern auf der Westseite Princetons eine Gefahr, die er entdecken musste. In wenigen Minuten würde Bennie tief schlafen. Wenn Rachel dabei gewesen wäre, hätte er lauthals und trotzig gefordert, dass sie sich neben ihn setzen müsse. Mitunter kletterte sie dann auch über die Mittelkonsole hinweg auf die Rückbank, und dann durfte er sich auf ihren Schoß legen und sie strich ihm über den Kopf, bis er einschlief. Bram liebte diese Momente: mit seiner Familie zusammen im Auto, alle, von denen sein Leben abhing, von einem Blechpanzer umgeben und in seiner Reichweite – bis auf seinen Vater.

Vor drei Monaten hatte sein Vater ihm gemailt, dass seine Freundin gestorben war. Völlig unerwartet, im Bus, Herzstillstand. Eine zufällig anwesende Krankenschwester hatte vergeblich versucht, sie zu reanimieren. Bram hatte Hartog sofort angerufen und ihm sein Beileid auf den Anrufbeantworter gesprochen. Am nächsten Morgen erwartete Bram dann eine weitere Mail. Beileidsbezeigungen seien nicht nötig, sie sei nur eine Freundin gewesen, nicht seine Ehefrau, und sie habe einen schönen Tod gehabt, wie ihn sich jeder Mensch wünschen würde.

Bram hatte die Mail mehrmals gelesen. Hartog hatte noch nie das Herz auf der Zunge getragen, aber das klang jetzt doch sehr schroff. Gut, Hartog wollte seinem Sohn gegenüber vielleicht nicht eingestehen, wie sehr ihm seine Freundin fehlte, das wäre ja ein Zeichen von Schwäche gewesen und somit in seinem Universum undenkbar. Aber was meinte er mit »sich jeder Mensch wünschen würde«? Lag es im vorliegenden Fall nahe, so etwas zu sagen, oder war es eine Chiffre für etwas anderes? Bram schrieb zurück, dass Hartog in Princeton willkommen sei. Wie wär's mit ein paar Wochen Urlaub, um zu regenerieren? Antwort: Bist du nicht recht bei Trost? Ich kann doch nicht einfach von hier weg!

Zehn Tage darauf erhielt Bram einen Anruf aus einem Krankenhaus in Tel Aviv. Sein Vater war auf der Straße umgekippt. Sie hatten einen Scan gemacht und einen leichten Schlaganfall festgestellt, der aber keine bleibenden Schäden angerichtet hatte. Hartog hatte nicht gewollt, dass man seine Angehörigen informierte, aber auf Drängen des Krankenhauses hatte er nach langem Hin und Her endlich zugestimmt und die Telefonnummer in Princeton aufgeschrieben.

Eine Stunde später rief sein Vater selbst an.

Bram fragte: »Wie fühlst du dich, Papa?«

»Ich liege hier in einem Krankenhauszimmer mit lauter Schläuchen und Drähten, was glaubst du wohl?«

»Du bist ganz der Alte.«

»Wieso auch nicht? Das junge Gemüse, das hier rumläuft und sich Arzt schimpft, weiß weniger von Infarkten als ich. Ich will hier weg.«

»Sie möchten dich noch eine Nacht dabehalten.«

»Da müssen sie mich schon einschläfern.«

»Warum kommst du nicht hierher? Du musst mal raus. Und dann kannst du gleich unser Haus sehen.«

»Megalomaner *meschugass,* dein Haus. Viel zu groß.«

»Es ist eine gute Investition.«

»Seit wann bist du Investor?«

»Es war eine einmalige Gelegenheit.«

»Ja, eine Gelegenheit, sich zu ruinieren. Aber das musst du selber wissen. Ich kann jetzt nicht fliegen. Ein andermal komme ich, das verspreche ich.«

»Hast du jemanden, der sich um dich kümmert?«

»Ja, es kommt jeden Tag jemand zu mir, haben sie gesagt.«

»Versprich mir, dass du heute Nacht dort bleibst.«

»Ich habe, glaube ich, keine Wahl. Wie geht es dem Jungen?«

Hartog sagte selten Ben oder Bennie, für ihn war er »der Junge«. Als Bennie aus dem Säuglingsalter heraus war, hatte Hartog festgestellt, dass seine Gene offenkundig eine Generation übersprungen und sich mit Macht in seinem Enkel entfaltet hatten.

»Du weißt ja, er ist gesund, er ist wild«, antwortete Bram.

»Der Junge sollte speziell gefördert werden.«

»Papa...«

»Nein, hör mir zu. Der Junge hat's. Es schadet doch nicht, wenn ihr einen netten Mathematikstudenten bittet, ein paarmal die Woche mit dem Jungen zu spielen, ganz normal, nur ein paar simple Rechenübungen. Was kann das schon kosten? Am Geld braucht's doch nicht zu scheitern, wo dir dein Buch bestimmt ein schönes Polster verschafft hat. Oder hast du das ins Haus gesteckt? Ich hab's dir schon öfter gesagt. Warum tust du's nicht? Es macht keinen schlechteren Menschen aus dem Jungen, weißt du.«

»Ich weiß. Ich werde es mit Rachel besprechen.«

»Das wolltest du schon zehnmal gemacht haben.«

»Ich freue mich, dass du sonst keine Beschwerden hast, Pap.«

»Wieso?«

»Du rufst mich aus einem Krankenhausbett an, erinnerst du dich?«

»Nein, ich *sitze*. In einem Sessel. Mit Blick aufs Bett.«

»Du hast recht, Pap, du brauchst nicht dort zu bleiben. Es ist auch falsch, zu behaupten, du seist wieder der Alte. Du bist mehr denn je du selbst.«

»Ist das Sarkasmus, was ich da höre?«

»Das würde ich nicht wagen.«

»Du brauchst dir keine Sorgen zu machen.«

»Wie gut.«

»Ich fahre nachher nach Hause.«

»Nimm ein Taxi.«

»Ein Bus tut es auch. Statistisch gesehen ist es immer noch gefährlicher, zu einer Bushaltestelle zu laufen, als mit dem Bus zu fahren.«

»Lass dir eine Quittung geben, Papa. Ich bezahle das Taxi.«

»Okay, ich nehme ein Taxi.«

»Rachel möchte dich auch noch kurz sprechen. Sie ist Ärztin.«

»Ich habe hier zweitausend davon zur Verfügung. Das reicht.«

»Hier ist sie, Pap.«

Bram legte die Hand auf die Muschel.

»Er ist unmöglich. Das hält kein Mensch aus«, flüsterte er Rachel erschöpft zu.

»Zum Glück«, sagte sie lächelnd und nahm ihm den Hörer ab. »Na, du alter Nörgler, wie geht es dir?«

Es war verblüffend, was Hartog sich gefallen ließ, wenn Rachel mit ihm sprach. In Hartogs Welt aus rostfreiem Stahl gab es zwei schwache Punkte, zwei tiefe Kratzer von großer sentimentaler Bedeutung: Bennie, den Jungen, der ihm mehr ähnelte als Bram, und Rachel, von der er sich mit Vergnügen verbessern und beleidigen ließ.

»Ja, Hendrikus strotzt vor Gesundheit«, sagte Rachel beruhigend.

Im stillen Explorer schliefen beide, Bennie und sein Freund Hendrikus. Bram steuerte den Wagen durch die ländliche Umgebung westlich von Princeton, vorbei an Hügeln und Wäldern und unter den Armen von Bäumen hindurch, die ihren Schatten auf die Straße warfen. Er hatte sich eine Sonnenbrille aufgesetzt, um die grellen Übergänge von Licht und Schatten zu mildern.

Ihr Haus lag anderthalb Meilen vom Delaware River entfernt, dem Grenzfluss zwischen New Jersey und Pennsylvania. An dessen anderem Ufer breitete sich Philadelphia langsam nach Nordosten aus, zum Fluss hin, und es war zu erwarten, dass New York, Newark, New Brunswick, Trenton und Philadelphia in einigen Jahrzehnten eine einzige große Stadtlandschaft bilden würden, eine Riesenstadt, die sich in einem breiten Streifen von Pennsylvania bis nach Connecticut erstrecken würde.

Bram kam zu Bewusstsein, dass er einen Tag nach jenem Telefongespräch mit seinem Vater zum ersten Mal von dem Haus und dem Hund geträumt hatte. Kaum zu glauben, dass ihm das nicht schon früher aufgefallen war. Es war ein Traum von seinem Vater. Der Hund stand für seinen Vater – in die Richtung musste es gehen. Oder war es Unsinn, Träume zu interpretieren? Giotti hatte es sich ja zum Beruf gemacht, Zusammenhänge herzustellen und Bedeutungen beizumessen, und man konnte die Tatsache, dass es schon seit mehr als einem Jahrhundert Psychologen und Psychiater gab, die den Menschen mit ihren diversen Methoden recht erfolgreich Beistand leisteten, als Indiz für ihre Wirksamkeit auffassen. Aber Bram konnte nicht ausschließen, dass die Interpretation genauso zufällig und willkürlich war wie der Traum selbst, sosehr dieser auch aus wiedererkennbaren Elementen bestehen mochte. Giottis Auslegung half, wenn man wollte, dass sie half. Und Zusammenhänge waren natürlich schnell hergestellt, wenn der Patient über seine Probleme sprach; während er im Beisein des Therapeuten über sein Ach und Weh redete und nachgrübelte, verdichtete sich dieses zu einer Geschichte. Einer Geschichte mit Hand und Fuß. Einer rhetorischen Einheit, die unweigerlich etwas zu bedeuten hatte. Bram wusste, was seine Alpträume verursachte: Er machte sich Sorgen, das war alles. Über seinen Vater, das Haus, den Leistungsdruck an der Universität. Er würde sich von dem Traum befreien, wenn er ein bisschen kürzertrat. Mal für eine Weile keine Vorträge halten und keine Artikel schreiben. In Ruhe das Haus fertigstellen, eine Burg, die ihnen Schutz bieten würde.

Er bog von der Straße auf ihren privaten Zufahrtsweg ab, eine asphaltierte Allee mit vielen Unebenheiten und Löchern, die aber erst ausgebessert werden konnte, wenn die größeren Arbeiten am Haus abgeschlossen waren. Links und rechts des Weges erstreckten sich dichte Wälder – *ihre* Wälder, wer hätte das je gedacht: Abraham Mannheim, der Enkel bettelarmer niederländischer Juden, besaß Grund und Boden in Amerika – und davor sanft geschwungene Rasenflächen, die jetzt verwahrlost waren und überwuchert von Unkraut, unidentifizierbarem Gestrüpp und den suchenden Tentakeln eines Netzwerks gigantischer Efeupflanzen. Schließlich tauchte zwischen einer hohen, dichten, seit Jahren nicht gestutzten Taxushecke von zweihundert Meter Gesamtlänge das Haus auf, ein langgestrecktes, grauweißes Bauwerk aus Holz, das anscheinend völlig planlos hier hingestellt worden war. Man hatte im Laufe von zwei Jahrhunderten einfach immer wieder ein Stück angebaut, sowie ein größerer Platzbedarf aufkam und die Finanzierungsmöglichkeiten vorhanden waren. Der Weg endete auf einem Kiesplatz, der sich über die gesamte Breite des Hauses zog. Auch der Kies war lange nicht gepflegt oder erneuert worden, die Steinchen waren grau und unter dem

Druck der Autoreifen in den Sand gepresst worden. Aber es war unverkennbar, was hier entstehen konnte: ein prachtvolles Landhaus.

Bennie schlief auch weiter, als Bram den Motor ausmachte. Hendrikus hatte sich neben Bennie erhoben, tat aber keinen Mucks, als wolle er ihn nicht wecken. Bram öffnete den Schutzbügel des Kindersitzes und hob Bennie heraus. Das war ein kritischer Moment, der meistens unerwünschte Folgen hatte, doch Bennie schlief weiter. Bram trug ihn zu einem Seiteneingang des großen Hauses, in der Stille der reglosen Wälder und der Sonne, die die alten Wände gnadenlos aufheizte. Wenn man näher kam, sah man, dass das verwitterte, geborstene, ausgeblichene Holz förmlich nach einem Anstrich schrie.

Ende der fünfziger Jahre war dieser Teil des Hauses, der einstige Bedienstetentrakt, zu einem Apartment umgebaut worden. Direkt hinter der Eingangstür lag das Wohnzimmer mit offener Küche, an die zwei Schlafzimmer grenzten. Eine dritte Tür führte zum Rest des Hauses. Bram legte Bennie auf sein Bett und füllte Hendrikus' Napf mit frischem Wasser. Dann aktivierte er die Babyfon-Funktion des Telefons und ging wieder nach draußen, während Hendrikus geräuschvoll von seinem Wasser schlabberte. Die Taxushecke zog sich wie ein U um drei Seiten des Hauses herum und ließ die Rückseite offen. Dort lag ein Stück wilder Heide, die einst ein Ziergarten im Stil des neunzehnten Jahrhunderts gewesen war, wie Zeichnungen aus jener Zeit belegten, und dahinter befand sich ein kleiner Sumpf, beziehungsweise ein in den letzten zwanzig Jahren verschlammter ovaler Teich, der ausgebaggert werden musste, damit, so Rachels Wunsch, fette Kois darin ausgesetzt werden konnten. Hendrikus kam hinter Bram hergerannt.

»Jetzt mach doch mal langsam, Junge, bei dieser Hitze.«

Es war absurd, so mit einem Tier zu reden, aber es ging ganz automatisch. Hendrikus gehörte zur Familie, und somit standen ihm menschliche Liebesbezeigungen und menschliche Ermahnungen zu.

Brams Arbeitszimmer, mehr als siebzig Quadratmeter groß, so dass er alle seine Bücher – immer noch in Umzugskartons – unterbringen konnte, war ein Eckzimmer auf der rechten Seite des Hauses, mit hohen Fenstern, durch die man auf einen Arm der Taxushecke und auf den Sumpfteich mit dem Wald dahinter blickte.

Bram suchte die Unterlagen zusammen, die er für seine Vorlesungen am nächsten Tag benötigte. Er wollte Bennie nicht allein lassen und hatte sich vorgenommen, im Wohnzimmer zu arbeiten. Hendrikus fing an zu kläffen.

»Was ist? Doch zu warm?«

Hendrikus stand auf der Türschwelle und behielt die Zufahrt in der Taxushecke im Auge.

Jetzt hörte Bram das Geräusch eines sich nähernden Autos, und er ahnte, dass das John O'Connor sein würde, der mit ihm über den Teich sprechen wollte.

Der rote Pick-up kam neben Brams Explorer zum Stehen. Bram ging zu ihm hin.

»Warmer Tag, Abe.«

Abe war sein dritter Name. Bram in den Niederlanden, Avi in Israel, Abe in Amerika.

John war ein großer dicker, gut dreihundert Pfund schwerer Mann mit rotem Kopf und starken Händen, die Dutzende von Hammern und Zangen verschlissen hatten. John war ihm von Kollegen an der Universität als verlässlicher Bauunternehmer empfohlen worden, der solide plante und sich an Preise und Abmachungen hielt. Kaum war John aus seinem klimatisierten Truck gestiegen, schien ihm der Schweiß geradezu aus dem Kopf zu spritzen.

»Ich habe viele Jahre in Israel gelebt, John.«

»Wir könnten eine Klimaanlage einbauen. Machst du in dieser Hitze etwa ein Auge zu?«, fragte John.

Bram schlief in der Regel nur wenige Stunden. »Kein Problem.«

»Rachel sitzt im Flugzeug?«

»Sie hat nicht angerufen, also nehme ich an, dass sie ohne Verspätung losgeflogen ist.«

»Viele Probleme dort, hab ich gelesen.«

Israel war in den letzten Monaten wieder häufig in den Nachrichten. Seit die Hamas den Gazastreifen zu einem islamistischen Staat gemacht hatte, waren Konfrontationen an der Tagesordnung. Man schoss von dort Raketen auf Israel ab, und Israel schoss zurück. Jitzchak Balin war als künftiger israelischer Außenminister im Gespräch. Bram hatte noch hin und wieder Mailkontakt mit ihm, doch sein Wegzug war das Ende ihrer Freundschaft gewesen. Balin hatte Bram zwar nie Verrat vorgeworfen, als er Israel den Rücken gekehrt hatte, aber andere schon. Die Gewalt, die nach dem ruhmlosen Ende der Zweiten Intifada abgenommen hatte, loderte nun im Kampf zwischen Hamas und Fatah auf. Aber es fanden sich immer auch einzelne Palästinenser, die behaupteten, dass sie einen dauerhaften Frieden wollten. Balin konnte sie stets herauspicken.

»Seit Arafat weg ist«, sagte Bram, »kann alles Mögliche passieren. Es lebt sich besser mit dem Teufel, den man kennt, als mit dem Teufel, den man nicht kennt.«

»Gestern wieder sechs Jungs gefallen«, sagte John. Er meinte amerikanische Soldaten im Irak.

Bram nickte: »Ja, ich hab's gehört.« Auf ein Gespräch über den Irak war er nicht erpicht. Er hatte den Krieg Bushs seinerzeit kritisiert, und das hatte ihm bei einigen Kollegen in Tel Aviv nicht gerade Sympathien eingetragen. »Noch über den Teich nachgedacht?«

»Ja.« John zog ein großes rotes Taschentuch hervor und tupfte sich damit Hals und Wangen ab. Eine altmodische Geste, wie aus einem Film. Bram besaß keine Stofftaschentücher.

»Ist 'ne ziemliche Sache. Wir müssen ihn erst auspumpen, mit Spezialfiltern. Dann mit 'nem großen Schleppschaufelbagger ausbaggern. Dann eine Spezialbeschichtung anbringen. Und eine Heizung, sonst erfrieren diese japanischen Fische. Die Heizung wird ein Vermögen kosten. Mein Rat? Vergiss es.«

»Sagst du es ihr? Mir nimmt sie das nicht ab.«

»Kein Problem. Möchtest du noch einen Rat?«

»Nur zu.«

»Konzentrier dich auf die Hauptsachen. Wir müssen dieses Haus in Schuss bringen, bevor der Winter kommt. Das ist schon mehr als genug. Wenn ihr in den Millionen schwimmt, können wir ja noch mal über den Fischteich nachdenken. Sie ist nächste Woche wieder da, oder?«

»Ja.«

»Wir müssen jetzt festlegen, wie das Dach gedeckt werden soll. *Shingles,* Ziegel oder Teerpappe? Wenn ihr Ziegel wollt, sollen wir dann das Dachgerüst verstärken? Machbar ist alles. Dann die Regenrinnen. Kannst du in sämtlichen Qualitäten haben, von pvc bis Kupfer. Alles drin, wenn du die Knete hast. Es geht hier um große Posten, Abe.«

»Rachel sagte, dass die meisten Fenster instandgesetzt werden können.«

»Ja, da habt ihr Glück. Nur ein paar Rahmen sind morsch.«

»Gibt das viel Lärm?«

»Tja, ein Picknick ist es nicht. Wir sind Bauarbeiter. Wir hämmern und sägen. Das macht eben Lärm. Wenn ich du wär, würde ich mich möglichst viel in der Universität aufhalten, wenn wir hier loslegen.«

Hendrikus schlug aufgeregt an, weit entfernt, irgendwo im Haus, schien es. Stand irgendwo eine Tür offen?

»Wir fangen in der ersten Septemberwoche an. Mitte November müssten wir's dann wohl geschafft haben«, fuhr John fort. »Rachel hatte auch noch um Prospekte von Alarmanlagen gebeten. Sie fand doch, dass es vernünftig wäre, das Ganze von Anfang an zu sichern, ihr wohnt ja schon ein bisschen abgelegen. Ich habe auch ein paar Broschüren für Safes mit unterschiedlicher Ausstattung mitgebracht, einer sprengt sich selbst in die Luft, wenn ein bestimmter Code eingegeben wird.«

Fühlte Rachel sich hier nicht sicher? Sie hatte nichts davon gesagt. Oder hatte sie auch Zweifel, ob das Abenteuer nicht zu groß war?

»Ein Safe, der sich mit einem bestimmten Code in die Luft sprengt?«, fragte Bram. »Das scheint mir nichts für eine Familie mit Kindern zu sein. Die versuchen natürlich, den Safe aufzukriegen, sobald Papa und Mama mal nicht aufpassen.«

»Es gibt da Sicherheitsvorkehrungen. Aber das ist auch nur ein Gag«, erwiderte John.

Sie standen schon zu lange in der Sonne, Johns Gesicht wurde immer röter, und der Schweiß triefte ihm von den Schläfen.

»Wir haben gar nichts, was wir in einen Safe legen könnten«, sagte Bram. »Wenn wir mal Diamanten haben, dann gerne. Was trinken?«

Sie gingen zum bewohnbaren Teil des Hauses. Für John, der sich schleppend auf den Schatten des Personaltrakts zubewegte, schien jeder Schritt eine Tortur zu sein.

»Was empfiehlst du für das Dach?«, fragte Bram.

»Das Haltbarste. Ziegel. Und Regenrinnen aus Kupfer. Wartet noch mit der Klimaanlage, obwohl ich sehr für eine kühle Brise bin. Wartet noch mit den Badezimmern. Lasst eines herrichten. Und wenn ihr Gäste habt, müssen sie eben euer Bad mitbenutzen. Mit Ziegeln und Kupfer bist du für mindestens sechzig, vielleicht sogar achtzig Jahre gut bedacht. *Shingles* muss man eigentlich alle fünfzehn Jahre erneuern. Sind zwar in der Anschaffung billiger, aber rechne das mal gegeneinander auf. Es sei denn, du bist in drei Jahren wieder weg.«

Sie traten in die schattige Kühle des Wohnzimmers.

»Nein, hier bleiben wir. Für sehr lange«, sagte Bram leise. »Mein Sohn schläft«, fügte er zur Erklärung seiner gedämpften Lautstärke hinzu.

Im Kühlschrank wartete ein Sixpack Cola. Hendrikus

kläffte wieder, leise und dumpf, als säße er irgendwo in einem Schrank.

»Coke?«

»Prima.«

Bram reichte John eine Dose und machte sich selbst auch eine auf. Die kalte Cola gluckerte in seiner Kehle. John hielt den Mund auf und goss mühelos den gesamten Doseninhalt hinunter. Während Bram sich mit dem Handrücken die Lippen abwischte, bemerkte er, dass die Tür zu Bennies Zimmer nicht geschlossen war. Er war sich sicher, dass er sie hinter sich zugezogen hatte.

»Einen Moment«, sagte er.

Aber er wusste es eigentlich schon. Auch die Tür zum unbewohnten Teil des Hauses stand offen.

Ohne etwas zu John zu sagen, lief er auf den Flur hinaus.

»Bennie!«, brüllte er.

Hendrikus bellte, aber von Bennie kein Laut. Der Flur war mit antiken Steinfliesen ausgelegt, die von abertausend Schuhsohlen abgetreten worden waren. Sie hatten vor, sie versiegeln zu lassen, damit sie für die Zukunft erhalten blieben. Rechterhand gaben Fenster Aussicht auf den Kiesplatz, die Hecke und die beiden geparkten Wagen. Linkerhand antike Türen, die in diverse Räume führten. Bram beschleunigte seine Schritte und gelangte in die Eingangshalle, deren Holzdecke bis unter die Dachschrägen hinaufreichte. Auch hier war der Boden mit Steinfliesen ausgelegt, weiß und schwarz, im geometrischen Schachbrettmuster. Zwei elegante Treppenläufe luden dazu ein, in den ersten Stock hinaufzugehen. Bram wusste, dass Bennie das getan hatte. Er wusste auch, wo sich sein Sohn befand.

»Bennie! BEN!«

Er nahm drei, vier Stufen auf einmal und erreichte das obere Podest, das zu beiden Seiten in hohe Flure mündete. Er hastete die nächste Treppe hinauf, die schmaler war und nichts Monumentales mehr hatte. Sie führte ins Dachgeschoss, das so viele Probleme bereitete. Es regnete herein, Balken waren morsch, Regenrinnen vom Rost zerfressen.

»BENNIE! BENNIE!«

Hendrikus kläffte, in größerer Nähe jetzt. Bram konnte auch die Tonlage des Gekläffs interpretieren. Hendrikus warnte. Das Tier warnte Bennie, und es warnte Bram.

»Rühr dich nicht vom Fleck!«, schrie Bram. »BLEIB STEHEN, WO DU STEHST, BENNIE!«

Er rannte an den leeren Mansardenzimmern vorüber, deren Wände so porös waren, dass man mit der Faust hindurchschlagen konnte. Die Fußböden bestanden aus breiten, einst aus mächtigen Bäumen gesägten Holzdielen, die bis auf ein paar Stellen in relativ gutem Zustand waren. Und an einer dieser Stellen, wo ein fünf Meter tiefes Loch klaffte, wartete Bennie (er sah es vor sich, obwohl er noch nicht dort war). Hier unter dem Dach herrschten mindestens vierzig Grad Celsius. Wie viel war das noch gleich in Fahrenheit? Hendrikus war jetzt laut zu hören.

»BENNIE!«

Der Flur machte eine Biegung, und Bram überbrückte die letzten fünfzehn Meter zu der großen Mansarde am Ende des Hauses. Er trat die Tür auf, Staub wirbelte vom Fußboden hoch.

Unter den Sparren des müden Dachs stand Bennie, mit dem Rücken zu ihm. Durch ein Dachfenster fiel ein Streifen Sonnenlicht quer durch den alten Dachbodenstaub. Sein Kind schaute nach unten, in das Loch zu seinen Füßen. Hendrikus stand kläffend neben ihm.

Noch ehe Bennie sich umdrehen konnte, fasste Bram ihn beim Arm und zog ihn von dem Loch weg.

Keuchend kniete er sich vor seinen Sohn, suchte nach einem schuldbewussten Blick in dessen Augen. Doch Bennie starrte weiterhin verträumt auf das Loch. Er hätte fünf Meter tief hinunterstürzen können. Er hätte sich das Genick brechen können.

»Bennie... Bennie, hör mir zu.«

Brams Stimme zitterte, und er wusste nicht, ob er wütend oder nur erleichtert sein sollte, aber Bennie sah ihn jetzt an. Er wirkte schläfrig und verlangsamt, als hätte er Valium geschluckt und wachte eben erst auf.

»Bennie – mach das bitte nie, nie wieder, ja? Hörst du? Du darfst nie wieder hierherkommen. Du hättest dort hineinfallen können. Es ist gefährlich hier. Hier muss alles umgebaut werden. Erst danach darfst du hier spielen. Hörst du?«

Bennie nickte, aber es schien, als würden Brams Worte gar nicht zu ihm durchdringen, als würde er schlafwandeln. Vielleicht war es auch so, vielleicht schlafwandelte sein Kind.

»Bennie – nie mehr, hörst du mich? Versprichst du mir das?«

Sein Kind sah ihn verwundert an. Es hatte immer noch nichts gesagt.

»Bennie? Weißt du noch, wie du hierhergekommen bist?«

Das Kind schien sich plötzlich etwas bewusst zu werden. Es schaute sich um und nahm den Dachboden in sich auf.

»Wo sind wir, Papi?«

Er hatte geschlafwandelt. Bram musste das mit Rachel besprechen. Vielleicht wusste sie, was man dagegen machen konnte.

»Du bist selbst hierhergegangen, Bennie. Weißt du das nicht mehr?«

»Nein«, sagte Bennie verdutzt.

Sie mussten ihn untersuchen lassen. Er schlafwandelte oder hatte Absencen, kurze Bewusstseinstrübungen, wie man sie bei einer leichten Form von Epilepsie hatte.

Bram wollte ihn beschützen und sagte: »Komm her, Liebling.«

Bennie trat in seine ausgebreiteten Arme, und Bram drückte ihn an sich, fühlte seine Wangen und seinen Rücken.

Hatte er deswegen diese Träume gehabt? Damit er sein Kind vor einem Sturz durch ein Loch im Fußboden bewahren konnte? Hatte sein Vater ihm damals Hendrikus geschenkt, damit das Tier ihn warnen konnte? Nein, das war alberner magischer Firlefanz. Bram schluckte seine Tränen hinunter, hob sein Kind hoch und trug es nach unten. Hendrikus lief ihnen voran. Das Hündchen hatte sie gewarnt. Bram beschloss, Rachel nichts davon zu erzählen.

3

Rachel aß immer gern gegen acht Uhr zu Abend, was Bram für Bennie zu spät fand. Und da Rachel jetzt im Flugzeug saß, konnte sie nicht verhindern, dass er seinem Sohn um Viertel nach sechs einen Teller Spaghetti vorsetzte. Rachel verstand was vom Kochen. Komplexe indische Gerichte mit Gewürzen, deren Namen er sich nach all den Jahren immer noch nicht merken konnte, mit asiatischen Aromen, die noch nie zuvor durch dieses Haus gezogen waren. Bram hatte keine Ahnung vom Kochen. Spaghetti mit Tomatensoße und Hackbällchen, dazu ein Teller Spinat. Zum Nachtisch Eis. Wenn Rachel das wüsste, würde sie ihn zur Schnecke machen: zu wenig Vitamine, verbotenes Fleisch – Bennie war ganz wild auf Fleisch. Und zu allem Übel saß er noch auf dem Fußboden, den Teller auf dem niedrigen Glastisch, und guckte beim Essen seine Lieblingssendungen im Fernsehen. Sie hatten eine Satellitenschüssel anbringen lassen und konnten zweihundert Sender empfangen.

»Warum gibt es Würmer?«, fragte Bennie, während er aß.

Seltsame Assoziation, dachte Bram. Die Spaghetti natürlich.

»Ich weiß nicht, warum es Würmer gibt. Warum gibt es Vögel?«

»Weil es Luft gibt«, antwortete sein Sohn schmatzend.

»Vielleicht gibt es ja dann Würmer, weil es feuchte Erde gibt«, sagte Bram.

»Warum sind im Haus so viele Würmer?«

Bennie saß mit dem Rücken zu Bram auf dem Fußboden. Hendrikus lag neben ihm und wartete darauf, dass Bennie ihm etwas abgeben würde. Sie guckten einen Zeichentrickfilm voller Geräuscheffekte und grotesker Figuren.

Bram wusste nicht, worauf sein Sohn anspielte. Er fragte: »Wo sind Würmer?«

»Oben.«

»Oben? Wo denn?«

»Oben«, wiederholte Bennie.

Bram sah, dass er mit den langen Nudeln seine liebe Mühe hatte.

»Warte mal«, sagte er.

Er hockte sich neben seinen Sohn und schnitt die Spaghetti in kurze Stückchen, die er leichter auf die Gabel nehmen konnte. Rachel hatte Bennie schon mehrmals beizubringen versucht, wie er die Spaghetti um die Gabel drehen musste, doch ihre Lektionen hatten wenig Eindruck gemacht.

»Ich habe keine Würmer gesehen«, sagte Bram.

»Ich schon.«

Vielleicht war irgendwo dort, wo es seit Jahren reinregnete, ein Nest. Oder hatten Würmer keine Nester? Vielleicht eine besondere Art von Würmern?

»Die musst du mir mal zeigen«, sagte Bram.

»Sie sind oben«, erklärte Bennie. »Da darf ich doch nicht hin!«

»Oben? Wo oben?«

»Bei dem Loch.«

»Da waren Würmer?«

»Ja. Unten. Wenn man guckt.«

Bram hatte einen Blick durch das Loch geworfen, als er Bennie beim Arm gefasst hatte, und hatte den Fußboden des Zimmers unter dem Loch gesehen. Trockene, nackte Dielen. Da waren keine Würmer gewesen. Es hatte schon seit Wochen nicht mehr geregnet. Würmer konnten dort nicht überleben.

»Ungelogen?«

Was war mit seinem Kind? Manchmal hatte Bram das Gefühl, als sei Bennie weit weg, ganz in seine eigenen Gedanken verloren. Litt Bennie an einer Form von Autismus? Er schmuste gern und scheute keine körperliche Nähe, und er hatte weder Probleme mit anderen Kindern noch mit der Aufnahme von Informationen oder sonstigen Reizen. Aber er hatte bei aller Unbändigkeit plötzliche Momente völliger Abwesenheit, als ob sich sein Bewusstsein ausschaltete oder in labyrinthischen Gedanken verirrte.

Vor vier Jahren, damals in der Kinderkrippe in Tel Aviv, war Bennie zehn Minuten vor dem Anschlag von Rachel aus seinem Bettchen gehoben worden, weil er jämmerlich weinte und sich nicht beruhigen wollte. Bauchkrämpfe wahrscheinlich. Rachel hatte ihm einige Minuten lang über sein Bäuchlein gerieben, ihn dann aber, damit er die anderen Babys und Kleinkinder nicht wachbrüllte, auf den Arm genommen und nach draußen getragen. Sie war ein Stück mit ihm die Straße hinuntergegangen, hatte ihn in ihren Armen gewiegt und ihm leise ein Lied vorgesungen, und als sie hundert Meter von der Kinderkrippe entfernt gewesen war und Bennie sich beruhigt hatte, hatte sie sich umgedreht und war Richtung ›Stiller Ozean‹ zurückgegangen. Aber nach wenigen Schritten hatte Bennie wieder angefangen zu weinen. Sie war stehengeblieben und hatte sich gefragt, was sie machen sollte. Vielleicht sollte sie irgendwo Fencheltee besorgen oder Fenchelgemüse kaufen und ihm von dem abgekühlten Kochsud zu trinken geben. Da hatte sie plötzlich Flammen aus den Fenstern der Kinderkrippe schlagen sehen. Sie hatte den Luftstoß der Explosion an ihren Schläfen gefühlt, und ihre Haare waren hochgeweht. Unwillkürlich hatte sie dem Gebäude den Rücken zugedreht, um ihr Kind zu beschützen. Bennie schrie.

Tage danach, als sich der Wahnsinn in ihren Köpfen ein wenig gelegt hatte und sie endlich miteinander reden konnten, hatte Rachel gesagt: »Weißt du, ich habe die ganze Zeit das Gefühl ... Bennie hat uns gerettet. Wenn er nicht geweint hätte ...«

»Er hatte Krämpfe«, hatte Bram entgegnet. »Wir müssen den Krämpfen dankbar sein. Bakterien? Ein Virus?«

»Ja, was für ein Glück«, hatte Rachel gesagt. »Wenn er keine Bauchschmerzen gehabt hätte ...«

Von allen anderen Bildern des damaligen Irrsinns stand Bram vor allem dieser eine Moment vor Augen: sein Sohn in ihren Armen, wie er still auf das Chaos um sich herum, die Flammen, die Feuerwehrleute und das aufgeregte Dröhnen der Hubschrauber schaute.

Wenn er Rachel jetzt erzählt hätte, dass er schon wochenlang von einem Loch im Fußboden träumte, hätte sie das als ein Zeichen gewertet – mit wer weiß welchen Konsequenzen. Magische Bezüge waren in Rachels Erlebniswelt nicht ausgeschlossen. Also Haus verkaufen. Alle Fußböden sofort zumachen lassen. Bennie mit Gurten an einem Stuhl festbinden. Rachel glaubte nicht an Zufall. In ihrer Welt verliefen unsichtbare, aber deswegen nicht weniger wirkliche Linien zwischen Vorfällen, Gefühlen und sogar Gegenständen, namentlich solchen, die sie verloren hatte und wiederfinden wollte, indem sie konzentriert an sie dachte.

Im Fernsehen verdrosch eine Art Ziege ein computergeneriertes Wesen, das einem lebendig gewordenen Motorroller ähnelte.

Bram fragte: »Wie groß waren diese Würmer?«

Bennie nahm einen Happen von seinen Spaghetti und schaute interessiert auf den Bildschirm: »Ganz große Würmer.«

»Wie groß denn?«, fragte Bram.

Bennie legte seine Gabel hin und breitete die Arme aus: »So.«

Er zeigte die Größe einer Schlange an. Keine Würmer also, sondern Schlangen. Waren in diesem Haus Schlangen?

Bram fragte: »Schlangen, meinst du? Wie viele waren es denn?«

Bennie griff wieder zu seiner Gabel: »Zehntausend Millionen.«

»Du kannst sehr gut zählen, Ben. Also wie viele?«

Bram blickte auf den Rücken seines Kindes.

»Unendlich«, hörte er es sagen.

Kannte Bennie diesen Begriff jetzt schon? Wusste er, was das war?

»Was hast du gesagt, Liebling?«

»Unendlich«, wiederholte Bennie lässig.

Vielleicht hatte sein Vater recht: Bennie hatte die gleichen genetischen Strukturen wie Hartog, für Welten programmiert, die Bram sich niemals würde erschließen können.

»Was ist unendlich?«, fragte er.

»Alle Zahlen zusammengerechnet. – Wie viele Happen noch?«

Bram schaute auf seinen Teller: »Acht.«

»Vier.«

»Acht, hab ich gesagt.«

»Okay.«

Bram konnte nicht anders, er musste sich über sein Kind beugen und es auf den Kopf küssen. Er roch das Haar, das etwas Süßes, Frisches verströmte, obwohl heute stundenlang die Sonne darauf geschienen hatte. In Bennies Schädel befand sich schon jetzt eine Form von Wissen, die Bram fremd war. Er musste ihn schon jetzt gehen lassen.

Bennie hatte keinen Appetit, was selten vorkam. Vielleicht war es doch keine so gute Idee gewesen, ihm Spaghetti zu machen. Aber Rachels indische Küche war ein Mysterium für Bram. Er musste zu seiner Schande gestehen, dass er nach all den Jahren mit Rachel noch nicht mal eine Suppe kochen konnte. Er hätte besser eine ihrer tiefgefrorenen Mahlzeiten in die Mikrowelle gestellt.

»Papa?«

»Was ist, Liebling?«

»Wie alt ist man, wenn man weggeht?«, fragte Bennie.

»Was meinst du mit ›weggeht‹?«

»Große Jungen gehen doch von zu Hause weg, von Papa und Mama!«

»Ja, wenn sie studieren. Achtzehn, neunzehn Jahre alt ist man dann.«

»Ich möchte nicht weg, Papa.«

»Warum solltest du wegmüssen?«

»Weiß ich nicht.«

»Du darfst bleiben, bis du hundert bist«, beruhigte Bram ihn.

»Wann ist Mama wieder da?«

»Nächste Woche schon.«

»Ich möchte Mama sehen.«

»Du bekommst Mama zu sehen.«

»Ich möchte Mama *jetzt* sehen«, drängte Bennie.

»Morgen früh rufen wir sie an.«

»Skypen wir? Dann kann ich Mama sehen.«

»Ja, sie hat ihren Laptop dabei, da können wir also mit ihr reden und sie sehen.«

Bram sah am Hinterkopf seines Sohnes, dass er nickte, ohne den Blick vom Fernsehschirm zu wenden.

Das Telefon läutete.

»Ich geh ran«, sagte Bennie. Er stand auf und nahm das schnurlose Telefon von der Arbeitsplatte, wo Bram es hatte liegen lassen.

»Einneb Mienam.«

Er lauschte angestrengt und sagte dann: »Nein, Sie sind richtig. Mannheim.« Er nickte: »Einneb Mienam ist Bennie Mannheim, nur andersrum.« Wieder nickte er: »Ja. Ich bin schon vier.«

Während er zu Bram zurückkam, legte er die Hand auf die Muschel: »Für dich.«

Bram nahm ihm das Telefon ab und meldete sich mit seinem Namen. Er strich seinem Sohn übers Haar, als dieser sich wieder vor ihm niederließ.

Er hörte: »Jitzchak Balin.«

»Jitzchak? Na, so eine Überraschung! Wie geht es dir?«

»Störe ich?«

»Natürlich nicht.«

»Erzähl, Avi: Deine schöne Frau, dein kluger Sohn, alles gut?«

»Besser geht's nicht.«

»Ich hörte, dass du ein Schloss gekauft hast.«

»Ein Schloss?« Das wurde also in Israel über ihn kolportiert. Der Verräter hatte jetzt seinen eigenen Schlossgraben. Es lief zwar wirtschaftlich nicht schlecht in Israel, aber Professor Mannheim hatte im fernen Princeton den Vogel abgeschossen.

Bram sagte: »Ein großes Haus, ja, aber ziemlich baufällig, ein Haufen altes Holz, wie mein Vater sagt.«

»Ich hab den alten Haudegen vorige Woche getroffen. Immer noch derselbe.«

Brams Vater war ein entschiedener Gegner Balins. »Jitzchak, du bist so ein gescheiter Junge, und trotzdem siehst du nicht, dass deine friedliche Koexistenz zu gewaltsamer Ent-Existenz führen wird«, hatte Brams Vater dem Politiker mal vorgehalten. »Die Araber wollen keinen Frieden. Weißt du, was sie von dir wollen?«

Balin hatte ihn entnervt angesehen und wohl oder übel den Kopf geschüttelt: »Nein.«

»Ich werde es dir sagen«, hatte Brams Vater gesagt und einige Sekunden gewartet, um die dramatische Wirkung zu erhöhen: »Die Araber wollen deine Eingeweide.« Darauf hatte er wieder kurz gewartet: »Um die roh zu verspeisen.«

Bram sagte: »Ich hoffe, er hat dich in Frieden gelassen.«

»Natürlich nicht. Ich hab ja schon immer gedacht, dass er der radikalste Mensch ist, den ich kenne, das heißt, radikal und zugleich gewaltlos. Aber ich dachte, schlimmer könnte es mit seinen Ansichten nicht werden. Doch da habe ich mich geirrt. Er ist noch schlimmer geworden. Ich mag ihn, das weißt du, aber er wird immer extremer.«

Nicht gerade geschickt von Balin, von seinem Vater anzufangen. Oder tat er das absichtlich?

»Ich bin froh, das zu hören«, erwiderte Bram. »Aber erzähl mir alles von dir. Übrigens, wie spät ist es bei euch? Es muss doch jetzt halb zwei Uhr nachts sein!«

»Ich bin nicht in Israel. Ich bin in New York.«

»Dann müssen wir uns sehen. Gute Idee, mich anzurufen, Jitzchak!« Bram hatte ihn immer bewundert, obwohl er furchtbar von sich eingenommen war. Jitzchak hatte eine Mission, einen Auftrag, eine heilige Aufgabe: das Ende der Besetzung des Westjordanlands. Jitzchak war davon überzeugt, dass die ganze Misere ein Ende haben würde, sobald in Judäa und Samaria ein unabhängiger Palästinenserstaat errichtet war – auch Bram hatte das jahrelang gedacht. Jetzt wusste er es nicht mehr.

Balin fragte: »Wann kannst du mich empfangen?«

»Morgen unterrichte ich den ganzen Tag. Aber du könntest abends zum Essen kommen. Oder am Wochenende?«

»Ich komme gern mal abends. Wie geht es Rachel?«

»Sie arbeitet halbtags in einer Arztpraxis, das läuft sehr gut. Und du? Übrigens noch herzlichen Glückwunsch!«

Balin hatte vor zwei Jahren wieder geheiratet, und seine Frau hatte vor einem Monat eine Tochter zur Welt gebracht. Rachel hatte auf einem Flohmarkt in Princeton einen wunderschönen antiken Beißring erstanden und ihn Balin geschickt.

»Vielen Dank noch für das Geschenk«, sagte Balin. »Viel zu kostspielig.«

»Das habe ich Rachel auch gesagt, aber sie hatte es schon gekauft.«

Balin lachte: »Ich komme am Wochenende.«

»Hast du die Adresse?«

»Hab ich... Avi, noch kurz was anderes, vielleicht kannst du schon mal darüber nachdenken... Hast du je erwogen, wieder zurückzukommen?«

»Nach Israel?«, fragte Bram.

»Ja, nach Hause.«

Alle Klischees über amerikanische Universitäten hatten sich bewahrheitet: Es war absolut notwendig zu publizieren, und das bedeutete, dass sich der Dozent ständig beweisen und somit viel forschen und fortwährend auf der Jagd nach Material, Ideen, Erkenntnissen sein musste. Die Konkurrenz in Princeton war groß. Und hinzu kam, dass Bram in seinem tiefsten Innern glaubte, dass sie sich mit dem Kauf des Hauses übernommen hatten. Aber es war noch zu früh, das zuzugeben. Rachel freute sich auf die Renovierung. Es war ihr Projekt, ein Traum, der verwirklicht werden musste.

»Jitzchak, mein Haus steht hier.«

»Und deine Seele?«

Jitzchak Balin war schon immer schlagfertig gewesen.

Seele – Bram hatte keine Ahnung, was eine Seele war, und es lag ihm fern, über deren Ort, Funktion und Lebensdauer zu diskutieren. Sie mussten dieses verdammte Haus auf Vordermann bringen, und er wollte wieder normal schlafen können.

»Meine Seele ist dort, wo mein Sohn ist«, erwiderte Bram.

Es blieb einen Moment still.

»Darauf kann ich nichts erwidern«, murmelte Balin. »Sonntag?«

»Sonntag. Kommst du allein?«

»Nein, ich habe ein paar Gorillas bei mir. Aber die sehen dann schon, wo sie bleiben.«

Bodyguards würden ihn also abliefern und später wieder abholen. Vermutlich in zwei oder drei schwarzen SUVS, von denen einer vor dem Haus abgestellt werden würde. Die Insassen der anderen beiden Fahrzeuge würden irgendwo in der Nähe etwas essen gehen und anderthalb Stunden später die ablösen, die dageblieben waren. Bram hatte das alles schon früher mit Balin erlebt. Balin war ein beliebtes Hassobjekt ultrarechter Zionisten und radikaler Palästinenser.

»Komm so um sechs. Rachel hat allerlei indische Gerichte gekocht, bevor sie weggefahren ist. Ich werde was davon warm machen, weiter reichen meine Kochkünste nicht, Jitzchak, sei gewarnt.«

»Ich habe vollstes Vertrauen in das, was Rachel einfriert. Weißt du übrigens, Avi, dass sie damals wegen der Stelle auch bei mir vorgefühlt hatten?«

»Bei dir? Wann?«

»Zur gleichen Zeit. Aber du hast sie dir geschnappt. Ich war lange sauer auf dich.«

Bram erinnerte sich – ein anderer Israeli.

»Jitzchak, wenn ich das gewusst hätte, wäre ich in Tel Aviv geblieben.«

»Du warst der Richtige, es freut mich für dich. Aber ich werde versuchen, dich zur Rückkehr zu bewegen. Ich komme Sonntag, gegen sechs.« Und damit beendete er das Gespräch.

Bram wurde sich jetzt erst bewusst, dass er während des Telefonats nach draußen gegangen war, in den Abend hinein, ohne sich etwas dabei zu denken. Die Sonne stand tief und tauchte die alten Hauswände und den Wald ringsum in ein glühendes Orange. Grillen zirpten ihren unerschütterlichen Rhythmus. Rund ums Haus roch es nach Tannennadeln und Erde, modrig, aber angenehm. Dass er jetzt hier war! Dass man ihn einer Autorität wie Balin vorgezogen hatte! Es war doch eigentlich idiotisch, unter der Last dieses Ortes zu leiden – es war vielmehr ein Privileg, hier mit Rachel und Bennie zu wohnen! Er legte den Kopf in den Nacken, um zum goldgelben Himmel aufzuschauen, in dem einige lange Wolkenschleier rötlich aufleuchteten, und er nahm sich vor, dieses große Abenteuer zu genießen.

Ins Haus zurückgehend, fragte er sich, warum er so oft nur die dunkle Seite des Lebens sah – »meine Kindheit, meine Kindheit«, murmelte er vor sich hin, unwillig, dass sein Charakter so sehr in alten Bahnen gefangen war. Das Phänomen der »zweiten Generation« hatte für ihn nie gezählt, das war nur ein Etikett für Narzissten und solche, die sich in der Opferrolle sonnten. Es gab nur die eine Generation seines Vaters, von einer »zweiten Generation« zu sprechen, war Geschichtsklitterung. Dennoch, er versagte sich die Momente im Leben, die vermutlich die einzig kostbaren waren: die Momente hier und jetzt, da er mit Rachel und Bennie Pläne schmiedete und Badezimmerkacheln aussuchte und somit ganz selbstverständlich davon ausging, dass es niemals ein Ende geben würde.

Er setzte sich aufs Sofa und schaute einen Augenblick auf den Fernsehschirm. Sein Blick schweifte durch die Küche, und er vermisste Bennie. Der Junge fehlte im Raum.

»Bennie!«

Er erhob sich und verspürte einen Stich in der Brust, als fahre ein Messer hinein: War das jetzt der satanische Moment, vor dem Rachel ihn gewarnt hätte, wenn er ihr seine Träume anvertraut hätte? Und dann sah er, dass die Tür zum unbewohnbaren Teil des Hauses wieder offen stand.

Er rannte auf den Flur.

»Bennie! BENNIE!«

Er schoss die Treppen hinauf. Ihm war jetzt sonnenklar, dass sie dieses Haus verkaufen mussten. Es taugte nicht. Es brachte Unglück. Er war wütend, dass sein Sohn ihm erneut ausgebüxt war.

»BENNIE!«

Es gelang ihm, vier Stufen auf einmal zu nehmen, und im Dachgeschoss steuerte er direkt auf das Zimmer mit dem Loch zu – dort befand sich Bennie jetzt, das war genauso sonnenklar, und jede Sekunde war entscheidend für Bennies Leben und Zukunft, für seine Chance, ein erwachsener Mann mit erwachsenem Bewusstsein zu werden.

Bram trat die Tür auf und wollte mit unverminderter Ve-

hemenz weiterstürmen und Bennie von dem Loch wegziehen – doch der Raum war verlassen. Keuchend blieb er stehen. Die Tür hatte Staub aufwirbeln lassen. Im goldenen
Licht, das durch das Dachfenster hereinfiel, tanzten Staub-
teilchen. Er fühlte sein Herz in seinem Hals pochen, aber er
hatte keine Wahl: Er musste näher an das Loch heran, um
hineinzuschauen. Doch er blieb stehen. Nein, sagte er sich,
es ist unmöglich, dass Bennie in das Loch gefallen ist. Bennie hat Angst vor dem Loch. Bennie hat dort Würmer oder
Schlangen gesehen.

Als würde das sein Kind plötzlich hervorzaubern, rief
Bram in möglichst neutralem Tonfall: »Bennie... Bennie...
hörst du mich?«

Er blieb mit angehaltenem Atem stehen und wartete auf
ein Zeichen, ein Wimmern, ein fernes Lachen. Dann rang er
sich unvermittelt zu den sechs Schritten durch, die nötig
waren, um einen Blick in das Loch werfen zu können. Vor
dem letzten schloss er kurz die Augen, senkte dann langsam den Blick. Unten, unter dem Loch im Fußboden, war
nichts; auch ein Stockwerk tiefer keine Spur von seinem
Kind.

Von wegen Alpträume und böse Vorahnungen. Er war
erleichtert, dass seine blödsinnigen Ängste völlig haltlos
waren. Aber er wurde immer ärgerlicher. Die Beunruhigung war kaum noch auszuhalten.

»Bennie! Bennie!«

Er rannte zurück, mit müden Beinen plötzlich, ihm war
ganz übel von der Konfrontation mit seiner eigenen krank-
haften, paranoiden Phantasie. Bennie war irgendwo unten.
Hatte sich hinter dem Sofa versteckt. Oder lief mit Hendri-

kus ums Haus. Hendrikus! Warum hatte er nicht daran gedacht, den Hund zu rufen?

Während er noch rasch einen Blick in die anderen leeren Mansardenzimmer warf, brüllte er ein paarmal den Namen ihres Hundes. Es blieb still. Die Holzdielen ächzten unter seinen Schuhen. Er ging die Treppe hinunter, wieder schneller jetzt, sein Ärger trieb ihn an. Verdammt noch mal, er musste Bennie klarmachen, dass das nicht ging. Er hatte ihn gerade noch ermahnt. Musste er ihn ohrfeigen? Er hatte ihn noch nie geschlagen, aber er nahm sich vor, ihm diesmal einen Klaps zu geben. Vielleicht auf die Hand. Nein, das war lächerlich. Kein Fernsehen morgen, so was würde fruchten.

»Bennie! BENNIE, ANTWORTE, VERDAMMT NOCH MAL!«

Bram stand jetzt in der schönen Eingangshalle des alten Haupthauses – ein Spukschloss, in dem das späte Sonnenlicht eine rosarote, romantische Atmosphäre schuf.

Er ging in den Flügel zurück, den sie in Gebrauch genommen hatten, und erwartete, als er über die Schwelle zur Wohnküche trat, dass sein Kind am Couchtisch saß, als hätte er sich Bennies Verschwinden in einem Anfall von verzehrender Vaterliebe nur eingebildet – verzehrend, weil sie seine Seele anfraß, ja, seine Seele, er hatte eine Seele, er konnte es Jitzchak Balin jetzt bestätigen, seine Seele hing an seinem Sohn.

»BENNIE BENNIE BENNIE!!!«

Bram brüllte den Namen seines Kindes. Dann zischte er: »Herrgott noch mal, Junge, wo bist du?!«

Er lief nach draußen. Mein Gott, was für ein wunderschöner Abend.

»Bennie, komm raus jetzt, das ist nicht mehr lustig. Zeig dich!«

Nur die Grillen, ein paar Vögel, das Rascheln von Millionen Blättern, die sich im kaum wahrnehmbaren Wind aneinander rieben – die ungerührten Laute der Natur.

Bram rann der Schweiß über das Gesicht. Er lief um das verfluchte Haus herum zur Rückseite des Grundstücks, wo irgendwann der gigantische Koi-Teich angelegt werden sollte, ein Koi-See konnte man schon sagen. In dem Sumpf, der dort jetzt war, gab es hier und da stinkende Wasserlöcher, in denen ein kleines Kind leicht ertrinken konnte. Kinder konnten in einem Glas Wasser ertrinken, hatte er mal irgendwo gelesen.

»Ben, Junge, komm doch bitte raus! Bennie, hör zu, wir machen ein Spiel! Ich muss raten, wo du bist, okay? Sag mir die Richtung! Bennie! BEN! BEEENNN!!!«

Bram sprang über das verwitterte Geländer, das den alten Teich eingefasst hatte, und bahnte sich einen Weg durch Schlamm und Gestrüpp, sank hin und wieder bis zum Knöchel ein, hielt nach der Gestalt seines Sohnes Ausschau und rief dessen Namen. Warum war es hier so nass? Offenbar gab es irgendeinen Wasserzufluss, vielleicht einen versteckten Wasserhahn, der ständig aufgedreht war, vielleicht eine Quelle.

Der Hund, kam es Bram.

»Hendrikus! Hendrikus!«

Er blieb einen Moment stehen. Pfeifend ging die warme Sommerluft durch seine Atemwege, und das sinnlose Zirpen der Grillen dröhnte ihm in den Ohren. Aber er hörte den Hund. Oder täuschte er sich? Er versuchte, sein panisches Schnaufen unter Kontrolle zu bringen und das Getöse, das sein Mund und seine Lunge machten, zu dämpfen. Spitz die Ohren!

Hendrikus winselte. Solche Laute kannte Bram gar nicht von ihm. Aber er war es, unverkennbar.

»Hendrikus! Hier! Hierher!«

Er ging ein paar Schritte. Nein, er musste stehen bleiben, der Hund würde zu ihm kommen. Und dann würde Hendrikus ihn zu Bennie bringen.

»Hendrikus! Hier! Komm!«

Rascheln. Unbekannte Laute, hündisches Weinen, Schmerztöne.

Er drehte sich um und sah Hendrikus. Das Tierchen hinkte. Und es war blutig. Bram beugte sich zu ihm hinunter.

»Was ist passiert? Sch, ganz ruhig, was ist denn mit dir?«

Hendrikus konnte kaum laufen, zog eine Pfote nach, und auf seiner Brust, unterhalb der Kehle klebte Blut. War Bennie dafür verantwortlich? Nein, undenkbar, dass Bennie sein Hündchen verletzt hatte. Oder doch? Und versteckte er sich jetzt, weil er den Zorn seines Vaters fürchtete?

»Bennie, wo ist Bennie?«

Hendrikus musste zum Tierarzt, das war ernst. Aber zuerst musste er ihn zu Bennie bringen.

»Hendrikus – Bennie, wo ist Bennie? Bennie, bring mich zu Bennie.«

Es war warm, mindestens fünfundzwanzig oder sechsundzwanzig Grad, aber Hendrikus zitterte, als sei ihm kalt.

Bram musste anrufen, es gab hier in der Gegend einen tierärztlichen Notdienst, aber zuerst musste er Bennie finden. War Bennie auch verletzt? War er auf einen Baum geklettert, und sie waren runtergefallen? Aber wie war Hendrikus hinaufgekommen? Es war ausgeschlossen, dass Bennie ihn mit hinaufgetragen hatte.

»Hendrikus – such! Such!«

Der Hund hob den Kopf und sah ihn an, als habe er verstanden. Er hatte einen sanften Blick, einen menschlichen Blick, aber Bram wusste, dass man sich da etwas vormachte, dass man als Mensch ein Erkennen in diese Augen hineinlas und Gedanken und vertraute Gefühlsregungen darin zu sehen meinte. Trotzdem, es war unverkennbar, dass der Hund Schmerzen hatte.

Hendrikus schleppte sich an Bram vorbei, hinkend und winselnd, aber sich des heiligen Auftrags bewusst, der ihm erteilt worden war.

»Gut so, Hendrikus, braver Hund – such, such Bennie«, ermunterte Bram ihn.

Er wurde sich bewusst, dass er den Hund auf die Probe stellte, vielleicht überforderte er ihn damit, aber es ging jetzt um Bennie. Sein Vater würde ihm nie verzeihen, wenn Hendrikus dabei draufging. Aber nein, Hendrikus würde nachher von einem Arzt behandelt werden, und dann würde alles wieder so sein, wie es sich gehörte, Bennie im Bett, Hendrikus an seinem Fußende und Bram mit einem Buch auf dem Sofa.

Das kleine Tier lief winselnd vor ihm her, bis es am Rand der Sumpffläche stehenblieb.

»Was ist? Such! Such!«

Bram schaute zu den Bäumen jenseits des offenen Geländes hinüber, dem Wald, den er sein Eigen nennen durfte.

Ein Häuschen mit eingezäuntem Garten in einem Vorortviertel wäre besser gewesen. Dort irgendwo zwischen den
Bäumen war Bennie.

»BENNIE, ES REICHT! KOMM RAUS! AUF DER STELLE!
KOMM JETZT RAUS! BENNIE!«

Bram rannte zum Waldrand hinüber und rief und rief.
Nein, das war nicht normal, hier stimmte etwas nicht. Vielleicht ... Vielleicht war Bennie schon klammheimlich ins
Haus geschlüpft, beschämt und mit schlechtem Gewissen,
am liebsten unsichtbar.

Vorsichtig hob Bram Hendrikus hoch. Das Hündchen
fiepte und begann erbärmlich zu jaulen, als Bram mit ihm
zurückrannte und es dabei heftig durchgeschüttelt wurde.
Aber Bram wollte sofort wissen, ob Bennie drinnen war, in
der Geborgenheit des Hauses.

Hendrikus wie ein zerbrechliches Geschenk auf den Armen tragend, rannte er um das horrend große Haus herum
und schoss auf den Personaleingang zu. Bennie, Bennie
würde da sein, vor dem Fernseher oder im Bett, weinend
und ängstlich.

Bram drohten die Beine zu versagen, als er die Wohnküche betrat, sie waren wie gelähmt. Kein Bennie. War er in
seinem Zimmer? Bram rief seinen Namen, legte Hendrikus
auf den Boden und eilte ins Zimmer seines Sohnes. Wut im
Bauch. Das Bett war leer. Er zog den Schrank auf, schaute
hinein, auf den Boden, hinter die Sachen, die, auf Bügeln
hängend, fein säuberlich auf Bennie warteten, und schrie ein
paarmal seinen Namen.

Er musste die Polizei anrufen. Und Rachel. Die war noch
Stunden in der Luft, und was sollte er ihr sagen? Bennie ist

weg, verschwunden, ich weiß nicht, was passiert ist, ich habe ihn ein paar Minuten allein gelassen, und plötzlich war er weg – konnte er das der Mutter seines Kindes mitteilen?

Und die Polizei? Was konnte er der Polizei erzählen?

Er rannte erneut durchs Haus, rief, bis seine Kehle heiser wurde und ihm die Lunge zu platzen drohte. Er lief von Zimmer zu Zimmer, stürmte die Treppe hinauf, suchte den ganzen ersten Stock ab, dann den Dachboden, warf einen Blick in jeden Winkel, schaute hinter schwergängige Türen und in muffige Schränke, während er ununterbrochen den Namen seines Sohnes murmelte, bis er zu stottern begann und die Laute nichts mehr mit »Bennie« zu tun hatten.

Er war erschöpft, aber er durfte nicht aufgeben. Er rannte nach unten und an dem schwer atmenden, röchelnden Hendrikus vorbei nach draußen, wo er den trockenen Boden des Vorgartens betrat, über den langsam der schwüle Abend fiel.

Er fand wieder Kraft, Bennies Namen zu den Büschen und Bäumen hin zu schreien. In einer halben Stunde, vielleicht auch früher, würde es dunkel sein, und sein Kind würde, nach seinem Vater suchend, irgendwo durch den Wald irren. Warum gab Bennie keinen Laut?

Bram kehrte in die Wohnküche zurück und nahm die schwere Taschenlampe aus einem Unterschrank, die sie für eventuelle Stromausfälle gekauft hatten. Er hörte das Röcheln von Hendrikus. Dann lief er in den Abend hinein, zu den Bäumen, und leuchtete mit der Taschenlampe über die Stämme, in das verdorrte Gestrüpp, das darunter wucherte, auf den mit Zweigen und Laub und Efeuwurzeln bedeckten Boden. Es war unmöglich, Rachel anzurufen. Er konnte nicht mit ihr sprechen, bevor er nicht ihr Kind in die Arme geschlossen hatte. Sie hatten ein großes Grundstück erworben, das war einer der Kaufanreize für sie gewesen, so viel Grund und Boden, amerikanischer Boden, wo Reichtum und Freiheit herrschten. Es war ein Irrtum gewesen. Er hatte es die ganze Zeit gewusst. Wenn das alles überstanden war, würde er Rachel sagen, dass er sich entschieden hatte, das Haus zu verkaufen, und dass es besser wäre, in ein normales, braves, bürgerliches Viertel zu ziehen. Weg von hier. Oder vielleicht war das alles Quatsch, was ihm jetzt durch den Kopf spukte, vermutlich dachte er morgen schon ganz anders darüber, wenn er jetzt nur erst Bennie fand.

Eines war sicher: Er würde Rachel diese Stunden verschweigen. Es war nichts geschehen. Gleich würde er Bennie finden. Es war spät. Normalerweise lag sein Sohn jetzt längst im Bett. Er stellte sich vor, dass Bennie sich irgendwo hingelegt hatte und erschöpft eingeschlafen war. Wenn Bennie schlief, würde er nichts hören, auch nicht die heisere Stimme seines Vaters, der sich nicht mehr orientieren konnte und keine Ahnung hatte, in welche Richtung er gehen musste, um sein Haus zu finden.

Als Bram aufschaute, blinkten über dem Geäst die Sterne. Unter denselben Sternen lag irgendwo sein Sohn und schlief. Zum Glück war es nicht kalt. Eine schöne, helle Nacht.

Santa Monica, Kalifornien

Zwei Jahre später
April 2010

I

Die Scheckkarte war weg. Ohne Pincode war sie zwar nur ein wertloses Stück Plastik, aber dennoch hatte sie irgendwer mitgenommen, der die Illusion hegte, er könne die vier richtigen Ziffern herauskriegen, bevor der Geldautomat die Karte fraß. Darauf waren diese Apparate programmiert. Dreimal daneben – Karte futsch. Seit er auf der Suche war, hatte er damit jederzeit Geld bekommen können. Hundertsechzig Dollar die Woche. Die Scheckkarte hatte ihn am Leben erhalten. Dass irgendjemand das Konto auffüllte, war ihm klar, aber noch war keine Zeit, darüber nachzudenken. Bis jetzt hatte er sich für die meisten Nächte ein Dach über dem Kopf leisten können. Nur wenn in Pensionen und Billigquartieren kein Platz mehr war, hatte er in Parks geschlafen. In Unterführungen. In Busbahnhöfen. Aber immer hatte er die Sicherheit der Scheckkarte bei sich gehabt.

Heute Vormittag hatte er achtzig Dollar aus dem Automaten gezogen, und davon waren noch dreiundfünfzig übrig. Als sich nach Stunden der Verzweiflung die Panik gelegt hatte, hatte er seinen Rucksack geholt und sich aus seinem Quartier in Venice verdrückt, wo er drei Wochen verbracht hatte. Jetzt war ein guter Plan für die Zukunft gefragt.

Ihm blieb nichts anderes übrig: Er musste sich den Obdachlosen, viele von ihnen geisteskrank, anschließen, die er seit Beginn seiner Reise beobachtet hatte. Er war sich dessen bewusst, dass er schon seit geraumer Zeit sozial nicht mehr weit von ihnen entfernt war – nur noch ein Schritt bis zur Gosse. Aber er sah sich nicht als Mann ohne festen Wohnsitz. Er war kein Penner. Er war einfach für eine Weile unterwegs. Eine Art Sabbatical. Er hatte eine Mission.

Die besten Schlafplätze, die Eingangsbereiche von Geschäften und Büros, waren von anderen besetzt. Manchmal saßen oder lagen sie dort zu viert oder fünft, und mit diesen Zahlen konnte er nichts anfangen. Die Zahlen, die ihn interessierten, waren die Zwei und die Acht – die Vier ließ sich zwar als zwei mal zwei lesen, aber die Fünf, bestehend aus zwei, zwei und eins, blieb heikel. Wenn er die Eins akzeptierte, was möglich war, kam ihm das doch wie Schummelei vor, und Schummelei kam Selbstbetrug gleich, und Selbstbetrug bedeutete letztlich, dass die Reise noch länger dauern würde.

Wenn sich Obdachlose zu Gruppen zusammentaten, bestanden diese, wie er im Laufe seiner Reise festgestellt hatte, aus einem Anführer und dessen Gefolgschaft. Für ihn war nirgendwo Platz – das verstand sich ganz von selbst. Er war passabel gekleidet, sein Kinn und seine Wangen waren rasiert, seine Haare geschnitten. Seinem Äußeren nach hätte er selbst ein Anführer sein können, aber er hatte nie eine Gruppe um sich geschart. Die hätte sich zum Beispiel aus Obdachlosen bilden lassen, die aus anderen Gruppen verstoßen worden waren. In seinem Fall hätte die Gruppe vorzugsweise aus zwei oder acht Mitgliedern bestehen müssen. Vier und sechs waren auch akzeptabel, aber ein Vielfaches war nicht sauber. Zwei und acht waren es schon, obwohl acht vier mal zwei war, aber die Acht war nun mal vorgegeben.

Es war ihm nicht entgangen, dass seine Hautfarbe verriet, dass er schon lange im Freien unterwegs war. Sein Gesicht hatte einen Bronzeton. Die Haut der meisten Obdachlosen und Penner nahm im Laufe der Jahre ein sonnenverbranntes Glutrot an, das keinerlei Ähnlichkeit mit der Farbe hatte, die mit Sonnenöl gezüchtet wurde. Die optische Annäherung an die Stadtstreicher versuchte er durch das Tragen eines ledernen Cowboyhuts zu verhindern, den er für zwei Dollar bei einem *yard sale* gekauft hatte (die Frau hatte drei verlangt, aber Bram konnte nur zwei bezahlen, denn er hatte Bedenken, ob etwas, das zwei plus eins kostete, ihn auch wirklich würde schützen können – die Zwei allein konnte das). Dennoch gelang es dem Sonnenlicht, über die Widerspiegelung in Glas, in glänzenden Autokarosserien oder in Wasser sein Gesicht zu erreichen.

Auf dem Strand zu beiden Seiten des Santa Monica Piers lagen Gruppen von Obdachlosen, die augenscheinlich ruhig und entspannt schliefen. Bis an diesen äußersten Rand des Kontinents hatte Bram seine Reise geführt, und solange er unterwegs blieb, durfte er hoffen – nein, hoffen war das falsche Wort. Er hoffte nicht, er hegte eine felsenfeste Zuversicht, die größte Gewissheit, die tiefste Überzeugung, die ein Mensch nur haben konnte: Sein Sohn wartete auf ihn, und er durfte ihn nicht enttäuschen.

Das Licht von den Lampen auf dem Pier und am Boulevard streifte die dunklen Silhouetten der Schlafenden am Strand. Bram fiel auf, wie laut der Ozean rauschte. Um Mitternacht hatte er sich nicht allzu weit von den Obdachlosen entfernt, die sich mit einem Fleckchen im Sand begnügten, auf dem Strand niedergelassen. Er streckte sich aber nicht aus, sondern blieb aufrecht sitzen, im Schneidersitz, den Rucksack als schützende Barriere vor sich, denn er wusste, dass er trotz aller Erschöpfung kein Auge zumachen würde, dazu ging ihm die Entdeckung, dass seine Scheckkarte weg war, viel zu sehr nach.

Es war am Vormittag um drei nach halb neun passiert. Bei solchen Zahlen musste es ja Schwierigkeiten geben, er war also selbst schuld. Um acht nach acht hätte er Geld holen sollen oder um acht Uhr achtundzwanzig, aber drei nach halb neun setzte sich aus Ziffern zusammen, die nichts Gutes bringen konnten. Neun plus drei war zwölf, und in der Zwölf war sechsmal die Zwei, und die Sechs bestand aus drei Zweien, aber das war ungefähr so, als würde man die Welt erklären, wie es einem selbst am besten passte, und deshalb trug die Zerlegung unliebsamer in ihm angenehme Zahlen nicht zur Erreichung seines Ziels bei. Vier Automaten hatten zur Verfügung gestanden, und er hatte seine Karte in den dritten von links geschoben – ein weiterer Fehler. Er hätte den zweiten oder notfalls den vierten Automaten benutzen sollen, doch beide waren besetzt gewesen, und er hatte nicht die Geduld gehabt zu warten. Er hatte es eilig gehabt. Es war der achte des Monats, und da waren die Chancen nun mal größer. Der zweite und der achte jedes Monats waren die wichtigsten Tage. Er durfte zwar auch die Vielfachen davon nicht vernachlässigen, doch im Grunde seines Herzens war ihm klar, dass er an diesen anderen Tagen praktisch nichts erwarten konnte. So ging es ihm eigentlich nur um diese zwei Tage, die Höhepunkte des Monats. Es kam darauf an, an diesen Tagen so viel wie möglich zu tun. Deshalb hatte er es eilig gehabt. Vor zwei Uhr mittags musste er die Second und die Eighth Street inspiziert haben. Er benutzte also den dritten Geldautomaten eines Bankgebäudes im Herzen von Santa Monica, Ecke Fourth/ Arizona Boulevard, und als er seine vier Scheine aus dem Schlitz nahm – er zählte zwei mal zwei –, ereignete sich auf der Kreuzung ein Unfall.

Warum war er heute Morgen eigentlich so spät dran gewesen? Normalerweise begann sein Arbeitstag um sechs Uhr achtundvierzig. Ihn erwartete jeden Tag eine schwere Aufgabe. Er musste die Straße, die sein jeweiliges Untersuchungsgebiet darstellte – Second oder Eighth –, soweit irgend möglich in ihrer Gesamtheit überschauen. Und das bedeutete Hetze, von der Nummer zwei zur acht, zur achtundzwanzig, zweiundachtzig, zweihundertacht (die Null war neutral), zweihundertachtundzwanzig und so weiter. Es war ihm nicht entgangen, dass er mit seinem Verhalten mitunter Leute erschreckte, aber seine Forschungsarbeit war wichtiger als der Schaden, den seine Reputation nehmen konnte. Im Übrigen war Princeton Tausende von Kilometern von hier entfernt, und die Wahrscheinlichkeit, dass seine Methode dort für Befremden sorgen könnte, war gering. Wenn er ein Forschungsteam gehabt hätte, hätte er seine Assistenten an den jeweils wichtigen Punkten der Straße postieren können, aber er konnte niemanden in seine Methode einweihen. Er hatte das Gefühl, dass sie ihre Kraft verlieren würde, sobald er anderen davon erzählte. Er hatte nämlich ein verborgenes Muster in der Wirklichkeit entdeckt, und sein Wissen und seine bisherigen Erkenntnisse über die Ziffern Zwei und Acht musste er geheim halten und durfte sie nur für sich nutzen – das heißt, nicht für sich, sondern für seinen Sohn.

Er war spät dran gewesen, weil er von Bennie geträumt hatte. Neuerdings konnte er, wenn er aus einem Traum erwacht war, dorthin zurückkehren. In der Vergangenheit, nach dem Beginn seiner Suche in der Nacht vom 28. auf den 29. August 2008, hatte er vom Verlust Bennies geträumt, aber in letzter Zeit träumte er davon, dass Bennie wieder da war, was natürlich wunderschön war und ihm bei seiner Forschungsarbeit unendlich viel Mut und Hoffnung gab. Und das Allerschönste war, dass er, wenn er weinend vor Glück aufwachte, einfach die Augen schließen und zu seinem Kind zurückkehren konnte, als sei ihm plötzlich die Gabe zuteilgeworden, sich bewusst einen Traum auszuwählen. An diesem Morgen hatte er das getan. Es war etwas Inkonsequentes in dem Traum von Bennies Rückkehr gewesen, denn Bennie war keinen Tag älter geworden, sondern einfach noch genau der Junge vom 28. 8. 2008 geblieben, beziehungsweise 8-28-2008, wie man es in Amerika schrieb. In Wirklichkeit war Bennie inzwischen zwei Jahre älter, doch in Brams Traum war er einfach noch vier. Der Traum, den er in letzter Zeit hatte – und den er sich, wenn er aufwachte, wieder auswählen konnte –, begann in jener Nacht. Es war alles genau wie damals. Der Wald, der Sternenhimmel, die Taschenlampe, er verspürte sogar das Brennen in seiner Kehle vom vielen Schreien. Dann tauchte Hendrikus auf, humpelnd und blutig, und führte ihn zu einer Höhle, einem Erdloch, in das er sich hinunterlassen musste. Unter dem Wald befand sich, wie sich nun herausstellte, ein Labyrinth. Doch er wusste genau, wohin er gehen musste. Das Licht seiner Taschenlampe machte Abzweigungen und Kreuzungen sichtbar, und etwa zehnmal musste er sich entscheiden, ob links, rechts, zweite links, vierte rechts oder geradeaus. Und dann gelangte er in einen erleuchteten Raum, in dem Bennies Bett stand. Das Licht dort kam aus einer Spielzeuglampe, einer Art Projektionslampe mit sich drehendem Plastikschirm, auf dem allerlei Disney-Figuren waren. Die projizierten Figuren schienen über die Wände des Raums zu schweben. Die Lampe gehörte Bennie, und Bennie lag in seinem Bett und schlief. Er setzte sich vorsichtig auf den Rand von Bennies Bett, strich ihm das Haar aus dem Gesicht, streichelte seine Stirn und beugte sich hinunter, um ihn auf die Wange zu küssen. Und das Kuriose, Überwältigende und Besondere war, dass seine Lippen Bennies Wange wirklich berührten, unverkennbar, unbestreitbar – die Erfahrung war so übermächtig, jede Nacht aufs Neue, dass er nicht den geringsten Zweifel an ihrer Körperlichkeit hatte. Er hatte keine Ahnung, wie das physikalisch möglich war, inwieweit die Naturgesetze das zuließen, aber das wäre später, wenn diese Prüfung überstanden war, eine hübsche Frage für seinen Vater, der das natürlich mittels komplizierter Formeln auf ein ganz gewöhnliches physikalisches Phänomen würde zurückführen können. Doch da hörte der Traum nicht auf.

In der warmen Nacht Santa Monicas am Strand hockend,

mit Blick auf die Ausgestoßenen im zerschlissenen Schlaf-
sack oder auf ausgebreitetem Pappkarton oder einfach der
Länge nach, den Kopf auf einem Bündel Kleider, im Sand,
fühlte Bram, wie ihm die Tränen übers Gesicht liefen, und
er sehnte sich danach, zu schlafen und zu träumen, weil
er dann sein Kind sehen konnte und vor allem: küssen und
in den Arm nehmen. Denn das geschah nach dem Küssen. Bennie wurde halb wach und setzte sich schläfrig auf
und wollte seinen Vater umarmen, und dann fühlte Bram
den kleinen Körper seines Sohnes, der sich in der Umarmung seines Vaters geborgen wusste und weiterschlief. Niemand auf der Welt konnte Bram diese Erfahrung nehmen.
Sie machte alles gut. Sie machte die Welt vollständig und
gab ihr Sinn. Sie füllte vorübergehend das Loch in seiner
Seele – ja, er hatte eine Seele, und in die war ein Loch gerissen worden, das von selbst wieder zuheilen würde, sobald
seine Aufgabe vollbracht war.

An diesem Morgen war er spät dran gewesen, weil er
stundenlang in seinem Traum sein Kind gehalten hatte. Er
hatte deswegen kein schlechtes Gewissen, aber es hatte
schon zur Folge gehabt, dass er zu spät in der Eighth Street
gewesen war und seine Arbeit nicht gut genug gemacht
hatte. Und wenn er zeitiger dort gewesen wäre, hätte er den
Unfall nicht gesehen.

Während er vier Zwanzigdollarscheine aus dem Geldautomaten nahm – eins zwei, eins zwei –, hörte er einen
Knall, einen Schrei und Geräusche von Dingen, die kaputt-
gingen. Da er tagaus, tagein auf der Straße war, hatte er Böses schon in verschiedenster Gestalt zu sehen bekommen.

Er drehte sich um und sah, wie ein blaues Auto über die

Kreuzung schoss. Eine Frau kniete sich auf die Straße. Dort lag ein Buggy, kein Leichtgewicht aus Plastik, sondern ein schwerer, altmodischer Kindersportwagen, dessen verbogene Räder sich noch drehten – Bram musste dabei an Filmklassiker denken. Auch ein kleines Kind lag auf der Straße, und die Frau begann jammernd um Hilfe zu rufen. Bram eilte zu ihr hinüber. Als er beim Militär gewesen war, hatte Rachel ihn in Erster Hilfe unterrichtet, und während ihrer Schwangerschaft hatte sie ihm noch weitere Techniken beigebracht, so dass er sich zum Beispiel in der Erstversorgung von verletzten Arterien auskannte.

Er steckte das Geld weg und war mit wenigen Schritten bei der schreienden Frau, die überhaupt nicht wusste, was sie machen sollte, und die Hände rang und am ganzen Körper zitterte. Bram schob sie zur Seite und sah, dass Blut aus einer tiefen Schnittwunde am Bein des Mädchens strömte. Die Kleine hatte auch noch andere Verletzungen, aber vor allem war sie von irgendeinem scharfen vorspringenden Teil des zerbeulten Kinderwagens oder des Autos gestreift worden und verlor Blut, viel Blut, Bram kniete darin. Ihr Leben floss aus. Bram zog ein Stück Schnur aus seiner Hosentasche, band das Bein ab und hielt es hoch, damit der Blutfluss gestoppt wurde. Danach untersuchte er das Kind nach anderen Verletzungen, aber bis auf ein paar Schürfwunden konnte er nichts Ernstes entdecken. Womit nicht gesagt war, dass keine Lebensgefahr bestand. Vielleicht hatte das Mädchen innere Verletzungen, aber die konnten nur Spezialisten in einem Krankenhaus behandeln.

Die Frau schien sich ein wenig zu beruhigen und sah ihn mit bangem Blick an. Sie war schön und hatte bis vor wenigen Sekunden bestimmt noch keine Vorstellung von der Hölle gehabt: »Ist es schlimm, ist es schlimm? Sie wird doch nicht sterben? Sagen Sie mir, dass sie nicht sterben...«

Bram sagte: »Nein. Sie bleibt am Leben. Sie wird höchstens eine Narbe behalten.« Er hatte nicht das Gefühl, etwas zu sagen, was er nicht rechtfertigen konnte. Dieses Mädchen musste leben.

»Wie heißt sie?«, fragte er.

»Diana...«

»Diana wird das überleben«, sagte Bram ohne den geringsten Zweifel.

Die Frau wollte das Kind anfassen.

»Nein, lassen Sie sie besser liegen«, ermahnte er sie, »sie darf sich nicht bewegen. Warten Sie, bis der Krankenwagen da ist.«

Die Sirene kam schon über die Dächer zu ihnen herübergeweht. Als die Sanitäter aus dem roten Wagen sprangen, richtete Bram sich auf und trat beiseite.

»Was ist passiert?«, fragte einer von ihnen.

»Auto bei Rot durchgefahren. Kinderwagen erfasst. Weitergefahren. Eine Arterie ist verletzt. Ich habe sie abgebunden.«

Die Sanitäter nahmen sich des Mädchens an. Jetzt schrillten auch Polizeisirenen durch die Straßen, und Bram entfernte sich rasch von der Kreuzung, da er sich keine Konfrontation mit der Polizei erlauben konnte. Unterwegs Richtung Eighth Street, fiel ihm ein, dass er seine Scheckkarte im Geldautomaten steckengelassen hatte. Panisch rannte er zur Kreuzung zurück, wartete aber noch in einiger Entfernung, weil vier Polizeifahrzeuge die Kreuzung in

Beschlag nahmen und Beamte mit der Unfallaufnahme befasst waren. Nach einer Stunde kam er endlich in die Nähe des Automaten, des dritten, und konnte sich davon überzeugen, dass seine Karte gestohlen worden war.

Er konnte kein Quartier mehr bezahlen. Sein Geld reichte vielleicht gerade noch für ein paar Tage Essen. Konnte er zur Bank gehen und nachfragen, ob jemand seine Karte gefunden hatte? Aber dort würde er sich womöglich ausweisen müssen, und dann könnten sie feststellen, dass er auf der FBI-Liste stand, er nahm jedenfalls an, dass er darauf stand.

Am Abend hatte er in der Fresshalle an der Promenade von Santa Monica gegessen, ganz normal, einen Hamburger mit Pommes. Auf einem der Tische hatte eine kaum angerührte Flasche Mineralwasser gestanden, die er sich ergattert hatte, bevor einer der Penner, die hier zu Dutzenden herumhingen, sie sich unter den Nagel riss. Vielleicht fand er irgendwo einen Job. Er sah gepflegt aus, war imstande, sich präzise auszudrücken, und brachte enorme Einsatzbereitschaft mit.

Der wilde Schaum auf den dunklen Wellen fing die Lichter der Stadt ein und schien zu fluoreszieren. Nicht weit hinter Bram stieg der Pacific Coast Highway von der Strandebene aus an und bog dann landeinwärts ab. Von dieser Biegung an hieß er Santa Monica Freeway und war die verkehrsreichste Autobahn der Welt. Jetzt lag der Highway verlassen da. Auf seiner anderen Seite ragte eine langgestreckte Steilwand empor, auf der Hotels und Apartmentgebäude standen. Wie viele Wellen mochten wohl wie viele Jahre lang an diese Küste geschlagen sein, bis sich eine solche Wand herausgebildet hatte? Bram schloss nicht aus, dass sein Vater so etwas berechnen konnte: Die Kraft der Wellen, der Widerstand des Hangs sowie einige andere Faktoren, und dann würde er irgendetwas Kompliziertes anstellen und der Welt die atemberaubende Antwort verkünden. Dreieinhalb Millionen, würde er sagen. Oder elf Komma zwei. Oder fünfzigtausend.

Mit einem Mal hatte Bram eine Klammer um den Hals, und ihm wurde die Luft abgedrückt. Er wollte sich von diesem erstickenden Etwas befreien und sich mit den Händen an die Kehle fahren, doch seine Arme wurden festgehalten. Mit aller Kraft, die er noch hatte, warf er den Körper herum und versuchte sich loszureißen. Es war ein Arm, der ihm die Luft abschnürte. Und mehrere Hände hatten sich seiner Arme bemächtigt. Er musste mit ansehen, wie ein Mann sich seinen Rucksack schnappte. Bram ließ sich brüllend hintenüber fallen und versuchte mit ausgestreckten Beinen nach dem Mann zu treten, doch der sprang zur Seite und wich Brams Schuhen aus. Geschwind zog er Brams Habseligkeiten aus dem Rucksack, seine vier Hosen, acht Oberhemden, acht Paar Socken, acht Unterhosen, seinen Regenumhang, Taschenmesser, Klebeband, die Rolle Schnur, sein Besteckset, den verschließbaren Plastikbecher und den Plastikteller, den Beutel mit Rasiersachen und Verband und Pflaster, die Bleistifte, und schließlich hielt er sein Notizheft in der Hand.

Bram brüllte: »Finger weg!«

Wieder versuchte er, dem Mann einen Tritt zu verpassen. Aber der stand zu weit entfernt. Doch das Heft interessierte ihn nicht, und er ließ es in den Sand fallen.

»Wo ist dein Geld?«, fragte der Mann.

Bram schüttelte den Kopf, knurrte und wand sich wie wild, um seine Arme frei zu bekommen.

Mindestens drei Männer befanden sich hinter ihm. Einer hielt seinen Kopf in einem Judogriff, die beiden anderen hatten seine Arme in der Gewalt. Der Mann, der vor ihm stand, ließ eine Klinge hochschnellen, ein Springmesser. Vor Jahren hatte Bram das schon einmal mitgemacht, aber diesmal hatte er keine Waffe bei sich.

»Du hast Geld, ich weiß, dass du Geld hast.« Der Mann machte mit der freien Hand eine zwingende Gebärde, die auch »komm näher« bedeuten konnte: Handfläche nach oben, Finger ungeduldig vor und zurück.

»Wenn du das Geld nicht rausrückst, schlitz ich dich auf, und dann haben wir dein Geld sowieso. Also sei brav und gib's mir. In deiner Hosentasche?«

Bram stieß einen wütenden Schrei aus, aber die Einsicht, dass er hier nicht gewinnen konnte, überwucherte seine Kräfte, und er gab seinen Widerstand auf. Er keuchte. Es war vorbei. Es hatte keinen Sinn, sich etwas vorzumachen. Sie würden sich seine letzten Dollar nehmen.

»Meine Hosentasche«, flüsterte er erschöpft, »meine linke Hosentasche.«

Der Mann machte eine Gebärde, und Brams linker Arm wurde losgelassen. Er zog die Dollarscheine aus seiner Hosentasche, das Münzgeld behielt er zurück. Der Mann links hinter ihm – Bram konnte vom Boden aus nicht viel mehr von ihm sehen als ein unrasiertes Kinn – riss ihm die Scheine aus der Hand.

»Wie viel?«, fragte der Mann mit dem Messer.

Der Bärtige zählte: »Zwanzig, zwei Zehner, zwei Fünfer, drei Einer – dreiundfünfzig.«

»Ist das alles?«, fragte der Mann mit dem Messer.

»Das ist alles.«

»Du hast Glück gehabt.«

Plötzlich beugte sich der Mann zu ihm hinunter und machte eine schnelle Bewegung mit dem Messer. Ein flammender Schmerz fuhr durch Brams linkes Bein. Der Schuft hatte ihm Hose und Bein aufgeschlitzt. Bram spannte den Körper an und biss sich auf die Lippen, aber er ertrug den Schmerz und unterdrückte einen Aufschrei. Sie ließen von ihm ab, und er fühlte ihre schweren Schritte im Sand, als sie sich entfernten, Schritte wie von Riesen, die mit Betonfüßen den Strand zum Erzittern brachten.

Er drehte sich ins ferne Licht von Highway und Boulevard und sah durch den Riss in seiner Hose eine lange Wunde, aus der Blut quoll. Die Männer, die ihn überfallen hatten, verschwanden weiter hinten unter dem Pier. Bram konnte die Wunde säubern und verbinden. Er hatte allerlei Verbandzeug und Tuben mit desinfizierenden Salben bei sich für den Fall, dass sein Kind, wenn er es wiederfand, verarztet werden musste. Dreiundfünfzig Dollar. Eine unmögliche Zahl. Drei und fünf machten zwar zusammen acht, aber so durfte er nicht denken. Achtundvierzig Dollar wären besser gewesen. Zur Not auch vierundvierzig.

2

Am fünften Tag nach dem Überfall regnete es. Bram hatte den Abend- und Nachtrhythmus der Obdachlosen übernommen: abends an der Promenade herumhängen, die sich über einen für den Fahrzeugverkehr gesperrten Teil der Third Street erstreckte, sich dann, wenn die Geschäfte, Restaurants und Kinos schlossen, einen Platz für die Nacht suchen, so lange wie möglich wach bleiben, um den Vormittag verschlafen zu können, und sich anschließend in einer der Schlangen vor den mobilen Garküchen an der Ocean Avenue anstellen, dem luxuriösen Boulevard oben auf dem Steilhang, der zur Seeseite von Palmen gesäumt war und zum Landesinnern hin von Hotels und Apartmentgebäuden.

Bram hatte das Münzgeld, insgesamt zwei Dollar fünfunddreißig, noch nicht ausgegeben. Nur im äußersten Notfall würde er seine letzte Reserve antasten. Wichtig war, nicht wie ein Penner auszusehen, und solange sie ihm den Zugang zu den Toiletten im Einkaufszentrum nicht verwehrten, konnte er sich rasieren, sich die Haare kämmen und seine Nägel säubern. Seine Kleidung fing an zu müffeln, und da galt es, beim Gratismittagessen nicht zu kleckern und nachts einen sauberen Schlafplatz zu finden, denn schmuddlige Kleidung war der Anfang vom Ende.

Seine Forschungsarbeit beschränkte sich jetzt auf den Nachmittag, wenn er seine Mahlzeit an der Ocean Avenue zu sich genommen hatte. Dass er vormittags schlief, war eher eine Notwendigkeit als seine freie Entscheidung: Er konnte sich kein Frühstück leisten, und mit völlig leerem Magen konnte er seine Arbeit beim besten Willen nicht verrichten. Aber das Schlafen fiel ihm leicht; wenn er träumte, war er gegen seinen Hunger immun, und zu träumen war ein Geschenk.

Am vorigen Abend hatte er zum ersten Mal den Arm in einen Abfalleimer gesteckt – er hatte nicht einmal etwas dabei empfunden, obwohl an der Deutung dieses Akts kaum zu rütteln war. Aber er hatte gesehen, dass ein Mädchen einen fast vollen Becher mit irgendeinem Erfrischungsgetränk hineingeworfen hatte, und das war eine aberwitzige Verschwendung. Da Bram sich zufällig ganz in der Nähe des Abfalleimers aufhielt, konnte er sofort eingreifen und den Becher konfiszieren. Es war Sprite oder Seven-Up. Zufrieden hatte er sich in eine Nische vor einem Sportgeschäft zurückgezogen. Die Promenade bot Ablenkung, Zerstreuung, mitunter sogar Spektakel. Jeden Abend strömten Tausende von Touristen in die Fußgängerzone, um an den Auslagen der Geschäfte vorüberzubummeln, einen Becher Popcorn in der Hand, am Strohhalm einer Cola saugend oder an einem Becher Starbucks-Kaffee nippend. Vor den Kinos bildeten sich Trauben aufgekratzter Halbwüchsiger, die die Gewalt der Actionfilme schon jetzt in Armen und Beinen spürten, in den Straßencafés jonglierten kurzberockte Kellnerinnen mit großen Tabletts zwischen Familien und Liebespaaren, die dort an den Tischen saßen, und servierten eine Überfülle an Essen und Alkohol, und überall waren Straßenmusiker, Artisten und Zauberer, manche talentiert, die meisten miserabel, aber alle davon überzeugt, von einem berühmten Impresario entdeckt zu werden. Bram fühlte sich hier nie allein. Manchmal, wenn ihm die Beine vom vielen Stehen steif geworden waren, nahm er auf einer der Eisenbänke Platz, die über die Promenade verteilt im Betonboden verankert waren. Dort saßen meist nur die Obdachlosen, auf die Mitternacht wartend, da sie sich ausstrecken durften und nicht mehr von der Polizei verscheucht wurden. Auf dem Boden ließ Bram sich nicht nieder. Das war das Niveau der geisteskranken Penner, der Hoffnungslosen und Verzweifelten, die auf dem Pflaster hockten, ein Stück Pappe vor sich, auf dem mit unsicherer Hand geschrieben stand, dass sie für einen Dollar dankbar wären. HUNGRY NEED FOOD. Oder: WAR VETERAN. SUFFERED FOR NATION. NOW POOR. Oder: WILL WORK FOR FOOD.

Bram trug seinen gelben Nylonumhang, als er sich im strömenden Regen in einer Schlange von – er zählte – zweihundertfünfzehn durchnässten Männern und wenigen Frauen anstellte. Die Kapuze des Umhangs bedeckte seinen Kopf und verbarg sein Gesicht, und er fühlte sich dadurch sicher. Nach siebenundzwanzig Minuten stand er vorn am schmutzig weißen Truck, der am Palmengarten geparkt war. Der Laderaum war zur Küche ausgebaut, und man hatte die Seitenwand zu einer überdachten Essensausgabe hochgeklappt. Auf dem Dach qualmte ein Schornstein. Fünf verschwitzte Latinos, bullige kleine Männer, die sich sehr ähnlich sahen und bestimmt Brüder und Neffen waren, bereiteten mit schnellen Bewegungen das Essen zu, und zwei kultiviert und gutmütig aussehende weiße Amerikaner, beide in den Fünfzigern, teilten die Plastikteller aus. An diesem Tag gab es Kartoffelpüree mit Möhren und dazu entweder Fleisch oder einen Sojabrätling. Am Tag davor hatte das Menü aus Bratkartoffeln, Brokkoli und Fisch oder Sojabrätling bestanden. Immer gab es eine Flasche Wasser dazu.

»Fleisch oder vegetarisch?«

»Vegetarisch«, antwortete Bram.

Keiner fragte nach einem Ausweis.

Bram steuerte den Schutz einer Palme an, hundert Meter entfernt und noch von keinem Obdachlosen erreicht, wobei ihm klar war, dass er seinen Teller nicht gegen den Regen würde abschirmen können. Aber er wollte beim Essen für sich sein, auch wenn er dabei stehen musste, denn er achtete darauf, dass der Unterschied zwischen ihm und den richtigen Obdachlosen gewahrt blieb.

Das Wegwerfbesteck war leicht und dünn, erfüllte aber seinen Zweck. Das Essen war im Regen zu einer wässrigen Pampe geworden, doch Bram ging davon aus, dass der Nährwert gleich geblieben war. Geschmack spielte im Moment keine Rolle. Er brauchte einen Plan, wie er seinen Geldmangel beheben konnte. Er brauchte einen Job, mit dem er in den nächsten Wochen etwas verdiente, damit er sich dann wieder fulltime seiner Forschungsarbeit widmen konnte.

»Professor Mannheim?«

In sein Essen und seine Erwägungen vertieft, hatte Bram den Mann nicht näher kommen sehen. Ein Mann mittleren Alters mit kurzem grauen Haar, kräftig und muskulös, als habe er mal viel Sport getrieben. Er trug einen dunkelblauen Trainingsanzug aus glänzendem Stoff, möglicherweise Seide, und hatte einen riesigen Regenschirm in der Hand, schon fast im Format eines Sonnenschirms. Seine Füße steckten in weißen Turnschuhen mit frischen Schlammspritzern.

»Wie bitte?«, fragte Bram verdutzt.

»Professor Mannheim – darf ich mich vorstellen? Ich bin Steven Presser. Ich bin der Großvater des Mädchens, das Sie vorige Woche gerettet haben.«

Bram fragte sich, was der Mann von ihm wollte. Er hatte viel zu tun, er musste vieles bedenken, und seine Forschungsarbeit ruhte jetzt schon seit sechs Tagen. Das konnte er sich nicht erlauben. Das durfte er Bennie nicht antun.

»Ich bin... Ich bin nicht dieser Mann... Ich bin jemand anders, Sie irren sich.«

»Die Kameras vor der Bank haben mich auf Ihre Spur gebracht. Und seit dem Anschlag in Seattle hängen auch an jeder Kreuzung der Stadt Polizeikameras. Ich habe ein paar Leute angeheuert, um Sie zu finden. Und so bin ich nun hier.«

Bram schüttelte den Kopf. Er wollte nicht gekannt werden. Er wollte keine Rechenschaft ablegen müssen, denn er arbeitete daran, alles in Ordnung zu bringen, und erst wenn alles wieder behoben war, konnte er Rechenschaft ablegen – das mussten sie doch verstehen! Eine großartige Entdeckung hatte ihn auf Bennies Spur gebracht. Eine Formel, mit der er seinen Vater verblüffen könnte. Es sprach eigentlich alles für sich. 28. 8. 2008. Man musste es nur sehen. Hatte man es einmal gesehen, ergab sich alles wie von selbst.

»Nein«, sagte er, »ich bin nicht dieser Mann... Ich bin...
Ich will nicht.«

Er trat aus dem Schutz der Palmwedel und ging in den
Regen hinaus. Er warf seinen Teller in einen Abfalleimer,
denn er konnte nicht essen, bevor er diese Situation nicht
überdacht hatte. Es konnte gefährlich sein, gekannt zu werden. Das war eine Komplikation, die er in seinen Plänen
noch nicht berücksichtigt hatte. Er konnte nicht der Mann
sein, der er einmal gewesen war. Er konnte nicht der Vater
des Kindes sein, ohne das Kind wiedergefunden zu haben.
Und zugleich war es unmöglich, der Vater eines verschwundenen Kindes zu sein – solange er das war, konnte er nicht
sein, wer er war, begriffen sie das denn nicht?

Der Regen prasselte auf seine Kapuze, die ihn beschirmte
wie ein Helm. Der Rucksack lastete plötzlich schwer auf
seinem Rücken. Er hatte sich nicht umdrehen wollen, um zu
sehen, ob der Mann ihm folgte, doch der war offenbar direkt hinter ihm, denn er hörte seine Stimme wieder ganz
nah.

»Sie standen am Geldautomaten der Bank, als es passierte. Das ist alles aufgezeichnet worden. Sie haben sofort
geholfen, haben keine Sekunde gezögert. Und dadurch haben Sie Ihre Scheckkarte vergessen. Zum Glück hat jemand
sie bei der Bank abgegeben.«

Bram warf einen Blick zur Seite und sah die große Hand
des Mannes mit der Scheckkarte. Er machte sich bewusst,
dass er, wenn er die Karte annahm, auch seine Identität annehmen würde. Das ging nicht. Er konnte nicht Abe, Avi
oder Bram Mannheim sein, solange Bennie nicht in seinem
eigenen Bett schlief.

»Ich habe mit meiner Unterschrift dafür gehaftet«, sagte der Mann, »man kennt mich in der Filiale, ich bin selbst Kunde dort. Presser. Mein Büro ist in der Fifth Street, ganz in der Nähe der Kreuzung. Meine Tochter war gerade bei mir gewesen. Sie wollte noch etwas einkaufen, als ... Zum Glück waren Sie da. Meine Enkelin ... Sie wird nichts Schlimmes davon zurückbehalten. Eine kleine Narbe, und selbst die wird im Laufe der Zeit unsichtbar werden, hat man uns gesagt.«

Fifth. Falsch. Bram sagte: »Nein, gehen Sie weg. Ich will nicht. Ich habe... Ich habe zu tun.«

Er starrte zu dem Truck hinüber. Die Seitenklappe wurde geschlossen, und die Köche machten den Wagen zur Abfahrt bereit.

»Ich gebe Ihnen meine Visitenkarte. Ich stecke sie Ihnen in den Rucksack, in Ordnung? Dann können Sie mich finden. Ich habe... Ich habe mich erkundigt, über Sie, und ich verstehe...«

Bram hatte keine Zeit für den Mann. Er rannte über den matschigen Grünstreifen unter den Palmen davon. Sein Rucksack schlenkerte schwer hin und her, und er musste fest in die Riemen greifen, um ihn ins Gleichgewicht zu bringen. Aber das war tausendmal besser, als diesen Mann in seiner Nähe zu haben. Warum hatte er sich ablenken lassen? Er hatte einen Auftrag, einen heiligen Auftrag! Tage hatte er damit verloren, sich um Essen und Schlafplätze zu kümmern, während er sich seinem Kind hätte widmen müssen. Womöglich hätte er Bennie schon wiedergefunden, wenn dieses ganze Theater nicht gewesen wäre, verdammt. Ja, natürlich hätte er seine Scheckkarte gerne zurückgehabt, aber es war viel zu riskant, seine Identität preiszugeben, denn das konnte zu seiner Verhaftung führen, und wenn er verhaftet war, würde sich niemand mehr darum bemühen, Bennie zu finden.

Bram rannte zum Steilhang, wo eine Treppe zu einer schmalen Fußgängerbrücke über den Highway hinunterführte. Nur weg von diesem Park und zum Strand, der jetzt, unter dem grauen Himmel, verlassen zwischen der Straße und den wilden Wellen lag.

Als er die rutschige Treppe hinunter war und den höchsten Punkt der Fußgängerbrücke erreicht hatte, machte er Halt und krallte die Finger in das Drahtgeflecht, das um die gesamte Brücke gespannt war, um Passanten, die suizidalen Anwandlungen nachgeben wollten, am Hinunterspringen zu hindern. Unter ihm rauschte der Verkehr über den nassen Asphalt. Die Treppe zwischen der Brücke und dem Park oben auf der Steilwand war verlassen, der Mann hatte ihn ziehen lassen. So war es besser. Er hatte eine Mission. Sobald es trocken war – und laut Wetterbericht für den nächsten Tag, den er einer auf einer Bank zurückgelassenen Zeitung entnommen hatte, bestand die Hoffnung darauf –, würde er seine Forschungsarbeit wiederaufnehmen.

3

Bram hatte seine Forschungen in einem der übelsten Stadtteile von Los Angeles fortgesetzt. Hier waren die Ghettos der Schwarzen, die urbanen Kriegsgebiete, wo heutzutage Moscheen standen, in denen die Gläubigen dazu aufgerufen wurden, ein Leben in islamischer Frömmigkeit und dschihadistischer Wehrhaftigkeit zu führen. Problematisch war aber vor allem, dass die 82nd Street keine gerade, durchgehende Straße war, sondern sich stückchenweise durch den Norden von Watts, das Ghetto mit dem größten Gewaltpotential, schlängelte. Daher konnte Bram sein Untersuchungsgebiet nicht in Gänze überschauen, und das bedeutete zusätzliche Anstrengungen. Er befand sich jetzt östlich des 110 oder *One-Ten*, wie man hier sagte, des Freeways, der Pasadena im Nordosten mit Long Beach im Süden verband.

Drei Wochen waren vergangen, seit der Mann ihm seine Scheckkarte hingehalten hatte, und das Schöne war, dass er mit Genugtuung darauf zurückblickte, sie nicht genommen zu haben. Die winkenden Annehmlichkeiten einer Scheckkarte und einer Finanzspritze von hundertsechzig Dollar die Woche hatten ihn nicht einknicken lassen. Er hatte das einzige höhere Ziel im Blick behalten, das es in seinem Leben gab.

In der vergangenen Nacht hatte er Glück gehabt. Er hatte einen Schlafplatz in einer Halle der Heilsarmee in *downtown* LA bekommen. So hatte er abends seine Kleider waschen können und sich morgens gewaschen und rasiert. Er hatte gefrühstückt, und als er ging, hatte man ihm ein Lunchpaket mitgegeben und ihm einen Schlafplatz für eine weitere Nacht garantiert. Sein Rucksack war jetzt dort in einem gesonderten Gepäckraum eingeschlossen. Nur sein Notizheft trug er bei sich sowie acht scharf gespitzte Bleistifte. Was für ein Genuss, während seiner Forschungsarbeit derart unterstützt zu werden. Er wusste nicht, welchem Umstand er das zu verdanken hatte. Eine Heilsarmistin hatte ihn vormittags auf der Straße angesprochen, eine kleine Schwarze, die vor allem aus einem mächtigen Hintern zu bestehen schien. Sie hatte ihn gefragt, ob er Hunger habe, und ihm einen Prospekt in die Hand gedrückt. Er hatte sich gefragt, warum sie gerade ihn angesprochen hatte, aber als er dann dort vor dem Spiegel gestanden hatte, war ihm klargeworden, dass er jetzt wie ein geisteskranker Penner aussah. Auch das war gut. Es war die perfekte Tarnung. Niemand würde vermuten, dass hinter diesem Äußeren ein Geist mit einem exakten Plan wohnte. Trotzdem hatte er sich rasiert, denn die Haut unter seinem Bart war entzündet und juckte schon so sehr, dass er sich hin und wieder blutig kratzte.

Kinn und Wangen rot entzündet – er hatte Salbe darauf geschmiert, eine weiße Paste, die fett auf der Haut lag, so dass man meinen konnte, er habe vergessen, den Rasierschaum abzuwaschen –, rannte er nun in Watts an den verwahrlosten Bungalows der schwarzen Armen entlang. Wie immer hatte er zunächst in Erfahrung gebracht, wann die Kinder hier aus der Schule kamen. Und dann galt es, die Häuser mit Nummern, die sich aus Zweien und Achten zusammensetzten, zu observieren. Das war in den langen amerikanischen Straßenzügen kein Leichtes. Um möglichst viele Häuserblocks überschauen zu können, musste er oft in gestrecktem Galopp hin und her rennen. Diese Rennerei sah natürlich lächerlich aus, aber er hatte längst akzeptiert, dass die Leute ihn für gestört hielten, und auch das war eigentlich eine willkommene Einschätzung. So verrichtete er seine Arbeit in völliger Anonymität.

Manchmal überholte er Typen, die ihm lachend Verwünschungen nachgrölten, ihn aber ziehen ließen, obwohl sie ihm unvermittelt ein Bein hätten stellen können, aber sie sahen in ihm wohl nur den Irren, bei dem es nichts zu klauen gab. Es war ein sonniger Aprilnachmittag, und es war herrlich, frisch gewaschen und gesättigt durch die Straße zu rennen. Er hatte vor einer halben Stunde das Lunchpaket aufgemacht, vier Sandwiches mit Käse und Salatblättern, ein Apfel und ein Becher Joghurt, und fühlte sich unbesiegbar. Heute konnte es geschehen, ungeachtet des Datums und der Zeit – normalerweise konzentrierte er sich hauptsächlich auf zwei nach acht, acht nach acht, acht vor halb neun und zwei vor halb neun morgens sowie zwei nach zwei, acht nach zwei, acht vor halb drei und zwei vor halb drei nachmittags, aber jetzt genügte es ihm, hier zu sein, die Straße hinauf- und hinunterzupreschen und »EINNEB!« zu schreien.

Wenn er einmal »EINNEB!« geschrien hatte, musste er achtundzwanzig Schritte machen, bevor er das nächste

Mal »EINNEB!« rufen durfte. Dann wieder achtundzwanzig Schritte und erneut: »EINNEB!«

Wenn es sein musste, konnte Bram das stundenlang durchhalten, konnte stundenlang zwischen den zur Beobachtung in Frage kommenden Häusern hin und her rennen. Hier in Watts waren die Häuser klein, verfallen, die Vorgärten verstoßen, die Zäune morsch, und in den Einfahrten standen Autowracks und defekte Kühlschränke oder Waschmaschinen. Müll, der gar nicht erst in einen Abfallbehälter gelangt war, leere Flaschen, Prospekte und sonstiger Unrat, lag in den Rinnsteinen.

Auf dem Weg zur 82nd Street Nummer 828 registrierte Bram, dass ein Wagen neben ihm her fuhr. Und das schon seit gut einer Minute, wenn er es recht bedachte, aber er hatte dem keine Beachtung geschenkt, weil er ganz in seine Arbeit vertieft war.

Es war ein nagelneuer weißer Cadillac SUV, ein teures Gefährt und in einer Gegend wie dieser somit ein begehrtes Objekt. Offenkundig ein Bandenchef, ein Topdealer oder irgendein anderer Krimineller, der bei seinen Leuten Eindruck machen wollte. Bram hatte mal gelesen, dass solche Typen manchmal im Vorüberfahren irgendwen abknallten, einfach so zum Spaß, als handle es sich um eine Safari, bei der auf Großwild geschossen werden durfte. Aber er konnte sich nicht vorstellen, dass es ihnen Vergnügen machen würde, jemanden zu töten, der sich so abartig benahm wie er – er war sich des sonderbaren Eindrucks, den er auf andere machte, ja vollkommen bewusst.

Er konnte nicht sehen, wer sich hinter den dunklen Scheiben des SUVs verbarg. Weil er ein paarmal zur Seite geblickt hatte, kam er beim Zählen seiner Schritte durcheinander. Er drosselte das Tempo und blieb stehen. Cadillac ESV, neuestes Modell, das größte, das Cadillac je gebaut hatte. Immer noch mit Hybridantrieb, immer noch von fossilen Brennstoffen abhängig, so ein Kommentar, wie er sich erinnerte, als das Modell vor wenigen Monaten bei der Autoshow in Detroit vorgestellt worden war.

Der Wagen fuhr weiter, das Interesse der Insassen war also nur vorübergehender Natur gewesen.

Bram brüllte: »EINNEB!«

Keine Reaktion. Er machte Anstalten weiterzurennen, sah aber, dass der Cadillac dreißig Meter vor ihm anhielt.

Die Türen öffneten sich, und drei Männer stiegen aus. Nur der mittlere trug einen Anzug. Es war der kräftige Mann, der Bram seine Scheckkarte hingehalten hatte. Die anderen beiden, athletische junge Männer, trugen dunkle Sneakers und legere Kleidung, die es ihnen ermöglichte, sich schnell zu bewegen und schnell zuzuschlagen. Polizei. FBI. Sie wollten ihn festnehmen.

Bram drehte sich auf der Stelle um und rannte davon. Er wusste nicht, was hinter ihm geschah, und er hätte Sekunden von seinem Vorsprung verloren, wenn er über seine Schulter zurückgeschaut hätte, also konnte es für ihn nur heißen, schleunigst in eine Seitenstraße abzubiegen und sich vielleicht irgendwo in einen Vorgarten zu ducken.

Doch er verlor sein Notizheft.

Das zusammengerollte Heft glitt ihm aus der Hand, flog weg und landete aufgeklappt mitten auf der Straße. Er musste zurück – das war der einzige Halt in seinem Leben, die Methode, die Bennie zurückbringen würde.

Bram drehte sich um und sah die beiden jungen Männer auf sich zugeprescht kommen, und im gleichen Moment, als er sich bückte und das Heft an sich brachte, hatten sie ihn.

»Professor«, sagte einer von ihnen, »Professor, keine Angst, wir tun Ihnen nichts.«

Sie schienen sich stärker verausgabt zu haben als er, was nicht verwunderlich war, denn seine Forschungsarbeit hatte Bram zu einem der besttrainierten Langstreckenläufer des Landes gemacht. Auf eine etwaige aggressive Bewegung der Männer bedacht, presste er das Heft an sich, doch sie blieben einfach nur neben ihm stehen und warteten, bis der kräftige Mann bei ihnen angelangt war. Er näherte sich im Laufschritt, geschmeidig auf teuren Schnürschuhen, in Anzug und schneeweißem Oberhemd mit Manschettenknöpfen, in denen die Sonne funkelte, und mit lässig geöffnetem Hemdkragen.

Die fadengehefteten Seiten des Heftes waren teilweise zerknittert, doch zu seiner Erleichterung sah Bram, dass nichts beschädigt war. Er strich die Seiten glatt und schaute den Mann an.

»Professor Mannheim«, sagte der Mann, als er sie erreicht hatte, und streckte ihm die Hand hin: »Steven Presser, erinnern Sie sich noch?«

Bram versuchte, durch die Augen des Mannes in ihn hineinzublicken, um herauszubekommen, was er diesmal vorhatte.

»Die Scheckkarte war nicht von mir«, sagte Bram.

»Ich habe Sie über diese Scheckkarte ausfindig gemacht. Aber wenn Sie sagen, dass Sie es nicht sind – ich wollte noch einen Versuch wagen, Ihnen für das, was Sie für mich getan haben, zu danken.«

»Ich habe nichts getan.«

»Ich habe eine Kopie von den Bändern der Bankkameras«, sagte Presser. »Sie sind deutlich zu erkennen. Sie können stolz auf sich sein.«

»Ich bin nicht stolz, ich habe nichts damit zu tun.«

Presser fragte: »Kann ich Ihnen in irgendeiner Weise behilflich sein?«

»Ich habe zu arbeiten. Lassen Sie mich in Ruhe.«

»Kann ich Ihnen bei Ihrer Arbeit helfen?«

»Nein.«

»Ich besitze mehr Geld, als ich in meinem ganzen Leben werde ausgeben können. Ich kann Ihnen helfen, wenn Sie mir sagen, womit ich Ihnen helfen kann.«

»Mit gar nichts. Ich habe es eilig, ich habe zu arbeiten.«

Bram wollte an ihm vorbeigehen, aber der Mann fasste ihn am Arm, mit stählerner Hand, nicht schmerzhaft, aber entschlossen. Bram ließ ihn gewähren.

»Schenken Sie mir eine halbe Stunde Ihrer Zeit«, sagte Presser. »Eine halbe Stunde. Vielleicht kann ich Ihnen etwas geben. Wenn Sie es nicht wollen, steht es Ihnen frei, es auszuschlagen.«

Es war das luxuriöseste Auto, das Bram je gesehen hatte. Es war mit sechs grauen Ledersesseln ausgestattet, zwei vorn und vier hinten, einander gegenüber, so dass man sich ansehen konnte. Bram saß mit dem Rücken zu Pressers Assistenten, die beide vorn Platz genommen hatten, strich über die Armlehnen seines Sitzes, atmete die süßlichen Gerüche ein, die nur nagelneue Autos in ihrem Innern ausdünsten, und fragte sich, ob er die richtige Entscheidung getroffen hatte. Heute war ein wichtiger Tag, das hatte er schon gleich morgens gespürt, nach einer Nacht, die ihm seltsamerweise keinen Traum beschert hatte, und nun ließ er kostbare Minuten verstreichen, weil er sich von diesem Mann hatte verleiten lassen. War er doch schwächer als für seine Forschung erforderlich? Er konnte nur zum Erfolg gelangen, wenn er die höchsten Anforderungen an sich stellte, nur ein Ziel vor Augen hatte, aber jetzt hatte er seine Arbeit unterbrochen, um es sich in einem gekühlten Auto mit säuselnder Klimaanlage gutgehen zu lassen. Das durfte nicht zu lange dauern. Das konnte ihn nur verwirren und schwächen – und wer das Opfer sein würde, war klar.

Der Wagen fuhr. Man merkte es kaum, nicht einmal auf den ausbesserungsbedürftigen Straßen von Watts.

»Ich habe nicht viel Zeit«, bemerkte Bram.

»Es wird nicht lange dauern«, erwiderte Presser. Er klappte die breite Konsole zwischen den beiden Sesseln auf. Darin war ein Kühlfach. »Kann ich Ihnen etwas zu trinken anbieten?«

»Wasser.«

Der Mann reichte ihm eine Plastikflasche Mineralwasser. Bram hielt sie hoch, um zu kontrollieren, ob der Sicherheitsring unter dem Verschluss noch unversehrt war. Auch die Oberseite der Verschlusskappe untersuchte er, denn es konnte ja sein, dass sie mit einer Injektionsnadel ein Betäubungsmittel hineingespritzt hatten. Aber er konnte keine Unregelmäßigkeiten entdecken.

Er spürte, dass der Mann ihm erstaunt zusah, aber es kümmerte ihn nicht, was der von seinem Misstrauen halten mochte. Er schraubte den Verschluss auf und trank einen Schluck. Es war ein warmer Tag. Dann fragte er: »Wo bringen Sie mich hin?«

»In mein Büro. Santa Monica.«

»Fifth Street«, sagte Bram.

»Wenn Sie wollen, können Sie sich dort umziehen. Ich war so frei, das eine und andere für Sie zu kaufen. Nichts Besonderes. Ich dachte, dass Sie ... Vielleicht würden Sie gern einmal etwas Neues tragen.«

»Ich brauche nichts«, sagte Bram.

Er kannte einen Film – oder war es ein Buch? –, in dem ein Flüchtiger einen Mantel geschenkt bekam, der Signale aussandte: In einem Saum war ein Sender versteckt, so dass man immer wusste, wo er sich gerade befand. War Presser einer von denen?

»Ich unterstütze Israel«, sagte Presser.

Was meinte der Mann damit? Wussten sie, dass er israelischer Staatsangehöriger war?

»Ich spende jedes Jahr einen ansehnlichen Betrag für dortige Projekte«, fuhr Presser fort.

Bram war über die Entwicklungen in Israel auf dem Laufenden. Balin war Außenminister.

»Was machen Sie… beruflich?«, fragte Bram.

»Immobilien. Ich kaufe Häuser, und ich entwerfe auch selbst. Das Gebäude, in dem sich mein Büro befindet, ist von mir.«

»Haben Sie Kinder?«, fragte Bram.

»Drei. Meine Tochter haben Sie ja vor ein paar Wochen kennengelernt. Und zwei Söhne. Ich bin nicht mehr verheiratet, habe es zweimal versucht, aber die Ehe ist wohl nichts für mich.«

Er verstummte abwartend, als wolle er Bram jetzt die Gelegenheit bieten, seinerseits einige Vertraulichkeiten preiszugeben, aber Bram hatte den Eindruck, dass er Presser gar nichts zu erzählen brauchte, da Presser ohnehin alles wusste. Er schaute nach draußen. Sie fuhren auf den 110 North. In wenigen Minuten würden sie den 10 erreichen. Der 10 West würde nach zwanzig Minuten in Santa Monica die Küste erreichen und dort als Pacific Coast Highway nach Norden abbiegen. 110 konnte eine gute Zahl sein. Eins plus eins war zwei, die Null war neutral. Zehn war fünf mal zwei.

Bram hatte nicht danach gefragt, aber Presser sagte unvermittelt: »Meine Tochter ist Witwe.«

Bram nickte. Eine Verlegenheitsreaktion. Er wusste nicht, was er sagen sollte. In gewissem Sinne war Rachel auch Witwe.

Bram fragte: »Wie heißt sie?«

»Diana.«

»Ist das nicht der Name Ihrer Enkelin?«

»Ach, ich dachte, die meinten Sie. Meine Tochter heißt Anne. Meine Enkelin Diana. Die Sie gerettet haben. Ich glaube, Anne hätte es sonst umgebracht. Nach dem, was ihr voriges Jahr zugestoßen ist.«

Bram trank noch einen Schluck. Draußen glitt die weitläufige Stadt vorüber. Als er noch Geld gehabt hatte, hatte er sich mit dem Bus durch diese urbane Tiefebene bewegt. Danach zu Fuß. Er hatte einen vollen Tag gebraucht, um von Santa Monica nach *downtown* LA zu gelangen.

In Santa Monica hatte er sämtliche in seinem Zielgebiet liegenden Häuser überprüft – also alle mit Hausnummern, die sich ausschließlich aus Zweien und Achten zusammensetzten, in Straßen, die ebenfalls ausschließlich mit Zweien und Achten nummeriert waren. Als er an der Ostküste seine Forschungen aufgenommen hatte, war er zunächst dem Verlauf von Highway 202 nach Südwesten gefolgt. Er hatte große Schwierigkeiten gehabt, durchgehende Schnellstraßen zu finden, die nur mit Zweien und Achten nummeriert waren, aber durch die Einbeziehung der Vier und der Sechs – was unsauber war – war es ihm gelungen, bis nach Brunswick, Georgia, zu kommen, wo der 82 anfing. Der 82 hatte ihn nach Alabama, Mississippi, Arkansas, Texas und New Mexico gebracht. Alle Städte, die er unterwegs angesteuert hatte, hatte er sorgfältig untersucht. Alamogordo, New Mexico, bildete den Endpunkt des 82. Im Nordwesten dieser Stadt war am 16. Juli 1945 auf der White Sands Missile Range, genauer gesagt der Trinity Site, die erste Atombombe gezündet worden. Heute hatte die damals noch kleine Gemeinde, die inzwischen Heimathafen des Stealthbombers war, achtunddreißigtausend Einwohner. Es hatte ihm große Mühe bereitet, wieder aus Alamogordo herauszukommen. Im Westen der Stadt lag die White Sands Missile Range, im Süden Fort Bliss, und der wichtigste Highway dort war der 54, eine Zahl, die sich nicht in ruhige Zweien und Achten zerlegen ließ. Also hatte er kehrtgemacht und über die mit 20 und 84 nummerierten kleineren lokalen Straßen den Interstate Highway 40 aus dem fernen Wilmington, North Carolina, angesteuert, der ihn nach Barstow in der Mojawe-Wüste Kaliforniens geführt hatte. Auch dort war es schwierig gewesen, über sichere Zahlen weiterzuziehen. Aber zu guter Letzt hatte ihn dann der Interstate Highway 10 nach Santa Monica gebracht. Dort wurde der 10 zum Pacific Coast Highway mit der Nummer 101. Die beiden Einsen ließen sich zwar zur gewünschten Zwei zusammenzählen und die Null wegstreichen, aber damit hätte er der Sauberkeit seiner Forschungen Gewalt angetan. Konnte er seine Arbeit in Los Angeles nicht vollenden und musste weiter nach Norden, stand er vor dem Problem, dass die großen Nord-Süd-Verbindungen mit lauter ungeraden Zahlen versehen waren. Wollte er also Los Angeles durch San Francisco ersetzen, würde er riesige Umwege in Kauf nehmen müssen, denn die Highways mit geraden Zahlen, die er benutzen durfte, wichen immer wieder von der gewünschten Richtung ab, so dass er zu einem Zickzackkurs gezwungen sein würde.

»Seattle, mein Schwiegersohn«, sagte Presser plötzlich, »die ›schmutzige Bombe‹ dort. Mein Schwiegersohn war erst zwei Stunden vorher angekommen. Er arbeitete für mich. Wir wollten dort ein Gebäude kaufen.«

Bram hatte sich vor vierzehn Monaten gefragt, ob der Anschlag möglicherweise Konsequenzen für seine Forschungen hatte, aber er hatte sich nicht vorstellen können, dass sein Kind dort gewesen war, als die Bombe explodierte. Beweise dafür hatte er nicht, nur sein Gefühl, aber auf seine Intuition wollte er nicht verzichten, auch wenn er sein Leben derzeit auf Ziffern und Zahlen abgestimmt hatte.

Presser wandte den Blick ab und schaute aus dem Fenster: »Es ging um eine erste technische Durchsicht in Seattle. Zwölf Etagen à dreihundert Quadratmeter. 1948 errichtet. Solide Bauweise, Stahlkonstruktion, Marmorlobby. Vier Aufzüge. Ich hätte selbst hinfahren sollen, aber mein Zahnarzttermin war auf diesen Tag verlegt worden, und ich hatte selbst schon zweimal abgesagt. Ich bin zwar gern persönlich bei den Inspektionen dabei, aber es ging auch ohne mich. Eddie fuhr an meiner Stelle. Keine hundert Meter von dem Gebäude entfernt ließen sie diesen Container hochgehen. Es stand also mitten in der Zone. Man hat es dem Erdboden gleichgemacht und den Schutt in einem Minenschacht in Nevada versenkt. Scheint noch lange radioaktiv zu sein.«

Als das passiert war, hatte Bram sich in einem Motel vor den Toren von Meridian, Mississippi, aufgehalten. In der nach gekochtem Blumenkohl riechenden Lobby hatte er stundenlang still vor dem Fernseher gehockt und sich die Ausmaße des Anschlags angesehen, den Kamerateams in Schutzanzügen ins Bild setzten. Experten zufolge war es Glück im Unglück gewesen, dass es zehn Minuten nach der Explosion heftig zu regnen begonnen hatte und praktisch windstill war, denn das hatte den Fallout in Grenzen gehalten.

»Das älteste ›Starbucks‹ haben sie auch plattgemacht«, sagte Presser.

»Aber eine Meile weiter wieder aufgebaut«, entgegnete Bram. Hin und wieder hatte er ganze Tage in einem ›Starbucks‹ zugebracht. Der Kaffee war zwar teuer, doch er hatte sich lange an einem Becher festgehalten, und das Personal hatte ihn in Ruhe gelassen. Im Laufe seiner Forschungen hatte er Hunderte ›Starbucks‹ besucht.

»Ist nicht dasselbe«, erwiderte Presser.

Bram sagte: »Der Stadtrat hat abgestimmt, und sie wollen alles wieder so aufbauen, wie es war.« Das hatte er vor wenigen Wochen gelesen. Es hatte ihn gerührt – auch er wollte, dass alles wieder so wurde, wie es einmal gewesen war.

Presser schüttelte den Kopf: »Das wird es nie mehr.«

»Trotzdem finde ich es gut, dass sie alles wieder aufbauen«, beharrte Bram.

»Das bringt niemanden zurück«, bemerkte Presser. »Und darum geht es doch, nicht?«

Das konnte Bram nicht beantworten. Er hatte gelesen, dass der Bürgermeister versprochen hatte, das betroffene Viertel werde haargenau so wiedererstehen, wie es gewesen war, bis zu den Grashalmen und den Rissen in den Mauern.

Bram fragte: »In welchem Stockwerk ist Ihr Büro?«

»Im fünften.«

»Hat das Büro eine Nummer?«

»Fünf null fünf. Wieso?«

»Nur so.«

»Fifth Street 1555«, sagte Presser, »fünfter Stock, Suite 505.«

Fünf war nicht gut; bei so vielen Fünfen drohte ein Unglück.

»Eddie, mein Schwiegersohn, Eddie Frenkel – sagt Ihnen der Name etwas?« Presser sah Bram fragend an: »Wissen Sie, wer Eddies Vater war? Sie werden Ihren Ohren nicht trauen!«

Presser sah ihn unverwandt an und wartete auf eine Reaktion, doch Bram schwieg.

»Ich werde Ihnen sagen, wer Eddies Vater war. Das war Saul Frenkel.«

Bram kannte den Namen nicht. Vielleicht war der Mann ein berühmter Amerikaner, aber trotz seiner intensiven Zeitungslektüre war ihm der Name nie untergekommen.

»Der Name sagt Ihnen nichts?«, fragte Presser.

»Nein.«

»Saul Frenkel, Professor Saul Frenkel. Von seiner Abstammung her deutscher Jude. Hat in den sechziger und siebziger Jahren in den Niederlanden gelebt. Dort forschte er an der Universität. Er war Mitarbeiter von Professor Hartog Mannheim.«

Presser schmunzelte und schüttelte den Kopf, immer noch verblüfft über das, was er herausgefunden hatte.

»Das ist doch phänomenal – Ihr Vater, Eddies Vater zusammen in den Niederlanden, wo sie zusammen am Nobelpreis gearbeitet haben. Wundersame kleine Welt, nicht? Eddies Vater und Ihr Vater haben sich sehr gut gekannt. Finden Sie das nicht... ergreifend? Auf der anderen Seite der Welt retten Sie Sauls Enkelin.«

Der Mann kannte Brams Vergangenheit bis in alle Einzelheiten. Warum musste er ihn belästigen?

»Als Ihr Vater nach Israel übersiedelte, ist Saul Frenkel zu *Caltech* nach Pasadena gegangen. Er ist vor zwei Jahren gestorben, noch bevor Eddie in...«

Presser schluckte die letzten Worte hinunter.

Wenn Bram noch länger in seiner Gesellschaft blieb, würde er sein gesamtes Projekt gefährden.

»Ich... ich möchte nicht mit«, sagte Bram.

»Nur ganz kurz, Sie werden es nicht bereuen.«

»Ich hätte nicht mitkommen sollen. Können Sie bitte anhalten?«

»Nicht hier auf dem Highway. Wir sind gleich da.«

»Ich möchte bei der nächsten Abfahrt raus.«

»Das ist der Lincoln. In zehn Sekunden sind wir schon in der Fifth Street.«

»Ich will raus«, sagte Bram entschieden.

»Ich kann Sie nicht zwingen«, sagte Presser hilflos. »Professor Mannheim, ich habe nur die besten...«

»Nennen Sie mich nicht so! So heiße ich nicht! Ich will raus.«

Presser schien zu verzweifeln und starrte Bram einige Sekunden lang gequält an, doch dann beugte er sich Brams Wünschen und wandte sich an den Fahrer: »Du hörst es. Lincoln. Halt bitte Ecke Olympic an.«

Der Cadillac verließ den Highway. Bram peinigte die Frage, warum er in jenem fatalen Moment den Geldautomaten der Bank aufgesucht hatte. Er hatte länger geschlafen als sonst, er war in den herrlichsten Traum aller Träume abgetaucht, dem er nur schweren Herzens ein Ende setzte – er hatte sich wirklich dazu durchringen müssen, wach zu werden und auch an diesem Tag seine Forschungsarbeit zu verrichten. Aber jener Morgen hatte etwas Fatales an sich gehabt, wodurch er letzten Endes in diesen Wagen geraten war.

Der Cadillac hielt an. Presser setzte sich auf und zog die Beine an, um Bram vorbeizulassen. Doch bevor Bram draußen stand, fasste Presser ihn beim Arm.

»Ihre Scheckkarte…«

Bram riss sich los und stieg aus.

»Ist nicht meine.«

Einer der Assistenten stand auf dem Gehweg. Bram lief davon, ohne sich umzuschauen. Er hatte gut gegessen und würde ein hohes Tempo halten können, aber es war ausgeschlossen, dass er die Unterkunft der Heilsarmee in *downtown* LA vor Sonnenuntergang erreichen konnte.

Am Morgen des Unfalls hatte er Fehler gemacht. Er hatte den dritten Automaten benutzt, und das zu einer völlig ungeeigneten Zeit – alles wegen des Traums. Er war nachlässig gewesen, und Nachlässigkeit war eine Eigenschaft, die er sich nicht erlauben konnte. Es kam auf Sorgfalt an. Seine Zahlenforschung verlangte die größte Exaktheit… In dem Moment drang Bram ins Bewusstsein, dass er sein Heft im Cadillac liegengelassen hatte.

Er hatte es wenige Tage nach Beginn seiner Reise in einem Schreibwarengeschäft gekauft. Der flexible Kunststoffeinband hatte Tausende von Kilometern überlebt, das Heft ließ sich zusammenrollen oder falten, der Baumwollfaden, mit dem Einband und Seiten geheftet waren, war von einer unverwüstlichen Qualität, und Bram war überzeugt, dass er in diesem Heft eines Tages den Schlüssel zum definitiven Aufenthaltsort seines Kindes finden würde.

Er rannte zum verkehrsreichen Lincoln Boulevard, der Santa Monica mit Venice und dem Flughafen verband. Auch die Häuser am Lincoln hatte Bram untersucht, denn der Lincoln lag zwischen der Seventh und der Ninth Street und hätte im Grunde Lincoln Eighth heißen müssen. Straßen wie diese verdienten seine Beachtung, denn sie waren nicht, was sie zu sein schienen. Zwei Blöcke weiter hatte er die Fifth Street vor sich, eine belebte Geschäftsstraße der City von Santa Monica, und in nicht einmal zwei Minuten hatte er die Fifth Street 1555 erreicht. Der Cadillac stand nicht vor dem Eingang.

Bram konnte sich nicht vorstellen, dass der Mann sein Heft übersehen hatte. Er hatte es neben sich auf den Sitz gelegt, genau dem Mann gegenüber, und weil er es so eilig gehabt hatte, aus dem Auto zu kommen, hatte er nicht mehr auf den Sitz geschaut. Nachlässigkeit, Eile – er musste sich bessern, musste die Disziplin in seinem Leben wiederherstellen, die ihn so weit gebracht hatte.

Die Fassade des fünfstöckigen Bürogebäudes zierten drei an Art déco erinnernde Stahlbänder, die ihm zusammen mit den abgerundeten Ecken und den leicht bogenförmigen Fenstern das Aussehen eines Baus aus der Vorkriegszeit gaben – das heißt, aus der Zeit vor dem Zweiten Weltkrieg, denn seit dem 11. September 2001, der sich im nächsten Jahr zum zehnten Mal jährte, war dieses Land permanent im Krieg. Doch das Gebäude war noch nicht alt.

Die beiden breiten Eingangstüren waren aus verspiegeltem Glas, so dass die Lobby nicht einsehbar war. Bram zog die eine Tür auf und trat in die klimatisierte Luft des Gebäudeinneren. Suite 505. An einem Empfangstisch aus schwarzem Marmor saß ein Rezeptionist, und am Aufzug stand ein uniformierter Wachmann, ein großer Schwarzer in straffem Oberhemd, das offenbar schon Dienst getan hatte, bevor er dicker geworden war.

Bram hatte das Gefühl, einigermaßen sauber auszusehen, aber in der leeren Lobby zog er sofort die Aufmerksamkeit des Personals auf sich. Der Wachmann machte langsam einige Schritte in seine Richtung. Aber Bram hatte keine Wahl. Er überbrückte die zehn Meter zum Empfangstisch und gab sich resolut.

»Presser, Suite 505«, sagte er zum Rezeptionisten, der ebenfalls schwarz war, aber weniger beleibt als der Wachmann.

Der Rezeptionist nickte und wählte eine Nummer.

»Brauchst du meine Hilfe?«, fragte der Wachmann. Er war noch näher gekommen und stand jetzt neben Bram.

Der Rezeptionist machte eine Gebärde, dass er alles im Griff habe. »Helen? Hier Charlie. Ist Herr Presser da?«

Er lauschte und blickte auf etwas, das nur für ihn sichtbar war, offenbar eine Reihe von Monitoren unterhalb der Tischplatte.

»Ja, ich sehe ihn gerade hereinkommen.« Er schaute Bram an: »Haben Sie einen Termin?«

»Ich habe etwas in seinem Wagen vergessen. Muss ich wiederhaben.«

»Helen? Ich habe hier jemanden, der sagt, er habe etwas im Wagen von Herrn Presser liegenlassen.« Er nickte. »Ich frage ihn.« Der Mann warf einen prüfenden Blick auf

Bram. Offenbar entsprach Bram seinen Erwartungen, denn sein Ton war plötzlich weniger barsch: »Sie sind Professor Mannheim?«

Bram wollte sein Heft zurück, aber nicht für den Preis, der Mann zu sein, der er gewesen war.

»Sein Heft. Ich brauche sein Heft.«

»Ich fragte, ob Sie Professor Mannheim sind.«

Das war eine Frage, die er nicht beantworten konnte. Ja und nein. Früher schon, aber jetzt nicht. Später wieder, sobald er seine Forschungen abgeschlossen hatte.

»Ich kenne ihn«, antwortete Bram. »Ich möchte etwas für ihn abholen.«

»Helen?«, sagte der Rezeptionist ins Telefon. »Er ist nicht der Professor, aber er möchte etwas für ihn abholen.« Der Mann nickte, lauschte und beendete das Gespräch.

»Es kommt jemand. Sie können dort warten.« Er zeigte auf eine Sitzecke, drei schwarze Ledersofas um einen Glastisch mit Chromgestell. Der Wachmann stand immer noch neben Bram.

Bram ging zu der Sitzecke hinüber, setzte sich aber nicht, sondern blieb stehen und starrte durch die hohen Fenster auf den Straßenverkehr und die Fußgänger hinaus. Welche Rolle hatte am Morgen des Unfalls das blaue Auto gespielt? Und warum war Pressers Tochter so früh in seinem Büro gewesen? Die Geschäfte an der Promenade machten erst um zehn Uhr auf, aber sie hatte den Kinderwagen schon gegen halb neun in deren Richtung geschoben – was hätte sie um die Zeit dort anfangen können? Da gab es kaum mehr zu tun, als zuzusehen, wie die Obdachlosen auf den Bänken und in den Eingangsnischen erwachten und Lastwagen

Ware anlieferten. Nicht weniger dringlich war die Frage, wer das blaue Auto gefahren hatte. Hatte Presser sich auch mit dessen Identität und Vergangenheit befasst? Bram hatte die Struktur jenes Morgens noch nicht in den Griff bekommen. Und er hatte auch kein Auge für das Nummernschild des blauen Autos gehabt. Wenn er das gesehen hätte, hätte er einen Anhaltspunkt gehabt. So aber hatte er nun nichts in der Hand und lief Gefahr, zum Spielball Pressers zu werden.

»Bram?«

Seit er aufgebrochen war, hatte ihn niemand mehr so angesprochen. Er hatte Namen erfunden; wo er übernachtet hatte, hatte sich keiner für Ausweispapiere interessiert. Er war Peter, John, Bill, Neil, Bob, Howard, Craig, Rudy und Floyd.

Es war die Stimme seines Vaters, die er gerade gehört hatte, aber er konnte sich nicht umdrehen und ihn ansehen.

»Bram?«

Sein Vater war nicht hier, denn er hatte nicht hier zu sein. Bram weigerte sich, der Stimme nachzugeben und sich zu seinem Vater umzudrehen. Sein Vater wohnte weit weg, in Tel Aviv, wo Anschläge an der Tagesordnung waren, und dort hatte er ruhig zu warten.

»Herr Presser hat mich gebeten zu kommen. Ich bin achtzehn Stunden geflogen. Bram?«

Ach, Papa, wollte er sagen, lieber, lieber Papa, schwieriger, anstrengender Papa, wie kann ich dir je wieder unter die Augen treten, wo ich selbst als Vater so sehr versagt habe und mich so sehr schäme? Ach, Papa, lass es mich wiedergutmachen, ich verspreche dir, dass alles wieder gut wird, aber schau mich nicht an, sprich mich nicht an, geh weg, und warte, denn ich gebe mir die allergrößte verdammte Mühe und werde alles wiedergutmachen.

»Bram... Ich kann dir gar nicht sagen, wie froh ich bin, dass ich dich...«

Nein, ich höre nichts, dachte Bram, ich darf nichts hören, denn mich erwartet eine Aufgabe, eine schwere Aufgabe, die Jahre dauern kann und mir alles abverlangt und keine Zweifel und kein Zaudern oder Bedauern duldet. Es geht um alles.

Bram hörte ein Trippeln auf dem Marmorboden und fühlte, wie etwas an seinen Beinen entlangstrich. Und auch das war unverkennbar. Verdammt noch mal, dachte er, wenn du das getan hast, wenn du die Unverfrorenheit und die Chuzpe hattest, das zu tun...

Hendrikus fiepte. Das Tierchen lebte also noch.

»Bram... Es ist Zeit. Ich komme dich holen. Ich werde für dich sorgen. Es ist genug. Darf ich dich umarmen? Ich möchte dich gern umarmen.«

Bram rührte sich nicht. Er hörte, wie sein Vater zwei Schritte machte und hinter ihm stehenblieb, und dann lagen auf einmal die Hände seines Vaters auf seinen Schultern, und sein Vater zog ihn an sich, und Bram fühlte, dass sein Vater zuckte, als weine er.

Zwei Jahre später
Dezember 2012

I

Am Dienstag, dem 12. Dezember 2012 – das Datum hatte Presser gewählt, aber Bram fasste es als Zeichen auf –, flog Bram von Tel Aviv nach Los Angeles. Er hatte Presser um ein Foto seiner Enkelin Diana gebeten, nur so aus Interesse, weil er mal wissen wollte, wie das Mädchen inzwischen aussah, und daraufhin hatte Presser ihn eingeladen und ihm ein Business-Class-Ticket geschickt.

Bram wohnte bei seinem Vater in dessen Wohnung in Tel Aviv, als Dauergast in dem kahlen Gästezimmer, in dem er als Schüler während seiner Ferien geschlafen hatte, in demselben Bett, dieselben nackten Wände um sich herum, dieselben Fliesen auf dem Boden. Er nahm Medikamente ein, die seine Stimmung stabilisierten, aber er hatte nicht die Kraft, seine akademische Laufbahn wiederaufzunehmen, obwohl er hin und wieder die Arbeiten von Studenten betreute. Man hatte ihm angeboten, wieder zu unterrichten, doch er hatte das abgelehnt.

Mit Steven Presser war Bram seit seiner Rückkehr nach Tel Aviv in Kontakt geblieben. Sie hatten ein paarmal telefoniert und Mails ausgetauscht, und Presser hatte ihn zur zweiten Eheschließung seiner Tochter Anne eingeladen – Bram war nicht hingegangen. Später hatte Presser eine Karte schicken lassen, auf der Anne und Rick freudig die

Geburt ihres Sohnes Steven bekanntgaben. Presser hatte Bram ans Herz gelegt, unbedingt anzurufen, wenn er mal etwas für ihn tun könne.

Am internationalen Flughafen von Los Angeles, LAX, wurde er von einem Assistenten Pressers in einem glänzenden schwarzen Cadillac abgeholt und in sein Hotel gebracht, das ›Miramar‹ in Santa Monica, ein luxuriöser L-förmiger Komplex hinter hohen Mauern, Ecke Wilshire Boulevard/ Ocean Avenue. Bram erinnerte sich an alles, den langen Boulevard am Meer mit den wehenden Palmen zu beiden Seiten und die Ocean Avenue mit dem parallel dazu gelegenen, langgestreckten Palisades Park, der Aufenthaltsort Hunderter Obdachloser war. Von seiner Suite aus blickte Bram auf den Pier von Santa Monica und den Cateringwagen, an dem die Obdachlosen jeden Tag eine warme Mahlzeit bekamen. Nach dem langen Flug gönnte Presser ihm Ruhe, aber Bram verspürte keine Müdigkeit. Er war hellwach, stark und entschlossen.

Er spazierte über die Fußgängerbrücke, die von der Ocean Avenue über den verkehrsreichen Pacific Coast Highway hinweg zum Meer führte, saß eine Stunde am verlassenen Strand und lauschte den Wellen. Später stand er inmitten älterer Leute und Touristen am grauen Geländer am Rande des Palisades Park und blinzelte in die rote Sonne, die langsam im Pazifik ertrank; er hatte keine Zweifel, keine Bedenken.

Am nächsten Morgen erwartete Steven Presser ihn an einem Frühstückstisch am Swimmingpool im tropischen Garten des ›Miramar‹. Presser, der das Haar so kurz trug wie israelische Militärs, war mit schimmerndem grauen Anzug und weißem Oberhemd bekleidet, dessen Kragen zwanglos aufgeknöpft war. Er hatte einen Ring mit rosa Diamant am kleinen Finger und eine Patek Philippe mit schlichtem schwarzen Armband ums Handgelenk. Seine blauen Kinderaugen blickten voll Zuneigung. Er küsste Bram auf beide Wangen, fasste immer wieder seine Hand und erzählte von seiner Enkelin Diana.

Mit aufrichtigem Interesse erkundigte er sich nach Brams Tun und Lassen und überraschte ihn mit dem plötzlichen Erscheinen von Anne, Diana und Baby Steven. Anne, eine schlanke, blonde Frau mit wachen Augen und teurem Schmuck, blieb kurz bei ihnen und trank von dem frisch gepressten Orangensaft und dem duftenden Kaffee. Während sie ein Brötchen zerpflückte, erzählte sie, mit hin und wieder abgewandtem Blick, wie sich ihr Leben wiederhergestellt hatte. Bei ihr schien alles verheilt zu sein. Diana war jetzt vier, ein Mädchen mit schwarzen Locken und langen Wimpern, immer noch mollig wie ein Baby. Anne lud Bram zum Abendessen bei ihr in Brentwood ein, das etwas oberhalb von Santa Monica lag. Hier ist alles schön, angenehm und sicher, dachte Bram. Er hatte keine Zweifel.

Nachdem Anne mit den Kindern gegangen war, blieb er noch kurz mit Presser sitzen. Er könne über einen Wagen mit Chauffeur verfügen, sagte Presser. Und er könne so lange im ›Miramar‹ bleiben, wie er nur wolle – »eine Woche ist wirklich zu wenig, Bram, du musst länger bleiben«. Und sollte er Pläne haben, wieder in seinem Fach tätig zu werden, wolle er ihm gerne zu einem neuen Forschungsauftrag oder Buchprojekt verhelfen.

»Vielleicht möchtest du ja gar nicht darüber reden, Abe, aber falls du noch mal nachhaken möchtest, wegen dem Verschwinden damals, ich sähe da Möglichkeiten.«

»Meine Forschungen sind abgeschlossen«, sagte Bram. »Ich habe die Polizeiberichte in den vergangenen zwei Jahren zigmal gelesen, bin allem nachgegangen und weiß immer noch nichts. Es ist jetzt schon über vier Jahre her, was könnte man nach so langer Zeit noch finden?«

»Es gibt sehr gute Detekteien hier in der Stadt, mit Topleuten. Ist zwar nicht billig, aber ich möchte, dass auch wirklich alles, was in Erfahrung zu bringen ist, zutage gefördert wird.«

»Ich fürchte, dass das geschehen ist«, entgegnete Bram.

In Brentwood schlängelten sich schattige Alleen vorbei an grünen Hecken, ockergelben Villen, weißen Landhäusern und Gärten mit Eukalyptus- und Korallenbäumen – alles intakt und wehrlos in seiner Verletzlichkeit. Das letzte Mal, dass Bram einen Abend im Kreise einer Familie mit Kindern verbracht hatte, war an dem Wochenende vor Rachels Besuch bei ihrem Vater in Tel Aviv gewesen, vor gut vier Jahren in Princeton, als seine Welt noch gestimmt hatte. Sie hatten damals einige seiner Kollegen mit Anhang eingeladen, und Rachel hatte ihre unvergleichlichen indischen Gerichte gemacht, aber er hatte darauf bestanden, dass sie auch grillten. Am Sonntagnachmittag, auf dem Kies vor dem Holzhaus, das sie in alter Pracht wiederauferstehen lassen würden.

Kinder, die spielten und rauften und weinten, Männer untereinander, mit einer Flasche gekühltem *Corona* in der

Hand, das Lachen von Rachel inmitten der Frauen, Diskussionen über die bevorstehenden Wahlen und deren mögliche Folgen für den Irak. Es wurde Abend, aber langsamer als sonst, es schien, als würde er freigebig hinausgezögert. Plastikteller mit vegetarischen Currys und Hamburgern, Schüsseln mit Salaten, die nackten Schultern der Frauen, schmelzendes Eis in den Eimern, in denen Sprite- und Coke-Dosen dümpelten, die kleinen Kinder schon auf dem Schoß schlafend, bevor die Außenlampen angemacht wurden – die goldenen Stunden ihres Lebens, hell und sicher und in der Erwartung, dass dies nie zu Ende sein würde.

In Brentwood verbrachte Bram den Abend mit Anne und ihren Kindern, ihrem Mann Rick, Steven Presser und sechs Freunden, in einem Haus, das fast genauso groß war wie das Haus, das er einst hatte renovieren wollen, allerdings war dieses Haus gezähmt. Für einige Augenblicke, irgendwann im Laufe des Abends, vergaß Bram, dass er allein war und dass das Kind nie mehr zurückkehren würde – vermutlich der Jetlag, der ihm diese Gnade zuteilwerden ließ.

Am nächsten Morgen lief er im ersten Tageslicht inmitten eines ganzen Trupps von Joggern mit iPods und modischer Sportbekleidung den betonierten Weg am Stillen Ozean entlang. Er kaufte Bücher bei Barnes and Noble, Ecke Wilshire/Promenade, trank im ›Infuzion Café‹ in der Third Street einen Kaffee und konzentrierte sich auf sein Ziel. Er hatte keine Ausdrucke bei sich, keinen Laptop, nichts, was verraten konnte, was er vorhatte.

Aus seinem Zimmer im ›Miramar‹ rief er die Bank in Princeton an, bei der er 2008, nach ihrer Ankunft aus Tel Aviv, ein Schließfach gemietet hatte. In dem Schließfach stand ein Kästchen, und in dem Kästchen lag in einer Lederhülle die Kel-Tec P-11, mit Ölen und Fetten imprägniert. Das Kästchen war im Umzugscontainer unbemerkt von Tel Aviv nach Princeton transportiert worden. Beim Packen in Tel Aviv hatte Bram die Waffe übersehen und sie erschrocken in einem Umzugskarton wiedergefunden, als sie nach ihrer Ankunft in Amerika ihr Apartment in Princeton einrichteten. Gleich zwei Gesetzesverstöße auf einmal: Er hatte illegal eine Waffe eingeführt und war nun illegal in ihrem Besitz.

Rachel wäre außer sich gewesen, und deshalb hatte er ihr wohlweislich nichts davon gesagt, sondern das Schließfach gemietet und das Kästchen dort aufbewahrt. In Amerika musste man ja nicht auf eine Intifada gefasst sein. Die Kosten für das Schließfach waren einmal im Jahr automatisch von seiner Kreditkarte abgebucht worden, auch in der Zeit, als er durchs Land gezogen war, um sein Kind zu suchen. Nur dazu war seine Kreditkarte damals gut gewesen, zum Bezahlen hatte er sie lieber nicht benutzt, weil er fürchtete, dass man ihn anhand der getätigten Einkäufe ausfindig machen könnte, bevor er seine Mission erfüllt hatte.

Während er unterwegs gewesen war, hatte man seine Post an Hartog in Tel Aviv weitergeleitet, der sich seine Barabhebungen angesehen und das Konto aufgefüllt, aber auch seine jeweiligen Stationen verfolgt hatte.

Das Schließfach kostete hundertvierzig Dollar im Jahr, abgebucht von einer Karte, die Bram nie benutzte. Sicherheitshalber hatte er die Belege durchgesehen. Ja, einmal im Jahr. Inflationsbedingt war der Betrag inzwischen auf einhundertneunzig Dollar angestiegen. Aber wo er den Schlüssel für das Schließfach gelassen hatte, keine Ahnung – vermutlich in einer Schublade seines Arbeitszimmers in dem Landhaus, das inzwischen neue Bewohner hatte. Also hatte Bram während seiner Reisevorbereitungen von Tel Aviv aus bei der Bank angerufen und von einem Bankangestellten die Auskunft erhalten, dass man das Schließfach öffnen lassen könne, es koste drei- bis vierhundert Dollar, da ein Fachmann die Schließfachtür aufbrechen müsse.

Bram vereinbarte jetzt, dass das am 20. Dezember in seinem Beisein geschehen sollte. Er war noch zweimal bei Pressers Tochter Anne eingeladen, und binnen weniger Tage hatte sich sein Körper dem Rhythmus der amerikanischen Westküste angepasst.

Am 19. Dezember durfte er um neun Uhr morgens mit Presser in dessen Challenger nach New York mitfliegen: Er wolle einige alte Bekannte in Manhattan besuchen. Presser würde am einundzwanzigsten nach Los Angeles zurückfliegen, Bram würde nach Tel Aviv weiterreisen. Die Challenger war Pressers Privatjet, eine komfortable, zweimotorige Maschine mit Ledersesseln und zwei Bettsofas, Holztischen, die glänzten wie frisch polierte Konzertflügel, und einem großen Fernsehschirm.

Presser brachte ihn zu seinem Hotel in der East 63rd, mitten durch den dicksten Verkehr mit heulenden Sirenen von Feuerwehrfahrzeugen und Tausenden wütender Hupen, die zwischen den Häuserblocks widerhallten. Weihnachten stand vor der Tür, und die Stadt funkelte und strahlte von Millionen Lichtern, Kristallengelchen und roten und grünen Schleifen. Bram konnte im Hotel bleiben, so lange er wollte, und auch Roomservice, Restaurant, Taxifahrten gingen auf Pressers Rechnung. Im eisigen Wind vor dem Hotel nahmen sie, beide in dünner kalifornischer Bekleidung, mit einer Umarmung Abschied. In Brams Zimmer im dreiundzwanzigsten Stock – eine Primzahl – lag in einem Kuvert eine schwarze Mastercard von ›Saks Fifth Avenue‹ mit einem handgeschriebenen Brief von Presser: »Lieber Abe, mach mir die Freude und kauf den Laden leer. Die Karte ist nicht limitiert. Dein Freund Steven.«

Saks hatte bis in den späten Abend geöffnet, und in jeder Etage beugten sich gepflegt gekleidete Käufer über Kaschmirjacken, Platinmanschettenknöpfe, Wedgewood-Frühstücksteller. Bram legte sich einen schwarzen Wintermantel, schwarze Wanderschuhe, schwarze Handschuhe und eine schwarze Krawatte zu, alles sorgfältig verpackt in das schmucke Weihnachtsgeschenkpapier von Saks.

Am nächsten Morgen spazierte er durch den südlichen Abschnitt des Central Park zum Broadway und kaufte in einem Laden für Sport- und Campingartikel die gleiche schwere Maglite-Taschenlampe, wie er sie für das Haus in Princeton gekauft hatte, ein Schweizermesser, eine Rolle Schnur und einen massiven Baseballschläger. Danach benutzte er die Kreditkarte von Saks, um sich bei einer Autovermietung in der West 54th einen Honda Civic zu besorgen. Um halb vier hatte er den Termin bei der Bank in Princeton.

2

In Tel Aviv hatte Bram nach seiner Rückkehr aus Amerika zwei Jahre lang »Erkenntnisse, die neben den Fakten aufblühen konnten« – wie er es für sich umschrieben hatte – gesammelt. Er hatte von der Nachbarin aus Wohnung 404 des Apartmentgebäudes, in dem er mit seinem Vater wohnte, einen engen Abstellraum im Erdgeschoss gemietet, in dem er eine superschnelle Internetverbindung installieren ließ, einen Apple und einen kleinen Kühlschrank mit Wasser, Wodka, Erfrischungsgetränken anschloss und große Pinnwände aufhängte. Sieben Pinnwände. Für sieben verschiedene Theorien.

Seinem Vater gegenüber hatte er in der ganzen Zeit, da er dort seine Nächte zubrachte, nie ein Sterbenswörtchen über seine nächtlichen Aktivitäten fallenlassen. Der Abstellraum war sein kleiner Tempel.

Sieben Pinnwände à fünfzig mal fünfzig Zentimeter, voller Kärtchen und Notizen, Ausdrucke, Pläne, Fotos.

Pinnwand eins: Weggelaufen, an irgendeine Straße gekommen, von Pädophilem mitgenommen, dann umgebracht?

Pinnwand zwei: Weggelaufen und an irgendeiner Straße von PKW oder LKW angefahren – Leiche von panischem Fahrer irgendwo rausgeworfen?

Pinnwand drei: Weggelaufen und ertrunken?

Vier (Variante von eins): Gezielt von Pädophilem mitgenommen und umgebracht?

Fünf: Von Pädophilem mitgenommen und verkauft?

Sechs: Von professionellem Kinderhändler mitgenommen und an kinderloses Ehepaar verkauft?

Sieben: Mitgenommen, Motiv unbekannt, Geld?

Für B.s Verschwinden gab es zwei klare Ausgangsmuster: Er war von sich aus weggelaufen, oder er war von jemandem mitgenommen worden. Das waren zwei Konzepte mit verschiedenen Aspekten.

Beim Weglaufmodell war die entscheidende Frage, ob B. imstande gewesen sein konnte, in den wenigen Minuten, die das Telefongespräch mit Balin gedauert hatte, den Wald am Haus hinter sich zu lassen. Bram hatte das immer bezweifelt. Genauso wenig konnte er sich vorstellen, dass B. nicht auf sein Rufen und Schreien reagiert hätte, obgleich er einräumen musste, dass B. vermutlich an einer leichten Form von Epilepsie oder zumindest einer Art Absencen gelitten hatte, die ihn für äußere Reize unempfänglich machten. Der Wald rund um das große Haus war von der Polizei zweimal durchgekämmt worden, mit Spürhunden, und man hatte das Kind nicht gefunden.

Bram selbst hatte nach der Entdeckung, dass B. nicht mehr im Wohnzimmer war, den gravierenden Fehler gemacht, sich zunächst auf das Haus zu konzentrieren. Er hätte sofort nach draußen gehen und brüllen müssen. Das hatte er nicht getan, weil er befürchtete, das Kind sei erneut bei dem Loch in einem der Mansardenzimmer. Er hatte sich also durch einen vorhergehenden Zwischenfall an jenem

234

Nachmittag fehlleiten lassen und dadurch wertvolle Zeit verloren.

Bram war davon überzeugt, dass er das Kind hätte retten können – und das galt für beide Grundmuster –, wenn er gleich nach draußen gerannt wäre. Das warf er sich vor.

Er hatte einen Grundriss von Haus und Wald über dem Apple an der Wand befestigt, und daneben Landkarten von der Region und vom Staat New Jersey. Die Zahl der Varianten zu den sieben auf den beiden Grundkonzepten basierenden Modellen war schwindelerregend, doch die eherne Logik der Ausgangssituation lautete: Er hätte sofort draußen suchen müssen, anstatt drinnen zu bleiben und im Dachgeschoss bei dem Loch im Fußboden nachzusehen.

Am dritten Tag nach B.s Verschwinden, kurz bevor Taucher zur Suche in den Fluss geschickt wurden, eine Aktion, die den Staat Tausende von Dollar kosten würde, war Bram im Polizeirevier vernommen worden. Einer der Hunde hatte am Fluss eine Fährte aufgenommen, aber Bram gab zu Protokoll, dass er zwei Wochen vorher mit B. im Wald spazieren gewesen war und sie an ebendieser Stelle am Fluss gestanden hatten. Auch nach all den Jahren fühlte er noch die Scham, die er bei dieser Vernehmung empfunden hatte – gar nicht mal so sehr, weil man ihn absurderweise verdächtigte, sondern weil er mit seinem persönlichen Versagen konfrontiert wurde. Ein Anruf. Draußen gestanden. Schöner Abend. Alter Bekannter rief an. Jitzchak Balin. Kandidat für das Amt des israelischen Außenministers.

Während der Nächte unten im Abstellraum in Tel Aviv waren Bram immer größere Zweifel am Weglaufkonzept gekommen. Er konnte sich nicht vorstellen, dass sich B. aus eigenem Antrieb vom Haus entfernt hatte. Gut, B. war unternehmungslustig und hatte eine lebhafte Phantasie, aber er war auch ein Kind, das lieber in der Nähe seiner Eltern blieb. Der Schlüssel musste in Hendrikus' Verletzungen liegen. Bram war zu der Überzeugung gelangt, dass das Tier blutig getreten worden war. Wochenlang hatte er sich gefragt, ob Hendrikus vielleicht angefahren worden war, hatte Tierärzte konsultiert und bedauert, dass er nicht gleich Fotos von den Verletzungen des Tiers gemacht hatte. Er hatte an vieles nicht gedacht, als es passierte. Mit jedem der sieben Modelle hatte er sich eingehend befasst, aber Theorie vier, fünf, sechs und sieben schienen am ehesten Aufschluss geben zu können.

Wenn sein Vater oben in ihrer Wohnung im Tiefschlaf lag und die Stadt unendlich fern schien, ein Labyrinth verschlossener Gebäude in bleierner südländischer Nacht, still und reglos wie ein Mausoleum, war der Abstellraum hell erleuchtet. Auf dem Apple sah Bram sich Fotos von dem Haus in Princeton an. Die Mappe mit den Unterlagen vom Hauskauf hatte er in den Umzugskartons gefunden, die per Schiffscontainer nach Tel Aviv zurückgeschickt worden waren – Rachel und er hatten bei der Eheschließung Gütergemeinschaft vereinbart, so dass Rachel während seiner langen Abwesenheit die Entscheidungsbefugnis gehabt und das Haus verkauft und ausgeräumt hatte. Warum hatte sie ihm Spielzeug und Kleidung von B. gelassen? Bram war nicht so gestört, dass er sich das dauernd angesehen hätte, aber es tat ihm gut, zu wissen, dass alles, was mit B. zu tun gehabt, was B. am Körper getragen und womit er gespielt hatte – Waffen, viele Waffen –, nicht einfach weggeworfen worden und in einem Müllcontainer gelandet war. Bram bewahrte das Ganze in nicht weniger als sechs stattlichen Kartons auf, die Rachel an Hartogs Adresse in Tel Aviv geschickt hatte, damit Bram, wenn er wieder auftauchte, bis in alle Ewigkeit an den Verlust erinnert wurde; sie musste gewusst haben, dass er sich nicht davon würde trennen können. Es war ein Versuch, ihn in den Wahnsinn zu treiben. Aber das wäre gar nicht nötig gewesen – der Wahnsinn hatte für ihn schon keine Geheimnisse mehr gehabt.

Bram schaute nie in die Kartons hinein – das war ihm einfach unmöglich. Sie taten ihm weh, sicherlich, aber sie hielten auch das Bewusstsein lebendig, dass B. wirklich einige Jahre auf dieser Erde gewesen und keine verblassende Abstraktion war. Die Kartons konnte Bram ertragen. Fotos von B. waren tabu. Mit der Sinnlosigkeit von B.s Verschwinden konnte Bram nicht leben – wie der erste Mensch nicht mit der blinden Sinnlosigkeit des Kosmos leben konnte und daher notgedrungen, um nicht dem Wahnsinn zu verfallen, einen Gott erfand und zu beten begann. Statt zu beten, hatte Bram sich an den Apple gesetzt – in der felsenfesten Überzeugung, dass er eines Tages herausfinden würde, was am 28. 8. 2008 um 18.18 Uhr in 282 Goodhill Road geschehen war. Es gab unzählige Menschen, die ihre Abend- und Nachtstunden mit On- und Offline-Spielen vertaten – er investierte sie in einen heiligen Feldzug.

Er hatte die Wetterbedingungen an jenem Tag studiert – nicht einfach nur die Temperatur, sondern auch den Luftdruck, die Schwankungen im Laufe des Tages. Er wusste genau, wie die Sonne gestanden hatte, wo sich die Büsche, Bäume und sonstigen Gewächse im Garten und im umliegenden Wald befanden, und kannte die Bodenbeschaffenheit. Er wusste alles über das Haus, mehr als zu der Zeit, da sie dort biwakiert hatten: welche Materialien verwendet, welche Anbauten vorgenommen worden, wer die früheren Bewohner gewesen waren. Hunderte Male war er in Gedanken zu jenem Nachmittag zurückgekehrt. Zwei Männer, die in dem Haus gewohnt hatten, waren im amerikanischen Bürgerkrieg gefallen, und ein anderer war später im Vietnamkrieg verwundet worden. Kinder hatten dort, soweit aus dem Archivmaterial zu schließen, eine sichere Kindheit gehabt.

Bram hatte die Polizeiakte angefordert. Daraus ging klar hervor, dass die mit dem Fall befassten Beamten aufgrund der Fährte am Fluss jenseits des Waldes zu dem Schluss gelangt waren, dass das Kind dort ertrunken war. Auch hatte man mit Hunden Hendrikus' Blutspur verfolgt, doch die endete irgendwo mitten im Wald, als hätte das Tier dort spontan zu bluten begonnen. Die Entführung durch einen Angehörigen – die häufigste Variante, oft Folge einer schmerzlichen Scheidung – hatte man ausgeschlossen. Bram war als Verdächtiger in Frage gekommen – es gab eine Liste, die bei solchen Ermittlungen abgearbeitet wurde, und die Untersuchung des Verhaltens von Vater und Mutter war dabei fester Bestandteil –, und er hatte sich in ein ungünstiges Licht gesetzt, als er kurz vor Rachels Rückkehr nach Princeton die Stadt verlassen hatte. Weil er verschwunden war, hatte Rachel die Polizei eingeschaltet, und man hatte ihn zehn Tage später in Maryland verhaftet und einen Tag festgehalten. Er wusste, dass das geschehen war, konnte sich aber seltsamerweise überhaupt nicht daran erinnern – wie irre war er damals schon gewesen? Man hatte ihn aber wieder gehen lassen, auf Rachels Fürsprache hin, wie er der Akte entnommen hatte. Rachel hasste ihn zwar, wusste aber, dass er B. nicht absichtlich aus den Augen gelassen hatte. Rechtlich gesehen war er unschuldig, aber nach Rachels – und seinen eigenen – Maßstäben war er so schuldig, wie es ein Mensch nur sein konnte.

Er hatte Zugang zu Online-Archiven erhalten, konnte Statistiken einsehen, Namen, Umstände. Jedes Jahr wurden anderthalb Millionen Kinder als vermisst gemeldet. Die meisten kamen wohlbehalten zurück, innerhalb von vierundzwanzig Stunden. Das waren die jugendlichen Ausreißer und die Kinder, die im Zusammenhang mit einer Scheidung oder familiären Streitigkeiten von Angehörigen mitgenommen worden waren. Auf sechzigtausend belief sich die Zahl der Kinder, die von Nichtfamilienangehörigen gekidnappt wurden. Die Hälfte dieser Kinder wurde sexuell missbraucht, dreißigtausend also, das hieß, so etwas geschah achtzig Kindern pro Tag. Und jedes Jahr blieben ein paar hundert Kinder für immer verschwunden. Das waren die Vermisstenfälle, die Familien zerstörten.

Gelegentlich fand Bram ein vernachlässigtes Detail, das ihn bestärkte. Wieder und wieder las er die Ermittlungsakten, analysierte die Umstände, schickte Anfragen an Archive, in denen die Unterlagen zu weiteren Fällen aufbewahrt wurden. Dann und wann trank er ein Gläschen Wodka, während er auf den Monitor des Apple und die Karten an der Wand starrte und Notizen machte, Tausende.

Achtzehn Monate nachdem sein Vater ihn nach Tel Aviv zurückgeholt hatte, hatte Bram die Staatsanwaltschaft in Edmonton, Canada, um Auskünfte über John O'Connor, den Bauunternehmer, ersucht.

O'Connor war ein alter irischer Name, der auf den vermutlich 971 gestorbenen Kriegsherrn Conor oder Concovar zurückging. Von ihm stammten also alle O'Connors ab. Concovar war keltisch und bedeutete so etwas wie der Mächtige, der Führer.

Bram hatte nämlich herausgefunden, dass John O'Connor mit siebzehn aus Edmonton im kanadischen Alberta nach Boston umgezogen war. Das hatte niemand untersucht. Und John O'Connor war damals in Princeton der letzte Besucher gewesen. Er war mit ins Haus gegangen und hatte mitbekommen, wie Bram, nachdem er bemerkt hatte, dass die Tür zum Flur offen stand und B. weg war, ins Dachgeschoss gerannt war.

Auch zwei kanadischen Organisationen von Eltern vermisster Kinder, sogenannten »Megan's-Law-Gruppen«, und einer kleinen Gruppe in Edmonton hatte Bram gemailt. Im Internet war zwar vieles zu finden, aber an personenbezogene Daten aus offiziellen Datenbanken kam man schwer heran, weil dort zahllose datenschutzrechtliche Bestimmungen eingehalten werden mussten. Behörden konnten oft in Datenbanken hineinspazieren, als handelte es sich um Supermärkte, aber Privatmenschen wie Bram stießen da auf unüberwindliche Barrieren.

John O'Connor genoss als Bauunternehmer einen guten Ruf. Er war ja auch immer zuvorkommend und verlässlich gewesen. Aber Bram fand es trotzdem sonderbar, dass nie jemand untersucht hatte, was er bis zu seinem siebzehnten Lebensjahr in Kanada gemacht hatte.

Bram hatte nicht gewusst, ob seine formelle Anfrage und die E-Mails etwas bringen würden – aber er hatte so ein Gefühl gehabt, und das hatte ihm wochenlang den Schlaf geraubt.

3

Ein Angestellter begleitete Bram ins Souterrain der Bank, eine Marmortreppe hinunter, durch ein klassisches Stahlgitter, in einen großen, gleichmäßig ausgeleuchteten Raum, dessen Wände Hunderte von Schließfächern einnahmen. Nummer 817, keine besondere Zahl, obwohl die Summe der Ziffern zwei mal acht ergab. Während Bram und der junge Bankangestellte, ein Latino in dreiteiligem Nadelstreifenanzug, schweigend zuschauten, bohrte ein Schlosser ein Loch in die Schließfachtür, alles in allem eine Sache von vielleicht sechs Minuten. Nachdem der Schlosser und der Bankangestellte den Raum verlassen hatten, zog Bram das Kästchen aus dem geöffneten Schließfach und steckte es in eine Plastiktragetasche.

Der Honda Civic, den er gemietet hatte, war eines der meistverkauften Autos im Land, unauffällig, silbergrau. Er fuhr damit zu dem Haus, in dem John O'Connor wohnte.

Es stand etwa drei Meilen beziehungsweise gut fünf Kilometer Luftlinie von ihrem früheren Landhaus entfernt: ein weiß gestrichenes Einfamilienhaus mit einem mehrere Hektar großen Garten. Genau wie Makler wussten auch Bauunternehmer, wo die Schnäppchen zu holen waren, die renovierungsbedürftigen Häuser alter Leute, die nicht mehr lange zu leben hatten oder ihren Besitz für einen Platz im

Pflegeheim aufgaben. Es sah ganz so aus, als hätte auch O'Connor seine Schäfchen ins Trockene gebracht.

Am Ende einer etwa sechzig Meter langen Auffahrt erhob sich der weiße Kubus mit neuem, grauem Dach, neuen Fenstern und makellosem Anstrich, bereit für den *flip*, wie man das hier nannte: günstig kaufen, aufmöbeln und schnell wieder verkaufen. Bram fuhr zweimal daran vorüber und kehrte in die Stadt zurück.

In einem Internetladen loggte er sich bei seinem Apple in Tel Aviv ein und sah sich noch einmal die Route an, die er zu Fuß gehen musste, wenn er den Honda auf dem Parkplatz eines Einkaufszentrums in der Nähe des Hauses abgestellt hatte.

Essen konnte er nichts mehr, dazu war die innere Anspannung zu groß, er trank nur etwas Wasser und fuhr dann bei Einsetzen der Dunkelheit zum Einkaufszentrum, einem U-förmigen Konglomerat von Supermärkten und Kaufhäusern an einer belebten Durchgangsstraße, scheinbar willkürlich inmitten der Wälder vor den Toren der Stadt hochgezogen. Nachdem er den Wagen abgeschlossen hatte, schlenderte er an den weihnachtlich buntgeschmückten Geschäften entlang und ließ sich mit frommen Liedern beschallen. Am Rande des Geländes endete der Lichterglanz, und da Straßen und Wege wie fast überall in diesem großen Land trotz aller Verschwendungssucht nur spärlich beleuchtet waren, setzte dort sofort die Dunkelheit ein.

Bram holte die Sachen aus dem Auto und schlug den vom Einkaufszentrum in den Wald führenden breiten Weg ein, der auch als Reiterpfad diente. Er verlief parallel zur Durchgangsstraße, etwa zwanzig Meter von dort entfernt, hinter winterlich kahlen Bäumen und Büschen, die gerade so viel Deckung boten, dass er von der Straße aus nicht zu sehen war.

In den zurückliegenden Wochen war er diesen Weg täglich in seiner Vorstellung gegangen, und dessen tatsächlicher Verlauf entsprach in etwa den Linien, die er auf seinem Computer gesehen hatte, obwohl die Bilder von Google einige Jahre alt waren.

Um acht nach sieben erreichte er das Haus. Hinter keinem der Fenster brannte Licht. Die Hauswände waren mit Kunststoff verkleidet, wie er jetzt aus der Nähe sah, *vinyl siding*, eine preiswerte Standardmethode zur Isolierung der Holzwände gegen Witterungseinflüsse – er hatte mal mit O'Connor darüber gesprochen, es gab dieses Material in vielen Farben und Sorten, mit oder ohne Holzmaserung, aber auch mit Ziegelsteinprofil.

Es hätte keinen großen Unterschied gemacht, wenn O'Connor zu Hause gewesen wäre. Dann, hatte sich Bram vorgenommen, hätte er geklingelt und O'Connor die 9-mm-Pistole an den Kopf gesetzt. Wie oft hatte er das nicht schon in Filmen gesehen. Notfalls hätte er sofort geschossen. Nachdem Rachel ihm die Kel-Tec vor zehn Jahren geschenkt hatte, hatte er sie ein paarmal auf einem Schießstand abgefeuert – in der Armee hatte er gelernt, was Schießübungen wert waren. Seither war die kleine, kompakte Waffe nicht mehr benutzt worden – er hatte sie nur bei diesem versuchten Überfall in Tel Aviv einmal gezückt, der ihn, wie ihm jetzt wieder einfiel, dazu veranlasst hatte, sich für Princeton zu entscheiden –, und es wäre zu riskant gewesen, ihre Funktionstüchtigkeit zuvor noch irgendwo hier im Wald zu testen. Die Kel-Tec hatte einen schwarzen Kunststoffgriff und einen bläulichen Metallrahmen. Ihr Mechanismus entsprach dem einer Ruger oder Glock. Zehn Schuss.

Nach dem Besuch bei der Bank hatte er, während er im Auto saß, das Kästchen geöffnet und die Waffe aus der Hülle genommen. Sie roch immer noch nach Öl. Er hatte das Magazin herausgenommen und die Waffe wieder geladen, nachdem er die Patronen überprüft und mit einem Tuch geputzt hatte. Wenn er feuerte, musste er die Pistole mit beiden Händen festhalten. Der Rückstoß war größer, als man es bei so einer kleinen Waffe vermutet hätte.

Er würde in dieser kalten Nacht im Schatten des Hauses auf O'Connor warten. Weiterzuleben, ohne dem Bedürfnis nach Vergeltung nachgegeben zu haben, war unmöglich, egal, welche Konsequenzen es haben mochte. Man würde ihn des Mordes für schuldig befinden, und auch wenn er dafür lebenslang bekam – er war davon überzeugt, dass die Geschworenen Nachsicht haben würden, denn mit seiner Tat gehorchte er einer der tiefsten Wahrheiten der Menschheit –, würde er das akzeptieren.

Er wusste auch, was passiert wäre, wenn er der Polizei einen Tipp gegeben hätte: Am 14. Dezember 2007, vor fünf Jahren, hatte New Jersey die Todesstrafe abgeschafft. Dabei war dies der Staat, der nach der Ermordung der siebenjährigen Megan Kanka durch ihren Nachbarn Jesse Timmendequas, einen vorbestraften Vergewaltiger, der anonym in einem kinderreichen Viertel lebte, das sogenannte »Megan's Law« eingeführt hatte. Sexualverbrecher waren nämlich nach Verbüßung ihrer Strafe einfach freigelassen worden und konnten wohnen, wo sie wollten, ohne dass irgendwer von ihren Neigungen wusste. »Megan's Law« machte dem ein Ende. Über straffällig gewordene Pädophile wurde nun Buch geführt, so dass man nach ihrer Freilassung wusste, wo sie sich aufhielten.

Nach der Abschaffung der Todesstrafe war Timmendequas' Urteil in lebenslänglich umgewandelt worden – O'Connor würde das Gleiche bekommen und damit die Möglichkeit haben, auf seinem iPod Mozart zu hören und in der Gefängnisbibliothek Kunstbücher mit Abbildungen von Degas und Vermeer anzusehen. B. würde diese Chance nie mehr haben, und weil O'Connor B. gewaltsam um seine Zukunft gebracht hatte, musste Bram O'Connor um seine Zukunft bringen, damit das Gleichgewicht im Kosmos wiederhergestellt war. Es spielte keine Rolle, ob O'Connor mit seiner Perversion auf die Welt gekommen war – vermutlich war es so, denn er hatte sich schon mit sechzehn von sechsjährigen Jungen befriedigen lassen – und sein Trieb naturgegeben und nicht willentlich steuerbar war. O'Connor war ein Ungeheuer, das eine Spur der Verwüstung gezogen hatte. Damit musste Schluss sein.

In Tel Aviv hatte Bram sich hin und wieder in Google Earth oder Live Local zu dem inzwischen restaurierten Schieferdach und dem prachtvollen Garten in Princeton geklickt – als er vor zwei Jahren zum ersten Mal danach gesucht hatte, hatte dort eine junge Familie gewohnt, Akademiker, die während ihres Studiums ein Softwareprogramm entwickelt und für ein Vermögen an Microsoft verkauft hatten. Beide Hochschullehrer. Drei Kinder. Großer Zaun rund ums Grundstück. Sicherheitskameras auf den Dachsimsen. Drei Autos, alle drei Hybridmodelle. Im Netz ließ sich vieles finden, vorausgesetzt, man wusste, wo man es zu suchen hatte. Aber amtliche Archive blieben verschlossen.

Viel Zeit verloren hatte er mit der Liste der Geschwindigkeitsübertretungen, die am 28. August im Umkreis von zehn Meilen um das Haus begangen worden waren. Er hatte fünf Monate dafür gebraucht, alle diese Verkehrssünder zu checken – praktisch die Hälfte des Jahres 2012, von dem er sich aufgrund dieser Zahl viel erwartet hatte. Er hatte gehofft, dass am 28. August dieses Jahres um 2.28 Uhr – er hatte im Abstellraum bereitgesessen – irgendwie sichtbar werden würde, wie das Ganze definitiv abgelaufen war, so als würde Gott persönlich eingreifen, doch es hatte sich nichts getan. Er hatte jemanden für einen Code zum Einloggen in die Site des *Department of Motor Vehicles* bezahlt, von der er sich die Liste ausgedruckt hatte. Zehn Meilen war ein recht willkürlicher Abstand, aber er beruhte auf der Überlegung, dass ein möglicher Kidnapper schnell gefahren war, um möglichst rasch wegzukommen.

Ein großer Kreis also, mit einem Durchmesser von umgerechnet mehr als dreißig Kilometern, der Princeton und Dutzende von Vororten und kleinen Randgemeinden einschloss. Vierhundertneunzehn Strafzettel waren an jenem Tag geschrieben worden, hundertdrei der Übeltäter waren automatisch geblitzt worden. Frauen schieden aus. Die Namen von drei Männern hatte Bram auf den Sites von Nachbarschaftsgruppen wiedergefunden, die das Umzugsverhalten von Pädophilen beobachteten. Mit diesen dreien, deren Konterfeis er sich ausgedruckt und an die Pinnwand gehängt hatte, hatte er sich lange befasst, doch ihre Fahrtrouten am 28. August 2008 hatten sie nicht in die unmittelbare Nähe des Hauses geführt. Gänzlich abgeschrieben waren sie freilich nicht; er hatte sie in einer separaten Datei gespeichert und klickte von Zeit zu Zeit ihre Namen an, um zu sehen, ob es Berichte über neue Verbrechen gab.

John O'Connor.

Die Polizei hatte mit O'Connor gesprochen, so wie jeder Mann, der in den vorhergehenden Monaten im Haus gewesen war, eine Unterredung mit einem Ermittler gehabt hatte – meistens telefonisch. Wer nicht vorbestraft und wegen sexuellen Missbrauchs vorbelastet war, wurde praktisch sofort von der Liste gestrichen. Auch John – da nicht vorbestraft. Ein großer, gutmütig wirkender Mann, der zu heftigem Schwitzen neigte, zumindest an jenem Tag. Bram war lange Zeit nichts Absonderliches an John aufgefallen, er war nur ein Name in seiner Akte gewesen, ein zuverlässiger Bauunternehmer – eine Contradictio in terminis –, der sich an Vereinbarungen und Kostenvoranschläge hielt. Was war so ungewöhnlich daran, dass er 1967 in Edmonton, Kanada, geboren und 1984, mit siebzehn, nach Boston umgezogen war? Ungewöhnlich war, dass Bram dieses kleine, aber feine Detail in seiner Akte nicht längst berücksichtigt hatte. Er hatte in Zeitungsarchiven im Internet nur nach etwaigen Verfehlungen John O'Connors in Boston und Umgebung gesucht, und zwar zwischen 1984 und 1995, als John sich als Bauunternehmer in Princeton niederließ. John war nicht verheiratet, und er war dabei gewesen, als Bram panisch durchs Haus gerannt war, um B. zu finden.

Nachdem Bram seinen Sohn im Dachgeschoss von dem Loch im Fußboden weggeführt hatte, fand er John mit einer von B.s Spielzeugpistolen vor dem Fernseher stehend, den gestreckten Arm auf eine der Zeichentrickfiguren gerichtet.

»Sorry, John«, entschuldigte sich Bram, B. auf seinem Arm dicht an sich gedrückt.

»Luger«, sagte B.

»Das ist eine Luger«, wiederholte Bram, in der Annahme, dass John den Pistolentyp nicht kannte.

»Kannst du behalten«, sagte B. Er strampelte wild, um sich seinem Vater zu entwinden, und Bram setzte ihn ab.

John drehte sich zu ihnen um und ermahnte B.: »Dein Vater hat sich Sorgen gemacht, du darfst wirklich nicht dorthin.«

B.ging zu John und studierte die Pistole.

»Damit kannst du auch Würmer totschießen.«

»Meinst du wirklich?«

»Ja, große Würmer. Mit einer Luger geht das«, sagte B. »Kannst du behalten.«

»Du hörst es, John. Du darfst die Pistole behalten, darauf kannst du dir was einbilden.«

John hatte gelacht: »Okay. Ich fühle mich jetzt schon viel sicherer.«

Als Bram fast vier Jahre nach B.s Verschwinden O'Connors Personalien überprüft hatte, war dieser nach wie vor nicht verheiratet und nach wie vor Bauunternehmer gewesen. Im gleichen Zeitraum waren in der Region einschließlich B. drei Jungen verschwunden. Einen davon hatte man wiedergefunden. Missbraucht. Umgebracht. Nichts deutete darauf hin, dass John O'Connor ein Kindermörder war, aber Bram musste ihn überprüfen, vorher konnte er sich auf nichts anderes konzentrieren. Ein langwieriges Unterfangen, aber Bram glaubte, dass er es irgendwann zu Ende führen würde.

Nach zehn Tagen hatte er zwei Antworten auf die Mails bekommen, die er nach Kanada geschickt hatte, zwei E-Mails von einer Megan's-Law-Gruppe in Edmonton, die die Pädophilen dort im Auge behielt. Das war Ende September 2012 gewesen.

In der ersten Mail teilte man ihm mit, dass man den bewussten John O'Connor, geboren 2-11-1967, ausfindig gemacht habe. Er habe ein *juvenile file*. John hatte also in jungen Jahren etwas ausgefressen, das polizeiliche Ermittlungen nach sich gezogen hatte. Doch die dazugehörige Akte war nicht zugänglich. Auf Johns Antrag hin – ein Verfahren, das einfach und relativ gängig war – hatte man die Akte *gesealed*. Bram wusste inzwischen, dass es somit unmöglich sein würde, Einblick in die Akte zu erhalten, es sei denn, er konnte irgendwen bestechen. Aber er hatte in Edmonton keine Kontakte.

Ob John...? War die Lösung all die Jahre so nah gewesen? Bram hatte noch einmal alle Ausdrucke der Akte, die er selbst über John angelegt hatte, durchgesehen. Wenn er hier auf dem richtigen Weg war, musste er der Wahrheit näherkommen können. Der Wahrheit – die ihn trösten konnte.

Bei der zweiten Mail war ihm fast das Herz stehengeblieben.

Er las: »Sehr geehrter Herr Mannheim, wir haben in unseren Akten und Zeitungsarchiven nachgeforscht und sind uns so gut wie sicher, dass es ebendieser John O'Connor war, der mit sechzehn in Edmonton als ehrenamtlicher Mitarbeiter in einem *summer camp* sechsjährige Jungen sexuell misshandelt hat. Der Fall hat im Sommer 1984 großes Aufsehen erregt. Hundertprozentige Sicherheit besteht allerdings noch nicht, so dass wir Sie ersuchen möchten, nicht vorschnell die Schlussfolgerung zu ziehen, dieser O'Connor sei der Mann, nach dem Sie sich erkundigt haben. Wir werden Sie benachrichtigen, sowie wir weitere Informationen gesammelt haben. Gelegentlich lassen uns unsere Kontaktpersonen bei der Staatsanwaltschaft versehentlich Aktenkopien zugehen. Von derlei ›Versehen‹ machen wir gern Gebrauch. Wir halten Sie auf dem Laufenden.«

O'Connors Steuernummer hatte schließlich zur Offenlegung der Verbindungen geführt. Ein Mitglied einer echten Megan's-Law-Aktionsgruppe, die vorbestrafte Pädophile nach ihrer Entlassung überwachte, Mitarbeiterin des *Department of Revenu Services*, der Steuerbehörde in Connecticut, hatte Bram, obwohl das strafbar war, die Umsatzsteuerabrechnungen O'Connors durchgegeben. Damit hatte er eine vollständige Übersicht über O'Connors Bauprojekte und kleinere Arbeiten in Connecticut und New Jersey und konnte nach irrsinniger Geduldsarbeit anhand des Abgleichs der Adressen von O'Connors Auftraggebern mit den Adressenlisten von misshandelten, vermissten und ermordeten Kindern die Zusammenhänge herstellen.

Es ging um kleine Jungen. Fünf, sechs, sieben Jahre alt. O'Connor hatte zwischen 1984 und 1995, als er in Boston wohnte, und zwischen 1995 und 2012 in Princeton für neunzehn Familien gearbeitet, die später – im Durchschnitt rund ein Jahr nach Beendigung von O'Connors Arbeiten, Brams Kind war eine Ausnahme – von einem Vermissten- oder Vergewaltigungsfall betroffen waren. Neunzehn von den fast dreihundertfünfzig Aufträgen. Fünf Jungen waren ermordet aufgefunden worden, zwölf sexuell misshandelt, zwei blieben vermisst, darunter Brams Kind. Es gab nur diese eine Verbindung zwischen all den Familien und Aufträgen. Bram war auch anderen Namen nachgegangen, hatte seine Theorie begraben und an anderer Stelle gesucht und gesammelt – wochenlang im Abstellraum, fiebrig, krank vor Anspannung und Angst und Schmerz. Aber es war kein anderer Schluss möglich gewesen. Warum hatte man das nicht gleich untersucht? Weil die Datenbanken der Steuerbehörde nicht mit denen der Polizei oder denen von Namen vermisster Kinder gekoppelt waren. Bram hatte mühsame Kleinarbeit verrichtet, von Hand, hatte jeden Auftrag O'Connors überprüft, immer wieder, bis er sich sicher gewesen war, wer sein Kind hatte verschwinden lassen.

Um drei nach acht bog ein großer Dual Cab Pick-up in die Auffahrt von O'Connors Haus ein, und seine Scheinwerfer strichen über die Kunststoffwände. Bram wartete in einer Nische an der Hintertür, unweit der breiten Garage am Ende des Kieswegs. Es war naheliegend, dass O'Connor dort halten würde. Es war trocken, aber kalt, und obwohl Bram sich den Schal ums Gesicht gewickelt hatte, stieg kondensierte Atemluft aus seinem Mund auf. Er fühlte das Gewicht des Baseballschlägers in seinen Händen, die Beschleunigung seines Herzschlags, und er wusste, dass er dazu imstande war.

Er hörte, wie der schwere Motor abgestellt wurde. Die Scheinwerfer gingen aus. Eine Autotür wurde geöffnet, und O'Connors Stimme wurde laut.

»Natürlich, die Kacheln passen auch dort. Aber sie sind doppelt so teuer.« Die Tür fiel zu, und eine andere wurde geöffnet, vermutlich eine hintere.

Bram hörte eine Frauenstimme, O'Connor hatte den Lautsprecher seines Mobiltelefons angestellt: »Ich bezweifle, dass der Preis der Kacheln ein Problem darstellt, Herr O'Connor. Ich werde das mit meinem Mann besprechen, aber Sie können davon ausgehen, dass es die Kacheln mit den Blümchen sein sollen.«

»Ihr Wille ist mir Befehl, Frau Putnam. Wenn Sie andere Kacheln im Badezimmer möchten, bekommen Sie andere Kacheln.«

Bram schob sich ein paar Zentimeter aus seinem Versteck hervor und sah O'Connor in dem Licht, das aus dem Innern des Pick-up fiel, ein beleibter Mann mit unschuldigem Kindergesicht in einer dick wattierten Winterjacke, die ihn auch bei größter Eiseskälte warm halten würde. O'Connor hielt in der einen Hand sein Telefon und langte mit der anderen auf den Rücksitz, um eine große Einkaufstüte herauszunehmen. Er schlug die Tür mit dem Ellbogen zu, und das Licht ging aus. Seine Silhouette blieb jedoch sichtbar, eine dunkle Gestalt, die eine große Tüte zur Hintertür trug.

Mit wem telefonierte er? Würde Frau Putnam die Polizei verständigen, wenn das Gespräch plötzlich abbrach? Oder würde das Telefon anbleiben, wenn der Schlag durch O'Connors Leib fuhr?

»Vielleicht halte ich mich ja zu lange damit auf, aber diese Kacheln hat man schließlich jahrelang vor Augen, da können sie doch ruhig etwas kosten, meinen Sie nicht auch?«, sagte die Frau.

»Kommt in Ordnung, Frau Putnam. Ich bin morgen Nachmittag bei Ihnen.«

»Vielen Dank, schön, dass Sie gleich kommen.«

»Nichts zu danken«, sagte O'Connor.

Er stellte die Tüte auf dem Boden ab und beendete das Gespräch. Dann suchte er in seinen Taschen, fischte einen dicken Schlüsselbund heraus und schob den richtigen Schlüssel ins Schloss.

Während die Tür aufging, sprang ein greller Spot unter der Dachkante an und erleuchtete die gefliese Terrasse vor der Hintertür – offenbar war im Türrahmen ein Kontakt eingebaut, der aktiviert wurde, wenn die Tür geöffnet wurde. Für Bram war das riskant, denn er lief Gefahr, gesehen zu werden, wenn gerade jemand im Auto vorbeifuhr. Aber er konnte jetzt nicht mehr zurück.

Er trat drei Schritte vor und merkte, dass ihm schlecht wurde. Er war ganz wacklig auf den Beinen und hatte plötzlich keine Kraft mehr in den Muskeln.

O'Connor bückte sich, um seine Einkaufstüte hochzuheben. Als er sich aufrichtete, holte Bram aus – und wusste im selben Moment, dass der Schlag nicht hart genug war.

Der Baseballschläger traf die dicke Jacke, und es klang wie ein ins Wasser plumpsender Stein. O'Connor wankte nicht mal. Er versuchte, sich über seine wattierte Schulter umzusehen, ohne die Tüte dabei fallen zu lassen, und gab Bram dadurch die Gelegenheit, noch einmal auszuholen und zuzuschlagen.

Bram sah einen Moment lang O'Connors erschrockenen Blick und wusste, dass er jetzt seine eigenen Hemmungen überwinden musste. Das hier war der Mörder seines Kindes – ein unglaublicher, krank machender Gedanke. Er biss die Zähne zusammen, während seine gesamte Körperkraft in seine Arme schoss, und er war sich sicher, dass er jetzt die nötige Wucht in den Schläger legte.

Das Holz traf O'Connors Schulterblätter, und Bram meinte, etwas knacken zu hören.

Mit einem Ächzen wich die Luft aus O'Connors Lunge, und seine Atmung stockte. Er konnte sich noch eine Sekunde auf den Beinen halten, aber dann sackte er zusammen und fiel vornüber auf die Knie und die Tüte.

Einkäufe rollten heraus, Suppendosen, Kekspackungen, eine Packung Orangensaft, tiefgefrorene Fertiggerichte, glänzende Tüten *M&M's*. Der Anblick der Einkäufe – so menschlich, so alltäglich – lähmte Bram. Er hätte noch ein weiteres Mal zuschlagen müssen, aber er hatte nicht mehr die Kraft dazu.

Er ließ den Schläger fallen und zog die Kel-Tec aus der Tasche. Er hörte seine Stimme, durch den Schal gedämpft: »Kriech zur Garage. Wenn du aufstehst, knall ich dich ab.«

Hier sprach Professor Doktor Abraham Mannheim, einst Hochschullehrer und akademische Hoffnung, ein Mann mit Geschmack und Relativierungsvermögen, der Kunst und der Wissenschaft dienend – so weit hatte O'Connor ihn getrieben.

O'Connor stöhnte, bewegte die Beine wie ein strampelndes Baby und fing leise an zu weinen.

»Zur Garage«, zischte Bram, entsetzt, dass er Mitleid mit dem Mann hatte. »Kriechen. Und keine Dummheiten.«

»Meine Beine...«

O'Connor rang nach Atem, suchte Ruhe, Übersicht und Mitgefühl.

»Los, kriech!«

Unter angst- und schmerzerfüllten Lauten, die an Walfische erinnerten, einem langgezogenen, tierischen Wimmern, rappelte O'Connor sich auf.

Nicht wie ein Walfisch, sondern wie eine schwergewichtige Schildkröte bewegte er sich auf allen vieren, das breite Gesäß in der verschlissenen Jeans erhoben, schniefend wie ein kleines Kind über den Kies zur Seitentür der Garage. Bram ging neben ihm her, die Waffe auf O'Connors Kopf gerichtet, öffnete die Tür und suchte nach einem Lichtschalter.

Eine Leuchtstoffröhre sprang an. Die Garage war leer – O'Connor hatte auf der anderen Seite der Stadt ein Büro und eine Lagerhalle für Anhänger und Maschinen. Ungelenk schob sich der Mann über den sauberen Betonfußboden, ohne aufzuschauen, als befürchtete er, dass ein Blickkontakt Gewalt auslösen könnte.

»Stopp«, sagte Bram.

O'Connor ließ sich ächzend auf den Bauch fallen.

»Ich bin hier...«, sagte Bram und brach ab.

Ja, wozu war er hier? Um sich zu rächen. In der modernen menschlichen Gesellschaft war der Mensch um seine Rache gebracht worden. Aber er konnte nicht weiterleben, solange er nicht den Tod seines Kindes gerächt hatte. Das war ein Urgesetz.

»Wie viele Kinder hast du gehabt? Ich weiß von neunzehn. Wie viele sind es gewesen?«

O'Connor lag bäuchlings auf dem Boden. Wenn er ausatmete, keuchend und unter Schmerzen, wimmerte er leise.

»Du hast keine Wahl, O'Connor. Wie viele?«

Er sah, dass O'Connor den Kopf schüttelte.

»Wovon sprichst du?«, fragte er leise. »Ich... Ich weiß nichts von Kindern. Ich bin nicht verheiratet.«

Bram bedauerte, dass er den Baseballschläger draußen liegen gelassen hatte. Er musste diesen Mann zum Sprechen bringen, und das konnte er nur, wenn er ihn mit dem Schläger bearbeitete. Er erinnerte sich daran, dass man hier in

Princeton und in den Medien vor einigen Jahren über die Frage diskutiert hatte, ob man durch Folter jemals verwertbare Informationen herauspressen konnte. Aus humanen Erwägungen musste die Folter verboten werden. Aber was war in seiner Situation human? Dieser Mann war eine Bestie – und bevor er ihn tötete, wollte er ein Geständnis von ihm. Seltsame Anwandlung, dachte Bram, wieso will ich unbedingt, dass diese Bestie gesteht? Wieso habe ich ihn nicht gleich erschossen? Dann wäre ich jetzt schon auf dem Rückweg zum Wagen.

Er beugte sich über O'Connor und schlug ihm mit dem Griff der Kel-Tec auf das Schulterblatt, das schon den Baseballschläger zu spüren bekommen hatte. O'Connor schrie auf.

Von sich selbst angewidert, richtete Bram sich wieder auf – er hasste den Mann, der ihn zu solcher Grausamkeit zwang. Er eilte nach draußen, schnappte sich den Baseballschläger und war binnen zwei Sekunden zurück.

O'Connor hatte keinen Versuch unternommen, sich zu erheben. Vielleicht war sein Rückgrat beschädigt, aber durch die dicke Winterjacke, die seinen Oberkörper bedeckte, war nichts zu erkennen.

Bram hätte eigentlich sofort schießen und O'Connors Leben beenden sollen – aber das konnte er noch nicht. Der Hass war vorhanden, aber er war noch nicht wütend genug. Er brauchte noch Zeit, um sich dazu durchzuringen.

Er fragte: »Typen wie du, die haben doch Fotos, Videos, was weiß ich, wo sind die?«

O'Connor, keuchend, die Hände zu Fäusten geballt, rührte sich nicht.

Bram ließ den Schläger auf seinen Rücken niedergehen, gar nicht mal hart, aber jetzt schrie O'Connor zum ersten Mal lauthals.

Die nächsten Nachbarn wohnten zweihundert Meter weiter. Die Garagenwände und die Bäume und Büsche davor würden den Schrei dämpfen, wie Bram hoffte.

Er fragte noch einmal: »Wo sind die Fotos? Oder willst du den hier noch einmal zu spüren bekommen?«

»Nein«, wimmerte O'Connor. »Nein…«

Bram musste ein weiteres Mal zuschlagen, um glaubwürdig zu sein – er konnte nicht mehr zurück. Er musste das vollenden, aber es war furchtbar, jemanden so zu behandeln, selbst wenn es ein Schuft wie O'Connor war.

Also schlug er noch einmal mit dem Baseballschläger auf O'Connors Schulterblätter, härter als eben.

Der Mann schrie, sekundenlang, es kam tief aus seinen Eingeweiden.

»Halt's Maul!«, brüllte Bram.

O'Connor flennte und wimmerte in einem fort: »Nein – nein – nein – nein – nein…«

»Ich will das Zeug sehen, Fotos, Videos«, sagte Bram.

»Ich… Nein… Ich… Fach über meinem Bett.«

»Fach?«

»Safe…«

»Code?«

»Zwei zwei – vier vier.«

Bram brauchte keine Angst zu haben, dass der Mann ihm gefährlich werden würde, und steckte die Kel-Tec weg. Dann ging er in die Hocke, zog O'Connor unsanft die Arme nach hinten und band mit der Schnur seine Handgelenke zusammen. Mit den Händen auf dem Rücken lag der Mann jetzt hilflos auf dem Bauch.

Bram zog an der Schnur, dass O'Connor der Schmerz in die Glieder fuhr.

»Aufstehen«, befahl Bram.

Groß und stark, wie er war, hatte O'Connor ohne die Unterstützung seiner Arme nicht die Kraft, sich aufzurichten und blieb wimmernd und mit den Beinen strampelnd liegen. Bram stellte sich halb über ihn und zog ihn an den Oberarmen hoch, bis er kniete.

Er konnte O'Connors Gesicht jetzt gut sehen. Aus Schürfwunden, die er sich durch seine Bewegungen auf dem Garagenboden zugezogen hatte, war Blut gesickert, das von seinen Tränen über die Wangen verschmiert worden war. O'Connor hielt die Augen geschlossen, obwohl er jetzt die Gelegenheit gehabt hätte, Bram anzusehen.

»Steh auf«, sagte Bram.

Und er half O'Connor aufzustehen, fasste ihn unter den Ellbogen, mit den Händen, mit denen er nachher die Kugeln abfeuern würde, die das Leben dieser Bestie beenden würden – der Bestie, die jetzt ein hilfsbedürftiger Mensch war, ein Mitmensch, dessen man sich annehmen musste. Bram durfte nichts empfinden – es ging um sein Kind. Aber er begann daran zu zweifeln, dass er kaltblütig töten konnte.

O'Connor blieb schwankend stehen, mit schmerzverzerrtem Gesicht und zugekniffenen Augen, die Arme nach wie vor auf dem Rücken gefesselt.

»Zeig's mir«, sagte Bram. »Geh voran.«

O'Connor wankte mit kleinen Schritten zur Tür und steuerte auf den Hintereingang seines Hauses zu.

»Keine Dummheiten, John«, hörte Bram sich sagen. Er nahm wieder die Kel-Tec in die Hand.

Die Luft roch feucht, nach Regen oder Schnee. Am bewölkten Nachthimmel war kein Stern zu sehen. In der Ferne Geräusche von vorüberfahrenden Autos auf dem Weg zum Einkaufszentrum und den Weihnachtsgeschenken, aber hier auf dem Grundstück herrschte Ruhe.

Sie erreichten den Lichtkegel, den der Spot aus der Höhe auf die Terrasse warf, und O'Connor trat auf seine Einkäufe, eine Tüte M&M's platzte auf, und die bunten Schokoladenlinsen spritzten über die Fliesen.

»Kein Licht drinnen«, sagte Bram.

Er folgte dem schwerfällig gehenden Mann, die M&M's knirschten unter seinen Füßen, und betrat mit ihm die geräumige Küche mit Kochinsel und zweitürigem Kühlschrank. Die Spüle schimmerte im Schein der Außenlampe. Bram las die Displays an Herd und Mikrowelle: 8:14. Es roch nach Farbe, frischem Putz und geschliffenem Holz, den Gerüchen eines Hauses, das bereit war, eine Familie zu empfangen, in der Kinder aufwachsen und Geburtstage feiern würden, wo man Plätzchen aus dem Backofen ziehen und auf der Arbeitsplatte abkühlen lassen würde.

Der Durchgang zur hohen Eingangshalle war offen, eine breite Treppe wand sich zum Schlafgeschoss hinauf, es roch nach frischem Parkettlack.

Aber O'Connor ging geradeaus, entkräftet und mit gesenktem Kopf, betäubt von dem Wahnsinn, der sein Leben auf einmal in der Gewalt hatte.

»Wo gehst du hin?«, fragte Bram.

Eine leichte Kopfbewegung zu einer Tür: »Dahin.«

»Ich folge dir«, sagte Bram.

Die Außenlampe lag jetzt weit hinter ihnen, aber der Rasen, den er durchs Fenster sah, fing noch etwas Licht auf, durch irgendwelche komplexen Widerspiegelungen, deren Bahnen sein Vater auf der Rückseite einer Streichholzschachtel hätte berechnen können.

O'Connor drückte eine Tür auf und schob sich in einen Raum, der mit dickem Teppichboden ausgelegt war. Vermutlich war er als Arbeitszimmer konzipiert gewesen, aber O'Connor hatte ein Bett, Fernseher, DVD-Player und eine Stehlampe hineingestellt.

Bram ging an ihm vorbei zum Fenster und zog die Jalousien zu, Vertikallamellen, wie sie überall in Amerika Fenster verdunkelten. Dann knipste er die Lampe an.

»Setz dich aufs Bett«, sagte er.

O'Connor trat über die auf dem Boden liegenden Zeitschriften zum Bett und ließ sich darauf nieder, mit offenem Mund, als könne er so die Schmerzen in seinen gefesselten Armen ausatmen.

In der Wand neben dem Bett befand sich ein eingebauter Tresor mit Display, zwölf Zahlenfelder, Standardanordnung.

»Zwei zwei – vier vier?«, fragte Bram.

O'Connor nickte.

»Weißt du, wer ich bin?«

»Nein.«

»Ich habe in der Goodhill Road gewohnt.«

O'Connor sagte nichts.

»Du hast mein Kind entführt. Was hast du mit ihm gemacht?«

»Ich habe gar nichts gemacht«, sagte O'Connor kräch-
zend.

Bram schob, die Waffe auf O'Connor gerichtet, mit einem Schuh die Zeitschriften auf dem Teppichboden zu sich
her. Magazine mit Fotos von jungen Männern. Ein paar
Zeitschriften über modernen Hausbau. Ein Prospekt von
Tresoren. Und weiter unter dem Bett DVD-Hüllen ohne Be-
schriftung.

Brams neue Schuhe hatten Schlammspuren auf dem Teppichboden hinterlassen – der Dreck stammte offenbar vom
Waldweg. Sollte er die Spuren nachher entfernen?

Er fragte: »Hast du Fotos von deinen Opfern?«

»Ich habe keine Opfer«, flüsterte O'Connor.

»Was ist in dem Safe?«

»Geld.«

»Wie viel?«

»Dreißigtausend.«

Bram warf einen Blick auf den Tresor, der Putz darum
herum sah an den Rändern noch feucht aus.

»Neuer Safe?«

»Ja.«

»Gerade angebracht?«

»Vor zwei Tagen.«

»Mach auf.«

»Der Code ist: zwei zwei – vier vier.«

»Mach du ihn auf«, sagte Bram.

»Nein.«

»Ich will, dass du ihn aufmachst.«

»Nein.«

Bram griff zu seiner Maglite und schlug sie O'Connor

seitlich an den Kopf, ohne Wucht, aber die Taschenlampe war schwer und schlug auch so eine Wunde. O'Connor sackte quer aufs Bett, diesmal ohne irgendeinen Laut, einsam in seiner Ohnmacht, während ihm das Blut über Ohr und Wange zu rinnen begann.

Bram spürte, wie ihm die Wut in die Arme fuhr, Wut über falsche Entscheidungen, die ihn nun zu dieser Grausamkeit gezwungen hatten. Er hätte den Mann sofort erschießen sollen. Er zog O'Connor hoch, wobei ihm bewusst war, dass dem Mann jeder Ruck an der Schnur wie ein Messerstich durch Rücken und Schultern fahren musste, und zerrte so lange an dem massigen Körper herum, bis O'Connor schwankend stand.

Dann schob er ihn zum Wandsafe, einem quadratischen Stahltürchen in Augenhöhe. Mit dem Schweizermesser durchtrennte er die Schnur, steckte sie ein und trat einige Schritte zurück.

O'Connors Arme fielen wie tote Masse zu seinen Körperseiten herunter. Er blieb stocksteif stehen, mit gesenktem Kopf.

»Aufmachen«, sagte Bram.

O'Connor rührte sich nicht.

Bram hatte keine andere Wahl. Er hob die Kel-Tec und drückte auf den Abzug. Während sein Arm vom Rückstoß zur Seite geschlagen wurde, donnerte die Explosion in dem kleinen Raum wie ein Granateneinschlag – und aus der Wand neben dem Safe spritzte der frische Putz.

Während sich der Geruch von verbranntem Schießpulver im Raum ausbreitete, fuhr Bram ein stechender Schmerz durch die Schulter – dumm, er hätte die Kel-Tec mit beiden

Händen festhalten müssen. Er stand hinter O'Connor und konnte dessen Gesicht nicht sehen, aber vermutlich hatte er Mauerteilchen abbekommen.

Der Schuss selbst hatte O'Connor nicht gestreift.

»Ich will, dass du das Ding aufmachst.«

O'Connor schwieg.

»Wenn du das hier überlebst…«, sagte Bram, »wenn du das hier überlebst, kriegst du lebenslänglich. Aber wenn du nicht tust, was ich dir sage, bist du mit Sicherheit ein toter Mann.«

Lächerliche Worte, die ein Erwachsener normalerweise nicht sagen sollte. Aber »normal« war ein Begriff, der ihm vor vier Jahren entglitten war. Er wusste nicht, was er tun sollte. Dass er O'Connor töten konnte, war ihm jetzt klar. Er hatte ihm die Adresse vom Haus genannt: Goodhill Road. O'Connor würde ihn anzeigen – oder würde er schweigen, weil er selbst nicht ins Blickfeld der Polizei geraten durfte?

Was war mit dem Safe? O'Connor hatte ihm den Code gegeben, und wenn der nicht stimmte, hatte Bram die Mittel – eine Kel-Tec mit immer noch neun Patronen –, ihm die richtige Zahlenkombination zu entlocken.

Irgendetwas an O'Connors Haltung – und eine plötzliche Erinnerung, vor vier Jahren – veranlasste Bram, sich hinter O'Connors dicke Jacke zu ducken, als sich dessen Hand zum Display des Tresors bewegte, behäbig wie der Arm eines Krans. Zwei, zwei… und bei der nächsten Ziffer zögerte O'Connor.

An jenem Tag, zwei Stunden bevor sich die Katastrophe von B.s Verschwinden ereignen sollte, hatte O'Connor Prospekte von Alarmsystemen mitgebracht, um die Rachel ihn gebeten hatte. Er hatte in dem Zusammenhang einen Safe erwähnt, der nach Eingabe eines bestimmten Codes explodieren würde. Bram wartete jetzt auf den Knall.

O'Connor drückte auf die Vier und sagte: »Ich liebe sie, das ist alles.« Dann drückte er erneut auf die Vier.

Nichts geschah. Zwei, drei Sekunden verstrichen. Keine Explosion.

Bram richtete sich auf und sah, dass O'Connor die Tresortür öffnete und, Brams Blick ausweichend, zur Seite trat. Also kein Safe, der sich selbst in die Luft sprengte. Aber was, wenn er die Hand in den Safe steckte, würde dann vielleicht etwas passieren?

»Ich will sehen, was drin ist«, sagte Bram. »Nimm alles raus.«

Er fragte sich, ob dort vielleicht eine Waffe deponiert war und O'Connor ihn bewusst nervös machte, damit er ihm genau diesen Auftrag gab. Das geschah also in solchen Situationen: Alles war doppeldeutig, mit jedem Schritt konnte das Gegenteil bewirkt werden.

»Ich mach es selbst«, sagte Bram.

Er bedeutete O'Connor mit der Pistole, dass er Platz machen sollte.

O'Connor ging aus dem Weg, und Bram tastete mit den Fingerspitzen in den Safe. Das glatte Metall des Bodens. Keine Waffe. Aber einige flache CDs oder DVDs. Warum bewahrte jemand DVDs im Tresor auf?

Bram wandte sich einen Moment von O'Connor ab und warf einen Blick in den Safe. Sechs, sieben DVDs in durchsichtigen Plastikhüllen.

Bevor er sich wieder umdrehen konnte, fühlte er O'Connors Arme um seinen Hals, die ihm mit einer Kraft die Luft abdrückten, wie er sie noch nie zu spüren bekommen hatte. Der große Mann hinter ihm, ein Mann, der körperlich arbeitete, drückte ihm den Adamsapfel in die Luftröhre. O'Connor war so stark, dass er ihn zugleich ein wenig vom Boden lüpfte. Nah an seinem Ohr hörte er O'Connor knurren, hörte die Luft durch O'Connors Zähne pfeifen.

Bram hob die Hände, um den stählernen Griff um seinen Hals zu lösen. Sein Herz schien sich zu überschlagen. Irgendwie musste er O'Connors Arme wegziehen. Die Pistole! Er hatte ja noch die Pistole in der Hand! Der Sauerstoffmangel griff bereits sein Bewusstsein an, das spürte er, sein Kopf brannte. Er tastete nach dem Bein von O'Connor, drückte die Waffe dagegen und feuerte.

Er fühlte den Schlag vom Rückstoß der Pistole in der Hand, und er fühlte auch, wie O'Connors Körper erzitterte, als stünde er unter Strom. Der Griff um Brams Hals lockerte sich, und er fuhr herum und fasste die Waffe nun mit beiden Händen. Er trat zwei Schritte zur Seite und sah das Blut aus O'Connors Oberschenkel strömen.

O'Connor besah es sich mit bestürztem Blick und schaute kurz zu Bram auf.

»Nein...«, sagte er.

Der zweite Schuss traf O'Connor in den Magen, mitten durch die Jacke hindurch. Es war kein Blut zu sehen, aber O'Connor taumelte, und sein Blick erstarrte, als gehe das Licht darin aus. Bram richtete die Waffe weiter nach oben und schoss noch einmal. Ein Teil von O'Connors Gesicht flog weg, als wäre es aus Schaumstoff, und der große Mann fiel wie ein Klotz hintenüber.

Blut pulste aus O'Connors Wunden auf seine Kleidung und den Teppichboden, sein Herz pumpte einfach weiter. Dann begannen seine Gliedmaßen zu zucken.

Bram wandte sich von ihm ab und schnappte halb besinnungslos nach Luft. Das war's. Abscheulich. Unvermeidlich.

Er streckte sich, seine Arme und Beine schmerzten, als wären sie vergiftet. Es rauschte in seinen Ohren. Die Lamellen vor dem Fenster schwangen hin und her. Im Raum hingen ein penetranter Pulvergeruch und ein Qualm, als hätte sich eine ganze Gruppe von Zigarrenrauchern eine Cohiba angezündet.

Bram musste es schaffen, mit dieser Sache zu leben, und dafür brauchte er etwas Konkretes, Beweismaterial, Fakten. Bemüht, den Mann auf dem Boden und die immer größer werdende Blutlache nicht anzusehen, angelte er sich ein paar der DVDs aus dem Safe und rannte aus dem Haus.

Mit dröhnenden Ohren, den Pulvergestank in der Nase, rannte Bram durch den Wald. Er sog die frische Luft in vollen Zügen ein und redete sich beruhigend zu, überzeugt, dass sich die Bilder in seinem Kopf bald verflüchtigen würden, wie ein böser Traum.

Auf dem Parkplatz war noch Betrieb, man machte Weihnachtseinkäufe. Bram fuhr mit dem Wagen an den Fluss hinter dem Landhaus und warf Baseballschläger, Schnur, Maglite und Kel-Tec hinein. Ist mein Kind darin verschwunden?, hatte er O'Connor fragen wollen. Er hätte kurz am Haus vorbeifahren können, das dauerte nur wenige Minuten, doch er beherrschte sich.

Er fuhr nirgendwo schneller als erlaubt. Diese Strecke war er gefahren, als er Rachel nach Newark zum Flughafen gebracht hatte – ihre Hand hin und wieder zärtlich auf seinem Arm und seiner Schulter – und sie erwartungsvoll über das Haus mit dem Koi-Teich gesprochen hatten und den Bauunternehmer, der so nett und hilfsbereit war.

Bram sah Blutspritzer auf seinem schwarzen Mantel, und er fing an zu weinen, weinte das ganze Stück bis zum Holland Tunnel zwischen den stolzen Tempeln Manhattans, als ihm allmählich ins Bewusstsein drang, dass er sein Kind, seinen Sohn gerächt hatte. Er hatte genommen, was ihm genommen worden war, Leben. Bei seinem Hotel um die Ecke wartete er noch mit dem Aussteigen, bis er ausgeweint hatte. Dann zog er seinen Mantel aus und überließ den Wagen erschöpft einem *valet*.

Als er sich etwas erholt hatte, sah er sich in seinem Zimmer die DVDs an. Es war genau das perverse Zeug, das er von O'Connor erwartet hatte: kleine Jungen. Weil er fürchtete, darunter auch auf sein Kind zu stoßen, zerbrach er die Scheiben und warf sie zusammen mit dem Mantel in der 62nd in einen Müllcontainer vor einem Haus, das gerade umgebaut wurde. Von dort ging er, nur in seinem dünnen israelischen Sakko, zur Fifth Avenue, Ecke Central Park South. Es war kurz vor Mitternacht, aber immer noch warteten hier die Kutschen auf Kundschaft. Die Pferde trugen Wintermäntel, Dampf stieg aus ihren Nüstern, und sie schauten ihn mit großen Augen an. Einer der Kutscher winkte ihm und gab ihm ein paar Zuckerwürfel, die er dem Pferd zu naschen geben konnte – als sei er ein bedauernswerter Obdachloser, der sich nach ein wenig Trost sehnte.

Der Kutscher hatte ihn mit einem Blick durchschaut. Bram fühlte die warmen Lippen des Tiers, die vorsichtig tasteten, um ihm nicht weh zu tun.

Kleine Flocken schwebten auf die Ärmel seines Sakkos herab – der erste Schnee dieses Winters würde die Stadt in dieser Nacht mit unschuldigem Weiß zudecken.

ZWEITER TEIL

CRITICAL

Tel Aviv

Zwölf Jahre später
April 2024

E r schläft jetzt«, sagte Rita Kohn, während sie sich vom Wohnzimmersofa erhob. Sie war klein, grauhaarig und dünn wie eine Hungerkünstlerin. Um ihren Putenhals hing die Lesebrille, an einer Kette aus vierundzwanzigkarätigem Gold, die sie »meine Sterbegeldversicherung« nannte. Rita Kohn war Ikkis Tante, eine Schwester seiner Mutter. Sie hatte Ikki und Bram miteinander bekannt gemacht.

Ikki war ein herausragender Student gewesen, der die Chance erhalten hatte, am MIT in Cambridge, Massachusetts, Computertechnologie zu studieren. Mitte des zweiten Studienjahres hatte ein Freund ihn davon überzeugt, dass sie im Monat Dezember unbedingt in der Bar eines großen Hotels auf Aruba jobben müssten. Jede Menge Trinkgeld, schönes Wetter, tolle Mädchen. So war Ikki, gerade neunzehn, zu einem von Hunderten von Opfern der Selbstmordanschläge geworden, die am Mittwoch, dem 25. Dezember 2019 – in einer Weihnachtswoche mit großem Besucheransturm – sieben Karibikinseln trafen. Rita hatte sich darauf an Bram gewandt. Er habe doch gute Beziehungen nach Amerika. Ikki wurde nach Tel Aviv geflogen, wo er anderthalb Jahre Reha brauchte. Danach wurde er Brams Partner bei »Die Bank«.

»Hat er etwas getrunken?«, fragte Bram.

»Mindestens einen halben Liter«, sagte Rita.

»Bis wann können Sie bleiben, Rita?«

»Sie haben doch bald Dienst, nicht? Wenn es sein muss, bleibe ich die ganze Nacht. Sie können es sich ja nachher einmal anhören, von Ihrem Vater.«

»Er hat wieder gesprochen?«

»Ich habe es aufgenommen. Mit meinem Handy.«

»Das ist wunderbar, Rita«, sagte Bram. Er hoffte, dass sie seinen Unglauben nicht bemerkte.

»Er hat einfach losgeredet. In seiner alten Sprache.«

»Könnte ich es gleich anhören?«

Sie nahm ihr Handy vom Tisch und drückte eine der Tasten. Die schwache Stimme Hartogs ertönte. Es klang wie eine germanische Sprache, aber es war gar nichts. Gebrabbel mit ein paar deutlich niederländisch gefärbten Lauten. Bram hörte ihn sagen: »En noten govesie gene, maar halsie van der maken en blagsen van de slas.« Drei Minuten lang eine sinnleere Aneinanderreihung von Lauten mit vagen Reminiszenzen an eine niederländische Mundart. Mehr als Schweigen, doch kein Ausdruck irgendeines Gedankens. Oder er dachte, konnte aber nicht den Schritt zu einer präzisen Artikulation tun.

»Was sagt der Professor?«, fragte Rita. »Ist es was Wichtiges?«

»Er sagt ...« Bram wusste sich zu beherrschen und erzählte ihr: »Er sagt, dass er es schön findet, von Ihnen versorgt zu werden. Er dankt Ihnen dafür.«

»Ist das Niederländisch, was er spricht?« Sie strahlte.

»Ja. Ein Niederländisch aus alter Zeit.«

Wenn Bram nicht zu Hause war, wurde sein Vater von

Rita versorgt. Rita wohnte einen Stock tiefer. Sie war Witwe und verdiente sich mit der Betreuung etwas hinzu. Ihr einziger Sohn war im Negevkrieg gefallen und ihr Mann vor zwanzig Jahren im damaligen Westjordanland getötet worden, und Rita behauptete, dass sie sich mit Hartog regelmäßig über »die Lage« unterhalte. Die Vorstellung, dass Hartog irgendwo in seinem alten Schädel immer noch existierte und nur nicht kommunizieren konnte, war verführerisch. Doch vermutlich war sein Geist längst weg, hatte sich aufgelöst. Was Rita behauptete, war also die Einbildung einer Witwe, die im Widerhall ihrer eigenen Stimme die Stimme eines anderen zu hören glaubte.

Als die ersten Alzheimersymptome aufgetreten waren, hatte Hartog sich eingehend mit dem Verlauf der Krankheit auseinandergesetzt, die am Ende seinen Verstand umnachten würde. Er hatte gehofft, sein Wissen mit seinem Sohn teilen zu können, doch dazu kannte Bram sich zu wenig in Chemie und Medizin aus. Während der Geist des Nobelpreisträgers den Kern erfasste, suchte Bram sein Heil in populärwissenschaftlichen Veröffentlichungen. Dort fand er zwar nur oberflächliche Informationen, doch sie vermittelten ihm einen Eindruck von dem, was sich im Körper seines Vaters vollzog.

Sein Vater hatte die Symptome, die letztlich seinen Geist ausschalten würden, für ihn in einer Liste zusammengefasst:

1. multiple kognitive Störungen
2. Gedächtnisstörungen
3. Aphasie, Apraxie und Agnosie
4. sukzessiver Rückgang der allgemeinen Funktionstüchtigkeit.

Hartog hatte ihm erzählt, dass das Alter der wichtigste Risikofaktor bei der Entstehung von Alzheimererkrankungen sei. Der menschliche Organismus, der sich in Jahrmillionen der evolutionären Entwicklung herausgebildet habe, sei, so Hartog, für eine maximale Lebensdauer von rund fünfzig Jahren angelegt, und sowie diese überschritten sei, nehme die Wahrscheinlichkeit des Abbaus drastisch zu. Hygiene und medizinisches Wissen würden dem Menschen zwar dazu verhelfen, wesentlich älter zu werden, als es die Natur vorgesehen habe, aber die Natur habe das nicht klaglos hingenommen. Sein Vater hatte gesagt: »Die Natur ist nachtragend. Die Natur rächt sich mit Alterskrankheiten.«

Hartog war inzwischen dreiundneunzig. Er schlief viel, murmelte beim Fernsehen hin und wieder unverständliche Laute und ließ deutlich erkennen, dass er es mochte, wenn Hendrikus ihm die Finger leckte, Hendrikus, der ihm nicht von der Seite wich, nicht einmal, wenn Hartog vor dem Fernseher saß oder auf dem Balkon im Schatten und auf die Straße und die Häuser ringsum starrte.

Die Momente, da Bram den Anblick seines Vaters nicht ertrug, waren nicht vorhersagbar. Manchmal wurde es ihm zu viel, wenn Hartog vor dem Fernseher eingeschlafen war, mit zur Seite gesacktem Kopf, lebend und tot zugleich. Oder wenn er einen schlechten Tag hatte – gute gab es auch – und Bram ihn mit kleinen Bissen fütterte. Dann musste er das Gesicht abwenden, während Hartog still kaute und nichts vom Aufgewühltsein seines Sohnes mitbekam.

Zweimal am Tag, oder so oft es nötig war, wechselte Bram Hartogs Windelhose, eine Art wattierte Unterhose, die Kot und Urin nicht durchließ. Aber immer wieder entzündete sich die Haut zwischen Hartogs Beinen und musste mit Kortisonsalbe eingecremt werden. Anfangs hatte Bram sich vor den stinkenden Exkrementen zwischen den Beinen seines Vaters geekelt, aber mit der Zeit hatte er gelernt, diese Aufgabe mechanisch und ohne Brechreiz zu erledigen und zu einem mehr oder weniger nüchternen Zeugen vom Verfall seines Vaters zu werden.

Hartogs Haut war dünn und trocken, eine faltige, nahezu durchsichtige Hülle, die seine violetten Adern nicht mehr schützte. Wo die Haut Farbe hatte – Flecken, am ganzen Körper –, war sie leberbraun. Hartog hatte noch genügend Kraft, um selbständig aus dem Bett oder einem Sessel aufzustehen und die Fernbedienung des Fernsehers zu betätigen. Wenn er sich durch die Wohnung bewegte, stützte er sich auf einen Rollator. Schwellen waren nie in der Wohnung angebracht worden, so dass er jeden Winkel erreichen konnte. Manchmal fing Hartog mit dem Kopf auf der Schulter seines Sohnes an zu weinen, und dann umarmte Bram seinen Vater, bis dieser nicht mehr wusste, warum er weinte, und seine Augen in einem leeren Blick erstarrten.

Hartog schluckte noch nicht zugelassene Medikamente. Er war eines der Versuchskaninchen, an denen Forscher der Universität neue Präparate erprobten. In den vergangenen zehn Jahren waren massenhaft junge Leute und Familien mit Kindern nach Australien und Neuseeland ausgewandert, und das Durchschnittsalter der verbliebenen Bevölkerung war dramatisch angestiegen. Nicht nur in der Armee, sondern auch in den Universitäten fraß der Verlust der Hälfte – der jüngeren Hälfte – der Bevölkerung die Existenzgrundlage an. Wenn sich der Trend fortsetzte, würde die Gesamtzahl der Studenten in zehn Jahren genauso groß sein wie die der thailändischen Putzkräfte, die im Moment allerdings erwogen, in ihr Heimatland zurückzukehren, da es Thailand wirtschaftlich besser ging als Israel. Doch im Hinblick auf die Erforschung von Alterskrankheiten hatte die derzeitige demographische Krise positive Auswirkungen gehabt. Es war jetzt absolut notwendig geworden, die ältere Bevölkerung so lange wie möglich gesund am Leben zu erhalten. Soweit die Regierung noch Subventionen für die wissenschaftliche Forschung erübrigen konnte, wurde das Geld in die Geriatrie gesteckt. Neue Medikamente waren das Ergebnis. In den fünf Monaten, die Hartog jetzt die neuen Pillen schluckte, hatte er wieder häufiger helle Momente gehabt – Bram führte Buch darüber, mit Datum, Dauer, Intensität. Zur Feststellung der Intensität hatte er eine eigene Aufzeichnungsmethode entwickelt: Motorik, ganze Sätze, Blickkontakt, Erinnerungen. Und obwohl er Ritas animierte Berichte von den Diskussionen mit seinem Vater nicht kontrollieren konnte, notierte er auch sie sicherheitshalber in einer speziellen Rita-Liste.

Nachdem Rita die Wohnung verlassen hatte, setzte Bram seinen Vater an den Küchentisch und band ihm ein Lätzchen um den faltigen Hals; versäumte er das, musste er Hartog nach dem Essen frisch anziehen. Hartog starrte auf einen Punkt auf der Tischplatte, ruhig atmend und regelmäßig mit den Augen blinzelnd, als versuche er tief konzentriert eine ungeheuer schwierige Gleichung zu lösen. Bram setzte sich neben ihn und fütterte ihn mit kleinen Stückchen Butterbrot.

»Papa, ich soll dich von Judy Rosen grüßen. Sie hat gestern Abend angerufen, als ich im Rettungswagen unterwegs war.«

Judy Rosen war die Tochter eines amerikanischen Philanthropen, der Hartogs Labor viele Jahre lang mit großzügigen Spenden unterstützt hatte. Inzwischen war Jeffrey Rosen seit Jahren tot, und nun war es seine Tochter, die sie unterhielt: Judy sponserte »Die Bank«.

Mit den schnellen Kieferbewegungen eines nervösen Nagetiers zermahlte Hartog das Bröckchen Brot, das Bram ihm in den Mund geschoben hatte. Brams Worte entgingen ihm.

»Es geht ihr gut. Auch ihren Kindern. Sie haben ihr Haus in New York verkauft. Die Sicherheitsmaßnahmen machen die Stadt kaputt, sagt sie. Sie ziehen nach New Mexico, Santa Fe. Bist du mal dort gewesen?«

Bram hatte in New Mexico Station gemacht, hatte aber keine Erinnerungen daran.

»Wir haben nicht so sehr lange miteinander gesprochen, nur wenige Minuten, ich saß gerade am Steuer, aber ich habe ihr erzählt, dass es dir gutgeht, und ich soll dich von ihr und ihrem Mann grüßen, oder hatte ich das schon gesagt?«

Vorsichtig gab er seinem Vater zu trinken, Tee mit einem kleinen Schuss Milch. Er rann Hartog aus den Mundwinkeln das Kinn hinunter und tropfte auf das Lätzchen.

»Sie fragte, ob wir nicht auch von hier wegwollen. Würdest du gern weggehen? Was sollten wir woanders? Wir sind hier zu Hause, oder? Trotz allem sind wir hier zu Hause. Wir gehen nicht weg.«

Sein Vater gab einen Knurrlaut von sich, etwas Tierisches, die Äußerung eines intuitiv lebenden Organismus, und Bram nahm an, dass er noch ein Stückchen Brot wollte. Als er es ihm in den Mund schieben wollte, presste sein Vater die Lippen fest aufeinander.

»Hast du keinen Hunger mehr? Hattest du genug?«

Wieder tönte aus Hartogs Kehle ein schnarrendes Geräusch. Bram meinte jetzt etwas zu hören, das eine Bedeutung trug. Sein Vater öffnete den Mund und sagte so etwas wie: »Wuch.«

Wusste Hartog, was er sagte, oder kam dieser Laut unwillkürlich heraus? Hartog befand sich heute in einem Tal der »Helligkeitskurve«, wie ein Arzt es nannte. Das konnte in ein, zwei Tagen plötzlich wieder anders sein. Mitunter kamen Laute aus seinem Mund, die an Worte erinnerten, doch wenn Bram darauf reagierte, drang es nicht zu seinem Vater durch. Zu Beginn der Krankheit war Hartog dann und wann aus seiner Katatonie erwacht; durch einen glücklichen Zufall der Chemie hatten die Neuronen in dem Hirnareal, in dem Hartogs Überzeugungen gespeichert waren, auf einmal miteinander kommuniziert, und für eine Viertel- oder halbe Stunde war der alte, scharfsinnige, unversöhnliche Hartog wiedererwacht. Unvermittelt, aus heiterem Himmel hatte es diese wundersamen hellen Momente gegeben, und Hartog hatte mit einem Buch von früher am Tisch gesessen oder hatte etwas, was wie eine chemische Formel aussah, an den Seitenrand einer Zeitung geschrieben (einer aus Papier, an die elektronische zum Frühstückskaffee hatte Bram sich nie gewöhnen können) oder konnte einige Minuten lang monoton brabbeln, als trage er etwas aus einem Artikel in einer Fremdsprache vor – aber es war schon lange her, dass es solche wundersamen Momente gegeben hatte.

Nachdem er seinen Vater ins Bett geleitet hatte, rasierte sich Bram, duschte und zog ein sauberes Shirt an. Den Umschlag mit dem Foto vom Totenbett des Mädchens legte er in eine Schublade unter dem Fernseher. Bevor er die Tür hinter sich zuzog und Rita Bescheid gab, dass er jetzt weg sei, warf er noch einen Blick auf seinen Vater – Hartog lag, mit offenem Mund schnarchend, rücklings auf dem Bett, die langen, dünnen Arme friedlich neben seinem Leib, der bis auf die Windelhose völlig nackt und bleich und zerbrechlich war. Hendrikus hatte sich auf einer Matte am Fußende niedergelassen. Bram hatte jetzt sechs Stunden Schicht im Rettungsdienst.

2

Die Rettungswache bestand aus einem Hangar mit zwölf Rettungswagen, der Leitstelle, der Kantine für die Fahrer und Dusch- und Umkleideraum mit Metallspinden für die Aufbewahrung persönlicher Habseligkeiten. Diese Wache war für den zentralen Innenstadtbezirk zuständig, eine Beton-Enklave, die von einer mit Stacheldraht bewehrten Mauer umgeben und von Scheinwerfermasten angestrahlt war.

Bram meldete sich bei Hadassa, die zum fünfzehnköpfigen Team der Rettungsleitstelle gehörte. In Moskau hatte Hadassa früher Kristina geheißen. Sie war eine stattliche Frau mit blasser Haut, hellblauem Lidschatten, zu dünnen Bleistiftlinien epilierten Augenbrauen, mit Rouge gepuderten Wangen und bordeauxroter Löwenmähne. Sie sah aus wie eine Puffmutter, aber niemand machte sich darüber lustig. Auch wenn viel los war und Panik auszubrechen drohte, gab Hadassa stoisch ihre Anweisungen und lenkte den Distrikt wie eine Zarin. Vor zwölf Monaten war sie mit ihrem Bruder zusammen eingewandert – und gehörte damit zu den wenigen Juden, die das reiche Russland gegen das Ghetto von Tel Aviv eintauschten.

»Du hast den Dreißig-vierundzwanzig«, sagte sie mit ihrem russischen Akzent.

»Langsamer Wagen«, erwiderte Bram.

»Die schnellen Jungs sind schon vergeben. Du fährst mit Max.«

»Max? Ich dachte, ich fahre mit Dov.«

Dov Ohayoun, ein schnell sprechender sephardischer Jude, dunkelhäutig wie ein Beduine und gepflegt wie ein Filmstar, war sein fester Partner. Max war Hadassas Bruder, ein blauäugiger, rotblonder Bär, der in der sibirischen Ölindustrie tätig gewesen war und der Erzählung nach an drei verschiedenen Orten einen Finger verloren hatte. Da hatte er noch Matwei geheißen, russisch für Matthäus.

Ursprünglich hatten diplomierte Ärzte zur Besatzung eines Rettungswagens gehört, aber aufgrund des Ärztemangels bestand die Mannschaft inzwischen nur noch aus zwei Sanitätern, die beide sowohl fahren als auch Erste Hilfe leisten konnten. Bram hatte vor zwei Jahren angefangen, als der Mangel zum Problem wurde und das Gesundheitsministerium Freiwillige angeworben hatte, die nach kurzer Ausbildung im Rettungsdienst einspringen konnten. Wegen seiner Instabilität war Bram vom regulären Reservedienst freigestellt worden, aber als Rettungssanitäter hatte man ihn gerne genommen. Er hatte eine Erste-Hilfe-Ausbildung erhalten, die auf die Behandlung der akuten Traumata ausgerichtet war, mit denen das Rettungspersonal bei seinen Einsätzen zu tun bekam, besonders der Traumata infolge von Bombenanschlägen.

In den Medien wurde über die Frage diskutiert, ob Männer, solange sie noch über alle ihre Gliedmaßen verfügten und eine Waffe tragen konnten, bis zu ihrem Tod in der Armee dienen sollten. Derzeit leisteten männliche Staatsbürger bis zum Alter von fünfundfünfzig jährlich drei Monate Reservedienst – inzwischen war aber ein Viertel der wehrfähigen Bevölkerung Israels älter als fünfundsechzig, Tendenz steigend. Über die Ultraorthodoxen, die sich mit Verweis auf ihre religiöse Aufgabe, den Talmud zu studieren, jahrzehntelang der Wehrpflicht entzogen hatten, brauchte sich niemand mehr aufzuregen, denn die meisten »Schwarzen« waren in das palästinensische Jerusalem gezogen. Das Abbröckeln Israels hatten sie als Fingerzeig Gottes aufgefasst, und nun bereiteten sie sich hochgestimmt auf die Ankunft des Messias vor; bis es so weit war, taten sie es den Palästinensern gleich und brachten so viele Kinder zur Welt, wie es der Schoß ihrer Frauen nur verkraften konnte. Wenn der Messias da war, würde Er die Toten erwecken und die Menschheit für alle Ewigkeit von dem Bösen, dem Leiden und dem Tod erlösen. An sich kein schlechter Gedanke.

Bram trug sich in die Anwesenheitsliste ein, zog das weiße Shirt an, das das Emblem des Rettungsdiensts – ein aus sechs Teilen aufgebauter Davidstern und darüber in Ivrit die Worte *Magen David Adom,* das Rote Schild Davids – auf Rücken und Brust trug, und die Schuhe mit den dicken Gummisohlen und ging in die Kantine, einen quadratischen, verqualmten Saal ohne Fenster. Dort stand ein langer Tisch mit gelblicher Kunststoffplatte, in die Hunderte von Zigarettenkippen braune Brandflecken geschmort hatten. Zehn Männer saßen darum herum, die wie Max und Bram das Land nicht verlassen hatten, weil sie zu lasch waren oder vorbestraft und daher kein Visum bekommen hatten oder weil sie aus einer perversen Faszination heraus das tragische Abenteuer dieses Landes bis zum bitteren Ende miterleben wollten. Bram begrüßte jeden von ihnen mit einem *high five*, eine Angewohnheit, die sie eingeführt hatten, nachdem Dov ihnen erzählt hatte, dass die Testpiloten der NASA es in den fünfziger Jahren des vorigen Jahrhunderts erstmals so gemacht hatten. Und waren sie nicht genau solche Waghälse wie die?

Max fragte: »He, Mann, du okay?« Er hatte eine schwere, kehlige Stimme. Die Zigarette wippte zwischen seinen Lippen, während er sprach. Auf dem Tisch standen Plastikbecher mit schwarzem Kaffee, unter dem Tisch Wodkaflaschen in undefinierbaren Papiertüten. Die Leitung von Magen David Adom wusste, dass in den Wachen gesoffen wurde, aber man drückte ein Auge zu.

»Hast du das mit Dov gehört?«, fragte Baruch Peretz. Der *Food and Beverage Manager* im ›Tel Aviv Palace‹ – dem einstigen ›Hilton‹ – war überzeugter Kettenraucher und dominierte die Gespräche in der Kantine. Er sah Bram grinsend an.

»Ist was mit ihm?«

»Was, du hast es noch nicht gehört?«

»Nein. Was denn?«

»Max, erzählst du es ihm? Du warst dabei.«

Max nickte, röchelte hinter geschlossener Faust, und erzählte: »Gestern Abend, acht vor elf. Notruf. Alte Dame kein Atem. Dov und ich los. Kleine Wohnung am Rothschild. Werden erwartet von Schnuckelchen. Nimmt uns mit oben...«

»Nach oben«, verbesserte Baruch.

»Nach oben. Wir nehmen Sauerstoff und alles und sehen gleich: Exit.«

»Exitus«, sagte Baruch.

Max zuckte die Achseln: »Sie auf Bett, friedlich gestorben. Nix zu machen. Und Schnuckelchen sagen: Ich glaub, sie tot. Alte Dame schon lange krank, gepflegt von Schnuckelchen. Schnuckelchen keine Schönheit, aber lecker, Titten gut, Hintern gut. Wir sagen: Wir nix können machen, ruf Beerdigung. Schnuckelchen nix weinen, Schnuckelchen froh, dass Oma tot. Viel Arbeit, und Oma kein Leben, immer in Bett, Schmerzen, immer schimpfen auf Schnuckelchen, immer Kritik. Sie erlichtet...«

»Erlichtet? Was meinst du damit?«, fragte Baruch. »Erleichtert?«

»Erleichtert«, bestätigte Max nickend. »Gemütlich in Küche, Kaffee, Keks, Wodka. Ich kurz auf Toilett, und als zurück in Küche, Dov mit Schnuckelchen an Wand, Zunge tief in Hals!«

Die Männer in der Kantine brüllten vor Beifall und Neid.

»Moment! Moment!« Max machte eine dämpfende Handbewegung, während er die Tür zur Leitstelle im Auge behielt, als fürchte er, seine Schwester könne hereinkommen und sie zur Ordnung rufen.

»Was ich tun? Ich in Wohnzimmer, Zigarett, Leitstell rufen, sagen, dass Schnuckelchen Schock, wir müssen beruhigen. Ich warten, bis Dov fertig mit Zunge. Aber nicht fertig. Nein. Dov mit Schnuckelchen in Schlafzimmer. Er zu mir sagen, dass muss Schnuckelchen beruhigen. Mich zwinkert mit Auge. Daumen zwischen Finger. Er bumsen. Oma tot. Möbel wackeln, Schnuckelchen rufen: Da, mehr, mehr! Schnuckelchen brüllen wie Elefant. Trompet. Ich schwören. Wie Trompet! Fünfzehn Minut. Rein, raus. Und was

Schnuckelchen sagen, wenn sie zurück in Zimmer? Sagen: Wenn ich gewusst, wie ist, wenn Oma tot, ich Oma vergiftet! Ich schwören! Wirklich gesagt!«

Die Männer schlugen auf den Tisch, stampften mit den Füßen, grölten und johlten.

Als das Gebrüll verstummt war, fragte Bram: »Und wo ist Dov jetzt?«

Max antwortete: »Schicht tauschen mit mir. Dov bei Schnuckelchen. Bumsen.«

Ein Notruf ging ein, und sie mussten zu einem Einsatz am östlichen Rand des Bezirks, an der Grenze zu Ramat Gan. Max fuhr den Rettungswagen, Bram gab ihm mit Hilfe des Navigationsschirms die Route an und hielt unterdessen Funkkontakt zu Hadassa. Die Sirene heulte, und im Verkehr wurde dem Chevrolet-Rettungswagen Platz gemacht, der schon dreißig Jahre alt war, aber wegen Geldmangels in Betrieb blieb. Max hatte seinen Wodka und eine Handvoll Aufputschtabletten mitgenommen und lenkte den Wagen gekonnt an allen Hindernissen vorbei. Er war ein erfahrener Chauffeur, der die panischen Reaktionen der Autofahrer, wenn sie den Rettungswagen nahen sahen, gut vorhersehen konnte. Bram hielt sich mit beiden Händen fest, während er den Navigationsschirm nicht aus den Augen ließ.

Er rief Max zu: »Dreiundachtzigjähriger Mann! Alleinstehend! Schmerzen in der Brust! Konnte selbst anrufen!«

»Er allein!«, erwiderte Max. »Nix schön, allein! Nix schön, alt und allein und Herzinfarkt! Keiner trösten! Keiner lieb! Keiner sagen: Wird wieder gut! Alles wieder gut! Ruhig atmen! Alles gut!«

Er wich einem schlingernden Lieferwagen aus und fluchte: »Blödmann! Blödmann! Augen aufmachen!«

Brams Handy vibrierte in seiner Hosentasche, und er zog es heraus. Es war Ikki.

Er nahm das Gespräch an und rief: »Ikki, wir sind gerade im Einsatz, ich ruf dich nachher an!«

»Müssen wir nicht Saras Mutter Bescheid geben?«

»Nein! Ich ruf dich nachher an!«, entgegnete Bram und unterbrach die Verbindung.

»Blödweib!«, fluchte Max auf eine Frau in einem nagelneuen gelben Cabrio, die sie nicht vorbeiließ. »Blödweib! Auto sehen, Bram? Ford Mustang! Neu! Viel Geld! Woher sie Geld? Keiner haben Geld! Bank rauben! Ford Mustang! Ich auch Mustang wollen!«

Bram behielt den Navigationsschirm im Auge: »Zweite rechts!«

Max lenkte den Rettungswagen elegant in die Seitenstraße und hielt auf Brams Anweisung hin vor einer Reihe geschlossener Geschäfte. Das hier war einmal eine florierende Einkaufsgegend gewesen, die aber mangels Kundschaft verdorrt war. Verrostete Rollläden verdeckten leere Schaufenster und verfallene Verkaufsräume. Hier hatten einst Juweliere und Diamantenhändler ihre Kunden empfangen, die Reinheit der Steine gemessen und ihr Gewicht gewogen, einen Smaragd eingefasst, ein Collier auf seinen Wert geschätzt. Bram schaltete die Sirene ab, ließ aber das Blinklicht an. Das Schiebegitter des Gebäudes, vor dem sie angehalten hatten, war halb geöffnet. Meistens wurden sie, wenn sie irgendwo eintrafen, von Neugierigen oder Familienangehörigen erwartet, aber hier war niemand. Bram griff zum Defibrillator, Max zur Tasche mit Spritzen und Epinephrinkapseln.

Sie rannten zu dem Gitter, quetschten sich seitlich durch die schmale Öffnung, drückten die Glastür dahinter auf und gelangten in einen dunklen, muffig riechenden Raum mit leeren Auslagen und leeren Regalen. Durch das Milchglas einer Tür, die in einen Raum auf der Rückseite des Gebäudes führte, schimmerte Licht. Max drückte die Klinke runter, die Tür war verschlossen. Darauf klopfte er mit seiner großen Faust an.

»Jemand da? Jemand da? Rettungswagen rufen?«

Auf der anderen Seite der Tür war etwas zu hören. Max trat einige Schritte zurück, sammelte alle Kräfte seines großen Leibs in seinem rechten Bein und trat gegen die Tür. Die Scheibe zerbrach, und Holzsplitter flogen ihm um den Kopf, während die Tür aus ihren Scharnieren sprang. Darauf trat er sie vollständig aus dem Rahmen.

Glas knirschte unter ihren Füßen, als sie eintraten. Auf dem Fußboden des kleinen Büros lehnte ein alter Mann mit dem Rücken an einem Schubladenschrank, das Hemd geöffnet, schwer atmend. Er wollte sprechen, bekam aber keine Luft. Bram und Max hockten sich neben ihn und legten ihn flach auf den Boden. Bram wickelte sofort die Blutdruckmanschette um seinen Oberarm, während Max das Herz abhorchte. Bram fragte: »Hoch?«

Max: »Hundertachtzig.«

Der Mann befeuchtete seine Lippen und suchte erneut nach Kraft, um etwas zu sagen.

Max beschwichtigte ihn: »Alles gut. Alles in Ordnung. Wir jetzt hier.«

Zu Bram sagte er: »Infusion. Salzlösung. Ich glaube, Schock.«

Das Antlitz des Mannes – ja, dieses Wort kam Bram, Antlitz – verriet Kultiviertheit, von der alten europäischen Art. Bram hatte sie kennengelernt, Lippen, die weise Worte gebildet hatten, Augen, die Verstand ausgestrahlt hatten, eine Stirn, hinter der sich Ideen verankert hatten.

Er richtete sich auf und rannte hinaus, um die Infusion und die Trage zu holen.

Vor dem Haus wartete Arm in Arm ein älteres, untersetztes Ehepaar, das mit betrübter Miene Brams Handlungen verfolgte.

»Wie heißt er?«, fragte Bram, während er sich geschwind die Tasche mit der Infusion umhängte und die Trage aus dem Wagen schob.

»Janusz! Janusz Goldfarb!«, antwortete der Mann. »Er war Goldschmied! Ein Künstler!«

»Ein Dichter! Ein großer Dichter!«, rief die Frau noch hinterher.

Bram schob das Sicherheitsgitter weiter zur Seite und brachte die Trage in das Büro.

Max saß neben dem Mann auf dem Boden und kontrollierte Herzfrequenz und Blutdruck. Mit erfahrener Hand legte er die Infusion an, dann hoben sie den Mann auf die Trage.

Er wog fast nichts. Sie klappten das Fahrgestell aus und rollten ihn nach draußen.

Unter den Blicken des Ehepaars luden sie die Trage ein. Max setzte sich hinten zum Patienten, Bram eilte zum Fahrersitz.

»Lassen Sie jemanden den Laden abschließen!«, rief Bram ihnen zu.

Der Mann und die Frau standen eng beisammen, und Bram sah, wie die beiden alten Leutchen erschraken, als er die Sirene anmachte.

Bram und Max setzten ihre Kopfhörer auf, um bei dem Lärm der Sirene miteinander kommunizieren zu können. Per Sprechfunk gab Bram an Hadassa durch: »Schock. Wir sind nicht weit vom Sheba entfernt. Gibst du Bescheid, dass wir kommen?«

Vor dreißig Jahren war das ›Sheba Medical Center‹ das größte Krankenhaus im Nahen Osten gewesen, eine Stadt für sich. Sechstausend Ärzte und Pflegekräfte hatten dort gearbeitet, Jahr für Jahr waren Millionen von Patienten durchgecheckt worden, die dort geleistete Forschungsarbeit war bahnbrechend gewesen. Kein arabisches Land, ja, kein Land der Welt hatte es mit der Qualität dieses Gesundheitszentrums aufnehmen können.

Bram war die Strecke zigmal gefahren, mit Patienten, die wieder geheilt werden konnten oder sterben sollten, mit solchen, die ergeben oder hoffnungsvoll und solchen, die erbost oder ängstlich oder alles gleichzeitig waren.

Bram hörte Max' Stimme im Kopfhörer: »Er stabilisieren. Atmen jetzt regelmäßig. Herz hundertsiebzig, Druck siebenundzwanzig zu zwanzig.«

»Noch drei Minuten«, sagte Bram.

»Er öffnen Augen, gucken. Er etwas sagen.«

Auf dem Monitor am Armaturenbrett sah Bram, dass Max sich über den Mann beugte und lauschte.

Dann wieder seine Stimme. Er gab Bram durch, was der

Mann sagte: »Er sagen... Zwei Astronauten kommen auf Mars. Was er meinen, Bram?«

Bram sagte: »Keine Ahnung. Vielleicht ist es ein Gedicht.«

Max lauschte wieder und gab an Bram weiter, was er zu hören bekam: »Mission von Astronauten... Ist Sauerstoff auf Mars? Du wissen, ob stimmen?«

»Es sind noch nie Astronauten auf dem Mars gewesen«, sagte Bram.

Max lauschte und kicherte. Er meldete Bram: »Astronaut an anderen Astronaut: Streichholz geben für Untersuchung. Wenn Streichholz brennen, dann Sauerstoff auf Mars. Nix brennen, nix Sauerstoff.«

Wieder kicherte Max. »Erzählen Witz, Herr...?«

Bram sagte: »Goldfarb. Janusz Goldfarb.«

»Herr Goldfarb? Witz?«

Max lauschte wieder: »Aber Marsmenschen kommen. Wedeln Arme. Rufen: Halt! Halt! Astronauten nicht wissen, was tun. Vielleicht viele Sauerstoff auf Mars? Gefährlich, Streichholz anzünden? Was sagen, Herr Goldfarb? Aber Astronauten müssen testen, das Zweck von Reise. Astronaut wollen anzünden Streichholz. Marsmenschen jetzt wild. Nein, nein, rufen Marsmenschen! Aber Astronauten dort für Wissenschaft. Zünden Streichholz an. Streichholz brennen. Also Sauerstoff. Nicht gefährlich auf Mars. Dann Astronaut fragen Marsmensch: Warum nix Streichholz anzünden? Nix gefährlich. Da sagen Marsmensch: Aber heute Schabbes, Idiot, heute nix Feuer!«

Bram hörte Max lachen.

Am Notfallterminal des Krankenhauses wartete ein Team mit einem fortschrittlichen Herzrhythmusgerät, das in ihrem Wagen fehlte. Bram erstattete kurz Bericht, wie sie Goldfarb vorgefunden hatten und für welches Procedere sie sich entschieden hatten. Man bettete Goldfarb auf eine Krankenhaustrage um und schob ihn in die Notfallaufnahme. Danach füllte Bram die üblichen Formulare aus, ihre Namen, Zeitpunkt, Anmerkungen zum Zustand des Patienten. Bevor er sie am Empfang abgab, ließ er Max, der mit unterzeichnen musste, lesen, was er geschrieben hatte.

»Vergessen, Bram: Patient Witz erzählen! Das wichtig!«

»Es geht um seinen medizinischen Zustand.«

»Her mit Stift, ich schreiben.«

»Okay, ich mach's schon.«

Bram fasste den Witz zusammen, und grinsend unterschrieb Max die Formulare.

Die Sonne ging über der Stadt unter. Das Krankenhausgelände machte einen gepflegten Eindruck. Rasensprenger wurden aus dem Boden hochgefahren und sprühten Nebel kostbarer Wassertropfen über die Grünflächen. Hadassa hatte keinen neuen Notruf, und so rauchten sie draußen vor dem Terminal eine Zigarette. Das Sheba bestand aus Dutzenden von Gebäuden, inklusive Hotels und Restaurants und einem Einkaufszentrum, ein regelrechtes medizinisches Dorf für ein Volk mit dem Glauben an die Wissenschaft. Die Hälfte der Gebäude stand leer. Die Ärzte wohnten mittlerweile in Sydney, Calgary, Odessa und Krakau.

Ihr Einsatz hatte sich im vorgegebenen Zeitrahmen gehalten. Je nach Verkehrsdichte und Entfernung zum Ort des Notfalls durfte er in der Regel höchstens dreißig Minuten dauern. Im Prinzip mussten sie binnen zehn Minuten am Einsatzort angelangt sein, und die Behandlung vor Ort sowie die Fahrt zum Krankenhaus durften auch jeweils nicht mehr als zehn Minuten dauern. Die daran anschließende Reinigung des Rettungswagens, zumal nach dem Transport von Opfern eines Verkehrsunfalls, nahm mitunter mehr als eine Stunde in Anspruch. Früher war das von freiwilligen Helfern erledigt worden, aber die Zeiten hatte Bram nicht mehr miterlebt. Jetzt war die Rettungsmannschaft selbst für die Hygiene im Wagen verantwortlich, und es kam oft vor, dass sie mit der Reinigung des Wageninnern und der Apparaturen länger zu tun hatten als mit dem eigentlichen Einsatz.

Sie ließen sich auf einer warmen Betonbank am Parkplatz des Terminals nieder, und Max reichte Bram die Papiertüte. Bram nahm einen Schluck Wodka. Die Stadt und die Gebäude des Sheba lagen im Licht der untergehenden Sonne. Jenseits der Grünflächen befand sich ein Hubschrauberlandeplatz, auf dem drei Agusta-Bells standen, Insekten mit Vierblattrotoren und spitzen Nasen. Es waren antiquierte, für Rettungstransporte ausgerüstete Maschinen, sogenannte »MedEvacs«, die man vom niederländischen Militär übernommen hatte. Das rote Emblem von Magen David Adom prangte auf ihrem weißen Rumpf.

»Wie gehen deine Arbeit?«, fragte Max.

»Zäh«, antwortete Bram. »Wir haben in letzter Zeit wenig Glück.«

»Wenn du jemand brauchen, ich mitmachen.«

»Aber wir rasen nicht mit Sirene durch die Stadt.«

»Kinder finden, gute Arbeit. Schöne Arbeit.«

»Eine traurige Arbeit ist das.«

»Auch traurig, ja. Ich Kinder machen. Kinder gut. Ich wollen Kinder.«

»Hast du eine Freundin?«

»Ja. Freundin. In Moskau hatte Frau. Nach ein Jahr: Frau verrückt. Bilder in Kopf. Stimmen. Nix gut. In Krankenhaus. Tabletten. Drei Monate nix sagen. Ich jeden Tag besuchen. Frau mich nicht ansehen, nix sagen. Drei Monate keine Worte. Ich jeden Tag zwei Stunden fahren. Schöne Frau. Schöne Körper. Augen schwarz. Eltern Turkmenistan. Schöne Frau, ja. Drei Monat in Krankenhaus, dann springen. In Treppenhaus. Fünf Stock. Stimmen in Kopf. Frau auf Friedhof. Ich jede Woche reden dort, mit Stein, drei Jahre. Ich selbst bisschen verrückt. Dann weg. Jetzt Kinder machen. Mit Freundin.«

Max bot ihm erneut die Flasche an, aber Bram lehnte ab. Max trank selbst einen Schluck.

»Wo hast du sie kennengelernt?«

»Hier. Halbes Jahr. An Empfang.«

»Ist sie jetzt da?«

»Nein. Heute keine Dienst. Bei Eltern heute. Liebe Frau.«

»Möchte sie auch Kinder?«

»Nein.«

An einem anderen Ort auf der Welt hatte Rachel noch drei Kinder bekommen. Wo hatte sie die Kraft dazu hergenommen? Rachel hatte eine Erklärung für das Verschwinden des Kindes: Er, ihr Mann, hätte aufpassen und das Kind behüten müssen. Sie konnte weiterleben, weil die Schuld auf seinen Schultern ruhte. Und das war auch so.

Max trank noch einen weiteren Schluck, und Bram war

versucht, ihn darauf hinzuweisen, dass sie noch den ganzen Abend vor sich hatten, beschloss aber, bis zum vierten Schluck zu warten, ehe er ihn auf seine Trinkgewohnheiten ansprach. Max war ein fast zwei Meter großer Riese, der mindestens hundertfünfzig Kilo wog, und konnte eine Menge Wodka vertragen. Sein rotblondes Haar schien in der Abendsonne zu glühen.

»Land ohne Kinder«, sagte Max. »Palästinenser viele Kinder. Kinder Zukunft. Keine Kinder, dann alles zu Ende.« Er warf einen Blick auf Bram. »Wir alle Kinder machen. Frauen müssen alle schwanger. Gesetz müssen sagen: keine Kinder, dann Strafe. Alle zehn Kinder! Zwölf!«

»Wie die Chassiden«, sagte Bram.

»Ja, wie Chassiden! Wir bumsen wie Chassiden! Frauen immer schwanger! Oder wie Muslims! Vier Frauen! Zwanzig Kinder!«

»Vier Frauen?«, wiederholte Bram. »Mach dir das mal bewusst, Max: vier jüdische Frauen?«

Max lachte: »Ja, schwer. Vier Muslimfrauen leicht. Vier jüdisch Frauen schwer. Okay, eine! Aber viel schwanger! Darauf trinken!«

Max nahm die Papiertüte und setzte die Flasche an den Mund.

»Du auch trinken.« Er reichte Bram die Flasche.

In ihrem Rettungswagen ertönte die Stimme Hadassas. Max erhob sich, langte durch das geöffnete Fenster zum Mikro des Funkgeräts und meldete sich bei seiner Schwester. Er lauschte nickend und winkte Bram herbei. »*Totchas*«, sagte er. Er hängte das Mikro zurück und eilte um den Wagen herum.

»Ich fahren!«, rief er Bram zu, während er die Fahrertür öffnete.

Bram setzte sich neben ihn und sah durch die Windschutzscheibe Männer zu den Rettungshubschraubern rennen.

»Was ist ›totchas‹?«

»Russisch. Heißen ›sofort‹«, sagte Max und fuhr los. »Großalarm.«

»Wo?«, fragte Bram

»Kontrollposten Jaffa.«

3

Ayalon?«, fragte Max.

»Nimm die Begin, durchfahren bis zur Eilat.«

Alle Kommunikationskanäle von Magen David Adom waren aktiv. Hadassa lenkte die verfügbaren Wagen zu dem Kontrollposten. Millionen von Juden hatten »die Kurve gekratzt«, aber noch immer gab es in Tel Aviv am Feierabend Verkehrsstaus. Max lavierte den Chevrolet zwischen Stadtbussen und PKWs hindurch. Die Sirene heulte, und das Licht der beiden roten Blinklichter huschte über die Fassaden und spiegelte sich in Fensterscheiben und Autokarosserien wider.

Ikki rief auf Brams Handy an.

»Hast du gehört?«, brüllte er.

»Wir sind gerade unterwegs!«, antwortete Bram. »Ich hab jetzt keine Zeit!«

»Ich hab's gefühlt! Ich hab's gefühlt!«

»So was kann man nicht fühlen!«, brüllte Bram zurück.

»Du nicht, aber ich schon!«

»Ich hab keine Zeit!«, wiederholte Bram und brach die Verbindung ab.

Über den Dächern flog der erste Rettungshubschrauber. Die Nachricht von der Explosion war offenbar übers Radio bei den Verkehrsteilnehmern angelangt, denn auf einmal machten alle Fahrzeuge Platz, und der Rettungswagen hatte freie Fahrt. Max fuhr an die hundert. Wenn irgendwer die Sirene überhörte und an einer Kreuzung einfach bei Grün durchfuhr, würde es gewaltig krachen, oder sie würden sich bei einem Ausweichmanöver überschlagen.

Hadassa meldete sich: »Dreißig-vierundzwanzig?«

»Dreißig-vierundzwanzig«, antwortete Bram.

»Ich sehe euch auf der Navigation. Seitenstraßen werden jetzt gesperrt, der Platz vom zentralen Busbahnhof wird stillgelegt. Ihr könnt in drei Minuten da sein.«

»Sind weitere Wagen unterwegs?«

»Zwei sind schon dort. Ich schicke alles, was wir haben.«

»Dein Bruder ist Spitze.«

»Ich weiß. Over und aus, Dreißig-vierundzwanzig.«

»Over und aus«, sagte Bram.

»Schlimm?«, fragte Max.

»Ja. Schlimm.«

Der mittlere Teil der Straße war frei gemacht worden, und Max brachte die acht Zylinder des Chevrolet auf Touren. Gebäude schossen vorüber, Geschäfte, Apartmenthäuser. Sie näherten sich dem Viertel mit dem zentralen Busbahnhof, der früher die Drehscheibe des Landes gewesen war. Obwohl es inzwischen keine Busse mehr nach Haifa oder Eilat gab, herrschte nach wie vor ein chaotisches Treiben auf diesem Platz mit dem Markt, den kleinen Speiselokalen und den vielen Menschen, die per Bus in die Vorortviertel oder von dort zur Arbeit fuhren, weil sie sich kein Auto leisten konnten. Kaum zu fassen, dachte Bram, dass die Leute zur Arbeit gehen, Einkäufe machen, sich lieben, wie gewohnt, völlig alltäglich, während gleich nebenan ganze Völker Pläne schmieden, wie sie sie ausradieren könnten. Zu dieser Zeit waren die Buchhalter, Verkäufer und Mechaniker auf dem Heimweg, doch die Fahrbahn blieb leer. Auf dem Navigationsschirm bewegten sich Lichtpunkte aus dem gesamten Großraum auf den Grenzposten bei Jaffa zu. Mindestens dreißig Rettungswagen waren unterwegs.

»Raket?«, fragte Max, aufs Lenken konzentriert.

»Keine Ahnung.«

»Hätten Palästinenser müssen töten, alle!«, schrie Max und schlug mit der Faust aufs Lenkrad.

Bram reagierte nicht. Es gehörte zur tragischen Geschichte dieses Landes: Der jüdische Traum von der Rückkehr in das Land der Vorväter hatte bei den palästinensischen Arabern genau den gleichen Traum erzeugt. Früher hatte Bram darüber geschrieben. Er hatte noch irgendwo ein Manuskript, in dem es um die Staatsgründung ging – die Araber nannten sie die *nakba*, die Katastrophe. Es war ihm einmal beinahe entwendet worden, im alten deutschen Viertel. Damit hat alles angefangen, machte er sich bewusst. Wenn diese Jungs nicht versucht hätten, mich zu berauben, wäre ich eisern geblieben und hätte das Angebot von diesem Mann – Ericson? Johanson? – abgelehnt. Sei still, Erinnerung, dachte er.

Max folgte der Straße nach rechts, der Rehov Yafo, die nach einigen hundert Metern Rehov Eilat hieß. Am Ende dieser Straße lag Jaffa, hinter dicken Mauern, Hunderten von Kameras und Hunderten von Sensoren. Im Süden von Jaffa verlief erneut eine Grenze, die offizielle Grenze, wo man zwanzig Meter hohe Betonwälle errichtet hatte, genauso hoch wie die höchsten Abschnitte der Chinesischen

Mauer. Die Zahl der Infiltrationen war in den letzten Jahren stark zurückgegangen, doch nach wie vor gelang es jungen Männern – immer waren es junge Männer –, ins Land einzudringen. Erfindungsreich setzten sie Kameras und Sensoren außer Betrieb und konstruierten ausgetüftelte Gerüste, mit denen sie die Mauer überwanden, um Juden zu töten, bis sie selbst getötet wurden.

Der Rettungswagen näherte sich dem Stück Niemandsland entlang der Mauer um Jaffa, das vor zwei Jahren, nach langen Prozessen mit betroffenen Hauseigentümern und Arabern aus Jaffa mit Bulldozern geräumt worden war. Die Sonne sank jetzt rasch, und im Westen war der Himmel tiefrot, ja fast purpurn gefärbt, was einen schönen Sonnenaufgang über den palästinensischen Städten und ihrer Hauptstadt Jerusalem verhieß.

Max hielt mit dem Wagen geradewegs auf die Küste zu, schoss über die Kreuzung mit der Professor Yehezkel Kaufmann hinweg und musste scharf abbremsen, um die Rechtskurve nehmen zu können. Jetzt fuhren sie parallel zum Strand. Unter einem auf der Stelle schwebenden Chicken Wing genau vor ihnen, am Ende des Boulevards, wirbelte weißer und schwarzer Rauch in Richtung Jaffa, der von den kreiselnden Rotorblättern der beiden Hubschrauber, die auf der anderen Fahrbahn gelandet waren, weggefächelt wurde. Beide Hubschrauber wurden bereits beladen. Ein anderer Rettungswagen fuhr hundert Meter vor ihnen. Dutzende roter und blauer Blinklichter zuckten rund um den Kontrollposten. Polizei, Militärfahrzeuge, Feuerwehrautos, fünf, sechs Rettungswagen. Der Wagen vor ihnen war der siebte, der Dreißig-vierundzwanzig würde Nummer acht sein.

»Raket«, sagte Max.

Sie kamen näher und konnten jetzt Einzelheiten erkennen. Die Durchgangsschleuse war ganz und gar verschwunden, in Rauch aufgelöst, schien es, von einer mächtigen Hand weggerissen. Aus dem Wachgebäude daneben waren sämtliche Fenster herausgesprengt worden, und zwei qualmende, zerfetzte Militärfahrzeuge wurden mit weißem Schaum aus einer Löschkanone auf dem Dach eines Feuerwehrwagens bespritzt. Der Geruch von Verbrennendem, Holz, Textilien, Kunststoffen und noch etwas anderem – ein bitterer Geruch, der an tiefste Tabus rührte, sie hatten ihn beide schon gerochen –, drang in den Chevy. Max drosselte die Geschwindigkeit so spät wie möglich und hielt als Letzter in der Reihe der Rettungsfahrzeuge. Als er den Motor abstellte, hörten sie durch das Brüllen der stehenden Hubschrauber und das Röhren der schweren Dieselmotoren der Feuerwehrfahrzeuge und die Befehle der Soldaten hindurch die Schreie Verletzter. Und es stank, der dichte Rauch stach ihnen sofort in die Augen. Bram drehte sich der Magen um, er musste sauer aufstoßen, konnte sich aber gerade noch beherrschen.

Es waren schon Leute vor Ort, die den Ablauf organisierten. Tom Brandeis von der Dienstaufsicht von Magen David Adom kam auf sie zugerannt. Die Leute von der Aufsicht waren mit ihren Motorrädern überall als Erste zur Stelle.

Brandeis rief: »Zwei Verletzte auf ein Uhr von hier!«

Bram, der fühlte, wie ihm das Herz hämmerte, fragte: »Irgendwelches Zeug in der Luft?«

»Wir messen noch!«

Brandeis preschte zum nächsten Rettungswagen, und Bram und Max nahmen ihre Taschen mit Verbandsmaterial und Klammern und eilten an den Ort, den Brandeis angegeben hatte. Feuerwehrleute warfen Tücher über verbrannte Leichen, Sanitäter aus anderen Rettungswagen hockten bei Verletzten, die stumm vor sich hin starrten, andere Verletzte schrien, während sie auf ihre zerfetzten Beine blickten, eine Soldatin, deren Gesicht sich vom Kopf gelöst zu haben schien, hatte heftige Zuckungen. Sie traten auf Trümmerstücke aus Stein, Metall und Holz, wichen Fleischfetzen, einer abgetrennten Hand, einer weggesprengten Radkappe, auf der der verstümmelte Kopf eines Menschen lag, einem Unterschenkel in schwarzem Soldatenstiefel aus und hinterließen das Profil ihrer Gummisohlen in dem vielen Blut rings um sie herum. Ein Team orthodoxer Juden von der »Zaka« würde später die Leichenteile einsammeln, zwischen den Trümmern und in jedem Spalt des Straßenbelags nach den kleinsten Fleischfetzen suchen und alles in Plastiktüten tun, damit es namenlos bestattet werden konnte. Die größeren Leichenteile würden mittels DNA-Untersuchung identifiziert werden.

Es begann plötzlich zu wehen, weil die Hubschrauber abflogen und mit den schnelleren Umdrehungen ihrer Rotorblätter für Wirbel sorgten, und einige Sekunden lang übertönte ihr hohes Heulen alle anderen Geräusche.

Max hockte sich neben einen Mann mittleren Alters, einen Reservisten, mit großer Bauchwunde. Der Mann war noch bei Bewusstsein und stöhnte. Einige Meter weiter lag ein anderer Soldat mit blutüberströmtem Gesicht, aus dessen Mund Blut quoll. Innere Blutungen – er konnte daran ersticken. Bram zitterten die Hände, als er seine Tasche öffnete und sterile Tücher herausnahm. Er wischte die Lippen des Mannes ab und öffnete mit einer Zange dessen verkrampfte Kiefer. Aus der Mundhöhle strömte Blut. Bram drehte den Mann auf die Seite und setzte ihm eine Sauerstoffmaske auf. Er hörte Max fluchen: »Scheiß! Scheiß! Ich verlieren! Ich verlieren!« Über seine Schulter warf Bram ihm einen Blick zu. Mit aufgestützten Händen schaute Max hilflos auf den Mann hinunter.

»Meiner hat eine Chance!«, schrie Bram ihm zu. »Hol die Trage!«

Max sprang auf und eilte davon. Mit einem Messer schnitt Bram das Hemd des Soldaten auf. Er hatte eine breite Wunde quer durch Schulterblatt und Brust, vielleicht ein Metallsplitter von der Rakete oder von der Schleuse, die bei dem Anschlag in tausend Stücke gegangen war. Bram sprühte desinfizierenden und blutstillenden Schaum auf die Wunde und spannte dann ein großes Stück Kunsthaut darüber. Max legte die Trage neben dem Mann auf den Boden.

»Hölle«, sagte Max. »So Hölle. Wir verloren. Wahnsinnige Sieger.«

Der Chicken Wing über ihren Köpfen machte seine Scheinwerfer an, und mit einem Mal war der gesamte Ort in weißes Licht getaucht. Das Blut sah jetzt fast schwarz aus.

Auf dem unebenen Untergrund konnten sie die Trage nicht rollen, und so trugen sie den Mann zum Dreißig-vierundzwanzig. Hinter ihrem Wagen standen neun weitere Rettungswagen, und gerade landete wieder ein Hubschrauber, der Sand über die Straße wirbelte. Bram setzte sich nach hinten. Max startete den Chevrolet, wich Sanitätern mit Tragen aus und fuhr mit Vollgas auf den Boulevard, vorbei an nahenden Rettungswagen, die ihre Patienten noch holen mussten, und vorbei an den ersten Fernsehübertragungswagen mit ihren Schüsseln auf dem Dach. Die Sirenen des Dreißig-vierundzwanzig heulten. Brams Patient verlor viel Blut. Bram hatte ihm eine Betäubungsspritze gegeben, und die Schmerzsignale seines Körpers erreichten den Mann jetzt nicht mehr. Vorsichtig tupfte Bram ihm das Gesicht ab. Chaim Protzke! Sein Sohn spielte Fußball, ein Talent, so Chaim. »Solange es hier noch Jungen gibt, die Fußball spielen, besteht Hoffnung.« Hatte Chaim das gesagt, oder er selbst?

Bram brüllte ins Mikrofon seines Kopfhörers: »Max, fahr, wie du noch nie gefahren bist! Flieg!«

4

In der Kantine hing der graue Qualm von unzähligen schweren Zigaretten. Nachdem sie die Wagen sauber-gemacht hatten – sämtliche Apparaturen raus, ausspritzen, desinfizieren, Apparaturen wieder rein –, hatten sie sich ei-nen angesoffen. Zwischen den überquellenden Aschenbe-chern standen drei leere Wodkaflaschen. Alle Wagen dieses und der angrenzenden Bezirke waren im Einsatz gewesen, und jeder, der behandelt werden musste, war binnen einer Viertelstunde in ein Krankenhaus gebracht worden. Wäh-rend das Rettungspersonal sich betrank, kämpften Chirur-gen in Operationssälen um das Leben der Schwerverletzten. Eine OP-Mannschaft hatte den Dreißig-vierundzwanzig draußen erwartet und Protzke sofort in den OP gefahren. Bram war versucht gewesen, sie zu fragen, ob er durchkom-men würde, aber er wusste, dass sie nur die Achseln gezuckt hätten, bevor sie sich verbissen ans Werk machten.

Elf Tote, siebzehn Schwerverletzte, einunddreißig Leicht-verletzte – Bram sah eine Ordnung in diesen Zahlen. Es wa-ren Primzahlen. Die Differenz zwischen siebzehn und ein-unddreißig war vierzehn, beziehungsweise zwei mal sieben, ebenfalls eine Primzahl. Und die Differenz zwischen sieb-zehn und elf war sechs, und in der Sechs steckte zweimal die Primzahl Drei. Wieso Primzahlen?

Von den Leichtverletzten, die transportiert worden waren, hatte man keine besonderen Informationen aufgefangen. Zwei Militärfahrzeuge mit Reservisten, die von einer Übung an der Südgrenze zwischen Jaffa und Aschdod kamen, waren gerade durch die Schleuse gelotst worden, als sich die Explosion ereignete. Kein Einziger von ihnen war unversehrt geblieben. Drei Soldaten vom Kontrollposten waren getötet worden, drei waren schwer verletzt, fünf leicht. Alles Primzahlen.

Nach einem Anschlag oder einem anderen Großeinsatz blieb es in der Rettungswache meistens stundenlang still. Keine Selbstmorde, keine Herzinfarkte, keine Verkehrsunfälle – als sei der Tod für eine Weile gesättigt und schlafe zufrieden seinen Rausch aus. Aber wenn jetzt doch ein Notruf kam, würde sich die gesamte Mannschaft blamieren: Sie waren inzwischen betrunken oder zumindest beschwipst. Um Mitternacht kam die nächste Schicht, und sie bauten darauf, dass sie, solange der Stadtstaat vom Schock des Anschlags gelähmt war, nicht mehr auszurücken brauchten.

»War Raket«, meinte Max. »Palästinenser haben Raket gefeuert. Reservist dort erzählen. Lichtblitz gesehen.«

»Oder jemand aus Jaffa hat sich in die Luft gesprengt«, sagte Ronnie Katz, ein Architekt, der jetzt das Faktotum spielte. Gebaut wurde nichts mehr.

»Keine Araber durch Schleuse«, behauptete Max. »Arabisch DNA! War Raket.«

»Vielleicht war irgendwas an der Schleuse defekt. Oder er hatte jüdische Vorfahren«, erwiderte Katz.

»Quatsch«, widersprach Max, »Palästinenser kein jüdisch Blut.«

»Eine Granate?«, erwog Baruch Peretz, der Mann vom früheren ›Hilton‹.

»Hat nicht solche Auswirkungen«, entgegnete Ted Joffe, Englischlehrer.

»Groß Knall. Groß Explosion. Raket«, bekräftigte Max.

»Sie haben erst kürzlich neue Radargeräte aufgestellt. Damit kann man sehen, ob es eine Rakete war«, sagte Zev Miran, der mit gebrauchten Computern handelte.

»War Raket«, beharrte Max.

»Die Frage ist: Wer hat sie abgefeuert?«, meinte Reuven Baumel. Er hatte einen Imbiss, und die Rettungssanitäter bekamen bei ihm fünfzig Prozent Preisnachlass.

»Die haben Araber abgefeuert«, antwortete Ted Joffe.

»Klar«, sagte Reuven Baumel, »aber welche?«

Baruch Peretz, der *Food and Beverage Manager,* sagte: »Womöglich kam sie aus Afghanistan. Ich meine: Heute ist doch alles möglich. Jeder kann uns von wer weiß wo auf der Welt eine Rakete in den Arsch schießen.«

»Stimmt«, bestätigte Max nickend. »Was du meinen, Bram?«

»Eine Rakete. Aber nicht aus Afghanistan. Aus größerer Nähe. Der Radar hat das Ding natürlich schon aufgefangen, aber die Raketenabwehr hat's nicht mehr runterholen können. War zu nah dran.«

»Stimmt«, sagte Max mit erhobenem Finger. Er hatte eine ganze Flasche allein ausgetrunken.

»Ich bin gespannt, ob wir zurückschlagen werden«, sagte Baruch Peretz.

»Wir Exempel machen«, sagte Max. »Lehre für Araber. Jetzt Schluss. Aschkalon bumm! Weg!«

»In Aschkalon stehen Gebäude von mir«, sagte Ronnie Katz, der Architekt.

»Wer da wohnen?«, fragte Max.

»Das ist mir egal.«

»Nix egal! Nix egal!«, polterte Max. »Ihr nix verstehen! Darum Land jetzt klein. Galiläa weg! Negev weg! Jerusalem weg! Lernen von Wladimir Wladimirowitsch Putin! Er zweiundsiebzig. Groß Führer. Er kennen Macht. Acht Jahr Präsident, vier Jahr Premierminister. Dann: acht Jahr Präsident, vier Jahr Premierminister. Jetzt wieder Präsident. Er zerstören Tschetschenien. Er zerstören Georgien. Er zerstören Aserbeidschan...«

»Aber an Kasachstan hat er sich nicht rangetraut«, unterbrach ihn Peretz. Nach dem Erdbeben, das auch den Weltraumbahnhof Baikonur zerstört hatte, hatten im bergigen Süden die islamischen Volksgruppen die Macht ergriffen. Putin hatte den gesamten Norden besetzt, aber aus Angst vor einem zweiten Afghanistan hatte er es nicht gewagt, seine Truppen weiter nach Süden zu schicken.

»Noch kommen! Paar Jahr! Dann auch Kasachstan wieder russisch! Putin Russland groß Reich machen. Er Bewunderung von Menschen. Menschen stolz. Er Feinde vernichten. Nix gut? Dann Feinde vernichten dich! Putin verstehen Macht. Ihr nix verstehen.« Max wedelte mit seinem erhobenen Finger und schüttelte den Kopf. »Warum? Warum ihr nix verstehen Macht?« Er blickte in die Runde, ganz Mittelpunkt des Interesses. Keiner antwortete. »Ich euch sagen. Ihr Juden aus Europa. Europa! Ihr denken: Macht weg! Kein Macht mehr da! Ich lachen! Macht überall!«, schrie er. Er hielt kurz inne, um zu Atem zu kommen.

»Macht wichtig. Macht weg in Negev. Macht weg in Norden. Macht weg in Haifa. Macht weg in Eilat. Macht weg in Jerusalem. Ihr nix verstehen. Feinde vernichten. Immer. Feinde vernichten. So Leben. So Welt. So alles.«

Max zündete sich eine Zigarette an und starrte glasig vor sich hin.

»In Aschkalon steht mein schönstes Gebäude«, sagte Ronnie Katz fast entschuldigend.

»Gut«, befand Max nickend. Katz stand auf und setzte sich an den Computer. Er tippte etwas ein, und auf dem Bildschirm erschien ein vieleckiges Gebäude aus Glaselementen, eine riesige Kugel aus Hunderten von Facetten.

»Das hast du entworfen? Ich bin ein paarmal dort gewesen«, sagte Peretz, der in einem Hotel ohne Gäste für Speisen und Getränke zuständig war.

Ted Joffe, der Lehrer, der vor halb leeren Klassen stand, sagte: »Ich war auch schon mal da. Wer nicht? Es war eine Sensation, als es eröffnet wurde.«

»Kunst«, murmelte Max. »Schön. Ich weinen in Herz.« Er erhob sich unsicher und legte eine seiner Pranken auf Katz' Schulter, um sich aufrecht halten zu können. »Ich entschuldigen. Schön. Du Künstler, Ronnie, du Exzeption. Ich verbeugen. Schön.«

Peretz bemerkte: »Mein Neffe hat dort seine Bar-Mizwa gefeiert. Ein großes Fest. Tolles Gebäude.«

»War Schul?«, fragte Max.

»Ja«, bestätigte Katz nickend.

»Schul jetzt?«

Katz klickte das Bild weg und setzte sich wieder an den Tisch. Mit grauem Gesicht goss er sich Wodka ein.

»Was da jetzt?«, fragte Max in die Runde. Er wankte. Auch er kam wieder zum Tisch und ließ sich auf den Stuhl sinken.

»Alle schweigen?«, fragte er theatralisch, mit ausgebreiteten Armen. »Alle schweigen«, wiederholte er leise. »Ich denken. Ich raten. Ich tief, tief denken. Ich... tippen: Moschee. Moschee!« Er lachte und stieß sich mit dem Finger an die Brust. »Ich tippen, und ich recht. Moschee! War Schul! Jetzt Moschee! Ronnie machen. Schön bauen, Ronnie. Du echt Meister. Ich weinen in Herz.«

Hadassa betrat die Kantine und wedelte mit übertriebener Gebärde den Zigarettenrauch von sich: »Herrschaften, kann denn hier keiner mal die Türen aufmachen?« Sie öffnete die breite Tür zum Hof, auf dem die Rettungswagen standen, in Reih und Glied, abfahrbereit.

Während sie sich wieder zu ihnen umdrehte, sagte sie: »Der Pressesprecher des Heeres hat es gerade bestätigt. Rakete.«

»*Holy shit*...«, murmelte Katz.

»Was werden sie tun?«, fragte Peretz.

Max schlug mit der Faust auf den Tisch. Die Gläser klirrten. »Nix tun! Nur reden! Offiziell Protest!«

»Gib nicht so an«, sagte Hadassa, »du bist besoffen.«

Bram sagte: »Das ist der schwerste Anschlag seit... seit zwei Jahren?«

»Der letzte war diese Infiltration am Strand. Vor zwei Jahren und drei Wochen«, sagte Peretz, der Hotelangestellte. »Ich war mittendrin, sie kamen zu uns rein. Danach hat Hilton sich zurückgezogen.«

Reuven Baumel, der sich rühmte, die besten Falafel der

Stadt zu machen, sagte: »Rakete drauf, Ost-Jerusalem. Nein, zehn Raketen drauf.«

Zev Miran, der Computermann, entgegnete: »Ach, komm, Reuven, du weißt, dass sie das nicht machen werden. Das lässt sich die internationale Gemeinschaft doch nicht bieten.«

»*Fuck* international Gemeinschaft!«, rief Max.

»Herrschaften«, sagte Hadassa, »ich habe zu arbeiten. Lasst ihr euch mal was einfallen, okay?«

Sie ging in die Leitstelle zurück. Keiner wusste, wieso es hier eine Geschlechtertrennung gab: Die Einsatzkräfte waren Männer, die Leitstelle war ausschließlich in weiblicher Hand.

Miran sagte: »Eine gezielte Aktion. Ihre gesamte Regierung in die Luft jagen.«

»Ja, das gibt dann hübsche Reaktionen im Sicherheitsrat«, bemerkte Ronnie Katz.

»Ist denn bekannt, woher die Rakete kam? Womöglich war sie aus Paraguay«, warf Bram ein. »Wir können gar nichts tun außer abwarten.«

»Sofort zurückschlagen«, sagte Baumel.

»He, ihr Wichser«, tönte es da aus der geöffneten Tür.

Dov Ohayoun, der Filmstar, kam mit zwei vollen Einkaufstaschen herein. »Ich dachte mir, ihr habt sicher Durst. Und ich hab auch was zu mampfen dabei. Hummus, Falafel, Würstchen und und und.«

»Ich stolz auf dich, Junge!«, sagte Max. »Wir fahren, du bumsen.«

»Stimmt das, was er uns erzählt hat?«, fragte Baumel mit einer Kopfbewegung zu Max.

»Was hat er denn erzählt?« Dov stellte seine Taschen auf den Tisch. In der einen waren Flaschen, in der anderen mit Alufolie umwickelte Essensbehälter. Dov hatte pechschwarze Augen und einen dunklen Hautton, aber er war kein Jemenit. Die Großeltern sowohl seines Vaters wie seiner Mutter stammten aus Marrakesch.

»Von dem Schnuckelchen und der Oma«, sagte Baumel.

Dov fragte: »Was denn?«

»Dass du sie in ihrem Schlafzimmer gefickt hast, wo ihre tote Oma im Nebenzimmer noch warm war.«

»Das hat Max erzählt?«

»Ja«, brummte Max.

»Stimmt nicht«, sagte Dov.

»Doch stimmt«, sagte Max.

»Nein, stimmt nicht.«

»Doch«, beharrte Max.

»Wieso nicht?«, fragte Baumel. »Es hörte sich eigentlich ganz glaubwürdig an.«

»Es war nicht im Schlafzimmer«, sagte Dov obenhin. »Ich hab sie in der Küche gebumst.«

5

Ein frischer Morgen ohne den Gestank – nach Kloake und brackigem Meerwasser –, der hier häufig zwischen den Gebäuden hing. Die prickelnde Morgenluft linderte das Dröhnen in seinem Kopf, während er Hendrikus gemächlich zum Hundepissoir im Herzen des Bauhausviertels folgte.

Er war schon auf den Anruf gefasst, wie meistens um diese Zeit.

»Ruf ich zu früh an?«, fragte Ikki.

»Ich lass gerade Hendrikus raus«, antwortete Bram.

»Du hattest Dienst, hm?«

»Ja. Und wenn nicht, hätten sie mich rausgetrommelt. Sie brauchten jeden Mann.«

»Wir hätten auch dort sein können, ist dir das klar?«

»Wir waren aber nicht da«, erwiderte Bram schroff.

»Wenn es ein paar Stunden früher passiert wäre...«

»Was soll der Quatsch, Ikki? Es ist nicht früher passiert. Die Rakete kam später«, sagte Bram.

»Eine Rakete? Also, ich weiß nicht«, sagte Ikki.

»Hast du denn was anderes gehört?«, fragte Bram verärgert.

»Ich gehe nur nach meinem Gefühl.«

»Ikki... Hör auf damit!«

»Bram, ich wollte eigentlich nicht damit anfangen, und ich wollte es eigentlich nicht sagen, aber jetzt tue ich es doch: Ich wusste es! Was gestern passiert ist, habe ich gefühlt! Und wenn du ehrlich bist, sagst du jetzt: Ja, Ikki, du hast recht, du hast eine besondere Intuition.«

»Dir war schlecht. Oder du hattest einfach Schiss. Hör jetzt auf mit dem Käse.«

»Nein«, entgegnete Ikki kurz.

»Hör zu, Ikki«, sagte Bram. »Es ist frappierend, das räume ich ein, aber ist man ein Genie oder ein Hellseher, wenn man vorhersagt, dass ein mit Juden bemannter Militärposten eines Tages von Arabern angegriffen werden wird?«

»Ich habe es gefühlt, das ist alles, was ich weiß. Ich hätte sie warnen müssen.«

»Sie hätten dir nicht geglaubt.«

»Trotzdem hätte ich sie informieren müssen.«

»Tu's, wenn du wieder mal eine Vorahnung hast, in Ordnung?«, schlug Bram vor.

»Wann gehst du zu Saras Mutter?«

Bram seufzte: »Nachher. Ich ruf dich an.«

»Soll ich mitkommen?«

»Nein. Hör zu, ich stehe hier am Hundeklo, es stinkt wie die Pest, und aus irgendwelchen Gründen kann ich mich nicht vom Fleck bewegen, solange ich mit dir telefoniere... Wir sehen uns später im Büro.«

Der Körper hatte eine eigene Form von Gedächtnis, einen Rhythmus mit Automatismen, auf die das Bewusstsein keinen Einfluss hatte. Hartog legte die Hände auf die Chromstange, die an der Badezimmerwand angebracht worden war, und hielt sich fest, während Bram sich Gummihandschuhe überzog und vorsichtig die Windelhose runterschob, über die dünnen, langen Beine, mit denen Hartog sich einst hastig, aber ohne zu wanken, auf der Erde bewegt hatte, von Hörsälen zu Labors, von seinem Sitz im Ballsaal des ›Grand Hotel‹ in Stockholm zum Podium, um den Preis entgegenzunehmen, vom Güterwaggon zum Hungermarsch, als die Nazis auf der Flucht vor Stalins Truppen die letzten Juden aus den Baracken der Vernichtungslager geprügelt und vor sich her getrieben hatten. Groß zu sein war damals nicht von Vorteil gewesen. Häufiger als andere war Hartog von Lagerwärtern zusammengeschlagen worden. »Ich bin immer wieder aufgestanden«, hatte sein Vater ihm erzählt. »Aber nicht sofort. Denn wenn du den Fehler gemacht hast, haben sie dich gleich ein zweites Mal niedergeschlagen. Mit einem Stock, einem Gewehrkolben oder einer Peitsche. Eine Weile liegen bleiben, die Wut abebben lassen, und eine Weile an nichts denken. Und erst dann wieder aufstehen. Es sei denn, sie brüllten, dass du aufstehen solltest. Dann bist du natürlich aufgestanden.«

Den restlichen Kot zwischen seinen Beinen wischte Bram mit einem feuchten Tuch weg. Normalerweise konnte er dabei Erinnerungen unterdrücken, aber an diesem Tag gelang ihm das seltsamerweise nicht. Nein. Er cremte die entzündeten Stellen mit einer Hautsalbe ein und zog seinem Vater eine saubere Windelhose an. Mit winzigen Schrittchen, mit denen er jeweils nicht mehr als fünf Zentimeter überbrückte, ließ sich Hartog ins Schlafzimmer geleiten. Seine Gliedmaßen zitterten – die Muskeln unter seiner bleichen, faltigen Haut hatten gerade noch die Kraft, ihn auf den Beinen zu halten –, und sein Kopf wackelte hin und her. Dieses Zittern schien sich zu verschlimmern, Bram musste eine Notiz darüber machen. Er half seinem Vater aufs Bett, deckte ihn mit einem Laken zu und küsste ihn auf die einst so geniale Stirn. Danach gab er Hendrikus frisches Wasser.

Rita hatte einen Schlüssel zu ihrer Wohnung, aber sie klingelte immer, wenn sie wusste, dass Bram zu Hause war. Sie trug eine volle Einkaufstasche und ein Kopfkissen. Die Tasche stellte sie neben dem Wohnzimmersofa ab, das Kissen klopfte sie mit beiden Händen auf, dass es sich bauschte.

»Für den Fall, dass es spät wird... Ich schlafe nicht gut, wenn ich nicht mein eigenes Kissen habe.«

»Ich weiß noch nicht, wann ich heute zu Hause bin«, erklärte Bram. »Ich versuche, gegen Abend wieder da zu sein, ja?«

»Sie bezahlen mich pro Stunde, Professor, je länger Sie wegbleiben, desto reicher werde ich. Schläft er?«

»Ja.«

Sie zog ihr Mobiltelefon hervor und blickte angestrengt, das Telefon in der ausgestreckten Hand, auf das Display. »Einen Moment«, sagte sie, »ich muss Ihnen etwas vorspielen.«

Sie beugte sich über ihre Tasche, fand ihre Lesebrille und drückte eine Taste ihres Handys, das sie Bram vors Gesicht hielt.

Metallisch ertönte die Stimme seines Vaters aus dem Apparat: »Kap gaza oemma deninzin tezuister. Auwjeck, rauw. Rauw rauw rauw. Auwjeck. Gottverdammt.«

Strahlend sah Rita ihn an und wartete auf eine dankbare Reaktion.

Bram fragte: »War es das?«

»Ja. Was hat er gesagt?«

»Er sagte... Er sagte, dass er froh ist, dass Sie sich um ihn kümmern. Könnten Sie es mir noch einmal vorspielen?«

Sie zog das Handy an ihre Brust, suchte nach der Taste und drückte sie. Dann hielt sie den Apparat rasch wieder vor Brams Gesicht, mit gestrecktem Arm, als stünden sie hier in einem Sturm, der jeden Ton verschlucken würde, wenn sie den Lautsprecher nicht nah genug an Brams Ohr hielt.

»Kap gaza oemma deninzin tezuister. Auwjeck, rauw. Rauw rauw rauw. Auwjeck. Gottverdammt.«

Es war so. Hartog hatte tatsächlich gesprochen. Er hatte »gottverdammt« gesagt. Von allen Wörtern, die er hätte finden können, war dies das einzige gewesen, das sein Vater nach einem ausgefüllten, mehr als dreiundneunzigjährigen Leben für äußernswert gehalten hatte. Vielleicht trugen für Hartog auch die anderen Laute eine Bedeutung, aber nur dieses eine hatte er klar und exakt artikuliert. Und was bedeutete »rauw rauw rauw«?

»Können Sie mir sagen, wo er war, als er das gesagt hat?«

»Hier am Tisch. Da sitzen wir einander gegenüber und ich erzähle. Dieses und jenes. Und da hat er das gesagt.«

»Hat er Sie dabei angesehen?«

»Nein. Er hat es vor sich hin gesagt, so ein bisschen in sich hinein.«

Falls Hartog einen hellen Moment gehabt hatte und ihm bewusst geworden war, dass er endlosem Geplapper lauschte, hatte er Rita verflucht.

Bram nahm das Heft, in dem er über den Zustand seines

Vaters Buch führte, und hörte sich ein drittes Mal an, was Rita aufgenommen hatte. Er schrieb die Laute auf: »Kap gaza oemma deninzin tezuister. Auwjeck, rauw. Rauw rauw rauw. Auwjeck. Gottverdammt.«

Er hatte keine Ahnung, was Hartog meinte. Vermutlich meinte er gar nichts. Bram vermerkte das dazugehörige Datum. Dann nahm er den Umschlag mit dem Foto aus der Schublade und machte sich auf den Weg zu Saras Mutter.

6

Batja Lapinski wohnte in einem verfallenen Apartment-haus in einer schmalen Straße ohne Bäume südlich vom Rabin-Platz. Es war ein schmuckloses Gebäude mit kleinen Balkonen, auf denen Hosen und T-Shirts und Un-terwäsche an Trockengestellen hingen. Es war windstill, keines der Kleidungsstücke bewegte sich. Einige der Apart-ments hatten sich hinter Rollläden versteckt, aber hinter den meisten Fenstern sah man auch tagsüber den Widerschein von Lampenlicht und ruhelosen Fernsehbildern. Bram hörte Stimmen, Lautfetzen von Filmen und Talkshows, klassische Musik. Sonnenlicht strich über die von Rissen durchzogene, bröckelnde Fassade. Die Tür zum Treppenhaus war ver-schlossen. Er schaute auf die Namensschildchen der Be-wohner, fand in einem der rechteckigen Fensterchen den Namen Lapinski, drückte auf den kleinen, runden Klingel-knopf und beugte sich in Erwartung einer Stimme zu der mit einem Metallrost abgedeckten Gegensprechanlage hin-unter. Apartment 608. Im sechsten Stock, dem höchsten. Eine von acht Wohnungen, die jede Etage hatte. Gute Zahl. Schön in Zweien zu teilen, schön zu multiplizieren. Dreißig, vierzig Meter weiter trat eine Gruppe von Männern aus ei-nem anderen Gebäude auf die Straße hinaus, in lauter Un-terhaltung, die Bram aber nicht verstehen konnte, Männer in gebügelten kurzärmligen Hemden, mit Bäuchen über spannenden Jeans, selbstzufrieden, deren Lachen – worüber? Durften sie das Land verlassen? – sich verflüchtigte, als sie um eine Ecke bogen. Bram drückte noch einmal auf die Klingel. Seltsamerweise empfand er gar nichts. Er musste es ihr sagen, musste es ihr als die unausweichliche Tatsache mitteilen, die es nun mal war. Dass das Mädchen tot war. Dass es krank geworden und daran gestorben war. Wie seit Anbeginn der Menschheit Mädchen starben, allein und unbehütet, ohne Vater oder Mutter, die ihm über Wange und Stirn strichen und ihm zuflüsterten, dass alles wieder gut werden würde. Mädchen wurden weggegeben, verheiratet, verkauft, gekidnappt, geraubt – vor Ewigkeiten hatte Bram Vorlesungen über die Geschichte des Nahen und Mittleren Ostens gehalten, über die Kulturen und Traditionen der semitischen, arabischen, türkischen und persischen Völker, und es wunderte ihn nicht, dass die meisten verschwundenen Kinder in seiner Computerdatei Mädchen waren. Sie konnten zehn, fünfzehn Kinder gebären, mit ein wenig Glück mehr Söhne als Töchter. Die palästinensischen Araber hatten die Juden mit ihren Gebärmüttern besiegt. Die mächtigen Waffen der Juden waren machtlos gegen die palästinensischen Spermien, die sich fruchtbarer Eizellen bemächtigten. Auch die Eizellen kleiner Jüdinnen konnten Muslime hervorbringen – hin und wieder verschwand ein Mädchen im Meer, hin und wieder wurde auch eines von einer Frau mitgenommen, die von der Natur ausgeschlossen worden war, aber die meisten Mädchen landeten »drüben«, mittels Juden, die der Elektronik und den Sicherheitsmauern der Grenzbewachung ein Schnippchen schlagen konnten, die Schmuggelrouten kannten und sich damit einen Bonus einheimsten. Bram drückte ein drittes Mal auf die Klingel, obwohl ihm längst klar war, dass Sara Lapinskis Mutter nicht zu Hause war. Sie war Apothekenhelferin und hatte vermutlich Dienst. Er hätte Ikki anrufen und fragen können, in welcher Apotheke sie arbeitete, aber er wollte sie dort nicht ansprechen – er konnte sie doch nicht während ihrer Arbeit, mal so eben zwischendurch, mit der Nachricht vom Tod ihres Kindes konfrontieren! Es fragte sich allerdings auch, ob er das Recht hatte, sie nach den Hunderten von Nächten, die sie erschöpft darauf gewartet hatte, dass der Sonnenaufgang ihr ein Lebenszeichen von ihrer Tochter bringen würde, noch eine weitere Nacht im Ungewissen zu lassen.

Er blieb einen Moment unentschlossen stehen, und dabei kam ihm zu Bewusstsein, dass die Belege, über die sie verfügten, keine ausreichende Grundlage für die Benachrichtigung über Saras Tod darstellten. Ein Totenbild von dem Mädchen? Muslime machten das genauso wenig wie Juden. Wer war dieser verrückte Basketballfan Johnny? Wer war er, dass man seinen Worten Glauben schenken könnte? Und vielleicht hatte man das Foto bearbeitet, und Sara wartete in irgendeinem arabischen Bergdorf auf den Tag, da man sie verheiraten würde. Es war Unsinn, Batja Lapinski über den Tod ihrer Tochter zu informieren.

Ihr kleines Büro war in einer ehemaligen Bankfiliale Ecke Ben Yehuda/Frishman untergebracht. Draußen an der Wand, neben den gläsernen Eingangstüren, hingen vier nutzlos gewordene Geldautomaten, demoliert, zerkratzt, mit Filzstift und Messerspitzen beschrieben. Das Büro hatte einen Warteraum mit cremefarbenem Marmorfußboden, auf dem ohne weiteres hundert Menschen vor einer Wand aus zehn Eichenholzschaltern stehen konnten. Hinter diesen Schaltern hatten sie inmitten von rund zwanzig Tischen, an denen Bankangestellte Millionen gezählt hatten, ihre kleine Zentrale errichtet: Auf zwei gegeneinandergeschobenen Tischen standen Apples mit großen externen Festplatten. Mitunter saßen sie einander dort tagelang gegenüber und recherchierten, telefonierten, stritten. Mitunter mieden sie die Filiale tagelang. Der Name ihres Büros war nicht nur eine ironische Anspielung auf die ursprüngliche Bestimmung des Gebäudes – sie verfügten auch über eine riesige Datenbank, die mit denen von Schwesterbüros in Amerika und Europa vernetzt war. Die Räume hatten jahrelang leer gestanden, bevor die Bank sie ihnen für den symbolischen Preis von einem Euro pro Jahr vermietet hatte. Die Raumpflege übernahmen sie selbst, doch die hohen Fenster hatten sie noch nie geputzt; die Kreuzung draußen lag schemenhaft hinter staubigem Glas, als herrschte ständig Nebel.

Ikki hatte Kaffee und Muffins geholt. Auf dem Tisch lagen sämtliche Zeitungen, auf dem Computer war die Homepage eines Nachrichtensenders angeklickt.

»Eine Rakete«, sagte Ikki, als Bram Platz nahm. »Sie wurde zu spät vom Radar entdeckt. Da konnten sie sie nicht mehr rechtzeitig vom Himmel holen.« Er schob Bram die *Haaretz* zu.

»Wer hat sie abgefeuert?«

»Wissen sie nicht. Kam von weit her. Alles denkbar. Vielleicht von einem Schiff im Indischen Ozean. Wir müssen zurückschlagen. Aber wen sollen wir bestrafen?«

»Vielleicht kommen sie dahinter, wenn sie untersucht haben, was für eine Rakete es war«, erwiderte Bram. »Der Junge, der gerade Dienst hatte...«

»Protzke«, sagte Ikki.

»Er hatte den ganzen Tag Dienst. Sah übel aus.«

»Ich hoffe, dass sie die Ärsche, die das getan haben, zuerst ihr eigenes Gedärm fressen lassen, bevor sie sie exekutieren.«

»*Dream on*«, entgegnete Bram.

»Wie war's bei Saras Mutter?«

Auch bei früheren Fällen war Ikki schon so begierig darauf gewesen zu hören, wie die Hinterbliebenen reagiert hatten. Anfangs hatte Bram diese exaltierte Neugier abgestoßen, aber dann war ihm rasch klargeworden, dass das Ikkis Art war, mit einem Fall abschließen zu können – er benötigte ein Ritual. Er weinte, und dann war die Sache erledigt.

»Sie war nicht zu Hause.«

»Sie ist jetzt natürlich bei der Arbeit. In dieser großen Apotheke Ecke Ben Gurion. Bist du nicht dort gewesen?«

»Ich möchte abwarten, bis sie zu Hause ist.«

Ikki sah ihn erstaunt an: »Sonst sagst du immer, wir müssen die Eltern sofort informieren.«

»Was wissen wir denn eigentlich? Wir berufen uns auf einen Witzbold, der für Tarzan schwärmt und behauptet, er wette auf Rennen, deren Ergebnis längst feststeht. Hast du mit Samir gesprochen?«

»Ich habe ihn noch nicht erreicht. Aber... Was meinst du mit ›was wissen wir eigentlich‹?«, sagte Ikki. »Glaubst du wirklich, dass sich dieser Johnny so viel Geld entgehen lassen würde?«

»Vielleicht wollte er ja erst mit einem Tipp schnelles Geld machen. Hatte was von einer kleinen Jüdin aufgeschnappt, die sie nach drüben geschmuggelt hatten. Und dann hat er es sich anders überlegt. Plötzliche Gewissensbisse. Oder Angst – ja, vergiss das mit den Gewissensbissen, ein Gewissen kennen die nicht –, Angst, dass er als Verräter auffliegt, da könnte er nämlich eines schönen Tages seine Eier auf dem Balkon hängen sehen. Komm schon, Ikki, was haben wir denn in der Hand? Wir waren drauf und dran, etwas furchtbar Dummes zu machen.« Er schob Ikki den Umschlag hin. »Sieh dir das Foto an. Könnten sie das nicht manipuliert haben?«

Ikki rückte näher an den Tisch heran, nahm das Foto aus dem Umschlag und ließ es auf sich wirken.

»Das lässt sich so auf Anhieb nicht beurteilen«, sagte er. »Es könnte manipuliert sein. Mit den heutigen Programmen kannst du wirklich alles machen. Da brauchen sogar Experten Tage, um herauszufinden, was echt ist und was getürkt. Aber... Warum lässt Johnny uns kommen, wenn es ihm nichts bringt? Dieses Foto... Haben sie das Mädchen posieren lassen? Diese Blumen?«

»Hast du je eine islamische Beisetzung mit so einem Totenbett gesehen?«, fragte Bram. »Das sieht ja aus wie bei Katholiken. Wie konnten wir bloß auf so was reinfallen!«

Ikki nickte, während er das Foto in seiner Hand betrachtete: »Scheiße.«

Bram sagte: »Noch mal: Du bekommst also einen Tipp von Samir...«

Ikki schaute von dem Foto auf: »Ja. Dass sein Vetter was weiß.«

»Und das betraf ausdrücklich Sara Lapinski?«

Ikki nickte: »Name, ehemalige Adresse, Geburtsdatum. Ich hab zu Samir gesagt: Er soll anrufen. Hat er gemacht.«

»Und es hieß, er könne sie freikaufen?«

»Er sagte, für einen ansehnlichen Betrag könne er die Leute, die für sie gesorgt haben...«

»Hat Johnny das so gesagt: für sie gesorgt haben?«

»Ja. Dass er glaubte, sie könnten sie gehen lassen. Sie seien in Geldschwierigkeiten.«

»Okay. Die Geschichte geht also so: Mädchen wird entführt, von wem auch immer, wird an Leute irgendwo drüben verkauft, die kommen in Schwierigkeiten und wollen Geld mit dem Mädchen machen.«

»Klingt doch plausibel, oder?«, fragte Ikki mit unsicherem Blick.

»Ja, kann passieren. Aber warum sagt Johnny uns, dass sie tot ist?«

»Hast du schon mal so ein Foto gesehen?«

»Du meinst, seit ich dieses abartige Büro habe?«

Ikki nickte.

»Nein«, sagte Bram.

»Wär das nicht ein Grund, Johnny zu glauben?«

»Es gibt keinen einzigen Grund dafür, irgendeinem Palästinenser, der sich Johnny nennt, zu glauben«, sagte Bram. »Und ich könnte mich ohrfeigen, dass ich vorhin bei Batja Lapinski vor der Tür stand.«

»Ich glaube, dass sie wirklich tot ist«, sagte Ikki fast entschuldigend.

»Das glaube ich auch… Aber wir haben keinen Beweis außer diesem katholischen Foto und einer Geschichte über Tarzan.«

»Über Tarzan?«

»Du weißt doch jetzt alles über Johnny Weissmüller, oder?«

»Katholische Palästinenser«, sagte Ikki.

»Was meinst du?«, fragte Bram, obwohl er sofort wusste, dass Ikkis Bemerkung richtig gewesen war.

»Die Leute, die ›für sie gesorgt haben‹, waren katholische Palästinenser.«

»Orthodoxe«, sagte Bram. »Griechisch-Orthodoxe. Russisch-Orthodoxe. Gibt es nicht viele. Die meisten sind in Jerusalem. Und auch einige Gruppen in Bethlehem.«

Sie sahen einander an und wussten beide, dass sie jetzt eine konkrete Spur hatten.

»Tarzan hat uns also doch einen Tipp gegeben«, sagte Bram. »Gratis und umsonst.«

Ikki klemmte sich hinter seinen Computer. »Wie viele Mädchen dieses Alters haben im vergangenen Jahr in Palästina eine christlich-orthodoxe Beisetzung bekommen?«

»In einer Gemeinde von zwanzig-, dreißigtausend Menschen? Ein achtjähriges Mädchen? Können nicht mehr als zwei oder drei gewesen sein«, schätzte Bram. »Vielleicht auch mehr, ich kenne keine Zahlen über die Kindersterblichkeit bei denen.«

Ikki nickte und holte sich eine Liste mit Links zu palästinensischen Gemeinderegistern auf den Bildschirm.

Das Display von Brams Handy leuchtete auf, und er sah eine unbekannte Nummer: »Hallo?«

»Sheba Medical.« Eine Frauenstimme. »Spreche ich mit Professor Mannheim?«

»Ja.«

»Ich soll Ihnen etwas von Chaim Protzke ausrichten.«

»*Von* ihm?«

»Ja. Er bat mich, Sie anzurufen und Ihnen zu danken.«

»Oh... Das ist schön zu hören.« Er schaute zu Ikki hinüber, der sich aufsetzte und ihn erwartungsvoll ansah. »War es ernst?« Er hielt zu Ikki hin den Daumen hoch.

»Ja. Es war ernst. Aber sie konnten rechtzeitig eingreifen – und Sie auch, wie ich verstanden habe.«

Ikki grinste breit und schaute wieder auf seinen Bildschirm.

»Ja, wir haben unser Möglichstes getan«, sagte Bram.

»Herr Protzke kann bald – in einer Stunde, denke ich – die Intensivstation verlassen, dann ruft er Sie persönlich an, hat er gesagt.«

»Das freut mich sehr«, sagte Bram. »Ach, noch etwas anderes. Goldfarb, Janusz Goldfarb, wie geht es dem? Den haben wir nachmittags eingeliefert, mit dem Dreißig-vierundzwanzig.«

»Goldfarb, mit b am Ende?«

Bram hörte sie auf der Tastatur tippen.

»Ja.«

»Goldfarb. Der ist entlassen worden, nach Hause. Goldfarb, Henryk.«

»Nein: Goldfarb, Janusz.«

»Janusz«, wiederholte sie. »Entschuldigung. War das gestern?«

»Ja.«

332

»Goldfarb, Janusz. Ja, gestern. Sechzehn Uhr einunddreißig. ›*Death on arrival*‹.«

»Aber er lebte noch, als wir ihn eingeliefert haben.«

»Dann ist er vermutlich gestorben, als er auf die Intensivstation oder in den OP gefahren wurde. Das registrieren wir als DOA.«

»Ach«, sagte Bram, den plötzlich Trauer übermannte. Er hatte Goldfarb nicht gekannt, aber er trauerte, weil er über ein endloses Reservoir an Trauergefühlen verfügte.

»Tut mir leid«, sagte die Frau.

»Danke, dass Sie mich wegen Protzke angerufen haben.«

»Gern geschehen«, sagte sie und legte auf.

»Was ist? Worum ging es?«, fragte Ikki.

»Um einen Mann, den wir eingeliefert haben«, sagte Bram. »Er hat es nicht geschafft.«

»Ein Verletzter von dem Anschlag?«

»Nein. Ein alter Mann. Ziemlich alt. Er erzählte noch einen Witz, als wir ihn abtransportierten.«

»Einen Witz?«

»Von Astronauten, die mit einem Streichholz einen Sauerstofftest auf dem Mars machen. Aber die Marsmenschen beschweren sich. Es ist Schabbes, und da macht man kein Feuer.«

»Ich hab sie«, sagte Ikki. Er blickte auf seinen Bildschirm und fing an zu weinen.

7

›The Rainbow Room‹ war eine Bar, in der sich vor langer Zeit einmal die Schickeria Israels auf weißen Ledersofas geräkelt hatte – man nannte das damals »*loungen*« – und in der jetzt pensionierte Einbrecher und Autodiebe Neuigkeiten von ihren emigrierten Kindern austauschten und gemeinsam überlegten, wie sie trotz ihrer Vorstrafen in den Genuss des Rechts auf Wiedervereinigung mit dem Nachwuchs kommen könnten. Keiner von ihnen ging. Keiner bekam ein Visum. Aber es baute sie auf, zumindest darüber reden zu können, wie sie »die Kurve kratzten«. Sie würden allesamt in diesem Land sterben, ohne auch nur eine Stunde im sicheren Ausland verbracht zu haben.

Die weißen Ledersofas waren inzwischen graugelb geworden, die Regenbogenfarben an den Wänden fahl und blass. Da und dort saßen reifere Männer wie Bram und starrten, rauchten, murmelten vor sich hin. Im Hintergrund jazzige Musik – Miles Davis, wie Bram hörte. Er hatte gehofft, dass sie kommen würde, und sie kam: Eva trat ein, als er seinen zweiten Wodka getrunken hatte.

Aus irgendeinem Grund hatte er Eva nie nach ihrem Alter gefragt, aber er schätzte, dass sie zehn Jahre jünger war als er. Sie legte ein rotes Ledertäschchen auf die Theke und schob sich neben ihn auf einen der hohen Drehstühle. Ohne etwas zu fragen, legte Jo, der Barmann und Besitzer, die Tasche zwanzig Zentimeter weiter weg, stellte ein Glas vor Eva hin und schenkte es aus einer Flasche, auf die ein metallener Ausgießer geschraubt war, bis zum Rand voll mit Wodka. Danach füllte er Brams Glas. Seine Hand kannte genau das richtige Maß: Der Wodka wölbte sich über dem Glasrand – in Zaum gehalten durch die Oberflächenspannung. Bram kannte den Begriff, aber wie sich das Phänomen erklärte, wusste er nicht. Evas Glas sah genauso aus. Manchmal schenkte Jo gerade das eine Tröpfchen zu viel ein, durch das die Spannung brach und der Wodka überlief, aber Bram schätzte, dass Jo höchstens bei einem von fünfzig Malen überzog.

»*Lechajim*«, sagte Eva.

Während sie mit beiden Händen ihr platinblondes Haar an die Wangen drückte, beugte sie sich vor und schlürfte von ihrem Wodka. Ihre knallroten Lippen glänzten in dem durch die transparente Oberseite der Theke strahlenden Licht. Ihre Unterlippe hinterließ einen Streifen Lippenstift auf dem Glasrand.

»*Lechajim*«, erwiderte Bram und tat es Eva nach.

Sie strich sich eine Haarsträhne hinters Ohr. Ihre Augen und die Brauen darüber waren fast schwarz, ihr Haar dagegen weißblond. Solange er sie kannte, ließ sie es färben.

Sie trug ein weites, schwarzes Kleid mit tiefem Dekolleté, das die Wölbung ihrer Brüste enthüllte. Hin und wieder trug sie auch etwas Hautenges und ließ sehen, dass sie, obwohl sie mindestens vierzig war, die Figur einer jungen Frau hatte.

»Du hattest Dienst, nicht?«, fragte Eva.

»Ja«, sagte er.

Sie sagte: »Ich hab's im Fernsehen gesehen. Ich kann mir das nicht angucken. Sie wiederholen es die ganze Zeit. Keine Ahnung, was sie damit bezwecken.«

»Und die Kommentare zwischendrin nicht zu vergessen«, sagte Bram. »Aber manchmal hilft solches Geschwafel. Der Schock braucht ein Ventil. Ist doch toll, wenn uns irgendwer erklären kann, wie der Hase läuft.«

»Glaubst du diesen Kommentatoren denn?«

»Nein. Meistens nicht. Aber wenn diese Leute alles daransetzen, etwas verständlich zu machen, was nicht zu verstehen ist, beruhigt das irgendwie.«

»Ich habe frei«, bemerkte sie. »Du auch?«

Er begriff, worauf sie hinauswollte.

»Ja«, sagte er. »Ich bin zwar immer noch müde, aber ich habe frei.«

Er dachte an Saras Mutter. Nachher oder morgen würde er ihr sagen müssen, dass ihr Kind tot war. War es nicht besser, mit einer Hoffnung zu leben?

Eva sagte: »Du siehst aus, als wärst du unter einen Bulldozer geraten.«

»So schlimm?«

»Ich bin immer ehrlich«, sagte sie trocken. »Du hast schon mal besser ausgesehen.«

»Du siehst immer phantastisch aus.«

Sie sagte: »Vielen Dank.« Aber das Kompliment schien sie kaltzulassen. Vermutlich bekam sie das den ganzen Tag über zu hören. Sie wurde dafür bezahlt, sich Komplimente anzuhören.

Bram liebte den Ausdruck ihrer Augen, den Duft ihrer

Haut, ihren schlanken Hals, die leichte Wölbung ihres Bauchs. Er ließ Geld da, wenn er von ihr wegging, aber sie erweckte den Eindruck, dass sie ihn gern hatte. Es kam vor, dass er kein Geld hatte, und dann genügte es, dass er versprach, beim nächsten Mal zu bezahlen. Es kam vor, dass sie einen Orgasmus hatte, oder auch, dass sie sagte, sie wolle nicht, aber er dürfe sich zu ihr legen und sie würde ihn mit der Hand befriedigen.

Sie fragte: »Hast du jemanden, der sich um deinen Vater kümmert?«

»Ich rufe sie gleich an.«

Er griff zu seinem Handy, und während er Rita erklärte, dass es später werden würde, schaute er zu, wie Eva sich mit gespitzten Lippen eine Zigarette anzündete. Die Flamme des Feuerzeugs loderte auf, als sie Feuer in die Zigarette sog. Lippenstift am Filter und später, wenn sie in der Stimmung ist, an meinem Schwanz, dachte er.

Rita sagte, das sei kein Problem. Ja, Hartog sitze vor dem Fernseher und rede in einem fort. Bram bat sie nicht darum, ihm auch die Windel zu wechseln, aber er wusste, dass sie es machen würde. Er bedankte sich bei ihr und beendete das Gespräch.

Eva fragte: »Geht es?«

»Ja.«

»Schön«, sagte sie.

Sie sah ihn kurz an, aber er wusste nicht, wie er ihren Blick deuten sollte.

»Heute ist nicht mein Tag«, sagte sie.

»Ist was passiert?«

»Nein, es ist nichts passiert«, antwortete sie.

»Also einfach nur ein beschissener Tag.«

»Ein beschissener Tag«, wiederholte sie und kippte den Wodka in einem Zug runter.

Jo stand drei Meter weiter weg, die Unterarme auf die Theke gelegt, Oberkörper und Gesicht von dem Licht unter der Milchglasplatte der zwanzig Meter langen modernistischen Theke angestrahlt. Bram war zum ersten Mal hier gewesen, als er noch ein Leben gehabt hatte, in Begleitung seiner Frau, in Gesellschaft überkandidelter Künstler und Schriftsteller und Politiker, die eine exklusive Einladung zur Eröffnung erhalten hatten und stolz und selbstbewusst ihre strahlenden Gesichter und ihre schimmernden Kleider und Anzüge dem Blitzlicht der Paparazzi darboten. Hier an der Theke hatten sie Schulter an Schulter mit der intellektuellen Elite, den bekanntesten Schauspielern und schillerndsten Sternchen gestanden und sich anschreien müssen, um sich bei der schrillen Musik und dem Getöse Hunderter beschwipster Stimmen verständigen zu können. Dies hier war der vordere Teil des damaligen ›Club Méditerranée‹. Am Ende der Theke befanden sich große Schiebetüren. Dahinter war ein weitläufiger Tanzsaal. Tel Aviv hatte damals New York in nichts nachgestanden. Und dieser Club war seinerzeit so etwas wie Israels Ausweis für die Mitgliedschaft im dekadenten Westen gewesen, als führen draußen gelbe Taxis und verscheuchten über den Dächern die erleuchteten Türme von Chrysler Building und Empire State Building die Nacht. Und die Twin Towers? Die waren damals schon gefallen.

Jo kam zu ihnen herüber und schenkte nach. Seit Bram hierherkam, hatten die Schiebetüren zum großen Saal nie offen gestanden. Vielleicht war das jetzt ein Lagerraum. Oder war der ganze Saal abgerissen worden? Bei der Eröffnung des Clubs hatte Bram getanzt. Er tanzte nie, aber Rachel hatte ihn bei der Hand genommen und ihn durch die Menge hindurch zur Tanzfläche gezogen. Sie hatte ihn gezwungen, sich dem Rhythmus der Musik zu fügen. Eine Melodie war zwar nicht zu erkennen gewesen, aber nach einigen Sekunden des Unwillens hatte er sich ergeben. Das war Jahre her. Jetzt würde er hemmungslos tanzen. Mit Eva. Bei ihr war er niemand. Kein Image. Kein Selbstbild. Nichts zu verlieren. Ihr wagte er sich mit all seinen körperlichen Unvollkommenheiten zu zeigen, nicht als Kopfmensch mit großen Ideen, sondern als sterbliche Kreatur im Bann eines prähistorischen Rhythmus. Das Kind war an jenem Eröffnungsabend zu Hause gewesen. Sie hatten eine ganze Reihe studentischer Babysitter gehabt, junge Frauen, die sich selbst nach einem Kind sehnten.

Eva sagte: »Was siehst du mich denn so an?«

»Es ist nicht unangenehm, dich anzusehen.«

»Ich bin heute nicht in der besten Verfassung«, sagte sie.

»Du hast einen beschissenen Tag«, sagte Bram.

»Einen ganz furchtbar beschissenen Tag. Hab heute Nacht kein Auge zugetan. Ich hatte heute auch keine Lust... zu arbeiten.«

»Was hast du denn dann gemacht?«

»Nichts. Bisschen gelesen. Konnte mich aber nicht drauf konzentrieren. Bin gejoggt, meine Runde durch die Stadt. Es stank überall. Und es war zu heiß. Ich habe heute drei Mal geduscht. Krieg bestimmt Ärger wegen übermäßigen Wasserverbrauchs.«

»Warum joggst du nicht am Strand?«

»Darum nicht.«

»Und warum konntest du nicht schlafen?«

Eva schaute zu, wie Jo ungefragt ihr Glas bis zum Rand füllte, und wartete, bis er wieder einige Meter weiter die Theke hinunter in Wartestellung gegangen war. Sie sagte: »Ich habe eine Cousine in Moskau. Wir mailen hin und wieder. Sie sagte, ich komme für ein Visum in Betracht.«

Sie vermittelte ihm das Gefühl, dass sie seine Gegenwart schätzte, und dafür war er ihr dankbar – für dieses Gefühl bezahlte er sie, und vielleicht auch dafür, dass sie Dankbarkeit in ihm weckte. Wenn sie das konnte, Dankbarkeit wecken, verzieh er ihr ihre Professionalität, dann gebührte ihr Respekt. Das Geschäftliche ihrer Beziehung hinderte ihn nicht daran, jungenhaft erregt zu werden, wenn er das Hotelzimmer betrat, in dem sie ihre Kunden empfing. Er sei der Einzige, den sie küsse, sagte sie, und er glaubte ihr. Auf dem Bett beugte sie sich vornüber, und er nahm sie, während er über ihren glatten Rücken und ihr blondes Haar hinweg auf das Meer jenseits der wehenden Vorhänge des heruntergekommenen ›Beach Plaza Hotel‹ blickte, das Reisebüros vor zwanzig Jahren in ihren Prospekten als komfortables Familienhotel mit beheiztem Swimmingpool und reichhaltigem Frühstücksbüfett angepriesen hatten. Er hielt sie bei den Hüften und bewegte sich wie ein konzentriert betender Chassid an der Klagemauer, wenn er gegen ihren Hintern stieß, bis er die Augen zudrückte und für einen Moment nicht mehr auf dieser Welt war.

Bram sagte: »Und das hat dich um den Schlaf gebracht?«

Sie nickte. »Ja.«

»Diese Cousine... Kann sie dir helfen?«

»Sie behauptet es, ja.«

»Die Russen erteilen doch keine Visa mehr.«

Eva zog die Schultern hoch. »Das hab ich auch gedacht. Aber sie sagte, es gehe, über jemanden, den sie kennt.«

»Wie viel?«, fragte Bram.

»Viel«, sagte Eva.

»Viel heißt... vierzig, fünfzig?«

»Siebzigtausend«, antwortete Eva.

Sie hatte offenbar davon angefangen, weil sie Geld von ihm wollte. Aber so viel Geld hatte er nicht zur Verfügung. »Die Bank« hatte ein Betriebskapital, das elektronisch von amerikanischen Buchhaltern verwaltet wurde, und einen derart großen Betrag würde er niemals ohne den Beleg verifizierbarer Aktennummern rechtfertigen können. Er könnte in den kommenden Monaten Fälle und Akten erdichten, aber das wäre gemeiner Verrat an den Menschen, die ihn seit Jahren unterstützten.

Bram sagte: »Damit müsste man ein ganzes Dutzend Russen bestechen können.«

»Sie sagte, es handele sich um Anwaltskosten. Ich könne die russische Staatsbürgerschaft einklagen. Meine Großmutter war Russin.«

»Und das ist erblich?«

»Bei Juden funktioniert das so, warum nicht auch bei Russen?«

Bram musste lachen. »Warum nicht? Du hast recht. Juden haben nicht das Alleinrecht auf diese Form von Verrücktheit.«

»Findest du das denn verrückt?«

»Was verbindet dich mit der russischen Kultur?«

»Ich bin verrückt nach Wodka«, sagte sie und beugte sich erneut vor, um aus ihrem Glas zu schlürfen.

»Ich auch«, sagte Bram, »und ich bin ein holländischer Bauer.«

Sie öffnete ihre Handtasche und zog eine Zigarette heraus. »Du auch?«, fragte sie.

»Warum nicht?«

Durch sie hatte er mit dem Rauchen angefangen, um ihr Gesellschaft zu leisten. Alle rauchten, wie früher in Osteuropa und China. Sie gab ihm Feuer. Manchmal drückte sie ihn rücklings aufs Bett und ritt ihn so wild, dass sie binnen einer Minute mit einem Seufzer ihren Höhepunkt erreichte, wollüstig, als hätte sie auf ihn gewartet und sich kaum noch bezähmen können, und danach ließ sie sich neben ihn gleiten und rauchte, schweigend, mit dem Rücken zu ihm und drei Kissen unter dem Kopf, sie starrte dabei auf den Strand hinaus, als wäre er, Bram, nicht mehr als ein Statist.

»Ich habe das Geld«, sagte sie. »Ich habe dir das nicht erzählt, weil ich Geld von dir will oder so. Ich möchte dir damit nur sagen: Vielleicht gehe ich.«

Bram nickte. »Das freut mich für dich.«

Eva sagte: »Ich weiß nicht, ob ich mich darüber freue. Manchmal ist es übersichtlicher, wenn man keine Wahl hat. Ich wäre verrückt, wenn ich bleiben wollte, wo sich jetzt die Chance bietet zu gehen, aber ich bin mir sicher, dass ich dort nicht glücklicher sein werde.«

Bram fragte sich, wieso er davon ausging, dass Frauen, die diese Arbeit machten, ohnehin nicht glücklich sein konnten. Ihn hatte sie bisher nie mit Widerwillen empfangen, wie ihm schien.

»Darüber denke ich also die ganze Zeit nach, ob ich die Kurve kratzen soll oder nicht«, sagte Eva.

Bram musste an den Euphemismus denken, mit dem seine Eltern die Ermordung ihrer Angehörigen durch die Nazis umschrieben hatten. Sie sagten, sie seien »nicht wiedergekommen«. Vielleicht gehörte es zur menschlichen Natur, dass man mit Worten den Blick auf die grausamen Fakten trübte. Wer nicht wiedergekommen ist, ist noch auf Reisen. Aber konnte man noch wiederkommen, wenn man die Kurve gekratzt hatte? Vielleicht kratzte am besten dieses ganze Volk die Kurve.

Bram fragte: »Wann bist du zum letzten Mal verreist?«

Gequält schüttelte Eva den Kopf. »Ich möchte nicht daran denken.«

»War es nicht schön?«

»Doch. Ich war glücklich.«

»Das bist du doch hier auch.«

»Nein. Hier tut alles weh.«

Bram wurde klar, dass er nichts von ihr wusste. Er kannte lediglich ihren Körper, und vielleicht genügte das.

»Möchtest du nicht wissen, warum alles weh tut?«

»Warum tut alles weh?«, fragte Bram.

»Darum.«

»Dann ist ja alles klar«, schloss Bram. Vielleicht sollte er doch besser gehen. Er erhob sich und drückte seine Zigarette aus.

Eva fragte: »Du bist müde, nicht? Du brauchst nicht mitzukommen, wenn du nicht willst.«

»Ich möchte schon«, sagte Bram. »Aber ich bin auch müde. Gestern bereits, in Jaffa. Üble Geschichte gehört.«

»Du bist gestern noch an dem Grenzposten gewesen, bevor er in die Luft ging?«

Er nickte. »In Jaffa. Und nachher muss ich jemandem etwas Furchtbares mitteilen.«

»Wem?«

»Einer Mutter.«

Eva wusste, was er machte, aber er sprach nie darüber.

»Scheust du dich davor?«

»Ja«, sagte er.

Sie nahm einen tiefen Zug von ihrer Zigarette und fragte, während der Rauch über ihr Gesicht hinwegzog: »Ist es schlimm?«

»Das Schlimmste.«

»Du arbeitest doch mit jemandem zusammen«, sagte sie. »Warum musst du das machen?«

»Ich bin der Ältere.«

»Erzähl«, sagte sie.

Am Anfang der Beziehung zu seiner Frau hatte für Bram Lust gestanden. Als er Rachel zum ersten Mal begegnet war, hatte er sie in einer lächerlich verführerischen Uniform gesehen, der Uniform der Militärärztin, die ihre Einheit besucht. Aus der Lust war Liebe geworden, gepaart mit Eifersucht, Besitzansprüchen und dem Urtrieb, sie und das Kind zu beschützen – in Letzterem hatte er versagt. Daraufhin hatte er Frauen jahrelang gemieden. Doch mit der Zeit hatte sich sein Körper den Versagensängsten entzogen, und nun kaufte Bram sich seine Orgasmen. Eva hatte sich vor drei Monaten hier in der Bar zu ihm gesetzt. Damals in unan-

344

sehnlichem Pulli und dezentem Faltenrock und kaum geschminkt. »Ich weiß, wer du bist«, hatte sie gesagt, »ich habe von dir gelesen.« In der Abenddämmerung waren sie zum Hotel spaziert, und sie hatte sich für ihn ausgezogen und ihre Schenkel für ihn gespreizt. Dafür hatte er ihr, als selbstverständliche Verpflichtung, das wenige Geld gegeben, das er bei sich gehabt hatte. Sie hatte nichts dazu gesagt, hatte nur schweigend auf die Scheine in ihrer Hand geblickt und sie in ihre Handtasche gestopft. Dann war sie gegangen, ohne sich noch einmal zu ihm umzudrehen. Seither hatten sie sich jede Woche gesehen. Er wusste nicht, wie viele andere Männer sie empfing. Er konnte keinen Anspruch auf sie erheben, weil er nicht das Recht dazu hatte, und selbst was er jetzt für sie empfand, gab ihm kein Recht.

Mit großen Augen forschte sie in seinem Gesicht, gespannt, abwehrend, als wüsste sie, was er sagen würde.

Bram sagte: »Darf ich dich küssen?«

Sie nickte und legte ihre Zigarette weg, und er beugte sich zu ihr hinüber. Sie öffnete den Mund, und er schmeckte den Lippenstift und die Zigarette, während sie sich an ihn klammerte wie eine Ertrinkende. Dann schob sie ihn mit beiden Händen von sich und sah ihn eindringlich an, als wolle sie ihn bestärken.

»Was ist denn Furchtbares passiert?«, fragte sie.

Bram setzte sein Glas an den Mund, trank einen Schluck und fühlte den Wodka wie Feuer seine Speiseröhre hinunterrollen.

»Ein Mädchen. Vor drei Jahren verschwunden. Vom Strand, nicht weit von hier.«

Eva sah ihn an, als werde sie geschlagen.

»Sie war fünf. Keine Spur. Ihre Mutter wandte sich vor einem Jahr an Ikki Peisman, meinen Partner. Aber nichts, kein einziger Anknüpfungspunkt. Vorige Woche bekamen wir dann einen Hinweis. Angeblich war sie noch am Leben. Aber... Die Leute, bei denen sie in den vergangenen drei Jahren gelebt hat...«

»Was für Leute?«, fragte Eva, atemlos, wie es schien.

»Soweit wir herausfinden konnten... Sie hatten selbst ein Mädchen verloren. Konnten keine Kinder mehr bekommen, auch nicht mit IVF oder ICSI. Da haben sie ein Mädchen gekauft, von Händlern. Sie hat es gut bei ihnen gehabt, glauben wir.«

»Selbst ein Mädchen verloren? Wodurch?«, fragte Eva.

»Sie wurde krank.«

»Und danach haben sie anderen ein Kind weggenommen?«

»Vielleicht dachten sie, sie adoptierten ein Waisenmädchen. Mit den Papieren wird oft gemogelt. Man kann heute alles nachmachen, jedes Dokument. Daher wussten sie vielleicht nicht, dass sie ein Mädchen bekamen, das anderen weggenommen worden war.«

»Aber ihr habt einen Hinweis bekommen?«

»Vom Bruder der Pflegemutter, ja. Er hatte Bankrott gemacht und sah darin eine Möglichkeit, an Geld zu kommen. Ohne dass die Leute davon wussten.«

»Er wusste also, dass sie entführt worden war?«

»Er hat, denke ich, auch bei der Lieferung des Mädchens eine Rolle gespielt.«

»Das nennst du ›Lieferung‹?«, flüsterte Eva. Mit nahezu blicklosen Augen versuchte sie in seinem Gesicht etwas

Menschliches zu entdecken – er kam sich wie ein Sadist vor, wollte nicht mehr von der Geschichte reden.

»Haben sie sie gut behandelt?«

»Ja, ich denke schon.«

»Aber sie ist…?«

»Sie wurde krank. Ein Tumor, in ihrem Kopf. Ließ sich nicht operieren.«

»Nein?«, fragte Eva. Sie schaute von ihm weg auf einen Punkt irgendwo auf dem Fußboden.

»Ich bin kein Arzt. Ich kann nur sagen, was wir herausgefunden haben.«

»Also diese Leute… Zum zweiten Mal…?«

»Ja«, sagte Bram.

»Hat sie sehr große Schmerzen gehabt?«

»Ich weiß es nicht, Eva.«

»Hat man sie begraben?«

»Ja. In Bethlehem.«

»Wie hieß sie?«

»Sara«, sagte er.

Sie wandte sich von ihm ab, nahm ihre Tasche und ging weg. Verblüfft drehte er sich um und sah, dass sie nicht zu den Toiletten, sondern zum Ausgang lief. Er ließ sich von seinem Barhocker gleiten und machte ein paar Schritte in ihre Richtung, überlegte es sich aber anders und setzte sich wieder hin.

Jo, die Flasche im Anschlag, kam zu ihm herüber und wechselte einen Blick mit ihm – er hatte Evas Weggang beobachtet. Er machte eine kleine Bewegung mit den Schultern, als wolle er sagen: so ist das eben, und schenkte nach, bis zum äußersten Rand, vollkommen.

Er fragte: »Bist du gestern gefahren?«

Bram nickte.

»Lassen wir uns auf der Nase herumtanzen?«

»Schon seit zweitausend Jahren«, sagte Bram. »Hast du was zu rauchen?«

Jo schob ihm eine Packung hin.

»Avi, du bist Professor gewesen, ein Gelehrter.«

Bram nickte. »Ich habe viel gelesen, aber nichts gelernt, Jo.«

»Was sollen wir mit der Bande machen?«

»Welcher?«, fragte Bram. Er nahm das Feuerzeug von Jo an und sog den Rauch in seine Lunge.

»Den Unverbesserlichen. Den Rauschebärten.«

»Welchen Rauschebärten?«

»Ihren und unseren.«

Bram schüttelte den Kopf. »Weiteratmen, Jo.«

»Man sollte sie vergiften. In Jerusalem und in Mekka«, sagte Jo. »Und danach alles plattmachen. Den Tempelberg und diesen Steinhaufen in Mekka. Einkaufszentren drauf-stellen. Vollklimatisiert. Schöne Geschäfte. ›Victoria's Se-cret‹. ›Starbucks‹. Was meinst du?«

Bram nickte. »Hat was für sich. Aber da wird es einige geben, die was dagegen haben.«

Jo machte eine Kopfbewegung in Richtung Tür.

Da stand Eva, die Augen hinter einer Sonnenbrille ver-steckt. Ihre Lippen bildeten Worte. »Kommst du mit?«, las Bram.

8

Die Sirene eines vorüberrasenden Krankenwagens weckte ihn auf. Sie hatten ihr angestammtes Zimmer im obersten Stock des Hotels. Er rauchte auf dem Balkon eine Zigarette und wartete, ob auch sie wach wurde. Jenseits des Strandes, der im Licht des Boulevards verlassen auf den Morgen wartete, erhoben sich kurz Wellen aus der Schwärze der See und leuchteten eine Sekunde lang auf, ehe sie im Sand starben. Wenige Autos, wenige Fußgänger. Die meisten Nachtclubs und Diskos hatten wegen ausbleibender Gewinne schon vor Jahren zugemacht, und wer sich heute noch abends vor die Tür begab, tat es, weil er sich nach einem Ehestreit abkühlen wollte oder zu einer dienstbereiten Apotheke musste, um ein Medikament zu holen. Die Zeiten, da junge Leute auf dem Boulevard flanierten und komplizierte Verführungsrituale stattfanden, lagen tausend Jahre zurück.

Eva war schon lange nicht mehr am Strand gewesen. Sie könne darauf blicken, hatte sie ihm erzählt, aber sie könne ihn nicht betreten.

»Warum nicht?«, hatte Bram gefragt.

»Weil ich sonst verrückt werde«, hatte Eva geantwortet. »Ich habe Angst vorm Strand.«

Er hörte, dass Eva sich bewegte, und wandte sich zu ihr

um. Doch sie schlief weiter, zog beim Umdrehen die Decke runter und zeigte ihm ihre Brüste. Vor ihr hatte er schon Kolleginnen besucht, und er kannte ihr Berufsethos. Sie ließen zu, dass Männer in ihren intimsten Körperteil eindrangen, und gegen Aufpreis stellten sie auch ihren Mund zur Verfügung. Aber ihre Zunge war meistens nicht zu mieten, und ein Kuss sowie häufig auch das Lecken ihrer Brustspitzen gingen über das rein Berufliche hinaus. Doch Eva küsste ihn. Und er durfte ihre Brüste streicheln. Heute Abend hatte sie ihn sogar daran gehindert, ein Kondom zu benutzen. Sie benahm sich wie eine Geliebte, und er wusste nicht, ob sie die auch bei anderen Männern war. Vielleicht war sie eine willige Hure – auch wenn er sie nicht so sah –, die bei jedem Kunden hingebungsvoll die Geliebte spielen konnte und sich so das kleine Vermögen verdient hatte, über das sie offenbar verfügte. Bislang hatte ihn der Gedanke, dass sie andere Männer genauso leidenschaftlich ritt oder für andere Männer genauso erregt die Beine spreizte, nie abgestoßen, aber jetzt merkte er, dass es ihn eifersüchtig machte, wenn er sich vorstellte, dass sie sich morgen auf diesem Bett in genau der gleichen Weise auf einen anderen legen würde. Er hatte kein Monopol auf ihren Körper, nicht das geringste Recht auf Exklusivität.

Sie hatten in den vergangenen Stunden nicht gesprochen. Sie hatte kurz geweint, wie sie es häufiger tat, und sie hatten schweigend dem Meer und den fernen Geräuschen der Stadt gelauscht.

Bram hinterließ genügend Geld für die Zimmermiete.

Er schlenderte durch die stille Stadt. Keine Spaziergänger. Keine Autos auf dem Weg zu einem ausgelassenen Fest. Nach wie vor säumten die Häuser, die die Einwanderer vor einem Jahrhundert gebaut hatten, schlicht und unschuldig die Straßen. Eine neue Existenz. Ein ganz normales Land für ganz normale Juden. Wo man überfallen werden konnte. Wo Jugendliche sich hinter Grundstücksmauern zum ersten Mal küssten, wo am Strand *Matkot* gespielt wurde, das schnelle Tennisspiel mit dem kleinen Gummiball, wo am Sederabend Kinder fragen konnten, warum dieser Abend so anders war als alle anderen. Was hatten sie falsch gemacht? Hartog hätte geantwortet: Wir haben unsere Feinde nicht vernichtet, also vernichten sie uns.

Dennoch hörte Bram Leben hinter den Fenstern. In einer stillen Straße blieb er stehen, weil er Laute von erregtem Sex auffing. War das echt, oder war es ein Pornofilm?

Es war elf Uhr, aber er klingelte trotzdem noch bei Batja Lapinski. Sie war nicht zu Hause oder machte nicht auf.

B ram war zu früh für die vormittägliche Besuchszeit, aber als er seine Ausweiskarte von Magen David Adom vorlegte, ließen sie ihn hinein.

Chaim Protzke lag in einem Zimmer mit fünf anderen Patienten. Die Betten waren mit weißen Vorhängen voneinander getrennt. Neben seinem Bett stand ein Turm mit Apparaturen – ein wild gewordener Spielautomat, in dem Dutzende roter und grüner Lämpchen blinkten –, an die Protzke mittels Kabeln und Schläuchen angeschlossen war.

Protzke sah schlecht aus, blass, mit dunkelblauen Rändern um die Augen, aber er versuchte zu lächeln, als Bram an seinem Bett auftauchte.

»Professor«, murmelte er.

Bram zog einen Kunststoffhocker unter dem Bett hervor und setzte sich.

»Sira, meine Frau, ist gerade gegangen«, brachte Protzke mühsam hervor. Da seine Stimme so schwach war, beugte Bram sich zu ihm hinüber.

»Schade, dass ich sie verpasst habe«, sagte Bram, »ich hätte sie gerne kennengelernt.«

»Professor... Sie haben mir das Leben gerettet.«

»Ich wusste gar nicht, dass du zu Übertreibungen neigst«, entgegnete Bram.

»Wenn Sie fünf Minuten später gekommen wären, wäre ich verblutet. Es lief nur so aus mir heraus.«

»Die Leute hier im Sheba sind diejenigen, welche. Wir sind nur die Fahrer.«

»Sie haben genau das getan, was zu tun war, hat der Doktor gestern gesagt. Fahren Sie jeden Tag?«

»Zweimal die Woche. Sie brauchen Leute. Wenn du wieder auf den Beinen bist, musst du dich melden.«

»Mach ich. Und jetzt sind Sie auch wieder im Einsatz?«

»Ich bin mit meinem Vater zur Untersuchung hier. Die hat er alle drei Monate. Er bekommt neue Medikamente, und jetzt machen sie einen Gehirnscan, in der Geriatrie. Da bin ich kurz rübergekommen, um zu sehen, wie es dir geht.«

»Das weiß ich zu schätzen.«

»Hast du noch Schmerzen?«

»Nein. Eigentlich nicht. Sie haben mich mit Schmerzmitteln vollgepumpt.«

»Vor einem Jahr haben wir uns auch hier im Krankenhaus gesehen, da hatte dein Sohn was mit den Bändern im Fußgelenk, glaube ich.«

Protzke nickte.

»Sollten wir nicht zur Gewohnheit werden lassen, diese Begegnungen im Sheba«, sagte Bram.

Protzke schmunzelte matt.

Bram fragte: »Wie geht es deinem Sohn? Wie hieß er noch, Lonnie?«

»Lonnie. Er ist in Polen.«

»Ja, ich erinnere mich. Ein Scout hatte sich ihn angesehen.«

»Meine Frau erzählte gerade… Sie haben ihm einen Vertrag angeboten. Wird bei ›Legia‹ in der Zweiten spielen. Nächste Saison kann er dann in die Erste.«

»Das ist ja wunderbar für dich.«

Protzke nickte. »Mein anderer Sohn ist genauso gut. Den haben sie auch spielen sehen. Ich glaube, sie können alle beide nach Europa. Müssen dann nicht mehr hierher zurück.«

»Warst du selbst auch ein guter Fußballspieler?«

»Es ging, der Beste war ich nicht. Lonnie und Tonnie schon.«

»Lonnie und Tonnie«, wiederholte Bram schmunzelnd.

»Leicht zu merken«, sagte Protzke mit einem Glitzern in den Augen. »Wenn ich hier raus bin, müssen Sie mal zum Essen kommen. Würden Sie uns die *Kawod* erweisen?«

»Natürlich, ich komme gern.«

Protzke legte die Hand auf die Brams und brachte dabei ein Dutzend Schläuche und Kabel in Bewegung. »Vielen Dank.«

»Nicht mir musst du danken, sondern dem Krankenhaus.«

Protzke nickte. »Gibt es noch Neuigkeiten?«

»Nein, sie wissen nicht, woher die Rakete kam. Sie haben das Signal erst spät aufgefangen, und das Ding muss sehr hoch geflogen sein.«

»Ich habe keine Rakete gesehen«, sagte Protzke.

»In der Zeitung war eine Skizze von der Flugbahn der Rakete abgebildet. Das Ding scheint senkrecht runtergekommen zu sein.«

»Von einem Satelliten aus?«

»Ich verstehe nichts davon«, sagte Bram. »Ich kann nur wiedergeben, was ich gelesen und gehört habe.«

»Es war ein Junge«, flüsterte Protzke.

»Ein Junge?«

Protzke nickte. »Anfang zwanzig. Ich hatte ihn gerade durchgelassen.«

»Durchgelassen?«, fragte Bram. Er sah Protzke verdutzt an und wiederholte: »Durchgelassen?«

»Er war gecleared.«

»Woher kam er?«

»Er sagte, er käme aus Jerusalem. Hatte ein Visum. Kanadier. Daniel Levy.«

»Daniel Levy... Das hat er dir gesagt?«

»Nein. Ich saß drinnen an der Schalttafel. Er hat es Mikkie gesagt, Mikkie ist... Als die Armeelaster mit den Reservisten kamen, bin ich rausgegangen. Der Junge war noch da. Ich sah, dass er zu seiner Tasche griff und sich in die Luft sprengte. Weil ich halb hinter einer Mauer stand, bin ich nicht in Stücke gerissen worden.«

Protzke sah Bram abwartend an, als könnte der ihn von einem abwegigen Gedanken erlösen.

»Er war gecleared?«, fragte Bram.

»Ja. Das konnte ich auf dem Monitor sehen. Seine DNA war in Ordnung. Das Y-Chromosom stimmte. Ein jüdisches Y.«

»Ein Jude?«, fragte Bram verwundert.

Protzke nickte.

Bram fragte: »Warum sagen sie dann, dass es eine Rakete war?«

Protzke schüttelte leise den Kopf.

»Du musst dich irren«, sagte Bram.

»Nein, Professor.«

»Vielleicht hast du das geträumt, als du in Narkose warst.«

»Aber so fühlt es sich nicht an«, entgegnete Protzke entschuldigend.

»Diese Kontrollschleusen funktionieren doch einwandfrei, oder?«, fragte Bram. »Das habe ich jedenfalls immer gelesen. Die DNA kann nicht lügen, habe ich immer gehört. Ein Jude, der sich an einem Kontrollposten in die Luft sprengt, wo Juden Dienst tun?«

»Ein Charedi vielleicht?«, erwog Protzke.

Die Charedim waren genau wie die Chassidim die Frommen in Jerusalem, die sich mit der palästinensischen Herrschaft über die Stadt abgefunden hatten. Im Gegensatz zu den Chassidim waren sie meistens glattrasiert.

»Gibt es Charedim, die so etwas tun würden?«, erwiderte Bram. »Das ist doch noch nie vorgekommen.«

»Nein.«

»Hatte er einen Bart? Pejes? War er ein Chassid?«

»Nein. Er sah aus wie ein weltlicher Mann. Blond.«

Bram sagte: »Es war eine Rakete, das sagen alle.«

»Ja, vielleicht«, lenkte Protzke ein.

»Du hast dir das eingebildet«, bekräftigte Bram.

Protzke nickte. »Ja, vielleicht. Aber noch etwas…«

»Was?«

»Ich hab gesehen, dass sich seine Lippen bewegten. Und ich wusste, was er murmelte. Ich hab's gesehen.«

»Was denn?«

»Er sagte: *Allāhu akbar.*«

»Haben andere das auch gehört?«

»Weiß ich nicht. Er bewegte nur die Lippen.«

»Kannst du Lippen lesen?«

»Nein. Aber ich war mir ganz sicher.«

»Chaim, du hast dich geirrt.«

»Ich hatte ihn gecleared, Professor, wirklich.«

»Du kannst ihn nicht gecleared haben. Wenn man nicht die richtige DNA hat…«

»Ja. Das stimmt. Ein jüdisches Y-Chromosom. Einer von uns sprengt sich nicht in die Luft.«

10

Die geriatrische Abteilung befand sich in dem Gebäude, das vor fünfzehn Jahren, als sich noch nicht abgezeichnet hatte, dass der Exodus junger Familien mehr als genug Krankenhausbetten für Ältere frei machen würde, von einem amerikanischen Philanthropen finanziert worden war.

Es hieß »Samuel W. Berenstein Building for Geriatric Care and Studies« und war ein gigantischer Kubus aus hellblauem Beton, ein zukunftsweisender Bau mit geringen Energiekosten, kugelsicheren Scheiben und einer Struktur, die auch schwere Anschläge überstehen konnte.

Die Forschungen zu den neuen Medikamenten, die Hartog einnahm, wurden von Professor Eiszmund, einem vom Alter gekrümmten Achtzigjährigen geleitet, der sich mit Hilfe zweier Stöcke fortbewegte und keinen Gebrauch von den Möglichkeiten machte, die er seinen Patienten bot: neue Beine, Muskelverstärkung, plastische Chirurgie. Er wankte auf seinen Stöcken wie ein betrunkener Langläufer – vor zwei Jahren hatte Bram ganze Tage damit vertan, sich die Winterspiele in Norwegen anzugucken. Bei der Erläuterung des Gehirnscans blieb Eiszmund neben dem Monitor stehen, auf die beiden antiquierten Stöcke gestützt, die er sich unter die Achseln geklemmt hatte; er hatte nämlich

Schwierigkeiten, sich wieder zu erheben, wenn er sich einmal hingesetzt hatte, wie Bram von früheren Malen wusste.

Eiszmund wies auf die Steigerung der Aktivität im Sprachzentrum hin. Hartog hatte einige Minuten lang geredet, und Eiszmund zeigte Bram die Videoaufzeichnung von Hartogs Monolog.

»Nichts Erkennbares«, erklärte Bram.

»Es sind also keine niederländischen Worte?«

»Nein.«

»Wir können nicht ausschließen, dass sein Sprechvermögen hinter seinem Denkvermögen zurückbleibt.«

»Sie glauben, dass er etwas von seinem Bewusstsein zurück hat?«

»Ehrlich gesagt: Ich weiß es nicht. Die linke Gehirnhälfte ist dominant. Hier, im unteren Bereich des Frontallappens, sitzt eine Hauptkomponente des Sprachzentrums. Wenn also der Frontallappen beschädigt ist, hat Ihr Vater Probleme mit dem Formulieren, selbst wenn die Muskulatur von Mund und Stimmbändern in Ordnung ist. Aber es ist durchaus möglich, dass er versteht, was er um sich herum hört.«

»Er kann also vielleicht denken und verstehen, was er hört, aber es gelingt ihm nicht, sich zu äußern?«

»Das ist möglich. Aber wir wissen es nicht.«

»Wie könnte ich das feststellen?«

»Indem Sie achtsam sind.«

»Also einfach weitermachen mit den Tabletten?«

»Das würde ich schon empfehlen. Wir haben einige Fälle, die wirklich vielversprechend sind.«

»Wenn eine Besserung eintritt, ist die dann dauerhaft?«

»Wir wissen es nicht. Das ist alles ganz neu.«

»Ich habe den Eindruck, dass er – es klang zumindest so – geflucht hat. Auf Niederländisch.«

»Möglich, dass er, wenn er wieder anfängt zu sprechen, nichts anderes tut, als zu fluchen. Das kommt häufiger vor.«

»Warum ist das so?«

»Wir wissen es nicht. Aber führen Sie weiterhin Ihr kleines Logbuch. Das ist sehr wertvoll für uns.«

Im Warteraum saß Hartog still in einem Rollstuhl. Er warf Bram einen Blick zu, der ihn völlig verblüffte: So fuchsig hatte sein Vater ihn jahrzehntelang angefunkelt, wenn er sich nach dessen strikten Regeln verspätet hatte.

»Entschuldige, Pa, ich musste noch kurz etwas mit Eiszmund besprechen.«

Hartog reagierte nicht, und der strenge, bestrafende Blick verflüchtigte sich wieder. Bram fuhr ihn aus dem Raum, der mit den langen Reihen am Boden befestigter Stühle, den vier nummerierten Türen zu Behandlungszimmern und dem unbarmherzigen Licht eines Netzwerks von LED-Lampen, die jedes Fältchen sichtbar machten, an die Abflughalle eines Flughafens erinnerte. Es war voll. Alte Leute, angewiesen auf die Betreuung durch etwas weniger alte Leute.

»Du machst Fortschritte«, sprach Bram in Hartogs Ohr. »Ich gehe davon aus, dass du mich verstehst. Vielleicht hast du mich in der vergangenen Zeit auch schon verstanden. Tut mir leid, dass ich dich nicht richtig verstehen kann, wenn du etwas sagst. Es kann sein, dass du deine Stimme noch nicht kontrollieren kannst. Ich höre also nur Gebrabbel, wenn du mit mir sprichst. Es wäre wunderbar, wenn du mir wieder so richtig Bescheid geben könntest.«

Es war halb zehn, und es war Strandwetter, wie schon

am Tag zuvor. Bram hatte mit Ikki vereinbart, dass sie die vorliegenden Fälle besprechen wollten, und danach würde er sich mit Eva treffen. Um sechs Uhr im ›Beach Plaza‹. Er schob seinen Vater zum Parkplatz zwischen dem Berenstein Building und der Intensivstation, wo er Protzke besucht hatte. Es war jetzt schon zu warm für seinen Vater. Tiefblauer Himmel, harte Schatten, ein trockener, nahöstlicher Tag kündigte sich an, ob hinter den schmutzigen Fenstern einer säuerlich riechenden Bankfiliale oder hinter den sachte wehenden Vorhängen eines klammen Hotelzimmers.

»Hee, Mannheim!«, hörte er plötzlich jemanden rufen.

Etwa dreißig Meter entfernt, am Eingang zur Intensivstation standen Männer in schwarzen Kampfanzügen, Sonnenbrille auf der Nase, Messerschnitt, bewaffnet mit futuristischen Tavor-Maschinengewehren. In ihrer Mitte ein kleiner Mann in tadellosem grauen Anzug, weißem Hemd, Krawatte und blanken braunen Brogues. Er winkte, sein Manschettenknopf funkelte in der Sonne. Jitzchak Balin.

»Balin?«, rief Bram.

»He, Avi!«

Bram drehte seinen Vater Richtung Balin herum, der sich mit seinen sechs Begleitern ebenfalls in Bewegung setzte.

»Avi!«, rief Balin, mit ausgestreckter Hand auf ihn zutretend. »Mensch, das ist lange her!«

»Lange her, Jitzchak!«

Balin schüttelte ihm überschwenglich die Hand, während die Bodyguards einen Kreis um sie bildeten und ein Auge auf die Umgebung warfen. Die Zeit war auch an Balin nicht spurlos vorübergegangen – Bram hatte ihn häufig im Fern-

sehen oder auf Zeitungsfotos gesehen. Kurz vor ihrer Über-
siedlung nach Amerika hatte er Balin zum letzten Mal die
Hand gedrückt, bei einem Abschiedsumtrunk der Friedenskommission, die Balin geleitet hatte. Damals war Balin
ein Fünfzigjähriger mit jungenhaftem Gesicht gewesen, immer in Schlips und Anzug, egal bei welchem Wetter, ein intellektueller Berufspolitiker mit Kontakten auf den höchsten Ebenen der Europäischen Union und der Vereinigten
Staaten, Ikone der Friedensbewegung, aber in der Liebe
ohne Glück. Der einst optimistische Linke hatte, nachdem
ihn »die Wirklichkeit eingeholt« hatte, wie Bram in einem
Interview gelesen hatte, eine rechte Partei gegründet. Jetzt
war er Chef des Inlandsgeheimdienstes. Tiefe Furchen um
den Mund, in der Stirn, um die Augen. Zerstört. Aber seine
Kleidung war tipptopp. Sein schneeweißes Hemd mit dem
hohen Kragen war vermutlich eigens für ihn in Neapel
maßgeschneidert worden.

»Ich wusste, dass du wieder zurück bist, nach... Nach
damals«, sagte Balin. »Ich hätte dich schon vor Jahren anrufen müssen! Wie geht es dir?«

»Nicht schlecht«, sagte Bram.

»Und das ist... der alte Falke?« Er beugte sich zu Hartog
hinunter. »Professor Mannheim?«

Hartog schaute nicht auf, und Bram erklärte: »Mein Vater ist schwer zu erreichen. Er hat Alzheimer.«

»Tut mir leid, das zu hören. Ich hätte mich gern noch mal
mit ihm unterhalten. Er hat recht gehabt. Ich nicht. Wir
müssen uns mal treffen. Austauschen, was so alles passiert
ist.«

»Ja, das müssen wir machen.«

Sie lächelten sich einen Moment an, beide um Worte verlegen.

Balin sagte: »Ich habe damals... Ich habe begriffen, was passiert ist. Als wir miteinander telefonierten, nicht?«

Bram nickte, sperrte sich gegen die Bilder.

»Schrecklich, das alles«, sagte Balin und fasste Brams Arm. »Ich konnte dich damals nicht erreichen, verstehst du? Ich hab's versucht, ich bin noch zu dir hingefahren, wir hatten uns ja verabredet, aber... Es war schwierig, und ich hatte viel um die Ohren. Ich wusste ja nicht, was los war. Erst später hab ich gehört... Ich hab manchmal gedacht: Wenn ich dich nicht angerufen hätte... Du weißt, was ich meine.«

Bram nickte. So hatte er auch jahrelang darüber gedacht. Wenn Balin nicht angerufen hätte...

»Ich muss an die Arbeit.« Balin machte eine Kopfbewegung in Richtung Intensivstation und drückte noch einmal freundschaftlich Brams Arm.

»Avi, du hörst von mir.«

Er ließ Bram los und ging davon, während sich die Bodyguards wie Balletttänzer um ihn herumbewegten.

»Hast du meine Nummer?«, rief Bram ihm nach.

»Ich habe alle Nummern!«, warf Balin über seine Schulter zurück und hob zum Abschied einen seiner teuren Arme inmitten der schwarzen Uniformen seiner Leibwächter.

11

Bram war mal in der Apotheke gewesen, als das Kind noch ein Baby war. Er musste mittags in die Stadt, und Rachel hatte ihm eine Liste von Dingen mitgegeben, die sie benötigte, Feuchttücher, um den Popo abzuwischen, Cremes, Windeln, Babynahrung. Sie hatten sich damals schon entschieden wegzugehen, und in ihrem Apartment stapelten sich die Umzugskartons. Außer den Sachen für das Baby hatte er in einem Imbiss Pitas und Salate geholt, denn Rachel hatte keine Zeit zum Kochen gehabt. Sie stillte das Kind, und er entsann sich, dass er damals gedacht hatte: Schau genau hin, bewahr dir das, lass das nie mehr los, schau, wie deine Frau dein Kind stillt, registrier die Fürsorge in ihrem Blick, die Liebe in ihrer Hand, das Vertrauen in seinen Äuglein, die Lebensgier seines Mündchens – manchmal glaubte er, dass alle Bilder für immer und ewig im Universum kreisten, bis ans Ende aller Zeiten. Widerständige Schönheit gegen das Dunkel des Vergessens.

Ein bewaffneter Wachmann nickte ihm zu, als er die Apotheke betrat. Hinter Regalen mit Erfrischungsgetränken und Lebensmitteln – Apotheken waren heutzutage auch kleine Supermärkte – warteten fünf Kunden, allesamt ältere Männer, an einem Ladentisch, der die volle Breite des Geschäfts einnahm. Drei Frauen verrichteten dort ihre Arbeit.

Unter den grellen Leuchtstoffröhren schienen ihre weißen Kittel Licht auszustrahlen. Eine der Frauen schätzte er älter ein als Saras Mutter, demnach würde er das Leben einer der beiden anderen Frauen für immer zerstören, die jetzt noch konzentriert chemische Präparate zubereiteten, um das Leiden eines Patienten zu lindern. War es die füllige Frau mit dem kurzen schwarzen Haar, deren schlanke Hände nicht zum Leibesumfang passten, oder die Frau am anderen Ende des Ladentischs, eine durchtrainiert aussehende Athletin mit schmalen Hüften?

»Ja, er hat alles verloren«, sagte einer der Männer, ohne jemanden anzuschauen. Er stand neben einem Mann, der ihm ähnlich sah, beide waren sie vierschrötige Arbeiter mit schwieligen Händen und massigen Gesichtern mit breiten Wangenknochen, die eine Abstammung aus Russland oder Zentralasien verrieten. Brüder oder Vettern. Sie beobachteten die Apothekerinnen bei ihrer Arbeit.

»Er hätte das Geschäft niemals übernehmen sollen«, pflichtete der andere nickend bei.

»Die Leute hatten eine gute Reputation, er hat ihnen vertraut.«

»Die mit einer guten Reputation sind die Schlimmsten. Bekannte jüdische Familie da in Brisbane. Feine Jidden...«

Sie wandten sich zum Eingang um, als sie hörten, dass ein siebter Kunde die Apotheke betrat. Auch Bram warf einen Blick über seine Schulter.

Eva kam an den Regalen vorbei zum Ladentisch. Sie bemerkte Bram nicht und machte Anstalten, hinter den Ladentisch zu gehen.

»Eva?«

Es war unübersehbar, dass sie geweint hatte, ihre Augen waren klein und rot. Sie schaute ihn an, und er sah, wie sie erschrak.

Sie hielten beide einen Moment inne, als warteten sie auf einen Gedanken, der die Situation erklären konnte.

Die athletische Apothekerin wandte sich vom anderen Ende des Ladentischs an Eva und sagte: »Ich mach das hier noch fertig. Übernimmst du dann?«

Bram ging auf, dass Eva hier arbeitete. Wie Batja Lapinski. Ob sie sich kannten?

»Arbeitest du hier?«, fragte er erstaunt.

Er sah an ihrem Blick, dass sie nicht wusste, was sie machen sollte. Wie versteinert stand sie da, eine Hand auf dem Ladentisch, die Augen auf Bram gerichtet. Sie schien sich kurz zu krümmen, fing sich aber rasch und richtete sich wieder auf.

Zu der Athletin am Ladentisch sagte sie: »Eine Minute noch, Eva.«

Sie nahm Bram beim Arm und schob ihn nach draußen, wo sie ihn mitzog, bis sie außer Hörweite des Wachmanns waren.

Sie sagte: »Nimm mich in die Arme.«

Bram umarmte sie, und sie klammerte sich an ihn. Er fühlte die heftige Bewegung ihres Brustkastens, als sei sie gerannt, als brenne etwas in ihr, und die Flammen schrien nach Sauerstoff. Bram hielt sie in seinen Armen, weil sie jetzt zu fallen schien, er fühlte, dass ihre Beine nachgaben, aber er hatte genügend Kraft, sie beide aufrecht zu halten.

»Bram? Hältst du mich bitte? Lässt du mich bitte nicht mehr los?«

»Eva...«, sagte er, einfach nur, um ihren Namen zu sagen.

Sie flüsterte: »Bram, Bram... Ich bin Batja. Ich bin Saras Mutter. Nur bei dir war ich Eva. Aber ich bin... ich war Saras Mutter...«

Sie musste weinen und konnte nicht weitersprechen, und Bram wusste nicht, was er tun sollte, was er denken und was er fühlen sollte – ihm war nur klar, dass er sie halten musste, weil sie sonst fallen würde.

Autos warteten hier vor der Ampel, und er sah, dass man sie angaffte, Gesichter hinter Scheiben, unbeteiligte Blicke, Menschen mit anderen Problemen, mit ihrem eigenen Irrsinn.

Ihm schoss der Gedanke durch den Kopf, dass sie vielleicht geistesgestört war. Hatte Sara Lapinski, das verschwundene Mädchen, überhaupt wirklich existiert? Es kam vor, dass Frauen ein nicht existierendes Kind als vermisst meldeten, ein Phantomkind, das Phantomschmerzen auslöste. Nein. Er hatte die Akte gesehen, Tarzan in Jaffa wusste davon, Ikki hatte mit Polizisten gesprochen, die sich seinerzeit mit dem Fall befasst hatten, die Information über die Leute in Bethlehem, die Belege für die Beerdigung – Sara hatte wirklich existiert. Batja oder Eva hatte sich nicht normal verhalten. Aber was war schon normal, wenn an einem gewöhnlichen Tag – man hatte ihn mit der Zubereitung des Frühstücks, heißer Milch, dem Duschen, dem Zähneputzen begonnen – einfach das Kind vom Strand verschwand? Und wie hatte er selbst damals reagiert? War das normal gewesen?

Der Wachmann, ein spindeldürrer Jemenit in einer zu

weiten Uniform, behielt sie im Auge, als hätten sie vor, die Apotheke auszurauben.

Während er Eva nach wie vor in seinen Armen hielt, sagte Bram: »Eva, oder Batja, oder wie immer ich dich nennen soll – du bist ein bisschen durchgeknallt, hm? Bist du verrückt?«

Sie beruhigte sich, tief durchatmend, das Gesicht an seiner Schulter. Dumpf antwortete sie: »Ja, ich bin verrückt. Das weiß ich. Ich wollte eine Eva sein. Es ist furchtbar, Batja zu sein und auf dein Kind zu warten. Du weißt, wie das ist.«

»Nein«, sagte Bram. »Das weiß ich nicht.«

Er löste sich behutsam von ihr, strich ihr die Haare aus dem tränennassen Gesicht. Er wollte nicht mehr hier sein. Er brauchte Zeit. Oder etwas anderes. Was? Die Fähigkeit, zu leben, wie er lebte, ohne Vergangenheit?

»Du hast ein ganzes Leben verschwiegen«, sagte er.

»Aber ich habe nie gelogen«, entgegnete sie. »Ich habe mich von dir anders nennen lassen. Das ist alles.«

»Warum?«

»Ich konnte nicht mehr als Saras Mutter weiterleben.«

Zwölf Jahre lang hatte er den Abstellraum von Wohnung 404 nicht mehr aufgesucht. Das Schloss war etwas eingerostet, und der Schlüssel ließ sich nur schwer darin umdrehen. Auch die Tür musste er mit Wucht aufdrücken. Der Tisch und der Computer – jetzt ein hoffnungslos veraltetes Gerät – waren mit einer Staubschicht bedeckt, aber ansonsten erwartete ihn der Raum nach der jahrelangen Stille in erfreulich gutem Zustand. Ein Staubtuch, ein paar Minuten mit dem Staubsauger, das würde reichen.

»Erkenntnisse, die neben den Fakten aufblühen konnten« – er erinnerte sich, wie er sein Werk hier umschrieben hatte. Die sieben Pinnwände hingen noch da, die Kartons mit B.s Spielzeug, seiner Kleidung standen in der Ecke aufgestapelt.

Sieben Pinnwände, fünfzig mal fünfzig, Karteikärtchen, Notizzettel, Ausdrucke, Pläne, Fotos.

Er sah sich die erste Pinnwand an. Er hatte notiert: Weggelaufen, an irgendeine Straße gekommen, von Pädophilem mitgenommen, danach umgebracht? Auf der zweiten Pinnwand hieß es: Weggelaufen und an irgendeiner Straße von PKW oder LKW angefahren – Leiche von panischem Fahrer irgendwo rausgeworfen? Pinnwand Nummer drei: Weggelaufen und ertrunken? Die vierte Pinnwand hatte die richtige Frage gestellt: Gezielt von Pädophilem mitgenommen und umgebracht?

Warum kehrte er jetzt hierher zurück, nach zwölf Jahren? Ein seltsamer Reflex nach der Entdeckung, dass Eva die Mutter des verschwundenen Mädchens war. Warum wollte er sich hier verkriechen? Er hatte damals alles abgeschlossen. Aber er hatte das Bedürfnis, eine Weile hier zu sein, nach all den Jahren, die er im Vakuum des Heute lebte, ohne die Vergangenheit. Hier war er für einen Moment näher bei dem Kind.

Nach einer Stunde ging er nach oben, in die Wohnung, und versuchte sich noch kurz in seinem Zimmer auszuruhen, einem leeren Raum mit dem Bett – eine Matratze auf einem Metallgestell, das zusammengeklappt werden konnte –, in dem er früher als Kind geschlafen hatte, wenn er in den Ferien bei seinem Vater war, und einem offenen Ladenregal mit Kleidung. Dann stand er auf und nahm im Wohnzimmer den Umschlag mit dem Foto von der toten Sara aus der Aktenmappe, die er vom Büro mitgenommen hatte. Er konnte es Eva unmöglich zeigen. In der Küche zerriss er es in kleine Fetzen.

13

In der Bankfiliale hatte Ikki die Akten bereitgelegt. Sie hatten fünf Fälle, zwei Mädchen und drei Jungen, die schon vor längerer Zeit verschwunden waren, also sogenannte *cold cases*. Die Wahrscheinlichkeit, dass eines der Kinder noch am Leben war, war gering, aber sie hatten den Eltern versprochen, die Umstände ihres Verschwindens noch einmal zu untersuchen.

Als Bram sich an seinen Tisch setzte, fragte Ikki: »Bist du bei Saras Mutter gewesen?«

»Ja«, sagte Bram. »Aber ich kannte sie schon.«

»Was? Bist du ihr denn hier mal begegnet?«

»Ich kannte sie, aber nicht als Batja. Ich kannte sie als Eva.«

»Eva? Wer ist Eva? Sie heißt doch Batja? Mann, ich kapier gar nichts mehr.«

»Ich auch nicht so richtig, fürchte ich.«

»Kannst du dich vielleicht etwas klarer ausdrücken?«

Bram zögerte. Er wollte nicht, dass sie in Ikkis Augen als Psychopathin dastand, auch wenn sie es war.

»Nein. Ich möchte nicht darüber reden. Später vielleicht. Was hast du hier liegen?«

»Ich finde aber, dass ich ein Recht auf eine Erklärung habe«, sagte Ikki unwirsch.

»Ja, das Recht hast du. Aber du bekommst es nicht. Was liegt vor?«

Ikki sah ihn einige Sekunden lang verstört, beleidigt und gekränkt an, aber Bram machte eine wegwerfende Gebärde. »Komm schon, was hast du vorbereitet?«

Ikki schnaubte betont laut und griff zu der Aktenmappe, die er oben auf den Stapel gelegt hatte. Der Fall eines sechsjährigen Jungen, Yoram, der bei der chaotischen Evakuierung Eilats nicht von der Schule nach Hause zurückgekehrt war. Die »schmutzige Bombe« explodierte morgens um halb elf. Sirenen kreischten über der Stadt, Kinder flüchteten aus ihren Klassenzimmern, und die gesamte Bevölkerung versuchte, die Stadt zu verlassen. Yoram hatte zwei ältere Schwestern, die beide das Haus der Eltern erreichen konnten. Yoram blieb verschwunden. Sein Vater setzte sich ins Auto und durchkreuzte die radioaktiv verseuchte Stadt, bis er von einem militärischen Sonderkommando, das von Hubschraubern abgesetzt worden war, weggeschickt wurde. Sie waren die Letzten, die die Stadt verließen – zurück blieben die Alten ohne Auto, die Armen, die Kranken, auf die Evakuierungsbusse wartend, die erst zwanzig Stunden später eintreffen sollten. Zweihundertachtundsechzig Tote. Die Häuser und Straßen unbegehbar. Yoram wurde nicht gefunden. Acht Jahre war das her. Ein fast schon antiker Fall. Warum jetzt? Weil er zufällig oben auf dem Stapel gelegen hatte?

»Wer ein Boot hatte, fuhr aufs Meer raus«, erzählte Ikki, der den Fall vorbereitet hatte. »Die meisten nahmen möglichst viele andere mit. Der Wind kam aus südlicher Richtung, so dass die Verseuchungsgefahr auf dem Meer gering war, denn das Zeug in der Luft wurde nach Norden geweht, in die Richtung, in die alle flüchteten, die ein Auto hatten. Die wurden also unterwegs verseucht. Aber sie konnten so gut wie alle rechtzeitig versorgt werden und haben es überlebt.«

»Und die Boote?«, fragte Bram. Sie saßen sich an ihrem Schreibtisch gegenüber, Ikki über die Ausdrucke des Dossiers gebeugt, Bram zurückgelehnt und mit einem Becher Kaffee in der Hand.

»Von denen sind einige verschwunden. Diese verschwundenen Boote werden häufig übersehen. Zweihundertachtundsechzig Tote, das ist bekannt. Aber dreiundsiebzig Vermisste?«

»Da draußen lagen doch auch Marineschiffe, oder?«

»Die wurden für die Evakuierung eingesetzt.«

»Wo sind die Leute an Land gegangen?«

»Taba war in der Nähe. Ägypten. Ein paar Kilometer entfernt. Die meisten fuhren aber weiter, gingen erst an Land, als sie das Gefühl hatten, in Sicherheit zu sein, nach stundenlanger Fahrt. Sie wurden von den Ägyptern ganz gut aufgefangen, obwohl, es ist ein Fall bekannt, in dem die Insassen eines Bootes umgebracht wurden. Siebzehn Menschen. Das ist erst später bekannt geworden und wurde kaum beachtet, weil fünftausend andere ordentlich untergebracht wurden und was zu essen und zu trinken bekamen.«

»Beduinen?«

»Die die Morde verübt haben? Vermutlich. Ein paar Stämme sind ziemlich radikalisiert, und sie versuchen bis heute, im Sinai einen eigenen islamistischen Staat zu errichten. Die Leute hatten Pech, dass sie gerade dort an Land gingen, wo so eine Gruppe Radikaler ihre Zelte aufgeschlagen hatte. Große Teile der Küste sind verlassen, eine menschenleere Wüste.«

»Die Leichen wurden identifiziert?«

»Ja. Yoram war nicht dabei.«

»Von den Beduinen verschleppt?«

»Ja. Oder ertrunken. Vielleicht ist das Boot, auf dem er war, gekentert.«

»Warum ist Yoram nicht nach Hause gegangen?«

»In dem ganzen Irrsinn konnten sich so einige Kinder nicht nach Hause durchschlagen. Sie wurden von anderen mitgenommen. Aber sie konnten später alle zu ihren Eltern zurück.«

»Und die Opfer in der Stadt selbst sind alle bekannt?«

»Ja.«

Mit einem Mal schaute Ikki an Bram vorbei zum Eingang der Bank. Bram setzte sich auf und drehte sich auf seinem Stuhl um, neugierig, was Ikkis Aufmerksamkeit erregt hatte.

Jitzchak Balin trat mit seinen Bodyguards ein. Draußen vor den Fenstern sah Bram die Konturen von zwei dunklen SUVs, »Suburbans«, in denen die Chefs des Schabak chauffiert wurden.

Während die Leibwächter lautlos ihre Positionen einnahmen, kam Balin auf seinen teuren Brogues mit ihren auf dem Marmorboden sehr geräuschvollen Ledersohlen auf die Schalter zu.

»Sorry, wenn ich störe, meine Herren.«

Ikki erkannte Balin und warf Bram einen verwirrten Blick zu. Bram machte eine beschwichtigende Gebärde.

»Erst sieht man dich jahrelang nicht, Jitzchak, und dann gleich zweimal am Tag!«

Balin blieb an einem Schalter stehen und legte die Ellbogen auf die Theke, eine lange schwarze Marmorplatte, die bei der festlichen Eröffnung der Filiale durch den Bankpräsidenten als Symbol für den Erfolg des Unternehmens gepriesen worden war, ein durchgehendes Stück Marmor, das alle Schalter miteinander verband – in einer vergessenen Schublade hatte Bram die damalige Eröffnungsrede gefunden.

Balin nickte, während er sich entspannt aufstützte und mit ironischer Miene witzelte: »Wie viel kann ich abheben, meine Herren?«

»Das hängt von deinem Kontostand ab«, sagte Bram, der sich auf die andere Seite des Schalters stellte.

»Mein Kontostand, Avi?« Balin lachte auf. »Der ist seit Jahren im Minus.«

»Tja, das heißt dann hohe Zinsen und Risikoaufschlag.«

»Was willst du als Sicherheit?«

»Deine Krawatte. Die hast du nicht von hier.«

»Krawatten sind mein Hobby. Du hast mir noch eine geschenkt, als du nach Princeton gezogen bist.«

»Eine Hermès. Die hat ein Vermögen gekostet. Rachel hatte sie gekauft.«

Balin tat, als hätte er das leichte Zögern in Brams Stimme nicht bemerkt: »Ich habe sie gehütet. Ich trage sie heute noch. Aber nur bei feierlichen Anlässen.«

»Eine blaue Krawatte, Seide, mit feinen, vertikalen, hellblauen Streifen, stimmt's?«, sagte Bram, der die Erinnerung kühl in den Keller seines Gedächtnisses lenkte.

»Genau«, bestätigte Balin, »und das H in einer Art Karomuster in die gesamte Krawatte eingewebt. Hermès will der armseligen Außenwelt stets vor Augen halten, dass man Hermès trägt. Aber ich habe immer gesagt, das H stehe für *Hatikva*.«

»Hoffnung war ja auch jahrelang dein Beruf.«

»Ich weiß. Und irgendwie habe ich sie immer noch.«

»Aber die Zeiten haben sich geändert.«

»Ist das jetzt zynisch gemeint, Avi?«

»Zynismus ist mir fremd, das weißt du.«

»Ja, das weiß ich«, sagte Balin nickend, jetzt ernst. »Kann ich kurz mit dir reden? Unter vier Augen?«

Was wollte Balin, der Chef des Schabak, wie das Akronym für *Scherut haBitachon haKlali*, allgemeiner Sicherheitsdienst, lautete? Hatte es etwas mit Eva zu tun? War was mit Ikki? Oder waren sie auf ihre blödsinnige Fahrt nach Jaffa, zu Johnny Weissmüller, aufmerksam geworden? Verhörten sie alle, die in den vergangenen Tagen die Schleuse des Kontrollpostens passiert hatten?

Bram wandte sich an Ikki: »Kannst du uns bitte kurz allein lassen? Es dauert nicht lange.«

»Fünf Minuten«, sagte Balin.

Ikki sagte: »Ich mache einen kleinen Spaziergang, wenn ich darf.«

»Dies ist ein freies Land«, erwiderte Balin.

Ikki erhob sich, verwundert, aber ergeben, und lief um die Schalter herum zum Ausgang. »Kann ich etwas für dich mitbringen, Bram?«

»Noch einen Cappuccino gern. Du auch etwas, Jitzchak?«

Balin machte eine abwehrende Handbewegung.

»Mittel oder groß?«, fragte Ikki.

»Mittel.«

Einer der Bodyguards hielt Ikki die Tür auf, und Bram sah Ikkis Schatten draußen vor den Fenstern eilends dem Café entgegenstreben.

»Ach ja, Bram«, sagte Balin, »das ist dein niederländischer Name.«

»Abe in Amerika«, sagte Bram.

»Avraham«, ergänzte Balin.

»Abraham lautet der volle Name im Niederländischen. Ibrahim in Jaffa.«

»Du leistest hier gute Arbeit. Trotzdem schade, dass du nicht mehr unterrichtest.«

»Falsches Spezialgebiet«, entgegnete Bram.

»Geschichte des Nahen Ostens, gesegnet seist du. Schönes Büro hast du.«

»Groß genug, um fünfzig weitere Leute zu beschäftigen.«

»Hast du denn so viele Fälle?«, fragte Balin.

»Es kommt was zusammen, wenn man fünf, sechs Jahre damit befasst ist.«

»Und du bist Freiwilliger bei Magen David Adom.«

»Ja.«

Sie sahen sich einen Moment lang schweigend an.

»Was kann ich für dich tun?«, fragte Bram.

»Eigentlich nichts. Ich wollte nur kurz mit dir über Chaim Protzke reden.«

»Protzke?«

»Ich habe im Sheba die Verletzten besucht, die sprechen können. Auch Protzke.«

»Er hatte Dienst, als ich an dem Tag nach Jaffa musste. Möchtest du wissen, warum ich dort war?«

»Ich weiß, warum du dort warst.«

»Muss ich darüber froh sein?«, fragte Bram verwirrt.

»Ja. Es wäre nicht gut, wenn ich nicht wüsste, welche Unterhose du anhast. Wenn wir nichts von unserem Job verstünden, könnten wir den Laden gleich dichtmachen.«

»Ja, das sehe ich ein.«

Balin lächelte kurz, wie um Bram zu verstehen zu geben, dass es sich um ein freundschaftliches Gespräch handelte.

»Gibt es Komplikationen bei Protzke?«, fragte Bram besorgt.

»Nein, keine Komplikationen, nur: Er bildet sich Sachen ein, die für Unruhe sorgen könnten.«

»Du meinst: Er glaubt, dass es keine Rakete war?«

»Ja, das meine ich. Er hat mir gesagt, dass er es dir anvertraut hat. Seine Theorie.«

Erneut sahen sie sich stumm an.

»Und was willst du von mir?«, fragte Bram.

»Ich möchte, dass du weißt, dass er Unsinn redet.«

»Das habe ich ihm auch schon gesagt.«

Balin nickte. »Ich weiß.«

»Eine Rakete ist eine Rakete«, sagte Bram. Warum wollte der Schabak-Chef persönlich Protzkes Geschichte unterdrücken?

Balin sagte: »Es könnte für Unruhe sorgen, wenn so eine Geschichte ihr Eigenleben entwickelt. Das können wir nicht gebrauchen.«

»Ich habe nicht das geringste Bedürfnis, sie weiterzuerzählen.«

»Das beruhigt mich«, sagte Balin. Er streckte die Hand aus: »Abgemacht?«

»Abgemacht.«

Sie schüttelten einander die Hand, die Besiegelung eines Versprechens.

»Und noch etwas«, sagte Balin.

Bram sah ihn abwartend an. Balin spielte nie nur mit einer Karte, sondern war ein Trickser, der viele Karten aus seinen stilvollen Ärmeln hervorzaubern konnte.

»Hast du deine eigene Datenbank?«

»Ja. Sie reicht etwa vierzehn Jahre zurück.«

»Hast du Zugang zu anderen Datenbanken?«

»Du meinst, von Büros in anderen Ländern?«, fragte Bram.

»Ja?«, antwortete Balin.

»Wir können uns bei den meisten Datenbanken einloggen. Und sie auch bei uns. Da gibt es Vereinbarungen.«

Balin sagte: »Die Firewalls sind heutzutage so hoch, dass es Tage dauert, bis man sie geknackt hat.«

Bram begriff, dass sie versucht hatten, in seine Datenbank einzubrechen. Was hatte das mit Protzkes Geschichte zu tun?

Balin fuhr fort: »Vielleicht könnt ihr uns bei etwas helfen.«

»Wir euch helfen...? Hör ich recht, Jitzchak? Was könnten wir, was der Schabak nicht kann?«

»Ihr sitzt doch den ganzen gottverdammten Tag an den Dingern da!« Balin machte eine Kopfbewegung zu den Computern. »Ich nehme an, ihr habt eure eigenen Wege, eure eigenen Kontakte.«

»Das macht Ikki, der hat das gelernt. Ich sitze selten dran.«

»Erweis uns die *Kawod*«, sagte Balin.

»Jederzeit, wenn ich kann, aber – wir haben untereinander vereinbart, dass wir alles vertraulich behandeln, das gilt für sämtliche Vereine, die auf diesem Gebiet arbeiten.«

»Vertraulichkeit ist mein Beruf, Avi.«

»Natürlich. Solange ich meine Verbindungen nicht aufs Spiel setzen muss«, sagte Bram.

»Das gilt auch für mich, Avi, aber manchmal muss man etwas aufs Spiel setzen, um zu verhindern, dass anderes aufs Spiel gesetzt wird.«

»Du drückst dich äußerst präzise aus, Jitzchak.«

»Präziser geht's nicht. Na, was ist?«

Bram zuckte die Achseln. »Was sollen wir denn für dich tun?«

»Einfach etwas in euren Datenbanken suchen, das ist alles.«

In seiner Haltung oder seiner Stimme lag nicht die Spur einer Drohung, aber man brauchte nicht zu denken, dass der Schabak mit sich verhandeln ließ. Balin würde immer bekommen, was er wollte. »Vertraulich, ja, Bram?«

»Warum sollte ich mich mit dir anlegen, Jitzchak?«

»Weil ich die falsche Krawatte trage.«

Balin trug eine dunkelrote Krawatte mit kleinen schwarzen Pünktchen.

»Wie viele hast du?«

»Etwa vierhundert, schätze ich.«

»Und wie hast du die geordnet?«

»Nach den Farben des Regenbogens.«

Bram sagte: »Jitzchak, wieso hast du, mit all deinen Mitteln, mich nötig? Du weißt alles über alle. Was könnte ich tun, was du nicht selbst tun kannst?«

Balin wandte ihm den Rücken zu und entfernte sich einige Schritte auf seinen exklusiven Schuhen – auch früher schon teure englische »Grensons«, handgenäht. Dann kehrte er wieder um und kam zum Schalter zurück, den Blick auf den Boden geheftet, als fürchte er, in ein Loch zu fallen. An der Theke beugte er sich zu Bram hinüber.

Balin sagte: »Durchforste mal eure Dateien, Datenbanken, was weiß ich, wie ihr sie nennt, nach vier Namen: Adelman, Brody, Frenkel, Kohlberg. Wir suchen einen Jungen zwischen zwanzig und vierundzwanzig. Jude. Ich bekam gerade den Bericht von unseren Profilern – in neun von zehn Fällen sind Täterprofile zwar Stuss, aber gut: Wir suchen einen Jungen, der radikal mit seiner Kindheit gebrochen hat. Er hat vermutlich keinen Kontakt mehr zu seinen Eltern, ist schon früh zu Hause ausgezogen oder so. Mit großer Wahrscheinlichkeit, sagen unsere Genies, ist er irgendwann mal als vermisst gemeldet worden, weil er mal weggelaufen war, denn sonst wäre er nicht schon als Halbwüchsiger imstande gewesen, von jetzt auf nachher alles hinter sich zu lassen. Was glauben wir also zu wissen? Wenig. Adelman, Brody, Frenkel oder Kohlberg. Er hat einen Charakter, der ihn zu radikalen Aktionen antreibt, er ist vermutlich schon als Kind einmal weggelaufen, und da haben seine Eltern die Polizei eingeschaltet. Er hasst seinen Vater – das steht regelmäßig in diesen Profilen, immer hassen sie ihren Vater, jeder Verbrecher, jeder irre Kriminelle. *Big deal.*« Balin verstummte.

»Und?«, fragte Bram. »Jetzt sollen wir also...?«

»Ja«, sagte Balin. »In unseren Datenbanken können wir ihn nicht finden.«

»Hat das was mit Daniel Levy zu tun?«, fragte Bram. »Dem Jungen, der sich in die Luft gesprengt hat?«

Balin sah ihn skeptisch an, und dann schlich sich etwas Betrübtes in seinen Blick, als bedaure er, dass er Bram ins Vertrauen gezogen hatte.

Er sagte: »Adelman, Brody, Frenkel oder Kohlberg. Ich hör dann von dir.«

Er schlug zum Abschied mit der flachen Hand auf die Theke, drehte sich um und ging mit schleppenden Schritten zum Ausgang, wo sich seine Männer schweigend um ihn scharten und zu den müden Wänden und Decken der nutzlos gewordenen Bankfiliale spähten, als drohte von dort irgendeine Gefahr.

14

Im gleichen Moment, als Ikki mit zwei Bechern Kaffee in die Bank zurückkam, rief Eva auf Brams Handy an.

»Hi«, sagte er.

»He«, sagte sie.

Ikki stellte den einen Becher Kaffee vor Bram hin und setzte sich an seinen Computer.

»Ich hab heute frei, und der Wetterbericht verspricht einen richtig warmen Tag«, sagte Eva. »Was machst du?«

»Ich bin in der Bank. Wir besprechen ein paar Dinge.«

Er drehte sich von Ikki weg, stand auf und schlenderte, das Telefon am Ohr, an den Schaltern vorbei zu einem der schmutzigen Fenster, die auf eine farblose Kreuzung in einer konturlosen Welt hinausgingen.

Eva sagte: »Ich fühle mich ganz sonderbar. Leer. Ein Krampf, in dem ich jahrelang gelebt habe, ist weg – komisch, tut weh, diese Leere. Ich glaube, ich muss mich bei dir bedanken.«

»Bedanken, dafür?«, fragte er kopfschüttelnd.

»Ich kann jetzt Abschied nehmen, wirklich Abschied nehmen, obwohl ich längst wusste, dass es hoffnungslos war, aber… Komisch, wie man weiter hofft, gegen jede Logik.«

»Du hast ein merkwürdiges Spielchen mit mir gespielt«, sagte er.

»Es tut mir leid, ich wollte, es wäre anders gelaufen.«

Was warf er ihr eigentlich vor? Sie hatte ihm Stunden voller normaler menschlicher Gefühle geschenkt. Die Wärme ihres Körpers. Auf diesem Weg war er in die Lage versetzt worden, wie ein Mann zu funktionieren, zwar in der Vorstellung, dass er ihre Liebe kaufte, aber es hatte ihm geholfen zu atmen.

»Bram… Ich habe eine Idee. Eine etwas ungewöhnliche Idee. Kommst du mit an den Strand? Ich traue mich jetzt, glaube ich. Kommst du mit? Nein, ich muss es anders sagen. Bram: Wenn du gehst, gehe ich mit. Ich glaube, heute kann ich es. Seit damals bin ich nicht mehr dort gewesen. Hilf mir, Bram. Bitte, wenn du nichts anderes zu tun hast, gehen wir dann zusammen? Ich habe das Gefühl, es ist gut, wenn wir das tun. Finde das bitte nicht sonderbar. Bram?«

»Nein«, erwiderte er. »Das ist nicht sonderbar.«

»Sehe ich dich später? Um drei Uhr vor dem Hotel, ja?«

»Gut«, sagte er.

»Ich nehme was zu essen mit. Ein Picknick.«

»Warum nicht?«

»Weißt du was? Bring Ikki Peisman mit. Und deinen Vater. Dann lerne ich ihn auch mal kennen.«

»Ich werde sie fragen«, sagte er. »Bis später.«

Er beendete das Gespräch. War sie bipolar? Früher hieß das manisch-depressiv. Dann war sie jetzt in der hypomanischen Phase, übertrieben ausgelassen. Er hatte ein Verhältnis mit einer bipolaren Frau, die gerade erfahren hatte, dass ihr Kind tot war, und nun an den Strand wollte. Jeder trauerte auf seine Art. Er hatte seinen eigenen Trauerknacks gehabt.

Er ging zu Ikki zurück.

»Der Schabak-Chef wollte mal kurz hallo sagen?«, fragte Ikki.

»Ja.«

»Ich wusste gar nicht, dass du ihn kennst.«

»Lange her. Friedenskommission.«

»Da warst du drin? Sagenhaft, was ihr geleistet habt. Es war noch nie so friedlich wie heute.«

»Danke für das Kompliment«, sagte Bram.

»Wie ist Balin? Dürfte ja wohl der mächtigste Mann im Land sein, oder?«

»Was immer man auch über ihn sagen kann, er ist nie den Weg des geringsten Widerstands gegangen. Zuerst an den Verhandlungstisch, er hat die Friedensgespräche immer wieder vorangetrieben, hat immer nach möglichen Kompromissen gesucht. Ist nach Shanghai gegangen, um dort zu unterrichten, ist aber wieder hierher zurückgekehrt.«

»Er kam also nur mal kurz hallo sagen?«, hakte Ikki nach.

»Er kommt nie einfach nur so. Er hat immer einen Anlass. Ein äußerst zweckgerichtet eingestellter Mensch, unser Jitzchak Balin. Aber trotzdem okay. Er möchte, dass wir ihm helfen, in Datenbanken reinzukommen.«

»*No shit...*« Ikki sah ihn verblüfft an: »Das ist doch *bullshit*, Bram. Der Mann hat alles, was er braucht, um im Netz jede beliebige *wall* zu knacken.«

»So hat er es jedenfalls vorgebracht.«

»Na bravo, wir helfen dem Schabak. Womit?«

»Adelman, Brody, Frenkel, Kohlberg.«

»Wer ist das?«

»Sie suchen jemanden mit einem dieser Namen.«

»Das können Tausende sein. Warum hat er uns nicht gleich gebeten, John Smith zu suchen? Was haben sie außer diesen Namen?«

»Nichts. Zwischen 2000 und 2004 geboren. Er hat einen dieser vier Namen.«

»Da hat er uns ja eine schöne Scheiße aufgebürdet«, sagte Ikki. »Ich fange mit der Datenbank vom ›American National Center for Missing Children‹ an. Ein verschwundenes Kind mit einem dieser Namen?«

»Ja.«

»Adelman, Brody, Frenkel, Kohlberg«, sagte Ikki. »Und was wir können, können Balins Leute nicht?«

»Ist es schwer, in diese Datenbanken reinzukommen, wenn man keinen Zutritt hat?«

»Für Leute wie mich? Eine Frage der Zeit und ein bisschen Massel.«

»Vielleicht hat Balin ja gehört, wie gut du bist.«

»Der spinnt. Wenn du Pech hast, bist du ein paar Tage damit beschäftigt, aber mit den richtigen Apparaturen und der richtigen Software...«

»Vielleicht überschätzt du sie, Ikki.«

»Gut, ich überschätze sie«, meinte Ikki zynisch. »Adelman, Brody, Frenkel, Kohlberg?«

»Ja.«

Ikki tippte die Namen in ein Suchfenster der Site des ›National Center‹ ein. Irgendwo in Amerika suchte jetzt ein Laserstrahl auf einer Festplatte.

»Bingo, Kohlberg«, sagte Ikki.

Bram rückte näher.

»Judith Kohlberg. Weggelaufen. Gemeldet von Joseph

Kohlberg. 23. September 2017. Sie kam nach zwei Tagen zurück. War mit einem Freund durchgebrannt.«

»Das ist alles?«, fragte Bram.

»Mehr ist nicht da«, antwortete Ikki. »In Amerika jedenfalls nicht. Das konnte der Schabak also nicht, und Ikki Peisman wohl? Wenn dem wirklich so ist, haben wir ein großes Problem in diesem Land, Bram.«

»Haben wir denn keine großen Probleme?«

»Doch, die haben wir«, sagte Ikki nickend.

»Komm, wir gehen an den Strand«, sagte Bram.

»An den Strand?«

15

S ein Vater wog fast nichts. Obwohl immer noch ein großer Mann, auch nachdem er geschrumpft war, konnte
Bram ihn tragen, wie er manchmal auch Patienten trug: Er
drehte sich mit dem Rücken zu ihm hin, beugte die Knie,
fasste über seine Schultern hinweg die Arme seines Vaters
und richtete sich dann, leicht nach vorn geneigt, auf. Er
spürte, dass die Füße seines Vaters vom Boden abhoben und
er Hartogs volles Gewicht auf dem Rücken trug – ein Kind.
So konnte er ihn huckepack die fünf Stockwerke hinunter-
transportieren. Ikki trug den Rollator, einen Aluminium-
klappstuhl mit Plastiksitzfläche und eine Tasche mit Windeln, Papiertüchern und einem Set Kleidung zum Wechseln.

»Blistus nasja«, murmelte Hartog.

»Geht es?«, fragte Ikki.

Hartogs Füße schleiften über die Stufen, aber das schien
ihn nicht zu stören, denn er knurrte nicht. »Ich brauche keinen Fahrstuhl«, hatte er Bram unzählige Male erklärt. »Ein
Fahrstuhl ist was für Schlappschwänze. Aber ich will Muskeln und Herz elastisch halten.« Als sein Vater dann Probleme mit dem Laufen bekommen hatte, wäre es angezeigt
gewesen, in ein Haus mit Fahrstuhl umzuziehen, doch Hartog war zu der Zeit noch ganz wach im Kopf gewesen und
hatte sich gegen einen Umzug gesperrt. »Wenn ich gar nicht

mehr laufen kann, setz mich einfach irgendwo in der Wüste ab, dann kann ich selbstbestimmt krepieren, so wie ein alter Eskimo, der aufs Eis hinausgeht. Wenn es aus ist, ist es aus.«

Rita wartete mit Hendrikus auf dem Arm unten. Zu ihren Füßen stand eine gefüllte Tasche. Rita strahlte und sagte: »Gute Idee, Professor!« Bram stellte seinen Vater vor dem Rollator ab und legte seine Hände auf die Handgriffe. Wie ein Roboter setzte sich Hartog sofort in Bewegung, mit kleinen Schrittchen einer Bestimmung entgegen, die nur er kannte. Bram verschob die Richtung des Rollators, und blind verlegte Hartog sein Ziel. Bram geleitete ihn zu Ikkis australischem Rover.

»Er redet neuerdings wie ein Wasserfall«, sagte Rita vergnügt.

Ikki sah Bram überrascht an: »Bram! Das sind ja phantastische Neuigkeiten! Kommt das durch diese neuen Medikamente?«

»Vielleicht«, sagte Bram, der bisher wenig Aufsehenerregendes aus dem Mund seines Vaters vernommen hatte. *Gottverdammt.* Vermutlich war der Fluch ein zufälliges Klangspiel gewesen. Ein Trupp Affen mit Laptops würde im Laufe von soundso vielen Millionen Jahren zufällig Shakespeares gesammelte Werke zusammentippen, besagte eine Volksweisheit. In einer Milliarde Jahren, oder fünf Milliarden – eine Frage der Zeit und somit Zufall. Es hatte nur ein kugelschreiberspitzengroßes Kügelchen von unendlicher Dichte und kosmischer Energie zu explodieren brauchen, und eines Tages war der Mensch da, einschließlich Dschingis Khan und Wolfgang Amadeus Mozart, einschließlich Batja Lapinski und Hartog Mannheim. *Gott-*

verdammt – das war das Wort, das der geniale Geist von Hartog Mannheim zu Gehör bringen konnte.

Bram half ihm ins Auto, setzte Hendrikus auf Ritas Schoß. Das Gepäck kam in den Kofferraum, und Ikki fuhr sie an den Strand.

»Als ich jung war, habe ich keinen schönen Tag ausgelassen«, sagte Rita vom Beifahrersitz links neben Ikki, immer noch strahlend wie ein junges Mädchen – Bram sah mit einem Mal die Siebzehnjährige hinter der alten Maske, die mit ihrem jungen Gesicht verwachsen war. »Und ihr werdet es nicht glauben, Jungs – ich konnte mich nie über mangelnde Beachtung beklagen.«

»Roschnasch«, murmelte Hartog.

»Sagt Ihr Vater etwas, Professor?«

»Er meint, dass du dich auch heute noch nicht über mangelnde Beachtung beklagen kannst, Tante Rita«, sagte Ikki.

Sie schüttelte schmunzelnd den Kopf und sagte, ohne sich zu Hartog umzuschauen: »Alter Schmeichler.«

Dann starrte sie, Hendrikus streichelnd, ein Weilchen vor sich hin und blätterte dabei offenbar im Fotoalbum ihrer Erinnerung: »Ich war nämlich üppig. Ihr versteht schon, was ich meine. Schlank, aber üppig. Das mögen die Männer. Und ich muss sagen: Ich hab mich nicht geziert. Meine Mutter hat wegen mir so manche schlaflose Nacht gehabt. Und in der Armee... Ach, das ist alles längst vorbei, Jungs, nach mir dreht sich keiner mehr um.«

»Isganisiso«, murmelte Hartog.

»Er sagt: Ich aber schon«, übersetzte Bram sofort.

»Wenn ich bei ihm bin, redet er manchmal ununterbrochen«, sagte Rita. »Ich bedaure nichts. Obwohl, eines vielleicht schon: dass ich zu wenige Liebschaften hatte. Obwohl es wirklich mehr als genug waren. Aber was ist in meinem Alter schon genug? Wisst ihr, wo ich Maurice kennengelernt habe?«

Bram sagte: »Nein. Wo?«

»Ich war damals dreißig. 1979.«

Sie hatte es schon mal erzählt, und Bram kannte alle Einzelheiten. Aber es war ihr ein Bedürfnis, es hin und wieder jemandem zu erzählen. Oder vielleicht hatte sie auch vergessen, dass sie es schon einmal erzählt hatte.

»Es war da, wo wir jetzt hinfahren. Am Strand. Er war mir schon früher aufgefallen. Ich hatte gerade Freund Nummer dreißig oder einunddreißig hinter mir. Nein, schüchtern war ich wirklich nicht. Die Bikinis damals waren knapp. Weiß, mit schwarzen Tupfen. Stand mir gut, ich wurde immer schön gleichmäßig braun. Und Mau – Mau war ein schöner, muskulöser Mann. Gut gebaut. Ich habe schon damals immer viel gelesen. Er lag etwa zehn Meter von mir entfernt. Auf einem bordeauxroten Badehandtuch. Irgendwann legte er sich auf den Bauch und ich auch, und wir haben uns verschmitzte Blicke zugeworfen. Wie man das so macht, wenn man jung ist. Herausfordernd. Und dann haben wir beide gleichzeitig unser Buch hochgestellt – wir lasen dasselbe.« Sie kicherte. »Zufall. Oder vielleicht musste es so sein.«

»Welches Buch war das?«, fragte Ikki. Auch er kannte die Details, die Pointe.

»*Die Leben des William Dubin*. Von Bernard Malamud. Der ist heute vergessen.«

»Wer?«, fragte Ikki.

»Malamud. Bernard. Wenn er noch leben würde, wäre er in diesem Jahr hundertzehn geworden. Ich hatte schon seine Kurzgeschichten gelesen, bevor *Die Leben des William Dubin* erschien, in gebundener Ausgabe. Mau war auch so begeistert von ihm. Mau war kein Intellektueller. Ich habe Musikwissenschaft studiert, Mau war Elektriker. Aber er las gern. Und er kannte Malamud. Besonders angetan war er von *Der Judenvogel,* einer seiner Kurzgeschichten. Ach, die muss ich euch erzählen, die ist wirklich was für euch!«

»*Der Judenvogel?*«, fragte Bram. Diesen Zusatz kannte er noch nicht.

»Handelt von einer Krähe, die Schwartz heißt und sich selbst einen Judenvogel nennt. Sie spricht jiddisch. Ist auf der Flucht vor Antisemiten und sucht Unterschlupf in einer Mietwohnung in Manhattan, in der Juden wohnen, die Cohens. Aber zwischen Vater Cohen und Schwartz läuft es total schief. Und zum Schluss tötet Cohen den Judenvogel.«

»Könnten ja direkt Israelis sein«, sagte Ikki.

»Mau sah es als Erster. Er tippte auf den Umschlag von seinem Buch und zeigte dann auf mich. Da hab ich es auch gesehen. Wir mussten beide lachen, und er setzte sich zu mir. Er war mit dem Buch schon weiter als ich. Als es Abend wurde, sind wir zusammen essen gegangen, und dann bin ich mit zu ihm. Ich wusste gleich, dass Mau mein Mann war. Für immer. Wir haben uns in dieser ersten Nacht aus *Die Leben des William Dubin* vorgelesen.«

Ikki lenkte den Wagen in die Hayarkon, die Straße, die am Meer und den verlassenen Hotels entlangführte.

»Ich lese immer noch viel«, fuhr Rita fort. »Mau haben sie vor zwanzig Jahren umgebracht. Etwas außerhalb von

Hebron.« Manchmal musste sie das erzählen, als fürchte sie, es könne in Vergessenheit geraten. »Er hatte jemandem, den er dort kannte, irgendwelche Elektrosachen geliefert und bekam dann eine Reifenpanne. Sie haben meinen Mau aus dem Auto gezerrt und sind über ihn drübergefahren. Anschließend haben sie ihn in eine Grube geworfen und das Auto angezündet. Sie haben die Täter einige Jahre später zu fassen gekriegt, in einem Haus in Dschenin. Dabei sind dann auch drei Unschuldige ums Leben gekommen. Aber ich konnte nicht um sie weinen. Ein platter Reifen! – Schaut mal, der Strand!« Sie zeigte dorthin, als müssten Ikki und Bram darauf hingewiesen werden, dass es für diesen breiten, leeren Streifen Sand, an dem sie entlangfuhren, eine spezifische Benennung gab. »Es ist niemand da«, sagte Rita, den Blick auf den Strand gerichtet, »wir haben also jede Menge Platz, Jungs! Die Bücher hab ich noch. Sie stehen nebeneinander im Regal. *Die Leben des William Dubin* neben *Die Leben des William Dubin*. Sind sie dir nie aufgefallen, Ikki?«

»Doch, klar«, antwortete er. »Aber ich dachte immer... du hättest es zweimal geschenkt bekommen.«

Eva – oder Batja – wartete vor dem ›Beach Plaza‹, einen Pappkarton neben sich. Als Bram ausstieg, küsste sie ihn auf den Mund, und er stellte sie Rita vor. Ikki, der am Steuer sitzen geblieben war, starrte Eva sekundenlang an, als suche er nach Bezügen, die ihm entgangen waren.

Bram hob den Karton hoch. Darin waren Sandwichs, Obst und zwei Flaschen Wein. Er bot Eva seinen Arm an und geleitete sie zum Strand. Dort zog sie sich, auf ihn gestützt, die Schuhe aus – auf typisch weibliche Art, dachte Bram: im Stehen nach hinten an die Ferse fassen und mit einem Finger den flachen Schuh vom Fuß streifen. Er sah, wie sie die Füße in den warmen Sand setzte, wie sie ihre Zehen bewegte, welche Spuren sie hinterließ. Gemeinsam breiteten sie die Decke aus und zogen sie glatt, und neben der Decke spießte Ikki die Stange eines großen Sonnenschirms in den Sand. Danach half Bram seinem Vater aus dem Auto, und da die Räder des Rollators zu tief in den Sand einsanken, trug er ihn. Ikki stellte den Klappstuhl auf, und als Hartog saß und auf das Meer blickte, schien es tatsächlich, als grunze er zufrieden. Rita drückte ihm einen verschossenen *bush hat* auf den Kopf, einen Baumwollhut mit Tarnmuster und breiter Krempe, die Hartogs Gesicht Schatten spendete.

Da und dort saßen ein paar Menschen im Sand, aber an die vollen Strände um die Jahrtausendwende erinnerte wenig. Bram schaute zu den Hotels hinüber, die teilweise in Apartmenthäuser umgebaut worden waren, meistens aber einige Etagen zugemacht hatten, und deren Personal sich die Zeit mit Zigarettenrauchen vertrieb.

Eva schlang die Arme um seinen Hals.

»Bleib bei mir«, flüsterte sie ihm ins Ohr, »auch wenn du meinst, dass ich nicht ganz bei Verstand bin.«

Er nickte und drückte sie an sich.

Sie schnitt die Sandwichs in kleine Dreiecke, es gab Lachs mit Gurke und Erdbeeren (wo hatte sie das alles gekauft?), und öffnete den Weißwein (ein Schlückchen nur, sagte sie). Bram schlief eine Dreiviertelstunde, mit dem Rücken auf der warmen Decke, das Gesicht an Evas Schulter. Als er aufwachte, sah er, dass sie, die Arme um ihre Knie geschlungen, neben Rita im Sand saß und sich mit andächtigem Nicken Ritas Geschichte anhörte. »Hier habe ich auch Mau kennengelernt«, hörte er Rita sagen.

Er stützte sich auf den Ellbogen. In der bald über dem Meer untergehenden Sonne stand Ikki mit den Füßen in den flach auslaufenden Wellen, Hartog schlief, und unter seinem Stuhl lag Hendrikus. Als Rita bei Maus Platten angelangt war, ergriff Eva seine Hand. Sie hatte noch nichts erklärt, und vielleicht war sie wirklich ein bisschen verrückt – aber so war es nun mal, und vermutlich konnte er damit leben.

Nach Sonnenuntergang brachte er seinen Vater in die Wohnung zurück. Er ließ etwas zum Essen kommen und leistete Hartog Gesellschaft, dann wusch er ihn und half ihm ins Bett. Er versprach Rita, dass er am nächsten Tag sein Schlafzimmer für sie herrichten würde, denn sie war schließlich mehr bei seinem Vater als in ihrer eigenen Wohnung.

Im ›Beach Plaza‹ erwartete Eva ihn auf dem Balkon, den Bauch an der verwitterten Eisenbrüstung, die Hände darauf verschränkt. Eine leichte Brise vom Meer bewegte die Vorhänge. Eva trug ein eng anliegendes Kleid, das Brüste und Po betonte, dazu hochhackige Schuhe und hatte grell geschminkte Lippen. Wie eine Hure. Seine Hure.

»Eva?«, sagte Bram.

Sie nickte: »Leg dich hin. Ich zieh mich für dich aus. Ich hab geile Musik mitgebracht.«

Sie führte ihn zum Bett. »Du musst rauchen«, sagte sie, »und mir zusehen. Danach darfst du mit mir machen, was du willst.« Sie löschte das Licht und ließ nur eine Stehlampe in einer Ecke des Zimmers an.

Die Klänge eines Saxophons aus dem alten CD-Player, der ins Nachtschränkchen eingebaut war, erfüllten das Zimmer. Es war John Coltranes *Alabama*. Eva hatte die CD schon häufiger aufgelegt, aber nie hatte sie sich dazu ausgezogen. Sie gab ihm Feuer und drehte ihm den Rücken zu, damit er den Reißverschluss ihres Kleides runterzog. Zum ersten Teil von *Alabama*, in dem das Klavier nervös drängte und Coltranes Sax jammernd nach einer Melodie suchte, ließ Eva wie eine Stripteasetänzerin ihr Kleid fallen, während sie sich zu Coltranes Wehklagen bewegte. Es war vollkommen klar, warum sie diese Rolle spielte und nicht als Saras Mutter hier war, warum sie nicht Batja sein wollte. Sie stieg aus dem Kleid und präsentierte ihm ihren schwarzen Spitzen-BH, ihre schwarzen Strapse – wie Klischees aus der Dessouswerbung, die vor langer Zeit einmal zum Straßenbild gehörte. Coltrane fand seinen Rhythmus, und befreit folgte ihm seine Band; Eva hakte ihren BH auf und ließ Bram ihre Brüste sehen. Dann befeuchtete sie ihre Daumen und strich sich damit über die Brustwarzen, während sie auf ihn zukam und ihm ihre Brüste anbot. Er begriff, dass es sich um ein Ritual handelte. Es erregte ihn, und er legte seine Zigarette weg und ließ seine Hände über ihre Hüften gleiten. Sie zog ihn an sich und presste sein Gesicht zwischen ihre Beine.

»Du findest wirklich, dass ich verrückt bin, nicht?«, fragte sie, als sie mitten in der Nacht durch die Stadt liefen.

»Ja«, sagte Bram.

Sie gingen Arm in Arm, Eva lehnte sich an ihn. Ihre Füße steckten jetzt in soliden Turnschuhen, die sie auch trug, wenn sie als Apothekenhelferin arbeitete. In Tel Aviv waren um diese Zeit, drei Uhr nachts, keine Fußgänger oder Fahrzeuge mehr unterwegs. Sie schritten zügig auf Evas Haus zu, als machten sie einen munteren Nachmittagsspaziergang oder als wären sie ein Ehepaar auf dem Weg in die Bibliothek oder zu einem Matineeprogramm im Kino.

»Weißt du, dass ich erleichtert bin?«, sagte sie.

»Nein«, sagte Bram.

»Hoffnung schlaucht«, sagte sie. »Obwohl ich nicht gehofft habe. Trotzdem hatte ich Hoffnung. Dann und wann. Komisch, nicht?«

»Ja«, sagte Bram, aber er wusste nicht, ob es so war. Er dachte nie an das Kind. Obwohl, auf irgendeine Art dachte er ständig an das Kind. Das Kind war immer bei ihm, wie seine Hände, seine Füße – an die dachte man ja auch nie.

Sie sagte: »Ich wusste es schon nach...«

Bram sah sie von der Seite an, während sie beide den zügigen Rhythmus eines entspannten Spaziergangs beibehielten, und wartete auf die Fortsetzung ihres Satzes.

»Schon nach zwei Tagen. Achtundvierzig Stunden. Obwohl... Eigentlich wusste ich es schon nach zwei Stunden, nein, einer Stunde. Oder? So ist es doch, oder, Bram? Man weiß es doch sofort, nicht? Man spürt es im Bruchteil einer Sekunde. Dass alles anders ist. Dass es nie mehr so sein wird.«

»Ja«, sagte er.

»Ich habe die ganze Zeit getrauert«, fuhr sie fort. »Und das tue ich noch immer... Aber bei dir habe ich als eine andere angefangen. Unabsichtlich. Das war nicht geplant. Es passierte einfach. Ich wollte wissen, wer du bist, wie du diese Arbeit aushalten kannst. Ich hätte auch einfach meinen Namen sagen können, bei dem ersten Mal im ›Rainbow‹. Ich bin froh, dass ich es nicht getan habe. Es ist schöner, Eva zu sein. Für dich. Für mich.«

Es hatte kurz den Anschein, als müsse sie weinen, aber sie riss sich zusammen, hielt ihn an und blieb stehen. »Bram... Das Furchtbarste, was mir passieren konnte, ist geschehen. Und trotzdem bin ich froh, dass ich dir begegnet bin. Nach dem Furchtbarsten ist auch etwas Gutes geschehen. Ich glaube jetzt, dass ich sogar das Unmögliche akzeptieren kann. Gehört das nicht auch zum Leben dazu, Bram, zu akzeptieren?«

»Vielleicht«, sagte er. Er akzeptierte nichts. Dennoch... Eröffnete Eva ihm eine zweite Chance? Über zweite Chancen hatte er nie nachgedacht.

»Und ich bin schwanger.«

Er versuchte in ihrem Blick zu lesen, was sie damit meinte. Sie schaute ihn mit großen Augen an.

»Schwanger?«, murmelte er.

»Von dir«, flüsterte sie.

»Was willst du damit sagen?«

»Ich werde nicht mehr trinken und auch nicht mehr rauchen.«

Er nickte, obwohl er nicht um seine Zustimmung gebeten worden war.

»Ich wusste es sofort. Vorgestern, dieses eine Mal... Ich bin aufgestanden und wusste, dass es so war. Ich wusste es sofort: Jetzt bin ich schwanger. Ich fühlte es. Manchmal weiß man das einfach. Ich war... berührt. Etwas hatte sich verändert. Schwer zu erklären. Aber ich war mir ganz sicher. Ich bekomme ein Kind.«

Sie bekam ein Kind? Nachdem er ihr das von ihrer Tochter erzählt hatte? Konnte man sofort wissen, ob man schwanger war? Dauerte es nicht Wochen, bevor man sich sicher sein konnte? Wenn die Menstruation ausblieb und so?

»Du bist schwanger?«

»Ja«, sagte sie.

»Kann man das nach so kurzer Zeit sagen?«

Sie nickte und sagte: »Ja. Ich schon.«

»Man kann doch nicht binnen... binnen achtundvierzig Stunden wissen, ob man schwanger ist!«

»Du hast ja keine Ahnung, was Frauen alles spüren können, Bram.«

Sie küsste ihn und zog ihn danach weiter, in die Nacht hinein, durch die stille Stadt, beide im Gleichtakt, als synchronisierten sie ihre Schritte schon seit Jahren. Er ließ sich führen, verwirrt, fragte sich, mit wem er hier ging.

»Warum hast du mich bezahlt, bei diesem ersten Mal?«, fragte Eva.

»Ich dachte... Ich weiß nicht, was ich dachte«, murmelte Bram.

Sie sagte: »Du dachtest, dass nur eine Hure mit dir schlafen würde. So war es doch, oder?«

»Vielleicht«, sagte er. »Und wieso hast du es angenommen?«

»Ich war perplex. Ich verstand das nicht. Danach war es... Es hatte etwas Erregendes. Aber in den letzten Wochen... Ich konnte nicht mehr zurück... Nein, ich werde jetzt keine Fehler machen«, sagte sie in einem anderen Ton und teilte ihre Gedanken laut mit. »Ich kaufe andere Kleider, obwohl ich noch alles habe, sogar die Babykleidung hab ich noch, ich habe nie etwas weggegeben, aber unser Kind bekommt alles neu. Nur für sie. Sie braucht niemanden zu ersetzen. Sie ist ein neuer Anfang. Es ist ein Mädchen, da bin ich mir ganz sicher. Findest du nicht auch, dass wir alles neu kaufen müssen, Bram?«

»Das ist vernünftig«, sagte er. Er hatte keine Ahnung, ob es das war, aber er wusste, dass er das sagen musste, und er wusste auch, dass er keine Ahnung hatte, ob überhaupt irgendwas von dem, was sie sagte, der Wahrheit entsprach. Was er sonst noch wusste, war, dass er beängstigend unbesorgt war und es herrlich fand, ihr zuzuhören.

»Ich möchte nicht, dass sie eines Tages denkt, sie müsse das Leben eines anderen Kindes wettmachen. Das wäre grausam. Es gibt schon genug Grausamkeit auf der Welt. Und ich werde sie beschützen. Ich werde ihr vorlesen. Ich möchte keine Zeitung, kein Fernsehen im Haus haben. Ich zeige ihr nur die schönen Dinge. Ich möchte ihr den Louvre zeigen … Wenn wir ein Visum bekommen können, vielleicht kriegen wir das irgendwie hin?«

»Versuchen können wir es jedenfalls«, sagte Bram.

»Soll ich sie hier aufwachsen lassen? Oder wollen wir ›die Kurve kratzen‹?«

»Du kannst es.«

»Kommst du mit?«

»Ich habe keine Berechtigung dazu.«

»Vielleicht kriegen wir das geregelt, Bram, dass du auch darfst.«

»Vielleicht«, sagte er.

»Und die Eremitage in Sankt Petersburg! Da hängen zwanzig Gemälde von Rembrandt, wusstest du das? Das sind mehr als in Amsterdam. Hast du sie dort je gesehen?«

»Ja«, sagte Bram.

»Wie war das?«

»Wie das war?«, fragte er. »Ich muss dich mal kurz in den Arm nehmen, darf ich?«

Sie nickte und wandte sich ihm zu. Bram umarmte sie und vergrub das Gesicht in ihren blondierten Haaren.

Er hatte das Ding nicht gehört, aber er spürte den Luftzug. Sie schauten gleichzeitig auf, als das grellblaue Licht eingeschaltet wurde, und kniffen die Augen zu, um nicht geblendet zu werden. Ein Chicken Wing schwebte lautlos über der Straße und prüfte, welches Gefahrenpotential ihre Daten verrieten. Welche Informationen wurden jetzt mit Lichtgeschwindigkeit auf die Monitore projiziert? Harmlose Typen. Vom Leben gebeutelt. Pech gehabt. Beide ein Kind verloren. Bedrohungsprofil null Komma null.

Eva hob eine Hand und winkte fröhlich. Der Chicken Wing antwortete mit einem kurzen, freundlichen Hupen wie ein altes Auto. Das Licht ging aus, und das schwarze Insekt, das an flüsternden Rotorblättern hing, gewann an Höhe, drehte sich kokett um die eigene Achse und verschwand.

Eva nahm seinen Arm und zog ihn weiter in die Stadt hinein.

Sie sagte: »Was an dem Kontrollposten geschehen ist … Ich möchte es nicht wissen. Ich habe es im Fernsehen gesehen. Aber ich möchte das nicht mehr an mich heranlassen.

Ich hab genug davon. Ich will mich nicht mehr in Mitleidenschaft ziehen lassen. Das ist es. Es ist nicht mein Ding. Es ist die Welt von anderen. Sollen wir weggehen, Bram? Was meinst du?«

»Was mich betrifft...«, sagte er, »was mich betrifft... Ich wünschte mir, du würdest bleiben. Aber für dich... für...«

Er warf einen Blick zur Seite und sah, dass sie nickte, während sie ihn fest an sich drückte und energisch weiterging.

Sie sagte: »Für das Kind müssen wir weggehen. Vielleicht ist das doch das Beste. Moskau. Oder Sankt Petersburg. Als Mädchen wollte ich Balletttänzerin beim Bolschoi werden. Und das Philharmonische Orchester von Moskau! Darin spielen wieder viele Juden, wie früher. Und das Russische Nationalorchester. Was Putin dort alles erreicht hat! Und wir sind dort doch auch ein bisschen zu Hause. Russen und Juden, wir haben die gleiche Seele, findest du nicht, Bram?«

Er nickte, nach all dem Unglück der vergangenen Tage mit unbeschwerten Schultern und geradem Rücken. Für den Moment fühlte er sich von seinen Erinnerungen befreit – durch Evas Nähe, ihre kuriose Lebenslust. Er begleitete sie zu ihrem Haus, wo sie sich an der Eingangstür von ihm verabschiedete, denn sie wollte nicht, dass er Batja besuchte. Sie war eine Phantastin, aber was konnte Böses daran sein?

»Es tut mir leid«, sagte er. »Was mit deinem Kind geschehen ist. Und es tut mir leid, wie ich auf deinen anderen Namen reagiert habe.«

Eva, oder Batja, nickte und ließ die Tür hinter sich zufallen.

16

Ich habe Neuigkeiten. Große Neuigkeiten, Pa«, erzählte Bram, während er seinen Vater im Badezimmer wusch. Hartog saß nackt auf einem Hocker, beobachtet von Hendrikus, der in der Tür kauerte und auf ihn wartete. »Ich weiß, dass es schwer für dich ist, irgendeine Reaktion zu zeigen, aber ich hoffe, dass du verstehst, was ich sage. Diese Frau am Strand, Papa, diese schöne Frau, das ist meine Freundin. Sie heißt Eva… und auch noch anders. Sie ist ein klein wenig seltsam. Aber das bin ich ja auch… Könnte sein, dass ich sie liebe. Vielleicht finde ich das noch heraus. Aber die große Neuigkeit ist… Die Neuigkeit ist, dass sie ein Kind bekommt. Ein Kind… Und ich… Ich bin der Vater. Es ist meschugge, aber ich dachte: Ich möchte dir das nicht vorenthalten. Sie ist ein Weltwunder, denn sie weiß von sich aus, dass sie schwanger ist. Ohne Test. Einfach, weil sie es fühlt. Sie wäre ein hübsches Forschungsobjekt für dich gewesen, Papa.«

Er half seinem Vater aufstehen und legte dessen Hände auf die Chromstange an der Wand, damit er sich festhalten konnte.

»Ich werde also Vater. Nach all der Zeit. Und du wirst Großvater. Du musst mindestens so alt werden, dass du das Kind zu sehen bekommst. Versprichst du mir das?«

Hartog schwieg. Er stand mit dem Gesicht zur gekachelten Wand und hielt sich an der Stange fest.

»Eva ist jetzt seit drei oder vier Tagen schwanger, das heißt, du musst noch mindestens neun Monate weiteratmen. Aber lieber noch sechs Jahre. Es ist ein Mädchen, sagt sie. Ich wusste nicht, dass man das schon spüren kann, nach anderthalb Sekunden, ich dachte immer, es ist dann noch nicht mehr als ein winziges Häuflein Zellen oder so, aber Eva sagt, dass das geht, beziehungsweise: Sie kann es. Phantastisch. Eine Enkelin für dich. Eva wird bestimmt schon einen Namen im Sinn haben. Aber du musst mitdenken. Hartog können wir sie ja nicht nennen. Gibt es eine weibliche Form deines Namens? Ich glaube nicht.«

Bram trocknete Hartog ab und fühlte unter dem Handtuch die lose Haut mit den zerbrechlichen Knochen darunter, an denen Hartogs verschlissene Muskeln hafteten, und als Bram sich aufrichtete und die Finger seines Vaters von der Stange löste, glaubte er so etwas wie Begreifen in dessen Augen zu erkennen, einen Blick, in dem für einen Moment der Mann aufschimmerte, der er gewesen war, das Wissen und der Verstand und die Willenskraft, die sein Leben gekennzeichnet hatten. Aber in Hartogs Augen lag auch etwas Betrübtes, als wisse er, was die Zeit ihm angetan hatte.

Bram hielt Hartog fest, die Arme unter seinen Achseln, und schaute ihn von nahem an.

»Papa? Papa?«

Hartog sah ihn jetzt direkt an, zwei Sekunden lang, und Bram war davon überzeugt, dass sein Vater ihn erkannte und begriff, was er sagte. Danach drehten sich seine Augen weg, zu den Kacheln hinter Bram.

Hartog fiel auf dem Bett in Schlaf, während Bram seine Hand hielt und den Witz von Goldfarb erzählte, den er zu einem langen Märchen ausspann, wie er es einem Kind erzählt hätte.

17

Es war noch Nachmittag, als er das Hotelzimmer betrat, er hatte Ikki abgesagt. Eva schlief, ruhig und friedlich. Er küsste sie, ohne dass sie etwas davon merkte, legte das Buch, in dem sie gelesen hatte, auf den Nachttisch und streckte sich neben ihr aus. Irgendwo im Gebäude ertönten Stimmen, er hörte den Fahrstuhl summen – es schien fast, als hätte das Hotel wieder Gäste, Touristen aus Europa, die durch die Dizengoffstreet bummelten, ihre Kinder am Strand Sandtörtchen backen ließen, morgens am Frühstücksbüfett sorglos Ananas, Pfirsich, Granatapfel und Pitahaya auf ihre Gabel spießten und danach zu viel Rührei mit geräuchertem Lachs aßen, noch vor dem Mittag in ihrem Liegestuhl am Strand eindösten und sich nach dem Mittag leichtfertig liebten – anders als zu Hause, als seien sie Fremde und trauten sich daher, schamlos zu sein –, um erneut einzudösen und danach Hand in Hand am Wasser entlangzulaufen und die Sonne im Meer untergehen zu sehen. So fühlt es sich an, dachte Bram, und er legte die Hand auf Evas Schulter und schlief auch ein.

Eva hatte Wein, Brot und Käse besorgt. Sie saß im Schneidersitz neben ihm auf dem Bett, ein Laken locker um sich drapiert, um ihm die Sicht auf ihren Bauch und ihre Brüste zu versperren, doch er konnte alles sehen. Draußen rauschte das Meer, und seltsamerweise drang von unten, vom abendlichen Boulevard, Lachen ins Zimmer hinauf. Träge auf einen Ellbogen gestützt, betrachtete Bram sie, die Hure, die keine Hure war, sondern seine Freundin oder Frau, die nach Sex roch und auf deren Oberlippe und Schultern im weichen Licht der Lampe über dem Bett Schweißperlen glitzerten. Seine Trauer – die seit Jahren in seiner Magengegend saß und Schmerzstiche in sein Herz und sein Gedärm sandte, eine körperliche Empfindung – war nicht weniger stark als sonst, aber durch das, was diese Frau in ihm weckte, wurde der Schmerz in seine Schranken verwiesen. Bram verlangte nach ihrem Körper und nach dem Schlüssel zu ihrem eigenartigen Wesen. Und zugleich war ihm klar, dass er diesen Schlüssel niemals finden würde und dass das gut war. Mit Rachel damals war es schwierig gewesen, das Bild von dem Wesen in ihrem Bauch, einem fremden Zuschauer, zu unterdrücken, wenn sie miteinander schliefen; mit Eva war das gleiche Bild ein Symbol der Fruchtbarkeit und Intimität und Notwendigkeit.

Wo sollte das neue Kind aufwachsen? Eva konnte ein Visum kaufen und in einer reichen russischen Stadt mit dem Kind im Herbst durch raschelndes Laub waten, ihr eine Pelzmütze aufsetzen, wenn der Winter kam, ihr Kleidchen und Haarbänder und Ballettschuhe kaufen, durch das Kaufhaus GUM am Roten Platz schlendern und ihre Hand halten, wenn ihr Ohrlöcher geschossen wurden und ein stechender Schmerz durch ihren unversehrten kleinen Körper fuhr.

»Aber du kommst mit«, sagte Eva. »Ich gehe nicht ohne dich.«

»Ich komme mit«, bestätigte Bram nickend.

Sie ergriff seine Hand und drückte sie an sich. Sie sagte: »Ohne dich… Ich kann nicht ohne dich sein, Bram. Ehrlich.« Sie küsste seinen Handrücken. »Ich weiß, ich höre mich an wie ein Backfisch, aber es ist wirklich so.« Noch einmal küsste sie seine Hand.

»Nicht, Schatz, nicht.« Behutsam entzog er ihr seine Hand und drückte die ihre an seinen Mund. »Es ist genau andersherum.«

Eva ließ das Laken von ihrem Körper gleiten, und er stellte das Tablett auf den Boden. Sie schmiegte sich an ihn, legte den Kopf auf seine Brust und fragte: »Wen nehmen wir mit?«

»Wohin?« Er streichelte ihre Schulter.

»Moskau.«

»Dürfen wir denn jemanden mitnehmen?«

»Das ist nur eine Frage des Geldes, schätze ich. Mit den Russen kannst du immer Geschäfte machen.«

»Ich bin nicht reich, Eva.«

»Ich habe Geld. Nicht gigantisch viel, aber genug für uns. Dein Vater… Ob er die Reise überleben würde?«

Die Idee wurde konkret – sie meinte offenbar, was sie gesagt hatte. Konnte er Hartog noch verpflanzen, und mit ihm das Hündchen? Würden die Russen alte Hündchen in ihr Land lassen? Oder war das jetzt ein Spiel, ein Frage-und-Antwort-Spiel?

Er fragte: »Wann würdest du denn wegwollen?«

»Vor der Niederkunft. Nicht zu spät.«

»Also etwa in vier, fünf Monaten?«

»Ja.«

»Wie gedenkst du dort zu überleben?«

»Genauso wie hier. Die Pharmazie ist überall auf der Welt gleich. Chemie ist Chemie. Und du könntest wieder unterrichten.«

»Auf Russisch?«

»Dort leben zweihunderttausend Israelis! Sie haben Schulen, in denen Iwrit gesprochen wird.«

»Und was sollte ich unterrichten, die Geschichte des Nahen Ostens?«

»Warum nicht?«

»Nein. Ich weiß, was ich mache. Das Gleiche wie hier. Ich gehe zum Rettungsdienst. Erste Hilfe leisten. Vielleicht sollte ich einen Kurs belegen, Russisch lernen.«

Sie richtete sich auf und sah ihn zärtlich an: »Professor, das ist eine gute Idee.«

»Ja?«

»Ja.«

Bram sagte: »Mitten im Winter besoffene Russen retten.«

»Sie werden dir ein Denkmal errichten«, sagte Eva grinsend.

»Und Ikki?«

»Der muss auch mit. Wir nehmen alle mit, die wir gern haben. Weg hier.«

Sie küsste ihn aufs Kinn, auf die Wangen, die Stirn.

»Und wer bleibt dann noch hier?«

»Niemand«, sagte sie und setzte sich rittlings auf ihn.

Sie hatten in enger Umarmung geschlafen, stellte er fest, als er aufwachte. Sein Handy klingelte. Er machte es schnell aus, um Eva ja nicht im Schlaf zu stören. Ikki hatte angerufen.

Geräuschlos stand er auf, schloss die Badezimmertür hinter sich und rief zurück. Es war elf Uhr abends. Mit gedämpfter Stimme fragte er: »Was ist?«

»Entschuldige, dass ich störe, aber ich hab etwas gefunden.«

»Ich weiß nicht, was du gesucht hast«, sagte Bram.

»Ich hab nach diesen Namen gesucht, die Balin uns gegeben hat.«

»Herrgott, Ikki, ich weiß nicht, ob es klug ist, dass du...«

»Komm bitte gleich mal her, geht das?«

»Ist es wichtig?«

»Wenn dem nicht so wäre, würde ich dich nicht stören, Mann.«

»He, immer mit der Ruhe!«

»Sorry, Bram, ich bin ein bisschen überreizt. Hab stundenlang wer weiß welche Dossiers und Datenbanken durchforstet. Gott weiß, wie viele Gesetze ich übertreten habe...«

»Hast du Spuren hinterlassen?«

»Keine Ahnung. Das interessiert mich jetzt eigentlich nicht so sehr.«

»Mich schon«, erwiderte Bram verärgert.

»Komm erst mal her, dann wirst du anders reden.«

»Wo bist du?«

»In der Bank.«

18

Hinter den schmutzigen Scheiben war Licht zu sehen, doch selbst wenn man mit dem Gesicht nah an das Fenster heranging, war kaum mehr zu erkennen als Ikkis Umrisse und das Leuchten von Monitoren. Ikki hatte die Eingangstüren abgeschlossen und machte auf, als Bram anklopfte.

»Hast du noch was mitgebracht?«

Bram hielt die Plastiktüte hoch. Er hatte unterwegs einen Hamburger gekauft und eine Flasche Cola. Ikki schloss die Tür hinter ihm, und sie gingen durch die dunkle Eingangshalle zu den beiden Tischen, auf denen die Computer standen.

»Ich hab seit heute Mittag nichts mehr gegessen«, sagte Ikki. Er nahm Bram die Tragetasche ab und setzte sich.

»Ich bin der Sache auf den Grund gegangen«, sagte er. »Das hat mich nicht mehr losgelassen. Was dieser Balin wollte, war doch nichts Halbes und nichts Ganzes. Nur ein paar Namen: Adelman, Brody, Frenkel, Kohlberg. Wo soll man denn da anfangen? Da hat man doch keinen Anhaltspunkt! Ich sollte irgendwo auf der Welt einen Juden finden, der zwischen 2000 und 2004 geboren, beziehungsweise zwischen zwanzig und vierundzwanzig Jahre alt ist. Mit einem dieser Namen. Toller Auftrag!«

Er öffnete die Box und biss in den Hamburger, während er sich über seinen Schreibtisch beugte, um zu verhindern, dass ihm Ketchup auf die Kleidung tropfte.

»Und was hast du gemacht?«, fragte Bram. Er setzte sich Ikki gegenüber und zündete sich eine Zigarette an.

»Sämtliche Datenbanken durchsucht. Schrecklich. Bin auf die scheußlichsten Fälle gestoßen. Die Vergewaltigungen sind mir nur so um die Ohren geflogen. Es gibt viel Abschaum auf der Welt, Bram.«

»Das ist mir völlig neu.«

»Aber ich hatte Massel. Ich hatte schon so ein Gefühl.«

»Dieses Gefühl von dir könnte noch legendär werden.«

»Bitte jetzt keinen Sarkasmus, Bram. Mir ist ganz schwindlig von der Starrerei, mir brennen die Augen. Und von dem Zeug hier krieg ich garantiert Sodbrennen.«

»Es war zwar noch Kaviar da, aber die Blinis und der Sauerrahm waren ausgegangen, und ich weiß ja, dass du deinen Kaviar nur mit Blinis und Rahm isst.«

»Wie gut du mich in den letzten Jahren kennengelernt hast!«, sagte Ikki schmatzend. »Ich habe gefunden, was Balin sucht.«

»Du hast ihn gefunden?«

»Ich glaube schon.«

»Und?«

»Ich glaube, ich weiß jetzt, was du mir nicht sagen möchtest. Dieser Anschlag, Rakete? Von wegen Rakete! Da hat sich einer in die Luft gejagt. Es muss ein Jude gewesen sein, sonst wär er nicht durch die Schleuse gekommen. Er muss auch spannende Sprengsätze bei sich gehabt haben, da haben die Chemiker vom Schabak noch hübsch zu tun.

Ein jüdischer Terrorist.« Er nahm einen Bissen und kaute hastig.

»Weiter«, sagte Bram, so geduldig er konnte.

»Durch diesen DNA-Check hatten sie sein Y-Chromosom. Sie haben im ›Jewish Tree‹ gesucht, und die nötigen Infos dazu haben sie beim Schabak ja auf dem Tisch, wie man welchem Y-Chromosom nachgehen muss und so. Haben sie gemacht. Das bewusste Chromosom kam bei Männern mit vier verschiedenen Nachnamen vor. Muss ich sie wiederholen?«

»Ich kenne sie«, sagte Bram.

»Aber es ist ziemlich irre«, sagte Ikki. Er legte den halben Hamburger in die Box zurück, schraubte den Verschluss von der Flasche und trank einen Schluck.

»Ich muss jetzt schon rülpsen«, sagte er.

»Irre?«, fragte Bram.

»Ja, irre.«

»Erzähl.«

»Auf den Namen Frenkel bin ich in einer niederländischen Datenbank gestoßen.«

»Einer niederländischen?«

»In deinem Vaterland.«

»Frenkel? Ein Niederländer?«

»Amerikaner.«

Bram kannte den Namen – woher?

Ikki erzählte: »Es beginnt mit Saul Frenkel. Geboren in Deutschland, aber nach dem Krieg studierte er in New York und erwarb die amerikanische Staatsangehörigkeit. Saul kriegte einen Job in Amsterdam, heiratete dort und bekam zwei Söhne. 1983 ging Saul nach Amerika zurück, mit seinem jüngsten Sohn, der später eine Tochter bekam. Dessen Y-Linie versandet also – das Y-Chromosom geht identisch von Vater auf Sohn über, nicht aber auf Töchter. Man kann also ganze Männerlinien verfolgen, wenn man das Y kennt.

Als Saul nach Amerika zurückging, blieb sein ältester Sohn Michael in den Niederlanden, bis 2002. Er heiratete ebenfalls eine Niederländerin, hatte mit ihr zwei Kinder, zwei Mädchen, und wurde 1998 von ihr geschieden. Und vier Jahre später, Saul war inzwischen gestorben, ging Michael auch nach Amerika. Alles ganz sauber im Netz zu finden, alles *open source,* nichts Besonderes. Aber Michael ließ etwas in den Niederlanden zurück. Was meinst du, was das war?«

»Na?«

»Eine Freundin. Und diese Freundin war schwanger. Eine Jüdin. Judith de Vries. De Vries. Ist das ein gebräuchlicher niederländischer Name?«

»Ja. Sowohl jüdisch als auch nichtjüdisch. De Vries. Woher weißt du das mit der Freundin? Hat Michael das gebloggt? Oder in die Zeitung gesetzt?«

»Sachte, sachte«, sagte Ikki. »Seine Freundin ging nicht mit ihm nach Amerika. Keine Ahnung, wieso. Sie brachte im Oktober 2002 einen Jungen zur Welt. Den nannte sie Jacob, nach ihrem Vater. In dem Dossier wird auch der Name Jaap benutzt und Japie, Japie de Vries.«

»Japie – das ist eine Koseform, so wie Johnny für John. Und...?«

Ikki trank noch einen Schluck und bot Bram die Flasche an, doch der schüttelte den Kopf.

»Und...?«

»Jaap hat also das Y-Chromosom, trägt aber keinen der vier Nachnamen, sondern den Namen seiner Mutter. Und Jaap verschwindet am 2. September 2008. Vom Schulhof. In Amsterdam. Er war noch keine sechs.«

Brams Kind war nur wenige Tage davor verschwunden, mit vier Jahren. Es tat weh, daran zu denken. Dieses Amsterdamer Kind war ungefähr zur selben Zeit verschwunden wie sein eigenes Kind. Das war nicht ungewöhnlich. Das Gleiche traf auf Dutzende, wenn nicht gar Hunderte von Kindern auf der ganzen Welt zu.

»Jetzt kommt's. Seine Mutter schaltete die Polizei ein. Auch in den Medien fand der Fall Beachtung, ich habe Artikel in Zeitungsarchiven gefunden. Aber der Junge blieb verschwunden. Auf Nimmerwiedersehen. In einem Dossier bin ich auf die Notiz gestoßen, dass auch Jaaps Erzeuger, Michael Frenkel, die Polizei kontaktiert hat. Das war der Treffer, den ich suchte, mit dem ich alles rekonstruieren konnte. In einer niederländischen Datenbank. Michael Frenkel ist in die Niederlande zurückgekehrt, ist tagelang dort gewesen, mehrere Male. Sie haben auch selbst eine Website gemacht, das machen solche Leute öfter. Da wusste ich, dass wir ihn haben. Es handelt sich um ein verschwundenes Kind, Bram! Das taucht hier an einem Kontrollposten auf und sprengt sich in die Luft! Ein Jude, der sich selbst in die Luft sprengt!«

Ikki keuchte vor Aufregung. Er beugte sich zu Bram und flüsterte: »Und da ist noch etwas. Saul Frenkel, der Großvater von dem Jungen, ebendieser Saul Frenkel arbeitete mit einem gewissen Professor Hartog Mannheim zusammen – das ist doch dein Vater, oder? In Amsterdam. Saul Frenkel war Mediziner, Chemiker, Physiker, er hatte alle möglichen Titel, Doktor Doktor Doktor Saul Frenkel, ein großer Wissenschaftler, genau wie dein alter Herr.«

Bram nickte stumm. Die Enkel von zwei Männern, die einst in Amsterdam zusammengearbeitet hatten, waren im Abstand von wenigen Tagen an völlig verschiedenen Orten auf der Welt verschwunden. Und nach sechzehn Jahren war einer dieser beiden Enkel in Tel Aviv aufgetaucht und hatte sich in die Luft gesprengt. An einem x-beliebigen Tag im April 2024.

Kannte er den Namen von früher? Wenn sein Vater mit Frenkel zusammengearbeitet hatte, hatte er dessen Namen vermutlich mehrmals erwähnt, ja, es konnte sogar sein, dass Frenkel bei ihnen zu Hause gewesen war – oder bildete er sich das ein? Als Frenkel 1984 in die USA zurückgegangen war, ein Jahr nachdem Hartog den Nobelpreis bekommen hatte, war er dreizehn gewesen.

Ikki legte die Hände auf Brams Knie und sah ihn mit einem Blick an, aus dem große Verstörung sprach.

Bram fragte: »Und was soll ich deiner Meinung nach damit anfangen?«

»Ich möchte, dass du darüber nachdenkst«, flüsterte Ikki.

Bram dachte: Warum flüstert er? Werden wir abgehört?

»Ich möchte, dass du dir bewusst machst, was das bedeutet, Bram. Ich möchte, dass du Balin erzählst, was du gerade von mir gehört hast. Ich möchte, dass du einsiehst, dass das ein zu großer Zufall wäre. Ich möchte, dass du einsiehst, dass das also kein Zufall sein kann.«

Er presste Brams Beine und schüttelte sie hin und her, um sich abzureagieren.

Bram schob seine Hände weg und erhob sich. Er bewegte sich auf den Ausgang zu, vorbei an den verlassenen Schaltern, über den stumpfen Marmor, durch die dunkle Halle, die nie wieder einen Sparer sehen würde, bis er sich plötzlich fragte, ob er Ikki nicht doch einweihen sollte. Nein, Unsinn. Er hielt sich die Hände auf die Ohren, als unvermittelt die Musik von Queen durch das Bankgebäude schallte.

Bram drehte sich um und sah Ikki hin und her springen, hörte ihn brüllen: »*Bicycle! Bicycle! Bicycle! I want to ride my bicycle, I want to ride my bike, I want to ride my bicycle, I want to ride it where I like!*«

Warum sollte Ikki recht haben? Es war mehr als wahrscheinlich, dass im Laufe der Jahrhunderte einer der Männer mit diesem spezifischen jüdischen Y eine oder mehrere außereheliche Beziehungen gehabt hatte. Wie weit ging dieses Y-Chromosom zurück? Wie funktionierte das? Zahllose Generationen waren geboren worden und gestorben, Hunderte von Männern hatten Verliebtheiten und Momente blinder Geilheit erlebt und laut oder leise die Nachbarin, die Bäuerin, die Landarbeiterin, eine Cousine oder die Frau eines Freundes begehrt und womöglich befruchtet – alles war möglich. Warum nahm Ikki an, dass Japie de Vries identisch war mit dem Selbstmordattentäter vom Kontrollposten Richtung Jaffa? Warum sollte dieses jüdische Y-Chromosom nicht auch bei Muslimen, Christen, Atheisten oder überzeugten Antisemiten auftreten?

Bram fasste Ikki beim Arm: »Erzähl das noch mal! Und ich will es sehen! Lass mich die Dossiers auf dem Monitor sehen!«

Im Rhythmus der Musik, mit geschlossenen Augen, schüttelte Ikki den Kopf und sang: »*You say black, I say white, you say bark, I say bite...*«

Bram packte ihn fester, mit beiden Händen jetzt: »Lass mich die Belege sehen!«

Ikki öffnete die Augen und nickte ergeben, auf einmal erschöpft. Mit traurigem Blick sah er Bram an: »Der kleine Junge hatte ein Fahrrad, sie fangen dort in Holland früh an mit dem Radfahren, es lag um die Ecke...«

Bram blaffte ihn an: »Hör auf mit dem melodramatischen Scheiß! Zeig mir die Fakten.«

19

Über der Stadt ein klarer Sternhimmel. Die Ladenbesitzer hatten die Rollläden runtergelassen. Eine milde Nacht, manch einer hatte vielleicht schon sein Lager auf der Dachterrasse eingerichtet. Gewirr von Balkonen, die verwittert und mit Rissen durchzogen an den Häuserwänden hingen, Kabel, die nackt an den Fassaden klebten. Eine magere Katze sprang auf einen vollen Müllcontainer, vor dem sich die Säcke stapelten – sie wandelten durch Fäulnisdämpfe. Ein Obdachloser lag in einem dunklen Vorbau, seine Plastiktüten ängstlich hinter dem Rücken. Ein Krankenwagen fuhr in der Ferne mit nervösem Blinklicht über eine Kreuzung – die Sirene war aus, welche Nummer er hatte, war nicht zu erkennen. Sie steuerten einen Nachtimbiss an, beide zu aufgewühlt, um schlafen zu können.

Ikki summte eine Melodie.

Bram erkannte sie. Er sagte: »*Bohemian Rhapsody.*«

»Deine Zeit.«

»Nein, das war vor meiner Zeit. Ich wusste damals nicht, wie gut sie waren. Ich war zu intellektuell und hab zu wenig Rockmusik gehört.«

»Da hast du viel verpasst«, sagte Ikki. Er sang: »*Mama – just killed a man, put a gun against his head, pulled my trigger, now he's dead.*«

»Melodramatisch«, sagte Bram. »Aber trotzdem gut.«

Ikki reckte sich auf dem zerborstenen Pflaster der Ben Yehuda, mit ausgebreiteten Armen, wie Freddy Mercury, und sang zu den dunklen Fassaden hin: *»Mama – life had just begun, but now I've gone and thrown it all away. Mama...«*

Sie lachten beide, und es erstaunte Bram, dass ihm das möglich war.

»Wann hörst du Musik?«, fragte Ikki.

»Nie.« Musik störte das Vakuum, in dem er leben wollte. In den vergangenen Jahren hatte er es vorgezogen, hinter Mattglas zu leben, ohne scharfe Konturen, ohne glockenhelle Geräusche.

»Ich werd mal was für dich runterladen«, sagte Ikki. »Und wir müssen mal tanzen gehen. Das tue ich sogar mit meinem Titanbein.«

»Wird denn noch getanzt?«

»In welcher Welt lebst du eigentlich? Wir sind hier in Tel Aviv, Mann! Nirgendwo wird so gefeiert wie hier! Wo könnte man besser tanzen als auf dem Rand des Vulkans oder auf einem sinkenden Schiff?«

Hinter der Eingangstür vom Nachtimbiss befand sich ein Warteraum, der durch ein Gitter vom eigentlichen Laden getrennt war. Es war, als träten sie von der Straße in eine Gefängniszelle. Es roch nach Frittieröl und schalem Bier. Ein aufgedunsener sephardischer Jude, dessen Haut nach einem ganzen Tag und Abend über dem heißen Öl speckig glänzte, reichte ihnen durch das Gitter, was sie bestellt hatten. Sie setzten sich draußen auf die Plastikstühle an einem wackligen Tisch, beide mit Shoarma, Pita, etwas Hummus und Bier. Sie rissen die Tüten auf und beugten sich über ihr nächtliches Mahl.

Mit vollem Mund sagte Ikki: »Ich werde nachher gleich mal das Programm anschmeißen.« Er meinte das Computerprogramm, das Bilder von Gesichtern bearbeitete und einen Eindruck davon vermitteln konnte, wie die Zeit sie veränderte. In der Datenbank einer niederländischen Stiftung, die vermisste Kinder registrierte, hatten sie Fotos von Jaap de Vries gefunden, einem hübschen blonden Kind mit großen blauen Augen.

»Ich will gleich morgen früh zu Protzke«, sagte Bram unbewegt, als wäre er ein Elektriker, der zeitig an die Arbeit musste. Er wollte der Panik keinen Raum geben. Oder war es etwas anderes, was er empfand, eine Gefühlsregung, die er nicht zu sehr an sich heranlassen durfte, weil er sonst womöglich überschnappte? Nein, er durfte kein Gefühl zulassen.

»Und Balin?«, fragte Ikki.

»Den ruf ich an.« Balin hatte ein Visitenkärtchen mit seiner direkten Nummer hinterlassen.

»Was meinst du, ob sie uns abgehört haben?«

»Dann hätte er längst vor uns gestanden.«

»Und die Mutter von dem Jungen?«

»Das ist Balins Sache. Oder nein, vielleicht sollte ich sie anrufen. Nein, doch nicht... Balin.«

»Vergiss den Vater nicht. Michael Frenkel.«

»Kannst du seine Nummer ausfindig machen?«

»2008 wohnte er in Boston. Er war Hochschullehrer in Harvard. Physiker. Der wild in der Gegend rumgevögelt hat«, sagte Ikki.

»Zumindest einmal«, sagte Bram. Mit einer Plastikgabel schaufelte er Hummus auf ein Stückchen Pita.

»Vielleicht war die Mutter von Jaap in Amsterdam ja eine Studentin von ihm«, erwog Ikki.

»Wie alt war sie, als sie das Kind bekam?«

»Dreiundzwanzig.«

»Und Michael?«

»2002? Dreiundvierzig. Er ist also jetzt fünfundsechzig.« Sie warfen sich einen Blick zu.

»Eine Studentin«, bekräftigte Ikki und nahm einen Bissen vom Shoarma. »Ich bin auf einer Site auch auf Michaels Bruder gestoßen«, sagte er schmatzend. »Der war Geschäftsmann, Immobilien. Er ist durch diese ›schmutzige Bombe‹ in Seattle ums Leben gekommen.«

Diana!, dachte Bram. Er sah eine Kreuzung in Santa Monica und ein Kind, das er verarztet hatte. War es die Diana? Ein blaues Auto, erinnerte er sich.

Er sagte: »Eddie Frenkel. Eine Tochter, Diana. Die muss jetzt fünfzehn, sechzehn sein, oder?«

Ikki erstarrte und schaute über seiner Gabel zu ihm auf: »Diana? Die Tochter von Eddie Frenkel? Die kennst du?«

Bram erhob sich, kehrte Ikki den Rücken zu und ging ein paar Schritte, schaute zu den Dächern, den verdorrten Bäumen entlang der Straße und suchte nach einem Bild, das sein wild klopfendes Herz beruhigen konnte. Dieser Irrsinn hatte ein Muster – oder war es Irrsinn, ein Muster darin zu sehen?

Nach dem Skandal, der ihnen zugestoßen war, hatte er nach einer mathematischen Ordnung gesucht, er, der doch Geschichten liebte, und er war von Zahlen getrieben durch

Amerika gezogen, um eines Tages auf einer Kreuzung ein kleines Mädchen zu retten. Alles Blödsinn, trauriger Blödsinn, nur aus der Angst heraus, alles verloren zu haben, das Kind, die Frau, das Haus! Blödsinn! So viel verschwendete Zeit! Und so viele Irrtümer – fatale Irrtümer, dachte er. Ikki und er ließen sich von dem blinden Bedürfnis leiten, einen Zusammenhang zwischen voneinander losgelösten Ereignissen zu finden. Das kannte man von Wissenschaftlern, Polizisten und Gläubigen.

Er fühlte Ikkis Hand auf seinem Rücken.

»Bram, was ist mit dir?«

Er drehte sich um und sah Ikkis besorgten Blick. Drei Motorroller fuhren vorbei, junge Leute, die sich gegenseitig etwas zuriefen, den warmen Wind um die Wangen und im Haar.

»Verflixt und zugenäht, Bram«, schimpfte Ikki, »was geht hier ab? Was ist mit dieser Diana? Das ist verdammt verwirrend…«

Bram fasste Ikkis Hände und sah ihm gerade ins Gesicht: »Ikki… Ich weiß nicht, was dahintersteckt, ich begreife gar nichts, ich weiß nur, dass… dass ich denke, wir suchen verkehrt… Mein Kind… Er ist schon lange weg, schon sechzehn Jahre… Er wäre jetzt zwanzig… Und dieser andere Junge, dieser Jaap, der war zwar auch weg… Aber das passiert Jahr für Jahr Tausenden von Kindern auf der Welt… Ich will nicht verrückt werden, verstehst du?«

Ikki nickte mit schnellen, kurzen Kopfbewegungen, wobei er ihn mit offenem Mund ansah und seine Hände ebenso fest drückte wie er die seinen. »Aber irgendwas ist hier nicht ganz koscher, Bram. Was, weiß ich auch nicht. Aber wir sind nah dran, echt, das fühl ich, ich fühl so was... Da ist was, was wir noch nicht blicken. Aber es muss da sein, echt!«

Bram schüttelte den Kopf. »Nein. Das sind unsinnige Verknüpfungen. Wir müssen damit aufhören.«

»Aber Bram... Dieser Jaap ist auch verschwunden, ungefähr zur selben Zeit. Warum? Es muss doch so was wie eine Erklärung geben? Und dein Sohn, wenn er wie Jaap verschwunden ist, was ist dann mit ihm geschehen?«

Bram sah ihn hilflos an.

»Komm«, sagte Ikki und geleitete Bram zum Tisch zurück, als wäre er plötzlich schlecht zu Fuß, ein Invalide, der gestützt werden musste.

»He, du Saukerl!«, schrie Ikki unvermittelt.

Ein Penner ging mit seinem Essen stiften, und Ikki machte Anstalten, ihm nachzusetzen. Aber Bram hielt ihn am Arm fest.

»Lass doch den armen Schlucker. Komm, bestell dir was anderes.«

»Arschloch!«, brüllte Ikki dem Penner nach, einem alten Mann, der mit schlenkernden Bewegungen das Weite suchte und in einer Seitengasse verschwand. Aufgebracht befreite Ikki seinen Arm aus Brams Griff.

»Bestell dir was anderes«, sagte Bram.

»Ach, ich hatte sowieso genug«, sagte Ikki und ließ sich auf den weißen Plastikstuhl sinken.

Bram setzte die Flasche Bier an den Mund und trank gierig. Mein Gott, wenn es stimmte, dass es einen Zusammenhang zwischen dem Verschwinden von Jaap de Vries und dem seines Kindes gab, dann bestand theoretisch die Möglichkeit ... Oder schnappten sie jetzt beide über? War er wieder dabei, zu systematisieren? Sich erlösende Formeln auszudenken? Sich eine trügerische Logik zurechtzulegen? Er kannte doch das Schicksal seines Sohnes.

»Setz dich«, sagte Ikki, »und erzähl mir von Diana.«

»Das ist alles sehr merkwürdig«, murmelte Bram.

»Das kann man wohl sagen. Und ich möchte jetzt gerne ein bisschen Kontext.«

Der Imbissbesitzer rief: »Wollt ihr noch was? Ich mach gleich zu!«

»Du noch was, Bram?«

»Nein.«

»Für mich noch ein Bier bitte!«, rief Ikki nach drinnen.

Bram setzte sich, stützte sich mit einem Ellbogen auf den Tisch und blickte, nach einem Anfang suchend, in Ikkis erwartungsvolles Gesicht.

»Ikki, ich bin einige Jahre ziemlich krank im Kopf gewesen.«

»Gewesen?«, fragte Ikki.

»Ja, schlimmer als jetzt.«

»Ich weiß, Bram.«

Bram sah Ikki forschend an und fragte sich, was er noch alles über ihn wusste.

»Wir fangen an zu spinnen, Ikki, wir sehen Dinge, die nicht da sind!«

Ikki setzte sich anders hin und schüttelte ungeduldig den Kopf. »Wir sehen Dinge, die andere nicht gesehen haben. Das ist es! Das macht mich verdammt unsicher, aber die Informationen, die ich gefunden habe, habe ich mir nicht aus den Fingern gesogen! Das ist wirklich passiert! Die Enkel von zwei Männern, die vor mehr als vierzig Jahren in einem Labor in Amsterdam zusammengearbeitet haben, sind ungefähr zur selben Zeit vermisst gemeldet worden – das ist doch wirklich unheimlich.«

Bram nickte fieberhaft. Aber es war Unsinn.

Der fettglänzende Imbissmann stellte eine Flasche Bier auf den Tisch. Ikki zwängte die Hand in seine Hosentasche.

»Wie war das Shoarma?«, fragte der Imbissmann.

»Erstklassig. Nicht, Bram?«

»Ja, gut.«

»Sagt es euren Freunden weiter, ja?«, bat der Mann mit dem Blick auf die Münzen, die Ikki ihm in die Hand gelegt hatte.

»Das ist zu viel«, sagte er und wollte Ikki Geld zurückgeben.

»Trinkgeld«, sagte Ikki.

»Ich nehme keine Tringelder, ich arbeite für mein Geld.« Er gab Ikki die Münzen zurück und ging wieder in seinen Laden.

»Hör zu«, sagte Bram, »nachdem mein Kind verschwunden war, bin ich wie ein Landstreicher herumgezogen. Ich war völlig durchgedreht, konnte die Realität nicht akzeptieren. Richtig psychotisch war ich. Mit den typischen Symptomen. Palilalie, Glossolalie.«

»Was ist das?«

»Palilalie ist das zwanghafte Wiederholen von Wörtern. Und Glossolalie das Reden in einer eigenen Sprache, mit Wörtern, die keiner versteht. Nachdem ich mehr oder weniger wieder bei mir war, bin ich noch jahrelang in Behandlung gewesen. Ich schlucke heute noch Tabletten.«

»Ist mir nicht entgangen.«

»In der schlimmsten Phase bin ich durch Amerika vagabundiert. Ich zog Richtung Westen, wie viele Obdachlose. Landete in Santa Monica, an der Küste, und da hab ich eines Tages – nein, es war am 8. April 2010 um drei Minuten nach halb neun –, da hab ich gesehen, wie ein Auto bei Rot über die Ampel fuhr und einen Kinderwagen erfasste. Ich habe bei dem Kind Erste Hilfe geleistet. Das Mädchen hieß Diana. Später lernte ich ihren Großvater kennen, den Vater ihrer Mutter. Er erzählte mir, dass Dianas Vater tot war. Durch die Bombe in Seattle. Dianas Vater war Eddie Frenkel, der Bruder von Michael... Michael, dem Vater von Jaap de Vries, der sich bei uns in die Luft gesprengt hat... Das wird zu viel, findest du nicht?«

Ikki schloss die Augen und gab einen Laut von sich, als müsse er sich übergeben. »Ja, ziemlich *heavy*.« Er sah Bram wieder an, mit ungläubigem Blick. »Du bist also einem Frenkel begegnet? Der Tochter von Eddie?«

»Ja. Und zwei Jahre später war ich ein paar Tage bei ihnen zu Besuch, da hab ich sie noch mal gesehen.«

»Weißt du, Bram, dieses Mädchen ist eine direkte Nichte von Jaap, dem Selbstmörder.«

Protzke hatte Bram erzählt, was Jaaps letzte Worte gewesen waren. *Allāhu akbar.*

Ikki tastete Brams Gesicht mit Blicken ab, als seien dort geheime Erklärungen zu lesen. »Mein Gott...«

»Mein Gott was?«

»Warum sollte ein Jude so was tun, Bram? Das ist noch nie passiert. Ein Jude, der sich inmitten anderer Juden in die Luft sprengt?«

Bram machte eine wegwerfende Gebärde, als könne er damit den Wahnsinn vertreiben, der sich seines Hirns zu bemächtigen drohte. »Wir sehen zu viele unsinnige Zusammenhänge, Bezüge, die es nicht gibt. Vielleicht ist dieser junge de Vries gar nicht der, der sich in die Luft gesprengt hat.«

»Ein jüdischer Muslim«, sagte Ikki. »Es liegt so sehr auf der Hand, und jetzt erst sehe ich es! Ein Jude, der Muslim geworden ist, *fuck*. Irgendwann in diesen sechzehn Jahren ist er Muslim geworden. Und nicht irgendein Muslim, dem es genügt, fünfmal am Tag zu beten und Juden und Christen zu verfluchen, seine Frau zu verprügeln und von einem mittelalterlichen Heilsstaat zu träumen, nein, ein Muslim, der seinen höchsten Auftrag darin sieht, sich mit möglichst vielen Juden in die Luft zu sprengen.«

»Mein Gott...« Bram erhob sich erneut von dem Plastikstuhl, mit zitternden Gliedern.

»Bram, du musst Protzke die Computerbearbeitungen von Jaap zeigen. Diese Programme sind gut. Dann weißt du's. Aber Fakt bleibt, dass zwei Männer, die mal zusammengearbeitet haben, ein Enkelkind haben, das im Herbst 2008 verschwunden ist. Das ist reichlich viel Zufall.«

Bram fragte: »Was hat Diana damit zu tun? Deine Intuition, was sagt die dir?«

Ikki senkte den Kopf. »Weiß ich nicht, Bram, meine Intuition ist müde. Es ist drei Uhr nachts.«

»Und wie steht es mit anderen Leuten, mit denen mein Vater gearbeitet hat? Haben die auch Enkel, die verschwunden sind?«

Auch Ikki stemmte sich aus dem nachgebenden Stuhl hoch. »Hast du Namen?«

»Nein, keine Ahnung«, sagte Bram.

»Du brauchst ein paar Namen. Dann kann ich danach graben.«

»Da muss ich mal nachsehen. In seinem Archiv. Oder vielleicht finden sich in Zeitungsarchiven Artikel über die Forschungen, für die er den Nobelpreis bekam. Da könnten Namen drinstehen.«

»Ich schmeiß ein paar Pillen ein und mach mich wieder dran«, sagte Ikki.

Er breitete die Arme aus, und Bram drückte ihn an sich und klopfte ihm auf den Rücken.

»Ich tu's wegen des Kicks, nicht deinetwegen.«

»Das Resultat bleibt dasselbe.«

Sie ließen einander los, und Bram sagte: »Du bist genauso meschugge wie ich.«

»Diese Qualifikation will ich dann mal als Zeichen der Freundschaft auffassen.«

Unentschlossen standen sie einander gegenüber.

Ikki sagte: »Bram, dieser Jaap... Wenn es wirklich so ist, dass sein Verschwinden etwas mit deinem Kind zu tun hat, dann ist die Wahrscheinlichkeit groß ... Ja, dann ist das, was mit deinem Kind passiert ist, nicht irgendein grausamer Zufall. Aber wenn es so ist... Wie viel Zeit haben wir dann noch?«

»Ich möchte nicht daran denken«, sagte Bram, der plötzlich Angst vor der Verlockung der Zahlen, der Systeme, der Erlösung durch den Wahnsinn hatte – und Angst vor dem Gedanken, dass er den Falschen getötet hatte. »Zuerst wollen wir mal Protzke diese Computerbilder zeigen. Und ich muss jetzt die arme Rita erlösen. Die schläft bei uns auf dem Sofa.«

20

Rita wurde nicht wach, als Bram hereinkam. Er ging leise in das Schlafzimmer seines Vaters weiter. Hartog lag auf dem Rücken, das Betttuch halb von sich weggestrampelt. Er trug ein Unterhemd und eine Windelhose, die stank, aber zum Glück dicht geblieben war. Er würde ihn bis zum Aufwachen morgen früh so liegen lassen. Was träumte jemand in Hartogs Zustand? Was mochte er sehen und erleben? Oder war da nichts, keine Erinnerung, kein vertrautes Gesicht, keine Ängste? Bram setzte sich neben ihn auf die Matratze und strich ihm mit dem Finger über die Stirn. Wenn Hartog noch der Alte gewesen wäre, hätte er ihm jetzt unterbreiten können, was passiert war, und Hartog hätte mit seinem überragenden Erkenntnisvermögen im Handumdrehen die Zusammenhänge hergestellt und Ruhe und Ordnung geschaffen, denn das war es, was Erkenntnis leistete. Bram hatte immer mit Ehrfurcht beobachtet, wie Hartog mit untrüglicher Sicherheit den Kern komplexer Probleme aufgezeigt hatte. War das alles weg? War es nur der eigensinnige, schwierige, widerspenstige Charakter seines Vaters, der sein Herz weiterschlagen und ihn jetzt mit offenem Mund atmen ließ? Hartog hatte sein Y-Chromosom an ihn weitergegeben, und er hatte dieses Y-Chromosom an sein Kind weitergegeben. Ihn schauderte bei dem

Gedanken, dass er eines Tages womöglich auch so seinem Lebensende entgegengehen würde. Wer würde ihn pflegen?

Als Bram sein Abitur gemacht hatte und der Tag der Abschlussfeier angebrochen war, hatten seine Amsterdamer Pflegeeltern, Jos und Hermine Vermeulen, in der Aula Platz genommen. Sein Vater war nicht abkömmlich gewesen, hatte Verpflichtungen in Tel Aviv, musste Beratungen führen. Bram fühlte sich verlassen und missachtet, auch wenn er das nie zugegeben hätte, auch wenn er sich daran gewöhnt hatte, dass sein Erzeuger wenig Interesse an seinen intellektuellen Fähigkeiten zeigte. Sein Abiturzeugnis konnte sich sehen lassen, aber es fehlten die exakten Fächer. Er erhob sich, als sein Name aufgerufen wurde, nahm aus der Hand des Rektors sein Zeugnis entgegen und ging wieder zu seinem Stuhl zurück. Und da sah er ganz hinten im Raum, neben den Eingangstüren, seinen hochgewachsenen Vater stehen, einen schlecht sitzenden israelischen Anzug an, die Hände auf dem Rücken. Hartog nickte ihm von weitem zu, und Bram brannte das Herz vor Glück. Anschließend schüttelte sein Vater ihm die Hand, erfasste aber, dass Bram das nicht genügte, und umarmte seinen Sohn nach einem Moment der Verlegenheit mit nervösen Armen. Hartog war nie großzügig gewesen – ein sparsamer, korrekter Mensch, der nichts vergeudete und vieles übertrieben fand –, aber diesmal gingen sie zum Essen ins ›De l'Europe‹, ein teures Hotel im Herzen Amsterdams, und nach der Vorspeise – Bram hatte die preiswerteste genommen, eine Suppe, die hier »Consommé« genannt wurde – schob Hartog ihm über die weiße Damasttischdecke ein Kuvert mit dreitausend Gulden zu, genug, um das Flugticket für die Weltreise zu kaufen, die Bram gemeinsam mit einem Schulfreund machen wollte. Körperlich konnte Hartog seine Zuneigung nicht zum Ausdruck bringen – keine spontane Umarmung, kein Geküsse, kein Geherze –, aber er wollte doch zu erkennen geben, dass er seinen Sohn liebte.

War das am Tag nach dem Anschlag am sechsten Juli gewesen oder eine Woche später? Bram wusste nicht mehr, wann er sein Abschlusszeugnis bekommen hatte – es war ein Freitag gewesen, das wusste er noch. Jedenfalls war sein Vater während des Essens auf diesen Anschlag zu sprechen gekommen, den Anschlag auf einen Bus der vielbefahrenen Linie 405 von Tel Aviv nach Jerusalem.

Der 6. Juli 1989 war ein Donnerstag gewesen. Fünfunddreißig Jahre später erinnerte sich Bram, während er auf dem Bett neben dem alten Leib seines Vaters saß, an das Datum, weil jene Tat eines Palästinensers als allererster Selbstmordanschlag in die Fachliteratur eingegangen war. Der Mann hatte sich während der Fahrt, als der Bus an einer Schlucht entlangfuhr, auf den Fahrer geworfen und ihm ins Lenkrad gegriffen, so dass der Bus die Schlucht hinuntergestürzt war. Resultat: siebenundzwanzig Verletzte, sechzehn Tote. Der Täter selbst hatte den Anschlag überlebt, weil er rechtzeitig in einem israelischen Krankenhaus verarztet wurde.

»Das hat man davon«, hatte sein Vater gesagt. »Das passiert, wenn man nicht hart genug zurückschlägt.«

»Was soll Israel denn machen?«, hatte Bram gefragt, damals achtzehn und Pazifist und davon überzeugt, dass eines Tages Verhandlungen geführt werden müssten. Frieden schloss man mit seinem Feind, nicht mit seinen Freunden –

er glaubte an derlei Formeln. Er kannte die Falken-Stand-punkte seines Vaters, aber er wollte ihn nicht provozieren.

»Israel muss zerstören, weil Israel sonst selbst zerstört wird«, behauptete Hartog.

»Papa, du kannst doch nicht ein ganzes Volk über die Klinge springen lassen! Wie kannst du nur so etwas sagen?«

»Ich spreche nicht von« – Hartog wiederholte Brams Formulierung in mokantem Tonfall – »über die Klinge springen lassen.« Er blickte verärgert in dem kitschigen Saal des ›Excelsior‹ umher, wie das Restaurant vom Hotel ›De l'Europe‹ hieß. »Ich spreche von Vertreibung. Das haben wir nicht getan, nicht richtig jedenfalls, denn zumindest diese palästinensischen Araber werden uns eines Tages den Kopf abhacken. Weil wir es 1948 versäumt haben, sie über den Jordan zu jagen. Dort haben sie ihren eigenen Staat, Jordanien, und der Fluss bildet eine natürliche Grenze. Und wenn sie uns Schmerzen zufügen, müssen wir ihnen das Zehnfache an Schmerzen zufügen. Wenn sie gezielt unsere Bürger ermorden, ermorden wir zehnmal so viele auf ihrer Seite. Das ist die Logik des Nahen Ostens. So hat man sich in unserer Region zu verhalten. Mit den hiesigen Verhal-tensregeln – schau dich um! – überlebst du dort nicht mal eine Woche. Dort kämpfst du gegen deinen Bruder, und mit deinem Bruder kämpfst du gegen deinen Vetter, und mit deinem Bruder und deinem Vetter kämpfst du gegen die entferntere Verwandtschaft, und mit deinem Bruder und deinem Vetter und der entfernteren Verwandtschaft kämpfst du gegen den Rest der Welt. Das ist die *bottom line*, der Rest ist Kommentar.«

»Aber Papa, die Menschen dort wollen doch dasselbe

wie wir hier! Ein Dach über dem Kopf, Arbeit, Schulen für ihre Kinder!«

»Du machst doch eine Reise, nicht?«

»Ja, hab ich dir zu verdanken.«

»Dann wirst du unterwegs entdecken, dass Menschen an anderen Orten andere Ansichten haben. Warum sollten Araber die gleichen bürgerlichen Bestrebungen haben wie Europäer? Für sie ist der Koran viel wichtiger als das Bürgerliche Gesetzbuch. Das mit diesem Bus... Dieser Araber war bereit zu sterben, zusammen mit den Juden. Denn er kommt ins Paradies und die Juden in die Hölle. Es stirbt sich leicht, wenn man so denkt. Und darauf haben wir keine Antwort. Es sei denn, man greift sie sich massenhaft. Es sei denn, man greift sich ihre Familien und vergewaltigt ihre Mütter und ihre Schwestern. Dann sähe es anders aus. Aber das wird Shamir wohl kaum tun. War mal ein knallharter Untergrundkämpfer, aber jetzt sucht er Kompromisse. Rabin vielleicht, der ist hart. Aber keiner traut sich, der Realität ins Auge zu sehen.«

»Pap... Hörst du eigentlich selbst, was du da sagst?«

»Ich hoffe, du hörst, was ich sage.«

»So, wie du denkst...« Wie konnte Bram es ausdrücken, ohne ihn zu verärgern? »So wird es nie Frieden geben.«

»Warum sollten wir Frieden wollen?« Hartog sah ihn hochmütig an, mit der kalten Kraft eines Menschen, der keine Hoffnung mehr braucht. »Wenn man überleben will, darf man nicht von Frieden schwafeln.«

»Das ist kein Schwafeln.«

»Du weißt gar nichts, Bram.« Hartog winkte dem Ober und deutete auf die leeren Weingläser.

»Ich weiß, dass man mit seinen Feinden Frieden schließen muss«, sagte Bram, sich zu seinem Vater hinüberbeugend. »Israel hat ein Recht auf Sicherheit, aber man kann die palästinensischen Gebiete nicht bis in alle Ewigkeit besetzen!«

»Unsinn. Man schließt keinen Frieden mit seinen Feinden. Man zerschmettert sie. Das macht man mit seinen Feinden. Wo holst du den hirnverbrannten Gedanken her, man könnte mit Arabern Frieden schließen? Frieden mit Arabern ist nichts anderes als eine Galgenfrist.«

»Wie denkst du eigentlich über Schwarze?«, fragte Bram. War es nicht allmählich an der Zeit, sich gegen den Extremisten aufzulehnen, der sein Vater war?

»Warum kommst du denn jetzt auf Schwarze zu sprechen?«

»Bist du ein Rassist?«, fragte Bram geradeheraus. Er war sich bewusst, dass er seinen Vater herausforderte.

»Araber bilden keine Rasse. Schwarze schon. Ich hatte schwarze Mitarbeiter. Hervorragend. Araber, die im Westen aufgewachsen sind – kein Grund zur Klage. Nein, so leicht kriegst du mich nicht in die rassistische Ecke, Junge. Das musst du schon ein bisschen schlauer anstellen. Und diese palästinensischen Gebiete heißen Judäa und Samaria. Klingt sehr arabisch, findest du nicht? Hebron – was ist, historisch gesehen, arabisch daran? Aber wie oft kommt der Ort Hebron im Tenach vor!«

»Was also würde Hartog Mannheim, Premier von Israel, empfehlen?«, fragte Bram so zynisch wie möglich.

»Zehn Busse mit Arabern in die Schlucht schieben«, antwortete Hartog und hob die Hand, um dem Ober zu bedeuten, dass er genügend Wein in sein Glas gegossen hatte, »dann erledigt sich das von selbst.« Er erhob sein Glas, um noch einmal anzustoßen. »Das ist das erste Mal seit Jahren, dass ich zum Mittagessen Wein trinke, Bram, also nutze die Gelegenheit.«

Bram schaute weg. Ihm war ganz schlecht vor Ärger.

»Was ist?«, hörte er seinen Vater fragen.

Bram schüttelte den Kopf, fassungslos, dass sein Vater nicht merkte, wie widerwärtig seine Ansichten waren.

»Reg dich nicht auf«, sagte Hartog, »das überlass lieber mir. Du lebst hier, wunderbar, ich gönne es dir, aber du solltest nicht die Juden kritisieren, die dort die heißen Kohlen aus dem Feuer holen.«

»Es sind Kastanien, die man aus dem Feuer holt. Und es heißt ›auf glühenden Kohlen sitzen‹.«

Bram sah, wie in den Augen seines Vaters eine höllische Wut aufblitzte. Hartog stellte sein Glas hin, ohne daraus getrunken zu haben, schloss kurz die Augen und sagte: »Ich spreche seit einigen Jahren kein Niederländisch mehr, sondern Iwrit und vor allem Englisch. Da sagt man dann schon mal etwas falsch. Und wenn ich das Glas erhebe, um mit dir auf dein Abitur zu trinken, wenn ich dafür extra aus Tel Aviv hergeflogen komme, verdammt, dann benimmst du dich, verstanden?«

Bram wollte ihn nicht vor den Kopf stoßen, aber er konnte noch nicht aufgeben. »Pap, ich glaube, dass du zu weit gehst, dass du durch das, was du mitgemacht hast, zu hart urteilst. Ich freue mich unheimlich, dass du gekommen bist, wirklich, aber deine politischen Ansichten sind ziemlich... ziemlich hart.«

Hartog blickte auf sein Weinglas und hielt den dünnen Kristallstiel zwischen Daumen und Zeigefinger. Bram wusste, dass er ihn entzweibrechen konnte. Hartog war ein aufbrausender Mensch, und dann und wann mussten seine Hände in einem Wutanfall irgendetwas zerschlagen.

Doch jetzt hielt Hartog seine Wut im Zaum. »Ich nehme an, der Name Samir Kuntar sagt dir nichts, oder?«

»Nein«, murmelte Bram, wohl wissend, dass sein Vater ihn jetzt ausspielen würde. Hartog würde seinen Kenntnisschatz zur Schau tragen.

»Kuntar, Vorname Samir. Ein Druse, Mitglied der Palästinensischen Befreiungsfront. Zweiundzwanzigster April 1979. Du warst acht, da ist es verzeihlich, dass dir der Name nichts sagt. Ich war damals auch schon oft in Israel, im Technion in Haifa, am Weizmann-Institut in Rehovot. Ich war in Israel, an jenem zweiundzwanzigsten. Du denkst, dass ich immer so gedacht habe, wie ich jetzt denke, oder?«

»Ich habe keine Ahnung«, sagte Bram, während er sich fragte, wie sein Vater ihn treffen wollte.

»Ich dachte in etwa so wie du. Bis zu jenem Tag. Nicht ganz genauso, denn du bist noch erheblich naiver als ich damals, aber es lässt sich vergleichen.«

»Ich bin also naiv?«

»Ja, du bist naiv. Und hör mir bitte kurz zu, ja?«

Bram nickte, jetzt wirklich zornig.

»Der Druse Samir Kuntar gehörte einer Gruppe von vier Männern an, die mit einem Boot aus dem Libanon kamen. Weil sie gerne Boot fuhren? An jenem Tag jedenfalls schon. Ein Schlauchboot mit einem fünfundfünfzig PS starken Außenbordmotor, das es auf achtundfünfzig Stundenkilometer brachte – das ist schnell, ja, ich kenne die Details. Sie steuerten Naharija an, einen kleinen Ort zwischen der Grenze zum Libanon und der Stadt Akko. Gegen Mitternacht gingen sie an Land und erschossen gleich einen Polizisten, der zufällig dort auftauchte. In Naharija teilten sie sich in zwei Zweiergruppen auf. Unser Freund Kuntar ging in das Haus der Familie Haran. Die Familie war zu Hause: Vater Danny, Mutter Smadar und ihre zwei kleinen Töchter Einat, vier, und Yael, zwei. Mutter Smadar gelang es, sich mit Yael im Zwischenraum über dem Schlafzimmer zu verstecken. Weil sie Angst hatte, dass Yael weinen könnte, hielt sie ihr die Hand auf den Mund. Unser Freund Samir Kuntar zwang Danny und Einat mit an den Strand zu gehen. Vor den Augen seiner Tochter schoss er Danny in den Kopf und hielt ihn danach lange unter Wasser, weil er sichergehen wollte, dass er auch tot war. Dann schlug er mit Steinen, die dort am Strand lagen, und anschließend mit seinem Gewehrkolben Einat den Schädel ein. Und dort oben in dem Zwischenraum hatte Smadar in ihrer Angst ihre Tochter Yael erstickt...«

Hartog schaute nach draußen, auf den Munttoren aus dem siebzehnten Jahrhundert, der auf der anderen Seite des Wassers stand. Die Turmuhr schlug dreimal.

»Von den vier Terroristen haben die Juden zwei gefasst. Samir Kuntar und Ahmed al-Abras. Sie bekamen beide mehrmals lebenslänglich, nach einem Prozess, ja, sie bekamen einen Prozess. Ich erinnere mich an ein Zeitungsinterview mit Mutter Smadar. Sie erzählte, dass sie mit ihrem Kind dort oben in diesem Zwischenraum lag und dachte: Genau wie meine Mutter im Holocaust. Vor vier Jahren wurde Ahmed al-Abras gegen drei israelische Soldaten ausgetauscht, die man im Libanon gefangengenommen hatte. Elfhundertfünfzig Araber gegen drei Juden. Al-Abras durfte ein neues Leben beginnen. Warum ich das erzähle?«

Er sah Bram sekundenlang an: »Ich erzähle das, weil Samir Kuntar für viele Araber ein Held ist. Ein Mann, der ein kleines Mädchen zusehen lässt, wie sein Vater ermordet wird, und ihm danach den Schädel zerschmettert. Der ist in arabischen Augen ein Held. Dieser perverse, durch und durch unmoralische Psychopath ist im Libanon und in den palästinensischen Städten ein Held. Das geschah, als ich gerade dort war, im April 1979. Also quatsch nicht von Frieden und von ›mit dem Feind reden‹. Dieser Feind ist ein Untier. Er wird deine Eingeweide fressen, wenn er die Gelegenheit dazu bekommt. Und wenn du nicht dort lebst, wenn du das nicht aus eigener Erfahrung kennst, dann steht dir kein Urteil darüber zu.«

Bram musste etwas sagen. »Ich lese Tag und Nacht darüber. Ich weiß, wovon ich spreche.«

»Du hast keine Ahnung.«

»Was willst du? Dass ich auch dorthin ziehe?«

»Wo willst du studieren?«

»In Tel Aviv«, beschloss Bram spontan, weil er eine vage Ahnung hatte, dass er Hartog damit treffen konnte. »Ich werde in Tel Aviv studieren. Und ich ziehe zu dir.«

»Zu mir?«

»Ich werde nicht von deiner Seite weichen.«

»Dein Bett steht bereit«, konstatierte Hartog trocken.

Bram hatte es als Provokation gemeint, da er davon ausging, dass sein Vater eine gewisse Distanz zu seinem Sohn nicht unangenehm fand. Aber nun wurde nichts aus der Weltreise; Bram mietete ein Studio in einem preisgünstigen Viertel im Süden von Tel Aviv, und ohne es zu wollen und trotz seiner Kritik und seiner Vorbehalte begann er das Land zu lieben, das Licht am Morgen und das Licht, wenn der Nachmittag vor sich hinträumte, die Häuser und die Straßennamen, die Aggression und Kreativität der Menschen mit ihren besessenen Träumen und berechtigten Ängsten.

Hatte sein Vater recht behalten? Bram sträubte sich dagegen, seine Ansichten zu übernehmen. Und bis heute, dreieinhalb Jahrzehnte später, weigerte er sich, im Geist von Hartogs bitterer Illusionslosigkeit zu leben.

Hartogs zäher Körper funktionierte mehr oder weniger weiter. Bram hielt seine alte Hand, eine Hand, die mit Füllfederhalter geschrieben hatte oder mit Kreide, um damit die chemische Formel eines elementaren Lebensprozesses an die Tafel zu kritzeln, eine Hand, die einen Kanten Brot oder eine halbe Kartoffel entschlossen zum Mund führen konnte, als er so allein gewesen war, wie selten ein Kind allein ist. Eine dünne Hand jetzt. Bleiche Haut, durch die die Adern hindurchschimmerten. Leberflecken. Eine Hand, die er als Halbwüchsiger verflucht hatte, weil sie ihn nicht streichelte. Ein schwieriger Mann. Und seit damals ein einsamer Mann.

»Ach, Papa«, flüsterte Bram, atemlos vor Mitleid, unfähig, ihn zu trösten, und er streichelte die Hand.

Unten im Erdgeschoss öffnete Bram um halb vier Uhr in der Nacht ihre Abstellkammer, fünf Türen von der Ritas entfernt. Hartog hatte nie Möbel gehabt, die er hier lagerte. Nachdem die Leuchtstoffröhre stotternd angesprungen war, sah Bram einen Raum voller Archivkartons, bis zur Decke gestapelt. Auf Etiketten hatte Hartog den Inhalt beschrieben, nicht in Iwrit, sondern in Niederländisch, in seiner eleganten Vorkriegshandschrift. Forschungsberichte, Aufzeichnungen von Experimenten, Jahrgänge von Fachzeitschriften. Nach einigen Minuten fand Bram einen Karton, dessen Etikett angab: PRIVAT.

Er klappte den Karton auf und fand Mappen mit Zeitungsausschnitten. Undenkbar, dass Hartog selbst diese Artikel gesammelt hatte. Vielleicht war es Brams Mutter gewesen, und nach ihrem Tod eine Sekretärin. Artikel über seine Forschungen, Interviews, und nach der Ankündigung, dass ihm der Nobelpreis zuerkannt worden sei, Dutzende von Fotos in Zeitschriften, Wissenschaftsbeilagen von Zeitungen mit Artikeln über Hartogs Labor, auch ein Foto, auf dem Bram selbst neben seinem Vater stand, zwölf Jahre jung und starr vor Ernst, in dem Anzug, den er bei dem Festakt getragen hatte. Artikel in ausländischen Medien. Ein Beitrag, in dem Mitarbeiter zu Wort kamen. Saul Frenkel. Bram überflog die Artikel: »stark«, »eigensinnig«, »weiß, was er will«, »unermüdlich«, »Wissen und Intuition«, »ein Überlebender«, »verlangt viel, aber stellt auch hohe Anforderungen an sich selbst«, »kritisch«, »immer klar und deutlich«, »war anfangs gewöhnungsbedürftig« – die Euphemismen über einen Mann, der seinem Team begegnet war, wie er seinem Sohn begegnete.

Bram notierte die Namen des Kernteams von Hartogs Labor, sieben Leute. Saul Frenkel war der stellvertretende Leiter gewesen – über ihn hatten sie ausreichende Informationen. Zwei junge Niederländer, Frits de Graaf und Jolande Smits, machten, soweit Bram ersehen konnte, die Dreckarbeit im Labor. Ein britischer Wissenschaftler, Joseph Lewis, stieß erst spät zu der Gruppe, ein Jahr vor der Veröffentlichung der Untersuchung, die den Nobelpreis einbringen sollte. Der Russe Dossaji Israilow lebte so ungefähr im Labor, wurde aber auch als eigensinniger Eigenbrötler betrachtet. Ein Franzose, André Bernard, war ein treuer Vasall seines Vaters gewesen. Und ein Australier, Henry Sharpe, der den Spitznamen »Känguru« trug, war von Hartog als sein Kronprinz betrachtet worden – alberne Spitznamen wurden offensichtlich auch in Labors von Topwissenschaftlern vergeben. Wie mochten sie seinen Vater genannt haben? Und was würde es bringen, wenn er bestätigt fand, dass nicht nur Saul Frenkels Sohn, sondern auch ein Sohn von einem der anderen bei der Polizei oder irgendeiner Organisation ein Kind als vermisst gemeldet hatte?

Einige Türen weiter den dunklen Betonflur hinunter knipste er die Leuchtstoffröhre in der Abstellkammer an, in der er auch früher schon seine »Forschungen« betrieben hatte. Es war ein armseliges Bürolicht, aber es hatte zwei Jahre lang einwandfrei zu diesem Raum gepasst. Er hatte hier auf dem Schreibtischstuhl gesessen, den er von Rachel geschenkt bekommen hatte, als er zum Hochschullehrer ernannt worden war. Der Stuhl war nach Princeton mitgereist und wieder nach Tel Aviv zurückverschifft worden, nachdem das Haus drüben verkauft war. Viele Stunden hatte er den Gegebenheiten an jenem spezifischen Tag gewidmet. Er war darauf aus gewesen, einen *predator* zu finden, wie die amerikanischen Sites so ein Ungeheuer nannten. *Child pre-dator. Sexual predator.* In diesem kleinen Raum, einer Ab-stellkammer, die zu Apartment 404 von Rita Kohn gehörte, hatte er Hartogs Mitarbeitern keinerlei Beachtung ge-schenkt – warum nicht? Es traf zu, dass einem Enkelkind von Saul das Gleiche passiert war wie dem Enkelkind von Hartog – aber solche Dinge passierten nun mal. Er selbst hatte einer Enkelin von Saul Erste Hilfe geleistet. Ein blaues Auto. Der falsche Geldautomat. Hätte er in diesem Raum auch jenen Vorfall untersuchen müssen? Vielleicht schon. Aber Bennies Verschwinden am 28. August 2008 in Prince-ton konnte einfach nicht in Zusammenhang stehen mit dem Verschwinden von Jaap de Vries (was für ein schöner hol-ländischer Name, dachte er) am 2. September 2008 in Ams-terdam. Dass ihre Großväter sich gekannt und Jahrzehnte zuvor zusammengearbeitet hatten, war unerheblich, denn er hatte 2012 die Beweise gefunden. John O'Connor hatte sein Kind getötet. Und er hatte daraufhin John O'Connor getötet.

Es wurde Zeit, die Pinnwände wegzuwerfen, die Aus-drucke, die Artikel, die Dokumente. Es wurde Zeit, einen Schlussstrich darunter zu ziehen.

21

Ich bin eingeschlafen, sorry«, entschuldigte sich Ikki, als Bram ihn morgens um halb neun abholte. Er selbst hatte auch ein paar Stunden geschlafen, in seinem eigenen Zimmer. Rita hatte sich nicht vom Wohnzimmersofa gerührt, wie Hartog auf dem Rücken ausgestreckt und mit offenem Mund schnarchend.

»Wir liegen falsch«, sagte Bram. Er lenkte den Wagen zum Sheba Medical Center.

»Wir liegen absolut richtig. Ich hatte 'ne Aufputschpille geschluckt, aber die hat nicht gewirkt«, sagte Ikki.

»Du hättest zwei schlucken sollen«, sagte Bram.

»Ich weiß nicht, wieso ich trotzdem eingeschlafen bin. Ich war ziemlich erschöpft, weißt du. Man darf nicht vergessen, dass ich zur Hälfte aus Titan bestehe.«

»Seit wann wird Titan müde?«

»Das, was von meinem organischen System übrig ist, wird müde. Aber ich habe die Bilder, darauf kommt es doch an, oder?«

»Ja.«

»Hast du Balin angerufen?«, fragte Ikki. »Wir haben entdeckt, dass sich an dem Kontrollposten ein jüdischer Muslim aus den Niederlanden in die Luft gesprengt hat. Das stinkt zum Himmel. Ein Jude, der andere Juden in die Luft gejagt hat, du meine Fresse! Das haben wir herausgefunden, darauf dürfen wir stolz sein, aber ich schätze, dass Balin gemischte Gefühle dabei haben wird.«

»Wieso?«, fragte Bram. »Wir helfen ihm doch.«

»Das hätten seine eigenen Leute tun müssen. Nicht wir. Und wir werden den Schnabel halten müssen.«

»Wem sollten wir das erzählen, einer Zeitung oder so? Wir müssen Balin reinen Wein einschenken. Ich rufe ihn an, sowie wir bei Protzke waren.«

»Mit dieser Geschichte ließe sich 'ne Menge Geld machen«, sagte Ikki.

»Wenn du dich mit dem Schabak anlegen willst, nur zu. Sie hängen dich an deinen Eiern auf.«

»Hm, das eine, das mir noch geblieben ist, liegt mir sehr am Herzen«, sagte Ikki. »Wenn die Geschichte stimmt, werden sie die Kontrollposten anpassen müssen. Dann bringt dieser DNA-Check gar nichts mehr. Wie sollen wir damit Juden herausfiltern, die Muslime geworden sind?«

»Das war ein Ausnahmefall«, sagte Bram.

Er hatte selbst in die falsche Richtung gesucht, bis sein Augenmerk auf John O'Connor gefallen war. Tunnelblick – oftmals konnte man einfach nicht widerstehen, eine Ordnung zu sehen, wo in Wirklichkeit nur Chaos herrschte.

»Ein Ausnahmefall?«, höhnte Ikki. »Die Wahrscheinlichkeit, dass zwei in etwa gleich alte Jungen, die Enkel von Männern sind, die jahrelang zusammengearbeitet haben, rein zufällig verschwinden – wie groß mag die wohl sein?«

»Ich habe keine Ahnung«, sagte Bram. Aber es war kein Zufall gewesen, dass sein Kind an einem Tag im Jahre 2008 aus ihrem Haus verschwunden war. Er kannte die Fakten, schon seit zwölf Jahren.

»Was denkst du jetzt vor dich hin?«, fragte Ikki.

»Nichts«, sagte Bram dumpf.

Er sah das Haus in Princeton vor sich, dieses baufällige Labyrinth, aus dem eine Burg hatte werden sollen, er hörte die nackte Angst in seiner Stimme und fühlte das Adrenalin in seinen Gliedern. Balin hatte ihn zu einem ungünstigen Zeitpunkt angerufen. Rachel war gerade nach Tel Aviv abgereist, er hatte ein erstes Gespräch mit einem Seelenklempner wegen seiner Schlaflosigkeit gehabt, es war ein warmer Tag gewesen und nun, am Spätnachmittag, hatte von draußen die Abendsonne hereingelacht – deshalb war er vors Haus getreten, um mit Balin zu sprechen, und das Kind war unbeaufsichtigt losgezogen, Richtung John O'Connor, der das Gelände nie verlassen, sondern seinen Pick-up irgendwo geparkt hatte und durchs Gebüsch zurückgeschlichen war.

Im Laufe des Abends und der Nacht war Bram unzählige Male durch alle Räume gerannt, hatte zweimal die Batterien seiner schweren Maglite-Taschenlampe gewechselt. Seine Kehle war rauh, seine Augen brannten, und er hatte sich verzweifelt gefragt, was er Rachel sagen sollte. Es gab nichts zu sagen. Nichts Erfreuliches, Hoffnungsfrohes, Erwartungsvolles – er wollte sie ja unbedingt glücklich machen und das große Abenteuer ihres Lebens in Amerika mit ihr teilen. Er schlief schlecht, ja, weil er sich unsicher war über den Kauf des Megahauses im Wald, einer Behausung für einen Millionär und nicht für einen Historiker und eine Ärztin.

Sie schickte eine SMS, als sie in Tel Aviv gelandet war. Er simste zurück und log, dass etwas mit der Telefonleitung und seinem Mobilfunk sei, so dass er nur simsen könne. Und dann kam der Moment, da er die Polizei rief. Binnen zehn Minuten erschienen zwei Streifenwagen auf dem Grundstück. Er war ruhig, erzählte, was geschehen war, fuhr in einem der Wagen mit zur Distriktwache. Er unterschrieb ein Protokoll und erklärte sich damit einverstanden, dass ein Foto von Bennie veröffentlicht wurde. Wenn Rachel ihm eine SMS schickte, log er unterdessen weiter. Das hielt er drei Tage durch, bis zu dem Tag, da er verhört wurde und sie den Fluss absuchten. Bevor er zusah, wie sie Haken über den Flussgrund zogen, schluckte er Beruhigungstabletten. Am vierten Tag simste Rachel, dass eine Freundin angerufen und ihr die groteske Mitteilung gemacht habe, sie hätte ihr Kind in einer Suchmeldung in einem lokalen Fernsehsender gesehen. Was habe das zu bedeuten? Warum könne ihre Freundin sie anrufen und Bram nicht? Er wusste nicht, was er antworten sollte. Sie simste, dass sie das nächste Flugzeug nehmen werde. Er hatte also noch etwa vierzehn, fünfzehn Stunden Zeit, das Rätsel zu lösen. Auf einer Landkarte von New Jersey machte er ein Kreuz an der Stelle, wo ihr Haus stand. Er konnte nicht akzeptieren, dass das Schicksal blind zugeschlagen hatte. Für alles gab es einen Grund.

Während seines Erkundungszugs durch Amerika hatte Rachel sich von ihm scheiden lassen und war nach Israel zurückgegangen. Später hatte sie eine Rolle in einem indischen Film angenommen, war in Mumbai zum Star geworden und hatte nicht nein sagen können, als ihr ein indischer Industrieller einen Heiratsantrag machte. Sie hatte jetzt drei Kinder, lebte in Palästen und Apartments in Moskau, London, New York, hatte Personal, Chauffeure – und hatte die Episode mit ihm, Bram, sicher in den hintersten Winkel ihres Gedächtnisses verbannt. Manchmal googelte er ihren Namen, sah Fotos von einem Jetset-Leben. Und manchmal sehnte er sich auch nach all den Jahren danach, sie eines Tages anrufen und ihr sagen zu können, dass er ihr Kind wiedergefunden habe. Bis ihm wieder bewusst wurde, dass das nicht geschehen würde. Sein Sohn war tot.

Zur Begrüßung hob Chaim Protzke einen Moment lang die Hand von der Bettdecke, als Bram und Ikki an seinem Bett auftauchten. Es kostete ihn sichtlich Mühe. Auf einem Hocker neben Chaim saß seine Frau, die Ellbogen auf der Matratze und den Kopf liebevoll an Chaims Schulter gelehnt. Sie war Äthiopierin, mit tiefschwarzer Haut und hennafarbenem Kraushaar. Immer noch verbanden allerlei Schläuche und Kabel Protzke mit dem Hightech-Geräteturm. Er machte nicht den Eindruck, als gehe es ihm viel besser als beim ersten Besuch.

»Professor«, sagte Protzke mit einer Stimme ohne Luft.

Seine Frau erhob sich: »Hallo, ich bin Sira.« Sie stellte sich auch Ikki vor.

»Setzen Sie sich doch wieder«, forderte Bram sie auf.

Aber sie blieb stehen und sagte: »Sie waren gerade rechtzeitig zur Stelle. Ich hoffe, dass *HaSchem*, der Ewige, Sie dafür belohnt.«

»Ich weiß nicht, ob der Ewige sich mit uns befasst«, erwiderte Bram. »Das Universum ist ziemlich groß.«

»Er befasst sich mit uns«, sagte Sira mit entschiedenem Nicken.

Bram forderte sie noch einmal auf: »Setzen Sie sich doch bitte, ich kann ruhig einen Moment stehen.« Er lächelte ihr zu und stützte sich auf das hohe Metallfußende des Bettes. Sira ließ sich wieder auf dem Hocker nieder und fasste Protzkes Hand.

Bram fragte: »Wie geht es dir, Chaim?«

»Geht so. Es wird wohl noch eine Weile dauern, bis ich hier raus bin.«

Bram musste sich konzentrieren, um Protzkes schwache Stimme zu verstehen.

Sira sagte: »Wenn Chaim wieder zu Hause ist, müssen Sie einmal zu uns zum Essen kommen.«

»Ich komme gern. Darf ich meine Freundin mitbringen?«

»Aber natürlich!«, antwortete Sira beinahe entrüstet. »Sie bringen jeden mit, den Sie mitbringen möchten.«

»Nur meine Freundin.«

»Und der andere Herr ist Ihr Kollege?«

»Ikki? Nein, ja, doch... Ikki ist mein Kollege in unserem Ermittlungsbüro. Aber er ist nicht der Kollege vom Rettungsdienst. Das war an jenem Abend Max Ronek.«

»Könnten Sie ihn bitte auch in unserem Namen einladen? Er kann auch jeden mitbringen«, sagte Sira. »In drei Wochen vielleicht. Wir sagen dann noch Bescheid. Haben wir Ihre Telefonnummer?«

»Ich gebe sie Chaim.«

»Es hätte nicht viel gefehlt«, sagte Sira.

Chaim verbesserte sie: »Es ist gerade noch mal gutgegangen, das kannst du auch sagen.«

»Und wie geht es...«, Bram suchte nach den Namen, »...Lonnie? Lonnie und Tonnie!«

Sira sagte: »In einer halben Stunde skypen wir mit Lonnie. Es geht ihm gut. Und es sieht ganz so aus, als kämen wir für eine Familienzusammenführung in Frage.«

»Ihr geht weg?«, fragte Bram.

»Ich spreche morgen den Manager von ›Legia‹«, sagte Sira. »Er glaubt, dass es klappt. Und er möchte auch Tonnie gerne haben.«

»Beides starke Jungs«, sagte Chaim. »Halb afrikanisch, halb jüdisch – eine unmögliche Kombination, aber sie funktioniert.«

»Ich recherchiere schon alles Mögliche über Warschau«, sagte Sira. »Kalt dort, im Winter! Wir werden uns warm anziehen müssen. Monatelang liegt dort Schnee, wussten Sie das?«

»Ja, das wusste ich«, antwortete Bram.

»Meine Eltern sind hierhergekommen, und jetzt ziehe ich weiter«, sagte Sira. »Das gehört offenbar zu uns.«

Protzke fragte: »Und Sie bleiben, Professor?«

»Ja«, sagte Bram. »Ich bleibe. Glaube ich. Ich weiß es nicht.«

»Und Sie kommen auch zum Essen, wenn Chaim wieder zu Hause ist, ja?«, sagte Protzkes Frau zu Ikki.

»Gern«, antwortete Ikki.

»Chaim...« Bram zögerte, was tat er da? »Chaim«, begann er noch einmal, »wir möchten dir etwas zeigen.«

Protzke nickte, warf aber einen unsicheren Blick zu seiner Frau, die ihm sogleich zur Seite sprang: »Er ist noch schwach, Professor.«

»Das kostet keine große Anstrengung, Chaim.«

»Ich weiß nichts«, sagte Chaim fast flehentlich, ohne Stimme.

»Wir haben ein Bild von jemandem. Vielleicht ist er…«

»Ich habe nichts gesehen. Gar nichts.«

»Wir glauben, dass wir wissen, wer es gewesen ist…«

»Es war eine Rakete«, sagte Sira. »Das ist offiziell.«

»Chaim?«, fragte Bram.

Protzke schlug die Augen nieder, während sich seine Frau halb über ihn beugte, als müsse sie ihn vor Bram und Ikki beschützen.

»Er braucht Ruhe, Professor«, sagte Sira. »In ein paar Wochen vielleicht, wenn er wieder gesund ist.«

Sie war nicht sehr groß, doch die gespannten Muskeln in ihren Armen und ihrem Hals verrieten, dass sie stark war, eine kräftige Frau, die Topsportler geboren hatte, und dass sie ihrem Mann nicht von der Seite weichen und kämpfen würde.

»Chaim?«, versuchte Bram es noch einmal.

Protzke schüttelte den Kopf. »Es war… der Schock. Professor… Sorry, ich war nicht ganz…«

Bram wechselte einen Blick mit Ikki und sah, dass Ikki nicht aufgab. Ikki nickte ihm angespannt zu.

Dann faltete er ein Blatt Papier auseinander, einen Ausdruck der Computerbearbeitung des Kinderfotos von Jaap de Vries. Er hielt das Bild hoch: ein blonder junger Mann von Anfang zwanzig mit blauen Augen, ein Tennisprofi oder ein aufstrebender junger Banker, schönes, ebenmäßiges Gesicht, gesundes Gebiss, intelligente Stirn, ein Nordeuropäer, Nachkomme eines Norwegers oder Schweden – aber er hatte das Y-Chromosom einer ganzen Reihe verschreckter Juden aus osteuropäischen Ghettos.

Protzke schloss die Augen und wandte sich ab.

»Er möchte schlafen, das müssen Sie respektieren«, sagte Sira.

»Chaim?«, versuchte Ikki es jetzt. »Chaim... Wenn du die Augen zubehältst, fasse ich es als ein Ja auf, abgemacht? Behältst du die Augen zu?«

Chaim blieb still liegen, halb hinter seiner Frau versteckt, und tat, als hörte er nichts. Und er behielt die Augen zu.

Sira beugte sich noch weiter über ihn und versuchte, ihnen mit ihrem Oberkörper den Blick zu versperren. »Sie müssen jetzt wirklich gehen«, sagte sie. »In ein paar Wochen mache ich *Melon Baal Canaf* für Sie, ein Familienrezept. Chaim muss schlafen, jetzt sofort.«

Draußen auf dem Flur flüsterte Ikki Bram zu: »Er hat die Augen zubehalten, stimmt's?«

Müde und resigniert erwiderte Bram: »Ja. Ich glaube schon.«

Sie liefen zum Ausgang.

»Er ist es wirklich! Es ist wirklich Jaap de Vries!«

»Vermutlich schon, ja.«

»Mann, das ist der Wahnsinn! Verstehst du nicht?«

»Doch, ich verstehe«, sagte Bram.

»Du weißt, was ich meine«, sagte Ikki.

»Ich habe keine Ahnung«, sagte Bram. Er wollte Eva sehen, neben ihr schlafen, jahrelang schlafen.

»Stell dich nicht dumm«, sagte Ikki, fasste Bram beim Arm und zwang ihn, stehenzubleiben. »Bram, jemand, der 2008 als Kind vermisst gemeldet wurde, hat sich in die Luft gesprengt. Innerhalb einer sehr kleinen Gruppe ist zur gleichen Zeit noch ein Kind verschwunden, dein Kind. Statistisch gesehen ist das ungefähr das Gleiche, als würden wir jetzt beide einen Meteoriten auf den Kopf kriegen!«

Bram sagte: »Wir müssen Balin Bescheid geben, dass wir diesen Jungen vermutlich identifiziert haben. Und der Rest…«

»Dein Sohn lebt noch, Bram. Dieses… dieses Vorgefühl, das ich habe… Das fing an, als sie mir ein Kunstbein und einen Kunstarm verpasst hatten. Ich glaube, dieses Metall fängt irgendetwas auf, Frequenzen, was weiß ich. Ich hab Titan im Leib. Ich glaub, ich bin ein wandelnder Strahlenempfänger. Eine menschliche Satellitenschüssel. Und ich glaube, dass dein Sohn…«

»Du bist ein sympathischer Spinner, Ikki, aber deswegen darfst du noch lange nicht alles sagen.«

»Warum willst du das nicht sehen?«

Wütend fasste Bram ihn bei beiden Armen und zischte ihm ins Gesicht: »Mein Kind ist vor sechzehn Jahren ermordet worden! Das ist die Realität! Die Realität, die ich hasse! Die ich nicht wahrhaben will! Die nur sehr, sehr langsam in mein System getropft ist und der ich äußerst ungern ins Auge sehe! Mach mich nicht wahnsinnig! Ich weiß, was passiert ist! Lass mich in Ruhe!«

Er schob Ikki von sich. Ikki taumelte, suchte aber an der Wand Halt und blieb auf den Beinen.

»Menschenskind, Bram…«

Bram drehte ihm den Rücken zu und eilte Richtung Ausgang. Patienten, in Pantoffeln und Morgenmänteln auf dem Gang, hatten Brams Ausbruch beobachtet und machten Platz, als er auf sie zukam. Aus einem Zimmer traten zwei Wachmänner.

Beim australischen Rover angelangt, zündete Bram sich eine Zigarette an. Er hörte Vögel. In der Ferne stieg ein Airbus in den Himmel.

»Entschuldige«, hörte er Ikki hinter sich sagen. »Ich wollte dir doch nicht weh tun. Das würde ich niemals.«

Bram, sich darüber bewusst, dass er Ikki unrecht getan hatte, drehte sich zu ihm um: »Verzeih mir. Ich hätte nicht so…«

»Ich bin manchmal ein bisschen übermotiviert«, entschuldigte sich Ikki.

»Es ist gut, dass du so motiviert bist. Das ist der Herzschlag unseres Büros, Ikki.«

»Ich möchte wirklich nur helfen.«

»Das weiß ich.«

Ikki fragte: »Hast du die Namen?«

Bram legte ihm die Hand auf die Schulter. »Du kannst es nicht lassen, hm?«

»Nein.«

»Ich habe keine Namen«, log Bram.

»Na gut, dann eben nicht«, sagte Ikki enttäuscht und zuckte die Achseln. »Fahren wir jetzt zur Bank?«

»Fahr du schon mal. Ich muss hier noch jemanden sprechen.«

23

Bram musste warten, bis Eiszmund zwischen seinen Patienten ein paar Minuten Zeit für ihn erübrigen konnte. Es war warm in dem Wartesaal, trotz Klimaanlage, und es war sehr voll, so wie es früher auf dem Flughafen Ben Gurion voll gewesen war, wenn Flüge nach New York und Paris gingen. Im Berenstein Building handelte es sich allerdings nicht um Touristen mit Koffern und spielende Kinder und Mütter, die ihre Babys beruhigten, sondern um alte Menschen, die von ihrem ebenfalls schon nicht mehr ganz jungen Nachwuchs begleitet wurden. Es gab mehr Besucher, als Sitzplätze zur Verfügung standen. Hierher kamen geriatrische Patienten; das Berenstein Building war zum meistbesuchten Gebäude des Sheba-Komplexes geworden. Im Kinderkrankenhaus blieben ganze Abteilungen leer. Max hatte recht, sie mussten wieder Kinder machen, aus Liebe zueinander und zu diesem Land. Aber wer konnte noch bedenkenlos die eigenen Träume auf seine Kinder projizieren? Was hatte die Juden dazu bewogen, die von der Geschichte geschaffenen Fakten ungeschehen zu machen? Bram hatte unzählige Vorlesungen darüber gehalten. Im Jahre 70 nach Christus hatten die Römer den Tempel zerstört. Zweiundsechzig Jahre danach begann der jüdische Aufstand gegen die Römer unter Bar Kochba, drei Jahre später wurde die Revolte niedergeschlagen. Der römische Geschichtsschreiber und Senator Lucius Claudius Cassius Dio Cocceianus, der im dritten Jahrhundert seine *Römische Geschichte* schrieb, verzeichnete fünfhundertachtzigtausend getötete Juden, jüdische Schätzungen fielen noch höher aus. Die Thora wurde symbolisch auf den Ruinen des Tempels verbrannt. Und der Name Judaea, Land der Juden, wurde durch den Namen Syria Palaestina ersetzt, als hätten die Juden es niemals von den Philistern erobert. Aus Jerusalem wurde Aelia Capitolina, eine für Juden verbotene Stadt. Eintausendachthundertsechzehn Jahre lang träumten die Juden von der Rückkehr. Sie waren nirgendwo zu Hause, außer in ihrer Einbildung. Wie lange konnten sie jetzt noch standhalten? Bram gab dem Land noch ein paar Jahrzehnte, bis 2048 vielleicht oder, wenn sie Glück hatten, bis 2070, genau zwei Jahrtausende nach der Zerstörung des Tempels. Wer wegkonnte, war gegangen – warum war er geblieben? Er hätte beizeiten mit seinem Vater nach Australien entkommen können, bevor die Krankheit an ihm zu nagen begann, denn bis vor fünf Jahren war er noch aktiv gewesen und trotz seines hohen Alters eine Autorität. Eine Universität in Brisbane, wo viele Israelis lebten, hatte ihm vor zehn Jahren ein Angebot gemacht, aber er wollte nicht weg, war fest entschlossen, bis zum Ende auszuharren. Zu der Zeit hatte Bram nicht für sich selbst sorgen können, war ein psychisches Wrack gewesen und nur dank Hartogs ehernem Regime nicht ganz untergegangen. Der Gedanke an ein endgültiges Abtauchen auf den Grund des Ozeans war damals immer nahe gewesen. Doch Hartog hatte ihm Sauerstoff zugeführt: zeitig aus dem Bett, Hendrikus rauslassen, Aushilfsarbeiten an der Universität (Bram hatte dort Hausmeistertätigkeiten verrichtet, und später, als er wieder zu lesen begonnen hatte, hatte er einige Doktorarbeiten betreut), im Sportkomplex der Universität schwimmen gehen und Tabletten schlucken, viele, viele Tabletten.

»Tabletten sind ein Segen für die Menschheit«, war Hartogs Meinung, »man muss nur wissen, in welcher Dosierung und zu welcher Zeit. Das Gehirn ist eine komplizierte elektrochemische Zentrale, und mit den richtigen Pharmazeutika kannst du diese Zentrale bedienen.«

»Und die Seele?«, hatte Bram ihn einmal gefragt.

»Auf der sitzt du«, hatte Hartog geantwortet. »Dein Allerwertester.«

Bram schmunzelte vor sich hin, während er zwischen den alten Leuten wartete, die auf ein neues Herz, eine Niere oder ein Kunstbein warteten.

Hartogs Grobheiten waren oft sehr geistreich gewesen, und nicht selten hatte er seine Ansichten um des Effekts willen kräftig überspitzt. Zugleich entsprachen ihm diese Ansichten, auch die überspitzten, aber vollkommen: kein Erbarmen, keine Illusionen. Bram hätte ihn gerne nach Saul Frenkel gefragt.

Nach fünfunddreißig Minuten vibrierte der Pieper, den Bram am Empfangsschalter bekommen hatte, als er sich angemeldet hatte. Eiszmund, klein und krumm auf seinen Krücken wankend, empfing ihn in seinem Sprechzimmer.

»Setzen Sie sich, Herr Mannheim. Ist es dringend?«

»Nein, nichts Dringendes, meinem Vater geht es ganz gut, nicht anders als in den vergangenen Monaten.«

Eiszmunds Schreibtisch war perfekt geordnet. Exakte

Stapel, eine Ablage mit gespitzten Bleistiften, eine Karaffe Wasser und drei Gläser.

»Was führt Sie her? Schießen Sie los.«

»Wie groß ist die Gruppe, die die gleichen Medikamente bekommt wie mein Vater?«

»Wir haben achtzig Probanden.«

»Wissen Sie schon etwas über die Dosierungen?«

»Die sind bei jedem Patienten anders.«

»Was passiert, wenn wir die Dosis verdoppeln?«

»Wie meinen Sie das?«

»Wäre es möglich, dass mein Vater durch diese Medikamente ganz klar wird?«

»Das wäre vielleicht sein Tod«, antwortete Eiszmund mit argwöhnischem Blick. »Warum wollen Sie das?«

»Ich möchte mit ihm reden.«

»Die Wahrscheinlichkeit, dass das nie mehr möglich sein wird, ist groß, Herr Mannheim.« Er sah Bram forschend an, als suche er nach einem verborgenen Defekt. »Ihr Vater ist… wie alt? Dreiundneunzig?«

Bram nickte.

»Es wird der Tag kommen, da wir in der Lage sein werden, die Blutgefäße in unserem Gehirn mit Staubsaugern in Molekülgröße zu reinigen, doch so weit sind wir noch nicht. Im Moment schießen wir noch auf gut Glück mit ungerichteten Projektilen und hoffen, rein zufällig etwas zu treffen. Wir können viel ausrichten, wenn es sich um Organe und Gliedmaßen handelt, aber das Gehirn bleibt ein Mysterium. Vielleicht am Ende des Jahrhunderts – das finde ich schon beflügelnd. Ich werde dann zwar nicht mehr da sein, aber unsere Kinder werden noch medizinische Wunder erleben. Daran sollten Sie denken, Herr Mannheim. Haben Sie Kinder?«

»Nein ... Meine Frau, meine Freundin, meine ich, ist schwanger. Und ich hatte mal ein Kind, vor langer Zeit...«

»Lassen Sie das Kind hier?«

»Wie meinen Sie das?«

»Wird das Kind Ihrer Freundin hier aufwachsen, oder gehen Sie auch weg?«

»Wir haben uns noch nicht endgültig entschieden«, sagte Bram nicht ganz wahrheitsgetreu. Er wollte nicht, dass das Kind hierblieb. Er gönnte ihr offene Kamine und Dächer mit dicken Lagen Schnee. Lange Winterabende, in *Doktor Schiwago* schmökernd. Ein Land, das jenseits des Horizonts weiterging, ewig und grenzenlos.

»Bleiben Sie hier«, sagte Eiszmund und schleppte sich auf seinen Krücken zur Tür, womit er Bram bedeutete, dass das Gespräch beendet war.

24

Der Bus in die Innenstadt von Tel Aviv. Wieder viele alte Leute, in verschlissener Kleidung und abgetretenen Schuhen. Grauhaarige Frauen in unförmigen Hosen – war das früher auch schon so gewesen? Bram erinnerte sich an füllige Damen mit gut frisiertem silbernen oder bläulichen Haar, mit zu viel Make-up und dickem Augenbrauenstrich, aufgeplustert und doch irgendwie unschuldig, herausgeputzt für einen Nachmittag in einer der Patisserien der Stadt, wo sie mit russischen oder französischen Freundinnen über Schwiegertöchter tratschen und die Weltverschwörung gegen die Juden bis in alle Einzelheiten analysieren würden. Waren die alle gestorben? Oder brauchte eine Gesellschaft eine gewisse Unbesorgtheit, eine Umgebung mit Farben und Theater, ehe solche Damen auf der Bildfläche erschienen und jedermann demonstrierten, dass sie noch Wert auf ihr Äußeres, ihren Schmuck und die Geschichten über ihre Enkel und den Urlaub in Miami legten? Es gab sie jedenfalls nicht mehr. Ja, in Moskau, in der Tverskaya Ulitsa, der Geschäftsstraße, die sich mit den teuersten Einkaufsmeilen von Paris oder London messen konnte. Dort waren sie jetzt, in schimmernden Nerzmänteln, die Finger voller Gold und Edelsteine, mit dem Recht der Glückseligen, über nichts Wichtigeres reden zu müssen als über die

Qualität von Bettwäsche oder die aberwitzigen Preise in dem neuen Restaurant in der Arbat, wo man keine Tischreservierung bekam und wo der Nichte eines Bekannten das Kleid geplatzt war – glücklich das Land, in dem diese Damen ihre Petit Fours naschen, dachte Bram.

Er stieg an der Ben Yehuda aus, kam an einem Mann vorüber, der sich betrunken an einem Laternenpfahl festhielt, und nahm sich vor, mal zu recherchieren, ob es für einen dreiundfünfzigjährigen Rettungssanitäter schwierig sein würde, in Moskau seinen Lebensunterhalt zu verdienen. Vermutlich würde Eva leichter eine Stelle finden, aber auch sie würde Kurse belegen und russische Zeugnisse sammeln müssen. Gewiss nicht leicht, in ihrem Alter auszuwandern. Aber bald würde er für ein Kind verantwortlich sein, und er hatte die Pflicht, für Wärme und Nahrung und Sicherheit zu sorgen. Ein Mädchen. Eine Tochter. Er musste kurz stehenbleiben, überwältigt von diesem Gedanken, jetzt schon ganz schwindlig vor Liebe zu einem kleinen Menschen, der erst noch geboren werden musste. Er konnte sie lieben, ohne die Erinnerung an das andere Kind zu vernachlässigen – nein, er würde den Jungen nicht verraten, wenn er für das Mädchen sorgte. Aber ihm wurde plötzlich klar, so als würde ein Vorhang aufgezogen und das Licht strahlte herein, dass er den Jungen ruhen lassen musste. Es musste Platz für das Mädchen geschaffen werden, und das ging nur, wenn es ihm gelang, den Jungen schlafen zu lassen. Er musste in seinem Herzen einen sicheren Ort für ihn finden, einen Ort, an dem sich der Junge ausstrecken konnte, an dem es still und friedlich war und John O'Connor ihm nichts Böses tun konnte. Er musste den Jungen mit einer Decke aus Laub zudecken und sich ein für alle Mal dem Blick in seinen Augen entziehen.

Schon von draußen hörte er das Dröhnen tiefer Bässe. Er öffnete die Glastür zum Bankgebäude und trat in die volle Klangwolke von *Killer Queen: »She's a killer queen / Gunpowder, gelatine / Dynamite with a laser beam / Guaranteed to blow your mind / Anytime!«*

Er lief zu ihren Schreibtischen hinter den Schaltern. An seinem Apple hob Ikki stumm die Hand zur Begrüßung, mit der anderen reduzierte er die Lautstärke.

»Hast du was mitgebracht?«, fragte Ikki.

»Nein, nichts. Möchtest du Kaffee? Geh ich holen.«

»Ja, gerne. Und ein belegtes Brötchen oder so.«

Bram machte Anstalten, wieder auf die Straße hinauszugehen.

»Bist du nicht neugierig?«, fragte Ikki.

Bram blieb stehen: »Was meinst du?«

Ikki drehte sich zu ihm herum, die Augen glasig von der Bildschirmstarrerei. »Ich habe jede verdammte Datenbank geöffnet, die ich öffnen konnte.« Er rieb sich die Augen, blinzelte ein paarmal, und als er Bram ansah, wurde in seinem Blick wieder die Besessenheit sichtbar, die immer in ihm lauerte. »Ich habe die Namen, die Leute, die mit deinem Vater zusammengearbeitet haben. Bin in mindestens dreißig Beiträgen im Netz auf sie gestoßen. Es war ein Russe darunter, Dossaji Israilow – Israilow, dieser Name, da denkt man doch, das ist ein Jid, aber dem ist nicht so. Israilow ist ein häufiger Name in Zentralasien. Ein Name von Muslimen. Unser Israilow kam aus Kasachstan, war eine Art Genie, hat eines Tages in London politisches Asyl beantragt, landete dann irgendwann bei deinem Vater. Und später, nachdem er bei deinem Vater war, ist er über Saudi-Arabien nach Afghanistan gegangen. Hat sich dort den Taliban angeschlossen, war ein fanatischer Extremist, Leibarzt von Mullah Omar, erinnerst du dich an den, den Kompagnon von Osama dem Großen? Bram? Als die Amerikaner nach Nine-Eleven mit den Taliban aufgeräumt haben, ist Israilow nach Kasachstan zurückgegangen. Kriegst du mit, was ich sage?«

Bram musste den Jungen ruhen lassen. Sie hatten beide ein Recht darauf.

»Warum hast du das getan?«, blaffte er Ikki an.

»Ich dachte mir, ich fang schon mal an! Herrje, Mann, was ist denn so schlimm daran?«

»Mein Gott, Ikki... Sorry. Was hast du gefunden?«

»Meiner Meinung nach«, sagte Ikki beinahe entschuldigend, »meiner Meinung nach sind Jaap und dein Kind und andere gekidnappt worden. Das hat es schon früher gegeben. Die Mamelucken in Ägypten, das war eine Sklavenkaste aus gekauften oder gestohlenen Jungen aus Zentralasien, christlichen kleinen Jungen, die zu islamischen Kämpfern erzogen wurden. Und die Osmanen haben auch jahrhundertelang christliche Jungen, die sie verschleppt hatten, zu Muslimkämpfern ausgebildet – hier, ich hab das alles rausgesucht – die Janitscharen, Jungen, die als eine Art Steuer aus dem Balkan verschleppt und in isolierten Kasernen zu Muslimkämpfern erzogen wurden. Bram, du bist Historiker, du kennst diese Beispiele! Warum sollten sie das jetzt nicht wiederholt haben? Jüdische Kinder verschleppt und zu Selbstmordattentätern ausgebildet haben? Das ist doch mal ein Mittel, deinen Feind zu bekämpfen! Mit den Kindern deines Feindes!«

Bram zog sich einen Stuhl heran und setzte sich. Er sah Ikki erschöpft an. »Ikki, lieber Freund, du schnappst ja völlig über. Das ist Unsinn. Hörst du? Unsinn. Ein Verschwörungstick! Israilow ist zum religiösen Fanatiker geworden, okay, mag sein. Was mit Jaap passiert ist – ich habe keine Ahnung. Aber mein Kind, mein Bennie, ist von einem Kinderschänder ermordet worden. Was du da machst... Hörst du bitte damit auf? Ich ertrage das nicht mehr. Ich... ich muss mein Kind ruhen lassen. Ich kann das nicht noch mal. Ich habe Abschied von ihm genommen, vor zwölf Jahren.«

Tel Aviv

Fünf Tage später
April 2024

B alins Büro befand sich in einem grauen Betonkasten in der alten Hafengegend. Vor zwanzig Jahren war dieses Viertel aufgeblüht, waren hier abends Tausende junger Leute sorglos zwischen den Cafés und Clubs flaniert und hatten noch nicht geahnt, dass der unaufhörliche Raketenbeschuss aus den wenige Kilometer entfernten Grenzgebieten sie zum Wegzug veranlassen würde. Jetzt sah es hier wieder genauso aus wie in den achtziger und neunziger Jahren des vergangenen Jahrhunderts: verlassen, unwirtlich, mutlos.

Es hing kein Schild am Eingang, aber jeder wusste, dass hier der Schabak sein Hauptquartier hatte, der Dienst, der mit stringenten Sicherheitsmaßnahmen über den Fortbestand des amputierten Landes wachte.

Bram meldete sich in der Lobby an und wurde von einer jungen Frau in Uniform – ein Mädchen mit hochgestecktem schwarzen Haar, auch ohne Make-up eine klassische sephardische Schönheit – zu Balins Büro gebracht. Beim Schabak arbeiteten die klügsten und stärksten jungen Leute des Landes, ihrem Einsatz verdankte das Land seine Existenz. Die junge Frau wäre in einer anderen Zeit, an einem anderen Ort vielleicht eine brillante Physikstudentin gewesen oder eine vielversprechende Künstlerin. Jetzt war sie eine Kämpferin.

Balin, in Hemdsärmeln an seinem Schreibtisch sitzend, winkte Bram näher, als das Mädchen ihn, ohne anzuklopfen, in seinem Büro abgeliefert hatte. Dann zeigte er auf einen langen Tisch, groß genug für eine Sitzung mit dreißig Leuten, und erhob sich.

Ein geräumiges Zimmer, hellgraue Wände, in einer Ecke Schränke mit Geräten und Monitoren, an einer Seite Fenster, die auf eine blinde Hauswand hinausgingen. Der Arbeitsplatz eines modernen Mönchs.

»He, Avi.«

»Jitzchak.«

»Setz dich.«

Bram zog einen Stuhl vom Tisch und nahm Platz. Balin streifte sein Jackett über – undenkbar, dass er jemandem Rede stehen würde, ohne dabei ein Jackett zu tragen – und sortierte auf seinem Schreibtisch einige Unterlagen, bis er fand, was er suchte – eine rote Mappe. Er legte die Mappe auf den langen Tisch und setzte sich Bram gegenüber. Balin trug die blaue Krawatte, die sie ihm einmal geschenkt hatten.

Er fragte: »Was trinken?«

»Nein, danke. Hübsche Krawatte.«

Balin grinste: »Ich dachte mir, die binde ich jetzt mal um. Hermès, ist heute unbezahlbar.«

»War sie damals auch schon, Jitzchak.«

»Du hast damals schon große Stücke auf mich gehalten.«

»Ich habe dich immer bewundert, ja. Für die Energie, mit der du deinen Traum verfolgt hast. Deinen Traum vom Frieden im Nahen Osten.«

»Den Traum hattest du doch auch, oder?«

»Ja. Ich hab mir was vorgemacht.«

»Haben wir alle, Avi.«

Sie schauten sich wehmütig an, weil sie sich plötzlich der verstrichenen Zeit und der dazugehörigen verflogenen Illusionen bewusst wurden.

»Kasachstan«, sagte Balin. »Es gibt schönere Flecken für einen Urlaub. Dieses Erdbeben hat das Land verwüstet. Die Russen haben den Norden eingenommen, aber der Süden ist ein islamischer Heilsstaat. Erinnerst du dich an den Film von diesem jüdischen Komiker, wie heißt der noch gleich?«

»Baron Cohen. Und der Film hieß *Borat*. Hättest du denn jemand anders, der hingehen würde?«, fragte Bram.

»Nein. Von uns ganz sicher nicht. Und der Mossad ... Dessen Möglichkeiten sind inzwischen minimal.«

»Dann trifft es sich doch gut, wenn ich fahre.«

Balin tippte mit dem Zeigefinger auf die rote Mappe: »Das hier liest sich wie der Bericht einer Gruppe ernstlich gestörter Verschwörungstheoretiker. Ihr solltet wirklich für uns arbeiten, Avi, das ist mein Ernst.«

»Mach uns ein Angebot, das wir nicht ablehnen können.«

»Ihr erhaltet den Freiraum, euch weiterhin mit verschwundenen Kindern zu befassen. Schließlich haben wir dadurch Aufschlüsse gewonnen.«

»Lass mich nach Kasachstan gehen.«

»Wie willst du das machen?«

»Gib mir einen niederländischen Pass, die Kontakte hast du doch, oder?«

Balin zeigte keinerlei Reaktion auf Brams Vorschlag. »Und dann?«

»Ich werde zum Islam übertreten. Muslim werden. In Israilows Geburtshaus in Almaty, oder wie es jetzt heißen mag, haben sie eine Art Museum eingerichtet. Israilow ist dort ein großer Name, der Einstein von Kasachstan. Aus der ganzen Welt strömen Freiwillige ins Land, um zu helfen. Auch aus Europa. Ich möchte dabei sein.«

»Wir wissen nicht genau, über welche Datenbanken sie verfügen, um die Identität von Leuten zu überprüfen.«

»Ach komm, Jitzchak, die haben gar nichts. Die gesamte Kommunikation ist durch das Erdbeben zusammengebrochen oder beeinträchtigt. Das Land liegt in Trümmern. Jeder, der mit anpacken kann, ist willkommen.«

»Hör zu, Avi ... Daniel Levy war tatsächlich Jaap de Vries. Wir sind euch wirklich dankbar, das war erstklassige Arbeit...«

»Ikki Peisman ist derjenige, welcher.«

»Ja, ein sehr guter Junge, den wir unbedingt haben müssen, Avi. Tut mir leid für dich, du wirst dein Büro ohne ihn weiterführen oder auch zu uns kommen müssen.«

»Erzähl weiter«, sagte Bram.

»Aber dein Sohn? In dieser Gruppe, die mit deinem Vater gearbeitet hat, waren drei Juden: Frenkel, Bernard und dieser Australier Sharpe. Mit deinem Vater zusammen also insgesamt vier Juden. Zwei Enkelkinder verschwanden, beide im Spätsommer 2008. Und ein Muslim, der in der Gruppe war – er war übrigens zu der Zeit, als er mit deinem Vater zusammenarbeitete, weltlich orientiert und in der Sowjetunion einst prominentes Mitglied der Kommunistischen Partei gewesen...«

»Für einen Topwissenschaftler dort Pflichtprogramm.«

»Stimmt. Dieser Muslim wird also gläubig...«

»Nennst du das gläubig? Wenn einer radikal wird und sich in Afghanistan den Taliban anschließt?«

»Er wird radikal gläubig und beschließt, wie ihr meint, eines schönen Tages, jüdische Jungen zu kidnappen. Du liebe Güte, Avi... Hast du schon mal an ein Motiv gedacht?«

»Wir haben kein Motiv. Daran hapert's. Er hasste meinen Vater, vermute ich. Vielleicht das klassische Muster: Er fand, dass er den Nobelpreis hätte bekommen müssen. Neid ist ein fürchterlicher Impuls.«

»Aber er war doch in England unerhört erfolgreich? Er wurde mit diversen Patenten Multimillionär.«

»Er hatte einen Hass auf die Juden entwickelt. Hatte in Amsterdam mit ihnen gearbeitet. Saul Frenkel, Bernard, Sharpe, mein Vater.«

»Und denkt daraufhin: Ich werde ihre Enkelkinder entführen?«

Bram sah ein, dass es schwierig sein würde, Balins Taktik zu durchbrechen. »Was hast du noch über Jaap de Vries herausfinden können?«

»Wir wissen, dass er aus Indien kam«, sagte Balin.

»Indien?«

»Sonst nichts.«

»Hast du in Kasachstan noch weiterrecherchiert?«

»Wir sind der Schabak, nicht der Mossad. Wir befassen uns mit dem Inland.«

»Du hast also nicht mal kurz deine Freunde beim Mossad angerufen?«

»Beim Mossad haben sie, glaube ich, nur noch eine Teilzeitkraft, die Telefondienst macht.«

»Jaap de Vries hat seine Kindheit in Kasachstan verbracht«, sagte Bram.

»Das behauptet ihr, ja, aber du hast keine Beweise.«

»Jitzchak, das ist in dieser Phase auch gar nicht möglich.
Diese Beweise muss irgendjemand in Kasachstan finden.«

»Lieber Freund, ihr kommt mir mit einer ziemlich ver-
stiegenen Geschichte von einem Forscher, der Enkelkinder
seiner ehemaligen Kollegen gekidnappt haben soll. Und
dann willst du, dass ich Geld springen lasse und meine Kontakte um Mithilfe bitte, damit du diese Unterstellungen
überprüfen kannst?«

Bram konnte ein Schmunzeln nicht unterdrücken. »Du
hast keine andere Wahl, Jitzchak. Du wirst ja sagen, aber
du willst mir noch mal kurz auf den Zahn fühlen, ob ich
auch wirklich will. Ja, ich will wirklich. Hör auf mit dem
Quatsch. Du weißt genauso gut wie ich, dass wir die Gefahr, die unsere Theorie bedeutet, nicht bagatellisieren dürfen. Angenommen, es trifft zu und dieser Israilow hat tatsächlich Kinder nach Kasachstan entführen lassen? So
kompliziert ist das nicht. Mein Junge könnte ganz leicht
nach Mexiko verschleppt worden sein, und von dort war
es dann ein Kinderspiel. Japie de Vries? An die spanische
Südküste entführt, und von dort per Fähre nach Marokko.
Damals, 2008, ging das noch. Ich habe aber doch noch eine
Frage an dich. Ich bin mir sicher, dass du eine Antwort
darauf hast. Du hast auf alles eine Antwort, das ist dein Beruf, nein, deine Berufung, seit du auf die Welt gekommen
bist.«

Balin grinste und zuckte die Achseln. »Du schmeichelst
mir, Avi.«

»Ich weiß genau, wann ich dir Komplimente zu machen habe, Jitzchak.«

»Doch was trinken?«

»Wasser.«

»Ein Gläschen Wasser, das nehme ich auch«, sagte Balin vor sich hin – offenbar hörte irgendwer die ganze Zeit mit. Vielleicht wurden sie auch mit Kameras überwacht.

Bram sagte: »Nach seiner Zeit in Amsterdam und einem kurzen Zwischenaufenthalt in Saudi-Arabien ging Israilow nach Afghanistan. Das war 1988, Israilow war schon einundfünfzig. Wurde Mullah Omars Leibarzt in der Harakat-e-Ingelab-e Islami, kämpfte gegen die Sowjets. 1996 errichtet Israilow im Bezirk Schah Wali Kot ein medizinisches Labor. *In the middle of nowhere,* irgendwo in Afghanistan. Im September 2000 geht der Laden in die Luft. Achtzehn Tote, darunter zwei Kinder Israilows. Was hatten wir damit zu tun?«

»Mit dieser Explosion in seinem Labor?«

»Komm schon, Jitzchak, verheimliche mir nichts. Ich gehe nach Kasachstan, erzähl mir alles, was du weißt.«

Die Tür ging auf, und die schöne Sephardin stellte für jeden von ihnen ein Fläschchen Wasser hin.

Balin schraubte langsam den Verschluss ab, nahm gleich einen Schluck aus der Flasche, wischte sich mit dem Handrücken über die Lippen und sagte: »September 2000. War damals noch alles Science-Fiction. Aber nicht ganz. Diese DNA-Sachen kamen damals schon langsam ins Spiel. Meine Vorgänger waren eifrig damit beschäftigt. Die Genforschung, auch die nach jüdischen Genen, war seinerzeit schon sehr in Mode, der ganze Scheiß, den wir jetzt am Hals haben. Dahinter steckten auch kommerzielle Interessen, Versicherungsgesellschaften, die im Hinblick auf die Höhe der Beitragszahlungen und so wissen wollten, ob dieser oder jener Versicherungsnehmer in irgendeiner Weise erblich vorbelastet war. Wir wussten auch, dass anderswo ähnliche Forschungen liefen, in Europa und Amerika, nach anderen Aspekten dieses DNA-Zirkus. Biologische Waffen, ausgerichtet auf ganz bestimmte Bevölkerungsgruppen, auf Menschen mit spezifischen genetischen Merkmalen. Den Leuten vom Mossad gefiel das Labor von Israilow in Schah Wali Kot ganz und gar nicht. Sie hatten keine Ahnung, was dort vor sich ging. Und sie wollten kein Risiko eingehen. Dossaji Israilow war ein genialer Mann. Er hatte das Wissen und vielleicht auch die Mittel. Womöglich forschte er nach einer Waffe, mit der er die Juden ausrotten konnte, aber vielleicht war er auch nur auf der Suche nach dem ultimativen Mittel gegen Krebs. Der Mossad ließ es nicht darauf ankommen.«

»Zwei seiner Söhne kamen dabei ums Leben.«

»Shit happens.«

»Sie waren drei und sechs Jahre alt.«

»Der Mossad wollte kein Risiko eingehen.«

»Und Israilow nahm sich dafür zwei Enkel von ehemaligen Kollegen«, sagte Bram.

»Das ist eure Theorie, ja.«

»Jaap de Vries ist die ganze Zeit in Kasachstan gewesen. Unter Garantie«, sagte Bram. »Israilow hat dort ein Waisenhaus finanziert.«

»Wie nobel von ihm.«

»Du musst mir helfen«, sagte Bram.

Balin nickte, trank einen Schluck, legte die Ellbogen auf den Tisch und sah Bram an. »Sie hacken dir zuerst die Finger ab, wenn sie entdecken, wer du bist, ganz langsam. Dann deine Zehen. Anschließend größere Teile, deine Gliedmaßen. Sie werden dich fürchterlich foltern, bevor du das Bewusstsein verlierst.«

»Hör auf, Jitzchak.«

»Und dein Sohn? Angenommen, er lebt noch. Dann ist er ein überzeugter Muslim, ein Radikaler, der genau wie Jaap de Vries nur ein Ziel vor Augen hat: sich als Märtyrer so schnell wie möglich in den Himmel zu katapultieren, mit möglichst vielen Opfern. Juden.«

»Er ist mein Sohn. Ich muss versuchen, ihn ... ihn umzustimmen.«

»Einen Glaubensfanatiker?«

»Mein Sohn...«

»Avi, Bram, Abe, Ibrahim, wir stecken verdammt noch mal bis zum Hals in der Scheiße. Schade, dass dein Vater nicht mehr seinen ... nicht mehr der Alte ist. Ich hätte gern mit ihm darüber geredet.«

»Rede mit mir«, sagte Bram.

»Warum? Das ist die Frage, Avi, warum hat Israilow das getan?«

»Warum?«, wiederholte Bram.

Sie grinsten sich an.

»In tausend Jahren wissen wir vielleicht, warum«, sagte Bram.

»Ich habe eine Theorie«, sagte Balin.

»Ich liebe Theorien«, sagte Bram.

»Wir hätten nicht herkommen sollen, Bram.«

»Und das sagst du, Jitzchak? Du bist so ungefähr der mächtigste Mann hier, und du sagst, wir hätten nicht herkommen sollen?«

»Wir sind in die falsche Gegend mit rachsüchtigen Menschen gekommen. Sie haben eine rachsüchtige Religion, waren früher rachsüchtige Wüstenstämme und haben einen Tempel in Mekka. Ein Monotheismus mit einem Tempel und heiligem Boden, das ist eine ungute Kombination.«

»Hatten wir auch«, wandte Bram ein.

»Die Römer haben uns fast vollständig ausgerottet, als wir diesen Tempel von ihnen zurückerobern und unseren Teil der Erde verteidigen wollten. Wir haben unseren Kindern die Geschichte von Masada viele Jahre lang als Heldenepos erzählt. Aber es handelte sich um Massenselbstmord als Reaktion auf die Besiegung durch die Römer! Herrgott noch mal, Masada war eine Untergangsgeschichte, kein Heldenepos! Wir haben eine Religion, die aus der Heiligung unseres Stückchens Boden entstanden ist, das ist doch die ganze Geschichte vom Auszug aus Ägypten und von der Eroberung Kanaans auf Einladung unseres Herrn, HaKodosch Baruch Hu, oder? Und die alten Hebräer waren bereit, ihre Ausrottung dafür in Kauf zu nehmen. Die kam dann auch, die Römer haben diese Religion zerstört. Aber wir dachten uns etwas anderes aus, in der Diaspora, eine neue Religion, ohne Land, ohne Tempel. Und dann kamen wir zurück, wir, Menschen ohne Land, in einen Landstrich, in dem man uns verachtete. Aber wir können genauso gut irgendwo anders leben, in Kanada, Amerika, Australien...«

»Du hast die Schoah ausgelassen...«, sagte Bram.

»Die Schoah machte alles nur noch schlimmer«, sagte

Balin. »Die Welt hasste uns, weil wir kein Land hatten, und sie hasst uns jetzt, da wir ein Land haben. Und sie hasst uns auch, weil sie wegen der Schoah Schuldgefühle hat. Schuldgefühle sind problematisch und unliebsam. Wie gern wären die Europäer uns los. Ich glaube, sie hoffen schon seit 1948, dass die Araber die Sache zu Ende bringen.«

»Die Sache?«

»Die Schoah.«

Bram fragte: »Wieso bist du noch hier?«

»Ich bin halsstarrig. Und ich hoffe auf ein Wunder.«

»Ein Wunder?«

»Vielleicht finden wir ein Mittel, wie wir sie ausrotten können.«

»Mein Gott ...« Bram sah Balin entgeistert an, als ihm aufging, worauf er hinauswollte.

»Kasachstan«, sagte Balin, Brams Blick ausweichend.

»Wir müssen Frieden mit ihnen schließen.«

»Mit Kasachstan?«

»Mit den Palästinensern.«

»Tun sie nicht. Brauchen sie nicht. Die Zeit ist auf ihrer Seite, glauben sie. Ist sie auch. Aber vielleicht auch nicht.«

»Kasachstan. Wie wollen wir es machen?«, fragte Bram.

»Du reist über China. Dort bekommst du Koranstunden. Bist du gut in Fremdsprachen?«

»Das ist lange her. Aber ich werde mich bemühen.«

»Du musst ein bisschen lesen können. Du bekommst einen niederländischen Pass. Geld ist kein Problem.«

»Und mein Vater?«

»Wir werden uns um ihn kümmern.«

»Gut«, sagte Bram. »Und noch etwas ...«

Balin unterbrach ihn: »Du bist dort auf dich allein angewiesen, Avi. Du hast keine Unterstützung. Niemand kann dich aus der Scheiße ziehen.«

»Jitzchak, warum hast du es so aufgezogen? Du hattest diese Informationen über Frenkel, meinen Vater, Jaap de Vries und Israilow doch schon selbst. Deine Leute hier können in wenigen Stunden genau dasselbe machen, was Peisman gemacht hat. Warum hast du mir nicht einfach kurz Bericht erstattet?«

Balin fixierte ihn, zog kurz die Augenbrauen hoch, schüttelte den Kopf und fragte: »Wieso denkst du das?«

»Weil du so gestrickt bist«, antwortete Bram. »Du wusstest das alles schon, als du zu uns in die Bank kamst. Du wolltest, dass wir es selbst entdecken, nicht? Du wusstest, dass ich mich als Freiwilliger zur Verfügung stellen würde. Es geht ja um mein Kind. Meinen Sohn.«

Balin senkte den Blick auf die rote Mappe vor sich auf dem Tisch.

»Warum?«, wiederholte Bram.

Balin schnaubte, schluckte, sah Bram wieder an. »Warum?« Er stand abrupt auf, lief um den Tisch herum. Bram folgte ihm zur Tür.

»Was hättest du gemacht, wenn wir nicht dahintergekommen wären?«, fragte Bram.

Balin blieb an der Tür stehen, schaute kurz weg. »Nichts, glaube ich. Ich hätte nichts gesagt.«

»Und riskiert, dass noch einmal so etwas passiert wie mit Jaap de Vries?«

»Wir haben deine DNA. Wir fischen ihn sofort heraus.«

»Sie hätten ihn in Fetzen geschossen.«

Balin entzog sich Brams Blick, schaute auf dessen Schuhe.

»Ich habe auch noch etwas«, sagte Balin. »Vor zwölf Jahren, Dezember 2012.« Er schaute auf, fixierte Bram. »Ich bin auf ein paar alte Mails aus Amerika gestoßen. Mit Fragen über dich im Zusammenhang mit dem Tod eines gewissen O'Connor.«

»O'Connor?«, wiederholte Bram.

»O'Connor, John. Sicher nie gehört, was? Ein vorbestrafter Pädophiler, der umgebracht wurde, als du zufällig für einige Tage in Amerika warst. Im Haus von O'Connor wurden Abdrücke von Schuhen gefunden, die du bei ›Saks‹ gekauft hattest.«

»Ich weiß nicht, wovon du sprichst.«

»Der Fall wurde zu den Akten gelegt. Hatten keinen Bock auf ein Verfahren gegen dich. Man hätte sowieso keine Geschworenen gefunden, die dich für den Mord an diesem Untier verurteilt hätten.«

»Warum hast du mir nicht kurz Bericht erstattet?«, fragte Bram erneut.

Balin schnaubte abermals. »Warum? Ich konnte dich nicht darum bitten. Eine unmögliche Mission. Irrsinn, das Ganze. Zwei Entführungen, vor langer Zeit, zwei Enkelkinder von Jidden, die vor langer Zeit zusammengearbeitet haben. Es bleibt eine absurde Geschichte. Deswegen jemanden bitten, in den islamischen Heilsstaat in einem von Erdbeben verwüsteten Gebiet zu reisen? Du musstest selbst darum bitten. So läuft das nun mal.«

Die Stadt des Kalifats

Sechs Monate später
Oktober 2024

Auf dem Platz des Kalifats, in der Mitte der zerstörten Stadt, fasste das blinde Kind den Saum seiner Dschellaba. Bram hatte ihm eine Münze in die Plastikdose gelegt, und auf einmal langten die kleinen Hände nach seiner Kleidung und hielten ihn fest. Bram war im ersten Moment versucht, sich loszureißen und weiterzugehen – wie stark konnte der Griff des kleinen Bettlers schon sein? –, doch er blieb stehen und schaute auf das ungewaschene Köpfchen, die schmutzige rote Augenbinde, die schwarzen Finger hinunter.

Im Schneidersitz hockte das Kind auf einem Stück Pappe auf dem Boden, eine Plastikdose mit Münzen vor seinen schmutzigen Füßen. Abgetretene Sandalen, fettig glänzende Lumpen am Leib – was wollte das Kind erreichen? Wusste es, dass er ihm jeden Tag eine Münze gebracht hatte? Roch das Kind ihn?

Bram wartete darauf, dass das Kind ihn loslassen oder etwas sagen würde, obwohl er seine Sprache nicht verstand. Aber das Kind blieb stumm. Und Bram blieb stehen, auf dem Platz zwischen den wüsten Sandbergen, unter denen die Ruinen begraben lagen.

Jeden Abend hatte er dem blinden kleinen Jungen auf dem Platz des Kalifats eine Münze gegeben, einem Jungen, dessen Alter, mit dem Lappen um seinen Kopf, der die Augenhöhlen bedeckte, schwer zu bestimmen war. Das Kind saß am Mahnmal für die Vermissten, und Bram hatte ihm in den vergangenen zwei Wochen – er wusste nicht, warum er sich diesen kleinen Bettler ausgesucht hatte – jeden Tag genügend Geld für ein Stück Brot gegeben. Es wimmelte in der Stadt von streunenden Kindern. Der Aufpasser, der Bram zugeteilt worden war, hatte ihm erzählt, dass es Auffangheime gebe, wo sie schlafen und eine Mahlzeit bekommen könnten, doch es seien so viele, dass die Stadt auf die Freigebigkeit der Gläubigen angewiesen sei.

Aus einer Wolkenlücke heraus schob sich ein Inselchen warmen Lichts über den Sandplatz, seinen Turban und den Kopf des kleinen Jungen, der zu seinen Füßen saß. Zwei andere Bettelkinder kamen zu Bram hin und sagten etwas, das er aber nicht verstand. Ein gerade vorüberkommender Mann, der kokett seine Dschellaba lüpfte, um sie vor dem Matsch zu schützen, auf dem Kopf einen schneeweißen Turban, fragte ihn auf Englisch, ob er Hilfe benötige.

»No«, sagte Bram. »I am fine.«

Die Bettelkinder sprachen mit dem Mann.

»Sie sagen, dass sie ihn wegschicken können, wenn er aufdringlich ist. Sie kennen ihn.«

»Wie heißt er?«

Der Mann fragte es die Kinder, etwa zwölfjährige Jungen, flinke, schlaue Überlebenskünstler.

Der Mann sagte: »Atal.«

»Atal«, wiederholte Bram. »Was bedeutet das?«

»Geschenk Allahs, des Barmherzigen, Er ist gepriesen und erhaben.«

Die Jungen sagten noch etwas zu dem Mann.

»Sie sagen, dass er auch taub ist. Blind und taub.«

»Wer sorgt für ihn?«

Der Mann richtete die Frage an die Jungen.

»Sie nehmen ihn bei Sonnenuntergang mit. Er kann laufen. Sie wohnen in einem verfallenen Haus.«

Der Mann sprach jetzt selbst mit den Jungen und übersetzte, was er von ihnen zu hören bekam: »Sie bekommen zu essen, jeden Tag, von einer arabischen Organisation. Sie sind Waisen, seit der Katastrophe.«

Bram gab den Jungen ein paar Münzen, und sie rannten davon. Er dankte dem Mann und schaute auf das Kind, das nach wie vor regungslos am Boden hockte.

Er bückte sich, zog behutsam die schmutzigen kleinen Finger von seiner Dschellaba und ging weiter.

Was nach dem zerstörerischen Erdbeben stehengeblieben war – einige der Gebäude, die frühere Herrscher von westlichen Architekten hatten entwerfen lassen, mit verstärkten Fundamenten und spezieller, erdbebensicherer Konstruktion: Hotels, Bürogebäude, Beispiele moderner Ästhetik mit viel Glas und offenen Räumen –, war abgerissen und mit vielen Lagen Sand zugeschüttet worden, den man in langen Lastwagenkonvois aus der Umgebung herangekarrt hatte. Die Sandberge über den Ruinen blieben unbewachsen, kahle Stützen für die Erinnerung an die gläsernen Säle, in denen vor fünfzehn Jahren westliche Delegationen Versuche unternommen hatten, einen Teil des Ölreichtums zu erwerben, und die mit allem Komfort ausgestatteten Suiten, aus denen die Herrscher selbstzufrieden über die Dächer der Stadt geschaut hatten. Die Standbilder, die die Beben überlebt hatten – die solidesten, also die von den Herrschern –, waren umgerissen worden, aber sie lagen noch da, mit dem Kopf im Sand, gebrochenen Beinen, oft einer erhobenen Hand, die einst selbstbewusst dem Volk zugewinkt hatte, aber jetzt in der Erde grub. Sie waren hohl, diese Standbilder, wie Bram festgestellt hatte, und um dieser Symbolik willen hatten die neuen Herrscher sie liegenlassen. Die Springbrunnen, für die die Stadt einmal berühmt gewesen war, standen trocken, und ihre Becken füllten sich allmählich mit Sand. Die kunstvollen Wasserspeier, die während der langen Sommer kühlenden Nebel verbreitet hatten, waren in Stücke geschlagen worden, und auch den berühmten Tierkreisbrunnen hatten Bulldozer plattgewalzt. Tausende von Inschriften, Bildhauerwerken, Ornamenten – alles zerstört. Das Land war jetzt frei von allem, was auch nur entfernt mit Schmuck und Verzierung zu tun hatte.

Die Zentrale Moschee war wieder aufgebaut worden, mitsamt hellblau gestrichener Kuppel und restaurierten Mosaiken. Sie war wieder das höchste Gebäude im Umkreis. Dutzende von Kindern bettelten im Schatten der Minarette, Waisen, Ausgestoßene. In den Vororten waren die meisten russischen Wohnkasernen eingestürzt, aber im Zentrum hatten viele niedrigere Gebäude die mitternächtliche Erschütterung überstanden. Am Stadtrand erstreckten sich ausgedehnte Friedhöfe, Grabhügel für Zehntausende von Toten. Auf dem Platz des Kalifats, früher der Platz der Republik, stand ein schlichtes Mahnmal für die Tausende, die man nie wiedergefunden hatte. Die Katastrophe, die das

Land heimgesucht hatte, wurde von Schriftgelehrten als Strafe Allahs ausgelegt, auf dass die Anhänger des wahren Glaubens die Steppen und die Berge wieder in Besitz nehmen und Winde die Gebete Richtung Mekka tragen könnten. Die Ölförderung lag brach, und ausländische Geschäftsleute ließen sich nicht mehr blicken, aber Bram staunte über die große Zahl europäischer Muslime, denen er begegnete, Nachfahren islamischer Einwanderer in Europa, aber auch blonde Bekehrte, neue Muslime, die der Triumphzug des Islam in Afghanistan und Zentralasien angezogen hatte.

Bram war von China her über den Grenzübergang Korgas eingereist – ein Etmal mit schwerbewaffneten Muslimkämpfern und Zollbeamten, die für alles Extrazölle erhoben, notfalls auch für Bleistifte – und hatte mit jungen Europäern, frischgebackenen Gläubigen mit entschlossenem Blick in den vor Müdigkeit und überschüssigem Adrenalin geröteten Augen, den Bus bestiegen. In China hatte er sich in der Stadt Urumqi vorbereitet. Er hatte Koranstunden bekommen und sich in die Schriften und das Leben des Propheten vertieft und währenddessen auf die Einladung gewartet, als Freiwilliger nach Kasachstan zu kommen. Die Grenze mit Russland verlief quer durch Kasachstan und war geschlossen. Daher war er gezwungen gewesen, über China zu reisen – in Urumqi hatte er sich frei bewegen und in den Telefonläden und Internetshops Kontakt zu Moskau und Tel Aviv halten können.

Unterwegs kniete er im Straßengraben neben dem Bus an der Seite der jungen Gläubigen nieder, die, noch in hippen Jeans und modischen Winterjacken mit dem Namen einer

Sportmarke oder eines amerikanischen Basketballclubs auf dem Herzen oder dem Rücken, ernst und verzückt die Gebete aufsagten, während der Wind mit ihren Flaumbärten spielte. Seltsamerweise fühlte er sich in seinem sehnlichen Wunsch nach Erlösung mit ihnen verbunden.

Hohe, schroffe Bergketten mit ewigem Schnee auf den Gipfeln, ohne Baum und Strauch, nur da und dort am Rande eines Bachs oder Flusses mal ein paar armselige graue Halme einer widerspenstigen Grassorte, ragten über dem kargen, verlassenen Land auf. Am Tag der Busfahrt – von sechs Uhr morgens bis elf Uhr abends auf einer Straße, die nur notdürftig ausgebessert war – war der Himmel farblos, die Erde grau, und die Dörfer, durch die sie rasten, wirkten mit ihren zerstörten Lehmhütten und verkohlten Balken verlassen. Hin und wieder sah er in der Ferne Rauchschwaden über einem Weiler oder eine Gruppe von Männern auf kleinen, nervösen Pferden am Straßenrand, verwitterte asiatische Gesichter von Kriegern, die mit zugekniffenen Augen auf ein Zeichen harrten. Oder sie fuhren an Zeltlagern mit spielenden Kindern vorüber, die unempfindlich zu sein schienen gegen die schneidende Kälte, an einem toten Hund im Straßengraben, einem in dicke Stofffetzen gehüllten Mann mit drei mageren Ziegen, der in einer Kurve auf seinen Stock gestützt dem Bus nachstarrte – die Erde hatte achtundneunzig Sekunden lang aus Angst vor Allah, dem Barmherzigen, gezittert. Auch fünfzehnhundert Kilometer weiter hatten die Wände Risse bekommen, waren Ratten aus den Häusern geflüchtet, waren Weckgläser mit eingemachten Pfirsichen und Kirschen auf den Küchenfußböden in Scherben gegangen. Fast zwölfhundert Tage waren seither vergangen, aber Bram erinnerte sich gut an jenen Abend kurz nach acht in Tel Aviv, hier kurz nach Mitternacht, als ein leichtes Vibrieren durch ihre Wohnung gegangen war, als hätte irgendwo im Gebäude der Wind heftig an einer Tür gerüttelt.

Die älteren Viertel mit höchstens zweistöckigen Holzhäusern aus der Zeit des Wiederaufbaus nach dem Erdbeben von 1887, das die gesamte Stadt ausradiert hatte, waren mehr oder weniger intakt geblieben. Bram wohnte in einem Auffangzentrum für ausländische Freiwillige, Amerikaner, Latinos, Europäer. Seinen Bart hatte er vier Monate lang stehen lassen, um den Eindruck zu verstärken, dass er ein fanatischer Bekehrter sei. Seit seiner Ankunft trug er einen Turban aus einem langen Stoffstreifen, den er mit Hilfe eines der Aufpasser im Zentrum locker um seinen Kopf zu wickeln lernte. Die Freiwilligen arbeiteten morgens in den zerstörten Stadtteilen, räumten Trümmer, fuhren LKWs, und wer entsprechend qualifiziert war, wurde beim Bau neuer Wohnungen eingesetzt. Nach dem Mittagsgebet erhielten sie Koranstunden. Bram hatte sich darauf vorbereitet und konnte ein bisschen Arabisch lesen, was für jemanden, der Iwrit beherrschte, nicht so schwer war. Weibliche Freiwillige wohnten in separaten Zeltlagern außerhalb der Stadt, in der Ebene zu Füßen der Berge.

Im Auffangzentrum schlief Bram in einem Saal mit einem Dutzend Altersgenossen, Männern in den Fünfzigern, die Europa nach einem Leben in oberflächlichem Konsum entflohen waren und die Intensität ihres jetzigen Glaubens als Neuanfang begrüßten. Sie aßen an langen Tischen. Nach dem Essen schlenderte Bram durch die Straßen, inmitten von tausend anderen Männern in weißen Dschellabas, alle zu Fuß, vorbei an Teehäusern, wo aus Lautsprechern metallisch Gebete schallten und auf Fernsehschirmen Gelehrte Koranverse auslegten, vorbei an Werkstätten, wo Waffen zum Verkauf auslagen, Raketenwerfer, Mörser, alte russische und chinesische Minen. Bram fing dabei die verschiedensten Sprachen auf, Französisch, Englisch, Deutsch, Arabisch, skandinavische Sprachen, Russisch. Und jeden Abend gab er dem blinden kleinen Jungen auf dem Platz des Kalifats eine Münze.

Als versierter Fahrer wurde Bram als LKW-Fahrer eingesetzt. Noch immer mussten die Ruinen ganzer Wohnblöcke geräumt werden; Tausende von Freiwilligen aus der islamischen Welt waren in Arbeitstrupps eingeteilt worden, und jeder Trupp war für die Räumung eines bestimmten Sektors verantwortlich. Bram war der Älteste in seinem Trupp mit zwanzig jungen Männern, die bei der Arbeit Gebete deklamierten und die Ladefläche unermüdlich mit Schutt füllten. Binnen weniger Tage kannte Bram sie bei ihren Vornamen, und er wurde »der graue Ibrahim« genannt. Brams Haupthaar hatte zwar noch seine braune Farbe, aber sein Bart war inzwischen grau, wie er jetzt merkte, da er sich nicht mehr rasierte.

Auf seinen Abendspaziergängen war er schon mehrmals am Museumshaus vorübergegangen, doch er wollte noch ein, zwei Wochen verstreichen lassen, um ja keinen Verdacht auf sich zu lenken. Am siebzehnten Tag dann trat er noch vor dem Abendgebet ein. Es war ein Holzhaus in der Nähe des verlassenen Bahnhofs, wo seit dem Beben keine Lokomotive mehr abgefahren war. Ein geräumiges, zweistöckiges Haus mit einem Balkon über die gesamte Breite der Vorderfront, dessen gusseisernes Geländer die Schlichtheitsmanie überlebt hatte. Es war später Nachmittag, die Sonne ließ die Berggipfel aufflammen, und sogar das Dach des Hauses schimmerte rötlich.

Bram drückte die Tür auf und betrat ein Vestibül mit blau-weißem Fliesenboden. Ein junger Mann in weißer Dschellaba, mit kurzem Haar und einer Lesebrille mit großen Gläsern in altmodischem Gestell saß an einem Tisch und schaute von einem Buch auf. Er hatte ein jugendliches Gesicht, und sein Bartwuchs erstreckte sich noch nicht auf Kinn und Wangen. Sein Haar war dunkel, und er hatte braune Augen, aber er war kein Kasache oder Araber. Vielleicht ein Gläubiger aus Nordafrika.

Bram begrüßte ihn: *»Sälemetsis be.«*

Der Junge erwiderte seinen Gruß: *»Sälemetsis be.«*

Bram beherrschte nur ein paar Brocken der Sprache. In seinem Trupp, der sich aus acht Nationalitäten zusammensetzte, wurde Englisch gesprochen. »Darf ich mich mal umschauen?«

»Nur zu«, antwortete der Junge. »Wenn Sie Fragen haben, bin ich Ihnen gerne behilflich.«

»Danke. Wo fange ich am besten an?«

Der Junge zeigte nach rechts.

Ein unmöblierter, getäfelter Raum, früher wahrscheinlich das Ess- oder Wohnzimmer einer wohlhabenden bürgerlichen Familie, an den Wänden Fotos und Texte, in Arabisch, Kasachisch und Englisch.

Dossaji Israilow war hier 1937 als Sohn des Chirurgen

Nishan und der Lehrerin Sadikowna geboren worden, mitten in der Zeit der stalinistischen Gewaltherrschaft, die ein Viertel der vier Millionen Kasachen das Leben kostete. Bram las die Texte sorgfältig, sah sich die historischen Fotos an und ging in den nächsten Raum weiter, der genauso getäfelt war wie der erste, eine vornehme Zimmerflucht also.

In diesem Raum hingen Fotos aus dem Zweiten Weltkrieg, von der gewaltigen industriellen Aufrüstung der Sowjets, mit der der deutsche Faschismus besiegt wurde. Daneben ein Foto und ein Text über die Atombombe, die die Sowjets 1949 auf kasachischem Boden getestet hatten.

Eine Seitentür führte Bram zurück ins Vestibül.

»Schon Fragen?«, fragte der Junge.

»Noch nicht«, antwortete Bram lächelnd.

Das Zimmer auf der anderen Seite des Vestibüls war ein Arbeitszimmer mit Bücherregalen, die mit wissenschaftlichen Werken gefüllt waren, überwiegend in Russisch, zum Teil auch in Deutsch oder Englisch. Da und dort an den Leisten wieder Fotos und Texte.

Dossaji Israilow war ein herausragender Schüler gewesen und mit siebzehn an die Technische Hochschule in Moskau gegangen, um dort Chemie und Physik zu studieren. Er absolvierte sein Studium in nur drei Jahren und spezialisierte sich dann in Prag auf Pharmazie. Fotos von einem intelligenten zentralasiatischen Russen mit mongolischen Zügen, glattem schwarzen Haar, neugierigem Blick, Fotos von ihm in weißem Kittel in Labors, im Sportdress auf Sportplätzen, mit Kommilitonen bei einer Bergwanderung.

1963, mit sechsundzwanzig, wurde er in Leningrad zum Professor ernannt. Als treues und hervorragendes Parteimitglied bekam er einen Pass, mit dem er die Welt bereisen konnte, gab Gastvorlesungen am MIT in Massachusetts, an der Universität Leiden und an der Sorbonne in Paris sowie an verschiedenen Max-Planck-Instituten in Deutschland, darunter dem für Molekularbiologie in Münster.

1975, auf einer Großbritannienreise, beantragte er in London politisches Asyl. Israilow war jetzt achtunddreißig und ein in Fachkreisen berühmter Wissenschaftler. Ein britisches multinationales Pharmaunternehmen bot ihm ein eigenes Labor plus Anteile am Gewinn aus Patenten.

Innerhalb weniger Jahre war er finanziell unabhängig und übersiedelte 1981 nach Amsterdam. Bram war darauf vorbereitet, blieb aber doch erschrocken stehen, als er ein Foto von dem gesamten Team sah: Israilow, sein Vater Hartog, Saul Frenkel, der Australier »Känguru« Sharpe, der Franzose Bernard, der Brite Lewis und die beiden Niederländer Frits de Graaf und Jolande Smits, die, als das Foto aufgenommen wurde, noch junge wissenschaftliche Assistenten gewesen waren. Sie waren jetzt um die siebzig und mit Hartog die Einzigen des Teams, die noch lebten. Beide wohnten noch in den Niederlanden – Bram hatte mit ihnen telefoniert.

Fotos von Israilow vor einer Amsterdamer Moschee, inmitten von offenbar nordafrikanischen Gastarbeitern, deren Gesichtern man den Respekt vor dem Gelehrten ansah. Der Text verriet, dass Israilow in Amsterdam zum Glauben seiner Großeltern, nomadischer Muslime aus Kasachstan, zurückgefunden habe.

Nach der Verleihung des Nobelpreises an Hartog hatte Israilow den Niederlanden den Rücken gekehrt. Fotos von ihm in traditioneller arabischer Kleidung, ein Text, der besagte, dass er in Saudi-Arabien ein neues medizinisches Forschungslabor eingerichtet habe.

1988, inzwischen einundfünfzigjährig, schloss sich Israilow der Harakat-e-Ingelab-e Islami an, Islamisten, die in Afghanistan gegen die Sowjets kämpften. Israilow verarztete Mullah Omar, als dieser in der Schlacht von Dschalalabad 1989 am Auge verwundet worden war, kämpfte mit ihm für die Befreiung Kandahars und Herats und errichtete 1996 in der Wüstenei des Bezirks Schah Wali Kot erneut ein medizinisches Labor.

Es gab keine Bilder von einer oder mehreren Ehefrauen, doch die Bildunterschrift eines Fotos, das ein ausgebranntes Gebäude zeigte, offenbar das Labor in Schah Wali Kot, besagte, dass im September 2000 ein zionistisches Komplott durch eine Explosion die wichtige Forschungsarbeit Israilows zerstört habe und bei diesem Anschlag nicht nur sechzehn Mitarbeiter, sondern auch seine beiden drei und sechs Jahre alten Söhne ums Leben gekommen seien.

In dem Raum hinter dem Arbeitszimmer hingen die letzten Fotos.

Zwischen den Bildern aus der Zeit des Regimes von Mullah Omar bis zu dessen Vertreibung im Jahre 2001 und dieser Serie, die Bilder aus der Zeit zwischen 2010 bis zu Israilows Tod 2016 zeigte, klaffte eine zeitliche Lücke.

Ein hochrangiges Mitglied der Taliban-Elite wie Israilow war zweifellos in die von Stämmen beherrschte Grenzregion mit Pakistan geflüchtet. Ab 2010 aber, so zeigten die Fotos, lebte der berühmte Wissenschaftler in seinem Geburtsland. Sein Vermögen erlaubte es ihm, ein Waisenheim für Jungen aus der ganzen Welt zu unterhalten. In einem klosterähnlichen Komplex achtzig Kilometer östlich von Almaty sollten sie zu frommen Muslimen und scharfen Denkern erzogen werden.

Ein Foto vom Mai 2011 zeigte eine Gruppe von Waisen in der traditionellen weiten Kleidung. Westliche Gesichter, gesund, strahlendes Lächeln. Als Bram einen von ihnen erkannte, stockte ihm der Atem. Der Junge, etwa neun Jahre alt und der Größte der Gruppe, war ein hübscher blonder Holländer namens Japie de Vries, Enkelsohn von Saul Frenkel. Japie hatte sich später als Daniel Levy in die Luft gesprengt. Brams Sohn war nicht auf dem Foto.

In einer schmalen Sackgasse hinter Israilows Geburtshaus suchte Bram für eine halbe Stunde Deckung. Niemand durfte sein tränennasses Gesicht sehen, denn was sollte er antworten, wenn man danach fragte? Er hatte keine Antworten, er hatte nur Fragen. Hatte sein Kind zu dieser Gruppe gehört? Gab es noch weitere Fotos? In den Augen von Frenkels Enkelsohn war nicht zu lesen gewesen, ob ihm seine Verschleppung und die immerwährende Trauer und Panik, die sie wohl hinterlassen hatte, bewusst war. Hatte der Junge eine Kindheit ohne Angst gehabt? Und sein eigenes Kind? Mit hochgezogenen Knien hockte Bram an einem Bretterzaun, im Dunkel hinter den Höfen einer Holzhauszeile, die vom Erdbeben unberührt geliebten war, und wünschte sich, er könnte Eva erzählen, was er gesehen hatte, und sie in seinen Armen halten, könnte auf die Knie sinken und die Arme um ihre Hüften schlingen. Es war gefährlich, sie anzurufen, die Telefonläden in der Stadt wurden genauso überwacht wie der Internetverkehr, soweit er überhaupt möglich war, und es würde Wochen oder gar Monate dauern, bis er zurückkehren konnte.

Wo war das Kind? Hatte O'Connor es nicht ermordet? Mein Kind, dachte Bram, wo ist mein Kind? Er würde ein paar Tage warten und dann noch einmal in das Geburtshaus gehen und dem Verwalter Fragen stellen. Was war mit dem Heim geschehen? Wohin hatte man die Jungen geschickt? Nach Afghanistan, um dort gegen die Truppen aus dem Westen zu kämpfen? Waren sie umgekommen? Hatten sie sich wie Frenkels Enkelsohn mit ihren Feinden in die Luft gesprengt? Gab es das Heim noch?

Er ging ins belebte Herz der Stadt zurück, durstig, aber ohne Hunger, verloren im Meer der Turbane, schlendernden Männer, von denen einige die Hand am Gewehr hatten, das sie an einem Riemen über der Schulter trugen, Gläubigen, die er jetzt darum beneidete, dass sie Allah anflehen konnten, ihnen eine Gunst zu erweisen. Auf dem Platz des Kalifats gab er dem blinden kleinen Jungen im Vorübergehen eine Münze, wie jeden Tag.

In dieser Nacht konnte er nicht einschlafen und lauschte auf die Geräusche der Männer im Saal und auf das Pochen seines erschöpften Herzens, während er sich fragte, ob er jetzt wusste, was Israilows Beweggründe gewesen waren. Hatte sich Israilow wirklich von den Geschichten über die Mamelucken und die Janitscharen inspirieren lassen? Als gebildeter Mensch hatte er diese Geschichten zweifellos gekannt. Aber hatte er ihnen aus Rache für den Tod seiner Kinder neues Leben eingehaucht? Der Mossad hatte im September 2000 sein Labor in Schah Wali Kot in die Luft gesprengt und seine Kinder getötet. Es konnte gut sein, dass Israilow sich an den Zionisten gerächt hatte, an den Juden, in deren Team er als genialer Wissenschaftler entscheidend mitgewirkt hatte.

Drei Tage später kehrte Bram in das Museum zurück. Es regnete, und sie konnten nicht arbeiten. Die Straßen standen unter Wasser, die Sandwege waren zu Schlammlöchern geworden. Der junge Museumswärter begrüßte ihn wie einen alten Bekannten und reichte ihm ein Tuch, damit er sein Gesicht abtrocknen konnte. Bram wickelte seinen nassen Turban ab und hängte seinen Plastikregenmantel neben der Eingangstür unter die Überdachung. Noch einmal machte er die Runde durch die Räume und las die Texte, und der Schock beim Anblick des Fotos mit seinem Vater und des Fotos mit dem Kind war so groß wie beim ersten Mal.

Als er ins Vestibül zurückkehrte, fragte der junge Mann, ob er ein Glas Tee trinken wolle.

Bram sah erst jetzt, dass der Junge im Rollstuhl saß, einem klobigen Modell, das im Westen schon vor Jahrzehnten durch leichtere, wendigere Ausführungen ersetzt worden war. Der Junge rollte aus dem Vestibül und kehrte mit einer Teekanne zurück, wobei er sich mit einer Hand auf dem breiten Rad anschob. In seinem Schoß lag ein Glas für Bram. Der Junge schenkte ein und reichte es Bram.

»Vielen Dank«, sagte Bram.

»Es kommen selten Besucher herein«, sagte der Junge, »und schon gar nicht zweimal. Sind Sie Wissenschaftler?«

»Nein ... Ja, früher«, sagte Bram. »Ich bin Historiker. Mein Vater war Wissenschaftler. Er ist Professor Israilow einmal in Europa begegnet.« Er trank vorsichtig einen Schluck von dem dampfenden Tee. Der Regen trommelte an die Scheiben.

»Das ist etwas Besonderes«, sagte der Junge. »Jetzt verstehe ich, dass Sie ein zweites Mal gekommen sind. Woher sind Sie?«

»Ich komme aus den Niederlanden.« Bram hatte einen echten Pass.

»Sind Sie schon lange Muslim?«

»Ja... Ich weiß jetzt, dass ich schon seit Jahren wie ein Muslim denke. Ich folge dem Weg, den mir der Prophet, *Sallallahu Alaihi wa Sallam,* gewiesen hat.«

»Sind Sie Freiwilliger?«

»Ja.«

»Ich habe eine ungewöhnliche Frage.«

»Und die wäre?«, sagte Bram.

»Wissen Sie, dass Schach verboten ist?«

»Schach verboten, wie meinen Sie das?«, fragte Bram.

»Das Spiel. Schach. Vierundsechzig Felder.«

»Nein, das wusste ich nicht.«

Der Junge beugte sich vertraulich zu ihm und gab ihm ein Zeichen, dass sie sich im Flüsterton verständigen sollten. »Spielen Sie Schach?«

Ganz kurz sah Bram etwas Jüdisches in der Mimik des Jungen, dieses typisch Ironische, Gewitzte, Wache. Er hatte, als er in Tel Aviv unterrichtete, Hunderte solcher jüdischen Jungen kennengelernt. Oder war das Unsinn?

Er antwortete: »Früher ja, mit meinem Vater...«

»Ich habe ein Schachbrett«, bekannte der Junge, während er den Eingang im Auge behielt. »Oben in einem Zimmer lagen ein Brett und Steine, bis auf einen, ein schwarzer Turm fehlt mir...«

»Den kann man durch alles Mögliche ersetzen, ein Stückchen Holz, einen kleinen Stein«, regte Bram an.

»Wann kommen Sie wieder?«

»Morgen? Übermorgen?«

»Übermorgen? Aber dann müssen Sie mich nach oben tragen. Ich kann das nicht allein.«

»Was ist oben?«

»Nichts. Alles leer. Aber ein Tisch und zwei Stühle sind da. Und hinter einer Wand ein Schachbrett und ein Samtbeutel mit Spielfiguren.«

»Ich komme«, versprach Bram.

»Es ist verboten«, sagte der Junge noch einmal. Er streckte die Hand aus: »Erkin.«

Bram sagte: »Ibrahim.« Sie schüttelten sich die Hand.

»Ich hab aber schon lange nicht mehr gespielt«, warnte Bram.

»Und ich noch nicht oft«, sagte Erkin. »Aber wir werden beim Spielen lernen.«

»Wenn es verboten ist, wo hast du es denn dann gelernt?«

»Im Heim.«

»Was für ein Heim?«

»Das Heim vom Professor.«

Wie alt war der Junge? Anfang zwanzig? War er auch irgendwann einmal als vermisst gemeldet worden? Er hatte schwarzes Haar, aber eine helle Haut; hatte Erkin Brams Kind gekannt? Wusste er, wo sein Kind jetzt war? Bram nickte beherrscht, aber er fühlte, wie ihm das Herz in der Kehle klopfte.

»Gibt es das Heim noch?«

»Das Erdbeben hat den gesamten Komplex weggefegt. So hat Allah, der Barmherzige, Er ist gepriesen und erhaben, es gewollt.«

»Warst du damals dort?«

»Ja. Ein Balken ist auf mich gefallen, ich bin von der Hüfte abwärts gelähmt.«

»Das ist furchtbar«, sagte Bram.

»Es macht den Weg zu Allah, dem Barmherzigen, Er ist gepriesen und erhaben, reicher«, sagte Erkin.

»Und die anderen Bewohner des Heims?«

»Ich hatte Glück. Die anderen sind fast alle umgekommen.«

Bram brannte darauf, es ihn zu fragen, ihn alles zu fragen, aber er musste Geduld haben. Die Wahrscheinlichkeit, dass sein Sohn noch am Leben war, war gering.

»Wer hat dir das Schachspiel beigebracht?«

»Mein Freund Hayud.«

»Was habt ihr in dem Heim gemacht?«

»Wir studierten den Koran und die Hadith und die Sunna. Und wir haben viel trainiert. Wir waren alle Scharfschützen, wir beherrschten das Messer, wir können den Feind mit unseren bloßen Händen töten. Es ist unser Traum, als Märtyrer zu sterben für Allah, den Barmherzigen, Er ist gepriesen und erhaben. Das ist noch immer mein Ziel. Ich werde so glücklich sein, wenn ich tun kann, was der Professor uns gelehrt hat!«

»Was hat er euch denn gelehrt?«

»Dass die Opferung das höchste Gut ist.«

»Wart ihr alle Waisen?«

»Ja. Wir kamen aus der ganzen Welt. Ich stamme ursprünglich aus Frankreich.«

»Waren deine Eltern auch Muslime?«

»Jeder wird als Muslim geboren. Aber sie kommen durch Verführung und Lüge vom rechten Weg ab.«

»So ist es«, bekräftigte Bram und fragte sich, ob er den Jungen argwöhnisch machte.

»War auch jemand aus Holland unter euch?«

»Hayud, der Schachspieler. Sein Name bedeutet ›der Berg‹. Er sah auch aus wie ein Berg, er war groß und blond. Er war ein Waisenjunge aus Holland. Wir kamen aus der ganzen Welt.«

»Und Hayud ist auch bei der Katastrophe umgekommen?«

»Hayud ist vor einem Jahr auf seine Mission geschickt worden. Vielleicht ist er schon als Märtyrer gestorben und im Himmel dafür belohnt worden.«

»Weißt du noch etwas von deiner Kindheit in Frankreich?«

»Nein. Das ist so lange her. Nur ganz verschwommen. Ein langer Flur. Ein Zimmer. Keine gute Zeit. Ich war Waise.«

»Hat... Hayud je davon erzählt?«

»Nein. Wir haben nicht oft darüber geredet.«

»Aber er konnte Schach spielen?«

»Ja. Er hatte selbst Figuren geschnitzt. Er war gut.«

»Hier hängt ein Foto von Kindern aus dem Heim, von wann war das noch, Mai 2010? Bist du auch drauf?«

»Nein, ich nicht. Fast alle auf dem Foto sind in jener Nacht umgekommen. Es war furchtbar, aber Allah, der

Barmherzige, Er ist gepriesen und erhaben, weiß, was Er tut. Wir können das nicht erfassen.«

»Erkin«, sagte Bram, während ein Feuer durch seine Organe raste und ihm das Hirn aus dem Schädel zu platzen drohte, »Erkin, kannst du mir zeigen, wer alles auf dem Foto zu sehen ist? Ich möchte für sie beten.«

Der Junge rollte ihm voraus in das hinterste Seitenzimmer und stellte sich vor das Bücherregal. Das Foto stand vor einer Reihe Bücher, die nach hinten geschoben worden waren. Erkin nannte die Namen, und Bram wartete atemlos, dass Erkin den Finger auf Jaap de Vries legen und dessen angenommenen Namen nennen würde.

Erkin zeigte auf Japie und sagte: »Hayud, der Holländer.«

»War kein Amerikaner unter euch?«

»Doch. Thaqib«, sagte Erkin.

»Thaqib«, wiederholte Bram. Er fragte: »Hast du auch ein Foto mit ihm?«

»Nein. Das ist das einzige, das wir haben.«

Bram schob Erkin ins Vestibül zurück.

»Thaqib hat das Unglück auch überlebt. Er ist mit Hayud zusammen auf seine Mission geschickt worden. Sie hatten den Auftrag, Märtyrer zu werden. Thaqib hatte noch viele Erinnerungen an früher«, sagte Erkin und besann sich auf Bilder und Worte. »Er sagte, dass er damals unter Schlangen gelebt hat. Vielen Schlangen, sagte er. Er ist vielleicht schon Märtyrer. Allah, der Barmherzige, Er ist gepriesen und erhaben, weiß, was Er tut.«

Der Himmel riss auf, und die Sonne warf zwischen den Wolken hindurch Lichtflecken auf die Berge rund um die Stadt. Der Regen hatte den Staub aus der Luft gespült, und es würde bis zum nächsten Mittag dauern, bevor der Sand wieder zwischen den Häusern umherwirbelte und alles zudeckte. Nach nur wenigen Metern waren Brams Schuhe durchnässt. Er hastete voran, obwohl er kein klares Ziel hatte. Aber er brauchte Abstand vom Museumshaus und musste mit dem, was er gehört hatte, das Universum neu ordnen. Er war so aufgewühlt von dem, was der junge Museumswärter ihm mitgeteilt hatte, und hatte solche Angst, sich in dem Bemühen, das alles zu erfassen, zu verraten, dass er seine Gliedmaßen kaum unter Kontrolle behalten konnte. Es bestand eine Möglichkeit, dass Bennie noch lebte. Thaqib. Wenn er nicht inzwischen irgendwo im Kampf gefallen war. Oder vielleicht würde er sich demnächst irgendwo als Freddie Cohen, Sam Weiss oder Joe Kornblum mit möglichst vielen Juden in die Luft sprengen. In Tel Aviv, New York oder Buenos Aires. Er musste so schnell wie möglich Balin informieren – und das ging nur, wenn er in China war, von hier aus konnte er keine Nachrichten nach Tel Aviv schicken. Sie mussten verhindern, dass Thaqib in das Ghetto namens Israel eindrang.

Bram befand sich in einer Art Trance – das Eigenartige daran war, dass er sich selbst wahrnehmen konnte, als hätte er ein drittes Auge, das ihm folgte und dieses Häuflein Elend in dieser mit Schlamm bespritzten Dschellaba beobachtete. Nach dem Wolkenbruch kamen die Turbanmänner aus den Häusern, staksten schwankend durch den Matsch, jeder mit ganzer Einsatzbereitschaft auf dem Weg zu seiner

Aufgabe in dem neuen Land, das hier entstand, dem Beginn des modernen Kalifats, das den Frieden Allahs über die Erde verbreiten würde. Bram, der Ungläubige, wollte mit ihnen beten und um Hilfe bei der Suche nach der Bedeutung all dessen flehen – des schrittweisen Sterbens seines Vaters, der ruhelosen Wanderung der Juden durch die Geschichte, der Erdbeben, des Schicksals seines Sohnes.

Thaqib. Es war möglich, dass er noch lebte. Es war möglich, dass er Zweifel an seinem Glauben entwickeln und die verschwommenen Erinnerungen, die er hatte, würde entschlüsseln wollen. Ob Thaqib Erinnerungen an seine Eltern hatte? Ob er herausfinden würde, dass er keine Waise war, sondern ein Kind, das eines Tages aus dem Haus seiner Eltern verschleppt worden war? Oder hatte für ihn alles einen göttlichen Zusammenhang, eine Logik, die vom Himmel kam, eine Notwendigkeit und Zielrichtung, die in jenen einen Moment der Hitze und Gewalt münden mussten? Befand sich sein Sohn im Westen? In Amerika? In Spanien? Irgendwo auf der Welt atmete sein Sohn. In einem Hotelzimmer in Montevideo. Auf einer Ranch in Kenia. Auf einem Schiff im Indischen Ozean. Er hatte einen Sohn, der sich seinem Gott als Märtyrer opfern würde.

Aber er konnte nicht ausschließen, dass sein Sohn eines Morgens das Mädchen sehen würde, vor dem er die Augen nicht niederschlagen konnte, weil sie zu schön war, zu der er Tag für Tag zurückkehren würde, um sie anzuschauen, ein Mädchen, das in einem indischen Dorf Tee servierte oder auf einem Markt an der Elfenbeinküste frische Minze verkaufte.

Sein Sohn lebte noch – das fühlte er, wie Ikki Dinge fühlen konnte, mit einer Gewissheit, die sich über die Fakten hinwegsetzte. Sein Kind war noch da. Irgendwo auf Erden auf den Moment wartend, da er zum Märtyrer werden konnte oder da er die Kraft haben würde, die Schöpfungen Mozarts oder Vermeers an sich heranzulassen. Er musste sein Kind finden und ihm helfen, die Liebe zum befristeten Leben im Diesseits gegen das religiöse Versprechen eines zeitlosen Jenseits zu schützen – ein Versprechen, das sein Blut einforderte. Er musste sein Kind finden... Benjamin, Bennie, er wagte den Namen wieder zu denken. »Bennie«, murmelte er, »mein liebes Kind, Bennie...« Es war unmöglich, von hier aus Kontakt zu Balin aufzunehmen, er musste also so schnell wie möglich nach China, zurück in die zivilisierte Welt der Modelaunen und der Flirts beim Einkaufsbummel und des Spaßes an neuen Mobiltelefonen und der Vitalität in vollen Restaurants. Einige Länder hatten inzwischen DNA-Scanner installiert und das Problem perfekt gefälschter Pässe und Personalausweise damit aus der Welt geschafft. Bennie konnten sie aufspüren, wenn Balin sich für ihn einsetzte.

Bram lief in der verwüsteten Stadt umher, stundenlang, ohne Ziel. Am Himmel trieben weiße Wolken, die kühlen Schatten auf das breite Tal warfen, bevor der Wind sie forttrug und die Sonne die Straßen und sein Gesicht trocknete. Auch er warf sich zum Mittagsgebet auf den Boden, die Knie in der feuchten Erde.

Wieder fasste auf dem Platz des Kalifats das blinde Kind nach dem Saum seiner Dschellaba, als Bram eine Münze in seine Plastikdose legte – es war schon fast zum Reflex geworden, dem kleinen Bettler eine Münze zu geben, selbst jetzt, da er gehört hatte, dass sein Sohn zum Muslimkämpfer erzogen worden war. Er wollte sich von der Hand des Bettlerjungen losreißen, blieb aber wie schon ein paar Tage zuvor stehen, für einen Augenblick von seinem Fieber erlöst. Das Kind war völlig durchnässt. Im Schneidersitz hatte es den Regen ausgesessen, mit dem schmutzigen Lappen um den Kopf, den verdreckten Fingernägeln, den kaputten Sandalen an den Füßen. Auch jetzt fragte sich Bram, was das Kind damit erreichen wollte. Oder war er ihm einfach nur ein wenig nähergekommen als die meisten anderen Almosengeber, und das Kind klammerte sich intuitiv an ihm fest, wie ein Ertrinkender an einem Floß? Das Kind blieb stumm. Und Bram wartete.

Seltsamerweise verflog sein irrsinniges Bedürfnis, zu laufen und zu fliehen. Er musste hier warten, bis das Kind ihn losließ. Er rührte sich nicht und ließ es zu, dass der Junge seine Dschellaba festhielt – das schenkte ihm einen Moment der Erlösung von dem Wahnsinn in seinem Kopf und vom Wahnsinn in der Welt. Atal, so hieß das Kind zu seinen Füßen. Nun ja, Kind. Ein kleines Bündel menschenähnlichen Lebens, nicht mehr. Warum klammerte sich das Kind ausgerechnet an ihn? Auf diesem kahlen Platz im Herzen einer verschwundenen Stadt? Das Kind suchte wohl Schutz, obgleich es, weil es weder sehen noch hören konnte, vermutlich auch nicht zu denken gelernt hatte – oder ging das, ohne Worte zu denken? Wer wollte in diesem verwüsteten Land, wo Behinderungen und Krankheiten als eine Strafe Allahs betrachtet wurden, für dieses Kind sorgen? Er, er konnte für das Kind sorgen und es durch die Nacht tragen!

Bram bückte sich und hob das Kind hoch; es war leicht wie ein Haustier. Es klammerte sich an seiner Dschellaba fest und verbreitete einen süßlichen, tierischen Geruch nach Schmutz und Körpersäften. Warum tat er das? Aus Schuldgefühl? Aus dem Bedürfnis, sich eine Last aufzubürden? Er ging weiter und trug das Kind zum Freiwilligenzentrum. Ohne seine Lumpen stank das Kind noch schlimmer, aber es gab Seife, und er wusch es und sah Augen, in denen das Licht nicht auflebte. Er meldete das Kind bei der Heimleitung an, versprach, alle Kosten zu tragen, gab dem Kind Brot, Orangenschnitze, Datteln und Feigen. Der Junge war klein wie ein Vierjähriger, doch sein Gesicht verriet, dass er älter war, zehn oder elf. Er schlief neben ihm auf einer Matte auf dem Fußboden. Bram wusste nicht, was er dachte, was er fühlte.

In dieser ersten Nacht weinte Bram lautlos um seinen Sohn, während er auf die Atmung des Kindes neben seiner Matratze horchte.

Was mochte von der Welt zu diesem Kind durchdringen? Bram hatte eine Plastiksonnenbrille gekauft, hinter der er die Augen des Jungen versteckte. Er hatte die Brille betastet, ließ Bram aber gewähren. Er begleitete Bram, wenn er den Lastwagen fuhr, hielt sich an dem Griff an der Tür fest und wartete ruhig auf die Momente, wenn er zu essen bekam. War er so geboren worden, oder hatte man ihn verstümmelt? Bram nahm ihn mit, wenn er zum Schachspielen zu Erkin ging. Das Kind lehnte dann still an seinen Beinen, seine Dschellaba fest in der Hand.

Eines Freitags nach dem Gebet nahm er beide Hände des Kindes in seine Hände. Drückte zu. Wartete. Drückte. Und fühlte das Kind auch zudrücken. Er drückte dreimal. Das Kind drückte dreimal.

Drei Männer – lange graue Bärte, tiefliegende Augen, brauner Hornhautfleck auf der Stirn, weiße Dschellabas und auf dem Kopf schwarze Turbane – saßen in einem leeren Raum mit hellgrünen Wänden leger an einem langen Holztisch. Er befand sich in einem der stalinistischen Bürogebäude, deren Wände zwar Risse bekommen hatten, die aber nicht eingestürzt waren.

Er begrüßte die Männer, Gelehrte, so, wie man es ihm in China beigebracht hatte: Er gab jedem die Hand, drückte anschließend die Lippen auf den Rücken der Hand und berührte mit ihr rasch seine Stirn und seine Brust. Man wies ihm einen Platz auf einer Bank vor dem Tisch zu. Das Kind hatte er auf einen kleinen Teppich neben der Tür gesetzt, und es wartete still in seiner blauen Dschellaba und mit seiner schwarzen Sonnenbrille.

Der Dolmetscher, der neben ihm stehen blieb, war ein amerikanischer Bekehrter, ein rothaariger Yankee, der sich dem Propheten unterworfen hatte.

»Hi, Ibrahim«, begrüßte er Bram. »Ich war Ross, und jetzt heiße ich Muhammed.«

»Hi, Muhammed. Ich bin Ibrahim.«

Der mittlere Gelehrte sprach in einer Sprache, die Bram nicht erkannte, mit leiser Stimme und hochmütigem Blick auf ihn.

Als der Mann geendet hatte, sagte der Dolmetscher:

»Warum wollen Sie Ihre Arbeit schon wieder aufgeben und in das Land der Kafirn zurückkehren, aus dem Sie gekommen sind? Wird nicht gut für Sie gesorgt? Das Kalifat benötigt jeden Gläubigen, um der Botschaft des Propheten, *Sallallahu Alaihi wa Sallam*, Friede sei mit ihm, Folge leisten zu können.«

Bram antwortete: »Ich möchte in das Land, aus dem ich komme, zurückkehren, weil mein Vater alt und krank ist. Und weil ich den Jungen Atal« – er zeigte auf das Kind neben der Tür –, »weil ich ihn von den Kafirn untersuchen lassen möchte. Die Kafirn verstehen zwar die Botschaft des Propheten, *Sallallahu Alaihi wa Sallam*, nicht, aber sie verfügen über große medizinische Kenntnisse. Ich möchte wissen, ob es möglich ist, dass der Junge Atal wieder sehen und wieder hören kann. Dazu muss ich in die Welt der Kafirn zurückkehren.«

Der Dolmetscher übersetzte, lauschte dann dem Gelehrten und sagte: »Ist der Junge Atal Ihr Sohn?«

»Nein«, sagte Bram. »Aber ich muss für ihn sorgen, als wäre er ein Sohn.«

Der Dolmetscher nickte, als er das hörte. »Emir Azuz möchte wissen, warum Sie einen Sohn haben wollen, der taub und blind ist. Warum hat Allah, der Barmherzige, Er ist gepriesen und erhaben, ihn so gemacht?«

Bram antwortete: »Wir können die Wege nicht verstehen, die Allah, der Barmherzige, Er ist gepriesen und erhaben, uns weist. Ich hätte gern einen Sohn mit Augen, die die Wunder Allahs, des Barmherzigen, Er ist gepriesen und erhaben, sehen könnten und der den Gebeten lauschen könnte, mit denen wir unsere Unterwerfung unter Allah, den Barmherzigen, Er ist gepriesen und erhaben, rühmen. Aber ich habe mir das Kind nicht ausgesucht. Das Kind hat mich ausgesucht.«

Sowie sie die Grenze nach China überquert hatten, hatte Bram Balin informiert. Danach waren sie nach Eren Hot an der Grenze zur Mongolei weitergereist, eine belebte Kreisstadt mit Elektromärkten, Kaufhäusern, Modegeschäften, Markthallen, Imbisslokalen, Verkehrsstaus mit ohrenbetäubenden Hupkonzerten und einer Bahnstation mit regem Betrieb, da hier die Achsen der Waggons an die jeweils andere Spurbreite in China beziehungsweise der Mongolei und Russland angepasst wurden. Wochenlang warteten sie in einem lauten Hotel mit gigantischem Speisesaal, in dem Tag für Tag Hunderte quirliger Chinesen an runden Esstischen zusammenkamen, um Zwanzig-Gänge-Menüs zu verputzen, auf das russische Visum. Bram ertappte sich dabei, dass er nach seinem Sohn suchte, überall auf der Straße, unter allen Menschen – hastende Chinesen in pelzgefütterten Stiefeln und Mützen, mit Sonnenbrille auf der Nase gegen die grelle Wintersonne, über den Dächern Tausende Rauchfahnen, von Imbisskarren mit köchelnden Speisen aufwirbelnde ölige Schwaden, Gestank von Diesel und Benzin.

Als in den Straßen Schlangendarstellungen auftauchten, an Schaufenstern, auf Transparenten, als Spielzeug, ging ihm auf, dass am 29. Januar das Jahr der Schlange begann. Mit Atal auf seinem Knie suchte er bei MapQuest die Koordinaten 28.8.8 nördliche Breite und 28.8.8 östliche Länge auf. Das ergab einen Ort irgendwo in der Weite der libyschen Wüste.

In der stinkenden Zelle eines Telefonladens, umringt von Chinesen, Mongolen, Russen, die offenbar allesamt mit einer unerreichbaren Geliebten oder einem verärgerten Auftraggeber telefonierten oder einfach mit einem Schwerhörigen redeten, rief er Balin an. Der gab ihm die Adresse eines anderen Telefonladens in Eren Hot, wo ein »präpariertes« Handy auf ihn wartete. Von seinem Hotelzimmer aus rief Bram ihn dann erneut an.

»Das Jahr der Schlange. Diese Koordinaten. Es sind die richtigen Zahlen.«

»Das wird die Amerikaner, wenn ich sie anrufe, sehr überzeugen«, erwiderte Balin. »Lieber General, die Zahlen stimmen... Avi, wie kommst du darauf, was hast du getrunken?«

»Was machen sie mit ihm, wenn sie ihn fassen?«

»Wer, die Libyer?«

»Kannst du keinen Deal mit ihnen machen? Du gibst ihnen diese Information, und im Gegenzug liefern sie ihn aus?«

»Was, glaubst du, wird er tun?«

»Ich glaube...« Bram wusste gar nichts. »Sind die libyschen Truppen von Fundamentalisten infiltriert?«

»Avi, wie kommst du auf dieses Datum und diese Koordinaten? Kannst du nicht etwas deutlicher werden?«

»Nein... Vielleicht hat das ja alles nichts zu sagen, Jitzchak... Es ist ein Gefühl, nicht mehr als das.«

»Wann bist du wieder da?«

»Ich reise über Moskau. Dorthin muss ich zuerst. Und dann... dann komme ich nach Tel Aviv. Du musst mir helfen, ihn zu finden. Ich glaube, dass er bis zum 29. Januar warten wird. Und solange er wartet… Wie geht es meinem Vater? Und Hendrikus?«

Per Skypekamera hatte Eva ihm ihren Sechsmonatsbauch gezeigt, und er ihr Atal. Er habe nicht anders gekonnt, an jenem Tag auf dem Platz, hatte er dazu gesagt, er habe den Jungen nicht seinem Schicksal überlassen können. Sie wies ihn auf die Konsequenzen hin, die finanziellen Folgen, aber sie gab ihren Widerstand auf, als er ihr verdeutlicht hatte, dass er das Kind auf keinen Fall zurücklassen konnte. Sie sah es ihm nach.

Der kürzeste Weg nach Moskau, durch Kasachstan, war geschlossen – sie würden einen Umweg von mehreren tausend Kilometern machen und über Ulaanbaatar nach Irkutsk fahren müssen, um dort den Transsibirien-Express nehmen zu können. Bram hatte sich rasiert und führte danach die Hand des Jungen über seine glatten Wangen. Atal lächelte. Bram ging mit ihm auf den Kräutermarkt und ließ ihn schnuppern. Jeden Tag betastete das Kind Brams Gesicht, befühlte seine Augenbrauen und seine Lider und seine Ohren, fuhr mit dem Finger sein Kinn entlang. Manchmal streckte es im Gedränge ängstlich die Arme nach ihm aus, und er hob es hoch und trug es schützend ins Hotel. Dann endlich ließen die mongolischen Grenzposten das Kind mit ihm passieren – Eva hatte das russische Visum gekauft.

Der Zug glitt durch die endlose Landschaft.

Die Tage und Nächte reihten sich aneinander, und in gleichförmigem Rhythmus glitten zugige Dorfbahnhöfe und schneebedeckte Wälder vorüber, während das Kind Brams

Hand hielt und auf seinem Schoß schlief. Er gab dem Kind zu essen und zu trinken, besorgte ihm saubere Kleidung, machte seine Jacke auf, wenn es im Abteil zu warm war, streichelte sein Gesicht. Weiter hinten im Wagen wurde gesungen. Als der Zug nach Norden fuhr, sah er hin und wieder die Zwiebeltürme orthodoxer Kirchen am Horizont in der Sonne blitzen. Die Schaffnerin schenkte dampfenden Tee aus einem glänzenden Kessel ein. Ein Mitreisender verteilte Süßigkeiten. Bram wusste nicht, warum, aber es war gut, dass das Kind ihn auserwählt hatte. Es gab ihm die Kraft, auf Bennie zu warten, auf seine Rückkehr. Sie würden nach Hause kommen, nach Moskau, bevor das neue Jahr begann.

Wenige Stunden bevor sie auf dem Moskauer Bahnhof Yaroslavsky ankommen sollten – die Spannung war im Zug fühlbar, Koffer und Taschen waren wieder gepackt, die Haare gekämmt, die Frauen frisch zurechtgemacht –, vibrierte Brams chinesisches Handy. Er erhob sich und verließ das Abteil, um draußen auf dem schmalen Gang mit Balin zu sprechen.

»Jitzchak?«, sagte er fragend.

»Wir haben ihn ausfindig gemacht«, sagte Balin.

EPILOG

Amsterdam

Januar 2025

I

Nachdem er sich im Hotel eingeschrieben und geduscht hatte, spazierte Bram zu dem Haus an der Herengracht, in dem sie früher gewohnt hatten. Es war ein trister holländischer Januartag mit dichter Wolkendecke, kalt, aber trocken. Die kahlen Bäume standen reglos zwischen den stillen Prachtbauten und dem dunklen Wasser der Grachten. Ein paarmal blieb er stehen, um sich Deckenmalereien und Kronleuchter hinter den hohen Fenstern der alten Kaufmannspaläste anzusehen, die in früherer Größe und Herrlichkeit restauriert worden waren. Autos hatte man aus dem Grachtengürtel verbannt. Radfahrer flitzten, tief über ihren Lenker gebeugt, über die gerundeten Brücken, ein Bild, das er seit Jahrzehnten nicht mehr gesehen hatte. Viele Fußgänger waren nicht unterwegs, aber die Stadt wirkte nicht verlassen. Die quer zu den Grachten verlaufenden Einkaufszeilen mit ihren hell erleuchteten Geschäften voll modischer Kleidung und edler Küchenutensilien und den Restaurants, in denen man Aromen aus aller Welt kosten konnte, waren laut und belebt. Längs den Grachten aber war es beschaulich und malerisch, als wäre er ins neunzehnte Jahrhundert eingetreten.

Das Haus, in dem sie gewohnt hatten, lag fast an der Ecke zur Amstel. Es war ein breites Gebäude aus dem Jahr

1672 mit schattigem Hinterhaus, das man durch eine große, schwere Tür betrat. Sein Vater hatte sein Arbeitszimmer im einzigen zur Gracht hin gelegenen Zimmer gehabt, hinter einem mit dicken Gittern bewehrten Fenster – seine »Arbeitszelle« hatte er es genannt. Bram hatte im zweiten Stock des Hinterhauses geschlafen – eigentlich eher der dritte Stock, denn das Erdgeschoss, in dem sich das tiefe Wohnzimmer befand, lag oberhalb des Straßenniveaus. Auf seiner Etage waren noch zwei Räume gewesen, das eine war ein Hauswirtschaftsraum, in dem die Waschmaschine stand, und das andere die Bibliothek seines Vaters. Aus seinem Zimmer hatte er auf einen kleinen Innenhof und die Rückseite des Vorderhauses geschaut, das in Apartments aufgeteilt war. Er war dort glücklich gewesen, bis seine Mutter starb. Dass er die Erwartungen seines Vaters nicht erfüllen konnte, war ihm schon früh klar gewesen, aber seine Mutter hatte ihn immer in Schutz genommen.

In dem Haus befand sich jetzt, wie auch in vielen anderen Gebäuden an der Herengracht, eine Bank. Bram ließ kurz die Hand auf der glänzenden dunkelgrünen Tür ruhen, derselben Tür wie damals, mit derselben Messingklinke. Er warf einen Blick durch das vergitterte Fenster und sah zwei Männer auf Bildschirme starren, beide in Hemdsärmeln, beide mit förmlicher Krawatte. Bram hatte seinem Vater hier oft eine Tasse Tee gebracht, aus der Küche im Souterrain, wo Mama sich immer aufgehalten hatte, vier Stufen nach oben, durch die Eingangshalle und am Gäste-WC vorbei in das Arbeitszimmer seines Vaters, der kurz zur Seite blickte, wenn Bram die Tasse auf seinen Tisch stellte, und ihm zum Dank durchs Haar wuschelte. Wenn sein Vater wieder gedankenverloren in seine Papiere schaute, hatte Bram sich leise, aber zufrieden über die Geste, die starken Finger von Papa auf seinem Kopf, wieder zurückgezogen. Der Raum war kleiner, als er ihn in Erinnerung hatte. Früher war das ein Saal für ihn gewesen.

Damals hatte ein Messingschildchen neben der Eingangstür gehangen, auf dem mit schwarzen Lettern stand: Prof. Dr. H. Mannheim. Bram war stolz auf seinen Vater und ihr Haus gewesen, das zwar auf der Rückseite der Paläste lag, aber trotzdem ein echtes Herengrachthaus war. Nummer 617. Zusammengerechnet 14 – eine Zahl, die nichts bedeutete. Nach dem Tod seiner Mutter war sein Vater ein gebrochener Mann gewesen. Bram erinnerte sich an Momente der Zärtlichkeit zwischen seinen Eltern, dennoch war ihm bis zum heutigen Tag nicht klar, was der genaue Grund dafür gewesen war, dass sein Vater nach dem Tod seiner Frau mit seinem Leben in den Niederlanden abgeschlossen hatte. Die Trauer war tief, aber sprachlos gewesen.

Mama hatte in Teilzeit als Bibliothekarin gearbeitet, war aber immer da gewesen, wenn Bram aus der Schule nach Hause kam. Eine kleine, dunkelhaarige Frau mit großen spanischen Augen und kussfreudigen Lippen, die immer seine Wangen gesucht hatten, wenn er in ihre Nähe kam. Er erinnerte sich an Essen bei ihnen zu Hause, Kollegen von der Universität, ausländische Besucher; er war nie dabei gewesen, aber manchmal war über den Innenhof Gelächter zu ihm heraufgeweht, und er hatte die sonore Stimme seines Vaters gehört. An solchen Abenden hatte er die tiefe Geborgenheit in der Familie gespürt und war mit diesem Gefühl von Sicherheit eingeschlafen. Jetzt hätte er gerne gewusst, wie sein Vater, den er später als sparsamen Menschen kennengelernt hatte, bei diesen Essen gewesen war. Oder hatte seine Mutter die Regie geführt, war sie sein soziales Gewissen gewesen? Am nächsten Morgen hatte Bram leere Weinflaschen und Stapel schmutzigen Geschirrs auf der Arbeitsplatte in der Küche stehen sehen. Seine Mutter hatte am Vortag groß gekocht, und er entsann sich, wie sein Vater beim Frühstück seine Hand auf die Schulter seiner Mutter gelegt hatte – ein Moment, dessen Intimität er jetzt ermessen konnte. Mama hatte den Krieg in einem Versteck überlebt, sie war die erste und einzige Liebe Hartogs gewesen, als er aus dem Lager zurückgekehrt war. Nachdem man bei ihr die Krankheit festgestellt hatte, war sie binnen fünf Wochen gestorben. Einfach so, Knall auf Fall, ein Körper voll Hingabe und Lebenslust, die Wange seiner Mutter an seiner Wange, die Box mit den Schulbroten, die sie morgens für ihn gemacht hatte, eine Plastikbox voll Liebe, einfach weg, als hätte es das alles nie gegeben.

Sein Vater siedelte nach Tel Aviv über, und er, Bram, wohnte bis zu seinem Abitur bei den Vermeulens in der Reinier Vinkeleskade in Amsterdam-Süd, einem pensionierten Lehrerehepaar, das ihm bei den naturwissenschaftlichen Fächern half. Jos und Hermine Vermeulen. Er wohnte im Zimmer ihres Sohnes, der schon seit zwanzig Jahren aus dem Haus war und selbst Kinder in Brams Alter hatte. Er hatte für Shell in Singapur gearbeitet, soweit Bram sich entsann. Unwirklich, dass er fünf Jahre bei diesen Leuten im verlassenen Obergeschoss gewohnt hatte, mit ihren Eichenmöbeln um sich herum, in einem, wie es ihm jetzt vorkam, Vakuum ohne Sauerstoff, ohne Pubertät, ohne einen

Vater, den er verfluchen konnte, ohne eine Mutter, die ihn hätte bewundern können, während er vom Kind zum Mann wurde. Er fuhr jeden Tag mit dem Fahrrad ins Vossius-Gymnasium und lernte verbissen, weil er wohl irgendwie wusste, dass das Leben für ihn erst anfangen würde, wenn er das alles hier hinter sich hatte. Er fiel den Vermeulens nicht zur Last, und sie ließen ihm freie Hand, als ihnen klargeworden war, dass es Hartog gar nicht interessierte, wie spät sein Sohn am Wochenende nach Hause kam. Er hätte entgleisen können, aber Alkohol und Drogen interessierten ihn nicht. Schon früh las er Popper und Solschenizyn und Saul Bellow, wohl wissend, dass ihm die Hälfte entging, doch sie bereiteten den Weg zu dem Gedanken, dass die Welt keine chaotische Verkettung von Umständen war, sondern sich ergründen und verstehen ließ. Er wollte so schnell wie möglich anfangen zu leben. Mit sechzehn durfte er Sonja, einem Mädchen aus seiner Klasse, an den Busen fassen. Sie war lieb, sandte aber unklare Signale aus. Als er den Finger in ihr Höschen schob, fand sie, das gehe zu weit – dann holte sie ihm einen runter. Bei einem der Abiturfeste, er war inzwischen achtzehn, hatte er Sex mit ihr, sein erstes Mal. Danach sah er sie nie mehr wieder. Während seines Studiums in Tel Aviv waren die Vermeulens gestorben, zuerst Jos, drei Monate später Hermine.

Bram schlenderte zum Dam zurück, dem zentralen Platz der Stadt, an dem sein Hotel lag, ›Hotel Krasnapolsky‹. Er machte sich bewusst, dass er seit Jahren nicht mehr an den Todestag seiner Mutter gedacht hatte, und sprach unterwegs im Geiste den Kaddisch, das Totengebet, obwohl er ein Ungläubiger war. Oder glaubte er doch? Vielleicht an

die Idee, dass es sich im Kosmos um Zahlen drehte. Zahlen-
reihen, aus denen die Naturgesetze hervorgegangen waren
und die eines Tages einen Gott enthüllen würden? Er vermisste die Stimme seines Vaters.

2

An der Rezeption war eine Nachricht für ihn hinterlegt worden: »Zimmer 416. Max Ronek.«

Überrascht starrte Bram auf den Zettel in seiner Hand. Max Ronek, der große, grobe Russe, mit dem er ein einziges Mal zusammen im Rettungseinsatz gewesen war und den er nach dem Anschlag auf den Kontrollposten nie mehr gesehen hatte. Woher wusste Max, wo er war? Nach einigen Sekunden dämmerte ihm, dass Max der Verbindungsmann sein musste, der in Amsterdam Kontakt zu ihm aufnehmen sollte, wie Balin angekündigt hatte.

Im vierten Stock klopfte er an die Tür von Zimmer 416 – zusammengerechnet 11, eine Zahl ohne Mehrwert.

»*Who is there?*«, hörte er Max fragen.

»Mannheim.«

Die Tür öffnete sich, und Bram schaute in das grinsende Gesicht des rothaarigen russischen Bären.

»He, Bram«, sagte er in tadellosem Niederländisch, »komm rein.«

Max hatte ein größeres Zimmer als Bram, eine Suite mit einem Tisch, an dem acht Personen Platz hatten. Offenbar würde er hier mehrere Leute gleichzeitig empfangen. Max trug eine nagelneue Jeans, einen braunen Pullover und Socken. Bram folgte ihm ins Zimmer.

»Höre ich richtig, dass du fließend Niederländisch sprichst?«, fragte Bram verwirrt. »Ich kenne dich als einen, der Iwrit spricht wie ein Dreijähriger.«

»Ich hab's nicht so mit semitischen Sprachen. Wollen mir nicht in den Kopf«, antwortete Max auf Niederländisch. »Ich spreche alle westeuropäischen Sprachen, Deutsch, Französisch, Spanisch und auch Niederländisch, wie du hörst. Hab in all diesen Ländern gearbeitet, aber ich hab sie auch davor schon beherrscht, in Russland. War Dolmetscher und so. Ich konnte schon mit vierzehn fließend Deutsch und Englisch. Für deine schöne Muttersprache hab ich zwei Jahre gebraucht. Aber Iwrit und Arabisch krieg ich nicht rein. Dafür hab ich das falsche Hirn.«

Jetzt, da Max länger sprach, klang für Bram etwas von seinem osteuropäischen Akzent durch. Er hatte seine Stimme nicht geölt.

»Und wie steht es mit deinem Niederländisch?«, erkundigte sich Max. Ohne zu fragen, schenkte er aus einer Thermoskanne Kaffee für ihn ein. Er deutete auf einen Stuhl am Tisch.

»Ich habe nie aufgehört, auf Niederländisch zu denken. Hörst du das meinem Iwrit nicht an?«

»Doch, ich hab's gehört«, bestätigte Max. »Zucker, Milch?«

»Schwarz ist gut«, sagte Bram. Er zog seinen Mantel aus und setzte sich.

»Schön, dass ich das jetzt mit dir zusammen machen darf«, sagte Max. Er stellte Bram den Becher hin und goss sich selbst auch ein. Ihm fehlte der Ringfinger.

»Wie steht es mit deiner Liebe zu Putin?«, fragte Bram.

»Die ist tiefer denn je«, antwortete Max. »Wir sollten Putin anflehen, uns in die Russische Föderation, *Rossijskaja Federazija,* aufzunehmen. Glaub mir, dann schließen alle Araber sofort Frieden mit uns.«

»Intelligente Idee«, sagte Bram lakonisch. »Hast du schon mit Politikern darüber gesprochen?«

»Das ist ja das Problem in Israel. Sie sind alle viel zu verbohrt. Dabei ist die Idee doch Spitze, nicht?«, sagte Max mit einem Grinsen.

»Sie werden dir eines Tages ein Denkmal errichten, Max.«

Bram schaute in Max' breites russisches Gesicht. »Aber ich hatte keine Ahnung, dass du für Balin arbeitest.«

»Ich arbeite nicht für ihn. Ich bin bei den Vettern.«

»Dem Mossad? Ich dachte, der existiert kaum noch.«

»Soll man von uns aus ruhig denken.«

»Und deine Funktion?«, fragte Bram.

»Ich übernehme hin und wieder spezielle Operationen. Führe oft Verhöre, zu Hause im Hauptquartier und manchmal auch vor Ort. Wegen meiner Sprachen.«

»Du wirst also meinen Sohn verhören?«

»Wenn es ansteht.«

»Ich habe von Balin die Versicherung, dass ihm kein Haar gekrümmt wird.«

»Bram, für wen hältst du uns?«

Bram sah ihn skeptisch an: »Das möchtest du gar nicht hören. Wissen die Niederländer, dass wir hier sind?«

»Nein. Offiziell sind wir beide noch in Berlin. Ich, um dort Verwandte zu besuchen. Ich habe auch wirklich Verwandte dort.«

Bram war nach Berlin geflogen und hatte dort den Zug nach Amsterdam genommen. An der Grenze hatte es keine Kontrolle gegeben. Er hatte keine Ahnung, ob etwas passiert wäre, wenn er seinen Pass hätte zeigen müssen. Es war ein authentischer Pass, den er über Balins Kontakte für seine Reise nach Kasachstan erhalten hatte.

»Wie lautet der Plan?«, fragte Bram. »Oder fragt das nur ein Amateur?«

»Wir sind in diesem Metier doch alle Amateure.« Max warf fünf Stückchen Würfelzucker in seinen Kaffee. »Wir bringen ihn in Sicherheit, sowie wir eine Vorstellung davon gewonnen haben, was er hier macht.«

»Er arbeitet in einem Laden, das wissen wir«, sagte Bram.

»Aber da ist auch noch was anderes, Bram, das siehst du doch ein, oder?«

»Max, ich bin in Almaty gewesen, der Stadt des Kalifats, wie es jetzt heißt, ich weiß, dass mein Sohn dort zum fanatischen Selbstmordterroristen erzogen wurde. Eine ziemlich eigentümliche Erkenntnis, das kann ich dir versichern.«

»Wir bringen ihn nach Deutschland und fliegen ihn von dort nach Tel Aviv«, sagte Max.

»Und die Niederländer? Lässt du die raus aus der Sache?«

»Die Überlegung war: Sollen wir die Niederländer einschalten und ihnen ein kleines Geschenk machen, einen Tipp, für den sie sich eines Tages revanchieren müssen, oder kann uns Benjamin so viel erzählen, dass wir ihn besser selbst, bei uns zu Hause, verhören?«

»Er ist also wichtig für euch?«

»Er könnte ganze Netzwerke aufdecken.«

»Wenn er mitarbeitet«, sagte Bram.

»Wenn er mitarbeitet, ja. Aber wir stehen gut da«, sagte Max. »Ich glaube, du hast recht. Als du nach Amsterdam wolltest, ist Balin umgefallen, nachdem du gesagt hast, er würde Selbstmord begehen, wenn wir ihn schnappen. Die Wahrscheinlichkeit ist bei solchen Extremisten groß, die sterben gerne. Er verschluckt seine Zunge, ertränkt sich mit einem Glas Wasser, es gibt unzählige Techniken, wie man's machen kann, und die haben sie ihm garantiert beigebracht. Du bist unser Trumpf. Du brichst etwas in ihm auf, bringst ihn ins Wanken. Wenn du dabei bist, haben wir eine Chance. Das hat Balin überzeugt, und meine Chefs auch.«

»Ist es nicht eine Ironie, dass er ausgerechnet in den Niederlanden ist?«

»Ich weiß nicht, ob es ihm etwas bedeutet. Er ist doch nie in den Niederlanden gewesen, oder?«

Bram schüttelte den Kopf. »Nein. Und wir haben in Princeton Englisch mit ihm gesprochen.«

»Also wir, beziehungsweise unsere Analytiker, denken Folgendes: Im Frühjahr hat hier in der Stadt ein Referendum stattgefunden, in einem Viertel im Westen, einem sogenannten *stadsdeel*, das ist eine Art Untergemeinde. Dort wollten sie ein autonomes Schariagebiet einrichten, wie sie es vor zwei Jahren in Bradford in England gemacht haben. Das Viertel ist zu fünfundneunzig Prozent muslimisch, aber eine knappe Mehrheit war trotzdem dagegen. Das hat die Islamisten ziemlich verärgert. Alle, die dagegen gestimmt haben, gelten jetzt als Heuchler und Abtrünnige. Vielleicht haben sie beschlossen, die zu strafen.«

»In einer Woche. Am neunundzwanzigsten«, sagte Bram.

»Was hast du nur damit?«, fragte Max. »Ich bin im Dossier drauf gestoßen. Was hat dein Sohn mit den Chinesen zu tun? Dem chinesischen Neujahr? Dem Jahr der Schlange? Denn dein Sohn hat am Tag seines Verschwindens Schlangen gesehen oder so, nicht?«

»Ja.«

»Wir haben bei uns und auch beim Schabak einige Analytiker und Psychologen, die dich für völlig meschugge halten.«

Bram zuckte die Achseln. »Ich glaube, dass mein Sohn so denkt. Wenn er wirklich zu einem Anschlag hierhergeschickt wurde, muss ein Tag dafür gewählt werden. Ich weiß, dass er sich an diese Bilder erinnert. Schlangen. Er hat auch gegenüber Freunden in dem Heim davon gesprochen. Er sucht sich diesen Tag aus. Den Beginn des Jahrs der Schlange.«

Max schüttelte den Kopf. »Er ist überzeugter Muslim. So einer lässt sich doch nicht von der chinesischen Mythologie leiten.«

»Er muss noch Dinge von damals wissen, er war schließlich schon vier, als sie ihn uns weggenommen haben. Er ist Muslim, ja, ein Radikaler, aber er hat Geheimnisse in seinem Kopf. Bilder. Stimmungen. Die ihn unsicher machen.«

»Ich hoffe, du hast recht.«

»Was er euch bringen kann, ist mir ehrlich gesagt schnuppe«, sagte Bram. »Aber was ich möchte, ist... Ich möchte, dass er zurückkommt, dass er studiert, heiratet, dass jemand aus ihm wird, der dazu beiträgt, die Welt begreifbar zu machen... Ist das klar, Max?«

»Ich kann dich gut verstehen. Aber ich bin nicht als Vater

hier. Was mir am Herzen liegt, ist die Sicherheit unseres Staates. Der Druck ist groß, wir können nicht noch weiter zurückweichen, und Gott sei Dank haben wir die Atomraketen auf unseren U-Booten, sonst hätten sie den Reaktor in Dimona in die Luft gejagt...«

»Sie jagen Dimona nicht in die Luft. Der Fallout würde auch die palästinensischen Gebiete unbewohnbar machen.«

»Bram, Junge, es hat schon etliche gegeben, die es versucht haben.«

»Wovon willst du mich eigentlich überzeugen, Max?«, fragte Bram ungeduldig.

»Von nichts. Ich verstehe dich. Aber er kann uns unheimlich viel darüber erzählen, was in Zentralasien im Busch ist. Mit dem, was er weiß, könnten wir unsere Position stärken. Die Inder, die Chinesen, alle haben sie Ärger mit den Extremisten. Die Chinesen haben in den letzten Jahren regelrechte Muslimaufstände niedergeschlagen. Wenn wir unseren Kollegen dort etwas anbieten können, bekommen wir immer etwas dafür zurück. Dein Sohn ist ein Hauptgewinn, Bram.«

»Ich möchte ihm ein Leben geben. Ich möchte nicht, dass ihr ihn zerbrecht.«

»Wir werden behutsam sein, wir wissen ja, wer er ist.«

»Ich möchte ihn nach Moskau mitnehmen.«

Max schmunzelte. »Ich nach Tel Aviv, du nach Moskau. Wie geht es deiner Freundin, wann ist es so weit?«

»Soll ich es dir sagen? Du wirst es nicht glauben«, sagte Bram.

»Am neunundzwanzigsten?« Max lachte auf. »Am neunundzwanzigsten, stimmt's?«

»Ja«, sagte Bram.

Max schüttelte ungläubig den Kopf. »Verrückt...«

»Und deine Freundin? Die im Krankenhaus arbeitet?«

»Es ist aus.«

»Mist«, sagte Bram.

»So ist das nun mal... Und das Kind, das du mitgenommen hast? Warum eigentlich?«

»Er war schrecklich allein«, sagte Bram.

Max nickte, plötzlich ernst. Einen Moment darauf sagte er: »Möchtest du was trinken? Du hast deinen Kaffee gar nicht angerührt. Whisky? Wodka?«

»Nein, keinen Alkohol.«

»Ich nehm einen kleinen Wodka«, sagte Max. Er hockte sich vor die Minibar und nahm ein Fläschchen Wodka heraus. Als er sich wieder aufgerichtet hatte, sagte er: »Dieser Neunundzwanzigste ... Das fasziniert mich. Schlangen. Benjamin hat also, kurz bevor er gekidnappt wurde, Schlangen gesehen?«

»In dem Haus, in dem wir damals wohnten. Ein riesiges Haus und total baufällig. Er sah sie durch ein Loch im Fußboden, oben im zweiten Stock. Aber als ich in das Loch schaute, habe ich nichts gesehen.«

»Und warum misst du dem dann so eine große Bedeutung bei?« Max trank einen Schluck Wodka. »Schmeckt wie Wasser. – Was ist so bedeutsam daran?«

»Ich weiß es nicht«, sagte Bram. »Es war irgendwie sehr eigentümlich, unheimlich auch, als hätte er eine Vision gehabt oder so. Mir war ganz unbehaglich zumute.«

»Bist du ein magischer Realist? Kabbalist? Oder ein alter New-Age-Hippie?«

»Nein. Aber irgendwas ist damals passiert. Ich kann es nicht erklären, weil ich es selbst nicht verstehe.«

»Und dein Zahlentick?«

»Dieser Tick hat mir geholfen. In einer schwierigen Zeit. So zu denken hat mir Hoffnung gegeben. Dass es im Kosmos eine Ordnung gibt. Und im tiefsten Innern glaube ich eigentlich auch, dass wir eines Tages die Zahlen entdecken werden, die alles erklären. So was wie $e = mc^2$.«

»Du meinst, die Formel für Gott?«, sagte Max.

»Ich weiß nicht, wie man es nennen soll.«

Max griff zum Telefon und sagte zu jemandem, der sich am anderen Ende der Leitung meldete: »Eine Flasche Stolichnaya bitte ... Eine ganze Flasche, ja. Und nur Stolich, nichts anderes ... Gut ... Und etwas Käse und, o ja, *bitterballen*, die hatte ich schon lange nicht mehr. Drei Portionen bitte.«

Er setzte sich wieder Bram gegenüber. »Komm, Bram, wir kippen uns einen hinter die Binde.«

»Sollten wir nicht besser einen klaren Kopf bewahren?«

»Morgen.«

»Wie wollt ihr vorgehen? Habt ihr da bestimmte Techniken?«

»Wir schnappen ihn uns auf der Straße. Standardsituation.«

»Ihr beobachtet ihn also schon?«

»Ja.«

»Und die Niederländer? Sie haben euch doch den Hinweis geliefert.«

»Die denken, dass er wegen irgendeiner Betrugssache gesucht wird. Keine Dringlichkeit.«

Sie sahen sich einen Augenblick lang schweigend an.

»Ich dachte, er wäre tot«, flüsterte Bram.

»Wenn wir hingehen ... Benjamin ist kein Kind mehr, Bram. Er ist ein erwachsener Mann. Und wir wissen nichts über ihn. Vermutlich hat er gelernt zu kämpfen, um zu töten. Er hat mit Sicherheit eine Waffe. Und er ist bereit, für seinen Glauben zu sterben.«

»Alles kann wieder gut werden«, sagte Bram. Er zweifelte nicht daran. Bennie würde zurückkommen. Wenn er bereit war, hinzuhören und die Stimme seines Vaters an sich heranzulassen.

»Möglich«, sagte Max.

»Ihr dürft ihn nicht foltern, die Garantie hat Balin mir gegeben.«

»Wir foltern nicht.«

»Ich will nicht, dass er Schmerzen hat, dass er leidet.«

»Er ist dein Kind, Bram, das ist uns bewusst.«

»Ich werde ihn zum Sprechen bringen«, sagte Bram voller Überzeugung.

»Ja, das glauben wir auch«, sagte Max.

»Ich möchte ihn so gerne sehen. Du hast ja keine Ahnung, Max, wie gerne ...«

»Ich zeig dir mal was«, sagte Max.

Er öffnete eine Mappe, die auf dem Tisch lag, nahm ein Blatt Papier heraus und schob es zu Bram hinüber.

Es war ein bunter Flyer mit Abbildungen chinesischer Schriftzeichen und einer drachenartigen Schlange, der zu einem »Feuerwerksspektakel« über dem IJ am 28. Januar einlud: »Die Chinesisch-niederländische Freundschaftsvereinigung feiert mit Amsterdam den Beginn des Jahrs der

Schlange. Das größte Feuerwerk, das die Niederlande je gesehen haben. Von 22 bis 23 Uhr.«

Mit trockener Kehle schaute Bram fast verzweifelt zu Max auf.

»Wenn er etwas vorhat«, sagte Max, »ist das die ideale Gelegenheit. Es wimmelt hier in der Stadt, wie auch in allen anderen europäischen Hauptstädten, zurzeit von Chinesen. Hunderte potentieller Opfer, womöglich sogar ein *Royal* darunter, denn es soll wohl eine Prinzessin kommen, um die innigen Beziehungen zur chinesischen Gemeinde zu unterstreichen oder so.«

»Der achtundzwanzigste«, murmelte Bram.

»Ja. Das dürfte doch eine Zahl sein, mit der du was anfangen kannst, oder? Zwei, zweiundzwanzig, achtundzwanzig... so geht das doch, nicht?«

Bram nickte.

»Wenn dein Sohn hier ist, um sich in die Luft zu sprengen, dann wird er das an dem Abend tun. Am achtundzwanzigsten um zweiundzwanzig Uhr achtundzwanzig. Interpretiere ich deine Erkenntnisse damit in etwa richtig?«

»Das sind nicht meine Erkenntnisse«, sagte Bram schroff. »Das ist verrückt. Es ist krank, so zu denken.«

»Verdammt, man darf hier im Zimmer nicht rauchen«, sagte Max. »Weißt du was? Die können mich mal.«

Er stand auf und öffnete seinen Koffer, der auf der Gepäckablage neben der Badezimmertür stand. Er nahm eine Stange Marlboro heraus und riss das Cellophan auf.

»Wie soll ein Mensch denken können, wenn er sich nicht die Lunge vergiften darf? Du auch eine?«

Bram nickte und fragte: »Ihr stellt ihn also einfach auf der

Straße… Und dann? Betäubt ihr ihn oder so? Wie geht das vor sich?«

Max schüttelte den Kopf. Er öffnete eine Packung Zigaretten und legte ein paar davon vor Bram hin. Während er sich eine anzündete, ging er zum Badezimmer, inhalierte tief und öffnete beim Ausatmen die Tür. Da streckte Hendrikus den Kopf heraus und trippelte mit steifen Beinchen und wild wedelndem Schwanz auf Bram zu.

3

Es war halb elf Uhr morgens, und Bram war auf dem Weg zu dem Laden, den Max ihm im Vorüberfahren gezeigt hatte. Ein kleiner türkischer Supermarkt, AGGÜL MARKET stand an der Fassade. Er lag an einer breiten, zugigen Straße mit schmucklosen Gebäuden, die aber nichts mit der deutschen Sachlichkeit Tel Avivs gemein hatten, in einer kleinen Ansammlung verschiedenartiger Läden: ein Bekleidungsgeschäft mit Schaufensterpuppen, die Kopftücher trugen und sittsame islamische Gewänder, ein Telefonladen, ein Schuhgeschäft, das sein gesamtes Sortiment zum halben Preis anbot, ein Friseur und die Filiale einer Drogeriekette. In diesem Viertel in Amsterdam-West hatte man in den fünfziger und sechziger Jahren des vergangenen Jahrhunderts Wohnblocks ohne jede Ästhetik gebaut – ganz anders als in Tel Aviv, wo bei den älteren Häusern gerade die Ästhetik so wichtig gewesen war, weil sie für die Menschen, die dort ihr Zuhause einrichten wollten, etwas ausdrücken, etwas bedeuten sollten. Dieses Amsterdamer Muslimviertel war kein Slum oder Armenviertel, aber es gab hier nichts, was in irgendeiner Weise als schön zu bezeichnen gewesen wäre. Rechteckige Wohnblocks mit winzigen Balkonen, dazwischen kleine Grünanlagen mit einsamen Büschen und kahl getrampelten Rasenflächen.

Wieder war es so ein farbloser, ungemütlicher Tag – Bram entsann sich, dass solches Wetter in diesem Land manchmal wochenlang anhalten konnte, Tage ohne Licht, das breite Delta von Rhein und Maas unter bleigrauen Wolken.

Über niederländisches Gehwegpflaster lief er auf den Laden zu. Bennie hatte bei der Familie Aggül Unterkunft gefunden – über welche Kommunikationskanäle, wussten sie nicht. Thaqib Israilow – Bennie – war erwischt worden, als er ohne Ausweis und Fahrkarte U-Bahn gefahren war, banaler und niederländischer ging's nicht. Er war zwar noch aus dem U-Bahn-Abteil entkommen, wurde aber auf dem Bahnsteig von Kontrolleuren in Empfang genommen, die ihn der Polizei überstellten. Auf der Wache beantragte er als Flüchtling aus Kasachstan politisches Asyl, wohl wissend, dass er damit ein Verfahren in Gang setzte, das ihm das vorläufige Bleiberecht sicherte. Bis sein Antrag in ein, zwei Jahren endgültig beschieden werden konnte, wobei ihm vom Staat bezahlte Anwälte zur Seite gestellt wurden, durfte er im Land bleiben. Man wies ihm binnen weniger Stunden ein Zimmer in einem Asylantenzentrum zu. Dort musste er »körpereigenes Material« für einen DNA-Test zur Verfügung stellen. Eine Woche später gab er bekannt, dass die Familie Aggül in Amsterdam seine Aufenthaltskosten tragen würde, bis die Behörden über seinen Status entschieden hatten. Er musste sich wöchentlich bei der Ausländerpolizei melden, und daran hielt er sich. Als Bram aus Kasachstan abgereist war, hatte sich sein Sohn bereits seit drei Wochen in Amsterdam aufgehalten.

Bram wusste nicht, wohin Max verschwunden war, nachdem er selbst aus dem vw Golf ausgestiegen und zu Fuß weitergegangen war. Er wollte in den Laden und Bennie sehen, bevor sie ihn mitnahmen. Kidnappten, wie damals – aber das jetzt ist anders, sagte sich Bram, das jetzt ist nur zu seinem Besten, damit er eine Zukunft hat. Sie mussten ihn von der Psychose des Glaubensfanatismus befreien.

»Sag nichts zu ihm, wenn du drinnen bist«, hatte Max ihm im Wagen geraten, »aber zeig dich. Er wird dir folgen, unter Garantie. Wir wollen nicht rein, das bringt nur Ärger, und eh man sich's versieht, steht die örtliche Polizei vor unserer Nase.«

»Und wenn er mich nicht erkennt? Wenn er alles, was in seinen ersten vier Lebensjahren war, ganz weit von sich geschoben hat? Wenn er ein Fanatiker ist und bleibt, weil ihm sein Glaube wichtiger ist als alles andere?«

»Dann haben wir ein Problem«, antwortete Max.

»Wo wohnt er?«

»Er schläft in einem Zimmer hinter dem Laden, im Lager.«

»Besucht er die Moschee hier im Viertel?«

»Nein. Er betet drinnen. Und wenn er mal nach draußen kommt, ist er immer in Begleitung von drei, vier anderen Männern.«

»Warum schnappt ihr ihn euch nicht nachts?«

Max lachte, während er den alten vw Golf über den Autobahnring lenkte.

»Balin hat schon gesagt, dass er dich gern für den Schabak gewonnen hätte, du verstehst was von unserer Arbeit.«

»Ich weiß nicht, ob mich dieses Kompliment froh macht«, erwiderte Bram etwas unmutig. »Warum nicht nachts?«

»Weil die Rückseite des Supermarkts mit schweren Türen und Videokameras gesichert ist. Und ich garantiere dir, dass die nicht dazu da sind, Einbrecher abzuwehren. Man könnte meinen, sie haben dort Goldbarren gelagert oder irgendwelche anderen Sächelchen oder Stoffe, die keiner sehen soll. Deshalb nicht nachts. Es sei denn, wir machen es mit einem Anti-Terror-Team vom AIVD, unseren Kollegen hier. Aber die wollen wir lieber noch ein Weilchen im Ungewissen lassen, und deshalb machen wir's auf unsere Art.«

Als sie das Viertel erreicht hatten, war Bram ausgestiegen. Er war angespannt, aber er fürchtete sich nicht vor der Konfrontation. Die Passanten, denen er unterwegs begegnete, waren ältere nordafrikanische Männer in traditioneller Tracht, beleibte Frauen mit Kopftüchern und Kinderwagen, in weiten, langen Mänteln, ja sogar ein Grüppchen aus drei ganz in Schwarz gehüllten Frauen mit Burkas, die das Gesicht vollständig bedeckten. Er würde seinen Sohn treffen.

Vor dem Supermarkt waren Obst und Gemüse in Kisten ausgestellt. Ein älterer Mann in verschlissenem Wintermantel befühlte gerade andächtig eine Avocado. Eine ältere Frau mit Kopftuch tat Apfelsinen in eine Plastiktüte. Bram lief zum Eingang. Das kleine Mikrofon an seinem dunkelblauen Mantel war unsichtbar.

Er nahm einen Einkaufskorb aus dem Turm neben dem offenen Eingang und trat in den Laden, einen länglichen Raum von etwa zehn mal zwanzig Metern. Im vorderen Teil waren Obst und Gemüse ausgestellt, wie draußen in ihren Transportkisten, in der Mitte war die Abteilung mit Fleisch- und Backwaren, und dahinter standen Regalreihen mit anderen Lebensmitteln und Haushaltsartikeln. Rechts neben dem Eingang war die Kasse, bedient von einem unrasierten Türken in engem Trainingsanzug, der seinen muskulösen Oberkörper und seine kräftigen Nackenmuskeln akzentuierte, fast wie bei einem Gewichtheber. Er füllte gerade Pistazien in Tütchen ab und schaute kurz auf, als Bram hereinkam. Bram nickte ihm zu, und der Mann erwiderte den Gruß.

Bram legte vier Tomaten in seinen Korb. Dann ging er weiter zur Fleischabteilung. Ein betagter islamischer Mann in Dschellaba schaute zu, wie der Fleischer, ein kahlköpfiger junger Mann in langem weißen, mit Blut verschmierten Fleischerkittel, mit einem breiten Hackebeil Lammkoteletts aus einem größeren Stück Fleisch heraustrennte. Bram ging an dem Kunden vorbei zu einem Regal und nahm eine Flasche Spülmittel heraus. Dann blieb er vor einer Kühltheke mit Käse und Oliven und Joghurt stehen, türkischen Produkten, die in Deutschland hergestellt waren, wie er einer Verpackungsaufschrift entnahm.

Als er sich umdrehte, sah er zwischen zwei hohen Regalen mit Lebensmitteln jemanden auf einer umgedrehten Kiste sitzen. Der Mann nahm Konserven aus einem Karton, der neben ihm auf dem Boden stand, und stellte sie Stück für Stück auf das Regal vor sich, geschälte Tomaten in Dosen.

Bram sah ihn von hinten, aber er wusste, dass dort sein Sohn saß, sein Kind, das er so sehr vermisst hatte und das er an jenem Tag nicht hatte beschützen können. Er erkannte Bennie, obwohl er nur seinen Nacken und Rücken und die Form seines Hinterkopfs sah – wie konnte ein Rücken so vertraut sein, so lieb und teuer, so nah? Bennie hockte auf einer leeren Obstkiste, aber es war deutlich zu sehen, dass er groß war. Er trug ein grünes Käppchen auf dem Kopf, etwas aus Kasachstan vermutlich, aber seine Haarfarbe, rot-blond, erinnerte an die des jungen Hartog.

Brams Herz klopfte so heftig, dass es ihm aus der Brust zu springen drohte. Er wandte sich wieder der Kühltheke zu, nahm einen Plastikbecher Hummus heraus und ließ für einen Augenblick alle Zweifel zu, die er haben konnte. Es bestand überhaupt kein Grund, so ohne weiteres anzunehmen, dass dort sein Kind saß. Er musste dem Mann ins Gesicht schauen, um das Regal herumlaufen und sich ihm von der anderen Seite her nähern.

Als er kurz über seine Schulter blickte, drehte ihm der Mann für einen Moment das Gesicht zu, als fühle er Brams Augen auf sich gerichtet, und ihre Blicke trafen sich. Bram sah, dass Bennie sofort den Kopf abwandte, als habe ihn etwas in Verlegenheit gebracht, als fühle er sich ertappt. Denn es war Bennie. Er war sich sicher, dass es Bennie war. Und was hatte Bennie gesehen, als er kurz zu dem Mann an der Kühltheke aufgeschaut hatte? Einen Unbekannten? Ein Gesicht aus früherer Zeit? Oder eine Bedrohung?

Jetzt losgehen, dachte Bram, keine Beachtung schenken, tun, als wäre nichts, obwohl ich ihn am liebsten umarmen möchte, ihm erzählen möchte, wie schwer es war, aber dass jetzt alles wieder gut ist, weil er ja noch lebt, und solange Leben ist – Bram hörte es seine Mutter sagen –, ist Hoffnung.

Bram ging zu den Obstkisten im vorderen Teil des Ladens zurück und legte drei Äpfel in seinen Korb. Er wusste nicht, ob Bennie ihm nachschaute, aber es musste so sein.

Der Moment ihres Blickwechsels hatte ihm ein Bild eingeprägt, er sah Bennies Gesicht, das nichts anderes war als das Gesicht Hartogs. Sein Sohn war die genetische Fortsetzung von Hartog. Die gleiche Kopfform, die gleichen blauen Augen, der gleiche Mund und der gleiche rötliche Bart – Hartogs DNA hatte sich über den unvollkommenen Zwischenschritt Bram und Rachel in seinem Enkel fortgesetzt. Thaqib, »aufgehender Stern«. Vielleicht hatte er das gleiche brillante Hirn wie Hartog. Vielleicht konnte er als Wissenschaftler zu Glück und Schönheit und Wissen beitragen. Bennie, mein Kind, sieh mich an, betete Bram, lass dein Gedächtnis sprechen.

Er ging zur Kasse und stellte seinen Korb auf den Ladentisch, neben die Pistazientütchen. Jetzt konnte er Rachel anrufen. Es war alles ganz anders, als wir immer gedacht haben, konnte er sagen, die Trauer hat uns verzehrt, aber unser Kind ist zurückgekommen. Und Hartog... Er musste Bennie mit seinem Großvater konfrontieren und mit der unerbittlichen Kraft von Hartogs DNA, Hartogs Genen, den Genen von Überlebenskünstlern. Und das Hündchen, vergiss das Hündchen nicht, das vier Jahre lang Bennies Kamerad war.

Der Türke tat Brams Einkäufe in eine weiße Plastiktüte, auf der in roten Lettern AGGÜL MARKET stand, und Bram bezahlte und ging nach draußen, ohne sich noch einmal umzuschauen. Er durfte sich nicht umschauen. Er durfte jetzt nicht zu seinem Sohn hinüberstarren. Wenn er sich umdrehte, würde er ihn misstrauisch machen.

Draußen, neben den Kisten vor dem Schaufenster, suchte er mit den Augen die leere Straße ab. In der Ferne ein Radfahrer. Gegenüber eine Handvoll Passanten. Wo mochte Max sein? Ob Bennie ihm folgte?

Bram flüsterte: »Ich habe mein Kind gesehen.« Max konnte ihn hören.

Er entfernte sich von dem Laden, nicht zu langsam, nicht zu schnell, und er wusste, dass er nur eine Chance hatte. Aus einem Hauseingang trat plötzlich ein Mann mit einer Plastiktasche. Es war eine tragbare Hundehütte mit transparenter Vorderseite. Hendrikus lag ruhig auf dem Boden. Er hatte schon alles erlebt, seine innere Ruhe war durch nichts mehr zu erschüttern. In einer fließenden Bewegung, ohne dabei stehenzubleiben, nahm Bram die Hundehütte in die noch freie Hand und ging ungerührt weiter. Wenn Bennie nicht nach draußen kam, würden sie ihn auf irgendeine andere Weise entführen, notfalls mit Gewalt. Aber er war sich sicher, dass Bennie ihn erkannt hatte. Bennie war sein Kind, und es war undenkbar, dass der Sohn seinen Vater nicht erkannte. Oder hatte die Gehirnwäsche, der sie Bennie unterzogen hatten, seine frühesten Erinnerungen gelöscht?

Nach dreißig Metern hörte Bram die Stimme, nach der er sich sehnte: »*He, Mijnheer, Sir.*«

Scheinbar gleichgültig, mit unbewegter Miene drehte Bram sich um und sah ein Stück weiter weg seinen Sohn stehen, einen imposanten jungen Mann, so wie es sein Großvater einst gewesen war, mit hellwachen Augen und starken Schultern. Er trug eine weite, unförmige Hose und einen dicken Pullover, beide beige, billige Turnschuhe, kein Markenprodukt, und er hatte einen dichten roten Krausbart.

»*Sir?*«, sagte er noch einmal.

»Meinen Sie mich?«, fragte Bram. Er hätte lieber ganz

andere Dinge gesagt, aber sosehr ihm auch das Herz brannte, er musste Bennie hier aufhalten, damit Max' Männer die Zeit hatten, ihre Positionen einzunehmen. Die Hundehütte in seiner Hand bewegte sich leicht, und er fühlte, dass Hendrikus sich aufrichtete und seine Aufmerksamkeit Bennie zuwandte. Aber Bennie schaute nur unverwandt seinen Vater an und schenkte den Taschen, die Bram trug, keine Beachtung.

»*You speak English?*«, fragte Bennie.

Seine Stimme war so vertraut, als hätte Bram sie seit Jahren gehört.

»*I do*«, antwortete Bram.

Bennie machte einige Schritte auf ihn zu und sah ihn forschend, mit offenem Mund an, als ängstige ihn Brams Anblick und ziehe ihn zugleich magisch an, ähnlich wie bei einem Kind, das fasziniert ist von lodernden Flammen.

Bennie steckte eine Hand in seine Hosentasche. Wollte er eine Waffe ziehen?

»*Have we met?*«, fragte Bennie zögernd.

Ja, dachte Bram, ich habe gesehen, wie du geboren wurdest, ich habe gesehen, wie deine Mutter dich gestillt hat, und ich habe dich an dem Tag gesehen, an dem du verschwunden bist.

»*When?*«, fragte Bram.

»*I don't know*«, murmelte Bennie, und sein Blick hatte etwas Grübelndes, Gequältes. Er fragte: »*May I ask your name?*«

»*My name?*«, fragte Bram. »*My name?*«

Er zögerte. Es konnte zu viel sein. Vielleicht würde sein Sohn davonrennen und für immer verschwinden. Aber er

hatte keine Wahl. Er musste es sagen, weil es unausweich-
lich war.

Bram sagte: »Einneb Mienam.«

Er sah Bennie schlucken. Und dann fiepte Hendrikus,
und die Tasche zitterte in Brams Hand, so sehr wedelte das
Tierchen mit dem Schwanz, denn es hatte Bennie erkannt –
und Bennie entdeckte das Hündchen, und sein Mund
klappte förmlich auf, als hätte Hendrikus' Anblick seine
Kiefer gelähmt.

Hinter seinem Sohn tauchten jetzt geräuschlos, als wären
sie aus dem Boden geschossen, vier Männer mit schwarzen
Biwakmützen auf.

»*What did you say?*«, fragte Bennie mit tonloser, dünner
Stimme, und von seinen auf Hendrikus gerichteten Augen
war seine Bestürzung abzulesen.

Bram sagte: »*My name is… My name is…*«

Die vier Männer packten Bennie, rissen ihm die Arme auf
den Rücken und nahmen seinen Hals in einen Würgegriff.
Eine kleine Handfeuerwaffe fiel auf den Gehweg und wurde
sofort von einem der Männer sichergestellt.

Sein Sohn war groß und stark, doch er leistete keinen Widerstand. Stumm und ergeben ließ er sich von erbarmungs-
losen Armen überwältigen, und sie zogen ihn rückwärts zur
Bordsteinkante. Unverwandt sah er Bram mit großen Augen an, bis er auf den Boden des Lieferwagens gedrückt
wurde, der urplötzlich neben ihnen aufgetaucht war. Der
Wagen rauschte davon, noch ehe die Seitentür zugeschoben
worden war.

Bram behielt Bennies Blick auf der Netzhaut, so wie er
ihn in den paar Sekunden auf dem Weg zum Lieferwagen

angesehen hatte. Er hatte Bram mit Augen angestarrt, die erzählten, was er sah: ein Haus in Amerika, die Jahre im Heim, Erinnerungen an eine Mutter und einen Vater. Oder war es Hass gewesen? Hass auf seinen Erzeuger, den Ungläubigen, der ihn an die Juden auslieferte? Bram wusste nicht, wie er den Blick seines Sohnes verstehen sollte.

Niemand hatte etwas bemerkt. Das stille, graue Leben in diesem Viertel ging ungestört weiter. Von weitem näherte sich ein Bus. Bei Aggül trat eine Frau mit schwerer Einkaufstasche auf den Gehweg hinaus.

Hendrikus beruhigte sich wieder, und Bram ging weiter. Der vw Golf mit Max am Steuer fuhr neben ihm her. Er hielt an, aber Bram schüttelte ablehnend den Kopf. Max nickte und fuhr weiter. Er hatte verstanden, dass Bram allein sein wollte.

Mit der Plastikhundehütte in der einen und der Tragetasche von Aggül in der anderen Hand steuerte Bram auf den alten Stadtkern mit all seinen Schätzen zu, und nach einer halben Stunde kam er durch ein Viertel aus dem neunzehnten Jahrhundert. Hendrikus wartete still ab. Max hatte versprochen, dass sie Bram nachher zum Militärflughafen in Nordrhein-Westfalen fahren würden und er in der Frachtmaschine mit nach Tel Aviv fliegen könne.

Ob sie Bennie eines Tages gehen ließen, oder würden sie ihn verschwinden lassen? Balin hatte ihm garantiert, dass Bennie nach einer Weile wieder frei sein würde, aber was bedeutete schon so eine Zusage, wenn die Interessen des Staates auf dem Spiel standen. Während Bram sich der Stadtmitte näherte, fragte er sich, ob Bennie je von seinen Überzeugungen würde abrücken können, oder ob er, wenn sich ihm die Möglichkeit bot, seinen Vater, den verräterischen Juden, mit bloßen Händen töten würde, weil sein Gott nun mal von ihm verlangte, dass er die Erde von Ungläubigen säuberte. War sein Gott alles, wofür er leben und sterben wollte? Bram mochte nicht daran denken. Er schüttelte den Kopf, als könnte er diese Möglichkeit damit aus seinem Bewusstsein entfernen, atmete tief ein und beschloss, baldmöglichst nach Moskau zu gehen.

Bram wollte bei Eva sein, wenn sie das Kind bekam. Der blinde Junge musste versorgt werden. Und später, wenn sie in Tel Aviv genug gehört hatten, würde er Bennie kommen lassen – ja, ich habe jetzt eine Familie, machte Bram sich bewusst. Mit einem Hündchen obendrein, stockalt zwar, aber trotzdem. Er hatte Kinder, eine Frau, einen Vater, er hatte Verantwortung – er würde für sie sorgen. Dieser Gedanke machte ihn glücklich.

Danksagung

Die erste Fassung dieses Buches wurde von meinen gelehrten Freunden Afshin Ellian, Leon Eijsman, Gideon Peiper, Sam Herman und Peter Voortman mit scharfsinnigen Anmerkungen versehen – noch vorhandene Fehler sind meiner Unzulänglichkeit zuzuschreiben. Alice Toledo, meiner unerbittlichen Lektorin, entging wie immer kein Detail. Ich habe Hunderte von Websites und viele Dutzende Bücher zu Rate gezogen – was ich woher habe, ist mir längst entfallen. Robbert Ammerlaan, der Zauberer von »De Bezige Bij«, verlor nie das Vertrauen in diesen Roman und wartete jahrelang mit Engelsgeduld auf seine Fertigstellung. Und Jessica, meine Frau, schickte mich liebevoll nach Santa Monica, als es Zeit dafür war, und kommentierte jede einzelne Fassung – sie ist der Mittelpunkt meines Sonnensystems.

»Jede Art zu schreiben ist erlaubt –
nur die langweilige nicht.«

VOLTAIRE

Leon de Winter
Geronimo

Roman · Diogenes

Roman
Aus dem Niederländischen von Hanni Ehlers
448 Seiten
Auch erhältlich als eBook

»Geronimo« lautete das Codewort, das die Männer vom Seals Team 6 durchgeben sollten, wenn
sie Osama bin Laden gefunden hatten. Doch ist
die spektakuläre Jagd nach dem meistgesuchten
Mann der Welt wirklich so verlaufen, wie man
uns glauben macht? Ein atemberaubender Roman
über geniale Heldentaten und tragisches Scheitern, über die Vollkommenheit der Musik und
die Unvollkommenheit der Welt, über Liebe und
Verlust.

Leon de Winter
Stadt der Hunde

Roman · Diogenes

Roman
Aus dem Niederländischen von Stefanie Schäfer
ca. 272 Seiten
Auch erhältlich als eBook und Hörbuch-Download

Der renommierte niederländische Gehirnchirurg Jaap Hollander ist im Ruhestand, aber Ruhe findet er nicht. Seit seine Tochter zehn Jahre zuvor in Israel verschwunden ist, kehrt er jedes Jahr nach Tel Aviv und in die Wüste Negev zurück. Diesmal wird er dort unversehens gebeten, eine äußerst riskante Gehirnoperation durchzuführen. Er sagt zu, obwohl die Erfolgsaussichten verschwindend gering sind. Nicht nur das Leben seiner mächtigen Patientin hängt von der Operation ab, vielleicht eröffnet sie ihm sogar eine neue Spur zu seiner Tochter.

Auf **diogenes.ch /newsletter** erfahren Sie zuerst
von Neuerscheinungen und Neuigkeiten unserer
Autorinnen und Autoren.

Oder schauen Sie hier vorbei: